梁鼎芬集

〔清〕梁鼎芬 著　陳永正 箋校

SPM 南方傳媒　廣東人民出版社
·廣州·

圖書在版編目（CIP）數據

梁鼎芬集／（清）梁鼎芬著；陳永正箋校. —廣州：廣東人民出版社，2024.5
（廣東文叢）
ISBN 978-7-218-17265-1

Ⅰ．①梁… Ⅱ．①梁… ②陳… Ⅲ．①詩詞—作品集—中國—清代 Ⅳ．①I222.749

中國國家版本館 CIP 數據核字（2023）第 252544 號

LIANG DINGFEN JI

梁鼎芬集

〔清〕梁鼎芬 著 陳永正 箋校

出 版 人：蕭風華

策劃編輯：夏素玲
責任編輯：謝　尚
責任校對：胡藝超
責任技編：吳彥斌

出版發行：廣東人民出版社
地　　址：廣州市越秀區大沙頭四馬路 10 號（郵政編碼：510199）
電　　話：（020）85716809（總編室）
傳　　真：（020）83289585
網　　址：http://www.gdpph.com
印　　刷：廣州市人傑彩印廠
開　　本：889mm×1194mm　1/32
印　　張：25.75　字　數：606 千
版　　次：2024 年 5 月第 1 版
印　　次：2024 年 5 月第 1 次印刷
定　　價：240.00 元

如發現印裝質量問題，影響閱讀，請與出版社（020-85716849）聯繫調換。

梁鼎芬像

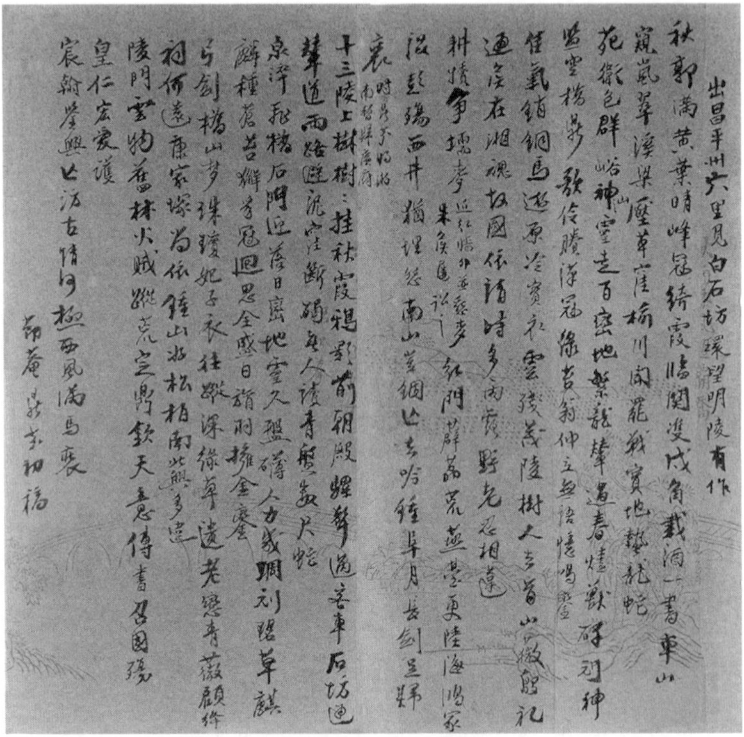

梁鼎芬詩手迹

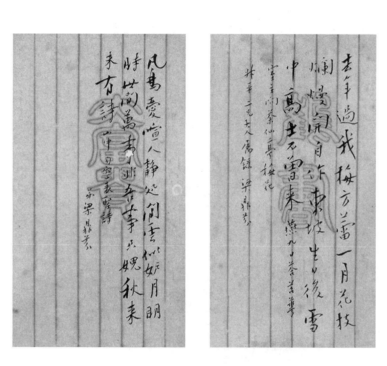

梁鼎芬詩手迹

梁鼎芬詩畫手迹

龍文壽祺　宴集家園賦呈二首

番禺　梁鼎芬

暇日陪清讌端居葆令姿卅年上京夢三月柳花詞叔

柳花詞　愛雨新添竹棲雲舊種芝南樓書史富余意欲

至佳

淹遲

閒閒開別館每每表先芬中散狀誰比魯公書不羣先

三十以前學顏顏　哀勞翻益淚寥落恐無聞起視中庭月

書日盡數紙

清光到夜分

泊古樓村弔鄒吏目

昔者鄒君字汝愚石城流竄由諫書後人追思但歎息

一鳳豈可雜羣狙此閒風俗甚醨直著者李焕君所識

《節庵先生遺詩》余紹宋輯本書影

節庵先生遺詩續編

番禺梁鼎芬撰

同邑葉恭綽輯

示篤甫

飛花片片望成空腸斷殘陽淡樹中萬物忽驚春序改餘生惜酒顏紅當窗已曙猶疑月盡夜無眠卻

怪風督亂神思渾未整世間何處有崝嶸

送楊焌三同年之官江西

聚散浮沈亦何事君方作宦我歸耕清芬駿烈同追溯四十年來兩代情

珠海春霞朋酒會金臺秋雨亞車時當前只道尋常事直到今朝始自知

手爪居然健男子心膽不為小丈夫東方諛詭都陽謔往者見稱今則無

孝親愛弟知無愧同輩欽推匪我私待到政成尊學校西江風教我能持君需次江西余勸其得官後整頓書院優禮賢士君不以余言

泛舟大通橋書所見

梅嶺衝寒如有約一枝爲我寄冬心匡廬況是天下勝擬便尋君共鼓琴爲汪謐也

畫簾全卷見人家自帶芳鬌泛小查有月闌干都在水當風裙釵盡飄花尊前柳色春先去鬢外茶烟夢

一

《節庵先生遺詩續編》葉恭綽輯本書影

《款紅樓詞》葉恭綽輯本書影

出版説明

　　嶺南，從早期的蠻荒之地、漢越融合，到唐宋後的經濟開發、人口南遷；從明清商業、外貿的繁盛，到近代的變革洗禮，直至新時期的改革開放，精彩紛呈，不絕如縷。嶺南的一方水土，滋養著這裏一代代生民，使這裏俊彥輩出、佳作疊現。西漢時楊孚所著的《南裔異物志》，開創了我國地區性物産志書之先河。唐宋以降，嶺南文明漸昌，産生了張九齡、邵謁、崔與之、余靖等名家。明清時期，嶺南文風更盛，幾與中原、江左相垺，産生了陳獻章、湛若水等大儒，湧現出“南園五子”、“嶺南三大家”、宋湘、黎簡、張維屏等著名文學團體和作家。及至近代，以黃遵憲、康有爲、梁啓超、孫中山等人爲代表的廣東人，以開放的胸襟，最早與西學展開碰撞與交流，使廣東領中國近代文化之先聲。

　　爲貫徹中共中央辦公廳、國務院辦公廳《關於實施中華優秀傳統文化傳承發展工程的意見》和《關於推進新時代古籍工作的意見》，系統梳理嶺南文脈，深入挖掘嶺南歷史文化精華，彰顯廣東文化軟實力，在中共廣東省委宣傳部指導和廣東省出版集團直接領導下，廣東人民出版社組織編纂出版《廣東文叢》。

　　該項目列入"廣東省'十四五'時期哲學社會科學重點學術和文化工程項目"，計劃從 2023 年開始，用十年的時間，編纂出版一套以人物爲經，系統反映廣東歷史文化的經典文獻集成。

　　《廣東文叢》所收，主要爲漢代至 1912 年之前廣東人士的著述，同時酌收全國範圍内有關廣東歷史文化的重要著述，地域範圍以現今廣東省地域爲主，考慮到歷史淵源與地緣關係，還涉及海南省、廣西壯族自治區的部分市縣以及香港、澳門等地區。

　　《廣東文叢》的編纂，遵循古籍文獻整理方法，以點校整理爲主，個别原本影印。對文獻的整理，據底本、參校本等進行校勘標點，對底本文字的訛、奪、衍、倒作正、補、删、乙，有需要説明的，則出校記，一般不進行注釋。每種圖書，在不與本文叢編輯總則衝突的情況下，可以根據該著作實際情況，另行制定整理凡例。跨至民國的文獻，其用語、數字、標點等，除特殊情況外，一般不作改動。

廣東人民出版社

2023 年 7 月

目　録

前　言 …………………………………………………… 1

節庵先生遺詩

卷　一

書　堂 …………………………………………………… 3

龍丈壽祺宴集家園賦呈（二首） ……………………… 3

泊古樓村弔鄒吏目 ……………………………………… 4

風　雨 …………………………………………………… 5

暮登陶然亭 ……………………………………………… 5

同張十六舅鼎華文三廷式游永勝寺（二首） ………… 5

讀晉書雜咏（六首） …………………………………… 6

題王漁洋集 ……………………………………………… 7

題曝書亭集 ……………………………………………… 8

坐雨懷永明周七鑾詒 …………………………………… 8

己卯歲由都還鄂于武昌官廨用舊韻 …………………… 9

從保安門大街宅步至野塘 ……………………………… 9

歸粵草題詞（六首） …………………………………… 10

梧桐曲應樂陶十一兄命（二首） ……………………… 11

讀韓致堯詩感題二律（二首）……………… 12

傷　春……………………………………… 12

天平橫街館舍春宵………………………… 12

賦得靜對琴書百慮清得清字五言八韻 ……… 13

讀張文獻公羽扇賦時沈二客曲江因以寄意

　（二首）…………………………………… 13

毋暇齋……………………………………… 14

同十六舅晦若出彰儀門外望行人來往……… 14

偶　書……………………………………… 15

五代史樂府（四首）……………………… 15

枯　樹……………………………………… 16

古　意……………………………………… 17

庚辰七夕詞（三首）……………………… 17

七夕後一日寄沈寶樞揚州（四首）……… 18

凍　蠅……………………………………… 19

彗　星（二首）…………………………… 19

榕城秋感留別何尚書璟　辛巳（四首）…… 20

客中游烏石山有作………………………… 21

述哀篇……………………………………… 21

齋中讀書（二首）………………………… 22

賞　春……………………………………… 23

桃花報友人酌樹下………………………… 23

泛舟大通橋書所見………………………… 23

碧螺春庵夜宴……………………………… 24

碧螺春庵酒坐…… 24
與潘主事存夜話 …… 24
十六舅座上賦月…… 25
枯木怪石圖…… 25
贈自然庵上人…… 26
自然庵六瀞畫卷 …… 27
贈程頌藩…… 27
臘朔自米市胡同移居棲鳳樓…… 28
題金蓋山圖（三首） …… 28
同十六舅游天寧寺…… 29
題沛上致憂圖…… 29
緑陰四首和顧印愚（四首） …… 30
初　夏…… 32
坐雨憶周七鑾詒長沙 …… 32
譚三丈宗浚招同十六舅陳大序球姚十一禮泰
崔四舜球飲塔射山房作（二首） …… 32
梧桐蘭花（二首） …… 33
周七蛸蟀齋移居詩和韻…… 33
寄顧二弟朔因懷舊游 …… 34
秋　懷…… 34
訪潘孺初丈雷瓊館有贈…… 34
天寧寺石臺望雪…… 35
寒夜獨謡…… 35
題石徂徠集（二首） …… 36

閒　居 ………………………………………… 36

春郊試興 …………………………………… 36

明　珠 ………………………………………… 37

甲申四月十日有封事作詩一首 ……………… 37

書　憤 ………………………………………… 38

鄧給事兄承修新拜內閣侍讀學士之命賦為賀 ……… 39

傷　心 ………………………………………… 39

閻公謠 ………………………………………… 40

飲鐵香宅 …………………………………… 41

短歌贈鐵香 ………………………………… 42

蟬 ……………………………………………… 42

別蓮花臺三年昨夢歸奠醒書志哀 ……………… 42

答　友 ………………………………………… 42

六月二十二日聞臺灣雞籠嶼不守感憤書此和薇

　庵韻（二首）…………………………… 43

宿薇庵 ………………………………………… 44

同鼎甫觀劇 ………………………………… 45

出德勝門口號 ……………………………… 45

途中賦興示寶瑛（二首）…………………… 46

土　城 ………………………………………… 46

清　河 ………………………………………… 46

沙河店前百步有明故宮遺址得詩一首 ………… 47

對　月 ………………………………………… 47

懷　人　思道希、慶笙也 ……………………… 47

出昌平州西門北六里至白石坊環望明陵有作

（八首）……………………………………… 48

長陵碑亭下作…………………………………… 49

冒雨行山陂上…………………………………… 50

卧　雨…………………………………………… 50

往與晦若約游明陵未遂今以喪歸匝月矣黯然

書此……………………………………… 50

雨既不得游寶瑛勸歸題壁上…………………… 51

昌平州………………………………………… 51

追弔劉司户…………………………………… 51

謝閨贈劍囊…………………………………… 52

馬頭店夜……………………………………… 52

九月五日守風煙臺（三首）………………… 53

上海逢馮二表弟啟鈞作 ……………………… 53

追挽馮表弟啟勛六首并序 …………………… 54

湖心亭………………………………………… 55

湖心亭卧月懷龍二鳳鑣 ……………………… 55

飛來峰一綫天内文三題名……………………… 56

戲成一絶句…………………………………… 57

題印月亭壁有懷十六舅………………………… 57

九月十六日問夏庚復病當行賦贈（二首）……… 57

湖堤曉望……………………………………… 58

石虎亭………………………………………… 58

馮一梅湖上招飲（二首）……………………… 58

游龍丈故園追悼遂與表弟鳳鑣別（二首） ……… 59

甲申十月八日祭墓 ……………………………… 60

贈徐虞陛 …………………………………………… 60

毋暇齋偶書（二首） …………………………… 61

蓮花臺墓道望梅花感賦 ………………………… 62

黃埔當發有憶三弟 ……………………………… 62

余在家別道希旋遇于海上將歸江西賦贈 ………… 63

同十六舅買花因之長椿寺（二首） …………… 63

悲歌行送于大往天津 …………………………… 64

梁三學士兄燿樞有封章，詩以美之 …………… 65

明妃曲 …………………………………………… 65

陶然亭尋舊題不得續為此詩 …………………… 66

懷　憂 …………………………………………… 66

卷　二

出都留別往還 …………………………………… 67

悲歌別寶瑛 ……………………………………… 67

店中書寄妻弟 …………………………………… 68

送三弟之衢州 …………………………………… 68

十月到家口占謝親舊作（二首） ……………… 68

訪慶笙學舍 ……………………………………… 69

送楊焌三同年之官江西（五首） ……………… 69

贈黃三紹憲（二首） …………………………… 70

送筠甫之潮州（二首） ………………………… 71

薄暮游史家園為筠父舊日讀書處 ················ 71

沈二字曰筠甫屬余為詩 ······························· 71

讀龔丈空房詩題後 ····································· 72

送楊銳赴禮部試 ······································· 72

落花詩（六首） ······································· 72

崔四舜球殯歸子其蔭書來告葬日會哭（二首） ······ 74

從弟鼎蔚讀書白雲山碧虛觀 ························· 75

感　春 ··· 75

無咎室憶晦若 ··· 75

靈　氛 ··· 76

雙溪寺晚望用仲弟韻（二首） ····················· 76

同三弟雙溪寺聽雨書懷 ······························· 77

同慶笙淵若子正菊坡精舍夜談及曉 ················· 77

江樓下慶笙送歸豐湖 ································· 78

行舟寄慶笙 ··· 78

歸善江生逢辰執業甚恭考其文行佳士也贈之

　　以詩 ··· 78

湖　居（二首） ······································· 79

佳　人（二首） ······································· 79

招隱二章寄黃三（二首） ··························· 80

齋　居 ··· 80

以東坡畫象寄龍二鳳鑣因繫一詩 ················· 81

荷花畫絹 ··· 81

古　意 ··· 81

夜坐有懷··· 82

春　晚··· 82

丙戌三月二十八日林贊虞侍御自西湖來問疾

　感贈··· 82

豐湖病榻口占··· 83

題孔北海集··· 83

思　友··· 83

洗肝亭雜詩（四首）··· 83

讀　史··· 84

豐湖夜泛··· 85

檢亡友張工部_{嘉澍}遺札······························ 85

張嘉澍遺文題詩（二首）··································· 85

夜從范祠至蘇祠下作··· 86

初到肇慶口占··· 87

雨後坐衆綠廳望七星巖有懷十六舅京師············· 87

全亭晚坐示劉生_{振騫}楊生_{壽昌}··············· 88

晚坐荃香室··· 88

丁亥閏四月病中不寐作······································ 88

丁亥二十九歲初度（二首）······························· 89

自題畫象··· 89

黃紹憲墨荷花··· 89

翠　微··· 90

同徐鑄訪七星巖石罅祖龍學題名作長歌············ 90

春日園林··· 91

陳右銘按察招同潘孺老飲錦榮街寓廬 …………… 91

端居賦興 ……………………………………………… 92

同孺初丈北郭游園歸 ………………………………… 92

龍王廟問朱一新疾（二首）　………………………… 92

題朱鼎甫拙庵 ………………………………………… 93

兩年游小港不見一花同徐鑄作 …………………… 93

答龍二表弟書 ………………………………………… 94

秋　荷 ………………………………………………… 94

愛蓮亭雨望 …………………………………………… 94

送從弟鼎慈之廉州 ………………………………… 95

全亭作詩三首問長素先賢祀位（三首）　………… 95

盼黃三書 ……………………………………………… 96

長素荷花卷子屬題（三首）　……………………… 96

重至長沙寫哀 ………………………………………… 97

陳進士三立宴集賈太傅祠 ………………………… 97

曾廣鈞招飲第宅 ……………………………………… 98

客中夢同年友歡如生時感覺有作（二首）　……… 100

夢楊三啟焯醒後有作 ……………………………… 100

魯子敬墓下作 ………………………………………… 101

琴　臺 ………………………………………………… 101

湘舟雜詩（十首）　………………………………… 102

江行大風作歌 ………………………………………… 103

自題湘舲集後（三首）　…………………………… 104

徐鑄以雙硯為壽報謝 ……………………………… 104

彭　園 ···················· 105

戊子重九前一日追憶棗花寺之游書二十字寄
　文三京師 ···················· 105

贈余表弟士愷（二首） ···················· 106

龍二表弟鳳鑣以先王父遺墨見還感報 ·············· 106

朝　霞（三首） ···················· 107

歲莫雜詩（四首） ···················· 107

芙蓉花畫扇 ···················· 108

題芙蓉花 ···················· 108

幽　居 ···················· 108

簡沈寶樞（三首） ···················· 109

送筠父別（三首） ···················· 109

義烏朱濟美先生集題詞（三首） ·············· 110

一簣亭春望 廣雅書院 ···················· 110

贈漆生葆熙之高州 ···················· 111

夜深無寐起書一詩 ···················· 112

過慶笙故居 ···················· 112

題梁杭雪畫 ···················· 113

放言五章續白樂天（五首） ·············· 113

贈黃牧父 ···················· 114

贈孺初潘先生（二首） ···················· 114

送潘孺老歸瓊州 ···················· 115

張尚書移節湖廣送至焦山長歌為別 ·············· 115

己丑十一月遠游拜別先隴泣賦 ·············· 116

香港別三弟（二首） ……………………………… 117

夢陳樹鏞 ……………………………………………… 117

息機山房作（三首） ……………………………… 118

對雨同朱蓉生作 ……………………………………… 118

讀雲閣書懷詩用原韻報贈 ………………………… 119

上海酒樓追悼先舅同雲閣賦再用前韻 ………… 119

上海酒樓與朱大一新別 …………………………… 120

游張氏園 ……………………………………………… 120

游園暮歸 ……………………………………………… 120

酒樓二絕句（二首） ……………………………… 120

庚寅元日客南園書四十字 ………………………… 121

渡鶴樓春思 …………………………………………… 121

和雲閣渡海詩 ………………………………………… 122

答雲閣 ………………………………………………… 122

追悼陳三樹鏞（二首） …………………………… 122

送張四謇赴禮部試 ………………………………… 123

白　月 ………………………………………………… 123

次和江孝通南園喜見 ……………………………… 124

獨坐有懷孝通仍叠前韻 …………………………… 124

南園口占寄示孝通三叠前韻 ……………………… 124

潘學士丈衍桐西園涉趣圖題詞 ………………… 125

題潘學士丈輯雅堂校詩圖 ………………………… 125

萬履安先生續騷堂集題詞（四首） …………… 127

寄題高氏園林（二首） …………………………… 127

畫　意 …………………………………… 128

雨行湖堤 …………………………………… 128

失　題 …………………………………… 129

窪尊煙話圖同楊鼎勳張琳作 ………………… 129

同張琳論事談詩有贈並送歸省沅江（二首） …… 130

贈楊鼎勳 …………………………………… 130

別楊鼎勳 …………………………………… 131

憶惠州西湖雜詩百首寄惠州西湖諸生（十首）

　　…………………………………………… 131

晚　泊 …………………………………… 133

徐鑄試罷訪余南園酒別（二首） …………… 134

園　居 …………………………………… 134

晚　霞（三首） …………………………… 134

卷　三

庚寅四月二十八日初宿海西庵 ……………… 135

焦　山 …………………………………… 136

佛如留住海西庵寫示 ……………………… 136

夜坐還石山房感賦 ………………………… 136

還石山房作 ………………………………… 137

楊世母詹太孺人挽詞（二首） ……………… 137

花　下 …………………………………… 137

李智儔渡江相訪 …………………………… 137

李智儔至 …………………………………… 138

許先生景澄王咏霓繆荃孫同登多景樓 ……… 138

郊　行 …………………………………… 139

歎　逝 …………………………………… 140

太　息 …………………………………… 140

浮　江 集《瘞鶴銘》字 ………………………… 140

海西庵三憶詩（三首） ………………… 141

贈康長素布衣 …………………………… 142

寄康祖詒 ………………………………… 143

贈康長素祖詒 …………………………… 143

登山雜詩（六首） ……………………… 143

竹根亭夕時 ……………………………… 144

雜　書（四首） ………………………… 145

山中逢先君忌日泣書二百六十字 ……… 145

夢至蓮花臺下醒後有述（三首） ……… 147

憶先壟 …………………………………… 147

同伯嚴雲閣游徐園 ……………………… 148

別雲閣回山居三用前韻 ………………… 148

山居寄雲閣四用前韻 …………………… 149

寄黃紹憲（二首） ……………………… 149

醉後書二絕句（二首） ………………… 149

閏日過江作 ……………………………… 150

問孫德祖病 ……………………………… 150

贈孫德祖（三首） ……………………… 150

山廬夜感 ………………………………… 151

三弟來省山居書二百三十字 ················· 151

同三弟營外望月 ····························· 152

三弟告別武昌 ······························· 152

題李猷瞷屍記後 ····························· 153

竹坡侍郎有詩寄問焦山長老因次其韻（二首）

··· 153

對雨同江生聯句 ····························· 154

江生為性寬上人畫竹乞余題詩（三首） ········· 155

送江生歸里七百字全用侵韻 ··················· 156

九月十五夜同三弟重至望月處用前韻卻寄 ······· 157

十六夜望月憶江生 ··························· 158

秋　晚 ····································· 158

借　問 ····································· 158

得伯嚴書 ··································· 159

寄懷香騘 ··································· 159

山中謠 ····································· 160

海西庵晤陳耐叟 ····························· 160

詩徵閣 ····································· 161

夜雨二絕（二首） ··························· 161

月 ······································· 161

檢理焦山書藏訖事口占二首示庵主佛如

（二首） ······························· 162

得王子展書報詩（二首） ····················· 162

讀韋浣花集和雲閣 ··························· 163

懷朱一新 ……………………………………… 163

雲帆方丈出示宗室侍郎遺帶時侍郎新逝感悼

　書此 ……………………………………… 164

聞王殿撰出守鎮江寄詩賀之 ………………… 164

獨游甘露寺 …………………………………… 165

辛卯元日 ……………………………………… 165

京口別楊銳（二首） ………………………… 166

追悼宗室侍郎寶廷 …………………………… 166

書　感 ………………………………………… 166

暮過叢冢間 …………………………………… 167

丹陽道中 ……………………………………… 167

丹陽道中宿土門野人舍 ……………………… 167

圌　山 ………………………………………… 168

圌山華嚴寺 …………………………………… 168

挽汪丈琭（六首） …………………………… 169

定慧寺晚歸 …………………………………… 170

定慧寺聽經歸 ………………………………… 170

從王鎮江飲初識鄭刑部鎜鄭故先舅所取士也

　追舊書情 ………………………………… 170

題程伯翰詩扇 ………………………………… 171

簡王鎮江 ……………………………………… 171

望　雨 ………………………………………… 171

禱　雨 ………………………………………… 172

王太守禱雨歌 ………………………………… 172

謝王二太守送米 ⋯⋯⋯⋯⋯⋯⋯⋯ 173

公定太守書來喜得雨數寸復報此詩 ⋯⋯⋯⋯ 173

陪王太守登鎮江城樓 ⋯⋯⋯⋯⋯⋯ 174

佳　兒 ⋯⋯⋯⋯⋯⋯⋯⋯⋯⋯⋯ 174

答楊模見贈之作 ⋯⋯⋯⋯⋯⋯⋯⋯ 174

寄于布政蔭霖 ⋯⋯⋯⋯⋯⋯⋯⋯ 177

得京師故人書（三首）⋯⋯⋯⋯⋯⋯ 177

讀慶笙遺書 ⋯⋯⋯⋯⋯⋯⋯⋯⋯ 178

海西庵晚坐 ⋯⋯⋯⋯⋯⋯⋯⋯⋯ 179

贈江上漁父 ⋯⋯⋯⋯⋯⋯⋯⋯⋯ 179

海西庵早起 ⋯⋯⋯⋯⋯⋯⋯⋯⋯ 179

山亭晚望 ⋯⋯⋯⋯⋯⋯⋯⋯⋯⋯ 179

秋　意 ⋯⋯⋯⋯⋯⋯⋯⋯⋯⋯⋯ 180

秋懷二首和山谷（二首）⋯⋯⋯⋯⋯ 180

晚　興 ⋯⋯⋯⋯⋯⋯⋯⋯⋯⋯⋯ 180

薄　醉 ⋯⋯⋯⋯⋯⋯⋯⋯⋯⋯⋯ 181

山行得二絕句（二首）⋯⋯⋯⋯⋯⋯ 181

憶三弟武昌（二首）⋯⋯⋯⋯⋯⋯⋯ 181

海西庵病中作 ⋯⋯⋯⋯⋯⋯⋯⋯ 182

南園種樹詩（五首）⋯⋯⋯⋯⋯⋯⋯ 182

辛卯十月龍伯鸞表弟問病山居出示京師見懷

　　詩依韻答謝（六首）⋯⋯⋯⋯⋯⋯ 183

同龍二登北固山 ⋯⋯⋯⋯⋯⋯⋯⋯ 184

天　寒 ⋯⋯⋯⋯⋯⋯⋯⋯⋯⋯⋯ 184

壬辰歲朝 …………………………… 185

人日病起 …………………………… 185

壬辰二月送文三北上 ……………… 185

春　懷 ……………………………… 185

沈二孝廉實樞來訪因送之揚州 …… 186

褉　書（二首）…………………… 186

燕　子（三首）…………………… 187

燕 …………………………………… 187

江　邊 ……………………………… 187

江邊寫心 …………………………… 187

江邊看月 …………………………… 188

獨　酌 ……………………………… 188

題漸西村人集 ……………………… 188

廬　山 ……………………………… 189

自開先寺登山作 …………………… 190

九江待發同伯嚴作寄實甫 ………… 190

曉過枯木堂渡江作 ………………… 190

爲吳清卿中丞題戴熙山水畫册（四首）…… 191

寫　興（三首）…………………… 192

寄馮肇常 …………………………… 192

讀人天眼目有感（二首）………… 193

寄懷宗室祭酒盛昱 ………………… 193

海西庵夜 …………………………… 194

哭表兄沈先生葆和 ………………… 194

哭鄧鴻臚承修（五首）……………………… 195

李侍御補官三年未有所言夜涼不寐奉懷 ……… 197

卷 四

戒庵自山東來省山居遂偕至武昌衍若家夜坐同
　賦（二首）………………………………… 198

孝達尚書招同陳三立陳維垣楊銳江逢辰集八旗館
　露臺展重陽作九月十九日 ……………………… 199

楊叔嶠紀香驄招同陳伯嚴張君立劉君符江孝通
　集兩湖書院樓上望雨作 ……………………… 200

范石湖文昌六星硯舊為翁覃溪物今歸君立水仙
　樓屬余作歌 ………………………………… 200

晴川閣 閣在漢陽臨江處，聳特如奇士，真偉觀也 ……… 201

陳提刑餞飲晴川閣賦別 ……………………… 201

送江生歸惠州 ………………………………… 202

紀拔貢鉅維贈先世厚齋先生花王閣賸稿一卷，
　漫題五絕句（五首）………………………… 202

答范鍾（二首）……………………………… 203

秋夜憶雲閣京師（二首）…………………… 204

紀鉅維贈花王閣稿題詞其上 ……………… 204

十二月二十日孝達尚書宴集凌霄閣有詩奉和 …… 205

伯嚴叔嶠訪予焦山雪中景狀再用前韻為貺 ……… 205

除夕服藥有感書示衍若三用前韻 ………………… 206

伯嚴公子餽詩甚美四用前韻答之 ……………… 207

歲暮書懷 ·· 208

楊三舍人將還綿竹再用前韻見贈五叠報之即

　　以為別 ·· 208

乃園梅花陳提刑招酒賞賦 ················· 209

孝達前輩約同香驄觀署園梅花（四首）········· 209

穰卿以窗前梅開一花為題玉賓有詩余亦繼作 ····· 210

雨損梅花且盡矣伯嚴書來極惆悵之意賦此慰之

　　·· 211

武昌城春望同三弟作 ························· 211

鄭刑部相衍若有福禄余非其比喜謝此詩 ········· 211

兩湖書院杏花 ································· 212

躋緑亭 亭在湖北按察署園 ·················· 212

枯樹吟和伯嚴 ································· 213

贈侯官沈瑜慶 ································· 213

余太守招集兩湖書院同香驄伯嚴穰卿作 ········· 214

同陳生衡恪觀乃園桃花 ················· 215

上巳集曾公祠修禊賦詩孝達督部餉以酒食賦

　　謝兼示同游 ································· 215

伯嚴招集曾祠賦詩 ························· 216

易順鼎屬題張夢晉梅花圖自言為夢晉後身伯

　　嚴道希先有詩 ································· 217

曉來十七柳亭 陳覺叟按察湖北，築于乃園 ········· 217

書堂晚霽 ·· 218

飛　鸞 ·· 218

春日憶海西庵兼懷佛如 ……………………………… 218

四月朔日哭龍駒（四首） …………………………… 219

同林國賡楊裕芬伍銓萃游琴臺 ……………………… 220

江船遇長沙曹刑部廣楨贈詩 ………………………… 220

癸巳六月重返海西庵口占 …………………………… 221

三十五歲初度 ………………………………………… 221

寄題十桂堂 有序 …………………………………… 222

竹林寺 ………………………………………………… 223

竹林寺送客暮歸 ……………………………………… 223

竹林寺聽鸝 …………………………………………… 223

淥水橋弔杜牧 ………………………………………… 224

小孤山 ………………………………………………… 224

有　感 ………………………………………………… 225

讀葉大莊都門雜詩有簡兼寄林昭通 ………………… 225

八月三日壽孝達督部 ………………………………… 226

讀鄧輔綸白香亭詩柬伯嚴（三首） ………………… 226

陳提刑丈餽菊花賦謝（二首） ……………………… 227

繆五荃孫招飲涵秋閣 ………………………………… 227

夜抵鎮江 ……………………………………………… 228

蘇州官舍東園三絕句（三首） ……………………… 229

種花詩（三首） ……………………………………… 229

寄懷龍伯鸞復園 ……………………………………… 230

坐仰止軒觀雨中梅花醉賦用宋人趙冰壺韻 ………… 231

甲午正月二十五日江行 ……………………………… 231

黄　州（二首）…………………………… 232

同友游黄州 ……………………………… 232

題瞿鹽法廷韶快園圖 …………………… 233

叔葆視余鄂州屬題玉雁莊藏物漫書三絶

　（三首）………………………………… 234

贈别顧印伯 ……………………………… 234

感　憤 …………………………………… 235

鶴樓吟 …………………………………… 235

杜茶村先生畫象同紀鉅維殷雯作（四首）……… 236

沈十二塘山水直看子題詞 甲午 ………… 237

次棠去荆州十年矣陳提刑丈周兵備戀琦為余稱

　善政多可書作此寄次棠兼呈孝達尚書陳周

　二公 …………………………………… 238

寄題簡竹居讀書草堂（五首）…………… 238

答譚復老 ………………………………… 239

左文襄公祠下作 ………………………… 240

病中夢鼎甫 ……………………………… 240

賞心亭餞春 乙未 ……………………… 241

乙未六月重過隨山館感賦簡莘伯序 …… 241

秦　淮 …………………………………… 241

題鮑秋田摹石谷種梅圖卷 ……………… 242

清溪小飲 ………………………………… 242

為吳清卿中丞題文衡山三絶卷（三首）………… 243

題槐陰精舍夜話圖 ……………………… 243

乙未十二月夜飲并貝齋醉歸題此 …………… 244

贈鄧仲果（二首） …………… 244

采石磯 …………… 245

石鐘山 …………… 245

丙申仲夏龍二表弟鳳鑣北上作此送之（二首） … 245

丙申九月二十四日龍二表弟自安慶來問疾追念
　京師沈楊諸子賦詩為別（二首） …………… 246

南皮尚書六十生日四首 …………… 246

十桂堂夜坐聯句 …………… 247

丁酉九月客安慶伯鸞查災皖北未及握手奉懷三
　絕句（三首） …………… 248

九月二十九日偕鈍叟登北山有作即和其韻 ……… 249

語次根觸世事再次韻 …………… 249

題天柱閣 …………… 249

丁酉十月與鷗客別（二首） …………… 250

戊戌四月三日聽雨同子威季立叔彥作（三首）

　…………… 250

失　題 …………… 251

簡顧所持雙玉堪 …………… 252

楊叔嶠遺柩回籍過鄂弔之 …………… 252

紅梅和乙庵太夷石遺（四首） …………… 252

卷　五

庚子八月送汪鷗客往上海（五首） …………… 255

陶齋四弟自西安寄秦權詩扇依韻答謝（二首）

　　……………………………………………… 255

再用前韻寄懷陶齋四弟 ……………………… 256

題趙松雪曝書二字真迹卷（三首）………… 257

追懷李文忠公鴻章 …………………………… 257

菱湖春晚 ………………………………………… 258

攜酒菱湖亭上 ………………………………… 258

挽强甫 …………………………………………… 259

題君子亭 ……………………………………… 259

題　扇（二首）……………………………… 260

題松屋怡神圖（二首）……………………… 260

癸卯六月海康梁生成久來訪武昌食魚齋當行

　賦贈 ………………………………………… 260

癸卯監試闈中作 ……………………………… 261

癸卯秋同年鮮庵學士以三夷陵洞口山谷題名

　寄贈文闈之暇漫成三絕末首自況又不如也

　（三首）　………………………………… 261

約庵畫松扇壽月汀將軍題詩于上 ………… 262

雪中答汪康年 ………………………………… 263

甲辰二月朔夜病中不寐感賦 ……………… 263

感事再書（二首）…………………………… 263

繼蓮兮鹽法昌湘春送別圖題詞（八首）… 264

左庵贈詩甚美報謝（三首）………………… 265

光緒甲辰送猷姪入都廷試（二首）……… 266

弔張度 ·· 266

丁松生著書圖（二首） ················ 267

擊缽吟（五首） ···························· 267

題　畫　易樂叟布政與德配周夫人同臨蔣文肅九桃雙鳥
　　圖，光緒乙巳寄贈乃園（三首） ·········· 268

九日寶通寺遂至曾祠餞梁兵備聯句 ········ 269

步前韻 ·· 270

日本盆松聯句 ···························· 270

秋晴聯句 ······································ 271

乙巳與乙庵別 ···························· 272

乙巳秋送乙庵北上 ···················· 272

伯雨舊官舍人才名播于日下又善書愛畫惜余
　　已罷歸不及聯轡嗣來武昌今雨軒中共數晨
　　夕每念舊游興感前輩盛書丁畫皆所藏也為
　　題四絕句（四首） ···················· 272

梨花卷為盛吾庵題 ···················· 273

贈乙庵同年（五首） ················ 274

春窗讀書（三首） ···················· 275

失　題 ·· 275

失　題 ·· 275

春 ·· 276

憶仁先 ·· 276

新建青山拜陳撫部丈墓 ············ 276

見牡丹思蘇州追懷費玘懷江建霞 ········ 277

沈乙庵屬題葡萄畫册（三首）……………… 278

題曾某卷尾 ………………………………… 279

七月二十九日同筠心二兄登洪山岳松亭 ……… 279

贈端陶齋（二首）………………………… 280

丁未九日吳文節公祠聯句 ………………… 280

禰祠夜歸 …………………………………… 280

子申墨荷 …………………………………… 281

子申以菊花畫扇見貺賦答 ………………… 282

子申畫荷菊雙扇贈我各答一詩夜深無寐又得

　二十八字 ……………………………… 282

丁未十月鮮庵同年移居提學新署賦賀 …… 282

六梅堂夜 …………………………………… 283

答仁先問病 ………………………………… 283

光緒三十三年十二月乞病紀恩 …………… 284

題　　畫（十一首）……………………… 284

園　　居 …………………………………… 285

題錢仲雲看鏡樓圖 ………………………… 285

寄毅夫京師 ………………………………… 286

曹叔彦舍人自蘇州來武昌問病宿精衛庵賦贈 …… 286

靜園夫子餐芝圖題詞 ……………………… 287

桃花寄季瑩 ………………………………… 287

戊申四月初宿玉泉寺同子申作 …………… 288

子申同游玉泉山先歸口占送之 戊申四月二十四日

　…………………………………………… 288

玉泉山隱居絕句二十首之二（二首） ………… 288

玉泉山居思兒女 ………………………………… 289

五月十五夕看月思子申明朝書寄 ……………… 289

書齋夜坐 ………………………………………… 289

題實甫四魂集 …………………………………… 290

再題四魂集寄實甫 ……………………………… 290

澹遁出示荔圖屬挺芝畫扇率書一絕 …………… 290

送石表兄德芬入蜀 ……………………………… 291

題沈塘臨押碑讀畫圖 …………………………… 291

題紫雲出浴圖 …………………………………… 292

松寥閣 …………………………………………… 292

焦山懷凌二丈 …………………………………… 292

還石山房蠟梅（二首） ………………………… 293

山中思伯嚴 ……………………………………… 293

几谷雁山圖題句（五首） ……………………… 293

曾賓谷先生騎牛圖同華庵猛庵作（四首）…… 294

實華庵藏宋寧宗楊后宮詞（二首） …………… 295

華庵督部命題顏書麻姑壇碑 …………………… 296

泰山秦篆二十九字宋拓本匋齋尚書屬題 ……… 297

陳寅谷宋拓本醴泉銘題三絕句（三首）……… 297

實甫復官寄賀 …………………………………… 298

上海喜晤陳伯潛前輩賦贈 ……………………… 299

再到無錫拜高先生祠 …………………………… 299

題邵位西先生遺詩（六首） …………………… 300

題余子容畫菖蒲菊花 ……………………………… 302

九月二十四日同伯嚴劍丞招樊山子礪小魯橫山
　　留垞仲恂集半山亭 …………………………… 302

半山故宅 ………………………………………… 304

鍾山客夜 ………………………………………… 305

李猛厂三邑翠墨簃宴集一首陶齋督部同座 ……… 305

寄呈陶齋尚書和韻並示猛庵 …………………… 305

再用前韻寄懷陶齋四弟 ………………………… 306

光緒三十四年十二月十日夜雪曉起呵凍有懷陶
　　齋四弟尚書已五用青字韻矣此卷同還 …… 306

與仲弢節庵稻村重伯履初子申贈中實生日 …… 307

節庵招同子封叔頌中實錫侯履初二首（其一） …… 308

己酉元旦口占 …………………………………… 308

己酉春詞 ………………………………………… 309

己酉早春 ………………………………………… 309

己酉春初寄懷筠心武昌 時方病退，校《禮經》甚

　　精核 ………………………………………… 309

獨　作 …………………………………………… 310

己酉三月山居有懷兩湖書院諸子 ……………… 310

己酉三月還鄉省墓 ……………………………… 310

還鄉報友人（二首） …………………………… 310

江南喜雨伯嚴有詩余亦繼作 …………………… 311

端五獨坐成咏 …………………………………… 311

實甫復官將抵廣州詩以迎之 …………………… 311

己酉五月二十九日未明坐感舊園竹窗下題江孝
　　通遺畫園南小屋孝通昔日住處今題其額曰密
　　庵（二首）……………………………………… 312

失　　題（四首）…………………………………… 312

實甫家靈山寺下送詩六首………………………… 314

五月二十八日感舊園雨季瑩屬題紅螺山房圖六
　　首山房先宮子舅所居也………………………… 315

題江孝通贈三弟扇面　既悲孝通，復嗟衍若，又得兩
　　絕句（二首）…………………………………… 316

于晦若之母居太夫人梅花扇面…………………… 316

偶　　成（二首）…………………………………… 317

己酉六月七日雨晴題盛季瑩三柳門……………… 317

雙溪寺夜…………………………………………… 317

德宗景皇帝誕辰集廣州府學宮明倫堂行禮凡四
　　五百人禮成敬告父老兼示學生時宣統元年六
　　月二十六日……………………………………… 318

一燈詩四首答吳澹庵（四首）…………………… 318

己酉八月九日季瑩九弟疾喉賦此訊之邀實甫詩
　　翁和……………………………………………… 319

題易實甫藏張夢晉歲寒三友圖（四首）………… 319

劍…………………………………………………… 320

玉山草堂夜………………………………………… 320

陳慶笙子復學海軍成東歸感賦…………………… 321

庚戌晚春…………………………………………… 321

晚　春 ………………………………………… 322

庚戌暮春簡叔葆仁弟武昌官舍（三首）………… 322

庚戌六月六日口占（二首）……………………… 322

秋日題收庵老友客居 …………………………… 323

題冒鶴亭戊申自書詩卷（十首）………………… 323

子賢以先世所藏江南昌牡丹屬題為賦三絶句
　哀之此花可寶此人可悲前事在眼不勝黯然
　（三首）………………………………………… 326

謝印扇為秉卿題 ………………………………… 327

再用鷗字韻答小魯憶前同杜茶村先生墓事 …… 327

題窔齋擬巨師雲溪圖 …………………………… 328

三用鷗字韻奉懷伯嚴 …………………………… 328

四用鷗字韻寄懷季瑩並懷草堂諸子 …………… 328

四用鷗字韻奉懷實甫五兄詩家 ………………… 328

夜　坐 五用鷗字韻 ……………………………… 329

八月十八日子申招所持錫侯石巢集遠山簶各呈
　所為詩互贈因屬社公畫桐館鈔詩圖分題于上
　限閒删關還山五韻 …………………………… 329

九日仁先招集廣化寺述張文襄去年今日事感賦
　…………………………………………………… 330

乙酉九月罷歸與伯愚別于棲鳳樓自此日後今始
　再見時庚戌九月 ……………………………… 331

桃詩壽龔先生同伯愚作（二首）………………… 331

武昌客中送挹浮學使前輩北歸 ………………… 332

九月閏山社夜集歲寒堂同賦春虀食葉杯一首用

　　前韻 ……………………………………………… 332

三用閏山韻答石巢兼懷伯翰 ………………………… 332

子申餽詩有溪上白雲頻悵望句蓋知先墓在白雲

　　雙溪寺旁矜此孤兒其情不淺四用閏山韻答謝 … 333

憶夷陵昔游貽子申用閏山韻 ………………………… 333

贈印伯用閏山韻 ……………………………………… 333

三哀詩疊閏山韻（三首）…………………………… 334

贈楊惺吾仍用閏山韻 ………………………………… 334

子申子大居相近用閏山韻投一詩並簡佛翼丈 …… 335

秋夜用閏山韻追懷宗室伯希祭酒張十六舅一首

　　同伯愚作 ………………………………………… 335

憶詩徵閣一首疊閏山韻 ……………………………… 336

病中再疊閏山韻 ……………………………………… 336

四峰儒吏同邑之佳士治桃源武陵皆有名屬題桃

　　花源圖酒後書之 宣統二年九月 …………………… 337

訪馬同年快園（二首）……………………………… 337

乙庵乞病感賦 ………………………………………… 338

汪社耆畫青山老屋圖迎沈乙庵歸屬余題詩 ……… 338

題汪鷗客畫 …………………………………………… 338

松庵畫松鹿為李心蓮母太夫人壽（二首）……… 339

定海武新余遺象（二首）…………………………… 339

題曾履初江城錄別圖（七首）……………………… 340

庚戌十二月二日過南皮道遇實甫感賦 …………… 341

十二月二十日伯兮忌日意園獨祭感賦 …………… 341

題畫贈王小莊（三首） …………… 342

題陳耐寂扇亦社公畫也 …………… 342

庚戌十二月二十日伯希祭酒忌日早起往意園
　祭之旋道上斜街廟前得二十八字遂題此卷 …… 343

自北來焦山度歲此卷尚在篋中再題一絕 …… 343

題雪堂所藏金石文字簿錄　辛亥正月（二首）…… 343

李約庵梅花 …………… 344

寄　弟 …………… 344

題　畫（二首） …………… 344

送王息存提刑粵東（四首） …………… 345

高儼山水為陶見心題 …………… 346

郭適木棉為陶見心題 …………… 346

失　題（二首） …………… 347

戴文節卧槎圖　盛九景瓐藏 …………… 347

石濤松陰聽泉圖　劍氣樓藏 …………… 347

失　題（二首） …………… 348

失　題 …………… 348

失　題 …………… 348

夢華訪雨亭揚州看菊花賦寄 …………… 349

余秋室美人為程眷齋題 …………… 349

宣統三年清明省墓 …………… 350

暮春寄實甫五兄詩家（二首） …………… 350

鄘海雪卷為毅夫侍御題（三首） …………… 350

陳獨漉書張曲江感遇詩卷即集詩中字為毅夫

  侍御題（二首）……………………………… 351

辛亥閏六月十七日南園詩社重開賦詩會者百

  數十人 ………………………………………… 352

辛亥南園詩社重開社散歸永願庵得二十八字 …… 353

吾庵畫扇屬題奉抱浮詩翁垂兩耳齋存之 辛亥

  八月六日 ……………………………………… 353

扇尾有餘地又書二十四字 …………………………… 353

佚　題 ………………………………………………… 354

九月八日三賢祠秋祭感賦同許十八丈葉一兄作…… 354

秋日送友 ……………………………………………… 355

卷　六

辛亥九月十五夜 …………………………………… 356

別季瑩 ………………………………………………… 356

又與伯嚴晤 …………………………………………… 356

失　題 ………………………………………………… 357

說夢四用哥字韻 ……………………………………… 357

寄李猛庵京師因傷端忠敏五用哥字韻 …………… 357

客中晤黃樓感歎成咏奉簡一首六用哥字韻 ……… 358

八月十九日同季瑩訪南海廟碑登浴日亭季瑩

  曰此會無實甫惜也余曰日月方長他時招之

  今實甫自香港來季瑩已為僧矣追念昔游悲

  歡交集賦此送實甫回廬山兼寄季瑩水涯亭

  十用哥字韻 ………………………………… 358

憶海西庵招樊山入山十一用哥字韻 ……………… 359

病中一首十二用哥字韻 …………………………… 359

再贈實甫兼懷季瑩十三用哥韻 …………………… 360

佚　題 ……………………………………………… 360

袁玨生翰林屬題蓮巢焦山圖二首先有陳叔伊吴

　綱齋作皆及海西庵（二首）…………………… 361

贈章確夫果 ………………………………………… 361

失　題（二首）…………………………………… 362

戲作同綱齋樊山聖遺（二首）…………………… 362

除夕和悔餘丹字韻 ………………………………… 363

失　題（三首）…………………………………… 363

周景贍請題汝陰侯鼎拓本 ………………………… 363

樊山以三品次所投詩答一首招乙庵籀園實甫留

　垞同賦　壬子正月 ……………………………… 364

懷雨亭同年 ………………………………………… 365

憶鍾山籀園 ………………………………………… 366

辛亥秋子申在宜昌陷賊中屢瀕于危壬子正月方

　脱虎口攜眷來滬作此代柬 ……………………… 366

寄曾習經　時方解官 ……………………………… 367

樊川散原實甫游徐園有詩訊病答之 ……………… 367

訪茶仙亭梅花　壬子正月作（二首）…………… 367

燕九日答茗華室主問茶仙亭梅花 ………………… 368

茶仙亭漫興 ………………………………………… 368

訪梅花 ……………………………………………… 369

壬子三月九日季重世長北歸侍親賦別 …………… 369

季度為余作畫漏未置款偶補此詩 …………… 369

題黃季度雙鈎玉簪花（二首） …………… 369

奕湘畫牡丹 …………… 370

海上逢易五順鼎 …………… 370

再為四峰題桃花源圖 …………… 371

題葉南雪丈畫李香君小象同樊山實甫壬子三月

　賦天陰陰桃花久已盡矣香君魂何處也 …………… 372

題樊山追和伯翰詩後寄子大 …………… 373

壬子春怨（五首） …………… 373

叠前韻懷檗庵 …………… 374

簡敏丞三用脣字韻 …………… 374

淒涼一首四用脣字韻 …………… 375

講舍一首追懷張文襄並寄息存五用脣字韻 ……… 375

醉一首六用脣字韻 …………… 376

冬郎一首七用脣字韻 …………… 376

哭婦一首十一用脣字韻 …………… 376

冠玉一首十二用脣字韻 …………… 377

失　題 …………… 377

壬子端午樊山示和乙庵詩因次韻奉簡二公

　（六首） …………… 377

哀王庠有序（三首） …………… 378

有　感 …………… 380

乙庵移居詩和韻同晚晴散原（四首） …………… 380

簡沈東老 …………………………………… 381

為樊山題畫 ………………………………… 382

憶仁先 ……………………………………… 382

江行得八題壬子（八首）………………… 383

忠敏公端方櫬歸重來鄂渚迎之口占一首 … 384

無　題（八首）…………………………… 384

乙庵以近詩出視奉答（二首）…………… 385

失　題 ……………………………………… 386

約庵水墨梅（二首）……………………… 386

黄山人以少見世人畫扇見贈率題一首 …… 387

題耐寂種菊圖 ……………………………… 387

題　畫（二首）…………………………… 387

題　畫（六首）…………………………… 388

意園遺象題贈儼山簃 ……………………… 388

失　題 ……………………………………… 389

題劉幼雲潛樓讀書圖（八首）…………… 389

重游大明湖賦別 …………………………… 390

題　畫 為王子展作（十六首）………… 391

徐隨庵鍾山訪碑圖題詞（四首）………… 393

壬子十月十二日送仲克二弟 ……………… 394

訊傅治薌 …………………………………… 394

耐寂治薌同過時雨後無坐處 ……………… 395

歌者王瑶卿畫梅 …………………………… 395

答寐叟用晞髮夜坐簡韶卿韻 ……………… 395

雨夜呈痲叟仍前韻 …………………………… 396

三用皋羽韻呈東軒 …………………………… 396

壬子十一月十九日眠食寒木草堂 …………… 397

寒木堂夜坐（二首） ………………………… 397

壬子十二月二夜百泉弄珠樓上作 …………… 397

百泉絶句寄晚晴居士 ………………………… 398

上元夜飲圖沈庵侍郎屬題 …………………… 398

芳草一首贈鴻民貞士 ………………………… 399

春　歡 ………………………………………… 399

寄懷王祭酒師平江經舍 ……………………… 400

簡茶仙亭（二首） …………………………… 400

簡東風亭癸丑 ………………………………… 401

無　題 ………………………………………… 401

簡楊儼山癸丑 ………………………………… 401

送實甫北行 …………………………………… 402

題秋山行旅圖（二首） ……………………… 402

賦寄公輔 ……………………………………… 403

癸丑浴佛日伯嚴于樊園招餞林侍郎游泰山題詩
　　何詩孫圖上 ……………………………… 403

張巡撫曾敦勞京卿乃宣自淶水來梁格莊訪葵霜
　　閣賦贈 …………………………………… 406

題見山樓圖 …………………………………… 407

寄仁先 ………………………………………… 407

題陳師傅聽水齋圖（十首） ………………… 408

題垂虹感舊圖（二首）…………………… 410

王檢討闓運回湘賦別 ………………… 410

題黃松庵畫册癸丑荷花生日作（十六首）………… 411

失　題 ……………………… 412

失　題 ……………………… 413

失　題 ……………………… 413

惲畫爲盛九題 ………………… 413

失　題 ……………………… 413

失　題（四首）……………… 414

失　題 ……………………… 414

失　題 ……………………… 415

示筠心 ……………………… 415

題　畫（四首）……………… 415

李子申畫松 ………………… 416

題所持遺象 癸丑九月 …………… 416

所持翁遺墨爲其高弟程康題 ……… 416

炎子前輩雙壽 ……………… 417

顏韻伯世清以余辛亥南園所書扇屬補此面時甫

　自抗風軒來走筆題此癸丑十月六日 ……… 418

茉莉狀元爲陳公輔賦也 …………… 418

湯貞愍秋林獨步圖（二首）………… 419

題湯貞愍梅花（三首）…………… 419

爲冒鶴亭題巢民徵君菊飲詩卷（三首）………… 420

菊　爲仁先作 ……………… 421

題蔡毅若學士梅花便面 …………………… 422

牡　丹 ………………………………………… 422

甲寅追懷去年此日寄仁夫 …………………… 422

總兵岳梁宴官舍松下作 ……………………… 423

潞庵侍講謁崇陵住種樹廬三夜臨別賦贈 …… 424

贈張都統德彝 ………………………………… 424

夷叔巽宜往客焦山時時相見詩以紀之 ……… 424

題雙鶴畫本昔見端忠敏公施之于水晶庵感而作此 … 425

黄忠端詩墨（二首）………………………… 425

磚塔銘 ………………………………………… 426

為廿七叔題子申畫梅花 ……………………… 426

甲寅五月以楊忠愍忠烈二公集付楊生履瑞 … 426

訪李精恕洵安杏莊留題三絶句（三首）…… 427

潘學士丈宅重過感賦 ………………………… 428

辛亥五十三歲初度劬兒畫雙松扇壽我今日見之

　慘痛于心口占二十八字寄劬兒 甲寅六月六日 …… 428

盛吾庵函道確夫能書而人不知惜也予曰美矣哉

　確夫之能也作此告之 ……………………… 428

題為堯圃所作畫（三首）…………………… 429

懷季瑩 ………………………………………… 429

題盛吾庵象 …………………………………… 430

寄吾庵 ………………………………………… 430

題菊花贈仲書二叔 子申畫 …………………… 430

題松贈琴舫六叔 子申畫 ……………………… 430

自題昔年小象 …………………………… 431

懷顧臧 ……………………………………… 431

失　題 ……………………………………… 431

題　畫（四首）…………………………… 431

焦山四憶（四首）………………………… 432

為翼文叔題景東甫畫梅 …………………… 432

子申為文蘭亭畫松題二十八字 甲寅冬至 ………… 433

甲寅十一月二十日子申畫松梅分睨陵官各題一

　　詩（二首）…………………………… 433

關掞生七十生日 …………………………… 433

江陵千里圖為田郎庵作（二首）………… 434

贈李木齋 …………………………………… 434

梅　花（二首）…………………………… 435

乙卯二月公雋二弟上海侍母病有懷 ……… 436

鄧鐵香鴻臚兄遺墨題詞（二首）………… 436

題志文貞公銳遺札 ………………………… 437

和一山太史咏雁 …………………………… 437

題海日樓春宴圖 …………………………… 437

乙卯花朝為元初題六梅堂圖（二首）…… 438

元初仁弟好山水好朋友屬汪鷗客為繪漢上琴臺

　　圖予為題四絕句（四首）…………… 438

雪友租伏魔寺日日讀畫頌佛新製一箋寺在其角

　　為題此詩伯兮再世必稱為雅式不與廉生薈生

　　爭購怡府箋也 乙卯三月十九日 ………… 439

慎欽世兄以乾明蝦奉親分致山中報謝 乙卯四月

　六日 ……………………………………………… 440

簡籛園 ……………………………………………… 440

題汪洛年畫松 ……………………………………… 441

題張濂畫松 ………………………………………… 441

送崔伯越妹倩之汕頭 乙卯七月二十一日 ……… 441

寄懷長明 …………………………………………… 441

寫哀一首示贄兒 …………………………………… 442

題　畫（四首）…………………………………… 442

題葛毓珊刑部小像（二首）……………………… 443

乙卯雪夜 …………………………………………… 443

題宋夢仙女史倚闌聽風圖 ……………………… 443

余不善畫而蒲衣同年以此相要蓋意在交契而不

　在工醜也（三首）……………………………… 444

蔬圃絕句七首和放翁寄黃孝廉（七首）……… 444

題　畫 ……………………………………………… 446

莊西海棠 …………………………………………… 446

散原自鍾山來奉簡 ……………………………… 446

丙辰四月送伯嚴還金陵散原別墅 ……………… 446

春贈慈護 …………………………………………… 447

散原自鍾山歸作此遺之 ………………………… 447

夢鄭太夷 …………………………………………… 447

贈堀田 ……………………………………………… 448

題畫山水絹本小軸（四首）……………………… 448

題自畫山水（三首）　…………………………………　449

子申畫榴花寄吾姪榴齋賦謝　…………………………　450

約庵荷菊雙扇　……………………………………………　450

題招子庸畫蟹　……………………………………………　450

子申畫松柏贈胡愔仲題五律一首　……………………　451

米漢雯山水畫卷為涉江題　……………………………　451

伍德彝梅花扇為陳師傅題　……………………………　451

夜讀道書（三首）　………………………………………　452

題劉松庵畫松（三首）　…………………………………　454

劉松庵屬書賣畫單未成先寄此詩（二首）　…………　454

失　題　……………………………………………………　455

上命題王羲之換鵝圖（二首）　………………………　455

梅花水仙畫軸　……………………………………………　456

題淩研航仁弟尊公花雨山房遺詩　……………………　456

慈仁寺松下同剛甫作　……………………………………　457

失　題　丁巳年作　………………………………………　457

楊樞密以孫夫人畫像屬題同滄趣作卷內有及

　之惜抱石洞諸先輩詩　………………………………　457

題林琴南雙松圖　…………………………………………　458

野園看菊花答黃節　……………………………………　458

丁巳十月二十夜寅初過口子門　………………………　459

題子申畫春心秋心冬心圖卷（八首）　………………　459

壽濤園十二兄六十　……………………………………　461

耐寂種菊詩（十首）　……………………………………　461

書潘若海遺詩後 …………………………… 462

為關伯衡題陳白沙先生詩卷（二十首） ………… 462

乙庵歸嘉興省墓賦此送之 ………………… 466

劬兒于窗上畫松竹請各題一詩 …………… 467

劬兒拈晚霽二字乞作白話詩 ……………… 467

壽關樹三七十六歲（十二首） …………… 467

戊午九日遙集樓 …………………………… 469

沅叔出示舊藏元刻通鑒為題三絕 ………… 470

題耐寂詩 …………………………………… 471

成都顧太夫人八十壽 ……………………… 471

前　題（十二首） ………………………… 472

己未病中口占示劬兒 ……………………… 474

己未病中口占 ……………………………… 475

百粵名硯以端溪為最江陽石亦有此奇品尤為世

　　所罕睹 ………………………………… 475

天目山道中 ………………………………… 475

贈簣谷同年（二首） ……………………… 476

王子梅屬題顧祠春雨圖長卷 ……………… 476

題　扇（二首） …………………………… 476

賦贈翰臣道兄 ……………………………… 477

題納蘭成德藏硯銘 ………………………… 477

款紅樓詞

卷　一

浣溪沙　己、庚間，與葉伯蓮、仲鸞、叔達昆季，時有
　　　文讌。余愛斯調，得數十首，離合斷續，不知為何題
　　　也。今記憶三首，重録于此，以作春夢（三首）　……　481

浣溪沙　……………………………………………　482

浣溪沙　……………………………………………　482

浣溪沙　……………………………………………　482

浣溪沙　……………………………………………　483

浣溪沙　……………………………………………　483

浣溪沙　……………………………………………　483

浣溪沙　……………………………………………　483

浣溪沙　……………………………………………　483

浣溪沙　……………………………………………　484

浣溪沙　……………………………………………　484

浣溪沙　……………………………………………　484

紅窗睡　春日過葉叔達碧螺庵　………………　484

一片子　同芙漪訪春　………………………………　485

金蓮繞鳳樓　人日海王村作　………………………　485

醉太平　秋柳　………………………………………　485

天仙子　題宗室孚世伯母高恭人荼蘼花册子　………　485

冐馬索　題宗室孚伯蘭世丈《蹇驢破帽圖》　…………　486

臨江仙　槐市斜街買花　……………………………　486

月上海棠 游極樂寺看海棠花，開且落矣，為賦此解 …… 487

卜算子 ……………………………………………… 487

青門引 《碧香圖》題詞為葉仲鸞賦，即用元韻 ………… 488

百字令 同葉叔達飲碧螺庵 ………………………… 488

秋千索 庚辰七夕寄沈二彥慈 ……………………… 489

紅娘子 ……………………………………………… 489

綺羅香 春日，往南城買花，歸過海王村，得瓷杯二，
　　細花蹙浪，知是雅裁，與淑華汲新水煎茶試之，漫
　　賦一詞 ………………………………………… 489

梅梢雪 天寒有憶沈二 ……………………………… 490

水龍吟 夜過鎮江，寄題焦山自然庵 ……………… 490

菩薩蠻 乍遇 ………………………………………… 490

菩薩蠻 圍棋 ………………………………………… 492

菩薩蠻 迷藏 ………………………………………… 492

長亭怨慢 客中重九 ………………………………… 492

夢江南 甲申九月朔日，別京師，往游西湖，賦此為
　　約（四首）…………………………………… 493

蝶戀花 乙酉荷花生日，余奉嚴譴，越三日，檉甫約
　　雲閣與余，往南河泡賞荷，雲閣得詞一首。近屬季
　　度補畫，題詩于上，以志舊游 ……………… 494

臺城路 乙酉六月二十四日為荷花生日，越八日，姚
　　檉甫丈約雲閣與余，往南河泡看荷花，各得詞一首。
　　時余將出都矣 ………………………………… 495

蝶戀花 題荷花 ……………………………………… 495

淡黃柳 筠甫重至韶州，賦此爲別，憶昔五六歲時，

屢隨侍過此，今生已矣，并以寫意 ······················ 496

金縷曲 題志伯愚、仲魯兄弟《同聽秋聲館圖》 ········· 496

金縷曲 ··· 497

惜紅衣 咏雁來紅 ·· 497

采桑子 香雪約往小港探梅同賦 ·························· 499

點絳脣 同香雪賦詞，贈梅花，禁用雪、月、香、影

等字 ··· 499

海棠春 憶京師海棠 ·· 499

浪淘沙 憶京師芍藥 ·· 500

采桑子 憶京師丁香 ·· 500

蝶戀花 同雲閣至上海送賓舅北行，雲閣歸江西，余

亦南下，作此爲別 ································· 501

蝶戀花 同雲閣在上海十日，因記其事 ··············· 501

滿江紅 ··· 501

滿江紅 ··· 502

長亭怨慢 聯句寄懷易實甫，并示由甫 ··············· 502

綠　意 寄懷他哈喇陶庵編修 ···························· 503

浣溪沙 惠州西湖重九日 ··································· 504

江南好 南雪丈有駕鴦詩，爰題一詞，不敢步韻也 ··· 504

菩薩蠻 題葉南雪丈藏清微道人《空山聽雨圖》 ········ 505

踏莎美人 桂花同王子展賦 ······························ 505

菩薩蠻 丁亥八月十五夜對月 ···························· 506

菩薩蠻 十六夜 ·· 506

菩薩蠻 十七夜 ·················· 506

蝶戀花 雲閣別一年，無信息，因為憶昔，詞三首以
寄相思，仍用前韻 ·················· 507

八　歸 丁亥九月十二日，舟發新州，同仲、叔返省，
應院試，徐大同行，聯句一闋 ·················· 507

採桑子 夜宿煙漵樓，憶寄舅京師，邀黃三和 ·················· 508

四和香 黃三出所藏元刊《文信國集杜詩》屬題，蓋
□中作也，感而賦此 ·················· 509

清平樂 病中答黃三 ·················· 509

百字令 ·················· 509

憶王孫 ·················· 510

滿江紅 戊子六月六日三十初度 ·················· 510

滿江紅 ·················· 510

念奴嬌 海西庵秋海棠日江逢辰作 ·················· 511

風蝶令 九月山居，有懷龍二鳳鑣 ·················· 511

菩薩蠻 ·················· 512

一剪梅 題葉南雪丈《梅雪幽閨》畫扇 ·················· 513

憶王孫 懷武進費屼懷郎中 ·················· 513

憶王孫 懷滿洲志仲魯編修 ·················· 513

憶王孫 懷萍鄉文芸閣孝廉 ·················· 514

浣溪沙 題張岷生《美人圖》 ·················· 514

醉桃源 題《桃花曉妝圖》 ·················· 514

水龍吟 葉南雪丈屬賦并蒂蓮，同辛白、香雪 ·················· 514

菩薩鬘 和葉南雪丈（十首） ·················· 515

貂裘換酒　甲午十月來白下，雪後同紀悔軒、楊鈍叔、
　　沈陶宧游莫愁湖。風景淒冷，棖觸萬端，陶宧歸作
　　圖記事，因製此解 ··· 518

念奴嬌　乙未四月，二楞招同繩庵游蔣陵湖，雲氣蒼
　　莽，雨色黯沈，不知何世也，慨然賦此 ············· 519

念奴嬌　酒醉再同繩庵賦，兼簡孝達督部 ············· 519

蝶戀花 ·· 520

滿庭芳　題吳小荷《娟鏡樓圖》 ··························· 520

菩薩蠻　題同年梁小山夫人遺集（二首） ··········· 521

菩薩蠻　題子申畫松梅，壽李心蓮母夫人 ··········· 522

浣溪沙　李四梅花為浪公製 ································· 522

卷　二

小桃紅 ·· 523

菩薩蠻 ·· 523

醉太平 ·· 523

點絳唇　咏西施舌 ··· 523

浪淘沙 ·· 524

踏莎行 ·· 524

江南好　與香雪花下談少年春秋佳日，為賦此解 ··· 524

江南好 ·· 525

浣溪沙　仿《飲水詞》，祇求貌似，卻無題目也 ······ 525

浣溪沙 ·· 525

采桑子　題畫 ··· 525

采桑子 …………………………………………………… 526

添字采桑子 …………………………………………… 526

踏莎行 北門外小橋坐月，同沈二彥慈 ………… 526

滿宮花 少華畫白芙蓉花紈扇見贈，漫賦小詞 ……… 526

紅窗月 江樓酒坐，憶害舅京師 ………………… 527

南鄉子 贈劍 …………………………………………… 527

南鄉子 代劍答 ……………………………………… 527

浣溪沙 江船聽雨 …………………………………… 528

浪淘沙 江行放歌 …………………………………… 528

采桑子 題伍樂陶蘭石立軸 ……………………… 528

浣溪沙 春月 ………………………………………… 528

菩薩蠻 有憶 ………………………………………… 529

少年游 ………………………………………………… 529

紅窗聽 ………………………………………………… 529

臨江仙 ………………………………………………… 529

浪淘沙 春影成塵，笛懷不昨，綠雲黯黯，翠閣沈沈，

　　所謂離恨天也，賦此寫之 ………………… 530

玉樓春 ………………………………………………… 530

五福降中天 介朱年伯母七十壽 ………………… 530

祝英臺近 問徐大病。徐鑄，字巨卿 …………… 531

祝英臺近 問徐大病□述己意 …………………… 531

臨江仙 ………………………………………………… 531

浣溪沙 ………………………………………………… 532

蘇幕遮 ………………………………………………… 532

一剪梅 ………………………………………… 532

菩薩蠻 ………………………………………… 532

高陽臺 ………………………………………… 533

祝英臺近 ……………………………………… 533

浣溪沙　題畫 ………………………………… 533

蝶戀花　雨夜 ………………………………… 533

金縷曲　題畫 ………………………………… 534

水龍吟　題畫 ………………………………… 534

蝶戀花　小游仙十首録二 …………………… 535

摸魚兒　題繆藝風《耦耕圖》 ……………… 535

菩薩蠻　畫菊 ………………………………… 536

木蘭花慢 ……………………………………… 536

歸國謡　題蘆雁秋影圖 ……………………… 536

采桑子　題溪居圖 …………………………… 537

聯　語

課兒聯 ………………………………………… 541

楹　聯 ………………………………………… 565

贈　聯 ………………………………………… 572

挽　聯 ………………………………………… 580

新輯聯 ………………………………………… 587

詩　鐘 ………………………………………… 597

附　録

序　跋 …………………………………………… 609

集　評 …………………………………………… 623

軼　事 …………………………………………… 652

集　傳 …………………………………………… 678

梁鼎芬別號室名 ………………………………… 727

梁鼎芬年譜簡編 ………………………………… 728

後　記 …………………………………… 740

前　言

　　梁鼎芬（一八五九——一九二〇），字星海，號節庵。廣東番禺人。早孤，寄養姑家，曾學于廣東大學者陳澧之門，並得其母舅翰林院編修張鼎華的教誨。光緒六年（一八八〇）中進士。授翰林院庶吉士，散館授編修。中法戰爭時，上疏彈劾北洋大臣李鴻章，降五級調用，從此以"直言"有聲于世。後入張之洞幕。曾先後主講于惠州豐湖書院、肇慶端溪書院、廣州廣雅書院、湖北兩湖書院、江寧鍾山書院，並創設"書藏"，又在鎮江焦山設立"梁祠圖書館"。維新運動起，梁鼎芬曾列名為上海強學會發起人。庚子事變後，張之洞薦用為武昌知府，擢為湖北按察使，署布政使。光緒三十二年（一九〇六），又劾慶親王及直隸總督袁世凱，被撤職。清帝遜位後，梁鼎芬以清朝遺老自居，種樹于崇陵，以示其"耿耿孤忠"。一九一六年，陳寶琛薦為毓慶宮授讀。一九一七年，參與張勳復辟活動。一九二〇年一月四日，在北京病逝。賜謚"文忠"。

　　近代嶺南詩壇上，有不少以詩才、詩功見長的詩人，他們或多或少地受到風靡一時的宋詩運動的影響，但在詩歌語言風格上又與同光體有所區別。其中最著者有被稱為"近代嶺南四家"的梁鼎芬、曾習經、羅惇曧和黃節。梁鼎芬詩在當時頗負盛名，早年詩時有悲慨之語，如陳三立序其詩云："梁子之詩既工矣，憤悱之情，噍殺之音，亦頗時時顯露而不復自遏。"在各重大歷史時期，詩人都寫了不少感時傷事的詩篇。如有關中法戰爭的《明珠》：

> 烽火驚傳一截虛，明珠消息近何如。朱戴形勢千年險，文鳳芳華廿卷書。招撫儘堪關外固，綢繆可是域中疏。舉棋不定防先著，太息時勿孰慰予。

光緒七年（一八八一），法國禁止越南向中國朝貢，八年，法軍再占河內。清政府舉棋不定，詩人憂憤不已。本詩當作于此期間。九年十一月，中法戰爭起，十一年二月，戰爭結束。十一年六月九日，北洋大臣李鴻章與法國公使巴特納在天津簽訂《中法會訂越南條約》。詩人有《昌平州》詩：

> 連營曾此擁兜鍪，向暮輕裝出鼓樓。官道漸稀車馬迹，民家尚費稻粱謀。傳聞橫海飛船過，寥落雄關緩轡游。青鬢書生無一補，酒醒明月看吳鈎。

戰爭爆發的消息傳來，使詩人平靜的心掀起波瀾。在詩中，既有對國事艱危的憂慮，也有對民生疾苦的同情，更為自己正當盛年而未能捍衛國家而深感難過。此詩作于光緒十年（一八八四），詩人年方二十五歲。這年秋天，壞消息一個接一個傳來，夏曆七月三日，法艦挑起馬尾海戰，中國福建水師全軍覆没；六日，清政府被迫對法宣戰；九月五日，法國海軍宣佈封鎖臺灣海面。詩人憤于報國無路，胸中鬱勃之氣難以平息。如《秋懷》：

> 羈懷了無泊，拋去又相尋。聞雁知兵氣，看花長道心。百年紅燭短，一水夕陽深。獨有雙龍劍，時時壁上吟。

陳三立評："'聞雁'句有不可名言之妙。此吾論詩宗旨也，世士必譏之。""百年"二語，尤為陳衍所深賞，謂可入"主客圖"者。詩人之心與自然相會，聞秋雁的鳴聲而知戰爭的氣氛，看花時也覺悟到事物盛衰變化的道理。人生短暫，事業無窮，何時才能遂報國之志？在京中所見所聞，無不令人感憤，即使在游樂時，詩人也想到家國之事，如《同十六舅游天寧寺》詩所说的："谷風吹顏酒無力，眼看世事如電波。昇平已奏三十祀，追論往事同涕沱。屏藩不障犬戎毒，周德甚厚天所睋。此間咫尺判和戰，旌旗捲掩鳴驄驊。兵塵洗盡臺館出，但供荒宴陪歡歌。牆陰一綠野苔合，老圃往往耕鐃戈。今來思痛倦游賞，長松勁節徒為摩。"兵塵滿地，朝廷上下依舊在嬉游縱樂，不思振作。張鼎華是梁鼎芬之舅，思想開放，對維新人士有過很大的影響，康有為曾從其問學，得知京朝風氣和時下新書，眼界為之一開。梁鼎芬也受啟發而接受改良思想，他抗疏彈劾李鴻章，相傳也是由張鼎華勸諭的。《甲申四月十日有封事作詩一首》七古，作于光緒十年

（一八八四）上疏之時，詩中揭露李鴻章"威權卅載位三臺，連營數十徵民財。薦舉千百充仕階……今知所用皆優俳。時平如虎今如蛙"，他還"肆然挾敵成禍胎"，因此作者請求皇帝："惟此可斬不須猜。"光緒十一年（一八八五）六月，梁氏以"妄劾"罪交部嚴議，被降職後離京，時所作《出都留別往還》一詩，為時人傳誦：

> 淒然諸子賦臨歧，折盡秋亭楊柳枝。此日舳艫猶在眼，今生犬馬竟無期。白雲迢遞心先往，黃鵠飛騫世豈知。蘭佩荷衣好將息，思量正是負恩時。

郭則澐《十朝詩乘》謂此詩"芳菲悱惻，一時傳誦"。出都時與友人留別，心中還是懷想著朝廷，甚至要以犬馬之身相報"君恩"。

梁鼎芬返回廣東，以後幾年間，歷任惠州豐湖、肇慶端溪、廣州廣雅書院的山長。並與萬木草堂的康有為過從甚密，惺惺相惜，以詩相贈。《贈康長素布衣》云：

> 牛女星文夜放光，樵山雲氣鬱青蒼。九流混混誰真派，萬木森森一草堂。豈有疏才尊北海，空思三顧起南陽。搴蘭攬苣夫君意，蕉萃行吟太自傷。

詩中尊康氏可謂極至，竟以諸葛亮、屈原擬之，可見詩人對變法期望之切。後來兩人雖政見有所分歧，康氏提倡"改制"、"民權"，而梁氏則一仍張之洞的洋務觀點，強調

4

要"常存君國之念，勿惑于邪説"，友誼遂告中止。

　　光緒十五年（一八八九），張之洞調任湖廣總督，梁鼎芬送至焦山。後常居山中海西庵，閉户讀書，這期間寫了許多風骨遒上的佳作。他在焦山依鎮江知府王仁堪，王氏時時周濟其急，梁氏有《謝王二太守送米》詩，略云："侏儒欲死君弗治，清談可飽吾不飢。……艱難一粒亦民力，無功作食翻自嘻。丈夫會須飽天下，豈以瑣屑矜其私。"可想見當時的情境和心境。陳衍《石遺室詩話》評其"書生喜作大言，亦作詩成例應爾也"，恐未領略詩人之旨。後來王仁堪去世，作者重過鎮江，作《過鎮江》詩云：

　　　　脱葉嘶風欲二更，燈船夜泊潤州城。芳菲一往成凋節，言笑重來已隔生。寒鳥淒淒背江去，疏星歷歷向人明。此回不敢過衢市，怕聽茅檐涕涙聲。

此詩寫出朋友的至情，陳衍謂"屢見君以此詩書扇贈人，蓋黄壚之感深矣"。屈向邦《粤東詩話》亦云："弔往傷亡、撫今追昔之作，以能寫出至情為工，最好用疏樸之筆，不重典縟，蓋用典雖極渾成工切，終是他人牙慧，為文然，為詩亦然。節庵夜抵鎮江懷王可莊云云，能用疏樸之筆，寫哀切之情。""芳菲"二語，格調頗近王安石，語淡而情深，令人低徊不能自已。

　　光緒十八年（一八九二）秋，就張之洞之聘，至武昌任兩湖書院主講。二十一年任鍾山書院院長。數年間，在張之洞幕中，頗受重用。庚子之變發生，他官復"翰林院編修"原銜，並被"兩宮"召見，重出政壇，二十八年，補授漢陽府知府。次年兼署武昌鹽法道。三十一年九月，署湖北按察使。三十三年兼署湖北布政使，旋引疾乞辭。

晚清政壇，雲詭波譎，內憂外患，派系鬥爭，貪污腐化，種種末世之象，引起詩人內心極大的震動，在他心目中，國家大事已實在難為了。他在任上創辦學堂，"殫心籌畫，苦口勸諭"，壓制進步學生，而他本人寫的詩卻越來越消沈，他悲憤地唱道："巨奸掌朝政。"（《題李猷贖屍記後》）"生才似此天寧醉，太息時勾幾涕沱。"（《太息》）敏感的詩人知道，他所竭誠效忠的清王朝，已是行將崩潰，無法挽救的了。如《新建青山拜陳撫部丈墓》：

> 枕中魂淚常經處，今曉衝泥上此臺。蕭蕭高松非世物，疏疏寒雨助人哀。丈夫一暝曾何顧，山徑餘花有未開。欲去仍留腸已斷，衰遲真恐不重來。

末語可概括詩人晚年的心境。陳撫部，指陳寶箴，于戊戌政變後被革職還鄉，在江西南昌青山之原築廬隱居，未幾謝世。梁氏謁墓此詩亦藉以表現心底的沈哀。辛亥革命後，梁氏更以遺老自居，時與同道唱酬，所為詩多睠懷故國，抑鬱悲涼，臨終前"見平生手稿，輒拉雜摧燒之，不欲留一字在世上"。

梁鼎芬詩在藝術風格上也是獨樹一幟的，在近代詩壇

中有頗高的地位。陳湛銓《略述梁節庵先生詩》云："其
作品乃出入漢魏六朝詩及樂府，薈萃唐宋諸大家之長，而
卓然自成一家之言者。"汪宗衍《南園詩社雜談》亦云：
"先是，粵東詩學宿尚唐音，自梁節庵提倡宋詩，評騭課
卷，勸人于北宋王禹偁、歐陽修、梅堯臣、王安石、蘇
軾、韓駒、王令、陳師道諸家詩集，擇其性近，實致苦
功，一時學者多宗之。"梁鼎芬所指示的學詩途徑，實亦
自己所踐行之道。在學漢魏六朝及唐人詩的基礎上，再樹
以宋詩的骨格，形成所謂的"唐面宋骨"的詩風，這對近
百年詩壇，特別是廣東詩壇有很大的影響。汪辟疆《光宣
詩壇點將録》謂"其髶戟張，其言嫵媚"，又謂"梁髶詩
極幽秀，讀之令人忘世慮，書札亦如之"。陳衍《石遺室
詩話》對梁詩高度評價，謂其"窺中晚唐及南北宋諸名家
堂奧。佳處多在悲慨、超逸兩種"。悲慨，如上文所引的
《新建青山拜陳撫部丈墓》詩，追懷悲愴，沈哀徹骨。超
逸，如《洗肝亭雜詩》：

> 説食與夢飽，厥後同一無。何以口腹事，可縛人
> 間姝。吾神貴自然，潛乃達之徒。願拂衣上塵，回念
> 心地初。

陳三立評云："淵慮瑩然，上與道契。"夫須《夫須詩話》
亦謂梁氏"詩筆超曠"，此詩"尤淵微有氣韻"。又如《得
伯嚴書》云：

千年浩不屬，君乃沈痛之。神思可到處，繾綣通其詞。窮山何所樂？予心忽然疑。試君置我處，魂夢當自知。把書闔且開，情語生微漪。出見東流水，湯湯將待誰？

伯嚴，陳三立之字。梁鼎芬贈友人詩，多至情之語。陳三立評云："浩蕩沈冥，古之所謂無端倪之辭者與？"錢仲聯《夢苕庵詩話》亦云："詩之意境，有深至微妙，不可思議者。梁節庵《得伯嚴書》云云，此詩如春水微漪，中有深意，而以淡語出之，尤見詩人孤往纏綿的懷抱。"

以上二詩，可為悲慨與超逸的代表作。葉恭綽在梁氏《送江生歸里七百字全用侵韻》詩後跋云："丈詩凡數變，中年由中晚唐入宋，一轉為清剛。""吾粵晚清詩家推梁、黃、曾皆能自開門戶，丈尤居轉移風氣之樞，足與清初三家比美，論嶺海詩壇者殆無異辭。"此類皆自開門戶的詩作，為學宋人所得，語淡而意深，非深于詩者不能道，亦非深于詩者不能解。

梁鼎芬五律，尤為時人所稱道。陳湛銓云："先生五律之工，並世諸賢，莫可比擬。"如《秋懷》：

羈懷了無泊，拋去又相尋。聞雁知兵氣，看花長道心。百年紅燭短，一水夕陽深。獨有雙龍劍，時時壁上吟。

陳湛銓謂"聞雁"句"如清空鶴鳴，驚心動耳"，"看花"

句"如斷岸癯禪，都空情劫"，"此聯意在筆先，味流言
外，渾茫相接，妙合海天，可謂得未曾有"。又謂"百年"
一聯，"悲涼惋惻，寄慨無盡，辭采華美，風骨堅蒼。"又
如《得京師故人書》其三：

> 坐挹爐香靜，聲卑瓦缶喧。摩空孤隼舉，使氣萬
> 牛吞。謠諑成何意，幽潛欲與論。風塵久藏劍，看月
> 一開門。

此詩懷念至交文廷式。整篇結體渾成，首尾照應；兩聯力
寫文氏，沈鬱頓挫，風骨騫舉，得宋人神韻，格調甚高。

梁鼎芬七律，自韓偓而入李義山，情致宛轉，用意沈
厚，佳製尤多。如《讀韓致堯詩感題二律》其一：

> 曉來微雨較春寒，詩愛冬郎盡日看。亂世崢嶸詞
> 反豔，暮年蕭瑟事初完。鶯啼幽獨看看盡，馬走煙塵
> 寸寸殫。鳳燭百條同一淚，今疑紙上未曾乾。

韓偓，字致堯，小名冬郎，晚唐詩人，中進士後歷任翰林
學士、兵部侍郎，後被朱全忠排擠，攜家入閩，依王審知
而終。韓氏身世與鼎芬相近，其詩中憤激之情與落寞之
感，也容易引起共鳴。此詩亦如韓偓詩般詞致婉麗，夏敬
觀《忍古樓詩話》云："公詩孤懷遠韻，方駕冬郎，而身
世亦相若。"韓詩中的眷念君國，極度哀傷的情懷，亦常
見于梁氏詩中。詩人蟄居于焦山寺中，過著清閒的讀書生

活，儘管自我安慰説是要"蘊其志"、"植其才"，但眼看自己矢志效忠的"君國"已臨末路，急于用世的詩人怎不想一試自己的"回瀾手"呢？又如其名作《春日園林》：

> 芳菲時節竟誰知，燕燕鶯鶯各護持。一水飲人分冷暖，衆花經雨有安危。冒寒翠袖憑欄暫，向晚疏鐘出樹遲。倘是無端感春序，樊川未老鬢如絲。

陳衍稱其"綿邈豔逸"。運思寓意尤為深至，包蘊著豐富的言外之意，味外之味。頷聯雋語，一時傳誦。雖用"如人飲水，冷暖自知"的常語，但賦予更深刻的意義，寫出一場政治鬥爭中，社會各階層各集團的人們對國家大事不同的態度，以及人們的升沈各異的命運。又如《荷花畫絹》詩：

> 縹緲秋江絶世姿，玲瓏湘管斷腸時。紅蘅碧杜長相憶，玉露金風要自持。欄檻有人傷晼晚，衣裳在水寫參差。緑波驕盡芙蓉色，朝攬蛾眉諷楚辭。

此詩作于光緒十三年（一八八七）初夏。詩中用傳統的美人香草的比興手法，委婉地表現了自己的志節和失意心情。那冠絶當世的佳人，既指荷花，也是詩人自況。而蘅蕪、杜若等香草，常見于《楚辭》中，用以象徵賢人君子，詩中以喻在京的同志。以荷花荷葉作衣裳，象徵高尚的品德修養，詩中亦以自喻，極淒婉之致。末句謂有人在君主面前譖謗自己，亦以被讒的屈原自況。又如《夜深無寐起書一詩》：

> 惺惺人間事事違，玉顏金骨恐全非。驢因旋磨忘宵苦，燕為尋香向暮歸。聞笛無端飄涕淚，下簾有意惜芳菲。千年心念滄桑見，精衛當年力已微。

沈澤棠評云："衛洗馬傷心處。全首生香活色，無限纏綿，唐以後無此等句，的是晚唐詩。"陳三立評曰："悱惻芬芳，意境類義山、牧之兩賢。"以上數詩，已臻"幽秀"之極致。這類風格的詩歌在節庵集中常見。

梁鼎芬七絕，精緻入微。在諸體詩中，七絕最需才情，非光憑工力學力可得者。晚清同光一派詩人中，每擅古體律體，而工七絕者不多。梁氏七絕，走晚唐一路，清婉動人。如《春窗讀書》之二：

> 病起花枝帶淚看，無人共我凭闌干。滿身雨點兼花片，中有春愁不忍彈。

饒宗頤《重刊曾剛父詩集跋》稱"梁詩温麗悲遠"，可作本詩評語。又如《海西庵夜》詩：

> 笛聲幽怨在天涯，但憶春時不憶家。一月照人淒欲絕，寺牆開滿海棠花。

11

如詩中所云“幽怨”、“淒絕”，令人低徊尋味，不能自已。梁氏晚年所作七絕，每效黃庭堅體，韻致雖稍遜而古質有味，如《己未病中口占示幼兒》：

> 數載蝸牛避世時，龍愁鼉憤豈無知。丈夫無用從飄泊，留得人間幾首詩。

梁鼎芬五絕亦有特色，如《焦山四憶·象山炮臺》：

> 此臺亦何有，有我千回淚。我淚今已乾，或者變江水。

鴉片戰爭時，英軍發動揚子江戰役，八十餘艦直逼鎮江。清軍副都統海齡率炮臺守軍奮力抗擊，寡不敵衆，炮臺失守，將士陣亡甚多。錢仲聯《清詩精華錄》云：“此詩百折回腸，抒寫了作者難言的痛苦。”又如《幼兒于窗上畫松竹請各題一詩》：

> 窗上生松樹，清風為我來。欲知造化手，君子有雲雷。

二十字中包含如此豐富的內容，而筆力之重，氣魄之大，也是在時人作品中不易得的。

梁鼎芬也是一位傑出的詞人，清末詞壇名家，多追摹南宋，力為長調，而梁鼎芬《欵紅樓詞》一卷，則以小令為主，運婉曲之筆，寫其芳馨悱惻的情懷，意在言外，格韻俱佳。葉恭綽《欵紅樓詞跋》云：“先生詞筆清迥，極馨烈纏悱之況，當世自有定評。”錢仲聯《光宣詞壇點將錄》點為“天滿星美髯公朱仝”，《近百年詞壇點將錄》又點為“天微星九紋龍史進”，評曰：“梁髯詞如其詩，吐語幽窈，芬蘭竟體。”嚴迪昌《近代詞鈔》云：“其詞擅于短調，辭婉筆曲，悱惻哀惋，多言外意，與時風尚漸調者迥異，允稱晚末嶺南一名家。”試看他早年所寫的《卜算子》詞：

　　萬葉與千枝，紅照花如海。可惜車塵日日來，頃刻容顏改。　　想象好芳時，寂寞閒庭外。祇好明年再踏春，攜酒同君待。

那日日不息的車塵，污染了如海般的春花，人們真的能欣賞美好的春光嗎？詞人在咨嗟歎息。他自甘寂寞地度過芳時，也不共世人徵逐。這與梁氏《春日園林》詩“芳菲時節竟誰知？燕燕鶯鶯各護持”一首的用意是相近的。“想象”二句與上闋形成強烈對比，表現了詞人的高潔和孤獨。末二語寄託對未來的希望，希望明年踏春，能與“君”同待，攜酒在花下寧靜地吟賞，詞中寓意甚深。葉恭綽《廣篋中詞》評曰“雋妙”。

　　光緒十一年（一八八五），梁鼎芬上疏彈劾李鴻章，被降五級調用，康有為作《蝶戀花》詞以慰之，梁氏和作

《蝶戀花·題荷花》云：

> 又是闌干惆悵處。酒醉初醒，醒後還重醉。此意問花嬌不語，日斜腸斷橫塘路。　多感詞人心太苦。儂自摧殘，豈被西風誤。昨夜月明今夜雨，浮生那得常如故。

在題畫之作中，寄寓了作者身世之感。荷花在雨雨風風中橫被摧殘，正是詞人在尖銳複雜的政治鬥爭中遭到挫折和失敗的真實寫照，詞人倚闌看花，頓生惆悵，因而借酒銷愁，酒醒後惆悵依然，唯有重飲再醉。問花而腸斷，表現了作者在無人理解自己時的痛苦心情。下闋筆鋒一轉，代荷花作語。荷花祇怨自我摧殘，而不恨西風勁猛，這就是所謂"怨而不怒"之旨。天氣陰晴不定，政局變幻無常，深感人生命運也是難測的。詞人祇好發出無可奈何的悲歎。葉恭綽《廣篋中詞》評曰"柔厚"。同時還寫有《臺城路》詞：

> 片雲吹墜游仙影，涼風一池初定。秋意蕭疏，花枝眷戀，別有幽懷誰省。斜陽正永。看水際盈盈，素衣齊整。絕笑蓮娃，歌聲亂落到煙艇。　詞人酒夢乍醒，愛芳華未歇，攜手相贈。夜月微明，寒霜細下，珍重今番光景。紅香自領。任漂沒江潭，不曾淒冷。祇是相思，淚痕苔滿徑。

小序云：“乙酉六月二十四日為荷花生日，越八日姚樨甫丈約雲閣與余，往南河泡看荷花，各得詞一首。時余將出都矣。”此詞與《蝶戀花》詞用意相近，既是孤芳自賞，別有幽懷，也表現了對朋友的深切情誼。葉恭綽選輯《廣篋中詞》評曰“幽窈”。

梁鼎芬被斥逐南行，漂泊于江湖之上，深感世事的沈浮，人生命運的無定，借酒銷愁，但一心還是挂念著他的君國：

> 臥雨江邊聽水流，當春風物似清秋。可知世事有沈浮。　酒盡得茶偏助醉，燈殘繼燭豈能休。無憀坐到四更頭。（《浣溪沙·江船聽雨》）

> 春夢來時在那廂，昵人半晌去思量。落花多處滿斜陽。　手挽飄紅惟有影，眼看成碧太無常。人生到此可能狂。（《浣溪沙》）

詞人少日的理想，已如春夢般破滅了，滿地斜陽，落紅亂舞，眼見大清帝國不可避免地走向衰亡，思君有恨，無力回春，他感到極度的哀傷痛苦。“人生”一句，是詞人失望的悲號，人生到無望之時，連故作疏狂也是沒有意義的了。

梁鼎芬詞字面上學北宋，而用意深厚處則近南宋，字字錘煉而又不失自然，情調過于低沈，讀之令人抑鬱不歡。在梁鼎芬詞中，最為時人稱道的是《菩薩蠻·和南雪丈甲午感事》十首。甲午中日戰爭爆發，中國軍隊失利，朝野震動。老詞人葉衍蘭作《菩薩蠻》十章以紀其事，梁氏因有和作。下面摘錄其四、其七、其八、其十：

> 無端橫海天風疾，龍愁黿憤今何及。夜夜看明星，荒雞聽二更。　　淒涼三月雨，念此芳菲主。鶗鴃一聲先，人間最可憐。

> 縹縹鸞鳳扶雲下，綠章次第通宵寫。不敢負深恩，身危舌尚存。　　如何無一答，密字銀箋合。滄海亦成枯，當筵淚更無。

> 璇宮夜半驚傳燭，西頭勢重貂相屬。桃宴酒酣時，春殘那得知。　　攣芳情緒各，不念花開落。庭院這般荒，有人空斷腸。

> 冤禽填海知何日，芳懷惹得秋蕭瑟。莫憶十年前，腸回玉案煙。　　采蘭輕決絕，唾臁壺中血。無謂過浮生，思君空復情。

詞中寫黃海海戰失利，龍黿也為之愁憤。暮春三月，風雨淒其，芳菲零落，人們的淚也將流盡了。群臣紛紛上奏疏，但西宮慈禧太后還在控制政局，醉生夢死，不知國勢危殆。詞人忠而見棄，思念君王，更是不勝悲痛了。沈軼劉、富壽蓀選編《清詞菁華》云："葉衍蘭《甲午感事詞》，揭矼時局，痛傷外患，是詞史大文字。鼎芬和之，各有所指。葉之筆重，而梁之辭婉。論概括力，葉較強而梁較疏。然寓事則從同，皆史實也。"

　　梁鼎芬詩詞兼擅，至為難得。汪辟疆《光宣詩壇點將錄》及錢仲聯《近百年詞壇點將錄》皆以"天滿星美髯公朱仝"況之，當非虛譽。

　　梁鼎芬生前，龍鳳鑣為輯有《節庵詩》，傳世極少。梁氏晚年焚毀詩稿，及卒後，余紹宋續有搜輯，謂先得龍氏《知服齋叢書》樣本二百五十二首，定為首二卷，經過一年多搜求，又得七百四十餘首，請黃節等人刪削後，續增為《節庵先生遺詩》六卷（簡稱"余本"），收詩八百六十二首，民國十二年，武昌沔陽盧弼慎始基齋刊行。刪去不刻之稿，鈔與節庵之子思孝為家藏稿。其後，葉恭綽擬續輯，取梁氏家藏稿及新輯所得，稍去其不經意者，編成《節庵先生遺詩續編》一卷（簡稱"葉本"），收詩三百餘首，有民國三十三年鉛印本。汪宗衍輯有《節庵先生遺詩補輯》一卷，收詩一百二十餘首，于一九五二年在香港排印出版。

　　一九五四年，張昭芹薪夢草堂彙刊《嶺南近代四家詩》，將《節庵先生遺詩》、《節庵先生遺詩續編》輯入，又謂龍鳳鑣刊《節庵詩》實有四卷單行本，並從中輯得余本未收詩十一首（實為十首），編成《節庵先生遺詩補編》附于後。門人楊敬安又輯有《節庵先生遺稿》五卷，中錄佚詩二十首，一九六二年在香港印行。《節庵先生賸稿》一卷，有一九六五年澳門手寫油印本。此外，尚有鈔本《梁節庵詩稿》，有陳三立等人的評語。又有《毋暇齋詩集》一卷，徐鑄選，光緒二十年鈔本，未見。諸本編次多舛誤，每為學者非議，如李漁叔《魚千里齋隨筆》所云：

"舊本纂集，前後倒置，當須揀汰之功。"汪宗衍綜合諸本，參以近人詩文詞集、日記、詩話等，鈎稽考證，重編詩目，成《重編節庵先生遺詩目録》（簡稱《汪目》），加以按語，詮次為六卷，存詩一千三百七十餘首，未刊行。

葉恭綽輯有《欵紅樓詞》一卷，收詞一百零四首。民國二十一年刊刻，龍榆生收入《彊村遺書·滄海遺音集》。此外，楊敬安輯《節庵先生遺稿》中録佚詞三十五首，《詞學季刊》、《同聲月刊》也輯有佚詞若干。

本書以余紹宋輯《節庵先生遺詩》、葉恭綽輯《節庵先生遺詩續編》、汪宗衍《節庵先生遺詩補輯》三種以及葉恭綽輯《欵紅樓詞》為底本，補入張昭芹編《節庵先生遺詩補編》、楊敬安輯《節庵先生遺稿》以及吳天任《梁節庵先生年譜》中所輯録之作。汪宗衍尚有《節庵先生遺詩補輯》未刊詩若干首，未刊行，今從廣東省文史館館員莫仲予先生手鈔本補入。除余本外，均在校記中注明出處；此外，還有我本人及他人輯録的以上諸本未載的佚作，共詩二百二十九首，詞三首。這些佚作若從載籍及文物部門藏品中輯録的，則注明出處；從歷年拍賣品圖録中輯得的，則僅注明輯自梁鼎芬傳世手迹影本。汪宗衍《重編節庵先生遺詩目録》，大致按時間先後編次，吳天任《梁節庵先生年譜》以《汪目》附刊于其後，云："倘有重刊先生詩集者，取此足供參考。"本書編次，大抵依據《汪目》，間有異同，並插入本人所輯之作，略申己意。全書共録梁鼎芬詩一千四百八十七首，存疑十六首，詞一百五十首。梁氏擅書畫，常書己作以

贈人，為世所珍，其中每有佚詩，還有待于日後繼續補
輯。黃任鵬、程中山輯有佚詩若干，本書采用時均注明
輯者姓名、輯自某處。《款紅樓詞》，今分為兩卷，上卷
大抵按先後編次，下卷不編年。廖宇新二〇一八年碩士
論文《款紅樓詞箋注》，中有輯佚及校記，本書亦間有采
取，并注明"廖宇新録自某書"或"廖校"。各本中文
字偶有明顯筆誤者，則徑改，不出校。至于采入梁氏詩
詞的選本、報刊，則僅用以輯佚，不用以校勘，亦不出
校。附録中有引自其他著作者，文中有明顯筆誤者，亦
徑改，不出校。

　　梁鼎芬是撰聯的好手，也是一位傑出的書家，其書自
柳公權、李邕、蘇軾、黃庭堅出，秀雅清剛，自成一體。
平生書寫對聯甚多。《節庵先生遺稿》卷五收入其聯語數
十則。《節庵先生賸稿》所録"課兒聯"九百餘副，其數
量之多、品質之高，恐怕古今無兩。可以設想，這些本是
驢背奚囊中備用的詩料，精工典雅，可為對聯之範式。
《賸稿》為蠟版寫刻油印，印數不多，傳本更少，以致這
些碎金零玉，不為世人所知。本人亦從梁氏傳世手迹影本
中輯有聯語若干。本書將目前蒐集到的聯語、詩鐘，附于
詩詞之後。

　　為方便學者閱讀，本書對梁鼎芬詩詞略作箋釋，主要
是在時、地、人、事方面。梁氏詩中涉及的重要歷史人
物、事件，為學者所熟知者，箋中祇作簡要介紹説明，不
過多徵引典籍，而一般人物或特殊事件，則儘可能詳細箋
釋並注明出處。

　　梁鼎芬的年譜已有數種，較著者有胡鈞（一髮）《梁
文忠公年譜》及吳天任《梁節庵先生年譜》。本書末所附
的《梁鼎芬年譜簡編》，即以此二譜為基礎結合有關文獻
編輯而成。

節庵先生遺詩

卷　一

書　堂

清白讀書堂，榴花紅過牆。屋存百年舊，學守一經良。聞道原無早，安身但有常。九垓甚寥廓，先為縱神光。

【箋】汪宗衍《重編節庵先生遺詩目録》云："詩有'榴花紅過牆'句，先生家祠有榴樹，見子申畫榴花詩。詩當為先生幼年家中讀書時作，龍刻次在卷一第一首，余刻在卷二，今從龍本。"按，節庵世居于廣州小北門内，建有葵霜閣以藏書。至今故居猶存，為廣州市越秀區榨粉街九十三號。

龍丈壽祺宴集家園賦呈（二首）

暇日陪清讌，端居葆令姿。卅年上京夢，三月柳花詞。丈有《柳花詞》至佳。愛雨新添竹，棲雲舊種芝。南樓書史富，余意欲淹遲。

閴閴開別館，每每表先芬。中散狀誰比，魯公書不群。先君三十以前學顏書，日盡數紙。哀勞翻益淚，寥落恐無聞。起視中庭月，清光到夜分。

【箋】《番禺龍氏族譜》卷六："壽祺，原名佩璁，字允莊，號玉泉。清監生"，"配番禺梁國瑻女"，"子鳳鑣"。龍壽祺卒于光緒五年秋。節庵之姑妹適龍氏，龍氏為節庵之姑丈。節庵與龍氏一家關係密切，龍鳳鑣于節庵三十九歲時已輯有《節庵詩》五卷，收入所刻《知服齋叢書》中。

泊古樓村弔鄒吏目

昔者鄒君字汝愚，石城流竄由諫書。後人追思但歎息，一鳳豈可雜群狙。此間風俗甚醇直，著者李煥君所識。村氓至今稱滿口，當時大官卻不得。謫仙亭外月如霜，終童壽命奚不長。披書更咏獄中句，將淚與水流汪汪。

【箋】此詩當在光緒二年丙子入北京前作。鄒智，字汝愚。四川合州人。明成化丁未進士。簡庶吉士。楊士奇《庶吉士鄒公智別傳》：“弘治戊申，有星變之異，上疏極論陰陽之理，欲退萬安、劉吉、尹直，而用王竑、王恕、彭韶。且曰：‘君子所以不進，小人所以不退，大抵宦官有以陰主之也。’疏入，不報。己酉，言事者誣知州劉概、御史湯鼐妄言朝政，嫉智，並疏其名，下錦衣獄。智身親三木，僅餘殘喘，神色自若，無所曲撓。供詞略云：‘智與今湯鼐等來往相會，或論經筵不宜以大寒大暑輟講，或論午朝不宜以一事兩事塞責，或論紀綱廢弛，或論風俗浮沈，或論生民憔悴無賑濟之策，或論邊境空虛無儲蓄之具。’議者欲處以死，刑部彭韶辭疾不判案，獲免。是年，左遷廣東石城千戶所吏目。毅然就道，衣結履穿，幾不能存，親識餽遺，堅卻不受。”焦竑《玉堂叢語》卷七：“鄒汝愚謫雷州石城千戶所吏目，蒼梧吳獻臣廷舉尹順德，令邑民李煥于古樓村建亭居之，扁曰‘謫仙’。其父來視，責以不能祿養，箠之，泣受而不辭。弘治辛亥十月卒，獻臣往治其喪，適方伯東山劉公至邑，不暇出迎，廉知其故，反加禮重，共資還其喪。獻臣自是知名。”黃宗羲《明儒學案》卷五《白沙學案》下《吏目鄒立齋先生智》：“謫廣東石城吏目。至官，即從白沙問學，順德令吳廷舉于古樓村建亭居之，扁曰‘謫仙’。其父來視，責以不能祿養，箠之，泣受。辛亥十月卒，年二十六。”古樓村，在順德大良紅崗。

風　雨

江海一鳥疾，能令人斷魂。當風初放幕，將雨急修垣。茗芋花仍笑，蕭疏柳半髡。不知千里外，眼底孰桃源。

暮登陶然亭

冠蓋非吾願，林巒終自閒。亭虛先占月，城近不妨山。攀袂獨行久，題詩一笑還。名湯與利輾，要有此時顏。

【箋】吳天任《梁節庵先生年譜》："先生為光緒丙子順天鄉試舉人。"此詩為光緒二年以國子監生入京應順天鄉試時作。富察敦崇《燕京歲時記·九月》："陶然亭，在正陽門外西南黑窰廠慈悲庵內，康熙乙亥工部郎中江藻建。"戴璐《藤陰雜記》卷十："陶然亭，又名江亭。春秋佳日，宴會無虛。亭前廓以軒檻，可容小部。"

同張十六舅鼎華文三廷式游永勝寺（二首）

閉關惟頌酒，出郭始知春。僧懶睡過午，鶴馴鳴向人。危芳經雨定，深靚入煙勻。莫道同游易，追思或愴神。

此日閒身在，經時淚眼揩。叔父三人遺匲先後寄此，今六叔父未葬。淒風驚落葉，淺水熟聞蛙。來往紛行迹，孤零少好懷。擬從蘇晉後，松下設清齋。

【箋】張鼎華，原名兆鼎，字延秋，號宭子。廣東番禺人。張維屏孫。咸豐十一年舉人，官內閣中書。光緒三年成進士。改翰林院庶吉士，散館授編修，主講越華書院。後入京，記名以御用。以文學盛名京師。曾參纂《密雲縣志》六卷、首一卷、附詩文一卷。《節庵先生遺稿》卷三《創建感舊園緣起小引》："先舅張延秋先生，秉性孝友，襟抱瓌異，少有聖童之譽，長無一日之歡，沈醉不回，摧傷斯急，光緒十有四年九月三日，告終于京師旅邸，春秋四十有三。"又云："文章通雅，性韻清深，有志無年，蹉跎遂盡。"康有為《送張十六翰林延秋先生還京》詩自注云："神識絕人，學問極博，少以神童名，十三歲登科。曾直軍機，三十二乃入翰林，則已頹矣。詞館不娶妻者，惟先生一人。過從累年，談學最多，博聞妙解，相得至深也。"高要馮侍郎譽驤字以女，未婚女歿，鼎華終身不娶。

文廷式，字道希，號雲閣、芸閣，晚號純常子，江西萍鄉人。生于廣東潮州。同治十一年入菊坡精舍，為陳澧入室弟子。光緒十六年進士。歷官翰林院編修、侍讀學士、署理大理寺正卿等。倡言變法，致力洋務。光緒二十二年，革職回籍。著有《雲起軒詞鈔》一卷、《文道希先生遺詩》一卷、《純常子枝語》四十卷等。文廷式于光緒三年丁丑秋，于南昌抵粵，寄寓于光孝寺，始與節庵、陳樹鏞論交。張鼎華聞其名，至光孝寺相訪，亦與定交。錢萼孫《文雲閣先生年譜》"丁丑"年條："本年文廷式在廣州，客廣州將軍滿洲長善幕府，其嗣子志銳、姪志鈞，皆英姿逾衆，賓從如張鼎華、梁鼎芬、于式枚等，多淵雅之士，廷式皆得與交游。時廷式粵中交游，又有葉衍蘭、李文田等人。"

倪鴻《桐陰清話》卷五："永勝寺，在廣州東門外，地極幽雅，每荷香荔熟時，余輩集此作消夏會。"此詩寫春初風物，當在光緒四年戊寅春于廣州作。

讀晉書雜咏 (六首)

太陽昏弱位終虛，飛箭傷心暗繫書，天下凶凶實由爾，庾純面折賈公閭。

江左偏安負盛名，他時狠抗愧難兄。伯仁竟死嗟何及，愁絕誠齋論易情。

鍾劉一輩委飛灰，危日談經只此才。莫謂沖齡不解事，也知還我侍中來。

安仁才調比蘭芬，可惜幽香竟被焚。一語快心梅磵叟，如何親寫禱神文。

折翼天門事有無，庾家群從好冤誣。中原多事須公等，莊老浮華隻手扶。

遺民范粲更誰同，忘父捐身秬侍中。一代史才司馬正，論人誤采蕩陰忠。

題王漁洋集

落花飛燕兩微茫，絕好樓臺碎玉裝。劉勰文心尚聲律，鍾嶸詩品愛聞長。一時競許龍鸞手，何處能容冰雪腸。晚近涓流沾溉盡，香山山谷久荒涼。

【校】此詩有傳世手迹。兩，手迹作"欵"，頸聯作"儼然一代風騷手，不讓千叢蘭蕙香"。

【箋】王士禎，字子真，一字貽上，號阮亭，又號漁洋山人。山東新城人。順治十五年進士，官至刑部尚書。有《漁洋菁華錄》、《池北偶談》、《古夫于亭雜錄》、《香祖筆記》等。

題曝書亭集

此是儒林一大師，即論詩卷特清奇。史才經學能兼用，春樂秋哀各有時。山到匡廬真不負，樹如桃柳儘多姿。聊存轅議農歌例，風雨歸耕久繫思。

【校】上詩余本未收。輯自梁鼎芬傳世手迹影本。

【箋】朱彝尊，字錫鬯，號竹垞。浙江秀水人。康熙十八年舉博學鴻詞科，除檢討。詩與王士禛稱南北兩大宗。合上首觀之，節庵于王士禛似有微詞，而盛贊朱彝尊，可見其論詩之旨。

坐雨懷永明周七鑾詒

秋雨一宵忙，疏簾暗景光。好花如過雁，金蘚長虛廊。螢點疑燈濕，蛩聲怨笛長。此時懷舊意，彼美託瀟湘。

【校】上詩余本未收。輯自梁鼎芬傳世手迹影本。末署："軨父欲觀余學金風亭長詩，為檢八年前五律一首示之，未審肖否？鼎芬丙戌年補錄。"按，八年前，即戊寅年，梁氏二十歲。余紹宋輯本《坐雨憶周七鑾詒長沙》一詩，亦有手迹，末署"辛巳稿"，梁氏二十三歲。本詩似為其初稿，因已面目全非，故在此補錄。

【箋】此詩為光緒四年戊寅秋日在廣州作。周鑾詒，字季貺、蕙生，一字薈生，號譻齋。湖南永明人。年十五，以貢生入京。光緒三年，年十九，成進士。入翰林院，任編修。十一年，為廣東鄉試考官。精金石篆刻，好藏書，室名岳色堂、共墨齋等。繆荃孫《藝風藏書續記》卷四："光緒戊寅十月，從海舶易得《譻齋手記》，'此吾同衙門周薈生手書。薈生年少有才，無所不好。年廿七即歿，所藏遂星散矣'。"孫達《蕙生周鑾詒年伯藏秦漢古印譜》題識："永明周鑾詒太史鑾詒少年入詞林，有才子之目。媚學好古，篤嗜金石碑碣，博極四部，深于考據，尤喜收秦漢以來古銅印，與先駕部及王蓮生念庭諸先生為同好至交，互相討論，嘗聚為竟日之會，各出藏印，椎拓互贈以為樂，一時韻事，頗足羨慕。此冊即昔日太史所貽也，刻從舊篋撿得，因急付潢工裝冊，漫志數語藏之。時壬辰夏日，北平孫達少春氏記。"周鑾詒為文廷式妹夫，與節庵或在京相識。

己卯歲由都還鄂于武昌官廨用舊韻

舊家池館換春風，鶯燕芳魂盡向東。一樹桃花輕折損，滿園香霧太冥濛。門前看竹何須問，徑裏探樵本可通。畫閣清閒人未醒，任他鈴犬吠青桐。

【校】上詩余本未收。輯自梁鼎芬傳世手迹影本。李伯元《南亭四話·莊諧詩話》卷二、陳涵度《題蕉蘆漫筆》引此詩，均為"無題"；"滿園"句，作"半簾夢雨已冥濛"；任他，作"讓他"。

【箋】光緒五年己卯，節庵在北京。冬，為宗室孚馨之從子寶瑛授經于煤渣胡同。按，據詩題，是年當一度至湖北。金武祥《粟香五筆》："余己卯入都，晤番禺孝廉梁星海鼎芬，少年文譽，籍甚春明。"陳琰《藝苑叢話》："梁為南皮宮保所識拔，累摺奏保，官場榮之。雖入宮見妒，外間不無微辭，然梁之于張，固有知己之感。而梁之學術亦卓然有所表見，不能為世俗流言所埋没者。茲録其近作《無題》一律云云。惝恍迷離，深情一往，至'讓山獨識湔裙柳，白傅曾知拂面花'，是則影事模糊，非局外人所敢懸擬矣。"按，"讓山"一詩已佚。

從保安門大街宅步至野塘

西街幽僻獨吟身，景物撩人處處新。水暖春魚初放子，日長文杏漸生仁。玉編金軸方難得，白石青溪意可頻。大化自然鬧始見，十年前已損心神。

【校】"保安門大街"，《汪目》作"水陸街"。

【箋】保安門，武昌九門之一。保安街為連接保安門與望山門之主街。水陸街與保安街相鄰。此詩或為光緒五年在武昌作，當時或寓保安街之旅舍。

歸粵草題詞 (六首)

溯從京國證前因，丙子秋相識于葉蘭臺世丈家。同是天涯契合真。壯志豈難銘竹缽，好官容易失風塵。不嫌秋氣能知我，忍聽驪歌將別人。歸去田園漫惆悵，雪花如絮護吟身。

海上琴方靳賞音，又從海上話離襟。復于上海姨丈馮竹儒觀察署中同飲。萍因風聚踪無定，人爲春忙感不禁。幾樹碧桃潭水影，一聲啼鳥故園心。臨歧各自道珍重，明月片帆過遠岑。

我向征途認雪泥，東風淡蕩剪征衣。萬山春樹游如昨，兩地詩心夢總違。舊燕再來愁客獨，落花無語送人歸。此行亦覺匆匆甚，匹馬依然去路飛。

黃花展節客歸來，結想秋葭屢溯洄。恰好重陽欣把袂，丁丑遇于羊城粵秀山。記曾萬里共銜杯。論交誼重推先代，丈令兄寅卿、年祖與余家師孟、漱皆兩叔祖為癸卯同年。思古情深感破臺。樹外夕陽人影亂，渾忘握手立蒼苔。

却喜家園遇故知，問君近況讀君詩。手驅山岳筆能健，胸有冰霜句自奇。萬疊嵐光遍游屐，一生心事慰尋碑。少孤我更悲疇昔，怕向春山聽子規。鼎幼失怙恃。

縷叙離踪又別離，惱人最是踏春時。輕波綠意牽情緒，久旱蒼生待設施。書劍一身儒者吏，鶯花二月草堂詩。莫嗟塵海重逢晚，會看論文有後期。

【校】以上六詩余本未收，黃任鵬輯自黃璟《四百三十二峰草堂詩·歸粵草》題詞，并擬詩題。

【箋】黃璟，字小宋，號蜀泉、鐵石道人、二樵樵者。廣東南海人。歷官河南浚縣知縣、陝州知州。工山水，擅刻印。足迹所歷，每以詩畫紀事。著有《四百三十二峰草堂詩》。黃箋：黃璟《歸粵草》中有《葉蘭臺戶部邀同梁斗南修撰，譚叔裕、潘繹琴兩編修，唐景星、陳瑞南兩觀察，梁星海孝廉，于晦若上舍宴集寓齋，即席賦呈諸君子》一詩，詩云："對菊持螯列酒漿，最難九老盡同鄉。人間仙迹五羊在，天上文星四座光。暢飲留連米家舫，（主人收藏書畫甚富，酒餘出以視客）何緣得接令公香。明朝惜別增秋思，粵海川江楚水涼。（梁修撰視學湖北，譚供奉視學四川，于上舍偕行，唐陳兩觀察、梁孝廉與璟將歸粵東。）"

梧桐曲應樂陶十一兄命 (二首)

青青梧桐枝，突突梧桐屋。枝頭無鳳凰，但有鴟鵂宿。

梧桐高百尺，其勢干雲霄。惜哉中無憑，不及松後凋。

【校】上詩余本未收。輯自汪宗衍補輯節庵詩未刊稿莫仲予鈔本。末署"己卯十一月"。

【箋】伍樂陶，廣東南海人。伍氏為粵中望族，經營怡和洋行之巨商。伍樂陶之父伍少溪，號梅庵，擅畫梅花，兼工山水。樂陶與其兄德彝皆能畫工書，富收藏，與粵中畫家居廉交好。所居廣州河南萬松園、鏡香池館，為文人雅集之地。

讀韓致堯詩感題二律 (二首)

曉來微雨較春寒，詩愛冬郎盡日看。亂世崢嶸詞反豔，暮年蕭瑟事初完。鶯啼幽獨看看盡，馬走煙塵寸寸殫。鳳燭百條同一淚，今疑紙上未曾乾。

誰識天心久廢商，殿前執手暗沾裳。從亡盧植曾河上，和韻吳融竟異鄉。花好似忘春已去，塵飛真恐日無光。由來宦者傾人國，錯怪唐家白面郎。

【箋】韓偓，小名冬郎，字致光，號致堯，晚年又號玉山樵人。陝西萬年人。唐龍紀元年進士。歷任左拾遺、左諫議大夫、度支副使、翰林學士。有《玉山樵人集》。其詩多寫豔情，稱"香奩體"。陳正敏《遁齋閒覽》云："韓致堯詩，詞致婉麗。"節庵少作力學冬郎，上追義山，于清末詩壇自樹一幟。

傷 春

微雨送芳辰，花開那忍看。朱樓人未知，催爇雙鳳炭。不愁容顏改，但恐時節換。門外柳何窮，奈此春鶯亂。

天平橫街館舍春宵

書館更深月似銀，學僮盡返獨留身。醒尋好夢疑前世，聞對初花愛早春。款款語言還憶昨，滔滔江海忽傷神。楚庭詩社明朝會，且效淵明漉酒巾。連同子展、晦若、雲閣集紅螺山房飲酒賦詩。

【箋】光緒六年春寓于京師煤渣胡同時作。《壽闕樹三七十六歲》詩自注：“先舅延秋先生住教場胡同，所居曰紅螺山房，其時吾鄉人才最盛，多集于此，俯仰今古，往往達旦。”節庵《廣州感舊園約拜張延秋先生生日啟》“紅螺山”注：“山在密雲，先舅自題曰紅螺山房。”紅螺山，位于今北京懷柔，南麓山坳有紅螺寺。子展，王存善之字。晦若，于式枚之字。雲閣，文廷式之字。

賦得靜對琴書百慮清 得清字五言八韻

人共琴書靜，鵑啼夜幾更。儘教消百慮，對此覺雙清。桐冷深秋影，芸香舊日盟。求音休問鶴，拋卷不聞鶯。眠綠苔三徑，研朱穗一檠。委懷元亮樂，澹志伯夷情。風過雲無翳，霜多月自明。高吟朱子句，簪筆侍蓬瀛。

【校】上詩余本未收，黃任鵬輯自梁鼎芬庚辰科會試硃卷。

讀張文獻公羽扇賦時沈二客曲江因以寄意 (二首)

豈以文章重，至今模楷尊。但求得死所，遑復計生存。碧眼兒終大，赤心臣敢言。秋風分捐棄，掩泣賦蘭蓀。

胡塵滿天地，風度此高樓。深谷纔為岸，吾家舊泛舟。少日隨侍，屢過此間。故人今獨寐，昨夜似同游。季瀚題碑在，苔深細意搜。

【箋】張九齡有《白羽扇賦》。沈二，謂沈寶樞。字彥慈，號筠甫。廣東番禺人。少日讀書史家園，曾游歷韶州、揚州等地。光緒二十五年舉人。任安陸知縣，入張之洞幕府，為試用同知，管理洋務局鐵路所。光緒三十一年，任《湖北官報》收支。節庵與沈寶樞、徐鑄、顧朔為少時學友。

毋暇齋

故人珍重題齋額，南北書牀得自安。何妥解經知已少，妥字棲鳳，見《隋書·儒林傳》。荀卿勸學説能完。閒花細草當門靜，霽月光風取徑寬。陸九居廬過一載，慶笙時居父喪。傷離空有淚闌干。

【箋】毋暇齋，節庵早年室名。汪宗衍謂"在廣州城外之大口巷街，其別業也"。徐鑄編選《毋暇齋詩集》一卷，有光緒二十年鈔本。未見。《隋書·儒林傳》載，何妥，字棲鳳。父細胡，西域人，通商入蜀，居郫縣，後成巨富。妥八歲入國子學，北周武帝時授太學博士。隋文帝時為國子博士，又進爵為公。妥擅經學，著有《周易講疏》十三卷、《孝經義疏》三卷、《莊子義疏》四卷等。

同十六舅晦若出彰儀門外望行人來往

大道飛輪迅莫留，石梁鳧鴨自悠悠。同人各有江河感，今歲先捐米粟憂。輻輳街塵成舊話，蕭閒風物見清秋。心知不及當年盛，疏柳斜陽故出游。路旁老者言道光以前行旅之盛。近皆自天津來，不復睹矣。

【箋】十六舅，謂張鼎華。于式枚，字晦若，號采生、穗生。廣西營山人。光緒三年，客廣州將軍長善幕，與其嗣子志銳、姪子志鈞兄弟及張鼎華、梁鼎芬、文廷式等交往，為終身之友。金武祥《粟香五筆》云：“余初至粵，即接高州何鏡海觀察書云：‘近有布衣于晦若者，年未二十，胸羅全史，僕所刮目，僅此一人。’”光緒六年，成進士。授兵部主事。後任廣東提學使，出使考察憲政大臣，升郵傳部侍郎、禮部侍郎、學部侍郎、修訂法律大臣、國史館副總裁。陳灝一《新語林》卷三：“于晦若溫和謹厚，與人異趣，久為卿貳，而草冠布衣，挾詩書數册，日走什刹海、陶然亭諸名勝，埋頭吟誦，見者不知其為朝貴也。”光緒三年，節庵年十九，入菊坡精舍從陳澧受業，與于式枚、文廷式、陳樹鏞同門，後又與于式枚為同榜進士，故感情甚深。彰儀門，北京城西門，明代稱廣寧門，又名彰義門。道光年間為避清宣宗旻寧之諱，改為彰儀門，又稱廣安門。道光以前，來往京師，悉由陸路，皆乘車馬，故多經彰儀門；後海路通，南下者多先至天津，乘輪船至上海，或繼續南下福建、廣東，或再轉乘江船至江蘇、安徽、兩湖等地。

偶　書

范璿代胡銓，丘濬洩王恕。咄咄許怪事，所言有根據。澹庵古遺直，披肝待刀鋸。就令短書塙，愛友心不污。何況繫安危，一紙實孤注。瓊山中自燒，結宦已成痼。拙哉三原友，疏憤可以妒。奚怪阿鳳永，揚鞭奪先路。毋徒詡文章，剛腸一回顧。

五代史樂府（四首）

蟒喙與豺牙，敵以沙駝馬，驅之驅之不能下。藻轎釘轡何

15

鮮明，金輿繡袍先失光，事平得罪勇者傷。丑口去，虎口來，死我李克用，生我王仙芝，時溥追兵真及時。狼虎谷

一足夔兮，如雷之音。一足人兮，如籠之禽。延春柳前告孫揆，恨不與溫共尊帝。我死柳，子死楊。黃大鬼，朱三王。獨柳樹

人生尊酒有矛鈇。太行孟門豈嶄絕。醉在室，兵在牆。封禪寺，隆隆光。誰與匿救李景鈇，以水沃面從電趨，唐將代梁安得無。後日六臣來，今夜晉王迫。行人知我哀，莫過上源驛。上源驛

戰于洹水，出于閶門。雖葛從周之敗，而張歸霸之援。遂亡其子落落兮，又三年，而禽其廷鸞。禽落落

【箋】四詩咏五代史事。黃巢"自陳符命，取'廣明'字，判其文曰：'唐去丑口而著黃，明黃當代唐。'"巢後為李克用敗于狼虎谷，被殺。其部將秦宗權據蔡州稱帝，殺人如麻。朱溫攻敗之。宗權為部下執送朱溫，京兆尹孫揆監斬于長安獨柳樹。李克用東追黃巢，還軍過汴州，館于封禪寺。朱溫邀入城，置酒上源驛，克用醉臥，伏兵發，火起，侍者郭景鈇滅燭，匿克用牀下，以水灑面而告以難，克用逃脫。黃巢部將葛從周、張歸霸降朝廷後，又跟隨朱溫，屢立戰功，與晉軍在洹水作戰，擒殺晉王李克用之子落落。晉州之戰中，李克用之子廷鸞又為朱溫部將氏叔琮、朱友寧所擒殺。事見《新唐書·黃巢傳》及《新五代史》中李克用、朱溫、葛從周、張歸霸等傳。

枯　樹

樹根如修蛇，綿亘十餘丈。方從荊榛來，得此頓蕭爽。忽

16

驚枝倒畫，凍雀勢將放。毋乃中心空，日久不如曩。適逢
荷樵人，急請持斧往。斯之墜其皮，紛紛亂蟲上。腐敗無
可為，徒然美形象。我因問樵者，子居近鄰壤。胡不詢謀
僉，平日治痾癢。樵曰吾知之，撫樹幾凝想。以茲得天
厚，漸且蟠地廣。每看枝葉繁，定永煙霞享。豈知中無
憑，得時亦勉強。我聞此語悲，歸塗自俯仰。憶我荒園
中，寒梅著花朗。去年冬雨時，初亦就枯剝。弱木無難治，
鳥爪及時蛑。婆娑復生意，樹較去年長。設將此枯樹，移
根近軒幌。縱無冒雨姿，未必鄰榛莽。乃鮮麻姑爪，亦失
巨靈掌。高山不可居，初心過求賞。我方參菩提，經此歡
途枉。吹面生寒風，山泉咽幽響。此四年前作也，中有率直之
句，然頗愛之，時光飇忽，眴到今日，觀之慚悚。

古　意

子起芟蓬艾，恐傷幽草心。堅閉非所耐，霜雪無能侵。一
朝秀當戶，先飽刀鋸尋。坐此三太息，寒雲生暮陰。甲申
八月。

【校】以上三題六首余本未收，輯自梁鼎芬傳世手迹影本。

【箋】六首均書于同一紙上，為書贈楊啟焯者。傳世手迹末署“甲申
八月”，于《枯樹》詩下又有“此四年前作”之語，姑全繫于光緒六年
庚辰。

庚辰七夕詞 (三首)

苕苕西北起浮雲，鏡約私諧錦段分。鳳軫龍梭都不惜，駕

橋靈鵲已殷勤。

窈窕雲肩乞巧多，瓊枝消息遞微波。天風鬆卻黃金鎖，故遣佳人會絳河。

瓜果金錢綺席開，長安城裏笑喧豗。杜陵善寫蛛絲態，何止孫樵擅賦才。

【箋】作于光緒六年庚辰七月七日。吳天任《梁節庵先生年譜》："是年七夕，先生已與龔氏識面，或彼此先有酬唱歟?"郭則澐《十朝詩乘》卷二十一："比為從舅王可莊太守校定遺集，見其劾崇地山一疏，揭地山越權訂約諸罪狀，謂非置之重典，無以謝國人。語甚切直，蓋同館諸公推從舅屬草者。梁節庵丈甫入詞苑，亦與列名。疏上留中，節庵丈賦《庚辰七夕》詩三首云云。雖託諸廋詞，而其義自炳。詩成，秘藏篋衍，晚年為人書箑，乃稍傳于世。"

七夕後一日寄沈寶樞揚州（四首）

清秋淨懷抱，節換別離長。以我戀故國，知君悲異鄉。敷榮自蕭艾，飄泊到鸞凰。不見南來信，滄波益渺茫。

獨影難隨世，深心且閉門。萬人並喧寂，一水各清渾。近日花多媚，因風月有痕。輕陰鎖庭院，無語但銷魂。

耿耿明河冷，迢迢世路艱。寒蟬鳴有意，蒼狗幻無端。當徑休除草，幽居學種蘭。佳人傾國色，合座弄明玕。

隔昨鍼樓月，近看生遠思。腰圍同汝瘦，肝病入秋羸。老屋懷先輩，所居為吳柳堂先生故宅。平山獨故知。百年會須盡，相望一燈時。

【箋】吳可讀，字柳堂，甘肅蘭州人，道光三十年進士。授刑部主事、晉員外郎。遷吏部郎中，轉河南道監察御史。曾上疏彈劾烏魯木齊提督成祿，被罷職。光緒初，復起任刑部主事。光緒五年，在薊州寺中繕寫封章，尸諫慈禧太后，請為穆宗立嗣。卒後，張之洞于吳氏故宅建祠堂。故址在南府街，今城關區金塔巷。

凍　蠅

一生不曾凍，以熱為性命。營營復營營，天乃殺其柄。回頭肴玉馨，可惜冰雪勁。

【校】此詩有傳世手迹，與上數首書于同一紙。“營營”句作“驅寒無少休”。

彗　星（二首）

不信鯨魚死，精芒出十尋。占經儒者術，去位大臣心。夷狄侵陵久，天人儆懼深。殷憂堪啟聖，微旨玉杯吟。

星事沈思見，天災顯象呈。廟堂勤問故，臺省執攄誠。久已誇尊俎，何因兆甲兵。宗臣劉向在，應有諫書成。

【校】誇，余本校：一本作“從”。

【箋】《清史稿·德宗本紀一》：“（七年）六月己亥，彗星見，詔修省。丙辰，萬壽節，停朝賀。”翁同龢《翁同龢日記》光緒七年六月初一日：“邸書來，云彗星見于西，其光可駭。蓋家人輩亦于是夕亥初見之矣。”初二日：“亥初，彗星見于西北，其光白，長丈餘，乍明乍晦，因有雲氣也。

北斗直北，約在井宿分，恨窺天不識耳，悶甚愁甚。"初三日："余昨即反復陳星變可畏，上意悚然。"邸，指醇親王。徐鑄有《望彗星作》詩。

榕城秋感留別何尚書璟 辛巳(四首)

近親情話別匆匆，去粵之夕，延秋母舅話別竟夕。萬派波瀾獨轉蓬。念我飄零思北海，看花憔悴對西風。前塵空感長沙鵩，少日曾聞御史驄。公官諫垣時，曾聞以鋤奸有聲。卻喜青松寒不落，三山高蔭舊芳叢。

湖海元龍自不凡，謂岑宮保丈。相逢恰喜解征衫。飄花有憶剛團影，采葛無因可避讒。猿鶴淒清與時異，雞蟲得失倩誰監。浮生最感天高厚，昨夜風雲淨掃橉。夏間彗星北現，入秋遂無。

謝庭蘭玉自森森，市骨猶能抵重金。我覺天涯有秋氣，忍將今日負初心。蝸宮自守才非福，龍性難馴謗漸深。苦憶京華舊朋侶，此邦賢士一思尋。客歲寓都，與陳弢庵、王公定同年昆弟連牆通謁，過從頗密。

豪傑凋零屢撫膺，謂丁未前輩沈文肅公。夢中廣武幾回登。深宵霜影衫如葉，一度星芒劍有稜。繭足豈終蓬累苦，歸心已為海潮興。天高不阻飛鴻翼，莫再低翔履薄冰。

【箋】光緒六年庚辰八月二十一日，節庵成進士後完娶。冬，攜龔氏夫人返鄉祭祖。次年辛巳秋，游福州，拜會何璟。何璟，字伯玉，號小宋、筱宋，廣東香山人。何曰愈之子。道光二十七年進士。選翰林院庶吉士。官至兩江總督、閩浙總督、兩廣總督兼署辦理通商事務大臣。光緒二年十二月後兼署福州將軍。光緒十四年卒。榕城，福州之別稱。岑毓英，字彥卿，號匡國。廣西西林人。歷任雲南布政使、雲南巡撫、貴州巡撫、雲貴總督。陳寶琛，字伯潛，號弢庵、陶庵、晚號滄趣、聽水老人。福建閩縣人。同治七年進士。授翰林院庶吉士。授編修、侍講，充日講起居注官、內閣學士兼禮部侍郎。王仁堪，字可莊，又字忍庵，號公定。福建閩縣人。光緒三年進士第一。授翰林院修撰。官鎮江、蘇州知府。弟王仁東。沈葆楨，字翰宇，又字幼丹。福建侯官（今福州）人，道光二十七年進士，官至兩江總督兼南洋通商大臣。卒，諡文肅。

客中游烏石山有作

多時別卻秋山容，山林疏澹不易逢。愁心萬點對羈旅，醉眼四面看蒙茸。此峰何年落人世，殘日滿地聞禪鐘。舉頭陡絕不可去，回視下界炊煙濃。

【校】上詩余本未收。輯自梁鼎芬傳世手迹影本。

【箋】烏石山，又稱烏山、閩山、道山。在福建福州，為城内三山之一。有天章臺、鄰霄臺、沖天臺、霹靂巖、天台橋、道山亭諸勝。郭柏蒼《烏石山志叙》："會城之内有九山。九山，烏石為最大，會城之地稱'三山'，三山，烏石為最奇，郡中人士與客子有憚其游觀之遠者，輒寄興斯區。予雖性好登覽，不畏阻隔，然閒步多上烏石，月凡屢至。"光緒七年秋，節庵客福州拜會何璟，或至烏石山一游。姑繫于此。

述哀篇

我生四歲始學書，日識經字二十餘。偏旁點畫不可定，錯亂便倚慈母呼。是時家在樂昌縣，大人賓客無時無。閒論詩品説劍術，小子未解心歡娛。親年強盛偶還里，禍患竟爾乘須臾。仲秋之月歲乙丑，母病虛緊寒痛俱。少頑不識壽親法，自此無母悲何如。五年苒苒忽長大，十二隨宦過湘湖。天胡不惠降凶閔，九原從父志罔渝。遺言在耳痛定省，忍死遂受人間污。貧喪千里兼幼弱，更有盜賊橫前途。艱難待盡命不盡，家鄉乞食從諸姑。停喪不葬古有禁，時無魯公猶恐誅。蹉跎今日始銜土，出自東郭歸北郛。旭輪新升積霧散，族黨相送還相扶。先人孝惠在眾口，因歎盛德憐此孤。椎牛而泣亦人子，親戚既没徒悲吁。玉髓奇經豈神讞，惟憑吾志驅幽誣。作詩聊告妻與弟，知我罪疚猶呱呱。

【箋】節庵父名葆謙，候選訓導，以主事改捐知府同知，分發湖南。同治九年卒。時節庵年僅十二。母張氏，為張維屏孫女。同治四年卒。節庵于每年父母忌日不樂，不設酒。

齋中讀書（二首）

聖人去我遠，存者六籍紛。遺迹非口授，後生觀甚勤。往往一師說，反復萬口云。吾聞易蠱象，育德而振民。苟徇所不屑，戈矛已相因。前有千年書，後有萬載人。何以立天地，上答君與親。願持白日心，光明照星辰。

為學如登山，來萬陟者僅。徐行必無躓，闊步不到峻。所蔽有厚薄，開塞豈由刃。荀卿善言解，性惡惜未慎。剛決與果敢，道乃日月進。仁義奉孔孟，耿介尊堯舜。悠悠總不濟，百年亦何迅。

賞　春

李花豔冶驕陽春，千家萬家走馬頻。林亭惆悵不斷此，交開獨盛光景新。或攜勝侶泛瑤瑟，亦招隱士垂綸巾。雌蝶雄蜂不辟路，雛鶯乳燕寧畏人。十萬金鈴獨汝惜，幾家喬木今為薪。微陰欄檻更嫣姹，未必頃刻泥與塵。何人更乞不死術，慰彼大衆諸苦辛。此花此日當此願，焚香鞠跽陳天閶。

桃花報友人酌樹下

春寒噤不放，被酒多在家。温氣蘇百槁，遞入窗前花。何年道士種，致此天半霞。早開倘易落，歡喜又吁嗟。少年會須老，貪癡非汝瑕。置酒且勿顧，仰視雙雲鴉。

泛舟大通橋書所見

畫簾全卷見人家，自帶芳斟泛小查。有月闌干都在水，當風裙衩盡飄花。尊前柳色春先去，鬢外茶煙夢已差。臺館清娛將廿載，不知誰氏惜年華。

【校】上詩録自葉恭綽《節庵先生遺詩續編》。張昭芹《節庵先生遺詩序》謂此詩原載在龍刊本，陳涵度《題蕉蘆漫筆》録此，自帶芳斟，作“自挈芳尊”，裙衩，作“裙帶”。

【箋】大通橋，在廣州河南大通津上。大通津，又稱大通滘，今芳村花地河。多花農，遍植素馨、茉莉等。“大通煙雨”為古羊城八景之一。

碧螺春庵夜宴

樺燭分筵射綺櫳，清歌妙舞酒方中。細評金雁珠雙串，輕顫銀鵝玉一叢。夢影桃花身是幻，詩題芍藥手能工。片痕春月依人袖，窺見前宵淚點紅。

【箋】葉恭綽《節庵先生遺詩續編序》："余輯丈詩，卷二有《碧螺春庵夜宴》詩。碧螺春庵，本生先考叔達公齋名。丈與先伯伯蓬公、先考仲鸞公、本生先考叔達公，皆至契。"葉佩琮，號叔達，葉衍蘭三子，葉恭綽生父。詩當作于光緒八年壬午。

碧螺春庵酒坐

雲母屏開曲曲通，宵深樺燭啟簾櫳。細評金雁珠雙串，輕顫銀鵝玉一叢。思曼心情原跌宕，伯鸞消息悵西東。天涯相感憐才淚，留取衫痕異日紅。

【校】上詩有傳世手迹，標題前有款識"壬午五月二十三日大雨書此，時客上海祖香草堂小樓"，末署："偶書年時豔冶之作，近則冷蕊寒聲，不復此矣。"頷聯與《碧螺春庵夜宴》詩全同，此詩當為初稿，姑兩存之。

與潘主事存夜話

此老世不貴，深談吾獨能。剥須及虎豹，憎或到蚊蠅。行路忙雙轂，憂時恃一繩。郎潛自然好，豈惜髮鬅鬙。

【箋】潘存，字仲模，別字存之，號孺初，瓊州府文昌縣人。咸豐元年舉人，任户部員外郎、福建司主事。後任惠州豐湖書院、文昌蔚文書院、瓊山蘇泉書院、文昌溪北書院山長。擅碑體書。楊鍾羲《雪橋詩話三集》卷十二："文昌潘孺初户曹存，學行俱高，不肯录录。""獨行卓識，尤為士論所推。"徐珂《清稗類鈔》卷七十一："文昌潘孺初，名存。以咸豐辛亥舉人官户部，湛冥不與世接，于學無所不窺，得其一藝，皆足名家。每日作書，隨手塗抹，棄之紙簍。嘗臨《九成宮》，直逼真迹。寫小楷，亦懸腕，以三指撮筆端。年五十餘，無子，其友買一妾贈之，生一子。及謝病歸里，主講書院。没後，其弟子就書院隙地為祠祀之，年七十五六卒。"王賡《今傳是樓詩話》："清咸同間有嶺南三孝廉者，文昌潘孺初户曹存，及鄧鐵香鴻臚承修、遂溪陳逸山農部喬森也。孺初獨行卓識，尤為士論所推。官京師時，袁忠節爽秋、梁文忠節庵，均敬事之。梁有《訪潘孺初丈雷瓊館有贈》云云。節庵遺詩中，為孺初作者凡數見，且均佳，不亞海藏之于顧五子朋也。惟時韻複押，疑鋟本有誤。袁有贈詩斷句云：'疏星夜見匏瓜朗，宰相何為失此人。'其推挹可想。君博學多通，尤精筆法。宜都楊惺吾守敬，常從之問金石之學，得其餘緒，遂以名家。咸同朝士之闇修者，君當首屈一指云。"

十六舅座上賦月

微微弄花影，漸漸没燈痕。雨過芳軒潔，人閒酒坐温。砌螢先覆焰，枝鳥誤驚魂。莫念家園別，團圞今夜恩。

枯木怪石圖

何年畫師解此圖，圖中有人卿試呼，蒼堅奇恣世所無。一木挺挺如丈夫，一石磊磊非俗儒，上有日月德不孤。我心寫兮人姓蘇，肝鬲既異面目殊。身于南海魂西湖，此木此石何能摹。

【箋】蘇軾有枯木怪石圖。何薳《春渚紀聞》載："先生戲筆所作枯株竹石，雖出一時取適，而絕去古今畫格，自我作古。薳家所藏'枯木'並'拳石叢篠'二紙，連手帖一幅，乃是在黃州與章質夫莊敏公者。帖云：'某近者百事廢懶，唯作墨木頗精，奉寄一紙，思我當一展觀也。'後又書云：'本衹作墨木，餘興未已，更作竹石一紙同往，前者未有此體也。'是公亦欲使後人知之耳。"又云："東坡先生每為人乞書，酒酣筆倦，多作枯木拳石，以塞人意。"鄧椿《畫繼·軒冕才賢》載："高名大節，照映今古。據德依仁之餘，游心茲藝。所作枯木，枝幹虬屈無端倪。石皴亦奇怪，如其胸中盤鬱也。"後世多有仿作。

贈自然庵上人

飄然竹外與花邊，六十清僧似散仙。我昔寄詩論長老，山頭雙鶴望年年。

【箋】光緒八年壬午三月，節庵別墓北行入京，供職翰林院。《庚寅四月二十八日初宿海西庵》詩自注："壬午六月初至焦山。"《水龍吟·夜過鎮江，寄題焦山自然庵》詞自注："壬午曾在庵中，題圖撰聯始別。"可推知此詩作于光緒八年六月。自然庵，在焦山之腰，與毗鄰之定慧寺皆為焦山之名剎。吳雲《焦山志》云："舊在觀音崖右，明弘治間移置真武殿之右，高鑒書額。"後又移置香林庵前，乾隆二十七年重建。自然庵上人，謂焦山自然庵主持越塵。越塵，俗姓徐，字六滯，室名畫禪山房。江蘇鎮江人。工書，尤精六法，善畫山水，為京江畫派一脈。在焦山創建文昌閣、東升樓、三官殿，並修建別峰庵、海神庵、吸江樓、松寥閣等名勝。長江巡閱使彭玉麟、江蘇巡撫端方、吏部尚書陸潤庠均與之交往。端方譽"六滯上人清越絕俗，能識畫中三昧"。

自然庵六瀞畫卷

深艷叢蒼畫有詩，晨經誦罷偶為之。禪心可似灰餘葦，風格當如王二癡。灰餘葦，白雲樓住持，能詩，通禪理。王玖，號二癡，石谷曾孫。

【校】葉按："此本二首，其一已見余輯。"按，其一當指上詩《贈自然庵上人》。

【箋】六瀞能書畫，今焦山尚存其手書匾額。白雲樓，在虞山西麓，一稱小雲樓。乾隆年間建寺取名白雲樓寺，寺內有小石洞，泉水清澈，故稱洌泉，又名露珠泉，寺又稱"洌泉禪寺"，中多名人石刻題詞。王玖，字次峰，號二癡，又號逸泉主人、海隅山樵，王翬曾孫。山水遠承家學，意氣傲岸，自負為畫世家。少嘗學道鍊丹，親受秘法。沈德潛《題王二癡白雲樓圖》詩序："地在劍門西，相傳太公望石屋，黃子久樓息于此，後為僧廬，興廢者屢。今蓮公上人修葺居之，名白雲樓，王次峰作畫，余繫以詩。"

贈程頌藩

介節今誰匹，新詩我所兄。一官長隱市，餘子各傾城。讀罷惟清嘯，愁來慣獨行。胸中挂鐵石，不敢負深盟。

【校】誰匹，余本校：一本作"不偶"。

【箋】程頌藩，字伯翰，號葉庵。湖南寧鄉人。貴西兵備道程榮壽之子。同治三年拔貢，授戶部京官，升戶部主事。能詩工書，潛心經學。有《程伯翰先生遺集》十卷、《程戶部遺集》四卷。汪辟疆《光宣詩壇點將錄》："伯翰為子大長兄，為學博通，尤務實踐，以拔貢官京曹，嘗吟咏遣日。初效選體，後乃浸淫杜韓。氣體凝重，才思內蘊，亦湖湘作手也。"

臘朔自米市胡同移居棲鳳樓

漫與移家作，新吟擊壤窩。地偏觀物變，春近抱天和。翔
切須孤鳳，馱書欠二騾。看花意園近，乘暇一經過。

【校】傳世手迹"臘朔"作"光緒壬午臘朔"，"春近抱天和"作"天
近抱春和"。末注："與伯兮隔衖。"另一傳世手迹題作"壬午臘朔移居棲
鳳樓"。末署"與盛伯兮隔街"。

【箋】光緒八年壬午八月，節庵到京供職翰林院。米市胡同，位于今北
京原宣武區東南，始于明代，清代入京之官僚、文士多寓于此。廣東人則
多居于南海會館，節庵《上元夜飲圖沈庵侍郎屬題》自注："是年八月到
京，居米市胡同葉南雪丈舊宅後園。十二月移棲鳳樓。"王賡《今傳是樓詩
話》："梁節庵知武昌府時，其自題書室聯云：'零落雨中花，舊夢驚回棲
鳳宅；綢繆天下計，壯懷銷盡食魚齋。'棲鳳樓宅乃節庵當日青廬。'零
落'句有感而發，蓋節庵傷心之事。集中有《臘朔自米市胡同移居棲鳳
樓》詩云云。上聯蓋即指此，'食魚齋'則用武昌魚故事也。"

題金蓋山圖 (三首)

看山忽見新題句，玉局詞仙絕代嬌。鳳塢鶴墳各千載，莫
將金蓋厭金焦。時寓于焦山海西庵。

江生別我豐湖住，夢惹棲禪寺裏花。八百神仙梅萬樹，此
間巖壑是誰家。

河陽使者更番至，定有題名洗石苔。世上已無王彥約，好

山真恨不同來。潘學士衍桐兩登兹山。

【校】以上三詩余本未收，黃任鵬輯自李宗蓮纂《金蓋山志》卷首。

同十六舅游天寧寺

暮春上旬花未瘥，怯穡偎冷蕭寺過。游人不盛僧尚臥，棄落風物將如何。吾儕豪猛與春競，試絜曠抱躋平坡。蔥蘢曉樹城郭美，蒙密煙草墟墓多。死生之樂衆皆有，人苦不覺輪佛陀。谷風吹顏酒無力，眼看世事如電波。昇平已奏三十祀，追論往事同涕沱。屏藩不障犬戎毒，周德甚厚天所睋。此間咫尺判和戰，旌旗捲掩鳴驄驒。兵塵洗盡臺館出，但供荒宴陪歡歌。牆陰一綠野苔合，老圃往往耕鐃戈。今來思痛倦游賞，長松勁節徒為摩。塔鈴獨語日將暮，勸人行樂毋蹉跎。

【箋】光緒九年癸未春，節庵到京後作。天寧寺，位于北京廣安門外北面，初建于北魏孝文帝時。原名光林寺，隋、唐、金、遼、宋諸朝，歷改弘業寺、天王寺、大萬安寺等名。元末，寺燬于兵火，明代重建，宣德時改稱天寧寺。劉侗、于奕正《帝京景物略》卷三謂天寧寺塔“高十三尋，四周綴鐸以萬計，風定風作，音無斷際”。郭則澐《十朝詩乘》卷二十一：“梁集中《同十六舅游天寧寺》有云：‘昇平已奏三十祀，追論往事同涕沱。屏藩不障犬戎毒，周德甚厚天所睋。此間咫尺判和戰，旌旗捲掩鳴驄驒。兵塵洗盡臺館出，但供荒宴陪歡歌。’頗見感憤。”

題沛上致憂圖

致憂身則死，不憂將如何。淮水千年在，斯民幾歲痾。先朝重循吏，往事起高歌。夢夢天何醉，蕭蕭我已皤。

【校】上詩余本未收。詹居靈輯自《中國家譜資料選編·詩文卷》第
五四五頁。

【箋】朱善張，字子弓，號山泉。浙江平湖人，諸生。咸豐九年，任淮
徐揚海道。同治元年，因戰功調徐州道。三年，奉命率兵至沛縣劉民寨圩
治湖團民亂，疽發背卒。贈右都御史，賜卹。光緒八年壬午仲冬，其子以
朱氏遺像，遍徵諸家題咏。此詩姑繫于次年春。

綠陰四首和顧印愚 (四首)

鶯影飄蕭下舞臺，蘼蕪香霧不曾開。記從銀鹿銜花去，賸
有涼蟬聽雨來。小院惛惛人中酒，隔簾點點燭成灰。笛龍
欲喚牆頭月，來照當年數尺苔。

桂風蘭露自宵宵，一角屏山倚翠苕。誰信漏天能補綴，了
無餘地轉迢遙。涼雲不整波微動，池館生寒雨欲飄。忽憶
碧桃春影豔，坐愁無計報瓊瑤。

淺青人被五銖衣，玦押低垂柳一圍。蕭局懶殘剛好睡，屧
廊隱約問誰歸。微聞日午鸎初喚，纔漏春光燕又飛。不放
門開深院靜，夕陽猶未到羅幃。

香草千叢欲化煙，清霜昨夜落襟前。鵝梨燒盡翻銀葉，蝶
檻憑餘墜翠鈿。讀畫微吟成昔昔，對琴小坐忽年年。無端
木末頻催暝，欲上紅燈幾惘然。

【校】組詩傳世手迹"生寒"作"生香"。末署："綠陰四首和顧所持，此
二十年前作也。春寒獨坐，寫貽叔蔚仁兄清吟。壬子花朝鼎芬記于梁格莊。"

【箋】題記云："右《綠陰》四首，癸未同人詩課，曾有此題。春夜從繹琴丈家酒散，同宦子十六舅並載歸香爐營旅舍，車中賦此，吾舅歎為絕豔。忽忽九年，哲人已萎，余亦衰憊，無復有才思矣。今春客繹琴丈署中，重錄是作，舊事如夢，猶似曲卷歡笑時也。書贈崑生仁兄。辛卯梁鼎芬。"今據余本繫于此。顧印愚，字印伯，一字蔗孫、華園，號所持，又號塞向翁。別署雙玉堪，齋名楚雨堂。四川華陽（今成都）人。光緒五年舉人。歷任湖北漢陽知縣、武昌通判。擅書法。辛亥後一度任總統府秘書。後返四川奉母隱居，卒于北京。其弟子程康窮二十年之力裒集遺篇，編成《成都顧先生詩集》，汪辟疆《近代詩派與地域》云："世乃知顧氏于書法之外，詩筆冠絕當時。其句律之精嚴，隸事之雅切，一時名輩無以易之。顧氏胸次高簡，絕類晉人，嘗自署所居曰雙玉堪，雙玉者，玉溪、玉局也，平生宗尚，略可想見。"後人輯有《成都顧先生詩集》。陳衍《近代詩鈔》引《石遺室詩話》卷十："印伯與楊叔嶠同為張文襄入室弟子，余識之二十年，惟見其飲酒作字鬥詩鐘，未見其為詩。梁節庵以為工晚唐體，今觀其門人程穆庵所輯手稿，皆宋人語也。"陳三立《顧印伯詩集序》云："光緒中，張文襄公為湖廣總督，幕下僚吏賓客多才雅方聞之彥。尤以能詩鳴者，有梁節庵、易實甫、陳石遺、程子大，成都顧君印伯亦其一人也。諸子意興飆發，篇什流布，傾動一世。君則循謹簡默，粥粥若無能；即有所作，不輕出示人，故人類偏推君工書為足壓儕輩而已。余夙交君輦下，及侍先公宦鄂，益狎習。提刑官廨後小山有亭館，梅百餘株環之。君嘗留居兩月許，花時輒相與命酌聯吟以為樂。余既去鄂，君用一官，迭宰劇縣。其後攝武昌府通判。會革命軍起，狼狽拔兵間，蹴居夏口，杜門養老母，窘甚，無以供菽水。久之，從弟某招至京師覓食，旋病卒。"程康《成都顧先生詩集目錄後序》云："蜀派詩，至先生而一變，當時湘閩西江諸老，各有宗派，先生詩雖易，則以玉溪、玉局、后山、柯山為尚，而實會其歸于少陵，風骨峻騫，卓然一代宗師。"梁格莊，今河北保定市易縣，清西陵所在。境內有崇陵、阿哥陵、公主陵、妃陵、行宮等。

初　夏

閒窗憶春夢，夜雨洗庭莎。盡處蟬鳴樹，微生鼠飲河。有懷千日醉，隨分百年過。莫上高臺望，黃塵撲面多。

坐雨憶周七^{鑾詒}長沙

窈窕隔瀟湘，秋檗一雨長。好花如過雁，陰蘚引啼螿。秀句傳槐市，駪居愛柳堂。定知此時意，閒坐弄香姜。

【校】傳世手迹"坐雨憶周七鑾詒長沙"作"坐雨憶周七前輩鑾詒"，末署："辛巳稿一首。周為吾師丙子湖南所取士，有雋才。"參見《坐雨懷永明周七鑾詒》詩箋。

譚三丈^{宗浚}招同十六舅陳大^{序球}姚十一^{禮泰}崔四^{舜球}飲塔射山房作（二首）

城闉樹影拂朝霞，一塔玲瓏認佛家。荔子南園鄉社遠，藤陰西院酒船嘩。雨廊片綠延春蘚，風磴疏青損石花。尚識光林舊梵宇，高槐幾換不勝鴉。

抹麗吹香撲一升，新籬短短縛青藤。津梁疲倦三間佛，檐栱漂搖百盞燈。得酒更閒須惜日，看花乍倦忽逢僧。清游不是尋常事，纔話當年涕淚仍。

【箋】譚宗浚，原名懋安，字叔裕，廣東南海人，譚瑩之子。讀書菊坡精舍，師從陳澧。同治十三年進士第三人，授翰林院編修、國史館協修、纂修，方略館協修、教習，加侍讀銜。曾任四川督學、江南鄉試副考官，嗣出任雲南糧儲道、按察使。陳序球，字天如。廣東南海人，同治十年進士。授翰林院編修、國史館協修官，順天鄉試同考官。姚禮泰，字樨甫，號叔來，又號石益。廣東番禺人。同治十三年進士。選庶吉士，散館授翰林院編修。《番禺縣志》有傳。崔舜球，字德雄，號夔典，室名薇庵。廣東南海人。光緒三年進士。授翰林院編修。有《崔翰林遺集》二卷。塔射山房，在天寧寺中。柴德賡《春末與戴荔身郭建侯游天寧慈仁諸寺》詩有"塔射山房何處覓，百年人物已如塵"之語，自注云："連日閱《李越縵日記》，同光之際，文酒之會，每假天寧。今則廢寺荒圃，所謂塔射山房者，不可復見矣。"

梧桐蘭花（二首）

西風吹葉落，孤幹當天墀。亭亭百尺直，生來無邪枝。可為火焦尾，不可蔡邕知。

蕙蘭掩蓬藋，一枝挺涼玉。懷香不近人，娟然畫春綠。持以贈君子，湘雲滿衣服。

周七蝪蜽齋移居詩和韻

棳櫹蝸璩檼蟲書，人海安然小泊廬。別館試花詞客宴，連牆通月舊時居。庚辰所居，與君隔牆。窗間野馬真能痦，江上瓜牛恐不如。蠻觸紛紛判一闋，回黃轉綠那關渠。

【箋】周七，周鑾詒。節庵《得京師故人書》自注："周七往住園中，題所居曰蝪蜽齋。"《爾雅·釋魚》："蝪蜽，小者蟧。"邢昺疏："螺屬，見《坤蒼》。或曰，即彭蝪也，似蟹而小。音滑。蜽，音澤。蟧，音勞。"

寄顧二弟朔因懷舊游

石梁看月白紛紛，蕪菜方塘襯綠雲。近水魚標知有主，依門鴨柵漸成軍。難忘少日行歌地，各守貧交諫諍文。奉母光陰非買得，萊衣可與沈賓樞徐鑄群。

【箋】節庵與顧朔、徐鑄、沈賓樞皆為少時學友。顧朔未仕宦，後節庵于漢陽創建襧正平祠及正平學堂，顧朔亦參與其事。

秋　懷

羈懷了無泊，拋去又相尋。聞雁知兵氣，看花長道心。百年紅燭短，一水夕陽深。獨有雙龍劍，時時壁上吟。

【校】標題，余本校：一作「羈懷」。懷，余本校：一作「情」。李伯元《南亭四話·莊諧詩話》卷二：「初屬稿時，下句作『觀花損道心』，後易『觀』為『看』，易『損』為『長』。」

【箋】陳三立《梁節庵詩評語》云：「『聞雁』句有不可名言之妙。此吾論詩宗旨也，世士必譏之。」陳湛銓《略述梁節庵先生詩》謂「聞雁」句「如清空鶴鳴，驚心動耳」，「看花」句「如斷岸瘵禪，都空情劫」，「此聯意在筆先，味流言外，渾茫相接，妙合海天，可謂得未曾有」。又謂「百年」一聯，「悲涼惋惻，寄慨無盡，辭采華美，風骨堅蒼」。

訪潘孺初丈雷瓊館有贈

雪殘萬念入支頤，羈羽沈鱗共一時。瘦固勝肥誰則覺，生何如死世還疑。棋當危局須心力，花到良辰已鬢絲。每恨古人吾不見，埽除獨見閉門時。

【校】"潘孺初丈"，《汪目》作"潘先生存"。

【箋】雷瓊館，在京師雷陽會館，潘存長期寓此。楊守敬《鄰蘇老人年譜》謂于光緒五年入京時亦借寓于潘存雷瓊館中。吳天任《梁節庵先生年譜》據李慈銘《越縵堂日記》謂光緒九年九月七日"步詣雷瓊館送孺老行"，疑節庵亦在此時訪潘存。王賡《今傳是樓詩話》："孺初獨行卓識，尤為士論所推。官京師時，袁忠節爽秋、梁文忠節庵，均敬事之。梁有《訪潘孺初丈雷瓊館有贈》云云。節庵遺詩中，為孺初作者凡數見，且均佳，不亞海藏之于顧五子朋也。惟'時'韻複押，疑鋟本有誤。"陳三立《梁節庵詩評語》云："起結皆超夷，'棋當'句稍淺。"

天寧寺石臺望雪

尖風一夜擊垂陰，雪曉平原匹馬臨。卷裏詞人半千古，亭前寒意逼孤襟。飄空遠近憑何力，見睍消浮豈有心。獨倚石闌中酒後，暮鴉沈戀未歸林。

寒夜獨謠

寫入幽通黯一燈，神人彷彿事何曾。月明深巷疑聞豹，風蕭清簾不到蠅。久別花枝憑夢折，無多酒力帶愁勝。年來莫溯心中語，何止籬間懶嫚藤。

【校】黯一燈，傳世手迹作"燦一燈"。末署："戊午秋寫贈道遠。"

題石徂徠集 (二首)

玉辟堅芳蘭諱貞，奉符風節太崢嶸。愛才誰似劉和仲，空得人間蚤死名。

怪書亦復古今無，自笑硜硜小丈夫。我喜乖崖有同調，瓣香齊薦宋東都。

【校】第二首詩余本未收。輯自梁鼎芬傳世手迹影本。原二首，第一首已見于余本。末署："軫父欲學宋詩，因書余舊作貽之。"

【箋】石介，字守道，一字公操。兖州奉符人。宋天聖八年進士。曾任國子監直講，創建泰山書院、徂徠書院，以《易》、《春秋》教授諸生。有《徂徠集》二十卷。

閒　居

盡日車塵不到門，隔簾花影漸浮尊。雨苔瑣屑蝸行緩，露蕊叢殘蝶抱溫。酒愛重釀教獨醉，詩成往體向誰論。晚來新月煙林際，待欲歡歌已斷魂。

春郊試興

行春自笑忘春華，落盡平原桃李花。日薄空林喧野鵲，路通叢芮辟垂蛇。仙人樓閣知何世，大道煙塵不是家。要合城中二三友，可能閒曠爇幽遐。

明　珠

烽火驚傳一載虛，明珠消息近何如。朱戴形勢千年險，文鳳芳華廿卷書。<small>明李文鳳著《越嶠書》二十卷。</small>招撫儘堪關外固，綢繆可是域中疏。舉棋不定防先著，太息時勻孰慰予。

【箋】光緒七年，法國禁止越南向中國朝貢，八年，法軍再占河內。九年十一月，中法戰爭起。十一年二月，戰爭結束。光緒十一年六月九日，北洋大臣李鴻章與法國公使巴特納在天津簽訂《中法會訂越南條約》。越南淪為法國殖民地。此詩當作于戰爭期間。李文鳳，字廷儀，號月山子。廣西宜州人。明嘉靖十一年進士。初任大理寺評事，升廣東兵備僉事，改雲南按察司僉事。後因病退歸，潛心治學。嘉靖十九年，《越嶠書》撰成。《四庫全書總目》卷六六："《越嶠書》二十卷，明李文鳳撰。文鳳字廷儀，宜山人。嘉靖壬辰進士，官至雲南按察司僉事。是書皆記安南事迹，朱彝尊《曝書亭集》有《越嶠書跋》，稱為有倫有要，于彼國山川、郡邑、風俗、制度、物產，以及書詔、制敕、移文、表奏之屬，無不備載。而建置興廢之故，亦皆編次詳明。然大致以黎崱《安南志略》為藍本，益以洪武至嘉靖事耳。"

甲申四月十日有封事作詩一首

天門九重詄蕩哉，小臣分疏今始來。欽鴉違旨誰敢挨，蠻夷則大我則孩。君恩九鼎輕如埃，每際警急翻嘲詼。曰弱敵强靡不災，南越荒遠猶濕蘁。收之無益棄可諧，若輸歲幣臣為媒。彼實騶虞非蛇豺，昭昭仁信世所佳。朝士紛紜久不排，亦有陰附陽為乖。吁嗟乎敵不敢摧，反以危論搖上裁。尚方劍為斯人開，朝夕諦視心弗豗。一朝拜疏無徘徊，豈復惜此數口骸。昔者先皇龍馭哀，萬方雨泣顏灗灗。戴天未報臣長唉，彼相戰績鋪江淮。威權卅載位三台，連營數十徵民財。薦舉千百充仕階，貴及群從誇駃騧。富逾天府羅瓊瑰，胡曾已往命不偕。溯之往代艱其儕，僉曰相公天下才。能雪國恥文武該，臣亦從眾祈天恢。東夷北狄事不回，此虜窮毒手可埋。奚守覆轍為罪魁，今知所用皆優俳。時平如虎危如蛙，公錢私積驕兒娃。全軀保家不顧咍，肆然挾敵成禍胎。惟此可斬不須猜，青天無雲散陰霾。明月皎皎鑒此懷，願天子聖燭九垓，豈徒一士追徂徠。

【箋】光緒十年甲申四月十日，節庵上疏彈劾李鴻章。《清史稿》卷四七二："梁鼎芬，字星海。廣東番禺人。光緒六年進士。授編修。法越事亟，疏劾北洋大臣李鴻章，不報。旋又追論妄劾，交部嚴議，降五級調用。"詳見本書"集傳"部分。李漁叔《魚千里齋隨筆》卷上："據魯丈言，節庵以光緒庚辰年廿二入翰林，廿六以奏劾合肥李文忠罷官，與陳散原序作'年二十七黜'小異。按集中有《甲申四月十日有封事作詩一首》，中有'僉曰相公天下才……今知所用皆優俳，時平如虎危如蛙'云云，正為彈合肥時作。及《庚寅元日客南園》詩有'勞生三十二'語，甲申至庚寅相距恰六歲。前後相符。惟證以集中《己丑遠游別先隴》詩自注'甲申九月請假歸省，乙酉十月謫歸'，可推知于劾李後一年始罷官，則散原所紀二十七，固無誤也。合肥老成持重，當時權衡國力，不欲輕啟戎機，以此負謗于天下。'時平如虎危如蛙'，自屬有為而發，然抑之少過矣。"

書　憤

犬夷有意敢侵陵，欲往縛蛟無此罾。百口不諧非所懼，四

肢將放竟誰懲。至尊憂憤收廷議，使相從容許歲繒。一表
草廬長未達，本來淡靜臥龍能。

【校】上詩有傳世手迹，"犬夷"作"犬戎"。末署："甲申舊稿，乙未
重録信卿同年教。"

【箋】此詩當作于上封事之後。參見《甲申四月十日有封事作詩一首》
詩箋。

鄧給事兄承修新拜内閣侍讀學士之命賦為賀

近侍絲綸美，新頒雨露温。直從百僚底，上動九重尊。盛
世無朋黨，端居念主恩。此身應許國，不獨在忠言。

【箋】作于光緒十年五月。鄧承修，字鐵香，號伯訥。廣東惠陽人。咸
豐十一年舉人。歷任刑部郎中、浙江道、江南道、雲南道監察御史、鴻臚
寺卿、總理各國事務衙門大臣。任御史時人稱"鐵筆御史"。晚年居惠州，
主講豐湖書院。《清史稿》有傳。鄧承修在中法戰爭期間，先後上疏十三
章，劾徐延旭、唐炯失地喪師，主張力籌戰守。光緒十年甲申五月，授内
閣侍讀學士。郭則澐《十朝詩乘》卷二十一："鄧鐵香京卿（承修），初居
臺諫，著稱敢言，屢抨劾貴要。梁文忠賀其擢内閣侍讀學士云云，勖勉甚
至。"黃濬《花隨人聖庵摭憶》："（陳寶琛）為同治七年進士，光緒初，與
張簣齋（佩綸）、寶竹坡（廷）、鄧鐵香（承修）號為'四諫'，以直言風節
聲于天下。"

傷　心

隨人曲直鈎弦混，布被公孫世所稱。攬水覓魚定有幾，覆

巢來鳳竟安能。三司條例嫌苛細，上相威權雜愛憎。誰識
傷心道旁客，無因援手暗沾膺。

【箋】此詩當有感于中法戰爭及李鴻章之事而作。

閻公謠

　　戶部尚書閻公掌司財賦已來，整理搜剔，官吏咸
悚。近擬裁汰孤寡口糧，以節國用，貧民憤怨，作是
哀之。意淺辭煩，蘄誠聞者。世無白傅，聊存此心
云爾。

聖清重民命，忠厚開基長。太后武且仁，隻手回金湯。錢
刀犒勞役，粟米振凶荒。上衍列聖德，永蔭萬世昌。孤寡
至堪憫，定例頒口糧。行之百餘載，未聞有所妨。尚書田
間來，悍然嗤舊章。彼小兒老婦，奚亦竊太倉。有恃不謀
生，國庫豈債償。裁之截其濫，獨斷莫敢攖。在官諸少
年，附和因誇張。誰知道路哭，上掩日月光。臣聞理財
用，無政事不良。賦稅舊有則，江海今通商。歲收八千
萬，較昔一倍強。勇營耗天下，極費最北洋。江南多冗
官，飽食不較量。省一營一官，勝如算粃糠。漏巵屬情
好，無告乃可戕。用心既不厚，行事亦不祥。臣言若諛
訕，神鬼森在旁。憂心日如酲，長歌以慨慷。

【箋】閻敬銘，字丹初，晚年自號"無不悔翁"。陝西朝邑人。道光二
十五年進士。選翰林院庶吉士。官戶部主事、侍郎、尚書、軍機大臣，拜
東閣大學士。擢升湖北按察使。山東鹽運使、署山東巡撫。充軍機大臣，

總理各國事務衙門大臣，晉協辦大學士。東閣大學士。卒，諡文介。郭則澐《十朝詩乘》卷二十："（閻）文介初治西征糧臺，稱綜覈。迨再出長司農，國步寖艱，力主節縮。兩宮深倚重之，嘗呼以'丹翁'而不名。文介惶恐免冠謝，慈聖笑曰：'予在宮中，亦如是也。'公益感奮。釐剔既精，或鄰溪刻。嘗議汰孤寡口糧，梁文忠（鼎芬）非之，作《閻公謠》云云。"徐凌霄、徐一士《凌霄一士隨筆》卷五"鐵面之不易"條，張君二陵云："清制，八旗為軍籍，男子成丁娶妻後身故者，其妻于三日呈報佐領，願守願嫁。嫁者無論，守則按月給以口糧。日久弊生，往往其人已故而仍支口糧。此蓋管旗衙門與戶部司其事者朋分。光緒某年，戶部尚書閻敬銘，方以精核著，會兼署禮部尚書，發覺有已身故請旌而仍支此項口糧者，因命戶部司員調查，則各旗此等弊病甚多，大怒，欲嚴辦以清積弊。主管司員懼遭嚴譴，夜分召承辦書吏于私室，謀彌縫之術。書吏從容對曰：'老爺萬安，書辦一人當之足矣。明日請將書辦交司務廳可也。'（懲治書吏過犯，例歸司務廳。）翌日果將此書吏交司務廳。吏至廳後，自認不諱，並云：'國家錢糧，絲毫為重，請回堂奏交刑部，徹底根究治罪，書辦死而無怨。'司務廳員據以回堂，而敬銘旋思此案舉發，範圍甚廣，將成大獄，而惇親王奕誴、恭親王奕訢、醇親王奕譞均為都統，亦有應得之咎，尤難率爾，竟寢其事。蓋敬銘雖風屬，而不能無投鼠忌器之見，此吏早已料及，故坦然無所畏耳。斯時家厚甫（銘坤）方在戶部，猶及見之，親為余言之甚詳。"甚矣，鐵面之不易也！

飲鐵香宅

孤芳節將晏，朋酒坐不空。永懷理亂迹，一較古今衷。鈎曲魚反失，羅密雉難蒙。物性有如此，人情堪會通。刻薄虧至仁，寬厚為大忠。請命子可屬，沈飲吾未聾。

【箋】節庵為鄧承修所寫之詩前後多達十首，極見敬慕之意。

41

短歌贈鐵香

仁哉鄧子非世生，人可司農君獨否。為民誓欲言天閽，彼謀瑟縮歸無有。譬如不戰屈人兵，先聲所聞衆驚走。一念真能活萬人，心非望報終昌後。吁嗟乎，防川易于防民口，人能改過更何咎，閻公閻公亦不醜。

蟬

碧樹一庭翳，斜陽與物昏。時從聲覓影，偶破寂為喧。吸露飢可暫，零霜寒欲吞。不如鳳凰傑，振羽出崑崙。

別蓮花臺三年昨夢歸奠醒書志哀

曲曲松陰橫一梁，山門清窈草花香。頻年上冢閒中過，白日看雲別後傷。豈有微官能濟物，偶因好夢得還鄉。癡頑負卻風詩教，鼎芬六歲時，先母日授《毛詩》數章。手玩苕華幸未黄。

【箋】作于光緒十年。光緒七年辛巳十月，節庵葬父于廣州東門外白雲山蓮花臺。陳三立評云："氣格渾澔。"

答　友

無水能澆嫉惡腸，觸牛搏虎亦尋常。鏡中攬鬢何人見，物外游心衹自長。李耳不治逢氏罔，魏侯要識次公狂。懷君諷戒千回意，他日相從更一量。

六月二十二日聞臺灣雞籠嶼不守感憤書此和龕庵韻 (二首)

此地實天險，何人忘敵讎。喪師無罪罰，乘亂更誅求。已欠徐禧死，還防郭默謀。精兵雖急渡，醜女任茲仇。

路仗王罷臥，孫總兵開華一軍甚勁，劉兵備璈防守尤嚴，遠出銘軍之上。戎休魏絳和。吾君神武最，若輩詘讒多。天祐不至此，人謀真若何。閩人李彤恩，漢奸也，劉銘傳倚為心腹。是日未戰之先，徇彤恩之請倉皇退紮，故有是敗。書生無一報，灑血付悲歌。

【箋】雞籠嶼，即今臺灣基隆港。此詩寫光緒十年中法戰爭時臺灣之戰事。八月，法國艦隊副司令利士比兵分兩路，向基隆、滬尾同時進攻。候補知府李彤恩三次急電，提議放棄基隆，馳援滬尾。從之，八月十六日，基隆失陷；八月二十七日，兩軍戰于滬尾，法軍戰敗。光緒十年十月二十九日，左宗棠上《行抵閩省詳察臺灣情形妥籌赴援摺》云："伏查法夷犯臺，兵不過四五千，船不及二十艘；我兵之駐基隆、滬尾者數且盈萬，雖水戰無具，而陸戰則倍之。撫臣劉銘傳係老于軍旅之人，何以一失基隆，遂至困守臺北，日久無所設施？臣接見閩中官紳逐加詢訪，並據臺灣道劉璈鈔呈臺北府知府陳星聚所奉劉銘傳稟批，始知八月十三日基隆之戰，官軍已獲勝仗。因劉銘傳營務處知府李彤恩帶兵駐紮滬尾，平日以提督孫開華諸軍為不能戰，是夕三次飛書告急，堅稱'法人明日來攻滬尾，兵單將弱，萬不可靠'，劉銘傳為其所動，遂拔大隊往援，而基隆遂不可復問。其實二十日滬尾之捷，仍係孫開華諸營之功；即無大隊往援，亦未必失滬尾也。""基隆久陷，厥惟罪魁；擬請旨將知府李彤恩即行革職，遞解回籍，不准逗留臺灣，以肅軍政。"劉銘傳，字省三，自號大潛山人。安徽合肥（今肥西）人。因戰功擢總兵，授直隸提督督辦陝西軍務。光緒十年閏五月四日，劉銘傳以巡撫銜督辦臺灣軍務。光緒十一年，劉銘傳正式任臺灣巡撫。卒，諡壯肅。有《劉壯肅公奏議》及《大潛山房詩稿》。連橫《臺灣通史·劉銘傳》："銘傳則管、商之流亞也。顧不獲成其志，中道以去，此則臺人之不幸。然溯其功業，足與臺灣不朽矣。"孫開華，福建提督。治廈門、臺北防務。法人犯臺，劉銘傳知其幹略，檄守滬尾。度法軍必登岸，分路截擊，自夜至午。馘首二千餘，法人遁。劉璈，臺灣兵備道。連橫《臺灣通史·劉璈》："劉璈，字蘭洲。湖南岳陽人。以附生從軍。大學士左宗棠治師西域，辟為記室，參贊戎機，指揮羽檄，意氣甚豪。及平，以功薦道員。光緒七年，分巡臺灣。時方議建省，歲以巡撫視臺。"滬尾，今名淡水。按，此詩對清軍將領劉銘傳棄守基隆表示激憤，並強烈譴責提出"撤基援滬"主張的知府李彤恩。按，當時輿論多謂李彤恩為漢奸，劉銘傳上《覆陳臺北情形請旨查辦李彤恩一案以明是非摺》，指出左宗棠不加訪察便行參奏，並為李彤恩辯護，請求復其官銜。近世史學家亦對棄守基隆一事重新評價，肯定其戰略意義。又，《清史稿·德宗本紀》云："（六月）壬辰，法人陷基隆。詔集廷臣議和戰。乙未，劉銘傳復基隆。"壬辰，即六月二十日，乙未，即六月二十三日。《清史稿·德宗本紀》云："（八月）丁亥，法人復陷基隆。""戊戌，法人犯滬尾，提督孫開華擊敗之。"丁亥，即八月十六日；戊戌，即八月二十七日。詩題謂"六月二十二日聞臺灣雞籠嶼不守"一事，即在法人第一次陷基隆時，而詩中以徐禧喻劉銘傳，以郭默喻李彤恩，詩注中所提及之事尚未發生，內容與標題不一致，故此詩或作于八月，或為事後改定。窽庵，崔舜球之室名。

宿窽庵

同鄉盛文讌，佳日羅眾賓。君若肝膽異，于我情最親。讀書喜韓孟，諸子非墨荀。及與論世事，沈勁竟絕倫。連朝告警急，驕師失地頻。事君當效死，吁彼實武人。周易垂至訓，奚為戕斯民。兵危視兒戲，致此實有因。用人不詢謀，獨斷隨所欣。誰知誤國罪，上負深宮仁。懷書路不達，慨然念忠勤。

【箋】𧟌庵，謂崔舜球。崔氏時居塔射山房，在天寧寺中。此詩當為中法戰爭時臺灣之戰事而發，對福建提督孫開華有所非議。參見上詩之箋。

同鼎甫觀劇

百商淫費歡昇平，笙歌處處宵可聽。吾儕無事且從衆，入門滿座銀荷明。衣裳綷縩簫鼓鬧，中有一女千娉婷。塗脂曳繡儼然是，能奪人國傾人城。我初不解那覯此，旁人私說來上京。貴官矜寵日一見，百司承旨誇得朋。比鳥巧舌花解語，遂並昏旦連輜軿。偶然游戲泛海市，故拂美意如嬌嬰。催書頃刻三四至，詰朝定上通潞亭。客來真幸逮良夜，賤士一盼寧非榮。當年都會無此樂，光景一改喜且驚。君歸夢穩莫作囈，鈞天隱隱鏘韶韺。

【箋】光緒十年九月，節庵將離京返粵，與朱一新相晤，一同觀劇。朱一新，字鼎甫，號蓉生。室名拙庵。浙江義烏人。光緒二年進士，歷官内閣中書舍人、翰林院編修、陝西道監察御史，以劾内侍李蓮英，降主事，告歸，任廣東肇慶端溪書院主講、廣州廣雅書院山長。著有《無邪堂答問》五卷，《奏疏》一卷，《詩古文辭雜著》八卷。

出德勝門口號

健德門開曉日光，篋車未暇數興亡。千軍箭鏃岡頭盡，青草秋波似故鄉。

【箋】此詩及以下二十首為謁明陵之作。出京師德勝門，經土城、清河、沙河店而至十三陵。德勝門，北京內城門，為北垣西側門，元代稱健德門。顧炎武《昌平山水記》卷上："京師九門，其西北曰德勝門，元之健德門也。洪武元年九月，大將軍徐達改今名。"

途中賦興示寶瑛 (二首)

閒官意有適，走馬出平原。雨盡朝霞濕，年豐冷店喧。白楊蟬獨翳，黃菜蝶仍掀。終歲長安道，秋懷到此論。

行行郊漸遠，淡淡日將曛。樹裏何年寺，路旁誰氏墳。經亡塵護帙，碣斷蘇書文。思入空微際，笙簧世已紛。

【箋】《上元夜飲圖沈庵侍郎屬題》自注："宗室寶瑛，為伯蘭員外從子，己卯冬延余授經于煤渣胡同。"節庵時當偕同寶瑛往謁明陵。

土　城

主昏甘自困，天早黑雲垂。智化猶題額，樊忠惜此鎚。切膚長不寐，苦口更安知。土阜鳴駝路，荒涼共一悲。

【箋】顧炎武《昌平山水記》卷上："出門（德勝門）八里為土城，元舊也。正統十四年十月己未，也先奉上皇車駕登土城，以通政司左參議王復為右通政，中書舍人趙榮為太常寺少卿，出見上皇于土城，即此地也。"

清　河

清流雙塔店，小聚幾人家。歷歷前朝事，停車自買茶。

【箋】顧炎武《昌平山水記》卷上："清河，其水出玉泉山，分流而北，徑此；又東會于沙河，入于白河。"

沙河店前百步有明故宮遺址得詩一首

橋過朝宗是酒家，橋在河北，萬曆四年夏五月造，長二十丈，繚以石欄。夕陽垂柳駐青驪。雲霾遠塔參差樹，月倚行宮寂寞花。徑仄蛇涎防履失，櫩疏蟲語入燈嘩。珠襦塵土瑤車影，空付詞人說夢華。

【箋】顧炎武《昌平山水記》卷上："（嘉靖）十七年五月，始于沙河店之東建行宮。十九年正月，城之，名曰鞏華。南北徑二里，東西徑二里。"

對　月

西風激壯懷，軒然不可縛。離城纔百里，涂徑儼有各。室坐警秋嚴，酒行衛神弱。纖光曬階左，倦彎見籬落。勞逸皆有得，生死真可託。男兒走塵土，苦恨不物若。醉時未思醒，明朝已成昨。莫令古人笑，京華廢丘壑。

懷　人 _{思道希、慶笙也}

豫章茁佳木，南海有清淵。威鳳光照世，神龍潛自然。感時多慷慨，束物猶拘牽。興往思友生，悲來涕山川。雲浮西北亙，兵氣東南纏。殷憂啟明主，朗抱披青天。音聲均一竅，琴瑟偶兩絃。涼颷拂金素，夜淺情不眠。苕苕千里曠，落落二子賢。裁詩屬寒店，待札慰長年。

【箋】光緒十年，文廷式在粵，居兩廣總督張樹聲幕府中；陳樹鏞亦在粵讀書講學。

出昌平州西門北六里至白石坊環望明陵有作 (八首)

秋壑滿黃葉，晴峰冠綺霞。臨關雙戍角，載酒一書車。山殿窺嵐翠，溪梁壓草崖。榆川聞罷戰，寶地蟄龍蛇。

苑衛包群峪，山靈走百巒。地繁龍輦過，春爐獸碑刓。神監空橋鼎，歌伶剩漢冠。綠苔翁仲立，無語憶鳴鑾。

佳氣銷銅馬，游原冷寶衣。雲殘茂陵樹，人去首山薇。殷禮通侯在，湘魂故國依。清時多雨露，野老忍相違。時鼎芬游南，暫歸廣府。

耕犢爭壖麥，紅門薜荔荒。近紅牆外並墾麥，朱侯屢訟之。燕臺更陸海，鴻冢混彭殤。西井猶埋怨，南山豈錮亡。去吟鍾阜月，長劍足歸哀。

十三陵上樹，樹樹挂秋霞。鴉影前朝殿，騾聲過客車。石坊通輦道，雨路避泥窪。殘碣無人讀，青盤數尺蛇。

泉淬飛橋石，門迎落日巒。地靈久盤礡，人力幾雕刓。碧草麒麟種，蒼苔獅豸冠。遙思迎謁日，旃羽擁金鑾。

弓劍橋山夢，珠瓊妃子衣。往蹤深綠草，遺老戀青薇。顧絳祠何在，康家冢尚依。鍾山松柏好，南北願相違。

陵門雲物舊，林火賊踪荒。定鼎欽天意，傳芭禮國殤。皇仁宏愛護，宸翰鑒興亡。懷古情何極，西風細馬裝。

【校】組詩有傳世手迹，為楊啟焯舊藏。共八首，末署"節庵鼎芬初稿"。余本僅錄五、六、八共三首，其餘五首輯自傳世手迹影本。"遥思迎謁日"初稿作"回思全盛日"，"傳芭禮國殤"初稿作"傳書召國殤"，末二句，初稿作"訪古情何極，西風滿馬裝"。

【箋】顧炎武《昌平山水記》卷上："昌平州，州故永安城也。正統中，調長、獻、景三陵衛于中東西三山口及東西二營地方駐札以護陵寢。及土木之難，明年景泰元年，于昌平縣之東八里築城，徙衛于內，名曰永安。三年，並昌平縣徙焉。""自州西門而北六里至陵下，有白石坊一座五架。"

長陵碑亭下作

紅門分日色，碎石占車路。天高插飛亭，重檐四層護。亭外柱亦四，一柱一龍據。中矗三丈碑，螭頭下龜跗。大書長陵字，神聖嚇童嫗。迤都一戰後，燕師豈易捕。齊黃乃進詞，熒惑守心固。叔父毋使殺，不德更增惡。喜入金川門，誤見方孝孺。玉屑飄零香，練中丞遺文曰《金川玉屑》。芻蕘寶遺著。入貢三十國，不逮幾殘素。螻蠃獨相似，宣廟賴仁恕。我來悲往事，忠節心所苦。行宮委荒煙，亭東有行宮，今亡。馬嘶亂山暮。

【箋】顧炎武《昌平山水記》卷上："天壽山在州北一十八里。永樂五年七月乙卯，皇后徐氏崩，上命禮部尚書趙羾以明地理者廖均卿等往，擇地得吉于昌平縣東黃土山。及車駕臨視，封其山為天壽山，以七年五月己卯作長陵。十一年正月成，仁孝皇后梓宮自南京至，二月丙寅葬。二十二年七月辛卯，上崩于榆木川，十二月庚申葬。自是列聖因之，皆兆于長陵之左右而同為一域焉。""長陵在天壽山中峰之下，門三道，東西兩角門，門內東神厨五間，西神庫五間，厨前有碑亭一座，南向，內有碑，龍頭龜跌，無字。"

冒雨行山陂上

微襟蘊俠奇，登山每及雨。樹深散殘瘴，石黝敲細乳。高雲思同挐，微徑肯獨取。鶴啄柿香肥，蛇竄草聲怒。游人恒不覯，濕陰況過午。山雲不可分，歸目瞪如瞽。

卧　雨

尋幽不及訪陵西，野店飄風雨正啼。燈夢催回驢齕草，酒香裂出鼠偷梨。寒黔封樹朝無路，渴井生泉近似溪。尚想修篁同聽處，離家五日算羈棲。

往與晦若約游明陵未遂今以喪歸匝月矣黯然書此

國門淒送雨中驪，黃葉秋郊獨訪碑。枯樹一燈蟲對泣，水香園裏夢孤兒。

【校】樹，余本校：一本作"柳"。

【箋】光緒八年壬午，直隸總督李鴻章丁憂去職，兩廣總督張樹聲署理直隸總督，招于式枚入幕，于遂隨至天津、北京。十年秋，于式枚之父于中立卒，回籍奔喪。

雨既不得游寶瑛勸歸題壁上

平道泥深馬不馳，百重雲氣護靈旗。秋燈蟋蟀催程急，山木鶬鷓叫雨奇。桑下竟無三宿分，壁間留續再來詩。他年便恐成陳迹，穩記門前賣餅師。

昌平州

連營曾此擁兜鍪，向暮輕裝出鼓樓。官道漸稀車馬迹，民家尚費稻粱謀。傳聞橫海飛船過，寥落雄關緩轡游。青鬢書生無一補，酒醒明月看吳鉤。

【箋】顧炎武《昌平山水記》卷上：“昌平州，州故永安城也。正統中，調長、獻、景三陵衛于中東西三山口及東西二營地方駐札以護陵寢。及土木之難，明年景泰元年，于昌平縣之東八里築城，徙衛于內，名曰永安。”

追弔劉司户

集霰變清秋，英風挺挺尤。叢祠唐諫議，舊縣漢幽州。旌直無明主，防奸獨切憂。平生私淑意，不惜再淹留。

【箋】劉蕡，字去華，唐敬宗寶曆二年進士。祖籍幽州昌平。太和元年預"賢良方正"科考試,策論主張除掉宦官,令狐楚、牛僧孺等徵其為幕僚,授秘書郎。後因宦官誣害,貶為柳州司戶參軍,客死柳州。事見《新唐書·劉蕡傳》。劉蕡為昌平人,節庵過昌平有感劉蕡之事而作。

謝閨贈劍囊

三年不見雙溪梅,思親夢繞蓮花臺。偕行一劍貌江海,秋氣惻惻何為哉。閨中相對笑且唉,君殆豪曠非愛才。嘗聞美玉始有櫝,未見明珠輕露胎。劍兮霜雪已如許,不韜光采將為災。製囊燈伴逮天曉,針綫熨貼如舊裁。出斬長蛟亦由汝,退處尺蠖誰能猜。一身行藏已先定,萬種禍福皆倘來。秋高木落天地哀,吾欲有言不能開。墓門松枝想成抱,更欲手把山桃栽。終當還我偕隱計,啟篋題詩點玉苔。

【箋】光緒六年冬,節庵成進士後娶龔氏。返鄉祭祖。次年十月,安葬吉士公于蓮花臺。光緒十年甲申九月初一日,節庵請假出都,歸省先墓。臨別,龔氏親製劍囊以贈節庵,可見夫妻琴瑟靜好之情。節庵《十月到家口占謝親舊作》詩:"歸來正及梅花日,行李雙囊劍與琴。"可見其對劍囊之重視。龔氏,為龔鎮湘之兄女,美而能詩詞。諸書不載其名字。《綺羅香》詞識云:"春日,往南城買花,歸過海王村,得瓷杯二,細花蹙浪,知是雅裁,與淑華汲新水煎茶試之,漫賦一詞。"《海棠春·憶京師海棠》詞識云:"極樂寺,海棠花最佳,屢思,偕淑華訪之,未得也。今思之悵然。"淑華,疑為龔氏夫人之名。文廷式有《長亭怨慢·和素君韻寄遠》詞,後附"素君"原作。疑"素君"亦為龔氏夫人之字號。

馬頭店夜

摵摵秋意緊,擾擾萬緒起。同棲惟一奴,外有店家子。店子低告余，含淚辭又止。自聞西虜橫，行旅非昔比。桀勇朝持刀，惡役夕敲箠。亂離未到眼，哽咽先被累。我生當平世，出門駭所視。時無杜老哀，人恨漫郎死。淮水萬軍譁，皇城一日遄。去京八十里。荒涼不可言，險苦遽如此。

【箋】節庵返粵啟程途中作。馬頭店，在今北京市通川區東南四十四里馬頭村。明永樂中設巡司。清設通州判駐此。

九月五日守風煙臺 (三首)

船頭吹雪雨交飛，日色瞳曨力已微。酒醒驚飆猶未定，一時寒暖亂秋衣。

登州海市幻無端，曾累東坡五日官。詭譎波雲今可是，鬼燈同月鬥高寒。

海邊形勢險難收，突兀山椒半起樓。我是暫時停泊客，問天堪笑杞人憂。

【箋】時節庵自京南還，至天津乘輪船赴上海，經煙臺時遇風暫留。煙臺，屬山東登州府。因境內煙臺山得名。

上海逢馮二表弟 啟鈞 作

尊前錄別忽三霜，門望于今屬季方。千里江山招九日，連營笳鼓動斜陽。深懷尚自憂家國，少歲先教識稻粱。且抑煩哀論今古，不然虛坐祖香堂。堂為吉雲丈畫蘭之所。是夜同宿于此。

【箋】光緒十年甲申九月，節庵至上海，寓于馮瑞光之祖香堂。馮啟鈞，字少竹。廣東南海人。馮焌光之子。光緒二十六年，湖廣總督張之洞設立員警學堂，任學監。三十四年，任湖北巡警道。武昌起義時，曾奉湖北軍政府之命，勸說黎元洪“擔當大任”。晚年歸隱南昌。吉雲，馮瑞光之字。李啟隆《留庵隨筆》：“馮瑞光，字吉雲。南海人。孝子焌光弟，國子監生，記名道員用。寓上海南園，有花竹之勝。善以泥金寫蘭花，風韻秀絕，畫蘭之所曰祖香堂。”

追挽馮表弟啟勳六首并序

弟歿一百八日為重九節，余至上海，同少竹詣山莊哭奠，心傷神像，不復能詩，十三日游杭州，過長安壩，追懷親舊，賦此寫哀，寄少竹焚之，當一慟也。

豈識神京別，判成客路哀。如何無一試，未必肯重來。苓朮愁春病，驄騄絕世才。嗟亡兼送遠，深夜罷銜杯。牧九表兄隨使德國，十六舅餞別紅螺山房，得弟凶問。

憶子趨庭日，當余應試年。詩心服顏謝，史法述班遷。捧席花迎帽，纏裝柳拂韉。所思在海上，看月潞河船。

徽弦雙調合，箋啟一年增。花市題黃菊，蘭湖剥紫菱。俊游共南北，韻事説親朋。更有關心處，中宵屢撫膺。

公名樹材館，尊公兵備丈久居湘鄉幕府。忠孝出天姿。歸骨平生願，招魂一旦悲。衣冠存正氣，簪笏定佳兒。誰謂傳家業，令人埋玉思。

遭回花底坐，淒惘樹頭星。季父猶餘戚，孀妻正妙齡。囊慳不死藥，案賸未完經。一事重泉喜，天威討不庭。

桐棺三尺冷，鞠酒一尊醨。添入無兄痛，還看有弟奇。秋燈靈彷彿，舟雨淚參差。獨往西湖路，幽苔覓履綦。

【箋】光緒十年九月初九，節庵在上海，與馮啟鈞至山莊哭奠表弟馮啟勳。詞人有《上海逢馮二表弟啟鈞作》、《追挽馮表弟啟勳六首并序》二詩。馮啟勳，字建侯。廣東南海人。父焌光，字竹儒，咸豐二年舉人。入曾國藩幕。參預軍事，積功升為海防同知。同治三年署理江南機器製造局局務，後任江南機器製造局總辦。光緒元年任蘇松太道臺。次年捐資設求志書院，創辦《新報》。三年告假出塞伊犁，扶父靈柩東歸。次年春，運抵上海，未回任，以勞瘁卒。奉旨入國史《孝子傳》，故《答楊模見贈之作》稱之為"馮孝子"。張之洞有《送馮竹儒焌光赴湖北入益陽胡撫部幕》詩三首，期許甚深。啟勳弟啟鈞、啟撰、啟爵，其祖母為張維屏之妹。啟鈞故與節庵為表兄弟。《節庵先生遺稿》卷三《廣州感舊園約拜張延秋先生生日啟》"紅螺山"自注："山在密雲，先舅自題曰紅螺山房。"

湖心亭

獨上湖心亭，秋草夕陽碧。沈吟先世書，苺廊斷人迹。先王父家書，言亭極雅潔。亂後荒穢，不堪步耳。

【箋】節庵在返粵途中，經上海至杭州。《夢江南》詞小序："甲申九月朔日，別京師，往游西湖，賦此為約。"湖心亭，在西湖中。張京元《湖心亭小記》："湖心亭，雄麗空闊。時晚照在山，倒射水面，新月挂東，所不滿者半規，金盤玉餅，與夕陽彩翠重輪交網，不覺狂叫欲絕。"

湖心亭臥月懷龍二 鳳鑣

平湖一幅月，月水相交明。萬事舍之去，惟有思君情。坡

55

仙辭世久，遺草呼龍耕。恍兮覿天人，衣帶佩紫瓊。纖手挽銀河，駕車朝玉京。翩翩俯塵世，一笑張君平。親持雙蕙花，贈我知素貞。但保璞中玉，莫問身後名。同心誓感激，欲語淚縱橫。之子阻百里，獨影不得并。素琴厲清響，美睡回新醒。留與他日話，漸覺荒雞鳴。

【箋】龍鳳鑣，字伯鸞，一字柏鸞、伯鑾，號澄庵。廣東順德人。為大良清暉園龍氏族人。生于同治五年，卒于宣統元年。龍壽祺之子，節庵之表弟。官至員外郎。為李文田賞識，累游京師，訪書問學，藏書甚富，書藏名"六篆樓"。刊刻有《知服齋叢書》，收有《島夷志略》、《寧古塔志略》、《雙溪醉隱詩注》、《楊忠愍公集》等。參見《番禺龍氏族譜》卷六。

飛來峰一線天內文三題名

三年望不見，今段見題名。未識同游子，通詞託杜蘅。同游陽湖楊葆彝、郴州陳子鑄、海昌許湛祥皆未識。

【校】上詩錄自汪宗衍《節庵先生遺詩補輯》。《梁節庵詩稿》標題作"飛來峰一線天洞內見文三題名"。"杜蘅"作"杜衡"，"陳子鑄"作"陳為鑄"。

【箋】光緒十年九月節庵離京返粵，自上海往游杭州。飛來峰，在杭州西湖畔。祝穆《方輿勝覽》卷一："飛來峰，又名天竺山，乃葛仙翁得道之所。"一線天，在射旭洞，于石縫之間能見巖頂一線天光，故名。文三，謂文廷式。光緒九年秋，文廷式客居杭州，擬撰《元史會要》。一線天題名亦當于此時。楊葆彝，字佩瑗，號遁阿，又號大亭山人。江蘇陽湖（今常州）人。曾為巡撫楊昌濬幕僚。光緒十二年，任桐廬縣知縣。後歷海鹽等知縣。擅書畫。著有《墨子經說校注》，輯《大亭山館叢書》等。陳子鑄，湖南郴州人。韓衍《綠雲樓詩存》有《寄呈陳子鑄先生如皋》詩，或為此人。生平不詳。待考。許滙祥，原名誦禾，字子頌，晚號狷叟，浙江海寧人。有《海寧鄉賢録》、《狷叟詩録》等。

戲成一絶句

西風謔我慣離家，南北行程一月奢。試問湖前烏桕樹，何如陵上馬纓花。前月過明陵，此花至繁。

【箋】此詩為游杭州西湖之作。

題印月亭壁有懷十六舅

一潭出一月，禪悟共誰參。翡翠棲漁艇，栴檀擁佛龕。筲杯成獨醉，茗盌眷深談。獨起書牆外，風波我熟諳。

【箋】梁詩正《西湖志纂》卷四："三潭印月亭，在放生池前湖中。舊有三塔，相傳下有三潭，深不可測，故建塔以鎮之，後並湮廢。國朝康熙三十八年，于放生池南重建三塔，臨湖建亭。"

九月十六日問夏庚復病當行賦贈 (二首)

蕭蕭巷陌無人至，淺淺堂扉為我開。昌谷嘔心原不惜，安仁病肺可能回。藥爐經卷過三月，白日浮雲並一哀。想象高平斷塵世，九原難到淚空來。

襟抱如霜並者誰，平生雅志愛文辭。雞蟲得失休相訝，燕雀聯翩但可窺。秋草夜臺虛酒薦，欲謁侍郎師墓，未果。春梅野窖待花期。沈吟東野嬋娟咏，此段心情爾我知。

【校】原，余本校：一本作"長"。

【箋】節庵至杭州時拜訪夏庚復。擬謁夏同善之墓，未果。夏庚復，字松孫。浙江仁和人。吏部右侍郎夏同善之子。光緒六年進士。與節庵為同年。官戶部主事。有《子松府君年譜》一卷、《屠夫人行狀》一卷、《揖青閣遺詩》一卷。夏同善，字舜樂，號子松。咸豐六年進士。曾任兵、刑、吏部右侍郎。光緒六年八月，卒于江蘇學政任上。謚文敬。譚廷獻《侍郎夏公墓誌銘》："光緒十年，庚復兄弟葬公于大清嶺。"大清嶺，在杭州西溪留下村，今名大清谷。

湖堤曉望

晨雲青未散，草岸白多時。婀娜橋邊柳，冥濛水上祠。昨游添酒致，今月罷秋期。晚棹平湖宿，棲鴉答櫓枝。

【箋】此詩有傳世手迹，末署："十六舅云：'末五字好句也。'"

石虎亭

大笑無遮法，常明自在心。危亭蹲石虎，禿柳叫秋禽。寺衲知巖洞，法千僧引探龍泓諸洞。輿人歇水陰。晉碑搨一紙，歸洗兔尖臨。

【箋】杭州西湖有石虎山，石虎亭當建于山上。今不存。《咸淳臨安志》卷二十三："巖石室、龍泓洞，在天竺山靈鷲院理公巖之北。"

馮一梅湖上招飲（二首）

見子研經室，觴予樓外樓。山居餐竹實，夢香居紹興紫郎山，竹美且多。水宿答菱謳。閒放罕他事，才英足一流。萬全零落久，何處問梨洲。

論交傷往地，感逝竟頻年。初識于馮丈焌光座上，丈歿後，令子建侯亦夭折，言及猶淚下也。世正需才急，君猶遯志堅。滄桑均哭笑，胡草與纏綿。不共西風㰀，開堂讀鄭箋。

【箋】馮一梅，字夢香。浙江慈溪人。光緒二年舉人。時任浙江官書局總校。光緒二十一年，龍游知縣張炤聘請馮一梅繼任衢州正誼書院山長，纂修《龍游縣志》，編定《紹興先正遺書》。先後主講西安鹿鳴書院、鎮海鯤池書院、餘姚龍山書院、新昌鼓山書院以及寧波辨志精舍。有《述古堂詩集》十卷、《述古堂經說》三十卷。建侯，馮啟勳之字。光緒十年甲申九月初九，節庵與表弟馮啟鈞至山莊哭奠啟勳。有《追挽馮表弟啟勳六首并序》詩。

游龍丈故園追悼遂與表弟鳳鑣別 (二首)

鹿已添雛竹有孫，重經華屋愴生存。清光猶見當年月，芳意曾題半畝園。遺器東廂吾忍覿，明珠南越世方喧。射雕身手湮沈早，不縛天驕大此門。

蒼莽兵塵一局棋，淒涼舊館兩孤兒。剖肝自見原非福，唾面能乾恐太卑。風雨獨存蘭杜性，江湖多負鳳鸞期。短衣犯雪明朝別，不到津橋聽子規。

【校】標題，傳世手迹作"游龍丈壽祺故園追懷"，"鹿已添雛竹有孫"，傳世手迹作"鶴已生雛鹿有孫"。重經，作"再經"。

【箋】曲雲龍《定庵詩話》："梁節庵有《過龍文舊園》七律二首，其一云云。按，龍氏園在西湖清波門外，即俗所呼'南陽小廬'也。園不大而位置楚楚，水木明瑟。室中陳設，亦極精雅。余每至西湖，必往作竟日勾留。樓上懸梁手書此詩，并將詩中本事，詳注于下。不讀其注，不知詩中'芳意'、'明珠'等語之來歷也。"陳三立《梁節庵詩評語》云："聲情綿鬱。"

甲申十月八日祭墓

夢到松間又復分，三秋今見嶺頭雲。難如延篤無慚色，何似羲之有誓文。寸祿已多先失養，孤根雖弱肯隨群。傳聞宮闈矜憐語，未答涓埃敢不勤。

【校】傳世手迹題作"甲申十月八日蓮花臺祭墓"。

【箋】光緒十年甲申十月，節庵自上海乘輪船歸抵廣州，八日，至白雲山蓮花臺祭墓。

贈徐賡陛

足繭風塵鬢有絲，政行井邑口成碑。衆人欲殺我何忍，作吏能狂斯已奇。枉使邾都稱酷吏，愧推王弼作經師。君為陸豐令，聘主院席，余年十九，弗敢任也。驅讒雪謗終何補，不待他年負子期。

【箋】徐賡陛，字次舟。浙江烏程人。附貢出身。出任遂溪、海康知縣。光緒四年九月，任陸豐知縣。七年，任南海知縣。有《不謙齋漫存》。詩言徐賡陛因殺囚被革職之事。按，徐賡陛乃幹吏，亦甚苛酷，尤擅公文書牘，任上舉措頗多，毀譽不一。《德宗光緒實録》光緒九年十二月丙寅："又諭。有人奏，廣東候補通判署南海縣知縣徐賡陛，署海康縣年餘，殺人數百，獲匪不訊虛實，以五人縛作一起，沈諸海中；迨抵陸豐縣署任，下鄉催糧，因鄭姓老人，言語觸犯，將其活埋至死，又監斃沈亞包等二十餘人，濫殺沈八蝦等五人，經徵糧米，加倍浮收，並刑追已蠲民欠，革笞生員吳堯等，得銀三萬兩有餘；此外私收賭費，賄縱正凶，勒索無辜等案，不可枚舉；及署任南海縣，挾嫌將地保周塑杖斃，復將其子羈禁，請飭查辦等語。州縣為親民之官，若如所奏貪酷情形，殊堪痛恨，著張樹聲、裕寬按照所參各節，確切查明，據實嚴參，毋稍徇隱，原片均著鈔給閱看，將此各諭令知之。"又，光緒十年四月辛酉："又奏，遵查前署陸豐縣知縣徐賡陛參款，請革訊。得旨：徐賡陛著先行革職，聽候訊辦。鄭承望被埋身死一案，情節甚重，必須嚴切究辦。即著該督撫嚴訊確情，定擬具奏。"翁同龢《翁文恭軍機處日記》：光緒九年，"南海縣徐賡陛被參潛逃，今又投到，此人系姚覲元親信，曾為張樹聲所保，龔易圖為之開脫，請派彭玉麟查"。"徐賡陛投案，情節支離，本應派員查辦，因念張樹聲、倪文蔚辦事尚認真，著徹底查奏。"林慶銓《楹聯續錄·後集》卷二："徐次舟賡陛，歷任南海、遂溪、陸豐等縣，治尚嚴明，因以被謗，有友人贈以句云：'豈有浮雲終蔽日，從來大任必盤根。'又有友書成句移贈云：'性存薑桂何妨辣，味到芩連不取甘。'光緒丁亥，通守捧檄瓊南，余適奉職定安尉，通守過訪署齋，余贈以句云：'天半風清下鷺鶴，海濱雲起孰魚龍。'"《鄭孝胥日記》光緒二十年甲午日記："新來文案委員陳允頤、徐賡陛，皆互拜晤。徐，浙江人，號次舟。問徐之年，曰四十八，而鬚皆斑白，殆類六十許人。或言其在粵以坑殺獄囚革職，既而南皮為之奏請開復，今為候補山東直隸州。"徐凌霄、徐一士《凌霄一士隨筆》稱其"負才氣，善為公牘。嘗以候補通判宦粵，權南海等縣。精幹而著酷吏之名，與長庚并稱為'南北虎吏'。鴻章之粵任時，或以賡陛薦。鴻章方欲以峻法治粵，聞其名，即曰：'此人吾知之，甚可用，俾以毒攻毒也。'"遂在鴻章幕中。賡陛"後需次南京，任鹽務差，抑抑無憀，以'流落江南'自嗟，未幾遂卒"。

毋暇齋偶書 (二首)

塵事久不覺，曠情誰與窮。晚蟬偏聒柳，威鳳但棲桐。觀物兼知性，探微各有衷。平生蕭瑟意，投世可能工。

揮手紛紜域，游心欵乃歌。近流誰俊及，佳句學陰何。將雨收書急，方春貰酒多。瓊芳牽夢寐，不惜步逶迤。

【校】紜，余本校：一本作“華”。

蓮花臺墓道望梅花感賦

玉砌朱欄有命哉，寺旁香影獨徘徊。初花已具疏寒意，積雨偏成醞釀胎。倦夢初回翻遠別，芳時何日得重來。墓門咫尺傷心地，空負山梅歲歲開。

【箋】光緒七年，節庵偕龔氏夫人返廣州，十月，遷葬其父于廣州白雲山雙溪寺旁之蓮花臺。光緒十年九月初一日，請假歸省，十月八日祭墓。廣州梅開于農曆十一月至十二月，此詩有“望梅花”之語，節庵在重返京師前，當再往蓮花臺辭墓。

黃埔當發有憶三弟

憂端不可掇，帶月獨登船。纔見一筵笑，俄分百里天。疏蘆驚雁起，淺草聽魚牽。想泊鴛湖外，思兄猶未眠。

【校】天，余本校：一作“眠”；驚雁起，余本校：一作“寒雁落”；聽，余本校：一作“細”；未眠，余本校：一作“扣舷”。

【箋】黃埔，村名，古港名，位于廣州東郊珠江之島上，為歷代海舶所集之地。梁鼎蕃，一名實，字衍若，又字叔衍，節庵之三弟。光緒十年冬，節庵重返京師。曾途經泰山。《癸丑浴佛日伯嚴于樊園招餞林侍郎游泰山題詩何詩孫圖上》詩自注：“甲申十二月朔，大雪，獨登泰山題名。”吳天任《梁節庵先生年譜》謂此詩為光緒十五年十一月節庵別墓北上時作，似誤。

余在家別道希旋遇于海上將歸江西賦贈

天風吹雨飄東西，悲喜離合不可齊。我行旬日君亦至，軒然黃鵠無一棲。丈夫挺挺慎所合，白璧豈肯污緇泥。君于同輩最雄駿，讀書學道他則迷。纖兒細事豈挂眼，吐氣直壓千狻猊。廬陵後裔終奮起，況兼祖德章雲霓。祠堂未了廿年願，蹉跎往昔應自凄。久聞萍鄉美風俗，既賤魚蝦肥豬雞。桃源豈必無世上，此心清曠多山溪。君今還家我為客，群兒笑髯顏色黧。免患不懼衆莫知，無罪猶恐古有稽。斬蛟劖兕豈余事，刳肝瀝血憑人擠。明年春風江上來，清酒一榼相與攜。蘄君射策若賈董，吾儕有用蘇貧黎。

【箋】汪叔子《文廷式年表稿》載，光緒十年九月二十九日，文廷式經滬返抵粵省。在廣州時當與節庵常聚。十二月，節庵別墓北上返京途中，又在上海重見。然錢尊孫、陸有富、汪叔子諸家所編文廷式年譜、年表中均未載文廷式此時將歸江西萍鄉之事，此詩可補其闕。

同十六舅買花因之長椿寺 (二首)

寒日出門獨，酒人同載頑。樹晴喧雪路，花暖媚春關。擔憶松廬遠，詩題竹垞閒。東風管開落，鶯燕各為顏。

古刹一僧熟，塵踪數歲停。舅嘗居此。松根看更老，鳥夢喚能醒。坐茗遺腰扇，安花少膽瓶。無生猶聽法，余意已滄溟。

【校】余紹宋有《致盧弼書》手迹，謂"'春'字不如'鳥'，徑改'鳥'"。鳥夢，可知龍本原作"春夢"。按，"春夢"意甚佳，不宜徑改。

【箋】作于光緒十一年春。劉侗、于奕正《帝京景物略》卷三"長椿寺"載：萬曆中，歸空和尚自伏牛入京。和尚號水齋，曾燃三指供菩薩，譽之者衆，孝定皇太后聞而創寺居焉。神宗賜額曰"長椿"。《畿輔通志》卷十一："長椿寺，在宣武門外西南。明萬曆四十年，孝定皇太后建以居水齋禪師。寺有滲金多寶佛塔，高一丈五尺。"後寺毀廢，康熙年間重建。郭則澐《十朝詩乘》卷二十一："為上疏前所作。其時抗言之志已決矣。"

悲歌行送于大往天津

青銅三百貰酒來，要君劇飲有此回。保安寺前初識面，聽松廬側閒相陪。是時年少各有託，好以齟齬為詼諧。庚辰二月花始盛，上京相見形貌佳。挑燈並讀坐深戶，同居京師南橫街吳柳堂先生故宅。走馬聯轡過長街。重九並騎游慈仁寺，余有詞記事。顧祠吳屋已千古，嗟我與子誰其儔。天風吹落一片梅，不使輕向人間開。丈夫不樂牛馬走，意思擾我芝蘭懷。圓通寺名鳳迹聊一憩，欲往觀海心雄恢。如何衣斷慈母線，孟郊有淚親為揩。孤生求祿亦安用，寥天一鶴吾歸哉。他人不識膠漆意，寸心或啟秦越猜。豈知篤愛老兄弟，若記細故非英才。送君別，歌且哀，淒淒風雨多陰霾。人間後會當何地，腸斷江潮老柳堆。

【箋】于大，于式枚。光緒八年壬午，于式枚入署理直隸總督張樹聲幕，隨至天津。十年，式枚父卒，回籍奔喪。十一年乙酉，轉至直隸總督李鴻章幕。此詩或作于于氏重返天津時。

梁三學士兄_{燿樞}有封章，詩以美之

吾鄉多直諫，著者高要蘇。爾來鄧伯訥，屢屢陳封書。惟茲翰林職，回翔在天衢。但稱文學美，慷慨拜疏無。予宗抱忠諒，感事心鬱紆。昨過棲鳳宅，云捋猛虎鬚。和戰雖已定，功罪不敢誣。聞之喜且愕，斯言毋乃愚。行師重賞罰，棄地者必誅。昨日報喪敗，今日拜真除。軍興三十年，未見此舉疏。發政非至尊，諫路成榛蕪。百書亦不報，徒令驕此夫。想當未遇時，從學親大儒。稱必堯舜言，勉汝賢聖徒。無禍春秋佳，師弟今蕭胡。務堅一寸心，丹磨不奪朱。更看表盧植，伏闕揚嘉謨。_{學士從游南海朱先生數年，近欲疏請東漢盧君植從祀孔子廟廷，實師訓也。}

【箋】梁燿樞，字冠祺，號斗南。廣東順德人。少日曾游朱次琦之門。同治十年進士第一名，授翰林院編修。官至侍讀學士、參事府詹事。《後漢書·盧植傳》："建安中，曹操北討柳城，過涿郡，告守令曰：'故北中郎將盧植，名著海內，學為儒宗，士之楷模，國之楨幹也。昔武王入殷，封商容之閭；鄭喪子產，仲尼隕涕。孤到此州，嘉其餘風。春秋之義，賢者之後，宜有殊禮。亟遣丞掾除其墳墓，存其子孫，並致薄酹，以彰厥德。'"唐太宗詔令歷代先賢先儒二十二人配享孔子，盧植在焉。

明妃曲

明妃正色天所鍾，一心報漢辭漢宮。琵琶嗚咽淚珠迸，感恩遠去因和戎。朝士無如延壽智，不作胡官解胡意。君王倍為惜紅顏，一愛豈能回眾忌。吁嗟女子本輕微，餘生尚

戀舊宮衣。此身不共芳魂返，留與千秋說是非。

【箋】明妃，即王嬙。王嬙字昭君，晉代因避司馬昭諱，改稱明君，後人又謂明妃。江淹《恨賦》："若夫明妃去時，仰天太息。"

陶然亭尋舊題不得續為此詩

涼秋碧樹發孤妍，酒夢惺忪近十年。亭石微欹妨蝶路，砌花漸密鎖蟲天。賭棋客已成新醉，識字僧猶誦往篇。贏得滿襟塵土在，王符著論可為賢。

【箋】節庵于光緒五年間客京師，曾游陶然亭。有《暮登陶然亭》詩，當時或有題壁。此詩有"近十年"之語，似作于光緒十一年秋離京前。且詩中以王符著《潛夫論》設喻，亦似在罷官後之語。姑繫于此。

懷　憂

西風被叢蘭，池館坐秋夕。空苔不見人，時有麂行迹。塵事方機張，名理似絲繹。懷憂倚清尊，悵悵成宿昔。

【校】上詩錄自葉恭綽《節庵先生遺詩續編》。失題。汪兆鏞藏有此詩手迹，書于團扇上，題作"懷憂"。今從之。末署："柏序世哲弟屬錄舊稿，書此求教。丙戌二月雨，鼎芬作。"姑繫于乙酉秋。

【箋】梁氏自跋云："欲為淡遠，反病鬆苶，此事自關學力也。愧愧。"汪兆鏞，字伯序，號憬吾。廣東番禺人，原籍浙江山陰。光緒十五年舉人，兩應禮部試，不售，遂南歸，為人佐治。辛亥後僑居澳門，閉户撰述。嘗受業陳澧門下，治經、治史，一以師說為歸。著有《晉會要》、《碑傳集三編》、《微尚齋詩文集》、《雨屋深燈詞》等。

卷　二

出都留別往還

淒然諸子賦臨歧，折盡秋亭楊柳枝。此日觚棱猶在眼，今
生犬馬竟無期。白雲迢遞心先往，黃鵠飛騫世豈知。蘭佩
荷衣好將息，思量正是負恩時。

【校】傳世手迹題前署"乙酉九月"。

【箋】《清史稿·德宗紀》："（十一年六月辛卯）《越南新約》成，宣
諭中外。詔誡建言諸臣挾私攻訐，追論御史吳峋劾閻敬銘，編修梁鼎芬劾
李鴻章，俱誣謗大臣，予嚴議，尋各降五級。"九月，出都返粵。光緒十一
年九月九日，盛昱、楊銳等三十三人在崇效寺靜觀室賦詩餞行。餞行詩文
甚多，沈曾植有《送梁節庵同年南歸序》文，林紓有《送梁節庵先生南歸
序》文。十月，節庵抵廣州。郭則澐《十朝詩乘》卷二十一："梁文忠官
翰林，抗章劾李合肥十可殺，坐鐫五級調用。《出都留別》詩云云。芳菲悱
惻，一時傳誦。"陳湛銓《略述梁節庵先生詩》云："其思君念國，繾綣不
忘之誠心，已盡見于言外矣。"又謂頷聯"直而溫，寬而栗，至性至情，為
全篇重句"，末句"雖造次顛沛，而了無怨懟之情，但自責有負國恩，忠孝
之至矣"。

悲歌別寶瑛

昨日醉兮今還鄉，送我出門兮涕沾裳。別他人兮我心悲，
公于君國兮兒女私，況與子兮無見時。江海兮風波，臨分

兮奈何。

【箋】光緒五年冬，節庵授經寶瑛于煤渣胡同，至此已六年矣。

店中書寄妻弟

樓居棲鳳舊栽花，一箭春韶感鬢華。薄宦無成空說劍，故鄉獨返尚移家。出郭明日，移居米市胡同。團圞準擬他時樂，笑語驚聞半夜嘩。涼露滿身知是夢，馬棚蓬草月光斜。

【箋】節庵婚時，自米市胡同移居棲鳳樓。離京返粵時，眷屬並未隨行，復由棲鳳樓移居米市胡同，並以託附文廷式。按，龔氏夫人有一兄一姊，兄早卒，此"妻弟"，當為龔氏之堂弟或繼弟。書寄妻弟，當囑咐照看其姊也。

送三弟之衢州

恩重許還鄉，明朝更異方。燈前猶少壯，眼底入風霜。再見當成學，孤吟有斷腸。南樓尚回顧，草木雜青黃。

十月到家口占謝親舊作 (二首)

歸來正及梅花日，行李雙囊劍與琴。里巷各驚臣貌少，親知同歎主恩深。敢言先輩追鄒智，長奉遺書斆蔡沈。風雨閉關勤自省，慎言節食是良箴。

玉堂清晝五年餘，棲鳳閒坊仕隱居。親沒久應辭祿早，官

卑不覺上書愚。移山填海古常有，制虎驅狼今已孤。萬里
修門惟夢到，署名從此號菰廬。

【校】傳世手迹題為"乙酉十月口占簡往還"。次首五、六句作"天教
填海心常苦，人笑移山力已孤"。萬里，作"迢遞"；從此號，作"真好
字"。

【箋】光緒十一年十月，節庵自京返抵廣州。

訪慶笙學舍

昔人誇會合，我爾互扶持。百鷺何如鶚，孤豚不慕犧。閒
居商學密，吾道得名卑。性以風霜別，誰曾草木知。

【箋】陳樹鏞，字慶笙、磬笙。廣東新會人。吳道鎔《廣東文徵作者
考》卷一二："陳樹鏞，字慶笙，新會人。諸生，陳東塾弟子。性至孝，父
歿，居倚廬，麻衰喪食如古禮。東塾門下，多經生宿儒，獨以樹鏞狂狷材，
稱為粵士之冠，以所著書付之。家貧，耿介有所不取。張文襄聘主豐湖書
院，梁文忠主廣雅書院欲任以分校，皆不就。博學通經、史、百家，旁考
歷代職官制度，祈在顧山一流。著述未竟，年三十遽卒。宣統元年，粵督
張人駿艫陳學行，奏請宣付史館立傳。所著有《周易集注義疏》、《通鑑輯
要》、《文獻通考正誤》、《漢官答問》諸書，惟《漢官答問》刊入《端溪
叢書》，餘未寫定。順德簡朝亮表其墓，又為董理遺書，有《陳茂才文集》
四卷刊行。"梁鼎芬《至豐湖書院日記》載，光緒十二年，梁氏見陳樹鏞，
談論學之旨。梁氏曰："其精《三禮》，學者中罕見也。"按，已刊《陳慶
笙茂才文集》四卷、《直省地名韻語編》一卷、《漢官答問》五卷，尚有手
稿《陳磬笙先生文稿》。

送楊焌三同年之官江西 (五首)

聚散浮湛亦何事，君方作宦我歸耕。清芬駿烈同追溯，四

十年來兩代情。

珠海春霞朋酒會，金臺秋雨並車時。當前祇道尋常事，直到今朝始自知。

手爪居然健男子，心膽不為小丈夫。東方詼詭鄱陽謔，往者見稱今則無。

孝親愛弟知無愧，同輩欽推匪我私。待到政成尊學校，西江風教我能持。<small>君需次江西，余勸其得官後，整頓書院，優禮賢士，君不以余言為迂謬也。</small>

梅嶺衝寒如有約，一枝為我寄冬心。匡廬況是天下勝，擬便尋君共鼓琴。

【校】上五詩錄自葉恭綽《節庵先生遺詩續編》。傳世手迹題作"送焌三二兄同年之南雄鹽席"。今朝，作"今宵"。

【箋】楊啟焌，字士煦，號俊三，又作焌三，廣東南海人。與節庵同年丙子鄉試，同年庚辰會試，改內閣中書。光緒十一年，楊氏官江西，旋丁父艱，次年至廣東南雄董理鹽務。光緒十三年，卒于任上。其子名其觀，字子遠，號敬安。于光緒二十九年至武昌師事節庵。輯有《節庵先生遺稿》。

贈黃三<small>紹憲</small>(二首)

鹿菲死後世無倫，十子芳流更不親。得見新詩勝看畫，一庭清露浴春筠。

無端激楚濕蘭林，腐壞榮華豈足侵。最好疏簾聽雨夕，江樓行酒共微吟。

【箋】黃紹憲，原名庚生，字恒基，號季度，室名在山草堂、三十六銅鼓齋。廣東南海人。光緒十七年舉人。會試不中，挑取謄錄，尋報捐內閣中書。工詩書畫。喜鑒藏。著有《在山草堂文集》六卷，《在山草堂詩集》十二卷，《在山草堂爐餘詩》十四卷，附詩餘一卷。

送筠甫之潮州 (二首)

春花送客碧桃開，酒庫新年出舊醅。浮世邅回真幸事，孤生礧砢特深哀。蛾眉絕好終妨俗，麟角能成已費才。獨念蔚宗言語妙，幾多琬玉化為埃。

重提往事十年前，月動清陰上屋樗。說劍獨探蒙叟怡，讀書同慕黨人篇。一從南北分襟抱，幾息江河有變遷。清苦伯元應未絕，關心風教可無傳。

薄暮游史家園為筠父舊日讀書處

曲江紅白萬荷花，欲覓苔綦日已斜。少歲題橋司馬志，經年寄館令狐家。粉牆近覺無題字，石竈今知自煮茶。試折芳蘅問消息，趁潮帆鼓惜頻撾。

沈二字曰筠甫屬余為詩

人生重節義，草木愛貞潔。青青竹枝秀，要比霜雪烈。持以保歲寒，為君作字說。

讀龔丈空房詩題後

鸞匣餘黺翠管多，安仁閒病近如何。愁春欲盡難延醉，殘月微明且放歌。天上樓臺非昔日，庭前桃柳有高柯。玉溪自覺傷才綺，蠟淚成堆夜夜過。

【箋】龔丈，指龔鎮湘，節庵之房師。時節庵與龔氏夫人兩地別居，實以自傷空房也。

送楊銳赴禮部試

茗華室裏對支頤，朱雀航頭柳萬絲。雪眷春花紛涕笑，夢回滄海更飄離。雞鳴風雨曾何補，鳳噦梧桐尚未遲。獻策大廷須放筆，時危忠直要人為。

【校】上詩録自汪宗衍《節庵先生遺詩補輯》。

【箋】楊銳，字叔嶠，又字鈍叔，別號蟬隱，室名説經堂、抱碧齋。四川綿竹人。光緒十一年舉人，光緒十五年考授内閣中書，修會典，晉侍讀。光緒二十一年參加强學會。光緒二十四年，張之洞薦應經濟特科。戊戌變法時授四品卿銜軍機章京，參與新政。政變時被捕，遇害。有《楊叔嶠先生詩集》二卷、《楊叔嶠先生文集》一卷。光緒十二年丙戌正月，楊銳準備自廣州入京赴禮部試，節庵與朱啟連、汪兆鏞、章琮、鄭權、于式棱等于廣州城隍廟旁之食肆福來居餞之。

落花詩（六首）

縹渺高樓一昨風，曉來悢悵見飄紅。雖然開落春為主，便有高低態不同。綺歲才人看夕照，舊家詞客賦飛蓬。今朝目極仍回首，猶聽疏林數點鐘。

蘼蕪一岸綠昏時，鶯蝶紛紛各逞姿。對酒低吟如夢令，御風新製步虛詞。吾儕尚切離群感，微物能無託命思。豈少桂枝生性直，不須溷席更論誰。

一片斜陽碧水環，送春雙板未嘗關。有時淡月來相護，終古佳人去不還。翠閣路遙憑斷夢，鳳巢聲澀限芳顏。乘鸞久學飛仙術，吹上蓬萊萬仞山。

暗雨連晨織碎煙，惹人酒後與茶前。任他輕蹴來飛燕，賸有清陰護早蟬。小立倍憐春晼晚，餘生不與絮因緣。瓊枝天上關情最，獨撫高松意灑然。

珍重金鈴護別枝，尋芳莫待綠章遲。豈知隔院春濃處，未到人間腸斷時。風拂綠埃琴調盡，露零紅粉畫圖悲。采芝王母方修隱，雞犬升天事可疑。

池館清涼不再過，仙人月下記鳴珂。將離未去盤旋久，欲墜還飛眷戀多。孤樹當風原易散，餘香在水自相和。明知丘壑隨飄息，苦念初時淚暗沱。

【校】清，余本校：一本作"春"；院，余本校：一本作"苑"。

【箋】節庵與龔氏夫人睽離後，心情酸楚，此借咏落花以寄慨。"終古佳人去不還"，一語傷心欲絕。《文廷式年譜》謂文氏在京時即住棲鳳樓梁宅，穿堂入室，向不避嫌，與龔氏兄妹相稱，以詩詞文字交，梁亦與其間吟詩作賦。李肖聃《星廬筆記》："梁善為詩，王闓運常錄其佳什。餘事為聯，江湖傳誦。故妻龔氏，為萍鄉文廷式（道羲）表妹，龔後通文棄梁，而時來梁所索金養文。梁撰聯寄慨，張之郡齋云：'零落雨中花，舊夢難忘棲鳳宅；綢繆天下事，壯懷消盡食魚齋。'龔見而大詬以去。"按，"表妹"當為誤傳。郭則澐《清詞玉屑》卷六："相傳梁節庵與道希夙善，其罷官歸，以眷屬託之，後遂有仳離之恨。棲鳳宅改，迸淚飛花；食魚齋寒，驚心覆水，亦可慨矣。節庵室為長沙龔氏，亦能詞。"儘管有仳離之恨，然節庵與文廷式二人之友誼，卻始終不變。《錢仲聯講論清詩》云："梁鼎芬妻子長得很漂亮，被文廷式奪去，梁竟允許。文廷式死後，其妻要歸梁，梁竟又復接納，此人無志節。"則未解節庵之志節矣。龔氏後為文廷式生子三人。錢仲聯《文廷式年譜》："外室龔氏，生子三人：長二佚其名，三克儉，字公直，官陸軍少將、立法院秘書。"按，三子名永諧、永誠、永諦。永諦即克儉。

崔四_{舜球}殯歸子其蔭書來告葬日會哭（二首）

同官才俊服君賢，清獻遺風在簡編。直諫有心嗟不待，深懷相許幸能傳。春晴野窖論花價，雪冷斜街數酒錢。何意匆匆眼前事，樹頭黃月已如煙。

誰解申屠推輦悲，鸞飄鳳泊斷深期。登堂拜母揮新淚，下榻留賓想故知。入夢尚如平日好，訂交真恨上京遲。他生相見曾無定，淒絕寒天祭冢時。

【箋】崔舜球卒于光緒十二年，康有為亦有《弔崔舜球》詩。崔師貫，原名景元，又名其蔭，字伯越，又字今嬰，廣東南海人，崔舜球之子。庠生，受業于馬貞榆。節庵愛其才，妻以堂妹。歷任瓊崖中學監督、汕頭商業學校校長及香港大學文科講師等，著有《漢魏六朝學案》、《周秦諸子學案》、《硯田集》、《白月詞》、《北村類稿》等。

從弟鼎蔚讀書白雲山碧虛觀

陳君樹鏞人所師，辨難勝釋訟。居山日與閒，有弟邇可從。授經首識字，讀史終致用。余往授鼎蔚《說文》及《資治通鑒》，至是請陳君詳言之。源流儻兩舍，泛濫徒一鬨。悃兮鳥亡歸，顛矣馬失控。蹈危志弗操，棄安心乃縱。世儒已多然，小子可不恐。隆崇躋步始，賢愚一初共。吾衰去日杠，德厚先世衆。登峰恨少力，近墓引餘痛。碧虛觀去蓮花臺近。汝學彌我愆，汝行及門送。

【箋】杜光庭《道教靈驗記》卷二：“廣州菖蒲觀，安期先生修真之所，藥竈丹井，靈溪古松，為州中游賞之最。古有觀宇。”菖蒲觀，明代改稱碧虛觀。張翊《碧虛觀》詩序：“碧虛觀，在蒲澗上，昔始皇遣人訪安期生于此，遺以玉舄。”

感　春

夢雨長依酒，香煙尚惹衫。遙芬珠箔蕩，芳思玉瑲緘。儘倚刬蘭潔，何知采葛讒。春情似階草，牽繞未能芟。

【箋】此詩當為龔氏夫人而作。《詩·王風·采葛》：“采葛，懼讒也。”朱熹注：“淫奔者託以行也。”

無咎室憶晦若

梅花如玉綴苔枝，曾照晴窗點易時。南北路分何日合，風

雲事速獨君遲。義山溇落裁詩怨，根矩淪飄得食悲。間卻
長楊詞賦手，上清魂夢各淒其。

【箋】無咎室，陳澧之書室。今存"無咎室"匾額拓片，上有陳澧題
記云："昔余讀《易》時自題書室，請黃君石溪書之，今摹刻于此。同治
辛未十月陳澧記。"黃子高，字叔立，號石溪。廣東番禺人。優貢生。學海
堂學長。擅篆書。節庵與于式枚同為陳澧弟子。

靈氛

靈氛渡華渚，絳蕚冒春煙。縞袂可曾淚，明燈不自前。鶯
啼猶夢雨，蝶懶在芳年。此意幽微裏，尋思但憮然。

【箋】此詩亦為龔氏夫人而作。

雙溪寺晚望用仲弟韻（二首）

言訪雙溪寺，宗風溯昔時。鐘魚敲日落，木石悵星移。泉
靜流無竭，雲閒出較遲。回頭墓門在，煨芋漫相知。

鳥語山花落，人間十二時。品茶浮玉嫩，截竹引泉移。野
鹿依人熟，修蛇入草遲。毗尼共清淨，多別一心知。

【校】此詩錄自汪宗衍《節庵先生遺詩補輯》。

【箋】節庵《至豐湖書院日記》："光緒十二年三月二日陰。辰初，詣
蓮花臺拜墓，旋飯于雙溪寺。"光緒《廣州府志》卷三載，月溪寺，在白
雲山左，宋太尉蘇紹箕建，前有文昌庵，下有月池。月溪寺後改稱雙溪寺。
按，今改建為雙溪別墅。

同三弟雙溪寺聽雨書懷

清風急渡澗，閒雲徐歛岫。穿林一雨來，狌狌滿山走。窗前蕉亂鳴，瓦縫茅已漏。成此蕭條境，滴入懷抱瘦。長想千載人，志意多不就。堂堂諸葛公，龍光彌宇宙。廿七出草廬，扶漢天不救。華山王景略，開口識溫謬。王秦非正朔，心鬱安可壽。士生不遇感，魚水偶然湊。治亂勞心形，黑白辨昏晝。何如社櫟大，不與山木寇。溝壑同一懷，死生永相守。

同慶笙淵若子正菊坡精舍夜談及曉

雨歇坐還好，夜涼人未歸。檐花飄茗椀，春月曬琴徽。語默各有適，寂寥良所希。因懷同學友，謂晦若、道希。吾幸識涯圻。

【箋】于式棱，字淵若，廣西營山人。于式枚之弟。光緒二十四年進士。授翰林院編修。官直隸候補道。陶邵學，字子政、子正，號頤巢、希源，廣東番禺人。光緒二十年進士。官內閣中書。陳融《讀嶺南人詩絕句》卷一三云："性孤介沈默，遇同志論學術及古今盛衰、得失利病，則娓娓忘倦。通籍歸，主講肇慶星巖書院及中學堂，生徒信服。為學精造微，得其本原。體贏，年四十五卒。門弟子為營墓田，築祠歲時奉祀，刊其《頤巢詩》二卷、文一卷。"菊坡精舍，同治六年，兩廣總督盧坤與廣東巡撫蔣益澧倡議創辦。將粵秀山麓之長春仙觀改建為書院，聘陳澧為院長。從粵秀、越華、羊城三書院肄業生中選拔優秀人才在此深造。陳澧《菊坡精舍記》詳記其事。

江樓下慶笙送歸豐湖

近水未為別，深情不奈君。漸知除熱惱，無以定紛紜。一舸風還薄，今宵月已分。恐衰扶進力，何況是離群。

【校】"漸知"，傳世手迹作"定知"。

【箋】光緒十二年三月二日，節庵拜先墓，晚訪陳樹鏞。次日啟程至惠州。主講豐湖書院。節庵《至豐湖書院日記》是日載："晚過天官里，訪陳慶笙弟，暢論為學之旨。余舉宋儒風教雖微，吾徒當以死自擔，前輩凋零殆盡，續之使不絕，正在後輩二說，以告慶笙，相與感歎奮發，夜深始別。"王臨亨《粵劍編》："惠州豐湖在郡城西，人呼為西湖。東以城為儲胥，西南北三方皆群山為衛，儼然與武林相似。蘇長公曾買此湖為放生池，出御賜金錢築堤障水，人號曰蘇堤。"

行舟寄慶笙

昨別百千語，初醹三兩杯。中流群所攝，大化縱能回。擾擾世間事，輕輕塘外雷。夜涼知有雨，書館失追陪。

【箋】陳三立《梁節庵詩評語》云："《行舟寄慶笙》：興象不凡。"

歸善江生逢辰執業甚恭考其文行佳士也贈之以詩

水木清深講舍開，得人勝獲百瓊瑰。義猶兄弟真投分，行盡江山識此才。風氣晚趨嫌薄朽，根源早出要淵賅。餘生報稱知無日，覺世修身汝可裁。

【校】傳世手迹題作"贈豐湖江逢辰"，行盡江山識此才，作"行罷江山見此才"；餘生報稱知無日，作"餘生報國知何日"。

【箋】光緒十二年四月，節庵主惠州豐湖書院講席，江逢辰來從學。江逢辰，字雨人，又字孝通，號密庵。廣東歸善（今惠州）人。學于豐湖書院、廣雅書院。經節庵舉薦，入張之洞幕。任教于湖北尊經書院。光緒十八年，中進士。任户部山西司主事，二十四年，主講廣東赤溪遵義書院。母病，乞假歸，母喪，悲痛毁卒，有"江孝子"之稱譽。擅詩詞、書畫，有《江孝通遺集》十九卷。徐珂《清稗類鈔》卷四十六："歸善江孝通孝廉逢辰，孤高自喜，人世一切營謀，若未知也。性孝母，家貧不可為活，嘗游番禺梁節庵按察鼎芬門。梁後至鄂，乃言于張文襄，延江至鄂，分校某書院，即主于梁。後回粵，又數年死，臨死猶戀寡母也。"

湖　居 (二首)

人家閒可近，風物衆難編。蠶繭春連户，漁燈夜走船。書聲飄隔水，塔影劃遙煙。獨過棲禪寺，胡牀已百年。

水漲便浮宅，堤窪偶縛橋。恨無荷一畝，待補柳千條。舊事錢塘忘，新詩玉局招。西湖今付我，莫道故人驕。鐵香京邸篆"別後西湖付與誰"七字，榜于門眉，意殆自專，不謂在余也。前郵書索此，肯而未來。

【箋】蘇軾《和晁同年九日見寄》詩："古來重九皆如此，別後西湖付與誰。"

佳　人 (二首)

閬風緤馬竟何年，吹徹參差下衆仙。公子歸期春水後，佳

人情緒夕陽前。碧芳傾盡痕猶濕，經焰飄殘夢尚牽。渺渺天河幾回顧，自搴簾箔數星躔。

桃弓射鴨儘蕭閒，縹緲仙居紫翠間。不盡情懷隨逝水，更無謠諑到深山。夕張瑤瑟憑招月，朝索瓊茅自閉關。蕉萃沈郎初病起，肉芝應為駐年顏。

【箋】二詩似為聞知有關龔氏夫人謠傳而作。"更無謠諑"一語，可見節庵此時情苦。

招隱二章寄黃三（二首）

吾慕阮孝緒，特撰高隱傳。不簪又不帶，適意因所便。仙人杖綠玉，解后古松院。奚必臥龍廣，始識佛印面。

童子三五人，年可十八九。衣被青紫羅，香囊繫肘後。中有金丹訣，非人不能授。桑田日窪下，仙花獨長久。

【箋】時黃紹憲尚在廣東南海在山草堂中隱居讀書，年方二十四歲，光緒十七年始中舉人。

齋　居

春盡花成雨，苔深綠掩門。懷人長託夢，有客則開尊。商略黃公術，沈吟素士言。芳菲誰不見，寵辱世徒喧。無事張琴坐，將詩剪燭論。清心依水月，動念卻風旛。先代圖書在，閒庭草木蕃。貧家自有樂，所得是天恩。

80

以東坡畫象寄龍二鳳鑣因繫一詩

白鶴逍遙五百年，家家傳寫似生前。懸知露電非傷逝，儘有風波自得仙。漠漠桂花人中酒，娟娟涼月夕題箋。玉牀丹鑣勞相憶，尚是棲禪一覺眠。

【箋】康熙年間徐旭旦編纂《惠州西湖志》，中有"宋蘇文忠公像"與"朝雲小影"。謂東坡畫像云："公五十九歲像也，是時為紹聖元年，公以寧遠軍節度副使寓惠，郡人何充寫此，至今五百餘歲，猶得祀于郡之西湖，即公昔所居白鶴舊址也。"謂朝雲像云："此六如居士朝雲二十八歲小影也，是時隨侍文忠公謫惠，宋人何充寫照，鑣于棋枰之上。"二像皆宋人當時寫照，當為最接近真容者，清代惠州人每摹此存念，寄龍鳳鑣之東坡畫像或為此之摹本。

荷花畫絹

縹緲秋江絕世姿，玲瓏湘管斷腸時。紅蘅碧杜長相憶，玉露金風要自持。欄檻有人傷晼晚，衣裳在水寫參差。綠波驕盡芙蓉色，朝攬蛾眉諷楚辭。

【箋】作于光緒十二年。當為龔氏夫人之離居而作。以下三首均有此意。

古　意

共郎上山頭，不惜下山早。郎愛合歡花，儂愛苦辛草。

【箋】"上山"、"下山"用古樂府"上山采蘼蕪，山下逢故夫"之語，哀傷決絕。

夜坐有懷

壞牆斜月女蘿香，散髮無人坐受涼。酒罷微醒更惆悵，數聲長笛一庭霜。

春　晚

開簾當晚坐，罷酒帶微醺。短徑通蘭氣，芳風拂露文。搴花驚蝶去，張席待鷗分。一曲琴初弄，千金猶為君。

丙戌三月二十八日林贊虞侍御自西湖來問疾感贈

衣上西湖數點春，雨吹花片欲留人。誰知昔日回瀾手，尚有先朝折檻臣。橋聽杜鵑曾對淚，樓題黃鶴幾傷神。月臺荷影江亭柳，處處相思總為君。

【箋】作于光緒十二年丙戌三月。林紹年，字贊虞，號健齋。福建閩縣人。同治十三年進士。以編修歷充鄉會試同考官。光緒十四年改御史。官至貴州巡撫、軍機大臣。《石遺室詩話》卷十一："林贊虞侍郎由御史出守昭通，道過武昌謁公，見贊虞扇頭有余贈行三絕句，至為激賞，心識之。"

豐湖病榻口占

揀藥添衣事事休，四更殘月在牀頭。夜長便覺書開眼，水逝真同不斷愁。漸識悲歡成隔世，才分香朽誤虛舟。茫茫兒女神仙願，搖落人間帶淚收。吳十三兄能歌此詩，一客皆能讀，亦奇矣。

【校】上詩余本未收。輯自《永安月刊》八十五期陳涵度《題蕉蘆漫筆》。

題孔北海集

誰及秋霜琨玉姿，遺文散落特英奇。我心似石堅難轉，國事如棋亂可知。空有盛名驚劍客，獨于儒術表經師。比鄰郗慮稱交早，真恨才疏到死時。

【箋】《孔北海集》，漢末孔融撰。劉勰《文心雕龍·風骨》云："孔氏卓卓，信含異氣。筆墨之性，殆不可勝。"

思　友

風亭吹晚霽，春岸得幽行。苔際餘花淨，霞邊一鳥明。懷人開桂醑，臨水展桃笙。尚憶江頭別，心中無限情。

洗肝亭雜詩（四首）

說食與夢飽，厥後同一無。何以口腹事，可縛人間姝。吾神貴自然，潛乃達之徒。願拂衣上塵，回念心地初。

意質非神仙，勇退亦可敬。誰謂養生賢，世網不全命。歷塊易一蹶，萬里我不慶。深深隱淪者，天下以為柄。

千齡一日積，此日誠艱哉。觸急可以緩，花落還當開。獨出萬物表，心光自然回。粲然若有識，一點靈犀胎。

燒香香已寂，意銷吾如何。名迹械眾生，要與淵沈痾。美人攀不得，隔此一片波。江海日以遠，霜露日以多。

【校】賢，余本校：袁刻《于湖題襟集》作"言"。

【箋】洗肝亭，原名吾亭，在惠州豐湖書院風浴閣，節庵改名洗肝亭。蓋取蘇東坡《藤州江下夜起對月贈邵道士》詩"江月照我心，江水洗我肝"之意。夫須《夫須詩話》："《洗肝亭雜詩》二首，尤淵微有氣韻。"陳三立《梁節庵詩評語》云："其一淵慮瑩然，上與道契。"錢仲聯《夢苕庵詩話》："梁節庵《洗肝亭雜詩》四首，亦絕佳。"張可廷《梁鼎芬別傳》："豐湖書院左，古榕鬱盤，篠竹森聳，有'吾亭'，四面臨湖，鼎芬改名'洗肝'。"

讀　史

世運平陂執控搏，不關情處感無端。紛紜國是成功懼，晚近人才降格看。偶為佳時歡夢寐，每從危日驗心肝。史家易失英雄意，摹寫當年有未安。

【箋】陳湛銓《略述梁節庵先生詩》謂此詩"實為咏懷之作"。謂"紛紜"二句"委折低徊，奇橫淒痛"。"國是紛紜，諸公以為定策無誤而成功矣，然有識之士則寒心悚然而懼也。'懼'字驚動奇峭，熟字能生，具見爐錘之功。晚近人才，斗筲不足算矣，肉食何人與國謀乎？然風頹時靡，真逝偽興，百年千里，安有一賢？卑之無甚高論，聊可降格相看耳。"

豐湖夜泛

秋辛秉金肅，湖寬取月歛。收書積萬想，理檠放一覽。疏風弄黃柳，淺路犯枯葵。軋軋鴉團林，戢戢魚入槮。寺近早知門，山遠微出厂。佳時失恐易，好境得在漸。夷曠即無滯，清明不受點。游泳可以歸，徑往吾豈敢。

檢亡友張工部_{嘉澍}遺札

兼旬情愫滯幽居，一束箋函棄短厨。琴上春星何寂寞，酒邊人病共嗟吁。宦舅聞君歿，感病經月。恨無佳句酬張籍，空有哀文祭尹洙。欲覓寫官錄書副，校讎吾倚舊生徒。遺文付石表兄炳樞。

【箋】張嘉澍，字瑞轂。光緒六年進士。廣東番禺人。與節庵為同年。官工部主事。石炳樞，後改名德芬，字星巢，號惺庵。廣東番禺人。同治十二年舉人，以納資捐官，任廣西、四川道員。任惠州豐湖書院講習。在廣東、北京設學館，授徒講學。設教帳于羊城學宮，弟子甚眾。家以鹽業致富，藏書頗豐，有"徂徠山館"藏書室。陳三立評云："逸格以切摯出之。"

張嘉澍遺文題詩 (二首)

論文念疇昔，把卷慟斯人。豈識平生事，文章竟夙因。雲

85

天想高�，風雨助蕭辰。遺傳今成稿，追摹恐失真。余近以亡友沈廷和、英緄、夏庚復、崔舜球及君為《五君傳》。

每論豐城劍，韜精句婁貽。恩深罷官日，情重夢君時。記下新墳拜，彌令後死悲。舅甥同感逝，忍淚補哀辭。害子母舅挽詩二首，用洪北江哭黃漢鏞詩元韻。稿存京師容續刻。

【校】以上二詩余本未收，輯自梁鼎芬傳世手迹影本。末署"丙戌十月半鼎芬拜稿"。

夜從范祠至蘇祠下作

范君諤諤生于天，靈光八表皆可旋。豐湖山水秀南海，況有遷客蘇公賢。蘇公亦挂黨人籍，漢宋千年悲一宅。少聞母教長難渝，獨報君恩他不惜。我生未遇京與融，我母已往心忡忡。吾儕隔世倘相見，攬轡四顧知誰從。令名壽考非可並，靈旗來兮天微風。

【箋】范祠，即范孟博祠，祀東漢名士范滂；蘇祠，即東坡祠。節庵于豐湖書院東偏瀕湖處築范孟博祠，南築書藏為蘇東坡祠。光緒十二年始建，次年建成，四月十三日，節庵率諸弟子致祭，親撰祭文。葉樹蕃撰《豐湖范孟博祠堂碑銘》，江逢辰撰《豐湖書藏蘇祠記》。民國二十六年《旅行雜志》有文云："（東坡祠）祠深凡三楹，中楹為德有鄰堂，蘇井即在堂後，後楹肖坡公像，左為其子叔黨像，右側有小軒，為侍姬王子霞像。中楹右有回廊，通思無邪齋。齋前為娛江亭，亭左右二池，曰'硃池'，曰'墨沼'，沼東為翟夫子舍。"吳天任《梁節庵先生年譜》："按，范孟博祠、蘇文忠祠，皆先生主講豐湖書院時所建，見《張尚書移節湖北》詩注。時又編有《豐湖書院藏書目》若干卷。"

初到肇慶口占

峽盡見江城，江流日夜爭。幾人畫形勝，滿眼說昇平。入境知民俗，懷賢識令名。謂彭春洲、蘇賡堂兩先生。微躬繫風教，何以慰諸生。

【箋】光緒十三年丁亥夏，節庵接掌肇慶端溪書院。吳天任《梁節庵先生年譜》云：“按，《癸丑樊園宴集》詩注：‘包孝肅、周元公題名，皆在七星巖，丙戌拓贈南皮及朱、繆兩前輩，叔嶠舍人皆云未見。’是先生以丙戌到肇慶。又《題邵位西遺詩》云：‘丁亥主講端溪書院，刻有叢書。’”彭泰來，字子大。廣東高要人。嘉慶拔貢生，不求仕進。以學行著名。著有《端州金石略》、《昨夢齋集》、《詩義堂集》。蘇廷魁，字德輔，一字賡堂。廣東高要人。道光十五年進士。選庶吉士，授翰林院編修。二十二年任御史。咸豐元年任工科給事中。一度任端溪書院山長。同治元年任河南布政使，升東河河道總督，九年，告老返鄉。著有《守柔齋行河集》二卷、《守柔齋詩鈔》初集三卷、續集四卷。

雨後坐衆綠廳望七星巖有懷十六舅京師

群星化為石，一一墜地險。招要納虛牖，蒼翠補疏簷。初陽望彌曠，獨飲酒從儉。室邇引荃蕙，廳旁為荃香室。地富出菱芡。嘶風一鳥驕，拂水數花諂。美景憾孤領，閉門好長店。佳人隔天雲，思之淚為掩。

【箋】衆綠廳，為肇慶端溪書院之後廳，節庵為書楹聯：“招邀數君子；沈醉萬荷花。”七星巖，屈大均《廣東新語》卷三：“七星巖，在瀝湖中，去肇慶城北六里。”“七峰兩兩離立，不相連屬。二十餘里間，若貫珠引繩，璇璣回轉。"荃香室有黃培芳楹聯："到此間應帶幾分仙氣；坐定後宜生一點禪心。"徐鑄有《荃香室前桃花初開》詩。

全亭晚坐示劉生振騫楊生壽昌

閒居萬物照心魂，陶器單衾與我存。一月出林添綠淨，數花當戶及黃昏。讀書前輩難同世，問字諸生已在門。須使九流分派別，猛思江海正渾渾。

【箋】全亭，在端溪書院中。全祖望曾任端溪書院院長，全亭，為紀念全氏而建。光緒十三年十一月，節庵在端溪書院祭全祖望。劉振騫，生平待考。楊壽昌，號果庵。廣東惠陽人。曾就學于豐湖書院、端溪書院、廣雅書院。後任廣東高等學堂、存古學堂、兩廣方言學堂教授、惠陽縣縣長。民國十二年任廣東大學教授。歷任黃埔軍校政治教官，中山大學、廣州大學、嶺南大學教授。

晚坐荃香室

青天去人遠，白日朗我襟。幽蘭十數瓣，采之貽素琴。雲端女如花，鴻雁將好音。亮察正則意，或續屈子吟。欲往叩靈祕，鳥響煙路深。

【校】此詩有傳世手迹，題為"荃香室夜月臺懷十六舅"。題記云："宴坐見此詩末句，沈吟讚歎，錄上伯壽廿一弟商之。忽忽已是二十五年矣。辛亥七月半。"可推知此詩作于光緒十三年丁亥。

丁亥閏四月病中不寐作

揀藥添衣念念休，五更殘月到牀頭。夜長便覺常開眼，水

遠真成不斷愁。欲語悲歡疑隔世，纔分香朽窹虛舟。凡心
洗濯憑何力，兒女神仙帶淚收。

【校】憑何力，余本校：一本作"終何用"。

【箋】沈澤棠評云："獨客病中苦況，四語盡之矣。東坡詩評云：'靜
中不自勝，不若聽所之。'何必坐斷蒲團，乃見闍黎慧眼，知此則苦惱頓消
矣。"陳三立評云："凄絕窈冥，回腸蕩氣，惜入後太盡。"

丁亥二十九歲初度 (二首)

吾生亦何事，展轉到今朝。痛定驚孤露，憂深忘寂寥。看
星當夜起，對酒惜春遙。獨影經時過，殘燈不復挑。

年光漸三十，志計太尋常。學劍曾無術，求醫或有方。在
家如客好，辟俗得書良。亭館清幽甚，閒花盡日香。

【校】上詩錄自汪宗衍《節庵先生遺詩補輯》。

【箋】作于光緒十三年丁亥六月六日。時方病起，故有"求醫"之語。

自題畫象

紙上似我非我，心中有人無人。防身兮一劍，放眼兮千春。

【校】上詩錄自汪宗衍《節庵先生遺詩補輯》。

黄紹憲墨荷花

體開汴人尹白，筆妙畫院于清言。風流逮南海，絕藝欲到

渠。一花亞一葉，韻潔而枝疏。何以芳華手，緬彼沈默居。我憶豐稷詩，當暑搖風如。惜微靜者寢，此意予可書。

翠微

更無鸞鶴刺天飛，獨對斜陽憶翠微。上界最工餐玉訣，侍童都著縷金衣。千株桃杏翻明錦，一隊笙簫逐紫騑。始信神仙原咫尺，不勞雞犬說知機。

同徐鑄訪七星巖石罅祖龍學題名作長歌

秋風動地潭水枯，清游載酒子與吾。笑談已過茨塘外，回見村屋皆畫圖。紛紛姓氏滿巖洞，周書元公寬博包書孝肅癯。范陽擇之亦至此，博陵崔子相馳驅。巖內先有“博陵崔之才、（范陽）祖無擇至此，皇祐二年仲春十三日”二十一字。更聞石罅字未滅，蘇齋有紙不得摹。春洲畸人始尋見，著書且補儀徵無。我今粗猛仗心膽，子復英特少髭鬚。巉巖共向仄徑入，鞠躬恍若公門趨。余生世途每寬坦，到此真覺形體拘。手捫苔壁引蛇沫，以火斜燭相叫呼。分明七字魯公體，崔之才、祖無擇題。銀鉤灑落瓊枝腴。回身小立若有會，追憶史乘微歎吁。公昔從游泰山下，要垤守道兼寬夫。抗言衍聖定百世，袁州啟學繁生徒。臨川柄國枉人罪，酒瓶三百輕召辜。惜哉不遇張子厚，流竄德慶成冤誣。遺文煥斗集名穆修派，手力倘可分開沫。此官雖鄙奚足貴，方寸蕭散誰能逾。溫公贈詩云：“方寸常蕭散，其餘何足云。”題名山澗知幾處，大雲銅石羅浮俱。連州大雲洞、陽春銅石巖、惠州羅浮山長壽澗及廣州南海廟、德慶三州巖均有題名。他年同著幾緉屐，盡收寶刻當瑤瑜。

【校】貴，余本校：一本作"計"。自注原漏"范陽"二字，據石刻補。

【箋】徐鑄，字巨卿，一字香雪。廣東番禺人。光緒十一年舉人。先後任端溪、廣雅書院監院。有《香雪堂詩稿》。祖無擇，字擇之。上蔡人。宋仁宗寶元元年第三名登進士第。歷遷入集賢院。任廣南東路轉運使。熙寧初，知通進銀臺使。為王安石所惡，諷求其罪，謫忠正軍節度副使。後知信陽軍。著有《龍學文集》十六卷。祖無擇在廣東轉運使任上時，與副使許彥先遍游粵中山水，多有題名。彭泰來尋得其七星巖題名，載入所撰《高要金石略》。溫公，司馬光。所引詩題為《送祖擇之》。

春日園林

芳菲時節竟誰知，燕燕鶯鶯各護持。一水飲人分冷暖，眾花經雨有安危。冒寒翠袖憑欄暫，向晚疏鐘出樹遲。倘是無端感春序，樊川未老鬢如絲。

【箋】陳湛銓《略述梁節庵先生詩》云："同一境地，同一事物，而感受不同，苦樂各異。共處危邦，幾經憂患，如墮溷飄茵，貴賤既殊，且存歿相懸，安危有別，不勝世道無常之歎矣。""憂能傷人，寧可復永年耶？此詩似風華靡贍，實至可哀也。"

陳右銘按察招同潘孺老飲錦榮街寓廬

燈前二老説昇平，我亦從容共此情。小雨夢回天自放，好春花謝鳥猶獰。經過陵谷成翁早，沈醉江湖入世輕。不到明朝便陳迹，柝樓況已報深更。

【箋】陳寶箴，字相真，號右銘，義寧人。咸豐元年舉人。歷任湖北按察使、直隸布政使、湖南巡撫。戊戌政變後被罷黜。今人編有《陳寶箴集》三冊，下冊有詩鈔一卷。光緒九年，陳寶箴在浙江按察使任上被劾免職。十二年，兩廣總督張之洞奏請，調廣州，居西關錦榮直街。

端居賦興

閒庭雨過晝添寒，柳竹青葱俯一欄。漸與世疏文筆放，偶緣春好酒杯寬。石脣苔潤初安臼，水面萍分獨下竿。惟有佳禽笑多事，中年心意未闌珊。

【校】葉恭綽手稿按：文筆，別本作"詩膽"。

同孺初丈北郭游園歸

昔年荒草尚畦塍，人漸安閒衆力興。已見屋廬還舊日，欲尋花藥共良朋。園丁未服生疏鶴，春色猶妍老大藤。看晝嘗茶無一事，窗簾風細又飄燈。

【箋】陳三立《梁節庵詩評語》云："味趣閒雋，'園丁'句稍湊。"

龍王廟問朱一新疾 (二首)

古槐一兩樹，鍵户臥經時。秋蝶多垂翅，寒蟲不吐絲。藥乾僧代揀，衣少僕能知。勿以幽憂極，遭逢有國醫。陳提刑丈居山下，日過診視。

陽窮斯晦吝，身遠更冥沈。山氣銍人骨，簾衣約樹陰。芳蘭託空谷，落日散疏林。相悅寂寥境，聞鐘何處音。

【校】余本校：約，袁刻《于湖題襟集》作“限”。

【箋】龍王廟，在粵秀山。樊封《南海百咏續編》：“龍王廟，在粵峰之陽。龍神舊不列祀典，雍正五年始命有司祠祀之，斯廟則乾隆元年總督阿里袞所營建者也。”同治《番禺縣志‧輿地略》：“觀音閣之北為鎮海樓。閣之東為今鄭仙祠，為今之菊坡精舍，為應元宮，為今應元書院，為龍王廟。閣之前為學海堂，為文瀾閣。”

題朱鼎甫拙庵

濂溪有拙賦，晦翁以名齋。田聞石久斷，室東牓已埋。惟君稟家學，不于衆取諧。讀書巧探微，修道工養骸。精思契繁露，憂心逮江淮。若論校所能，拙者不汝儕。愚公與智叟，詣極均可佳。株守一先生，旗纛多搪挨。人生要有所，但得行胸懷。子保拙庵拙，我尚乖厓厓。

【箋】節庵所題“拙庵”二字，今有傳世手迹拓本。題識中全錄周敦頤《拙賦》，“書寄鼎甫我兄講席”。

兩年游小港不見一花同徐鑄作

數聲玉笛發餘哀，山館桃梨處處開。獨與此花成契闊，一回早到一遲來。

【校】傳世手迹題作"同巨卿訪小港梅花不見"；發餘哀，作"有餘哀"；獨與，作"我與"。

【箋】小港，又名雲桂，位于廣州珠江南岸之馬涌（今海珠涌）。嘉靖二十四年，何維柏于馬涌建小港橋，明清兩代，遍種梅花桃花，為文士游賞之地。廖箋："徐鑄《香雪堂詩稿》有《煙潨樓夜宴節庵預作小港探梅之約酒酣以往輒話京華舊事》、《小港看梅花節庵同作》、《前游小港意有未盡十一月十二日約同人再看梅花分咏五古得邨字》詩。其中《小港看梅花節庵同作》詩自注：'去年來時花落，今年花未開，可慨也。'可知詞人與徐鑄曾有兩年游小港看梅花。又據徐鑄這三首詩前後文的寫作內容，推知此詞作于光緒十一年十月至光緒十二年間。"

答龍二表弟書

蘭風遞瑤札，桐月挂碧疏。索我篋中詩，玩子別後書。檢點傷心稿，臨發重踟躕。

秋　荷

玉溪怊悵賦紅蕖，每為離披感故居。一水鴛鴦漸頭白，秋香零落意何如。

【箋】當為龔氏夫人而作。

愛蓮亭雨望

日影棲雲端，林葉彌屋罅。群花掩娟妍，一鳥自悲咤。園亭坐幽獨，風雨見交下。古人已相失，故書聊一把。

【校】末二句《梁節庵詩稿》作"寸步更徘徊,長晝忽然夜"。

【箋】愛蓮亭,在肇慶端溪書院。馮敏昌有詩,題云:"端溪書院後有愛蓮亭,亭前有池,狀如半月,歲久為草木侵翳,池欄傾圮,徑道蝕壞。余自今春主講,追感昔游,于夏秋之交,以叩誦之暇,課僮伐木去翳,並命工甃,治徑道周池,仍繚曲欄亭上,為治文窗,開月戶,移舊碑于庭前,繞庭植松十餘株,遂疏池淤,將以今春植蓮。賦詩紀事,得五律四章,屬諸同志和作焉。"

送從弟鼎慈之廉州

花放夫椿忽隔年,更無杯酒與離筵。邊原浩蕩猶吾土,門第飄零望汝賢。病鶴漸虬惟有骨,素琴閒挂惜無絃。關心豈止分攜日,風雨吹帆百念牽。

全亭作詩三首問長素先賢祀位 (三首)

吾鄉學案早專門,君有《廣東學案》將成。今日馨香要細論。千載觥觥原有屬,白沙肇始泰泉尊。

王邱遺事孰能調,可信瓊臺嫠豎貂。祀典已成詩有意,瓣香難爇且從桃。

栗主親題十六人,百年展轉不存真。驚心壞閣頹庵地,料理荒殘要此身。

【箋】光緒十六年春,康有為自南海移居廣州,次年設學堂于長興里,專意著述教課。著《長興學記》,以為學規。所謂《廣東學案》,或指此。

盼黄三書

梧桐一葉下庭除，為報佳人玉札疏。手折瑤花更相憶，秋燈涼雨渺愁予。

【校】手迹影本末署"己酉十二月八日海珠寺回贈俊仲二弟"。當為書舊作。

【箋】黄三，謂黄紹憲。陳三立評云："情韻深邈，泠泠欲絶。"

長素荷花卷子屬題（三首）

此花于世無棄材，君乃嗜之不勞媒。憑將一幅好東絹，虛堂六月清風來。

濂溪昔有愛蓮説，端溪今有愛蓮亭。花之君子至瀟灑，涊泥揚波原未醒。

南河三四里皆花，花外竹籬停小車。應念月臺今夜月，兩人烹露較新茶。京師南河泡荷花最盛，十六舅日嘗游此，曰：惟寶月臺可並耳。

【校】第三首有傳世手迹，題為"寶月臺懷十六舅"。烹露較，作"收露試"。

【箋】寶月臺，原稱補月臺，築于宋皇祐時。袁枚《游端州寶月臺記》："端州北門外有寶月臺，夷庭高基。梁長九丈餘，六古榕樹東西遮蔭，北望曠如，荷萬頃，搖風送香。遠望七星巖，如竹林客差肩而坐。余雖好游，得此于他處甚寡。且喜離府署近，常攜筆硯，避暑其間。"

重至長沙寫哀

浮世蓬根不道憐，秋懷到此更追牽。再尋舊巷悲回轍，獨泫愁春淚徹泉。報國未能伸志事，沈湘空自夢嬋娟。熒燈暗記當時話，身是孤兒十九年。

【校】傳世手迹題前有"戊子三月"。

【箋】文廷式《湘行日記》光緒十四年三月十三日："早間聞星海由粵到，狂喜。未終席即往訪之，一見異常驚喜，遂留宿鄉間，四更始寢。"節庵重至長沙，與王闓運、羅正鈞、曾廣鈞、陳三立、于蔭霖等會晤。二十五日，文廷式"夜與星海談至三鼓"，作《臺城路》詞以送行。次日，節庵即返粵。吳天任《梁節庵先生年譜》："按，同治九年庚午，節庵父葆謙改捐知府同知，分發湖南。節庵隨父客長沙。八月，父卒于長沙。節庵十二歲，有'身是孤兒十九年'句，自同治庚午丁父憂，至戊子，適十九年矣。"陳三立評云："'報國'句稍露。淒豔感人，得玉溪生之韻。"

陳進士三立宴集賈太傅祠

往彥苦辛地，今人歡樂場。櫺通花入座，徑短竹為牆。論學皆英妙，懷忠忽感傷。獨行日斜後，蜂蝶采香忙。

【箋】文廷式《湘行日記》光緒十四年三月十五日，"楊厚庵宮保來棧，稍談，余偕星海同往拜之。伯嚴招飲賈太傅祠，樾亭、重伯、麓雲、恪士諸人在座。"陳三立，字伯嚴，號散原。江西義寧（今修水）人。寶箴子。光緒十五年進士。授吏部主事。二十一年，寶箴撫湖南，侍親長沙，預新政，多所贊畫。二十四年，政變作，父子俱被革職，歸南昌。旋移家江寧。三十年，詔以黨案獲咎者，悉予復原職，有薦請起用者，堅謝之。

民國後，客寓金陵、杭州，間游上海，與諸遺老往還。二十二年，移居北京。二十六年，盧溝橋事變，憤而絕食死。著有《散原精舍詩文集》。鄭孝胥《散原精舍詩序》："伯嚴詩，余讀至數過，嘗有'越世高談、自開戶牖'之歎。""大抵伯嚴之作，至辛丑以後，尤有不可一世之概。源雖出于魯直，而莽蒼排奡之意態，卓然大家，未可列之江西社裏也。"楊聲昭《讀散原詩漫記》："古今文人，未有無才者，而學為尤要。無書卷，不足以言學，有書卷而不極鍛煉之工，仍不足以言學。知此，乃可與論散原之詩。""散原七律，氣勢驅邁，古詩工組織，富詞采，似從漢賦得來。與世之以儉腹學西江者迥異。"按，光緒十二年三月，陳三立已成貢士，未與殿試，即歸，在長沙蛻園讀書。按，陳三立致許振褘書云："三立繆舉禮科，以楷法不中式，格于廷試，退而學書。"學書三年後，至光緒十五年始與殿試，成為正式進士。詩題稱"陳進士"，美言之也。賈太傅祠，位于長沙太平街太傅里，傳為賈誼故居。後人建祠祀之。成化元年，長沙太守錢澍重建。祠中匾額題"治安堂"三字。光緒元年，增建清湘別墅、懷忠書屋、古雅樓、大觀樓等。今僅存堂屋一間，額題"太傅殿"。古井猶存，稱太傅井，亦稱長懷井。

曾廣鈞招飲第宅

崇閎樸堅丞相府，我來蕭蕭循其廡。公孫愛客招文儒，同席湘潭王闓運、羅正鈞，義寧陳三立，萍鄉文廷式。蠢我此間力不努。欲叙高勳費萬辭，若論舊學懵四部。獨念交游五十年，牽較前塵猶可數。奇哉雙璧歸江陰，君家太傅吾家祖。道光十八年會試，曾文正公與十四叔祖皆季文敏公所薦，同入翰林。論文甚契撮根柢，觀世至深交肺腑。亂之將萌若前知，勸留此身事君父。文正挽曾叔祖母聯語也。半園林木先摧風，曾叔祖所居曰半園。一夢龍蛇繼霾土。叔祖連遭大喪，服除不仕，未幾歿。百無一

試公所悲，湘人如龍又如虎。元戎思舊挽江船，二叔渡江謁
文正，于節署談叔祖遺事，勸官湖南。父叔為官接湘渚。二叔以通判
分湖南候補，歿後，先君以主事改官來湘。衣冠曾謁鄭公鄉，杯酒
屢逢謝家墅。一年凶酷鬼亦愁，再世衰零神弗祐。今來堂
上覽書史，定有先人所曾睹。安知孤子賦重游，敢擊癡兒
忘不武。喜君英多而媚嫵，讀書爛熟中經簿。關西舊則其
毋去，收歛神光俟可吐。我匣雙龍懶不舞，終日淒淒風
且雨。

【校】十四叔祖，余本作"十□叔祖"。按，此指梁國琮，為節庵之十
四叔祖。徑改。

【箋】光緒十四年，在長沙作。文廷式《湘行日記》光緒十四年三月
二十日，"偕星海入城。重伯招飲，王壬秋、俞恪士、陳伯嚴、羅順循正鈞
在坐。""席散後仍與星海宿伯嚴家。"曾廣鈞，字重伯，號級庵，又號級
安。湖南湘鄉人。曾國藩孫，曾紀鴻長子。光緒十五年進士，授翰林院編
修。官至廣西知府。有《環天室詩集》。王闓運《題環天室詩集》："重伯
聖童，多材多藝，交游三十餘年，但以為天才絕倫，非關學也。今觀詩集，
蘊釀六朝三唐，兼博采典籍，如蜂釀蜜，非沈浸精專者不能。異哉，其學
養之深乎！湖外數千年，唯鄧彌之得成一家，重伯與騖而博大過之，名世
無疑。"汪辟疆《近代詩派與地域》："曾重伯則承其家學，始終為義山，
沈博絕麗，在牧齋、梅村之間。《環天室集》藝林傳誦，至今弗衰。"吳天
任《梁節庵先生年譜》云："按《湘綺樓日記》戊子日記：'戊子三月二十
日，重伯會文道希、梁星海、陳伯嚴、羅順孫飲。與詩注合。"梁國琮，字
希平，一字儷裳，號半園。廣東番禺人。為節庵之十四叔祖。道光十七年
丁酉科廣東鄉試第一名解元。道光十八年進士。翰林院庶吉士，散館授編
修。曾國藩挽梁儷裳太夫人聯云："八年九子四登科，更芸館齊名，相與掞
藻摘華，合衆口曰難兄難弟；萬里孤雲一回首，痛萱幃永隔，尚冀幃哀順
變，留此身以事父事君。"羅正鈞，字順循、順孫。號劬庵、石潭山農。湖

南湘潭人。光緒十一年舉人。歷任直隸撫寧、定興、清苑知縣，天津、保定知府，山東提學使。有《劬庵文稿》。季芝昌，字雲書，號仙九，江蘇江陰人。道光十二年進士，授編修，散館第一。擢侍讀，督山東學政。十九年，擢少詹事，晉詹事，典江西鄉試，督浙江學政。擢內閣學士，授禮部侍郎，督安徽學政。擢左都御史。咸豐元年，出為閩浙總督。卒諡文敏。

客中夢同年友歡如生時感覺有作 (二首)

春月非我有，歡逝憂無端。崔生奇偉姿，壽命殉微官。生時勖道義，死日留悲酸。君母頭半白，哭子淚未乾。佳兒漸長成，眷姻意所安。獨恨促膝語，尺寸不得看。昨宵夢顏色，彷彿謂曩歡。執手若有詞，但聞勸加餐。人生有死別，泫然摧我肝。崔編修舜球。

自吾喪楊生，百事懶不舉。兩家先世交，一面故相許。意氣傾儔儷，偶失自言語。我歸情殷密，君往色淒楚。當時不曾覺，一瞬竟哭汝。堂幃有老母，亦有好兒女。崔生今已矣，君棲息何處。魂飄曲江流，歿于南雄。因風涉湘渚。眷念平生言，舟燈慘疏雨。楊同知啟焯。

【箋】此詩懷念故友崔舜球與楊啟焯。崔舜球卒于光緒十二年，楊啟焯卒于光緒十三年。

夢楊三啟焯醒後有作

我懷同年友，楊生質最美。孝親愛姊弟，信友忘彼此。憶昔兩世交，君心獨余委。白日薄虞淵，良辰忽不喜。別君未多言，惆悵今竟死。傷亡復悼存，老母兼幼子。不減博陵戚，屑涕入骨髓。何當夢君來，人鬼限尺咫。海水有枯乾，余哀不能已。

【校】上詩録自葉恭綽《節庵先生遺詩續編》。

魯子敬墓下作

漢家火德弱，桓靈板蕩衰。獻帝操敢繫，豪傑難羈縻。仲謀骨不恒，藉手父兄基。破虜最忠勁，討逆英且奇。無命一再蹶，孝廉非哭時。臨淮有名士，瑜瑾龍鳳馳。奚不相輔漢，抗議多奸欺。王室不可復，規模亦何為。徒使冀幸語，搖惑英雄姿。因念天子聖，保邦于未危。疆宇苟傾嚲，扁鵲非良醫。何況才智士，内熱多所移。群雄日縱橫，聖化日淩遲。各騖功名場，元首誰護之。奮武已千載，經過激我私。高墳依城立，春草青離離。惟有江上月，照此無窮悲。

【箋】節庵《建禰祠設學堂文》："戊子春間，鼎芬游楚，渡江謁墓，徘徊夕陽。"魯子敬墓，即魯肅墓，在岳陽。同治六年邑人汪立政立石，光緒十五年巴陵知縣周主德為立石碑，題"吳魯公肅墓"，二十六年，知府余肇康重修。

琴　臺

琴臺人不見，今見臺前花。湖水發春渌，顯此一片霞。當時鸞鳳意，豈為千春誇。世上黃金交，朝盡暮舛差。何論死生際，劃然秦越家。彼美人兮騎青騧，臨風一曲心無邪。玉羊白鵲翔晴沙，此間山水清且嘉。恨生不遇期與牙，褰裳獨往藏蘆葭。

【校】琴臺人不見，余本校：一本作"人琴不可見"。

【箋】琴臺，又稱伯牙臺，位于漢陽龜山西麓、月湖南側，始建于北宋年間，後屢毀屢建。嘉慶初，湖廣總督畢沅重建，汪中撰《漢上琴臺之銘》。光緒十年黄彭年撰《重修漢陽琴臺記》。相傳春秋時楚國賢人俞伯牙隱居于此，鼓琴遇知音鍾子期。事見《列子·湯問》及蔡邕《琴操》。"當時"二句，譚獻評云："古人心死。"此後節庵屢游琴臺。光緒十九年同林國賡、楊裕芬、伍銓萃游琴臺，二十五年正月十六日，又招鄭孝胥、陳衍、顧印愚、朱克柔、汪鸞翔同游，互有詩歌贈答，可見節庵甚重友朋知音之誼。

湘舟雜詩（十首）

無事成遠適，孤行方令時。野花喧寂寞，芳草拂淪漪。未可生春怨，何因致酒悲。瀛寰共清宴，慷慨爾奚為。

螻蟻安能制，龍鸞不可群。騷魂蕩湘水，落日念夫君。耿介尊吾主，讒諛不自分。荃橈幾停泊，余佩有芳芸。

夜月臨江渚，春風發洞庭。幾時天不醉，百戰水猶腥。去憶沈戈眾，來招鼓瑟靈。啾啾滿猿狖，將酒倚篷聽。

平生夢不到，今日獨登臨。樓俯蒹葭綠，風飄鸞鶴音。江湖一水限，天地幾人心。何必懷憂樂，經過意自深。

一點君山翠，娟然對翠霞。僧門因樹失，樵路入雲差。竈冷虛求藥，身閒自啜茶。飛仙有誰見，天暮羨歸鴉。

故侯家不遠，惆悵大星沈。禮數捐年輩，人才定古今。飄流慳寸報，生死照初心。回首江南路，蒼蒼松柏陰。

守險翻違衆，銜恩竟徙邊。無人計功罪，行路滿哀憐。大漠精魂近，孤檣涕淚懸。懷忠未相識，袖手視鷗鳶。

青天不敢問，翠羽已潛凋。馬櫪爭薋草，鳩巢繫葦苕。芳流成歇絕，陰雨恐飄搖。莫顧人間世，風帆盡夜漂。

湘人思窈窕，溝水悵西東。瓊蘂延年少，瑤笙託恨空。路行頭漸白，人坐燭微紅。喚起芝芙夢，春花一笑中。

寶劍難逢俠，新詩待付奚。孔融徒有志，方朔笑無稽。醒醉情能並，榮枯理本齊。要誰共閒放，湖月向人西。

【校】第四首傳世手迹末署："此首登岳陽樓作。"安能，作"何能"；江南路，作"清涼路"；不敢問，作"誰則問"；已，作"恐"。題下署"戊子"。

【箋】光緒十四年春暮，節庵乘舟北游江漢，至鸚鵡洲，謁禰衡墓。

江行大風作歌

小船拚翻葉辭枝，大船順流馬脫羈。我船下上抱白日，有似放臣羈客獨立無因依。篙師顧我言，子安慎勿唏。手引大杯嚼，從容解其衣。先操柁尾穩，那慮帆腹饑。以柔制剛無不可，逆來順受何敢違。請看覆舟百，與鬥多失幾。由來一手烈，豈敵千虎威。不如逐浪隨波去，終歲江湖自在歸。

自題湘帒集後（三首）

流轉人間事事哀，滄江掣淚忍重來。暄風殘日兒時路，獨步芳菲上漢臺。

眩人花絮冶春行，中有妖嬈百態橫。奇服少年迷一笑，但分靈藥是長生。

豪俊凋傷不逮前，街衢經歲特喧闐。無人解會湘靈瑟，一雨微波可悵然。

【箋】《湘帒集》為節庵北游長沙、江漢時之詩集名。文廷式《湘行日記》三月十三日謂"星海由粵到"，二十六日又謂"送星海登舟"。可見節庵在長沙十四日後，始乘舟沿湘水北上，往游江漢。吳天任《梁節庵先生年譜》以游江漢諸作置于游長沙之前，似誤。

徐鑄以雙硯為壽報謝

徐生與我皆己未，三十不官自然貴。少小逢君肺腑溫，昂藏入世神姿毅。今日親持紫硯雙，願吾如石堅且長。一拜呼兄敧顛叟，同年有弟誇周郎。尊前微醉掀髯笑，石不如吾聽嘲誚。刓盡鋒棱始見珍，予人磨炙真堪弔。君更殷勤盡一觥，老矣無田可以耕。此材得入劍南室，剛折何如心太平。

【箋】光緒十四年六月六日為節庵三十歲生日，《滿江紅》詞有"歲月駸駸，笑三十、男兒如此"之語。

彭 園

闌干間竹斷還紅，盡日樓臺住畫中。綠芰乍涼知近雨，玉簫微脹正當風。水村彷彿前游是，仙館消沈一局終。少歲曾來今漸老，主人不識識蒼僮。地為潘園舊址，十歲時隨七叔游此。

【箋】彭園，彭光湛之宅第。彭氏為廣東南海人，光緒十五年進士。徐鑄有《雨過彭氏園效昌谷體》詩。潘園，富商潘仕成之園林宅第，在廣州城西泮塘，名海山仙館，門楹為"海上神山，仙人舊館"，俗稱潘園。《番禺縣續志》卷四十二云："池廣園寬，紅蕖萬柄，風廊煙溆，迤邐十餘里，為嶺南園林之冠。"潘氏因虧帑籍沒，海山仙館被分拆拍賣，彭光湛購得部分園地，改建為彭園。故址在今荔灣湖南面。節庵七叔父梁汝乾，字葆賢、葆頤，于同治八年己巳病逝于湖南茶陵知州任上，無子，梁父命三子鼎蕃為嗣。

戊子重九前一日追憶棗花寺之游書二十字寄文三京師

月去人數尺，夢回天一方。穿衣更跌坐，明日是重陽。

【箋】穿衣，傳世手迹作"披衣"。

【箋】作于光緒十四年戊子九月初八日。節庵時在廣州。棗花寺，即崇效寺，在北京宣武門南白紙坊。唐貞觀元年幽州節度使劉濟舍宅所建。初名崇孝寺。重建于元至正年間，明天順年間重修。徐珂《清稗類鈔》卷八："京師崇效寺花事最盛，順、康時以棗花名，乾隆中以丁香名，光緒中以牡丹名。"震鈞《天咫偶聞》卷七："崇效寺，俗名棗花寺，花事最盛。昔，

國初以棗花名。"戴璐《藤陰雜記》卷八："王漁洋改崇效為棗花寺。"據
汪叔子《文廷式年表稿》載,光緒十一年乙酉春,文廷式經滬抵京師。九
月,節庵自京返廣州,臨行前以眷屬託諸文廷式。兩人棗花寺之游,當在
此數月間。

贈余表弟士愷(二首)

中表殷勤二十年,死生聚散兩茫然。玉山下有團焦坐,憶
共藤花紫月前。

愛寫秋荷風露姿,賞心茶醾酒香時。湘纍已死無人服,欲
扇靈芬付向誰。

【箋】余士愷,字子容,號庸伯。浙江龍游人。捐典史,分廣東,歷署
開建縣、花縣典史,平山司、三江司、金利司巡檢。性高傲,以鬻畫為生,
善畫花卉翎毛。余士愷為余紹宋之伯父。余紹宋之曾祖余恩鑅,同治六年
任廣東海陽知縣,在粵為官凡三十年。恩鑅長子余福溥,余士愷、余慶椿
為其子,余紹宋為慶椿之子。余恩鑅之女余氏,為節庵七叔父梁汝乾之妻,
節庵十二歲喪父,余氏撫之如己出,節庵待余氏如生母。余紹宋稱余氏為
姑婆,故稱梁鼎芬為表伯。以輩分而論,余士愷為節庵之表弟。

龍二表弟鳳鑣以先王父遺墨見還感報

吾祖實清德,生晚不見面。經營十年心,始獲一束絹。蠅
頭小可認,精金久無變。近在他家得返金面扇子,小楷書至千字。
寶玩日不足,得隴蜀倍羨。龍子才英英,誦芬捧祖硯。兼
重外家物,遺墨勝瑤瑗。高張雪色壁,欲奪安敢擅。微知
我意迫,未肯一紙狷。喜拜忽悲哀,手澤得重見。嘉道全

盛時，圖書滿東院。至今閭里口，盡説華國彦。世事既雲
狗，吾家亦郵傳。零落四十春，不絶僅如線。詩無靈運
高，名讓叔黨遍。何能洗瑕讁，身世射雕賤。聊告一寸
誠，報瓊亦云便。

【箋】先王父，謂節庵之祖父國瑱，字希俊，號睪生。道光二十六年舉
人，官化州儒學訓導。卒于任上。

朝　霞（三首）

灼灼朝霞淺淺春，穟花初綻及清晨。倚天照海何曾夢，誰
見瓊枝隔數塵。

仙子嬌嬈駕玉龍，拂衣香雨曉煙衝。雲屏十二春人影，拾
翠鸚林獨自逢。

輕絶難言不甚恩，碧桃犬吠警春魂。流花逝水銷魂稿，一
點相思一淚痕。

歲莫雜詩（四首）

我生少年時，意氣矯不下。游俠慕張趙，忠貞悼屈賈。感
物恒嬰心，失多苦得寡。明明懷中月，持此向誰寫。

春翹寓冶思，秋花遞餘感。長年豈能執，不返自然慘。紅
螺酒空熟，先舅所居曰"紅螺山房"。西庵月何黲。西庵書院，慶
笙講學處。平生悦親知，深悲碎肝膽。

風塵正紛糾，布衣頗馳鶩。坐笑無智慧，不重學豈固。唐
舉相多偽，詹尹卜尤忤。此理如亨衢，迷者自窘步。

淫思亦何既，飄蒂終有著。世無長生人，安得不死藥。白
日未晼晚，青天甚寥廓。八區起英名，豈復恥貧弱。

【箋】作于光緒十四年戊子歲暮。西庵書院，在廣州城內豪賢街。陳樹
鏞曾于此講學。

芙蓉花畫扇

欲涉江頭采采難，冶叢新發一枝安。風裳獨舉誰曾識，漂
泊人間當畫看。

題芙蓉花

酒醒見畫忽長歎，木末斜陽半在欄。一水芳華秋後褪，傾
城顏色夢中看。瀟瀟碧雨遺荷佩，點點紅燈服桂丸。千叠
愁心消不盡，畫簾垂地更香殘。

【校】上詩錄自汪宗衍《節庵先生遺詩補輯》。

幽　居

萬流正喧吸，一月眷嬋媛。芳草能知暖，春風與閉門。揀
詩歌有木，治痎惜無萱。徒抱千回意，抽琴軫不存。

【校】傳世手迹題作“芳草一首”。

簡沈寶樞（三首）

孤生有微尚，為子寫幽悁。休惜露電影，誰知龜鶴年。看雲常作絮，吹雨不成煙。且俟樵期往，深山訪偓佺。

沈吟千載事，繾綣九州心。抱劍中宵起，攤書永日吟。風塵紛去馬，歲月變鳴禽。獨折荷花立，芳春不可尋。

草角論交日，危身入世時。王楊說才子，張趙訪京師。九死真何補，餘生未足悲。傾城莫倚市，孤樹著花遲。

送筠父別（三首）

十年珠海賦清游，說劍談經不自休。何事堯章好詞句，邀君看月到揚州。

紛紛富貴厭言兵，燕子春燈閣部名。若過梅花拜遺墓。焚香為我道平生。

小玲瓏館已蒼煙，全祖望屬鶚文流事可傳。胡蝶書裝嫩苔紙，人間應有未殘篇。

【校】第三首有傳世手迹，題為"送筠心往揚州"。

【箋】全祖望，字紹衣，號謝山，浙江鄞縣人。乾隆元年進士，次年辭官歸里，曾主講紹興蕺山書院、廣東端溪書院，撰有《鮚埼亭集》三十八卷及《外編》五十卷，《鮚埼亭詩集》十卷等。厲鶚，字太鴻，號樊榭，浙江錢塘人，終身未仕。著有《樊榭山房集》、《南宋雜事詩》、《宋詩紀事》、《遼史拾遺》、《東城雜記》等。

義烏朱濟美先生集題詞 (三首)

一卷伐檀集，照人冰雪姿。冷官坐無事，佳句日相隨。筆底干戈淚，園中草木詩。真能敬桑梓，不是玩葳蕤。

耆舊今能數，文詞不獨工。行為鄉里敬，言啟後生蒙。讀史嗟宗澤，傳書慕晦翁。他年謁朱店，竊願罄微衷。

生子鬚眉朗，論交肺腑長。漢廷說災異，楚澤未悲傷。無術慚吾黨，同聲得講堂。端溪有叢刻，個個誦雲章。先生詩集，余刻入《端溪叢書》。

【箋】朱鳳毛，字濟美，號愚軒，室名虛白山房、一簾花影樓、審影樓。浙江義烏人。拔貢生。朱一新之父。有《虛白山房詩集》四卷、《虛白山房駢體文》二卷、《一簾花影樓試帖律賦》。有光緒十五年朱一新廣州刻本。《端溪叢書》，光緒二十五年番禺端溪書院刊本，共五集，收書十九種。第五集收入《虛白山房詩集》。

一簣亭春望 廣雅書院

清明集我躬，曉坐露未晞。靜觀花與木，一一騰生機。新條送秀綠，初萼抽淺緋。春氣所盎覆，一院為芳菲。和風豈不悅，倘有冰雪時。根本苟未實，繁茂徒爾為。昂昂千尺松，挺挺百世姿。培之有其朔，不伐終修奇。得寸我當寶，枉尺孟所非。此亭可以眺，凜然中心危。

【校】此詩有傳世手迹，詩題小注"廣雅書院"，今從之。頷聯手迹作

"靜觀萬物性，厥生皆有機"。末署："甲辰五月，病中得閒，寫示鞏庵吾賢。亭前風物，吾二人如在目也。"鞏庵，汪鸞翔之號。

【箋】廣雅書院，兩廣總督張之洞創辦，址在廣州城西北五里元頭村（今西村）。光緒十三年興工，次年落成。計建齋舍二百間。中建大堂，有"經正無邪"匾額。又進而為冠冕樓，是為藏書之所。更于書院之東北，建濂溪先生祠，西北為一簣亭。祠邊濬一池，植蓮，池中築小樹，名曰湖舫，池北為清佳堂。又東為釣魚臺，東北為蝙蝠廳，西北為蓮韜館。冠冕樓西建嶺學祠。梁鼎芬為首任院長。徐珂《清稗類鈔》卷二十："廣雅書院，為張文襄公之洞督粵時所設。時粵士皆沈溺帖括，罕有留意經史者。文襄為聘通儒主講，復延名宿，令司分校，月課經史、詞章，旁及輿地、格致、算術，課程精密，膏獎優渥，士風為之一變。院在西城外數里，近彩虹橋，風景清幽，花木蔥蔚。文襄政暇，輒詣與諸生論文，盤桓竟日。"光緒二十八年改兩廣大學堂，次年，改廣東高等學堂。今為廣雅中學。

贈漆生葆熙之高州

將別忽無語，重逢終有期。蒼茫百年事，寥落數行詩。大海瀾何闊，浮雲意自怡。傳經豈違願，應念舊書宧。

【箋】漆葆熙，又名德熙，字少臺，又字蔭宗。宣統《番禺縣志·人物六》："漆德熙，字少臺。番禺捕屬人。補縣學生。家貧授徒，館于河南潘氏。編修潘寶鐄、寶琳，舉人寶珩，皆其弟子也。肄業菊坡精舍、學海堂，精《說文》、輿地之學，為陳澧所稱賞。光緒十七年中舉人。旋舉為學海堂學長、廣雅書院分校。所讀書皆丹黃燦然。著有《篤志堂集》。"陳慶修、徐鑄、朱師誠任監院，漆葆熙與黃濤、林國庚、馬貞榆、黃紹昌、陳慶鑠任分校。此詩作于光緒十四年，漆葆熙尚為諸生。《錢仲聯講論清詩》云："《贈漆生葆熙之高州》，寫得好，這種調子他很擅長。"

夜深無寐起書一詩

悄悄人間事事違，玉顏金骨恐全非。驢因旋磨忘宵苦，燕為尋香向暮歸。聞笛無端飄涕淚，下簾有意惜芳菲。千年心念滄桑見，精衛當年力已微。

【校】《梁節庵詩稿》"當年"作"當時"。

【箋】沈澤棠評云："衛洗馬傷心處。全首生香活色，無限纏綿，唐以後無此等句，的是晚唐詩。"陳三立評云："悱惻芬芳，意境類義山、牧之兩賢。"

過慶笙故居

秋天墜葉打空堂，何止東川屑淚傷。軼事從添坊巷志，故書猶發杜蘅香。十年不是尋常好，一日能令八九狂。依舊西風斜照裏，更無調藥到寧牀。

【箋】光緒十四年戊子七月，陳樹鏞卒。此詩當作于次年秋月。文廷式《懷舊絕句》自注："新會陳慶笙秀才樹鏞，少余三歲。丁丑秋，余由江西回粵，問陳東塾師：'近得佳士否？'師告余曰：'新會陳慶笙，年少，深通經學，後來之彥也。'因得與交，論古今學術流變，往往相視而笑，莫逆于心。慶笙孟晉迫群，殆罕其匹，于漢學為專門，而尤服膺宋儒，律己之嚴，家門跬步，必于禮法。父喪，服麻衣三年不除。嘗與余同纂《三代會要》，發凡起例，規模粲然，惜因人事而輟。比余飢驅南北，戊子在浙江，得粵友電，則慶笙死矣。天不欲昌東塾學派，遽奪此人，百身何贖。其所著《漢官答問》，廣雅書局刊之，豹文一斑，未足彰全體也。"

題梁杭雪畫

茸帽游裝耐遠征，蕭蕭暮色近邊城。吾生江海耽奇趣，輸與青山自在行。

【校】陳顫《黃梅花屋詩話》中録此詩。題為"題梁杭叔畫扇"。

【箋】梁于渭，字鴻飛，又字杭叔、杭雪。廣東番禺人。肄業菊坡精舍，為陳澧弟子。光緒十五年進士。官禮部祠祭清吏司司員。畫仿元人法，意境宕逸。好金石碑版，工篆刻。自負雅才，鬱鬱不得志，遂患心疾。告歸居南海學宮孝悌祠，賣畫自給，每畫鈐有"下第狀元"印。事見李啟隆《留庵隨筆》。

放言五章續白樂天（五首）

酒罷還尋未盡書，為周為蝶總蘧蘧。嫛姍勃窣行原好，瓊瑋參差意可如。一簣區區何武摺，其生凜凜孔融疏。古今多少傷懷事，鏟采埋光不道渠。

鮒入鯢居本可危，西園舊事至今悲。觸邪有豸旋驅去，竭澤無魚更苦追。臺省諸公徒袞袞，華夷無界共熙熙。莫嫌讓等多污濁，卿下忠清更是誰。

從此中官競掌權，斜封墨敕見蟬嫣。微之晚歲猶移節，文若英流竟有連。四海盡捐貪廢罪，舉朝齊唱太平年。經儒胡廣優游甚，後世公評可一錢。

富貴花陰石火敲，世間兒子自粘膠。鷹鸇皆曰不如鳳，蘭

113

蕙居然先化茅。儒服充途忘晝夜，薦書滿地覓親交。捕蟬初未防黃雀，刎頸平生忽弄嘲。

書說紛紜竊一區，新奇真覺古人無。史才司馬猶嫌腐，經學公羊最受誣。幾日猖狂原有限，後生名利正相須。焚香閱世悲歌出，智叟聞之笑我愚。

【箋】五詩感慨時事，所指具體人事難以考定。白居易有《放言五首》序云："元九在江陵時，有《放言》長句詩五首，韻高而體律，意古而詞新。予每咏之，甚覺有味，雖前輩深于詩者，未有此作。唯李頎有云'濟水自清河自濁，周公大聖接輿狂'，斯句近之矣。予出佐潯陽，未屆所任，舟中多暇，江上獨吟，因綴五篇，以續其意耳。"

贈黃牧父

南方有一士，心潔目光靈。來問子華子，稱為丁鈍丁。庚寅吾已降，牧父刻印壽生日。癸巳爾能聽。國子收儒效，今年刻石經。

【箋】黃士陵，字牧甫，亦作牧父、穆甫，以字行。晚年別署黟山人、倦叟、倦游窠主。安徽黟縣人。精篆刻，自成一格。光緒八年，自南昌移居廣州，曾至北京國子監肄業。十三年，至廣雅書局校書堂校書。居粵十八年始返皖。黃士陵之篆刻于嶺南印壇影響甚大。

贈孺初潘先生 (二首)

文昌潘夫子，道德高人群。光明抱日月，叱咤生風雲。返轡思故鄉，世上徒紛紛。願為希夷叟，不見亦不聞。

空谷有幽蘭，采之霏素香。佳人不可見，黃鵠飛何方。遁回溯深契，涕灑沾衣裳。誓堅歲寒節，凜哉余履霜。

【校】上三題四詩録自葉恭綽《節庵先生遺詩續編》。

送潘孺老歸瓊州

送君須痛飲，我亦檢行衣。眼底誰英傑，人間有是非。死生終一訣，風雨且分飛。祇恐橫流日，飄蓬不自歸。

【箋】光緒十三年，張之洞聘潘存主講惠州豐湖書院。兩年後返海南，任瓊州蘇泉書院及文昌蔚文書院掌教。

張尚書移節湖廣送至焦山長歌為別

南皮尚書今大儒，目營八表勇萬夫。謀國則肥身甚癯，憶昔簪筆承明廬。抗書直諫心膽粗，剖析棼理抽繭如。一時盛事傳都俞，宣仁之治中外孚。我方待試東城居，未見韓范恨有餘。鯨波俄起爭叫呼，天子南顧心踟蹰。延英閣開群彥趨，謂并州牧宜海隅。畀以南交綰兵符，群兒嘻嘻皆可奴。公獨感激為馳驅，乃求將帥整師徒。吾鄉馮異三尺鬚，充國威名復見渠。龍編朱鳶歸版圖，凱歌未奏戰者誅。大官好和如一爐，小臣往疏真狂愚。主恩寬厚還田間，豐湖學舍教可敷。有祠祭范廟祀蘇，范孟博先生祠，蘇文忠公祠，皆余主講豐湖日所建。衰俗思以隻手扶。但願呈材貢天衢，東林之派多榛蕪。識公一面記厥初，清詞竟日霏瓊琚。饗軍堂外事已徂，及時課士洵良模。端溪舊院補竹梧，廣雅宅地惟番禺。千萬間厦才俊儲，寬收慎選不濫竽。自恨短淺迷津塗，兩點講席無可書。閒者論事所見殊，別後一一猶能摹。無端朝議諤紛鋪，命公總制移荆湖。貪人視官甚樗蒱，南北萬里惟我漁。馬昭之心喧道途，且復辟地過須臾。諸生流涕追送余，紛紛歸去藏村墟。我皇沖齡文武俱，惟此大臣實昏污。白日賄賂行皇都，苦我蒸黎媚羌胡。泄泄沓沓深可虞，請劍恨無漢廷朱。望公愛國不愛軀，發揮忠悃章皇謨。曲江贊皇願莫虛，公有"曲江風度贊皇心"之句。豈復計較群讒諛。山中話別日及晡，清風明月相思無。此生踪迹依菰蘆，讀書遁世胸恢疏。他年稱叟當號迂，旌旗已遠歸步徐。獨往江頭觀打魚。

【箋】光緒十年甲申張之洞署理兩廣總督，十五年己丑七月十二日，奉諭調補湖廣總督。節庵送至焦山而別。曲江贊皇，謂唐代名相張九齡與李德裕。

己丑十一月遠游拜別先隴泣賦

我生滋艱危，清白幸未污。先人藏體魄，九載安此墓。闕祭惟癸未，以外皆可訴。辛巳十月安葬，壬午三月別墓北行，甲申九月，請假歸省，乙酉十月謫歸，以時祭祀，中間惟癸未一年未拜墓耳。椎牛竟何益，戀此手栽樹。如依親舍傍，枝葉不改素。四時薦芳鮮，兩弟共行步。但使有生日，歲歲敢不赴。蒼狗驚浮雲，老馬竟爭路。京下焰極熾，攸儌勢可怖。避地乃賢者，魯論實明諭。茲晨肅告別，獨拜意淒苦。眷眷魂若逝，淫淫涕如慕。生事無一粟，墓祭復非故。彼壽有期頤，道死兒未惡。飄搖任蓬累，利害輕瓦注。日惜志士短，窮守君子固。詰朝賦遠游，何人志流寓。靈兮鑒我哀，當行屢回顧。

【箋】光緒十五年十一月，節庵別墓北上，自廣州乘船至香港、上海，經杭州而抵焦山。

香港別三弟（二首）

海氣濛濛山幾層，居人冬日尚如蒸。魚龍歸宿誰能識，蛇鳥飛行正可憎。此去詩題添歲月，不來書札負親朋。牀前有弟猶能醉，簾櫳淒迷滿鬼燈。

萬索千搜到此年，多財須念子孫賢。西園金貴嗟成市，南海珠光要出淵。猛虎終難守藜藿，玉虬長自惜蘭荃。平生不濕離家淚，滿眼蒼生祇慨然。

夢陳樹鏞

鸞吪鳳靡非人意，為想當年淚暗傾。石介有才堪御史，劉蕡無命尚書生。空庭花落傷春月，野館鶯啼動曉程。彷彿西庵眠食地，百重煙水夢魂輕。

【箋】李漁叔《魚千里齋隨筆》卷下："順德簡朝亮竹居、南海康有為長素，為兩先生（陳蘭浦、朱九江）高第弟子，亦最有名。此外尚有一陳樹鏞，字慶笙，甚為蘭浦先生所賞，先生病亟時，親以所著書付之，惜慶笙高才不壽，年三十而歿。"陳樹鏞卒于光緒十四年七月，至此已逾年矣。

息機山房作（三首）

南園風物勝，池館似吾鄉。甃古蛙鳴井，榮深雀處堂。近山憑檻外，淺水引椿旁。地僻甘幽屏，棲遲未可傷。

向晚天疑雪，無人雨打窗。情懷非但一，哀樂豈能雙。鼠嚙頻侵榻，蟲飛屢撲釭。嗟哉爾微物，余意水淙淙。

微生不磊落，終歲苦蟲魚。小杜耽兵法，髯蘇好佛書。沈寥江海夢，依約水雲居。所惜懷恩意，沈泉涕淚餘。所居水廳，為馮兵備丈焌光在任時修築，今丈下世十三年矣。

【校】傳世手迹署"己丑十二月作"。雀處堂，作"燕處堂"；小杜，作"杜牧"；髯蘇，作"東坡"。

【箋】光緒十五年十一月，節庵別墓北上，乘船至香港，十二月至上海，客居于南園。明末，喬中焯置別業，名曰南園，建渡鶴樓。康熙年間，李心怡改名為也是園。葛元煦《滬游雜記》："也是園，亦名南園，即蕊珠宮，祀文帝、斗母諸神。疊石鑿池，栽花種竹，頗饒林泉之趣。園中荷池廣數畝，花時游人甚衆。有額曰塵飛不到，為呂仙乩筆。其門外榜曰地近蓬萊。"也是園内有渡鶴樓、明志堂、錦石亭、息機山房、湛華堂、榆龍榭諸勝。

對雨同朱蓉生作

雞鳴昨夜報荒村，景物瀟瀟朝掩門。驟雨飄風今竟日，交柯亂葉莫尋源。偷香榠楟驚雛燕，貪餌池塘出老黿。如此光陰劇蕭瑟，畫情約略待君論。

【校】此詩有傳世手迹，題為"對雨同朱一新作"，末署"己丑年作"。王森然《梁鼎芬先生評傳》引此詩，題為"對雨同蓉生"，次句作"瀟瀟聲中畫掩門"。待君論，作"與君論"。

讀雲閣書懷詩用原韻報贈

丹陛傳呼雨露香，雲呈五色紀安陽。祥麟自合歸靈囿，玉燕由來愛畫梁。信國文章存讜直，梅州忠烈有輝光。垂衣天子知名姓，如此恩言不可忘。

【箋】文廷式于光緒十二年丙戌四月中進士，五月南歸廣州，與節庵等友人相晤。文廷式原詩，葉恭綽輯《文道希先生遺詩》題為"書懷"，文氏手稿《知過軒詩鈔》題為"雨後閒坐"，置于《偕陳大伯嚴梁大星海徐園燕坐竟日》詩之前。參見《同伯嚴雲閣游徐園》詩箋。

上海酒樓追悼先舅同雲閣賦再用前韻

西風竟敗蕙蘭香，此地當年作渭陽。晚見鄭君訪書素，早知莊子託濠梁。高樓薄酒渾疑夢，殘柳疏星尚有光。別時光景如此。悟到死生同聚散，不應相對更難忘。

【箋】文廷式《旋鄉日記》載，光緒十二年六月初四日，節庵與張鼎華、于式枚、文廷式自廣州黃埔乘船至香港，初十日復到上海，送張鼎華入都，節庵與文氏同餞張氏，酣飲達旦。十三日送張氏上船。十四年，張鼎華卒。光緒十五年冬，節庵在上海，與文廷式、朱一新等友人相會，亦在上海酒樓，追悼舅氏，不勝存歿之感矣。

上海酒樓與朱大一_新別

冷落街頭小市存，寒霜不點竹爐溫。風雲壯志真同夢，江海餘生未報恩。迹已沈冥誰為測，語無綵繪我猶煩。臨分清淚他年在，莫認襟前盡酒痕。

【箋】陳三立《梁節庵詩評語》云："幽思冷意非人知。"

游張氏園

乍拋殘醉已三商，獨往芳郊見一莊。熟馬知門苔蘚厚，流鶯眷檻柳衣涼。樓臺漸覺多新製，士女都誇改舊裝。五十年前乾淨土，當時寂寞此時忙。

【箋】光緒八年，廣東候補道、富商張鴻禄購得和記洋行之園林，名曰張氏味蒓園，俗稱張家花園、張園。仿照西洋園林風格，建洋樓、修草坪。開放市民游覽。

游園暮歸

南望兵初定，西風客正歸。飄燈迷海市，賒酒準秋衣。零落黃花笑，淒寒白雁稀。林亭當別意，猶自眷斜暉。

酒樓二絶句（二首）

遥情終古若為賢，辭翰萋萋不盡傳。獨倚危欄無一語，當時誰識石延年。

灌夫罵坐亦何為，別有幽懷泫酒卮。燕子桃花都過盡，禪心卻被晚風吹。

【校】傳世手迹題為"遣趣"，次首頗有異文："新來嗜酒不哦詩，日日江頭醉一時。燕子桃花都過盡，禪心卻被晚風吹。"余本卷五錄次首，題為"江頭"，内容與手迹全同。重複，今删去。

庚寅元日客南園書四十字

勞生三十二，兩鬢忽蒼浪。水石百年有，家園千里長。微名輸薄酒，蚤起愛朝陽。久坐機全息，龍魚亮善藏。

【箋】光緒十六庚寅正月，節庵客居于上海南園。

渡鶴樓春思

百年有明日，明日又安歸。寂滅非吾願，沈冥與衆違。因閒貪野飲，傷獨眷春菲。試倚南樓月，殷勤滿客衣。

【校】此詩有傳世手迹，題為"南樓"。張昭芹《節庵先生遺詩補編》收有《南樓》詩，内容相同。寂滅，張本作"泯滅"。江逢辰《江孝通遺集》卷十五附錄引此詩，題為"夜坐"，頗多異文，全錄如下："百年看如此，明日又安歸。寂寞非吾願，沈冥與衆違。拔心長不死，無翼彼能飛。待訪希夷叟，斜陽立釣磯。"

【箋】渡鶴樓，在上海城南也是園中。曹垂燦《滬城歲事衢歌》："趁涼侵曉到南國，風颭池蓮帶露翻。倚遍曲欄干十二，小橋虹卧射朝暄。"自注："南園，本名渡鶴樓，明喬煒別業也，木石最為蒼古。國初，曹綠巖曾居之，後為李氏所得，更名也是園，又改道院為蕊珠宫。道光八年，觀察陳公鑾喜其水木清華，得山川之秀，葺為蕊珠書院，增建奎星閣三層、方壺一角、海上釣鼇處、曲廊諸勝，園池寬廣，池蓮較他處尤為富麗。"

和雲閣渡海詩

隱隱神山蒼翠圍，壯游莫道不如歸。輕疏劍術元無授，珍秘丹經肯再違。昂首浮雲何處定，傷心明月舊時非。惟聞虎嘯兼龍噴，冷盡船頭薜荔衣。

【校】惟聞虎嘯兼龍噴，余本校：一作"惟聞龍怒兼黿憤"。

【箋】光緒十五年冬，文廷式在上海與節庵別後，乘輪船返北京，有《重渡海有感》詩。節庵此詩為和作。姑繫于次年初。

答雲閣

經年幽夢託青岑，一曲瑶琴攬素音。道上聞鵑天豈醉，水中見蟹我何心。橫江打槳風波熟，暮雨看花歲月深。欲折一枝感華髮，蕭疏渾覺不勝簪。

【箋】文廷式有《己丑歲暮寄懷梁大節闇》詩，節庵此詩為和作，姑繫于次年初。

追悼陳三樹鏞(二首)

大石斜街小泊廬，講堂問字共停車。十年師友飄零盡，孤鳳朝陽一慰余。慶笙住居大石街，去菊坡精舍百步，先師陳先生課日，余與雲閣每詣慶笙家，同往侍坐，今龍蛇已厄，慶笙亦復夭折，可痛也。雲閣時赴禮部試，故有末語。

鄭鄉絕學君能起，東塾遺文昔共編。日薄臨淵竟不待，著書滿篋付誰傳。先師病亟時，親以遺書付慶笙編定，前年共輯成文集八卷，刻未半而君逝矣。生平學精"三禮"，嘗著《飲食考》一篇，雲閣歎為精深。尚有《復古述聞》、《學禮述聞》、《文獻通考訂誤》諸書未成，成者僅《漢官答問》一種，余刻入《端溪叢書》。

【箋】陳澧，字蘭甫，號東塾。廣東番禺人。世稱東塾先生，道光十二年舉人。先後受聘為學海堂學長、菊坡精舍山長。執教數十年，成就學者甚眾。其弟子較著者有桂文燦、廖廷相、林國賡等。著有《漢儒通義》、《東塾讀書記》等。後人輯有《東塾集》。

送張四謇赴禮部試

觀音寺前別，六載不曾同。虎氣何能秘，鴻毛況已豐。名浮妨學道，心曠不言功。攬此將行意，林花過雨紅。

【箋】張謇，字季直，號嗇庵。江蘇南通人。光緒十一年舉人。二十年，恩科會試，中進士第一名，授翰林院修撰。二十一年，張之洞委其興辦通州紗廠及各種企業。又辦通州師範學院、南通博物苑等。有《張季直詩集》。光緒十六年庚寅二月，張謇赴禮部試，節庵于上海送別。此次赴試，薦而不中。光緒十一年乙酉，張謇應順天府乙酉鄉試，得中南元，當于此時與節庵相識。觀音寺，指北京觀音寺胡同，《張謇日記》民國三年正月二十八日載，張謇進京，"至東城單牌樓觀音寺胡同，訪乙酉年鄉試所寓之文昌關帝廟"，"復至舉場，繚垣猶在，舊時場屋片瓦不見"。

白　月

白月臨窗一愴神，明朝鏡裏鬢毛新。眼前欲語無驥卒，心上相逢半故人。長夜漫漫安得旦，野花簇簇自當春。養雞牧豕平生事，那有流傳到此身。

【校】標題"白月"，《梁節庵詩稿》作"月夜一首"。

【箋】陳三立評云："孤懷自寫，誦之增地老天荒之感。"

次和江孝通南園喜見

潮汐有來去，閒雲無是非。夜長看月落，春晚折花歸。獨醉開池館，幽尋坐石磯。蝶蜂隨意鬧，猿鶴爾來稀。

【校】上詩余本未收。輯自江逢辰《江孝通遺集》卷十五附錄。《梁節庵先生年譜》錄此詩，并擬詩題。

【箋】光緒十六年春，節庵在上海，與江逢辰相見，唱酬數首。

獨坐有懷孝通仍叠前韻

念子音書阻，看余手爪非。雙溪千里夢，昨夜一時歸。掩燭風翻卷，披林月滿磯。金臺顧祠在，題句未應稀。

南園口占寄示孝通三叠前韻

七尺昂藏甚，百年人事非。微雲工點綴，平旦有依歸。説法僧扃户，立談誰在磯。斜陽俯流水，不惜聽琴稀。

【校】以上二詩余本未收，輯自江逢辰《江孝通遺集》卷十五附錄。《梁節庵先生年譜》錄此二詩。

潘學士丈衍桐西園涉趣圖題詞

竹梧絕幽勝，亭館倍閒整。新花三兩行，臨水弄清影。方
其下車始，苔草雜榛梗。歸澤古有訓，觀游不敢逞。柳州
三亭記，微悄毋乃並。經營幾月日，領略一機境。先生富
文史，坐此春晝永。由來廢興事，賢者心自省。遠游念余
獨，黃鸝若三請。榻待周璆久，性愛後山冷。時時述先
德，處處惜芳景。論詩及夜午，酒罷尚蒸茗。人生重氣
誼，茲會豈不幸。蛤吠柳陰涼，螢飛蘚階靜。別後皆相
思，情至夢未醒。殷勤在臨歧，明當理煙艇。

【箋】潘衍桐，字葊廷，號嶧琴。廣東南海人。同治七年進士。入翰林
院。歷任國史館纂修、翰林院侍講學士、侍讀學士、浙江提督學政等。曾主
講越華書院。著有《兩浙輶軒續錄》、《緝雅堂詩話》二卷、《拙餘堂詩文
集》四卷。《南亭筆記》卷十四載節庵"為潘衍桐學士操所刊輶軒文字選
政"。吳天任云："潘嶧琴（衍桐）時督學浙江，延先生至衙齋，商榷《兩浙
輶軒錄》，遂至杭州。"崧駿有《題潘嶧琴學使同年西園涉趣圖》詩。

題潘學士丈輯雅堂校詩圖

江山挺英奇，輶軒扇芬馥。嘉茲來軫遒，宛與前軌續。詞
人身不還，光氣久逾伏。誰歟抉精密，惟公願追逐。徵詩
朝發啟，訪書夕修牘。達者采廟廊，窮者至巖谷。遠者來
江海，近者迨鄉曲。厥數過萬家，所得非一族。同堂豐俊
秀，齊志覯耆宿。時代要先列，郡縣復分屬。不厭牛毛

纷，那恤兔尖秃。初若挑散锦，久见笋成束。百体都骈罗，一事戒卑熟。孝子心温仁，忠臣韵清肃。文儒语详雅，才士词纷郁。聆音别治乱，取派任同独。所好无彼此，如花有兰菊。既订陶阴讹，不使乌焉复。工夫到八九，斟酌又五六。只字严吹毛，万象森在目。定例宽而慎，成书美且速。复哉南海彦，撷此西湖玉。嗟我如飘蓬，客杭住深竹。何幸观盛事，且与溯芳躅。评论已近数，感欢肯忘夙。吾师训最早，〔鼎芬七岁执业丈弟潼商先生门下。〕少日学不笃。先生时未遇，季叔实从读。〔同治六年先君延丈授七叔父读。〕我喜老父在，公又兄弟睦。年光二十过，世事千百覆。师门竟宿草，亲墓悲拱木。蹉跎负乌兔，踪迹已麋鹿。未镌同怀集，〔先君及四叔父七叔父皆有文集，未镌。〕待补诗教录。〔鼎芬五岁，先母日授《毛诗》数章。〕回头真隔世，行脚走平陆。采风见贤者，念旧说经塾。论交忘辈行，感事杂歌哭。春草梦难断，冬松节须矗。讴吟知性情，蒐访识风俗。精神极百年，收敛入尺幅。小雅未尽废，大道倘可卜。酒醒题君图，月斜挂林屋。

【校】此诗有传世手迹，款识云："绎庵世丈学士命题。辛卯十月，梁鼎芬稿。"又，"辛卯长至前五日，予以浙学报满，谒假东归，道出沪上。节闇世长远自焦山来送余行，题句校诗图上，情词笃挚，依韵奉酬，即以志别。潘衍桐蹁庵倚装草。鼎芬补录。"

【笺】辑雅堂，当为"缉雅堂"之误。《清史稿》二百九十四卷"诗文评"类载："《缉雅堂诗话》二卷。潘衍桐撰。"有光绪十七年浙江书局刻本。节庵之子思孝于哀启中谓节庵受业七叔父葆贤公，读书颖悟，最为叔父所钟爱，又云七叔母余太夫人视节庵兄弟如己子。

萬履安先生續騷堂集題詞 (四首)

名在遺民錄，人推通德門。風塵一身老，光氣百年存。北望虛流涕，西皋暗斷魂。蕺山遺法在，曾與拾芳蓀。

醺心憑對酒，訪舊偶談禪。踪迹成黃鵠，哀傷託杜鵑。世紛難一概，灰死豈重然。舊恨榆林叠，秋懷更可憐。

太沖論講舍，皋羽弔荒臺。急難須吾輩，狂歌復幾回。前塵孤鶴歎，後起八龍才。天意憐忠藎，遺文出世來。

性情誰不寶，憂患意何深。偶仿劉叉體，真同屈子吟。懷賢看日暮，把卷到湖陰。但惜粵游草，篇亡不可尋。

【箋】萬泰，字履安，晚號悔庵，浙江鄞縣人。舉人。曾師事劉宗周，加入復社。後任戶部主事。明亡，救援抗清義士尤力，以義聲著。朱彝尊《補歷代史表原序》謂"萬履安先生以文章節義領袖東南"。黃宗羲《萬悔庵先生墓誌銘》謂其"十年流落，饑渴寒凍，未嘗不為江湖所傳誦"。《萬履安詩序》又云："天地之所以不毀，名教之所以僅存者，多在亡國之人物，心血流注，朝露同晞，史于是而亡矣！猶幸野制遙傳，苦語難銷，此耿耿者明滅于爛紙昏墨之餘，九原可作，地起泥香，庸詎知史亡而後詩作乎?"可想見其人矣。有《續騷堂集》、《寒松齋集》等。

寄題高氏園林 (二首)

一水湖南宅，片紅苔上花。相思盡風月，雅咏並琴茶。留客看新竹，浮春製小槎。衹憐夕陽下，猶有未歸鴉。

127

十六年長別，江湖我獨來。到門驚老大，臨水與徘徊。履跡棲苔徑，詩題寄石臺。南樓應更好，何日共銜杯。

【校】此詩有傳世手迹，末署：「園在杭州西湖，名豁廬。」

【箋】光緒十六年，節庵至上海，游杭州。詩云「十六年長別」，似謂光緒二年，節庵至應順天鄉試時，曾途經杭州，游高氏園。豁廬，名紅櫟山莊，高雲麟所築，故又名高莊、高氏園。今僅餘藏山閣一處。高雲麟，字白叔，號豁廬。浙江杭州人。光緒六年舉人，官內閣中書。《錢仲聯講論清詩》云：「《題高氏園林》二首，為五律中最高風格之作。」

畫　意

煙雨迷濛望不舒，冶春風物稱湖居。新來收拾閒窗淨，獨坐匡牀諷道書。

【校】上詩録自葉恭綽《節庵先生遺詩續編》。張昭芹《節庵先生遺詩序》謂此詩原載在龍刊本。

雨行湖堤

新雨飄飄道少人，閒亭芳草自相親。江山信美非吾土，花柳無情又晚春。便有好懷安得盡，已成獨往不辭頻。誰能解會胥疏意，故國驚心淚滿巾。

【校】上詩録自汪宗衍《節庵先生遺詩補輯》。

【箋】陳三立評云：「'春韻'稍滑。中二語疏宕。」

失　題

獨坐忽不愜，浩然行及期。烏傷長在夢，鳳舉豈無枝。苦語從君領，清心有雪知。為言陳正字，珍重隱湖湄。

【校】紹宋按：凡失題詩，悉依公書扇録出，俟考得後補刊。

窪尊煙話圖同楊鼎勳張琳作

我身不願化千億，登山望鄉空太息。如何苔下牽此懷，兩客沈淪世無識。窈窕尋幽肯不來，亭中之人安在哉。石臼杯飲亦常事，惹人片片傷心苔。三十三天果何處，單牀皎皎吾已曙。向憐駿馬絡青絲，絶美溪山繞一駐。人間無事不心違，擁樹巖雲鳥未歸。少陵空有開元憶，醉病江頭對翠微。

【箋】楊鼎勳，字希岳，湖南寧陽人。曾在湘軍中，以軍功得三品頂戴。光緒十六年浙江紹興候補知府。三十一年病卒，節庵因為長函湖南巡撫端方，要求"請照軍營立功後積勞病故例從優議卹"，"以彰功藎，以存公道"。張琳，字伯琴，號果道人、果園居士，湖南沅江人。同治八年，隨湘軍西征軍南路總指揮周受山進駐甘肅秦州，任行轅總營務兼支應。光緒二年，為雲貴總督劉長佑之幕僚。光緒八年，因軍功而分發浙江升用。光緒十五年夏，張琳出任溫州知府。後任杭州、湖州知府。二十七年，任台州知府。宣統元年，辭官返沅江故里，于景星寺旁修北渚閣以藏書，與詩僧海印往還。民國六年卒。海印有《瓊西哭張伯琴太守》四首、《木葉亭哭果道人》詩。有《求慊齋全集》二十六卷。張、楊二人為摯交。徐一士《一士類稿》："余時猶懷去心，友人張琳、楊鼎勳均勸其不必固辭，遂仍回銀場。"吏隱山，一名窪尊山。在浙江縉雲。葉廷珪《海録碎事·地上》："吏隱山，在縉雲，縣令李陽冰退居于此山，創亭室以宴居，因名。其南有陽冰鑿石為窪尊。"顧祖禹《讀史方輿紀要·浙江六·處州府》："吏隱山，縣治東北，一名窪尊山，以唐縣令李陽冰名。"

同張琳論事談詩有贈並送歸省沅江 (二首)

微雨灑清晝，閒芳照孤館。平子實通士，兀特又夷坦。暫親冰雪寒，久坐布帛暖。竦身順所止，纆蘭堅不損。追陪有幾日，舍我一棹返。千里庭闈心，此官亦閒散。余情似飛絮，共汝江海遠。勿須怨桃花，貧女嫁常晚。

樊川龍豹姿，不偶温李冶。扶持萬代人，吐詞最英雅。吾生膠夙好，豈惜諧者寡。昨宵論詩派，同志無厈厊。罪言虛上策，空有淚盈把。世味區蘭蕕，人才見玉瓦。蒼茫百年事，悢悵不能寫。

【校】傳世手迹題為"贈張琳"，末署："張君字伯琴，磊落能文，通兵事，恨次舟未識之。"次舟，徐虔陞之字。

贈楊鼎勳

丈夫殺賊真人豪，功臣歸隱藏寶刀。一朝聽皷亦何意，云有老母須仰事。嗟哉孝子形狀羸，鳶肩不貴非所悲。聖恩浩蕩加四海，臣實命薄丁窮奇。當時上馬誓一死，豈料今日能為兒。淩煙高閣幾人污，不美七尺堪涕洟。生也聞言動深慨，禄不逮養余可疵。紅斾黃紙非我事，淒淒求友今至斯。伯牙既得遇鍾子，謂張伯琴。源明又幸逢紫芝。萬期一燭話未了，鼕鼕街鼓催飄離。西湖風景暮春好，短衣應憶酣戰時。三人各別終有合，同薦香蘩拜岳祠。君明日回山陰，伯琴歸省，余返焦山。

別楊鼎勳

春花零亂滿湖湄，沈醉東皇尚未知。百戰偶然猶在世，再逢老矣竟何時。託心有處從人笑，命意無端寫我悲。濁酒一杯琴一曲，人生難遣是臨歧。

【校】"一杯"，《梁節庵詩稿》作"千杯"。

【箋】陳三立評云："磊砢之氣不可及。"

憶惠州西湖雜詩百首寄惠州西湖諸生（十首）

西湖之水三大溪，西新橋上行人擠。浮碧洲前偶然過，問名喜識甘公堤。三大溪之流，北曰橫莨，西曰冰簾，西北曰新村、曰天螺，合于西新橋，匯為湖，湖上有浮碧洲，洲前有甘公堤。

芳華洲上題堂額，可是題名襲魯公。一樣逍遙有興廢，猶憑詩序說流風。趙海馭，永嘉人。宋淳祐三年知惠州，有善政。嘗于芳華洲上題"逍遙堂"額。余憶顏魯公曾題蒲州"逍遙樓"榜，今臨城東城亦有此三大字，或云非真迹也。東坡《江月詩·序》云："嘗夜起與客游豐湖，入棲禪寺，叩羅浮道院，登逍遙堂。"

花塢花放白青紅，胡蝶雙雙撲晚風。猶記短舲維柳外，輕篴吹過釣魚篷。<small>鐵香之從叔就湖中洲為花墩，蒔種繁卉。香風半湖，余嘗過訪，不見主人，折花而歸。</small>

舊觀圓通憶往時，蒼松翠柏最相思。初更月出書聲起，親到敲門課楚辭。<small>黃塘寺舊為圓通觀，余在豐湖講席時，許生壽田讀書于此，生好志節之士，嘗取古人忠孝事勉之。</small>

小小船窗薄薄紗，幾時舟榜署浮家。詞人應有湖船録，不讓泉唐屬鸚誇。<small>湖上船頗多，或如杭州，有題"浮家"二字致佳。樊榭有《湖船録》，近人丁午復為《續録》二卷。</small>

惜別西湖盡四霜，卻憐春晚在錢塘。登樓欲賦非吾土，自製新詩寄惠陽。<small>丁亥二月，曾至西湖，檢理書藏，忽忽四載，今春客杭州，登湖樓望春，甚思吾惠州也。</small>

題名知在白雲巖，政事猶堪百世談。祠屋荒萊更誰問，六橋煙柳盡㲿㲿。<small>宋治平二年，陳公偁知惠州，在西湖築堤捍水，漁利歸民。舊有祠屋今廢，公有名，題名在龍川白雲巖。</small>

一幅春山叫鷦鴣，輕風打槳水平湖。游人盡過棲禪寺，獨倚斜陽看綠蕪。<small>蘇詩："平湖春草合，步至棲禪寺。"寺今尚存。</small>

春雨初收日色微，小船沿岸看人歸。今朝檢得書千卷，細校晃陳有是非。<small>出西門過書院，湖上有小船，人給一錢可坐，余在豐湖講席，創建書藏，學子時往檢理。</small>

宋寺無多永福存，松陰二里到山門。放生池畔蕭閒坐，聽講坡詩出老黿。<small>永福寺在湖上，有東坡放生池。</small>

【校】余本僅收五首，紹宋按："此篇僅存五首，非敢删也。"今據汪宗衍《節庵先生遺詩補輯》補五首。"舊觀圓通憶往時"一詩，傳世手迹略有異文，並錄於此："風景黃塘說昔時，蒼松翠柏早相思。初更已過書聲起，聽到敲門課楚辭。"手迹末署："客廬幽寂，得詩百首，寄惠州西湖與諸生一諷，今書五絕，可略識風景也。西湖長喦。"

　　【箋】王士禎《池北偶談》卷二十三："《粵劍編》云：'惠州豐湖在郡城西，人呼為西湖。東以城為儲胥，西南北三方皆群山為衛，儼然與武林相似。蘇長公曾買此湖為放生池，出御賜金錢築堤障水，人號曰蘇堤。是天下有兩西湖、兩蘇堤也。'"藍鼎元《游惠州西湖記》："余將之羊城，留惠州，聞城西有湖，為天下三西湖之一，心義之。既生魄，偕友人散步出西關，一望澄然，延袤十里許，山青水綠，橋閣參差，依稀武林圖繪。足未至而身已馳，初不意嶺外之有斯景也。循蘇堤，過西新橋，遂登六如亭，弔朝雲墓。望孤山，臨西子池，蘇堤、孤山，皆本杭州西湖之舊，傅會雷同，余所弗喜，但東坡遠謫，專賴此湖，歸善、錢塘，若合符節。"許壽田，字鶴儔，廣東惠州人。讀于豐湖書院。光緒二十四年拔貢，任湖北巴東知縣。宣統三年秋，擢鎮江知府，赴任途中，清帝退位。遂返鄉。陳偁，字君舉，福建沙縣人。宋天聖庚午榜特奏進士。宋治平三年，任惠州知府。顧祖禹《讀史方輿紀要》卷一百三："豐湖，在府城西。廣袤十餘里，亦曰西湖。宋知州事陳偁築堤防、創亭館以為勝。後太守林俛敘云：'湖之潤溉田數百頃，葦藕蒲魚之利數萬，民之取于湖者，其施以豐，故曰豐湖。'"龍川白雲巖有陳偁宋嘉祐二年題名，其上署刻"僧應瑊開石"，今存。

晚　泊

疏林春月淨，遠水暮鴉遲。小泊當松下，初愁及酒時。江湖非昔日，魚鳥與新知。夜半聽潮響，舟人已解維。

徐鑄試罷訪余南園酒別（二首）

流落仍相見，便旋過一春。嗟君不遇世，薦士竟無人。登
饌江魚美，開尊市醞醇。逸珠何用耀，盈椀亦貧辛。

憶否桃花日，連鑣出近郊。鸞刀真枉割，鳳舉亦紛嘲。耿
耿心光在，蕭蕭鬢影交。明當送江上，有夢到衡茅。

　　【箋】徐鑄為光緒十一年舉人。此為其參加光緒十六年庚寅二月之禮部
試，不中，遂南還，至上海與節庵相會，于也是園話別。

園　居

草暗侵簾寸，花明照檻重。鶯逢春窈窕，魚帶月噞喁。織
網千絲急，投壺一笑逢。天門真誅蕩，雲路幾從容。

晚　霞（三首）

嬌嬈眾仙子，爭采碧桃花。莫問何時果，題詩在晚霞。

一水名園繞綠，數聲雛鳥啼紅。若隱若現樓閣，似狂似醉
東風。

日漸西斜徑漸蕪，佳人拾翠隱相呼。園丁那管花開落，但
到春來醉一壺。

　　【校】此詩有傳世手迹，末署：“暮春三月，寒雲積陰，白日燒燭，聊
復寫此。藏山。”

卷　三

庚寅四月二十八日初宿海西庵

辟地亦云遠，入山猶未深。殘鐘幾人夢，芳樹十年陰。壬午六月初至焦山。書認儀徵字，詩傳狄道心。前塵漸飄落，獨立一追尋。

【校】芳，余本校：一作"嘉"；字，余本校：一作"庫"。

【箋】光緒十六年庚寅四月，節庵至鎮江。海西庵，明僧妙寧建。舊名漢隱庵、海隱庵，在天王殿西、華嚴閣東。徐珂《清稗類鈔》卷四："（焦山）山上舊有普濟禪院，聖祖御題為定慧寺。寺左為行宮，右為松寥閣，題曰'松寥竹塢'四字，為高宗御書。再右為瘞鶴銘亭，字漫漶已甚，有一二字為人鑿壞，以墮水而見重，將以出水而損其天真矣。右有大牆，題'海不揚波'四大字，所對處即不波亭。右為海西庵，即焦光祠，壁嵌漢三詔之碑石。後為仰止軒，祀楊椒山像，有三詔洞，即焦光隱處也，洞狹小不能容膝。觀音崖有觀音閣，閣左為夕陽樓，上為西笑閣，折上數十級為回光精舍。再上為炮臺，再上為吸江樓，上供四面佛。憑檻四眺，群山繞膝下，象山則隔江仰首，若承顏色，實名勝也。"陳任暘《焦山續志》卷三："海西庵在定慧寺右。再右即上山石級，山下各庵，四止於此。內有焦隱士像，故舊名漢隱庵，春秋在此致祭。"陳衍《石遺室詩話》卷一："節庵少入詞林，言事鑴級歸里。又避地讀書焦山海西庵，乃肆力為詩，時窺中晚唐及南北宋諸名家堂奧。"王賡《今傳是樓詩話》："節庵通籍後言事被放，即讀書焦山。盛年清望，風采隱然，海內重之。迄後被徵再出，又不時往來山寺。集中有《庚寅四月二十八日初宿海西庵》詩云云。其踪迹固歷歷也。"

焦　山

江繞群山勢壯哉，中流獨立寺門開。漁舟出没煙無際，野樹橫斜月自來。戰伐千年身作土，登臨幾輩事如灰。丈夫未死誰能料，置酒高厓醉一回。

【箋】吳雲《焦山志》載，焦山，位于江蘇鎮江東北面長江中，與南岸象山對峙，與金山、北固山並稱為"鎮江三山"。古稱"樵山"、"獅巖"、"浮玉山"等，以東漢末年隱士焦光在此隱居而得名。

佛如留住海西庵寫示

青山招我散千憂，魚鳥生涯可自由。來寫佛書應不罪，顯之已有草庵留。秦少游詩《顯之禪老以草庵見處》。

【校】上詩録自葉恭綽《節庵先生遺詩續編》。

【箋】佛如，海西庵庵主。

夜坐還石山房感賦

篋中遺墨幾摩挲，日間檢慶笙手札，凄然數時。檢點平生負汝多。寂甚近流誰俊及，偶然佳句學陰何。無成便以詩人老，有好先妨佛法呵。日日賞茶與看畫，殉華辭令總乖訛。

【箋】節庵有傳世手札云："此吾焦山海西庵讀書處也，付公雋弟時時觀此，有還石山房和對之思，藏山記。"梁祖傑，字公雋，廣東番禺人。節庵族弟。

還石山房作

聊寄萍根此屋廬，晚來晴翠撲襟裾。浮生未了頻看劍，今日得閒須讀書。海內故人箋啟少，庭前老柏雪霜餘。少年便有游山興，不為千秋賦索居。

楊世母詹太孺人挽詞 (二首)

淑善貽桑梓，芬葹媲蕙荃。相夫嘉祐顯，生子汝南賢。紫綍方瞻日，丹參不駐年。片時笙鶴渺，餘響已遥天。

素衣走千里，吾友最悲傷。一念真靈見，終身涕淚長。弔喪愧徐穉，述訓待溫璜。何日墳臺上，臨風為奠觴。

【校】上二詩録自汪宗衍《節庵先生遺詩補輯》。

花　下

寥天逸侶得相將，花下靈辰紀上方。書掩丹黃知去取，山經前後相陰陽。竹胎未解禽微集，石隱無言鶴故翔。髯髵重門朱義朽，仙祠歲歲欲留藏。

李智儔渡江相訪

一徑蒼苔合，朋尊綠酒新。何來剥啄客，訪此寂寥人。老柏能容世，閒花亦自春。淹留實長算，俯仰未傷神。

【箋】李智儔，字洛才，號鹿柴居士。江蘇儀徵人。湖南龍山知縣。光緒年間參與農學會。刊有《崇惠堂叢書》。後因招引外商參與江南礦務，"創立揚子公司，私立合同"而被革職。事見《德宗景皇帝實錄》卷之四百四十五。鄭孝胥《鄭孝胥日記》光緒二十三年丁酉日記："李洛才智儔來拜，與芸閣、徐仲虎皆姻家，將往上海。午後，赴譚復生之約于楊仁山宅中，觀儀器數事，在坐者聚卿、積餘，又瀏陽黃穎初，譚之友也。談及李洛才，復生言，'似即武陵縣令。李君以贓敗，素有才名，湖南藩臺極為擔保，陳幼民毅然劾罷之是也'。"

李智儔至

未解無□法，偏藏欲著經。門陰留竹爽，石□掩華冥。仙尉知禽篆，山樵作鶴形。惟留我詞侶，紀事集江亭。

【校】紹宋按：詩中字句凡顯係傳鈔致訛，無別本校正者，概從闕疑。

許先生景澄王咏霓繆荃孫同登多景樓

昔年一到此，壞檻已為薪。漠漠雲中樹，厭厭泉下人。幽懷塵作字，凍面酒成春。不用談興廢，閒游孰可頻。

【箋】許景澄，原名癸身，字竹篔、竹筠。浙江嘉興人。同治七年進士。選庶吉士，授翰林院編修。光緒十年，任出使法國、德國、義大利、荷蘭、奧地利五國大臣。次年，又兼任駐比利時公使。遷內閣學士，擢工部侍郎。二十三年調任駐德國使臣。二十四年，任總理各國事務衙門大臣兼禮部左侍郎，改吏部，又充京師大學堂總教習、管學大臣。義和團事起，許景澄上疏，認為攻殺使臣、圍攻使館違背公法。八國聯軍陷大沽，朝廷

以"任意妄奏"、"語多離間"之罪名，賜死。宣統元年，追謚文肅，有
《許文肅公遺稿》、《許竹篔先生出使函稿》、《許文肅公外集》等。光緒十
三年，許景澄因母喪丁憂回國。十六年服滿，再任出使俄、德、奧、荷四
國大臣。節庵此詩，當作于許氏復出之前，姑繫于此。王咏霓，原名王仙
驥，字子裳，號六潭。浙江黃巖（今台州）人。光緒六年進士。授刑部主
事，簽分河南司行走。任駐法國、德國、義大利、荷蘭、奧地利、比利時
等國公使隨員。二十二年，任安徽鳳陽知府。曾任安徽大學堂總教習、高
等學堂、法政學堂編纂。工詩屬文，擅書法篆刻。有《函雅堂全集》二十
四卷、續纂《黃巖縣志》等。繆荃孫，字炎之，一字筱珊、小山，晚號藝
風，藏書樓名藝風堂。江蘇江陰人。光緒二年成進士。改庶吉士，散館授
編修，後任國史館協修、纂修、總纂、提調等職，歷主南菁、濼源、經心、
鍾山、龍城等書院講習。創辦江南圖書館、京師圖書館。著述甚豐。有
《藝風堂藏書記》八卷、《藝風堂藏書續記》八卷、《藝風堂再續藏書》二
卷、《藝風堂金石目錄》十八卷、《藝風堂文集》十六卷等。多景樓，張邦
基《墨莊漫錄》："鎮江府甘露寺，在北固山上，江山之勝，煙雲顯晦，萃
于目前。舊有多景樓，尤為登覽之最，蓋取李贊皇《題臨江亭》詩，有
'多景懸窗牗'之句，以是命名。樓即臨江故基也。"陳三立《梁節庵詩評
語》云："沈渾，不辨其為千錘萬煉也。"

郊　行

卅年經亂定，匹馬逆風驕。青草猶披隴，寒溪更斷橋。民
貧多忌諱，道泰自逍遙。仰視高雲上，冥鴻不可招。

【校】郊行，《汪目》作"郊行寓目"。

歎　逝

周家采風使，絕域奉天章。蕃語通余靖，門才讓馬康。小時真了了，末路惜堂堂。朝野言如雨，驚聞暗歎傷。

【箋】此詩題中未標明所傷逝之人名，胡文輝謂似為悼曾紀澤。曾紀澤，字劼剛，號夢瞻，湖南湘鄉人，曾國藩次子。光緒六年，兼充出使俄國大臣。先後任兵部右侍郎幫辦海軍事務，戶部右侍郎兼管錢法堂事務、管庫大臣等職位。光緒十六年閏二月二十三日病逝。北宋余靖出使遼國時曾用契丹語作詩，曾氏習外語，從事外交，借余靖來比擬正相宜。此詩于曾氏遭際深致惋傷。

太　息

雨泣紛紛聽挽歌，此才當世更誰過。能通蕃語推余靖，更有飛言到岳珂。春雨失群鶯燕澀，海風有力犬羊多。生才似此天寧醉，太息時匆幾涕沱。

【箋】此詩亦為悼曾紀澤而作。胡文輝謂詩中用岳珂之典，珂于宋紹定癸巳元夕京口觀燈，因作詩及語及于宋徽宗事，門生韓正倫疑其藉端諷己，遂構怨陷以他罪。本詩中似指曾為同僚排擠。

浮　江 集《瘞鶴銘》字

不得華陰□，天門蕩蕩經。歲華真彷彿，事勢亦微冥。黃石方徵義，丹禽未化形。浮江我何去，留隱此山亭。

海西庵三憶詩（三首）

庵前廳事祀焦隱士栗主，後懸明楊忠愍公象，樓上書藏為阮文達公所建也。三公與余似有因緣，用瘞鶴銘字各獻一詩。

余將後君隱，遂欲譔丹經。石化江流遽，天陰鶴去冥。華辰以書紀，亭午亦門扃。未解山留相，仙奚不掩形。俗僧以石為隱士，象極醜劣，群拜祈福，不稱高義，可毀也。焦隱士先。

彷彿真靈集，茲山我紀楊。公有"揚子無心復楊子，椒山有意合焦山"之句。亭陰雷鼓隱，門朽土華黃。邪固奚言去，陽微不解藏。故書經蕩逸，表著得吾皇。公集冠首世祖章皇帝御製《表忠論》云："繼盛值諱言之朝，無立言之責，尚能不畏強禦，披臚犯顏如此。"大哉王言，公可不死矣。楊忠愍公繼盛。

解經真不朽，化鶴去何方。西爽江亭立，君靈彷彿藏。壽詞留隱竹，相里著維楊。我亦紀前歲，藏山義取妨。阮文達公元。

【校】上二題四詩錄自汪宗衍《節庵先生遺詩補輯》。張昭芹《節庵先生遺詩補編》中四詩標題，作"瘞鶴銘集字詩"。末首有傳世手迹，有異文："解經言不朽，書集掩丹黃。西爽亭前立，真靈彷彿藏。壽詞留隱竹，相里紀維揚。仙尉知何去，寒天鶴故翔。"

【箋】《瘞鶴銘》，原刻"華陽真逸撰，上皇山樵書"。在鎮江焦山西麓石壁上，後遭雷擊崩落長江中，中唐後有著錄，歐陽修《集古錄》題《瘞鶴銘》云："刻于焦山之足，常為江水所没，好事者伺水落時，模而傳之，

141

往往衹得其數字，云‘鶴壽不知其紀’而已，世以其難得，尤以為奇，惟余所得六百餘字，獨為多也。”南宋淳熙間挽出一石二十餘字，康熙五十二年又挽出五石七十餘字。世祖章皇帝御製《表忠論》，指順治皇帝所撰《表忠錄》之《楊繼盛論》，末署“順治十三年歲次丙申仲春朔日頒行”。文見《畿輔通志》卷七。

贈康長素布衣

牛女星文夜放光，樵山雲氣鬱青蒼。九流混混誰真派，萬木森森一草堂。豈有疏才尊北海，空思三顧起南陽。搴蘭攬茝夫君意，蕉萃行吟太自傷。

【校】何藻翔《嶺南詩存》錄此詩，青蒼，作“蒼蒼”；豈有疏才，作“但有群倫”；空思，作“更無”；搴蘭攬茝夫君意，作“茇衣蘭佩夫君笑”。

【箋】康有為，原名祖詒，字廣廈，號長素，又號明夷、更甡、西樵山人、游存叟、天游化人。廣東南海人，光緒廿一年乙未科二甲第四十六名進士。組織強學會，推動戊戌變法。著作甚豐。有《南海先生詩集》、《新學偽經考》、《孔子改制考》等。梁啟超《戊戌政變記》：“自光緒十四年，康有為以布衣伏闕上書，極陳外國相逼，中國危險之狀，併發俄人蠶食東方之陰謀，稱道日本變法致強之故事，請厘革積弊，修明內政，取法泰西，實行改革。當時舉京師之人，咸以康為病狂。大臣阻格，不為代達。康乃歸廣東，開塾講學，以實學教授弟子。”邵鏡人《同光風雲錄》下編：“光緒十七年辛卯，南海講學萬木草堂，節庵贈以七言律詩三首。其第一首云云。時南海以中法北京條約喪權失地，伏闕上書，有所論列，所志不行，退而講學，故覆詞云云。樵山，則南海故居也。具見梁啟勳先生筆記。按，梁、康二人，在清季以維新份子見厄于守舊之皇族大臣，或貶殊方，或亡命異域，入民國，又被時人譏為頑固之遺老，維新耶？守舊耶？一身而兼之。”

寄康祖詒

悵望江頭日暮雲，調人絕代御蘭芬。上書不減昌黎興，對
策能為同甫文。應惜平生丘壑願，竟違天上鳳鸞群。倚門
慈母今頭白，玉雪如何溷世紛。

贈康長素祖詒

驚聞滄海橫流日，被酒出門君向誰。蟲臂鼠肝凡幾輩，虎
文羊質自當時。勞生漫擬郊居賦，並世休辭黨籍碑。可悟
誠齋孤憤語，頭顱如雪愧瘝痍。

【校】邵鏡人《同光風雲錄》謂光緒十七年節庵贈康有為詩三首。張
昭芹《節庵先生遺詩序》：“近從友人李漁叔弄藏中借校，則龍本前兩卷尚
缺寄康祖詒及贈康長素布衣各一首，可見龍本鋟版係在公年四十以前，戊
戌政變以後，故樣本所有之詩，出版時亦加刪汰，以避時忌。”按，《節庵
先生遺詩》卷一有《寄康祖詒》詩一首，汪宗衍《節庵先生遺詩補輯》又
輯得一首，今將二詩與《贈康長素布衣》三首並列。“慈母”《梁節庵詩
稿》作“有母”。

登山雜詩（六首）

策馬淩山椒，清露滿衣履。江流望不極，奈此滔滔水。中
有蛟龍行，暗者若無視。雄豪盡凋落，金石獨能止。

淩風視一舉，飛鳳相回翔。縹渺霄漢間，振衣叩天閶。靈
氛來告余，今茲未能詳。佳辰薦仙桃，美人陳玉觴。龍門

奏綠桐，下界聲琅琅。八表渾昏曉，笑予難為雙。

海中有精衛，銜木來西山。食以青芝實，報之白玉環。唶茲無盡悲，心苦神甚閒。滄海會須涸，微命終自艱。已矣亦已矣，一往不復還。

淵明固窮節，有酒但放歌。不識喜與懼，素襟安可訛。今日倘不醉，明日顏如何。

魯連蹈海去，清風灑至今。大節亮不回，萬代誰能尋。在天鴻鵠鳴，在地松柏陰。懷哉每朝夕，一旦山水深。

製囊絡劍首，嗤彼吹一咉。屈原豈徬徨，眷此山野潔。勿用為潛龍，識時乃俊傑。悠悠千載長，冥冥萬情滅。

【校】第四首錄自汪宗衍《節庵先生遺詩補輯》。傳世手迹末署"辛卯七月十又六日寫呈雪城大兄法家正"。

竹根亭夕時

向晚寺逾靜，遙山月正微。野苔存鹿迹，秋葉打人衣。論世千年見，思鄉一夢違。白鷗轉馴甚，相約過前磯。

【校】余本題作"晚歸"，向晚，作"向暮"。今據《梁節庵先生扇墨》改。此詩又有傳世手迹，後四句作"寥落知誰偶，銷沈笑昨非。丈夫意何極，無淚不須揮"。審其意，似為後來改定者。

【箋】節庵跋王守仁草書鮑照《飛白書勢銘》云："鶴洲禪友屬題此卷，慨然書之。戊申八月二十日，鼎芬記于觀音崖竹根。"可知亭在焦山觀音崖，今不存。

雜　書（四首）

江月照人冷，江風引夢長。笙簫紛處處，羅綺列行行。獻
果猿修禮，銜花燕覓糧。不知近宮闕，渾未整衣裳。

白日寧無見，青萍不欲韜。八觀披管子，九死讀離騷。牧
馬誰除害，歌魚為惜勞。艱難念疇曩，悲憤出蓬蒿。

災異聞三輔，神思極八荒。欲言無我職，何計奠民傷。夜
坐看星屢，秋心聽雨長。由來憂樂意，草野許懷藏。

仍歲無閒隙，清時要遠謀。佩蘭來猘犬，弄月有潛虬。縹
渺仙人影，淒清海客謳。江潭不自惜，去去一扁舟。

　【校】上詩四首亦有傳世手迹，照人冷，作"去人近"；列行行，作
"綮行行"；燕覓糧，作"燕聚糧"；近宮闕，作"宮闕近"；讀離騷，作
"悼離騷"。"牧馬"二句作"未易干戈戢，誰能斧鉞逃"。《梁節庵先生扇
墨》錄第四首，題為"江樓獨夜作"，"縹渺"四句，作"誰以心肝奉，猷
勞骨髓投。吾皇性耿介，啟聖此般憂。"末署："琴舫六叔父人人郵寄素絹
命書近稿，山中報秋，神意彌爽，檢詩十二首錄寄訓誨，庚寅八月十三日，
從姪鼎芬作于潛窩。"

山中逢先君忌日泣書二百六十字

別墓將週歲，銜哀忽廿年。羈孤甘遯世，流落豈關天。槁
性非人熱，幽棲得地偏。驚心八月朔，撒手五更前。稷餽
稽經典，晨興拂几筵。昭明神在鑒，拜跪禮惟虔。有弟嗟

萍梗，何人浣竹籩。更衣無健僕，與祭到枯禪。饌徹卮醨酒，灰飛紙散錢。今朝淒愴極，往事夢魂牽。我父文章傑，清門品望先。頻觀忠義傳，不上孝廉船。投筆方從仕，浮湘為慕賢。客程曾熱喝，家難況沈綿。營衛情多拂，膏肓勢已堅。經空用針灸，卜屢費筳篿。抑首聽遺訓，傷心甚倒懸。寢門竟悲隔，溝壑分生填。痛定隨方省，愁深獨夜煎。親年真過隙，予志欲藏淵。江闊懷鄉寺，家貧欠墓田。擁鐮空在道，伐石未題阡。楸檟吟朱句，朱子《十月朔旦懷先隴》詩云："僧廬寄楸檟，餒奠失茲時。"苕華警鄭箋。餘哀湔屈賈，大孝服淵騫。漠漠天難問，沈沈火不然。金城完詎易，幾掩蓼莪篇。

【校】庚寅八月二日，為節庵父之忌日。此詩有傳世手迹，頗多異文，謹錄如下："山中逢先君忌日，往書二十六韻：別墓驚周歲，銜哀忽廿年。羈孤甘辟地，流落本關天。秋仲宵逾朔，山深淚及泉。何堪當諱日，獨自抱遺編。薦食惟雞黍，驅塵淨幾筳。昭明神在鑒，拜跪禮彌虔。有弟皆萍梗，何人浣竹籩。隨行無健僕。與祭到枯禪。（仲在家，叔在湖北，舊時每值忌日，余妻手理祭物。久歸湖南，謝僕昨又旋粵，今日惟一身在山寺耳，寺僧性寬，伏臘日祭，知不合禮，又不忍卻也。）饌徹醨清酒，灰飛亂紙錢。今日淒愴極，往事夢魂懸。我父文章傑，天姿骨氣全。頻觀忠烈傳，竟阻孝廉船。檝捧湘江遠，舟隨夏日延。客程殊輾轉，家難況纏綿。思爾腸如沸，將脯口絕涎。撲著終不驗，煮术恐難痊。針灸經疑誤，膏肓勢已堅。傷心六尺幼，撒手五更前。痛定無時忘，愁侵坐榻穿。親年真過隙，予志欲藏淵。江闊懷鄉寺，家貧欠墓田。擁鐮空在道，表德未題阡。已分溝渠沒，那知塵世憐。余哀湔屈賈，大孝服淵騫。漠漠天何問，沈沈火不然。金城完豈易，幾掩蓼莪篇。（鼎芬敬錄，庚寅八月三日。）"

夢至蓮花臺下醒後有述（三首）

明月轉細路，寒泉響幽澗。松風若飄雨，石徛儼行棧。遙見墓門樹，祇肅不敢慢。流離又幾日，羈孤處童卝。老翁告余語，浮生有葭薍。

同學十數子，愛我敬我親。似知遠游者，蔬韭不得陳。聯裾涉山亭，薦酒及佳辰。風義動行路，鬱邑能降神。懷清更延望，永念徒酸辛。

浮萍託山廬，叢木似故里。燒香上墳臺，既悲亦復喜。解后雙溪僧，頗訝形狀詭。攬衣不及言，晨鐘攬人起。驚夢增離傷，有生不如死。

【箋】光緒七年，節庵偕龔氏夫人返廣州。十月，遷葬其父于廣州白雲山雙溪寺旁之蓮花臺。

憶先壟

手植青松不得長，無多兄弟更殊方。何時縛個茅庵住，來嗅山僧早飯香。庚寅七月六日，芬稿。

【校】此詩有傳世手迹二，其一與上三詩同頁，下署"三詩錄畢，意有未盡，重賦"。"無多"，作"浮生"。其二題為《寫山》，"青松"作"松枝"，"無多"作"浮生"。末署"時兩弟下世已久矣"。

【箋】光緒七年辛巳，節庵遷葬父墓，至光緒十六年庚寅，已有九年矣。

同伯嚴雲閣游徐園

相逢忘歧路，行樂莫如閒。風柳低琴坐，霜花奪酒顏。摧藏幾人在，紛亂早年刪。未暇論塵事，孤禽日暮還。

【箋】光緒十六年八月，陳三立自蘇州抵上海。文廷式于八月上旬出都返粤，途經上海。節庵亦至上海，與文廷式、陳三立相會。文廷式有《偕陳大伯梁大星海徐園燕坐竟日》詩。《上海縣續志》卷廿七："徐園，名雙清別墅。光緒九年海寧徐鴻逵築于閘北唐家衖。宣統元年，鴻逵子仁傑、文傑以避市囂故，遷築于二十七保南十二圖康腦脱路，地址較廣，布景一依舊式，有十二景，曰：草堂春宴、寄樓聽雨、曲榭觀魚、畫橋垂釣、笠亭閒話、桐陰對弈、蕭齋讀畫、仙餡評梅、平臺眺遠、長廊覓句、柳閣聞蟬、盤谷鳴琴。"開放市民游覽。《鄭孝胥日記》光緒二十一年乙未日記："午後，滋卿來，檢裝俱至觀音閣官輪碼頭上船。復偕至徐園，亭宇蕭索，游人絕迹，入門尚索銀一角。小坐遂出。"

別雲閣回山居三用前韻

點點東華塵土香，今看一鳳噭朝陽。閒雲與我歸林表，落月無人滿屋梁。四海盛名非美事，百年雅化倘重光。艱難前路多溝塹，華子經時已病忘。

【箋】此詩用文廷式《書懷》詩原韻，參見《讀雲閣書懷詩用原韻報贈》詩箋。光緒十六年庚寅四月，節庵自上海至焦山，寓居海西庵。是年四月二十四日，文廷式殿試一甲第二名。此詩賀其得捷也。八月，節庵至上海，與文廷式、陳三立相會後，旋返焦山，此為別後寄懷之作。

山居寄雲閣四用前韻

靜處聞薰知見香，燕方辭壘雁隨陽。偶經斷澗觀流水，誰遣枯松作臥梁。采采山中黃蘗苦，微微天上白榆光。此情待說成惆悵，一夢瑤池歲月忘。

寄黃紹憲 (二首)

送子幾時余遠游，相逢海上上層樓。眼中變幻紛雲狗，心裏光明貫斗牛。今夜尚同千里月，浮生已辦五湖舟。拂衣一笑天花落，可恨侏儒總不修。

感事詩成調愈高，他時要汝和章勞。誰云郡縣見長舌，獨憶江湖釣巨鼇。小港探春成枉約，閒窗看畫助宵醪。明朝莫定身何處，蒙犯風霜一寶刀。

【校】上詩錄自汪宗衍《節庵先生遺詩補輯》。

醉後書二絕句 (二首)

小雨江頭忽轉晴，書生閒放趁昇平。連山日落聞胡吹，卻是周家細柳營。

燈火千星遠岸堆，市聲舟語似殷雷。回思四十年前事，惟有枯僧下淚來。一老僧說未通商以前，鎮江帆檣如織，燈火不絕，山樓四更時猶望見之，今無復此景耳。

閒日過江作

翩然渡江去，踪迹似沙鷗。偶覿高僧傳，常披紫綺裘。輕波孤櫂緩，疏雨片帆收。本以閒為樂，身心未可讎。

【校】上詩録自汪宗衍《節庵先生遺詩補輯》。

問孫德祖病

屋廬深深天陰陰，嗟君學道兹豈痟。奚為暑風暗觸侵，口渴有若田夫霖。湖亭告別余舟舡，丑林切。見《説文·舟部》，《佩文》、《廣韻》無之，今據以為補。調糜量水誰則任。由來有癖能損心，因風試為彈素琴。

【箋】孫德祖，字彦清，號峴卿、寄庵，室名飲雪軒、學庸齋。浙江會稽人。徐時棟弟子。同治六年舉人。太平軍動亂時，卜居紹興小皋部，與秦樹銛、孫垓、李慈銘、王詒壽、陶方琦為友，結詩社唱和。光緒六年，任長興縣學教諭。參與修纂《慈溪縣志》、《餘姚縣志》、《鄞縣志》。著有《寄庵文存》、《飲雪軒詩集》、《寄庵詩質》、《寄庵詞》、《學齋庸訓》等。《清實録·德宗光緒實録》載，光緒十七年、二十年、二十九年，孫德祖在任教諭期間，以學行可嘉、司鐸稱職、品學端正等原因受朝廷獎叙。傳見徐世昌《晚晴簃詩匯》卷一百六十三。《説文解字》卷八："舡，船行也。從舟，乡聲。丑林切。"光緒十六年庚寅六月，節庵自焦山至山陰，訪劉宗周故居蕺山堂，途經長興，問孫德祖病或于此時。

贈孫德祖 (三首)

吾愛孫夫子，文章世所欽。尚存胡瑗教，空費范滂心。對酒當春月，看花過水潯。相逢湖海暮，愁絕柳陰陰。

閉門頻索句，贈我出新詩。五十頭初白，辛壬事可悲。長
貧託微祿，不隱戀明時。禮樂群英在，膠庠早得師。時為長
興學官。

夢雨閒堂夜，飄風萬里身。時還望鄉樹，應未污飛塵。把
劍成孤往，題襟定凤因。感君發深慨，不是歎勞薪。

【校】汪宗衍《節庵先生遺詩補輯》按："元詩三首，盧刻僅載第二
首，茲補第一、三兩首。"余本題作"答孫德祖"，今從汪本。

【箋】孫德祖生于道光二十年，詩中稱其"五十頭初白"，當作于光緒
十六年間。

山廬夜感

獨下疏簾有所思，卅年一夢醒來遲。微聞晚磬風前落，尚
憶寒花病裏移。山栗已殘留鼠迹，海棠初放挂蟲絲。人生
難得安閒境，記取虛廊月上時。

【校】山廬夜感，余本校：一作"精廬夜感"。此詩有傳世手迹，題作
"山廬夜興"；疏簾，作"疏帷"；一夢，作"清夢"；寒花，作"閒花"。
末署"伯鸞二弟詩家正句，癸巳六月，鼎芬書于上海"。

三弟來省山居書二百三十字

早起聞叩門，我弟自鄉至。容顏今更好，言語都有致。滿
酌一杯酒，細告別來事。墓樹未減綠，庭竹復加翠。硯枯

老坡瘠，衣典少游敖。當行老母泣，兒今往試吏。汝兄去一年，孤身託山寺。貧家我已慣，幽棲莫亂意。就令没溝壑，凜凜一士志。我夫善誘心，得此當生驥。酒間辭未絕，愴惻已酸鼻。昔承季父教，幼小不敢戲。銅盤進美食，慈愛他人異。門衰恨無禄，先子痛失臂。余年方十一，弟年僅有二。哀哀孀獨居，命弟以為嗣。明年我父歿，我罪天所棄。骨肉同艱難，道路更顚頓。回首半世事，纖屑皆可記。今來述至訓，彷彿家塾裏。鸞龍不堪喻，虎狗但增愧。惟當窮餓死，正誼勿謀利。昂昂永自保，耿耿長不寐。

【箋】作于光緒十六年庚寅秋。三弟鼎蕃，時自廣州至焦山探望節庵。

同三弟營外望月

波粼粼，月紛紛，行近營門不見人。滄海橫流須有身，沈冥願與猿鶴群。予為一官奉慈親，寸陰尺璧伊可珍。江頭明日添酸辛，武昌官柳好，及見秋色新。力貧買酒飲幾巡。倘聞黄州鼓角響，定憶今夜淒心神。

三弟告別武昌

作宦非余意，拋書惜此身。淒涼君別我，辛苦爾為人。年少不可躁，官卑休説貧。耦耕在何日，分手各沾巾。

【箋】梁鼎蕃當自焦山赴武昌。

題李猷贖屍記後

巨奸掌朝政，天子居深宮。奉天一府吏，遂能殺陳東。或云過激烈，挾衆非至公。我思少陽生，豈忘屠子龍。外怵夷狄亂，內憤蟊賊訌。明哲吾不願，一手嗟無功。此身亦何惜，長嘯還太空。李君弗懼誅，甘入黨錮中。苦心覓遺骸，得之郊野叢。董班昔衛固，脂習曾哀融。前人雖已往，後死敢不從。莫言世污濁，貧交多始終。孟門雖嶄絕，道義為之崇。更覽詩與跋，慨然發深衷。李綱題詩，陳鼎跋後，均極稱服。

【箋】李猷，浙江四明（今寧波）人，陳東之友。宋高宗建炎元年八月，大學士陳東上書，力諫李綱不可罷，黃潛善、汪伯彥不可用，並請求宋高宗御駕親征，迎還二帝，被殺。李猷替其收屍。後撰《贖屍記》以記其事。《宋史·忠義傳十》："會布衣歐陽澈亦上書言事，潛善遽以語激怒高宗，言不亟誅，將復鼓衆伏闕。書獨下潛善所。府尹孟庾召東議事，東請食而行，手書區處家事，字畫如平時，已乃授其從者曰：'我死，爾歸致此于吾親。'食已如廁，吏有難色，東笑曰：'我陳東也，畏死即不敢言，已言肯逃死乎？'吏曰：'吾亦知公，安敢相迫。'頃之，東具冠帶出，別同邸，乃與澈同斬于市。四明李猷贖其屍瘞之。東初未識綱，特以國故，至為之死，識與不識皆為流涕。時年四十有二。"

竹坡侍郎有詩寄問焦山長老因次其韻 (二首)

一朝江雨起微波，天女拈花解笑多。猶憶敲門立秋月，欲緣詩案訪東坡。

雨打風吹臺館空，紛紛勞燕已西東。平生未識彝齋面，一點青燈此夜同。

【校】此詩傳世手迹末題"竹根亭舊詩"。

【箋】寶廷，初名寶賢，字少溪，號竹坡，字仲獻，號彝齋，晚年自號偶齋，為和碩鄭親王之後裔，宗室。同治七年進士。授翰林院庶吉士、翰林院編修、翰林院侍講兼充文淵閣校理。官至內閣學士兼正黃旗蒙古副都統。同年充福建鄉試正考官職，因途中納江山船女為妾，回京上疏自劾罷官。與陳寶琛、張佩綸、鄧承修合稱"四諫"。《清史稿·寶廷傳》云："其詩篇頗富，模山範水，不作苦語，和平沖澹，自寫天機。亦能詞，有《偶齋詩草》內外集及《偶齋詞》傳世。"寶廷之子壽富《先考侍郎公年譜》載："（蓮溪公）生公之夕，夢霜竹一叢，挺然干霄，故蓮溪公名之曰寶賢，號竹坡。"節庵此詩作于是年秋日。

對雨同江生聯句

微軀託江海，鼎芬。長嘯到山林。翠麓淩霄迥，逢辰。青霞映樹深。題名愛浮玉，鼎芬。聚話憶分襟。客路雙蓬鬢，逢辰。僧廬百衲琴。平生慕幽介，鼎芬。踪迹已冥沈。況此瀟瀟雨，逢辰。吹成薄薄陰。秋苔淒掩月，鼎芬。寒葉漸驚禽。雷碣探龍爪，逢辰。風濤警鶴心。明時笑焦隱，鼎芬。佳處續蘇吟。石踞松寥峭，逢辰。霜零柏樹慘。懷賢看疏烈，鼎芬。考古說書淫。閣冷徵詩事，逢辰。波餘擊楫音。千年豪傑盡，鼎芬。百戰歲華駸。陳迹隨流水，逢辰。深憂及積霖。幾人上災異，鼎芬。有客念黎黔。都說鴻嗷澤，逢辰。曾無虎在岑。鈞天惟奏樂，鼎芬。大地遍輸金。燕雀聯翩起，逢辰。蟲沙次第侵。今宵燈罷剪，鼎芬。密坐酒頻斟。夢遠西湖隔，_{逢辰}。才疏北海禁。搴蘭表芳潔，_{鼎芬}。種樹待蕭森。講席仍思昨，_{逢辰}。先生道學瘖。藏書煩汝守，_{鼎芬}。問字更誰箴。無翼隨黃鵠，_{逢辰}。關心到碧潭。相思試展卷，_{鼎芬}。將別怕聞砧。竹榻虛樓夜，_{逢辰}。荷花淺水潯。談兵長心力，_{鼎芬}。學道僅蹏涔。造極應千丈，_{逢辰}。搜奇要百琛。娛親勤奉杖，_{鼎芬}。避地盍抽簪。行矣關河遠，_{逢辰}。兼之天日黔。臨分詞鄭重，_{鼎芬}。何物意商參。永好憐坡谷，_{逢辰}。成材薄沈任。茫茫我無伴，_{鼎芬}。煙寺倘重尋。

【箋】作于光緒十六年庚寅九月上旬。《江孝通遺集》卷十九《沁園春》詞小序：「庚寅九月，落第南歸，渡江訪節閹先生于焦山，時辟地海西，流連六日。」今焦山有節庵摩崖石刻，題名同游者中尚有曾習經。

江生為性寬上人畫竹乞余題詩 _{（三首）}

一春密密一秋疏，真稱幽人寂寞居。鶯老雁慵天色暮，琅玕腹裏足愁予。

與可襟情近士無，愛將瀟灑夢西湖。洗肝亭下千枝綠，猶記論詩到日晡。

東坡居士好看山，行到山前修竹環。雙屐破苔衣拂葉，不知前路有荊榛。

【校】余本僅錄二首。第三首輯自傳世手迹影本，題為「題江生逢辰畫竹三首，時渡江謁余山居」。

【箋】性寬，焦山寺僧。

送江生歸里七百字全用侵韻

南園憶春月，開徑桐竹森。危坐下廳簾，焚香彈素琴。當子初遠游，見我披胸襟。偕行魏與顏，相處苔共岑。詩虎乃清穩，酒龍最崎崟。魏名龍常。浙人，初相識，能飲酒舞劍。顏名貽澤，余門人，工詩。余情方遐征，晤對良難任。近刈園中蔬，遠志江上鱏。酒舊汲水溫，肉鮮取火燖。歡言忘晝長，密語遞夜深。毋曰世變大，所貴經術湛。篤敬化蠻貊，至誠弭災祲。去去各自愛，冥冥天所臨。子行數旬淺，獨寐百感侵。冬逝久無雪，雲浮時復黔。玩花屆春尾，挐舟過水潯。柳外招新鶯，桑間聽早鵀。得意隨所適，行止不自斟。平生表微尚，此境真良箴。追想年少小，偏露經衡梣。依人手爪賤，入世面目黔。清飯菜食甲，寒風衣脫縿。顯志必馮衍，遂初耻劉歆。惟鋼不作鈎，有身可伏椹。艱難逝自拔，富貴非我欽。幸未點門第，乃許還山林。鷗間江浩蕩，鶴潔巖嶇嶔。山花亂無種，庭竹初有姙。齋居觀物變，夜氣凝道衾。符未服六癸，腹定無三壬。君親不能報，志意安可尋。昂昂七尺軀，皎皎一寸心。百年去鼎鼎，雙淚交涔涔。茲來轉色喜，谷空生足音。自云守師訓，寡效堅素忱。未枉禰生刺，絕羨梁父吟。呈材恨砥砆，入貢鈞琲琳。輒念鴻鵠遠，不覺驪駒駸。今皇總庶政，白日開沈陰。聖恩歲再赦，善人乃得瘖。資序泯超越，斂伎多湮沈。此彈貢禹冠，彼分鮑叔金。昇平盛簫管，宴樂羅纓簪。金錢積百萬，園囿咸治綝。遂令四夷服，理國豐苓蔘。大官畏炎熱，待雨天不霃。忽驚萬瓦響，何止十日霖。華堂喜勿壞，茅屋嗟久淋。晝案走泥蚓，書衣生濕蟫。牀牀少乾處，惴惴直至今。何幸青瞳雙，豁此碧玉岑。聞香似薝蔔，摘果非林檎。夜魂水月動，曉色山樹椮。況有萬卷書，更睹千年鬵。一僧來告余，民志原難諶。南方望甘澤，北地愁苦霪。去順來者怨，己喜人弗禁。盍與我佛語，出見遥山嵾。日中麋鹿游，花間胡蝶擒。嘗聞東坡翁，賦詩夢巴灊。頗訝師若弟，終朝啼不喑。兹言發深省，我意殊滯淫。棲遲託酒狷，感激摩劍鐔。故山叢桂香，歸飛不及禽。變現慎種種，德性存愔愔。明看汝挂帆，坐到天横參。尚持游子衣，云是慈母紝。旋磨車中塵，飄落裾上紟。修名倘不副，闕失亮莫鍼。江月慘離顔，晨雞攪清砧。毋徒發西笑，長願珍南琛。

【箋】此詩有傳世手迹，曾為鄧又同所藏。葉恭綽跋云：“節丈遺詩散佚甚多，此三首乃中年作也，與刻本字句間有異同。丈詩凡數變，中年由中晚唐入宋，一轉為清剛，此三首即其類。吾粵晚清詩家推梁、黄、曾，皆能自開門户，丈尤居轉移風采之樞，足與清初三家比美，論嶺海詩壇者殆無異辭。又同先生最推服節丈，于此當有同感也。民國三十七年冬，葉恭綽。”

九月十五夜同三弟重至望月處用前韻卻寄

秋葉落，黄紛紛，清宵冷坐惟一人。白雪皚皚大魚身，紅樹啞啞烏鵲群。風景淒慄余所親，此時萬物非我珍。思君

不見徒悲辛，世事幾回改，營壘今漸新。終夜叫呼寒柝
巡。獨笑此鬢不歸去，欲同老卒語傷神。

【箋】作于光緒十六年庚寅九月十五日，用《同三弟營外望月》詩韻。
時三弟鼎蕃已別去。

十六夜望月憶江生

樓頭完月今就缺，昨夜江行朝泊船。歸去書囊誰與檢，別
來畫閣我無眠。西湖舊種應成果，他日重逢莫問年。尚有
山禽説離恨，四更風露在遥天。

【箋】作于光緒十六年庚寅九月十六日，江逢辰在焦山居六日，時已
別去。

秋　晚

飄飄風漸急，皎皎月遥臨。銷落庭前樹，分明獨夜心。茶
功因睡見，酒失及醒尋。大是蕭閒境，無人且自斟。

借　問

借問此何日，千山秋氣森。巨魚潛大壑，寒鵲響高林。銷
落前庭樹，分明獨夜心。更無僧過話，長自一燈深。

【箋】《錢仲聯講論清詩》云："《借問》'巨魚潛大壑，寒鵲響高林'，
兩句有寄託，但難考何人。"

得伯嚴書

千年浩不屬，君乃沈痛之。神思可到處，繾綣通其詞。窮山何所樂，予心忽然疑。試君置我處，魂夢當自知。把書闔且開，情語生微漪。出見東流水，湯湯將待誰。

【箋】李之鼎《宜秋館詩話》："（散原）吏部胸襟沖澹，志趣高尚，既不役志干時，且復敦崇風義，識與不識，皆以文章氣節稱之，宜其詩境夐絕，非淺學之士可窺肩也。"錢仲聯《近百年詩壇點將錄》："（陳）三立工詩而不以詩論稱，然散見於其詩文集及並世詩家專集題識中者，微言奧旨，妙緒紛披。如于黃遵憲、沈曾植、陳寶琛、陳曾壽諸家，俱加推許，不抱江西偏見。少年後生，得其一言褒贊為榮，弘獎風流，詩家水鏡。"陳三立《梁節庵詩評語》云："浩蕩沈冥，古之所謂無端倪之辭者與？"錢仲聯《夢苕庵詩話》云："詩之意境，有深至微妙，不可思議者。梁節庵《得伯嚴書》云云，不特意妙，句法亦入北宋高境。"《錢仲聯講論清詩》云："《得伯嚴書》，寫深微意境，表現了內心的深處"，"實得宋人高處"。

寄懷香驄

仲車別我一秋餘，破帽欣然返故居。畫紙老妻教棋局，扶牀小女學翻書。自烹寒菜難逢客，偶過前村不待驢。葦管瓦池貧亦好，世間何者可能如。

【校】秋，余本校：一作"年"。

【箋】紀鉅維，字香驄，一字伯駒，號悔軒，晚署泊居老人，門人私諡"端愨先生"，直隸獻縣（今滄州）人。紀曉嵐五世孫。同治十二年拔貢生。歷任霸州儒學訓導、內閣中書。入張之洞幕，任廣雅書局校纂，主持經心、江漢、兩湖書院，監督武昌普通中學堂、存古學堂、武昌高等學堂等。著有《泊居剩稿》一卷、《續編》一卷。沈澤棠評云："顛倒冠蓋中腦滿腸肥者，焉得知此風味，詩語亦超絕。""本是鬱鬱無聊，寫來更饒沈著。騷心孝感，淚徹重泉，五噫九歌，同斯淒愴。"陳三立《梁節庵詩評語》云："澹泊以明德，詩懷似之。"

山中謠

碧桃灣冷少人陪，夢與了元游一回。莫道三千年始得，了元詩："三千年始得開花。"我來歲歲見花開。

【箋】普濟《五燈會元》卷十六有"雲居了元佛印禪師"傳。載佛印曾主持潤州金山寺，蘇軾與之交游。班固《漢武帝內傳》："王母仙桃三千年一開花，三千年一生實。"

海西庵晤陳耐叟

舊收四帖新雙印，盧忠烈公。此是陳家孝與忠。我已沈冥君尚健，夕陽樓下試秋風。

【校】上詩錄自汪宗衍《節庵先生遺詩補輯》。傳世手迹影本標題作"送焦山陳翁"，陳家作"吾家"，君尚健作"君尚在"。

【箋】陳任暘，字寅谷，號耐叟。江蘇宜興人。諸生。工詞章考據、金石書畫。在焦山辦理紅船救生會之事務，"救涉江覆舟者"，垂四十年。著有《京口三山志》、《焦山續志》、《焦山六上人詩》等。盧象昇，字建斗。江蘇宜興人。明天啟二年進士。歷大名、廣平、順德兵備，進按察使。以右僉都御史撫治鄖陽。進兵部侍郎，賜尚方劍，尋總督山西。師次鉅鹿蒿水橋，與清兵遇，砲盡矢窮，奮鬥而死。福王時，追謚忠烈。著有《忠肅集》三卷、《大司馬盧公詩集》。

詩徵閣

詩客飄魂百載長，江天此閣最芬芳。微雲不阻清淨眼，夢雨獨焚知見香。靜裏光陰無早晚，閒中書卷入微芒。臨窗一鳥窺人熟，纔欲呼名已過牆。

【校】此詩有傳世手迹，題署云：「詩徵閣。焦山海西庵閣下。余所居將三十年矣。」末署：「竹根亭詩，寫呈濩齋仁弟詩人吟正。丁巳立秋鼎芬呈。」詩客，手迹作「詞客」，微雲，作「流雲」。

【箋】陳任暘《焦山續志》卷三：「佛香樓，即前之詩徵閣。阮芸臺宮保元與王柳村徵君豫纂《江蘇詩徵》處。」《江蘇詩徵》一百八十三卷，王豫輯。有道光元年焦山海西庵詩徵閣刻本。陳三立評云：「'茫韻'卻有味，是宋人本色。」

夜雨二絕（二首）

點滴空階不忍聞，太清何事綴微雲。斷腸最是芳菲節，一例摧殘竟未分。

清魂幾度託深山，為戀東風不自閒。亭館淒迷燈燭亂，惹他蜂蝶滿人間。

月

萬里洗一白，遙山畫衆綠。樹影明見僧，招要共苔蓐。船榔不聞響，鄰笙已停曲。惟有兩三鴉，飛飛度林屋。

【校】此詩有傳世手迹，頗多異文，全錄如下："萬里同一白，孤山開衆綠。水邊僧兩三，招要坐苔蘚。船榔不聞聲，樓笛乍停曲。樓鴉何夜啼，飛飛過林屋。"

檢理焦山書藏訖事口占二首示庵主佛如 (二首)

焦山書藏今始見，千卷籤函余再題。他日豐湖倘相較，有人訪古過橋西。

金山傑閣委飛塵，靈隱高臺閃碧燐。此屋巋然不受劫，今朝應有檢書人。

【箋】嘉慶十九年，阮元命丁百川等于焦山西麓海西庵建藏書樓，取名"焦山書藏"。節庵檢理之，作《焦山書藏約》及為編定書目。王賡《今傳是樓詩話》："焦山書藏，阮文達芸臺所創，節庵重為檢理，其示庵主佛如詩，有'焦山書藏今始見，千卷籤函余再題'之句。此事此人，均可不朽，因並著之。今東南文獻，多付蕩然，未知藏書尚無恙否？"

得王子展書報詩 (二首)

故人別幾月，珍重千里書。開緘問眠食，一字當一珠。生死貴明達，貧富無賢愚。男兒不受憐，女子乃嗟吁。堪笑婓與贇，羈絡千侏儒。惟有神仙姿，凌風還太虛。溪山處處好，松栝皆我廬。思子不得見，笑子非吾徒。

君狀自瓌偉，身長過八尺。能知三統術，算經動解釋。胡為領簿案，疑謗離擯斥。一朝冠帶還，來去皆少惜。家中多美酒，每飲輒一石。既醉不欲醒，餘香戀胸膈。酒醒良獨難，千齡本一昔。遞兹疇昔素，援琴坐涼夕。

【校】次首錄自汪宗衍《節庵先生遺詩補輯》，題為"得王存善書報詩"。汪按："元詩第一首已載盧刻。"

【箋】王存善，字子展，室名寄青霞館。浙江仁和人。祖王兆杏，建藏書樓"知悔齋"。子展早年隨父宦粵。光緒初，在釐務總局任坐辦。後署理南海知縣、虎門同知。光緒二十六年遷居上海，主持招商局務並擔任漢冶萍公司董事。藏書二十餘萬卷，編有《知悔齋存書總目》、《知悔齋檢書續目》。有《南朝史精語》、《輯雅堂詩話》等。節庵致端方函謂"子展至狷介，一錢不輕與"。劉成禹述胡展堂之言，謂陳蘭甫講學城南時，于晦若、文芸閣、梁節庵、汪伯序兄弟及胡衍鶚皆受業于蘭甫，子展夜班巡街，必入陳宅請安，因獲交諸公。後節庵顯達，官湖北時，子展書至，節庵報以詩云云。

讀韋浣花集和雲閣

書懷長念太平基，非病非眠意莫知。亂世竟同韓偓憤，滄江何止杜陵悲。歸山學劍真無用，避地尋芳尚有詩。休向花林坊外過，芷蘭幽恨損多時。

【箋】浣花集，晚唐詩人韋莊集名。韋藹《浣花集序》："辛酉春，應聘為西蜀奏記。明年，浣花溪尋得杜工部舊址，雖蕪沒已久，而柱砥猶存。因命芟夷，結茅為一室。蓋欲思其人而完其廬，非敢廣其基構耳。藹便因閒日，錄兄之稿草。中或默記于吟咏者，次為五卷，目之曰《浣花集》，亦杜陵所居之義也。"文廷式有《讀韋端己集慨然有作》詩。《錢仲聯講論清詩》云："他（梁節庵）的近體詩也有韋莊風味。"

懷朱一新

分此千里月，照余兩人心。智慧憑何寄，夢魂相與尋。通微須有悟，學啞便無音。歲晚得逢否，滄江深又深。

【校】傳世手迹題作"庚寅秋夜江上懷朱一新"。王森然《梁鼎芬先生評傳》引此詩，題作"江上懷蓉生"。照余，作"照予"；憑何寄，作"于何寄"；須有悟，作"須有寤"。

雲帆方丈出示宗室侍郎遺帶時侍郎新逝感悼書此

蘇公留帶偶然耳，後者文襄楊公一清。今竹坡。事過百年人始貴，我無一物意還多。較量興趣難慳句，想象神儀各有科。心斷蘭叢霜一霎，閒堂獨坐夜如何。

【校】傳世手迹題作"枯木堂宗室侍郎遺帶"。另一手迹作"定慧寺宗室侍郎遺帶"。

【箋】雲帆，海西庵方丈，詩僧芥航之徒，助陳任暘編《焦山六上人詩》。普濟《五燈會元》卷十六"雲居了元佛印禪師"載，蘇東坡在金山寺，未能回答方丈佛印禪師之問，遂將腰間玉帶留下。作《以玉帶施元長老元以衲裙相報次韻》詩二首。吳雲《焦山志》載，明武宗正德十五年，楊一清效東坡留帶之事，解玉帶以贈焦山方丈妙福禪師。郭則澐《十朝詩乘》卷二十一："天潢故事用黃帶，故俗呼黃帶子。寶竹坡侍郎系出玉牒，其以使節過江南，遍攬金、焦諸勝，因仿東坡軼事，留帶于焦山寺。"張之洞有《焦山觀寶竹坡侍郎留帶》詩二首。趙炳麟《柏巌感舊詩話》："竹坡侍郎嘗游焦山，仿東坡留玉帶。竹坡死後，張南皮相國游焦山見之，感賦云云。"陳三立《梁節庵詩評語》云："異心蕙藟。"

聞王殿撰出守鎮江寄詩賀之

帝命詞臣守潤州，聲名諤諤出時流。懷恩共信心如面，發議真成骨在喉。略慰平生將母願，定攄當軸蔽賢憂。待君已辦焦巖酒，如此江山那可求。

【箋】進士一甲第一名，例授翰林院修撰，習稱狀元為殿撰。王仁堪得中光緒三年進士第一，故稱王殿撰。光緒十六年庚寅十一月，王仁堪外放任江蘇鎮江知府。

獨游甘露寺

鐵塔燒殘已不成，寒鴉古徑少人行。憑高望海天方大，傷遠思鄉歲又更。壁上久無靈運畫，山前誰見贊皇名。講花飄雨僧同盡，坐聽風回浪打聲。

【校】余本題作“甘露寺”，今從《汪目》。

【箋】甘露寺，在鎮江北固山上，北臨長江，與金山、焦山相望，面臨長江。祝穆《方輿勝覽》卷之三：“甘露寺，在城東角土山上，臨大江。李德裕建。時甘露降，因名焉。”敦煌寫本《諸山聖迹志》：“從此東行兩日，至折西，即閏州也。李德裕所造甘露寺，迴在湄山上。吳道子畫迹，魯班雕像此寺。蓋何以知然，昔李太尉建寺成日，天下好畫，和壁移寺，海內名人，不迎自至。”陳三立《梁節庵詩評語》云：“《獨游甘露寺》，俯仰回蕩，神致無極。”詩中有“歲又更”之語，當作于庚寅歲暮。

辛卯元日

日月一以邁，志士無窮期。茲辰慶歲首，萬樹迎朝暉。勞生三十三，今是昨未非。山中爾何人，木食而草衣。寒泉徹肝膽，清風醒心脾。枝頭春鳥鳴，欣欣得所歸。故山豈不懷，腥濁辭芳菲。佳人不隨世，智者要見微。滔滔江海流，目眹心更違。彈琴以樂道，讀書且忘飢。

【箋】光緒十七年辛卯元日，節庵仍寓居于焦山海西庵。

京口別楊銳 (二首)

江流豪傑盡，青鬢對蕭辰。君是未歸客，吾為獨寐人。酒懷開突兀，世事見勞辛。贈以琅玕美，高標莫委塵。

六年幾離別，此別意何如。九日青松卷，孤雲白鶴居。舊游詩作讖。肥遯迹從漁。他日荒江上，來尋未可疏。

【箋】節庵于光緒十一年甲申，在京師與楊銳相識，至此已六年。光緒十五年，楊銳考取內閣中書，獲章京記名，協編《大清會典》，書成後晉升內閣侍讀。光緒十七年，楊銳在張之洞幕中，因事至鎮江。

追悼宗室侍郎 寶廷

江山寥落還淒惘，燈月清深互暗明。碧落侍郎君可是，玉盤金椀已他生。

【箋】寶廷之子壽富《先考侍郎公年譜》載："（庚寅）秋，京師瘟疫盛行，公以積弱，遂遘斯癘。"寶廷染疫病，于光緒十六年庚寅十二月二十五日卒。此詩當作于次年聞耗後。

書　感

佳人方獨往，野鶴更高飛。掩日山峰峻，吹風海水肥。此身無去住，所事見幾微。咫尺青天近，誰言命可違。

暮過叢冢間

白楊團夕陰，日收忽見火。飄燐逐人衣，但行不可坐。世間惟二美，豪傑與婀娜。堂堂百年駛，纍纍一土裹。無限未來人，或有當初我。何不去學仙，微塵乃輕墮。

丹陽道中

山居忘農事，乍見意徬徨。望雨村村共，祈年日日忙。歲荒雞犬瘦，客少飯茶昂。汲水行無近，開田計不臧。官昏猶用吏，子賣正啼娘。過客憑何慰，將詩籲彼蒼。

【校】上詩余本未收。輯自《梁節庵詩稿》。

丹陽道中宿土門野人舍

平林月未出，荒歲人更少。盡返隴頭牛，獨有枝上鳥。候門嫗勤苦，裙短髮如葆。問客何方來，知自貢莊道。嗟彼少陽公，無事自搜攬。草衣可以溫，藿羹可以飽。說甚汪與黃，歸來但一藁。無人往哭祭，客意大不了。汲渾取葉煎，燒茅聽栗爆。

【校】丹陽，余本作“山陽”。今據《汪目》改。

【箋】丹陽在鎮江之南。節庵有《丹陽道中》詩，內容及風格亦與此詩相近，《汪目》作“丹陽”，應有所據。詩中之“少陽公”，指陳東，陳東字少陽，潤州丹陽人，有《少陽集》。參見《題李龏贖屍記後》箋。

圌　山

峨峨朱方城，有山蠢東北。大江襟其前，五峰<small>山名</small>翼其側。
昔年阿术軍，張孫戰不克。黃鵠與白鷗，數百没于賊。順
流六十里，到此盡顛踣。我來攬形勢，今古不同式。元兵
渡江至，北固實阨塞。今防海上寇，堵禦此最亟。京口之
屏蔽，江陰之胸臆。世無傅伯成，包港恐不得。忽聽刁斗
鳴，訝見旌旗色。行船大官過，鞠跽兵之職。回營同醉
倒，醒後不相識。灞上真兒戲，養之耗民力。躊躇無一
劍，颯爽觀八極。

【箋】圌山，位于江蘇鎮江，雄峙江滸，明人顧清有詩，題云“圌山
長甚，出孟瀆即見之，舟人呼爲隨山，謂連綿不斷，若隨人上下也。阻風
泊一夕”。馬徵麟《長江圖説》：“圌山爲鎮江門户，屹立南岸。江中順江
洲數十百里，與北岸之三江營，互相犄角。舟行其間，東折而南，層峰峭
壁，重重險隘。此所謂表裏山河者也。”

圌山華嚴寺

營門施巨要，山徑今在後。獨木懸若綫，細水滴成漏。樹
闇孤陽開，花欹一石救。僧枯驚見魃，佛爛恨離寇。茶苦
愈新渴，果甘失舊癖。板扉多不完，蒲團尚可湊。大江覷
一白，高屋列千秀。我衰不畏虎，<small>寺後有老虎洞。</small>兵遠恍行
黈。<small>時方晚操。</small>壯懷拂輪囷，沈吟暮鐘又。

【箋】老虎洞，爲圌山七十二洞之一，在五峰山北。華嚴寺，遺址在圌

山韓橋。胡楚賓《大唐潤州仁靜觀魏法師碑序》："嘗以一朝詣于方隅仙穴，于穴之際，遇猛獸焉，跪奉法師出居于外，俄而危峰之上，數石俱傾，獸又奉師旋于本次。"猛獸，謂虎。

挽汪丈璟(六首)

大雅嗟淪落，天涯獨愴傷。論詩無此老，耽病不求方。貞白真堪謚，蕭閒竟可常。他年先友傳，應為表孤芳。

追往青湖集，探幽白石詞。丹黃常不舍，杖履偶相隨。辟地成長別，藏山憶素辭。篋中紈扇在，淒斷末春時。

雪化松姿瘦，風搖燭淚紅。無聞曾自許，有好便能工。後世誇餘事，勞生署寓公。山陰舊廬盡，憑弔倚煙篷。

臨餐愧田父，感舊撫遺孤。苦語吾能采，深情近已無。定知非絕衆，即是信為儒。故國風流歇，斜陽暗綠蕪。

壽詞慚短製，祖德託高文。兩世交游熟，比鄰贈答紛。招魂空有賦，執紼未同群。令子方求祿，悲哀不可云。

再過隨山館，先生百世人。披書猶彷彿，歎逝更酸辛。歸去看無日，漂流厭此身。涉江神不泰，吟罷一沾巾。

【箋】汪璟，字芙生，一字越人，號無聞子，學者稱谷庵先生。浙江山陰（今紹興）人，寄籍番禺。光緒間，先後入劉坤一、曾國荃幕，辦理中外交涉。晚歲隱居著述。有《隨山館全集》七種，附刻三種。又有《隨山館猥稿》、《松煙小錄》、《旅譚》等。與葉衍蘭、沈世良合稱"粵東三家"。光緒十七年辛卯二月，汪璟卒于廣州。

定慧寺晚歸

蕭閒無一事，看盡幾斜陽。待月浮花醲，尋詩挂藥囊。家
書長不到，僧臘靜相忘。闕里威儀似，文公語可傷。

【箋】定慧寺，在鎮江焦山。始建于東漢興平年間，稱普濟庵。唐永徽
年間，玄奘之弟子法寶法師來此傳法相宗，並建大殿，名普濟寺，元代改
稱焦山寺。清康熙皇帝南巡至此，賜額曰定慧寺。

定慧寺聽經歸

普濟禪堂暮打鐘，雨餘涼吹答高松。此心已定誰能攪，閱
盡波濤不叩龍。

【校】上詩錄自汪宗衍《節庵先生遺詩補輯》。

從王鎮江飲初識鄭刑部錢鄭故先舅所取 士也追舊書情

吾舅天下士，麟鳳照家邦。袖手觀世務，沈飲成酒狂。繄
余最相似，同輩呼張梁。愧非劉孝綽，安能擅文章。君才
究眾藝，苗父術更良。廢疾若有待，奮飛不在牀。何至沈
三泉，淹忽歷五霜。故人感夙好，舅為王鎮江同榜進士，交誼至
洽。小子摧中腸。死者已達化，生者猶淒涼。傳衣子可託，
學術宗歐陽。往時不盡意，後死引之長。倘齊賢太守，一

救斯民傷。

【箋】鄭鑅，字肖彭，號思齋。福建閩縣人。光緒十五年進士。官刑部主事。

題程伯翰詩扇

獨坐荒江老屋居，此詩尚在此人無。自知涕淚無乾日，夢裏相逢一慰予。

【箋】程頌藩，字伯翰。

簡王鎮江

太守英名媲大蘇，愛民課士近來無。時艱未可馴龍性，事往方驚捋虎鬚。風雨歲寒將鄭重，園林春好玩須臾。不煩清夢鴉啼醒，世路于今有坦途。

望　雨

吾聞鎮江農，久旱鮮一飽。今年春雨絕，赤日光杲杲。高原樹身坼，下隰麥腳倒。土堅牛不進，水涸魚盡薨。凋敝既堪慮，災凶更難保。遺蝗況深入，乖龍但自了。我生鈍如錐，要術尚粗曉。無家猶望歲，一日千念禱。匹夫繫天下，民病事不少。出聞里巷語，北來長官好。吾友英且仁，行將活枯槁。

禱　雨

今夏久未雨，赤日光隆隆。江邊那知旱，苦語聞老農。山田土不破，泥井泉不通。民間久彫敝，況乃罹災凶。吾儕召天罰，敢謂官無功。側聞新太守，立朝世清忠。下車未幾日，步禱不有躬。哀哉天難聞，近者術幾窮。先生學道人，閒居意從容。豈識農事苦，終歲心沖沖。聽之發深嘅，余亦一村傭。僥倖竊天禄，無德遂不終。月令尚記憶，要術曾發蒙。雖無斯民責，憂樂實所同。老農去不顧，我貌愧且恭。惆悵萬里客，夢寐懷昌豐。又見祈雨僧，禮佛撞清鐘。

王太守禱雨歌

勸農使者近有誰，治民但恃鞭與箠。太守忠誠出天姿，真興寺事復見之。不怨龍慵慳厥施，諒輔省己吾能為。禱雨未雨風倒吹，<small>禱雨之風大作，君回詣風神廟求息，再禱，雨果下。</small>先刑白鵝鵝勿悲。殺一濟萬天地怡，人人翹首觀此時。謂君祖德世所師，忠悃未盡傳家宜。巍巍第一麟豹奇，君獨沈澹如未知。欲以口舌談安危，天子試汝假一麾。北府之雄今已疲，下車十日嗟瘡痍。幼秧欲焦無可醫，朝夕祈拜忘飽飢。若此赤子惟我私，同憂共樂人不疑。雷鼓坎坎電母隨，須臾甘霖遍九逵。聲動市野歡鰥嫠，當官至誠感如斯。天人甚近妄者遺，董子繁露非誕辭。願持此念更不衰，廣宣帝澤光門楣。

【箋】光緒十七年辛卯春旱，王可莊設壇禱雨。

謝王二太守送米

侏儒欲死君弗治，清談可飽吾不飢。山樓曉覺叩門急，行
人喘汙知為誰。忍庵吾兄念羈獨，新收官俸聊分遺。尚嫌
薄少意未盡，那用鄰僧乞送為。我生天幸百不死，適吳一
賦猶五噫。疏慵未寫魯公帖，視此溝壑如居時。艱難一粒
亦民力，無功作食翻自嗤。丈夫會須飽天下，豈以瑣屑矜
其私。江南百姓待澤久，請從隗始鋪仁慈。

【箋】陳衍《石遺室詩話》卷一："時王可莊修撰方（仁堪）出守鎮
江，素弟畜節庵，時資給之。故有《謝王二太守兄送米》詩云云。書生喜
作大言，亦作詩成例應爾也。"

公定太守書來喜得雨數寸復報此詩

平生好幽居，聞雨動淒怨，瀏瀏竹間來，昨宵獨無悶。草
木歇薰煮，禾麥發新嫩。有如脫枷杻，寬政不汝困。書詞
尚皇愧，民命重繾綣。禍福無定在，倚伏視方寸。莫愆飢
溺心，各保當初願。裁詩不罄誠，既喜聊以勸。

【箋】公定，王仁堪之號。

陪王太守登鎮江城樓

天下爭傳鐵甕名，使君政暇一登城。沈吟韓滉南征記，慨慕劉牢北府兵。田野尚荒廉吏貴，市廛無實遠人輕。又看番舶沿江上，桑土綢繆計可成。

【箋】程大昌《演繁露》卷十三："潤州城，古號鐵甕，人但知其取喻以堅而已，然甕形深狹，取以喻城，似為非類。乾道辛卯，予過潤，蔡子平置燕于江亭，亭據郡治前山絕頂，而顧子城雉堞緣岡，彎環四合，其中州治諸廨在焉，圓深之形，正如卓甕，予始知喻以為甕者，指子城也。"

佳　兒

奪情恩旨出丹除，海外東還雪滿裾。誰見曹勳持使節，未聞崔善上封書。墨縗飲泣知何極，金革從權或不如。兩世佳兒都仕宦，九原慈母幾欷歔。

【箋】此詩所諷之人事難以考定。觀詩中"奪情"一語，似指李鴻章父子之事。光緒八年，直隸總督李鴻章母卒，需丁憂居喪，時李鴻章管各國通商事務及直隸北洋軍事，朝廷命他行孝百日之後，奪情回任。李鴻章之子李經方是年中舉，隨李鴻章襄辦外交事宜。歷任駐英參贊、出使日本大臣。光緒十七年辛卯六月，丁生母郭氏憂，請假回籍守制。

答楊模見贈之作

君初渡南海，修禮謁靈光。謂東塾師。高第推于式枚文廷式，結交為輩行。摳衣甫一歲，起起公不祥。二子既分逝，君亦返所藏。我時簡往還，但親講席旁。蠢蠢十年餘，識面在他鄉。四十尚傴俛，不遇能有常。貺我琅玕篇，字字剸肝腸。吾師體大雅，所學造明光。菊坡接學海，東塾師為學海堂學長數十年，至老為菊坡精舍山長。成就難具詳。胡錫燕趙齊嬰啟始秀，踵起有廖廷相王國瑻。譚宗浚黎永椿饒軫二林國廙、國贊，各以一詣張。馬貞榆沈葆和最樸潔，教廣陶福祥，禺山書院院長。與楊裕芬，兩湖書院經學分校。後來富俊彥，略記溫仲和陳伯陶汪兆銓。哀哉馮孝子焌光，陳生樹鏞共悲傷。薪火已親執，天年竟不長。師歿前數日，以遺書付陳樹鏞慶笙編次，慶笙孝親無年，死才三十耳。巍巍崇雅樓，師辟夷亂居橫沙村，取《詩》孔疏《小雅》不可不崇之意以名樓。蕭蕭傳鑒堂。《東塾集》有《傳鑒堂記》，以先世讀《資治通鑑》，故云傳也。心知治亂故，處士不敢揚。著書正學術，考古定樂章。所懷在明備，夢寐游虞唐。發揮七篇秘，明白一世盲。恒于侍坐時，言語聞慨慷。惟中有束縛，同舍罕一狂。亭林有異同，亭林生亂世，其言切；師生平世，其言安。《日知錄》言治術，《讀書記》言學術，古之政教無彼此也。"博學于文，行己有恥"，亭林舉之于前，師書之于後，博約交至，融會貫通，其心一也。二田豈頡頏。師嘗語門弟子曰："吾所學近程瑤田、王白田兩家。"殆以程考訂博核，王為紫陽之學耳。然瑤田無其大，白田無其精，恐是遜詞也。吾友記未盡，空來泛雷塘。慶笙欲仿《雷塘庵弟子記》書例詳述師一生學行，後又欲撰年譜，鼎芬均助之，未及成。嘗偕拜墓門，同一哭也。當年松廬側，十三歎孤□。同治十年，師編外太祖南康公詩略成，秋祭日師親至清水濠故居，以初印本焚座前，鼎芬隨祭。追隨逮東塾，鼎芬年十九受業東塾。得一每十忘。承先詞鄭重，二伯祖著有《守鶴廬經說》，壬辰程侍郎典試粵東，以通鄭學拔取，庚子會試為胡文忠公所薦。師年較少，恒來問難，情誼日篤，遂與三伯祖、六叔祖為姻，于吾家至厚密，責望鼎芬亦倍于他人，可愧也。守節心慚惶。庚辰冬，晦若歸，述鼎芬試事，後謁經席，師曰：「汝得庶常甚好，吾粵數十科所未見也。」鼎芬自是守節之意益堅。祭田二十畝，春秋以蒸嘗。鼎芬既歸里，與同門集貲得錢百萬文，為師置祭田。文孫如小同，不止解凡將。師長孫慶穌，從游端溪廣雅三年，學有家法，品行溫雅。所愧一士賤，不稱百鍊鋼。君才甚英邁，曾爇南豐香。流連天人策，倘亦念畿疆。還思無咎室，師讀《易》處。在精舍東，晦若居經年，雲閣嘗往來其間。中鋪六尺牀。偃仰不再見，見亦非故房。世事如一棋，小者先莫量。黑白苟未判，敗亂豈有央。山中頭陀庵，寄林散閒芳。涼月隔新醉，隻雁忘故創。江流日如此，舊學嗟茫茫。

【箋】楊模，字範甫，號蟄庵。江蘇無錫人。光緒十一年拔貢。二十年考中經濟特科舉人。二十三年在無錫創辦埃實學堂。二十九年，赴日本考察教育。回國後，任京師大學堂歷史地理教習，旋返無錫主持學務。後應張之洞邀請任湖北學務處專門科專辦，兼德道師範學堂及女子高等師範學堂監督。善詩古文辭，有《蟄庵文存》四卷。南康公，張維屏曾任江西南康知州，故稱。陳澧以所編《聽松廬詩略》二卷刻入《學海堂叢刻》中，親為撰序。胡錫燕，字伯薊，號薊門。湖南湘潭人。陳澧弟子。著有《詩古音繹》。趙齊嬰，字子韶，本姓晏，從養父姓。番禺人。監生，陳澧弟子，撰有《漢書西域傳圖考》，佐師輯成《鄭康成全書》。事見陳澧《子韶墓碣銘》。廖廷相，字子亮，又字澤群。廣東南海人。光緒二年進士。授編修，充國史館協修。歷任金山書院、羊城書院、應元書院、廣雅書院山長，又任學海堂、菊坡精舍學長。著《三禮表》、《粵東水道分合表》等。王國瑹，字峻之、進之、存善。廣東番禺人。同治舉人。黎永椿，字震伯，捕屬人，諸生。肄業學海堂、菊坡精舍，編有《說文通檢》。林國贊，字明仲，廣東番禺人。與弟國廙俱陳澧弟子。光緒十五年進士。翰林院編修。
林國廙，字敭伯、颺伯，光緒十八年進士。翰林院編修。官吏部主事。沈
葆和，廣東番禺人。少日讀書學海堂、菊坡精舍。陶福祥，字春海，號愛
廬。廣東番禺人，光緒二年舉人，陳澧弟子。曾任學海堂學長、番禺書院
院長。楊裕芬，字惇甫、敦甫。廣東南海人。陳澧弟子。光緒二十年進士。
官戶部主事。張之洞聘兩湖書院經學講席，後為菊坡精舍、學海堂學長。
著《遜志堂經說》、《遜志堂文集》。温仲和，字慕柳，介柳。廣東嘉應州
（今梅州）人，陳澧弟子，光緒十五年進士。授翰林院檢討，任潮州金山書
院院長。陳慶龢，字公穆、公睦，陳澧長孫。光緒副貢生，直隸候補道員。
光緒十三年從節庵游。楊模生于咸豐二年，詩云"四十尚儜俛"，當作于光
緒十七或十八年。姑繫于此。

寄于布政蔭霖

讀易知憂患，開緘啟夢思。風燈欺病榻，雨坐製秋詞。有
罪加文舉，同心但子期。重逢真不定，應未怨明時。

【箋】于蔭霖，字次棠，又字樾亭。吉林伯都納廳（今扶餘）人。咸
豐進士。授編修。光緒八年，任湖北荊宜施道。曾疏劾崇厚擅許俄國天山
界地數百里。十一年，擢廣東按察使。次年，遷雲南布政使，二十五年擢
湖北巡撫，反對張之洞舉辦洋務。二十六年，調任河南巡撫。次年調撫湖
北，旋改廣西。後退居南陽。有《悚齋遺書奏議》。

得京師故人書（三首）

麻衣當別苦，四載忽經過。家難憑何解，時勿惜汝多。禍
來甚微細，心定聽蹉跎。應識君恩重，消搖邵子窩。于布政
蔭霖。

棲鳳懷前宅，尋芳過小園。危時看上疏，暇日勸開尊。官笑蜘蛛隱，齋悲蝤蠐存。周七往住園中，題所居曰"蝤蠐齋"。尺書千萬意，豈復寫煩冤。宗室祭酒盛昱。

坐挹爐香靜，聲卑瓦缶喧。摩空孤隼舉，使氣萬牛吞。謠諑成何意，幽潛欲與論。風塵久藏劍，看月一開門。文編修廷式。

【箋】三詩分別懷于蔭霖、盛昱、文廷式三位摯友。于蔭霖曾上疏劾崇厚辦理中俄伊犁交涉之失權及樞臣欺罔。盛昱劾閩浙總督何璟等長惡養奸，請下吏嚴議；又上疏反對醇親王奕譞入樞府掌政務。文廷式時進士及第，授編修，因殿試策內二字筆誤而被御史劉綸襄上疏劾及。故詩中既贊美直臣，亦有蛾眉謠諑之慨。

讀慶笙遺書

吾友陳子人中龍，隻手欲挽狂瀾東。覺民任道實自許，陶子正挽聯云："可與任道，可與覺民，抗志終期樹偉業；無遇于今，無傳于後，傷心豈獨在斯人。"隱與顧絳相追從。千秋不待無一試，萬人莫贖難再逢。遺書散匿誰得見，此獨完好親緘封。人生志意易淹沒，語言文字多不同。躊躇欲棄那忍棄，傳者僅是非子窮。疏燈微雨坐太息，但有唧唧階前蟲。

【箋】陳樹鏞卒于光緒十四年戊子七月。生前欲仿《雷塘庵弟子記》書例詳述其師陳澧一生學行，後又欲撰年譜，均未成。所撰文集，後編為《陳慶笙茂才文集》四卷，簡朝亮為作序，尚有《直省地名韻語編》一卷、《漢官答問》五卷，直至民國年間始得刊行，節庵已不復見矣。

海西庵晚坐

微雨亦已歇，斜陽更在西。僧歸尋舊夢，客去惹新題。靜聽悲蟬喜，遠觀高樹低。吾廬自有樂，不必問羈棲。

贈江上漁父

箬笠無人共，葭蒲與物疏。日斜猶戀樹，風急自叉魚。獨往何嫌屢，孤情肯顧餘。翻嗤屈原作，醒醉不關渠。

海西庵早起

入山不在深，衆寺已如林。耳中無一事，惟聞鐘磬音。

【校】此詩余本未收，輯自梁鼎芬傳世手迹影本。末署："南屏仁兄大人雅鑒。弟梁鼎芬。"

【箋】桂坫，字南屏。廣東南海人。光緒二十年進士，翰林院檢討。曾任國史館撰修官、浙江嚴州知府。後任廣東通志館總纂，有《廣東續通志》等。

山亭晚望

江城如畫已斜陽，草樹淒迷作晚涼。猶有扁舟未歸去，夫君心事在菰蔣。

【校】山亭晚望，余本校：一作"棧道寫望"，又作"佳處亭晚眺"。傳世手迹作"日暮渡江作"，如畫已，手迹作"隔水始"。

秋　意

黄葉滿山窗，微月映秋色。海棠花可憐，娟娟更愁極。春華若飄蕚，把玩成追憶。老僧説法久，此意豈復識。雲中一鶴叫，牆下萬蟲唧。攪予千載心，孤燈耿不息。

秋懷二首和山谷（二首）

寒燈出户書帷開，傲兀無伴擊衆哀。我家緑桂不如昨，世上秋風無可栽。羈孤感節親懿遠，夤緣在山魚鳥來。如何不飲應霜氣，觀名計利非愚哉。

單衣惻惻哦新作，獨坐遥遥聞零柝。蟲吟細草人更閒，雁叫寒雲月將落。幾種凄音不得眠，數瓣黄花還自嚼。惆悵人間萬事新，不用秋心管悲樂。

【箋】黄庭堅有《秋懷二首》，熙寧八年北京作。二詩風格上亦仿山谷體，多用拗句。

晚　興

開徑攜新屐，尋山易晚鐘。仙人采芝去，流水笑相逢。苔際餘花淨，霞邊一鳥衝。幽居興不淺，請酌市醪濃。

【校】流，余本校：一作"臨"。

薄　醉

晚望風亭酒獨斟，春榮秋落豈關心。數聲啼鳥不妨磬，一榻白雲初罷琴。病裏年華看鼎鼎，人間竹柏已森森。老僧新死翻追憶，庵主九月辭世。留與浮雲閱古今。

【箋】辛卯九月，海西庵主六瀞圓寂。

山行得二絶句 (二首)

微軀天意早安排，豈有彭殤攪我懷。劚得茯苓無所用，山僧留與餉清齋。

砌瓦栽松結小亭，流泉終古響泠泠。強標第六嫌無謂，優劣隨人各自聽。

【箋】陳三立《梁節庵詩評語》云：“其一超語似蘇耳。”

憶三弟武昌 (二首)

佳處亭邊楊柳新，登高不見濕衣巾。輞川再過青龍寺，阿緇分飛已一春。

銅劍沈霾不發聲，想君江岸往來情。他時莫署東坡弟，恐累人間識姓名。

【校】《梁節庵先生扇墨》末署：“焦山詩”，“十七日自鍾山歸録”。

另有傳世手迹，末署："乙未七月十九日。佳處亭客。"光緒二十一年乙未，節庵在江寧任鍾山書院院長。此扇墨當為重録舊作。佳處亭在焦山。

【箋】鼎蕃于光緒十六年庚寅秋別去，此詩謂"分飛已一春"，當作于次年辛卯，時在焦山，憶遠客武昌之三弟也。

海西庵病中作

伴余惟有影，燈滅影還無。龜力支牀軟，蟲聲到壁枯。陽剛終不折，陰重至堪虞。待見朝曦上，還邀影與扶。

【校】傳世手迹題作"焦庵病夜"。末四句作"神明獨可恃，陰重覺堪虞。待到朝曦上，仍邀影與扶"。題識云："葉損軒枉稱此詩以為東野也，然不願節庵詩如此。"

南園種樹詩（五首）

去年居上海城南也是園，池臺林館，幽絕人世。手種數樹，聊補彫落，既有文紀事，復為此詩。

烈風何時吹，甘雨先已濃。焦堂二株古，挺挺唐世容。棟梁勿自好，斧斤不汝逢。柏

端溪十三本，書堂晝春緑。今兹雙青桐，也抵兩寒玉。但可莊周據，毋令蔡邕辱。梧桐

此花極幽介，合在孤山逢。嗟余置路傍，遂攬游人踪。明

月一池雪，霜風數點鐘。梅

那有武陵源，惟惜玄都觀。花開蟲食樹，誰知已及半。老夫且使酒，輕薄勿折損。桃

新栽如我長，臨去未忍折。悲風已如許，不待暮秋説。與汝同天涯，明朝更離別。楊柳

【箋】于光緒十六年庚寅春，節庵客居上海南園時，曾手種數樹，本詩當為次年在焦山回憶此事而作。末有"悲風"句，姑繫于辛卯秋日。

辛卯十月龍伯鸞表弟問病山居出示京師見懷詩依韻答謝 (六首)

藤花朱十宅，憐爾獨余思。別酒過三葉，疏麻折一枝。瓊芳憑癆寐，幽恨結歌辭。正是江邊寂，來尋不忍離。

浮海曾無侶，看山豈為名。龕燈殘火在，僧課曉鐘清。未覺風霜烈，微聞燕雀爭。此身極瀟灑，遲月共江城。

遠水浮雲合，閒亭芳草深。無人安獨病，有意戰群陰。計已擒王失，心猶對陣欽。君詩應可愈，一月未調琴。

試擊江中楫，還翻篋裏詩。夢回空説劍，情重待題碑。共汝孤零久，從人去就疑。由來松柏性，不貴已多時。

霜寺更初靜，風窗雨細聽。雁行驚漸散，鳳迹竟難停。多患餘青鬢，前生問紫萍。悁勞猶不惜，去鳥幾曾醒。

明月身何處，他時意可如。愛君猶我弟，奉母且閒居。舊宿三間屋，新鈔百卷書。人間程懿叔，消息未應疏。

【校】余本前無"辛卯十月"四字。今據《汪目》補。傳世手迹第一首字句多異，全錄如下："藤花朱十宅，涼夜坐相思。別酒過三葉，疏麻折一枝。飛仙瓊島夢，絕代玉溪詞。悵悵仍年事，紛紛寫楚辭。"次首"豈為名"作"不記名"。

【箋】光緒十七年十月，龍鳳鑣來焦山問疾。伯鸞，龍鳳鑣之字。

同龍二登北固山

天風吹人危，欺我雙病腳。空懷秦漢君，幸解顓頊瘧。昔賢富佳致，共子更搜掠。佛座冷苔衣，春巖眷蘭薄。蔡謨謝安皆雲霄，楊岳斌彭玉麟亦祠閣。峻壁江更深，解維水初落。

【箋】光緒十七年十月，與表弟龍鳳鑣同游北固山。山在京口城北。《元和郡縣圖志》卷二十五："北固山在縣北一里，下臨長江。其勢險固，故以為名。"陳三立《梁節庵詩評語》云："體絜氣斂。"

天　寒

修竹天寒翠袖當，西風黯淡送殘陽。壺公自有藏身訣，冰氏何知得熱方。醉臥北窗聊笑傲，憤投東海豈佯狂。千年迢遞孤心接，夜夜山廬起劍光。

【箋】此詩當作于光緒十七年冬日。陳三立評云："末有改，餘俱常語耳。"

壬辰歲朝

三十三年彈指過，拖泥帶水竟如何。此才未必關天下，獨
往依然戀夕波。每見江山想豪傑，為尋猿鶴到煙蘿。尊前
細把梅花嚼，且試寒香勿放歌。

【箋】光緒十八年壬辰元日，節庵仍寓居于焦山海西庵。

人日病起

花發思鄉倘有情，山中殘雪掃除平。清詩冷落初辭病，遠
樹微冥尚禁晴。欲叩神龍窺造化，笑將芻狗擬功名。不知
來日還遲速，瞻望前修暗自驚。

壬辰二月送文三北上

百鍊難為繞指柔，危詞感耳我難瘦。十年別是尋常事，一
夜春生斷續愁。風亂已聞狂似虎，官閒正合拙如鳩。安能
遽贈青松色，惆悵空山不可留。

【箋】光緒十八年壬辰正月，文廷式離江西，北上赴京，二月，途經鎮
江，至焦山探望節庵，旋至都。此詩作于是時。

春　懷

燕去有來日，花開是落時。所思繞群樹，之子待蘆漪。慊

慊懷歸可，行行且住宜。江風正生浪，閒坐理琴絲。

沈二孝廉_{寶櫃}來訪因送之揚州

虞翻祠下惜分襟，花放春山獨遠尋。一第艱難親不待，廿年啼笑我先瘖。崩崖弔古亡碑刻，《山志》有張公世傑題名，同訪不見。破寺論兵冷劍鐔。明日鞭絲歌吹路，蕭條寒水莫驚心。

【校】金武祥《粟香五筆》載此詩題為"沈二來訪山居因送之揚州"。

【箋】《宋史·張世傑傳》：德祐元年"七月，與劉師勇諸將大出師焦山，令以十舟為方，碇江中，非有號令毋發碇，示以必死。元帥阿术載菆士以火矢攻之，世傑兵亂，無敢發碇，赴江死者萬餘人。大敗，奔圖山"。《山志》，指《焦山志》。王豫撰《焦山志》二十卷，有道光三年刻本。吳雲輯《焦山志》二十六卷首一卷，有同治十三年刊本。

褋 書（二首）

牙不能堅盍漱齒，眠不欲覺思啖榆。容容後福古云有，齟齬小謹今已無。以羊易牛乃慈惠，指鹿為馬過須臾。上天入地手可畏，周妻何肉謀未迁。

不知羞恥高若訥，無所輕重權德輿。上天浮雲忽如狗，君子驂駕時用驢。埋憂聊可理琴緒，作戒未敢忘衣袽。惟風生骨陽生氣，保兹真宰還太虛。

【校】齒，余本校：一本作"石"。

燕　子（三首）

燕子知何世，楊花不定踪。春隨人意遠，酒欠道書濃。得失雞蟲態，沈深騏驥容。未妨輸智叟，且欲訪愚公。

浮萍閱南北，采樹過溪山。俠女紅燈宴，仙童碧玉顔。升天藥應貴，斫地劍長閒。中散談清遠，伊誰夜款關。

詩贈三能哭，情捐七不堪。潭龍初拜佛，砦鹿已生男。轉處黃為綠，出時青勝藍。無人發清弄，隨地有潛庵。

燕

春雨已如此，營巢猶自前。人天通窈窕，物我共安便。性慧能知候，機忘漸入禪。涼秋歸日準，送汝忽年年。

【箋】陳三立《梁節庵詩評語》云：“此非杜少陵舟中燕子也？妙悟從天，然難索解人矣。”

江　邊

亭左亭右竹，山前山後花。江天去寥廓，黃鶴不思家。

江邊寫心

獨羨南飛鳥，閒看西上魚。優游不在世，俯仰莫憐渠。佳節頻回換，中情任放疏。天涯寄芳草，何處是幽居。

【校】《梁節庵先生扇墨》末二句作"天涯有芳草，何處寄幽居"。末署："焦山詩"，"乙未十七日自鍾山歸錄"。

江邊看月

丈夫適意古所難，顧念年時復長歎。託身蕭寺有何事，精神皎皎頻往還。厓高木落秋色淨，今宵月出誰同看。山精白日不可遇，夜永倘或憐客單。孤斟已到短瓶罄，悄立未覺疏襟寒。此時月色更明潔，光芒直照余心肝。眾人同趣知我獨，萬物一例嗤儒酸。醉眠不覺天放曉，大江風起生微瀾。

獨 酌

素意忽有愜，微颸生古柯。詩才悅希畫，書本訪支那。注酒終忘世，收琴更放歌。胡牀僧不語，此段意如何。

【校】上詩錄自葉恭綽《節庵先生遺詩續編》。張昭芹《節庵先生遺詩序》謂此詩原載在龍刊本。

題漸西村人集

昌黎分寧一冶治，百家諸子恣所為。六七輩中希此手，二千里外新相思，茶味每向靜時領，心聲莫使深人知。幾年車馬正馳驟，何處丘壑煩文辭。爽秋為總署章京，王大臣倚任甚，至以海關道員薦保，顧集中多丘園之詞。

【校】余本校：向，一作"從"。

【箋】袁昶，原名振蟾，字爽秋，一字重黎，號漚簃、漸西村人。浙江桐廬人。光緒二年進士。官戶部主事、總理衙門章京，辦理外交事務，後任江寧布政使，遷光祿寺卿。光緒二十六年，任太常侍卿、總理衙門行走。義和團事起，三次上疏，力主鎮壓。八國聯軍進攻大沽時，與許景澄等反對圍攻使館。被清廷處死。《辛丑條約》簽訂後，平反，諡忠節。有《漸西村人初集》十三卷，《安般簃詩續鈔》十卷。由雲龍《定庵詩話》卷上："漸西、晚翠，亦不免于過為奧僻。"卷下："漸西村人袁爽秋詩，亦學宋體者，而好用僻典，與嘉興沈乙庵有同調焉。"葉景葵《卷庵雜記》："讀袁忠節詩，取材甚富，布局結體，似與蘇、黃為近。惟好用僻典，不免有艱澀處。評者謂七律頗似惜抱。"陳衍《石遺室詩話》卷一："袁爽秋（昶）有《于湖集》，所著書皆署漸西村舍，作詩冷澀，用生典，與樊、易二君皆抱冰堂弟子，而詩派迥然不同。"卷一一："爽秋詩僻澀苦碎，不肯作猶人語，然亦多妍秀可喜者。"

廬　山

我生久行役，入山苦不早。身帶靈寶符，雞犬自牽抱。清風散陰氣，日出安用禱。五老如故人，依稀夢中道。

【箋】吳天任《梁節庵先生年譜》光緒十九年條云："是年，先生似曾游廬山，欲購山中卧龍庵為草堂。"按，光緒十八年壬辰初春，易順鼎入廬山精舍中。夏，節庵與陳三立應易順鼎之約往訪，同游廬山數日，先歸。易氏有《送節庵還焦山用蘇韻》詩。光緒十九年癸巳，易順鼎與陳三立重游廬山，有《偕伯嚴雲錦亭夜坐有懷梁節庵去夏同游》詩，可知節庵與易順鼎、陳三立同游廬山，確在光緒十八年壬辰夏六月。《于湖題襟集》載陳立三評："'清風'句非常心所出。"

自開先寺登山作

青鞋布襪未須笻，穿過層巒無數松。山氣尚腥繞過虎，水紋不定欲生龍。佛常欹坐難逢客，僧自耘田也算農。森森江湖明一髮，暮循歸徑已雲封。

【箋】開先寺，在廬山南麓，始建于南唐時。與歸宗、棲賢、萬杉、海會並稱"廬山五大叢林"。祝穆《方輿勝覽》卷之十七："開先寺，在城西十五里。十國時，李中主嘗建此寺。舊傳梁昭明太子棲隱之地。寺後有瀑布。山南瀑布無慮數十，皆積雨方見。惟此不竭，水源在山頂，人未有窮者。或曰西入康王谷為水簾，東為開先瀑布。"

九江待發同伯嚴作寄實甫

名山猶在眼，歸心已西東。江船日相俟，後至嗟莫從。驕陽燒樹赤，行坐熱釜中。未堪邇猿鶴，但可飽蚊蟲。思君恨兩載，三宿話未終。今宵補其闕，需待真有功。涉川戒同躁，乾坎覬每凶。敬慎必不敗，濡滯非自窮。誰及三峽客，臥枕雙白龍。寄書不暇草，他日攬此衷。

【箋】易順鼎在廬山精舍中侍母消夏，光緒十八年閏六月初，節庵與陳三立自廬山先歸，途中作此以寄。

曉過枯木堂渡江作

孤吟石岸不知遠，僧飯清晨聞打鐘。雲冪群山欺日色，風

搖老樹撼秋容。行人看盡東西水，我佛談分南北宗。便擬
聽經隨衆會，隔江先約采芙蓉。

【校】目録題為："一尺一丈之丈曉過枯木堂渡江作。"

【箋】節庵自廬山歸焦山途中作。枯木堂，在焦山定慧寺。為後唐時枯
木禪師所建。陳任暘《焦山續志》卷三："大悲閣閣下為枯木堂。"沈澤棠
評云："此首絶似後山。"陳三立評云："穩而未奧。"

為吳清卿中丞題戴熙山水畫册（四首）

濕雲壓山山欲低，飄風吹鳥鳥不啼。一塔迷濛倚天外，壞
樓百載無人題。山窗口占，有乖畫妙。

微微暮色淡遥津，昨夜霜風剪緑蘋。欲覓老漁不知處，蘆
中今段悄無人。題汀洲暮色。

雪海樓居韻事添，不須索笑更巡檐。年年負了梅花約，空
寫新詩秃兔尖。題香雪海。

無限青山眼底收，愛他忠節與風流，閒窗無事書題遍，記
是重逢辛卯秋。去年客焦山時，與窓齋前輩相見，今兹來游，復以戴
文節畫册臨本屬題。並綴此詩。

【校】以上四詩余本未收，輯自汪宗衍補輯節庵詩未刊稿莫仲予鈔本。

【箋】前三詩均和吳大澂韻。吳大澂，初名大淳，字清卿，號恒軒，又
號窓齋。江蘇吳縣人。同治七年進士。授編修。後任陝甘學政。光緒四年
授河北道。十二年奉召參與勘定吉林中俄邊界，升任廣東巡撫。兩年後授
河道總督。十八年任湖南巡撫。吳大澂《游廬山記》："光緒辛卯秋七月，
本齊、本善兩姪將赴金陵應試，余與偕行，過焦山，遇洪文卿同年，勾留

三日。"可知辛卯、壬辰年，節庵兩度與吳氏相見。吳氏于光緒十八年壬辰
三月游杭州，秋初就任湖南巡撫。戴熙，字醇士，號鹿牀、榆庵、松屏、
蒓溪、井東居士等。浙江錢塘人。道光十一年進士。入翰林，官至兵部侍
郎。後引疾歸，主持崇文書院。咸豐十年，太平軍陷杭州，自盡。謚文節。
擅畫山水及竹石小品。著有《習苦齋集》、《題畫偶錄》等。歐陽昱《見聞
瑣錄》前集卷六："浙江戴公熙，性高傲，不諧俗，工詩，尤精畫法，名重
一時，宣宗時以翰林在南書房行走。同供職者有數人，性情言論皆格格不
相入，爭嫉之。嘗訾毀其短，宣宗頗不悅。"黃任鵬箋：據顧廷龍《吳愙齋
先生年譜》，辛卯八月吳大澂自金陵歸，途經焦山，遇梁鼎芬，出自畫册
屬題。

寫　興（三首）

秋至千崖蕭，山行一杖貪。好花迎客醉，壞葉待樵擔。野
鶴棲雲庵，游龍伏石潭。行吟不辭月，隨意過松龕。

誰受三歸戒，閒尋一指禪。悉檀公願普，迦葉佛光圓。小
閣燒香坐，虛堂聽水眠。心中溯尊者，獨有守山傳。

我解南宗法，山尊北固名。無憂問花樹，不斷見旗旌。學
道朝參佛，□□夕論兵。堪嗤焦隱士，紛糾竟千情。

【校】第三首錄自汪宗衍《節庵先生遺詩補輯》。原題《山廬雜詩》，
汪按："元詩二首，第一首為盧刻《寫興》二首之一。"

寄馮肇常

紛紜縞紵來鄉里，獨子清晨來送予。對此茫茫感交集，安
能鬱鬱復久居。蝮蛇螫手手可斷，江水洗肝肝自舒。長江

大海極寥廓，短衮笨僕殊輕疏。

【校】上詩録自汪宗衍《節庵先生遺詩補輯》。

【箋】馮肇常，廣東番禺人。生平待考。

讀人天眼目有感（二首）

函蓋乾坤宗法在，雲門一語繫人思。如何截斷衆流後，也有隨波逐浪時。

放下鋤頭正得閒，白雲深處百花斑。子規日落啼何急，莫勸儂歸不住山。

【箋】《人天眼目》六卷。宋僧晦巖智昭編。淳熙十五年刊行。闡述禪宗五家之宗旨。有宗祖略傳，祖師之語句、偈頌、機關、宗綱等內容。

寄懷宗室祭酒盛昱

子固神儀絶世奇，意園林木幾人知。風狂雨橫何曾到，葉落花開有所思。千里夢君猶識路，八年去國且編詩。沈吟雪夜紅燈冷，袖裏瓊簫卻付誰。

【校】“編詩”，《梁節庵詩稿》作“論詩”。傳世手迹末署“癸巳焦山懷人詩”。

【箋】盛昱，字伯熙、伯羲、伯兮，號韻蒔，一號意園。滿洲鑲白旗人。宗室。光緒二年進士。授編修，累遷右庶子，充日講起居注官。十年，遷祭酒。十四年，典試山東。明年，引疾歸。盛昱家居有清譽，承學之士以得接言論風采為幸。二十五年，卒。有《意園文略》二卷，附《意園事略》一卷，《鬱華閣遺集》。繆光典《鬱華閣遺集》序：“余與文芸閣、張季直同試禮部日，嘗借寓意園旬餘。伯熙家在意園，饒林亭之勝，一時英才計偕入都者，多主伯熙家。先生及李仲約、沈子培、張季直、梁節庵、王正孺、志伯愚等皆意園坐上客。伯熙熟掌故之學，大至朝章國憲，小至一名一物之細，皆能詳其沿襲改變之本末，宗室，而因以推見前後治亂之迹。先生自謂二百年來事隨舉可答，蓋淵源自伯熙也。"陳三立評云："有款款深深之致。"狄平子《平等閣詩話》卷一："盛伯希祭酒昱，宗室名賢，簡貴清謐，崇尚風雅。尤喜獎成後進，一介不遺，頗似法梧門之為人。"汪辟疆《近代詩派與地域》云："伯希詩興趣不及偶齋，然以胸羅雅故，身經世變之故，沈鬱蒼薈，反似勝之。曩在舊京，嘗見其手寫感事詩卷，精深華妙，展玩累日，蓋伯希以清剛勁上之才，抒憫時念亂之憤，寄興于寫物，抒抱以論人，雖蒿目艱虞，持論未衡于世議，然胸懷坦白，寓感每諒于後賢，軼世清才，鬱華為最。"

海西庵夜

笛聲幽怨在天涯，但憶春時不憶家。一月照人淒欲絕，寺牆開滿海棠花。

【校】傳世手迹題為"海西庵秋懷"。

【箋】江逢辰《念奴嬌》詞小序云："焦山海西庵海棠特盛，余來山中，慘綠危紅，淒麗婉轉，若悲秋者，將花寫照，渺兮余懷，有不知其秋痕滿紙也。"

哭表兄沈先生葆和

寸步蹉跎到瞑時，玉壺溫粹豈求脂。可堪忠節歸零落，誰料交親答涕洟。生已莫知何論死，母方垂白況無兒。傷心廿載春風坐，不及憑棺哭我私。

【箋】沈葆和，番禺人。少日讀書學海堂、菊坡精舍，為陳澧弟子。節庵稱其"樸潔"。沈葆和卒于光緒十八年。陳三立評云："中二語沈痛至極。"沈澤棠評云："亮封可敬可哀，十四字傷心欲絕。"按，"亮封"，疑為"可堪"之初稿。

哭鄧鴻臚承修（五首）

秋新葉已故，捐然委階黃。隻禽悲我前，不知是何祥。啟扉接凶問，反覆旋目眩。已矣吾伯訥，一瞑萬世忘。不效君與民，竟舍兒共娘。世無此丈夫，使予肝膽傷。

雲霞念京邑，數日輒一請。詩貪和仲閒，文則同叔勁。瓶罍昏更深，几燭曉猶正。商量入世事，貞肅出天性。權戚皆縮氣，苟邪私保命。盡言識臣賢，納諫欽主聖。試觀已往事，誰曰天不聽。袞袞不如草，階前指其佞。

孤特標一概，不諧者徐孫。君自到總理衙門，鬚髮漸白，一日過棲鳳宅，曰："吾時與徐小雲爭事，不勝憤懣，將奈何？"余曰："君不能和一徐侍郎，更何能制夷狄邪？"又與孫尚書毓汶不合，至是決計乞病歸。公廷有夔龍，敷奏將何言。涕辭文石陛，身老梅花村。俄充割地使，遂出南關門。衝林截猛虎，啼木矜故猿。無懼神乃靜，有恥命益尊。能使狡暴折，不恤瘝癏屯。辛苦稱深宮，畫界覆命日，皇太后慰勉之曰："汝此行辛苦。"君屢為鼎芬言之，乞病賞假，蓋異數也，然君卒不安于位，假滿遂歸。碩果迄不存。孰謂山木壽，五載焚其根。傷哉海南叟，謂潘孺初丈。頭白翻哭君。

昔吾講豐湖，書史略以潤。樹木匀天功，教士扶世運。還鄉一笑握，誇我今已僅。崇雅院繼設，尚志堂與近。君在鄉設崇雅書院，延余門人楊生壽昌校閱文字，又在湖上開尚志堂。終風獵芳林，區區亦幾燼。離尊瀉深衷，一語獨弗信。青蠅正群飛，無憚不必忿。賤士戴如天，後世視猶糞。何以裂兒手，一發不再振。莫論冥冥理，雨灑愁一陣。

江水不可涸，我淚不可乾。回思細席言，婉變保歲寒。懷歸苦不成，再見已為棺。莫過孟博祠，壽考古所難。莫飲清醒泉，來視吾已單。泉在湖上，商築亭未成，君先題聯云："休論坡老升沈事，來試人間清醒泉。" 虛吟朱鳥影，空拾丹鳳翰。呻勞典不逮，沈抑其誰干。俯瞰九原底，仰矚浮雲端。潸然獨夜人，憤慨于茲山。

【箋】鄧承修卒于光緒十八年。郭則澐《十朝詩乘》卷二十一："鄧鐵香京卿（承修）初居臺諫，著稱敢言，屢抨劾貴要。""後遷鴻臚卿，出為桂邊畫界大臣。侃直爭持，狡謀為戢。事竣還朝，慈聖慰諭之曰：'汝此行辛苦。'鐵香益感奮。尋拜命直譯署，與同列孫文恪、徐小雲論事多忤。嘗過梁棲鳳樓宅，語梁曰：'吾時與小雲力爭，不勝憤激。奈何？'梁曰：'君不能和一徐侍郎，更何能制異族耶？'既又忤文恪，乃決引疾。朝旨猶予假慰留。蓋慈眷尚渥，而鐵香迄不安于位。假滿復乞休，遂歸。在鄉創設崇雅書院，又于豐湖上闢尚志堂以啟迪後進。凡五年而卒。文忠有《哭鄧鴻臚》詩五首，其第二首云云。述其事也。"吳慶坻《蕉廊脞錄》卷六："梁文忠病中寄贈鄧鐵香鴻臚奏議刻本。文忠書中言'鴻臚畫界受瘴，病未三日，即棄母而死，吾輩無不痛惜。其孤搜集遺稿，刻成寄京，今以一部分贈，此公所欲看之書也。忠直清諫，中無他腸，同時言官，未有其比，今已矣。覽其遺書，恍如在宏衍庵旁書窗對論時也。世亂思賢，吾輩當何如哉'。余輯《讜言錄》，采鴻臚奏摺數首。今得讀此集，多昔所未見者，忠鯁切直，如見其人。"《錢仲聯講論清詩》云："《哭鄧鴻臚承修五首》，幾篇五古，是他集子中的名篇。"光緒十五年己丑，鄧承修在惠陽淡水墟文昌廟內創辦崇雅書院，設有文昌院、魁星樓。庭園中有亭、塔、池、碑等。今為崇雅中學。

李侍御補官三年未有所言夜涼不寐奉懷

天街驄馬競游嬉，六十頭顱負此奇。咋舌吞聲誰不愧，剖心見血可無時。舊廬漂蕩輸歸計，浮世升沈付小詩。琴上星殘教一哭，謂鐵香。應從滄海念王尼。

【箋】李慈銘，初名模，字式侯，後改今名，字炁伯，號蒓客，室名越縵堂，晚年自署"越縵老人"。浙江會稽（今紹興）人。光緒六年進士。曾數上封事，不避權要。光緒十六年始補山西道監察御史。經史著述甚豐，刻有《越縵堂文集》十二卷、《湖塘林館駢體文》二卷、《白華絳跗閣詩初集》十卷及《霞川花隱詞》。郭則澐《十朝詩乘》卷二十一："相傳鐵香疏皆李越縵代草，故過從特密。其乞歸，越縵嘗為文送之，時尚官戶部。迨自歷諫垣，年已嚮暮，風棱轉減。文忠集中有《懷越縵》詩，怪其補官三年未有所言。其詩云云，結語自注：'謂鐵香也。'"李慈銘《越縵堂日記》同治十一年四月六日："前日香濤言，近日稱詩家，楚南王壬秋之幽奧，與予之明秀，一時殆無倫比。然'明秀'二字，足盡予詩乎？蓋予近與諸君倡和之作，皆僅取達意，不求高深，而香濤又未嘗見予集，故有是言也。若王君之詩，予見其數首，則粗有腔拍，古人糟粕，尚未盡得者。其人予兩晤之，意妄言，蓋一江湖唇吻之士。而以與予並論，則予之詩，亦可知矣。香濤又嘗言：'壬秋之學六朝，不及徐青藤。'夫六朝既非幽奧，青藤亦不學六朝，則其視予詩，亦並不如青藤矣。以二君之相愛，京師之才，亦無如二君者，香濤尤一時傑出，而尚為此言，真賞不逢，斯文將墜，予之錄錄，不可以休乎。逸山嘗言：'以王壬秋擬炁伯，予終不服。'都中知己，惟此君矣。"鐵香，謂鄧承修。陳三立評云："情惻深遙，感人心魄。"

卷　四

戒庵自山東來省山居遂偕至武昌衍若家夜坐同賦（二首）

憂患分飛世路長，忻然今夜共壺觴。十年涕淚飄秋雨，九日茱萸惜異鄉。薄宦已教初志誤，幽居真覺此心常。草衣木食吾將老，莫問人間百鍊剛。

苦憶雙溪寺晚炊，同君祭罷屢棲遲。掃除墳墓知何日，放浪江湖又一時。叢桂自馨山未污，亡簪不哭爾奚悲。浮生小劫如風雨，且坐逍遙快賦詩。

【校】傳世手迹"壺觴"作"持觴"；"初志誤"作"初志失"；"真覺"作"其幸"。

【箋】李葆恂，原名恂，字寶卿，號文石，更號叔默、戒庵、猛庵，別號紅螺山人，五十歲後熙怡叟，辛亥後復改名理，字寒石，號鳧翁，又稱孤笑老人。奉天義州（今遼寧義縣）人。官至江蘇候補道。陳灝一《新語林》卷五："李名葆恂，直隸易州人。由知縣累保至道員，指分直隸，一時疆吏如張之洞、端方爭羅致之。學問淵博，所著有《擊節集》一卷、《讀畫詩》二卷、《燃犀錄》十卷、《猛庵文略》二卷、《偶園讀書志》二卷、《舊學庵筆記》一卷、《庚癸小草》一卷、《紅螺山館遺詩》一卷、《三邑翠墨遺題跋》四卷。"卷七："李猛庵家富收藏，鑒別金石書畫獨具精解。端方通雅好士，收置彝器、瑰物、絹素、舊迹甲天下，猛庵前後為題跋三十餘篇，端嘗歎曰：'錢竹汀後一人也。'"

孝達尚書招同陳_{三立}陳維垣楊_銳江_{逢辰}集八旗館露臺展重陽作_{九月十九日}

萬家煙火入登臨，想見陶公作鎮心。江國水寒花寂寂，湖堤秋綠柳深深。浮雲不散天如墨，夢雨初成酒滿襟。留得他年好相憶，一時龍虎動高吟。

【箋】作于光緒十八年九月。張之洞，字孝達，一字香濤，號壺公，又號無競居士，晚號抱冰老人，謚文襄，直隸南皮人。同治二年進士。歷官至兩廣總督、湖廣總督、軍機大臣、體仁閣大學士。創辦廣雅書院、兩湖書院等。著有《張文襄公詩集》四卷，《張文襄公集》五十三卷，《勸學篇》及《書目答問》五卷，附二卷。《抱冰堂弟子記》云：“最惡六朝文字。謂南北朝乃兵戈分裂、道喪文敝之世，效之何為？凡文章本無根柢詞華，而號稱六朝駢體，以纖仄拗澀字句，强湊成篇者，必黜之。書法不諳筆勢，結字而隸楷雜糅，假託包派者亦然。謂此輩詭異險怪，欺世亂俗，習為愁慘之象，舉世無寧宇矣。果不數年而大亂迭起，士大夫始悟此論之識微見遠也。”徐世昌《晚晴簃詩匯》卷一六二：“文襄詩不苟作，自訂集僅二百餘首，瑰章大句，魄力渾厚，與玉局為近。晚喜香山。有句‘能將宋意入唐格’，蓋自道其所得也。平生不喜昌谷，謂其才短，非其格高。亦不嗜山谷之詩。”“公詩皆黃鐘大呂之音，無一生澀纖穠、枯瘦寒儉之氣，故其所論如此。”胡先驌《讀張文襄廣雅堂詩》：“張文襄獨以國家之柱石，而以詩領袖群英，頡頏湖湘、江西兩派之首領王壬秋、陳伯嚴，而別開雍容雅緩之格局，此所以難能而足稱也。”“公詩宏肆寬博，汪洋如千頃波，典雅厚重，不以高古奇崛為尚，然復不落唐人膚泛平易之窠臼。”“蓋公詩脫胎于白傅而去其率，間參以東坡之句法者也，其淵源如此。”“廣雅堂詩之脫胎于長慶，習于唐宋之辨者，一望即能知之。”陳維垣，似應為陳斗垣。張之洞同時有《九月十九日八旗館露臺登高賦呈節庵孝通伯嚴斗垣叔嶠諸君子》詩，當不誤。陳斗垣，名煥文，廣東新會人。《華字日報》創辦人、駐美參贊陳靄亭之子，曾主編《華字日報》、《萬國公報》。光緒十六年，陳寶箴任湖北布政使，陳三立中進士後不仕，讀書侍父，在武昌五年，與節庵詩酒唱酬甚密。

楊叔嶠紀香驄招同陳伯嚴張君立劉君符江孝通集兩湖書院樓上望雨作

咫尺湖陰盡杳冥，高樓不見遠山青。一聲白鳥明煙樹，半角湖牆出畫屏。眼底故人相爾汝，尊前斷葉幾伶俜。十年磨劍悲秋慣，風雨淒淒帶酒聽。

【校】金武祥《粟香五筆》載此詩，題為"湖海樓坐雨同香驄、伯嚴、叔嶠、君立、孝通作"。

【箋】江逢辰《永遇樂》詞小序："壬辰九月，客游武昌南歸，紀香驄、楊叔嶠邀同節庵先生、陳伯嚴、張巽卿、劉調甫三公子，餞余兩湖書院水榭。"陳三立有《和節庵飲集兩湖書院水閣》詩。張權，字君立，一字巽卿，號聖可，後改名張仁權，直隸南皮人。張之洞之長子。光緒十七年舉人，二十一年，入北京強學會，二十四年進士。清末任駐美使館秘書。與其妻劉文嘉合撰《可園微君夫婦遺稿》不分卷。劉君符，字調甫。

范石湖文昌六星硯舊為翁覃溪物今歸君立水仙樓屬余作歌

昔聞坡老涵星硯，道人沈泉石不見。蘇齋欲篋無可尋，閒懷乃到新安掾。石湖居士詩中賢，手割雲玉工于鐫。背凹微橢潤且堅，六柱如琴恨少絃。菌釘高短倒不鮮，雞蚪絕迹龍蜿蜒。文章千首嗟不全，汝壽乃有五百年。得非墮地星化焉，杓攜魁枕相比駢。中有司命為之權，三能請考天官篇。佳哉公子才都雅，嗜此成癖今蓋寡。質潔勿污剛勿撓，用不倦兮鎩不舍。文字之祥出揮灑，不須更道銅雀瓦。

【箋】范成大，字至能，號石湖居士。南宋名臣，有《石湖集》。翁方綱，字正三，號覃溪。順天大興人。乾隆十七年進士。授編修。歷督廣東、江西、山東三省學政，官至內閣學士。著有《復初齋詩文集》、《粵東金石略》等。

晴川閣

閣在漢陽臨江處，聳特如奇士，真偉觀也

千里長江一掌收，巋然雲表俯中流。談兵先辨東西路，送客紛停上下舟。庾亮樓前今暇日，伯牙臺畔幾清游。英雄過盡斜陽淡，獨倚闌干起暮愁。

【箋】晴川閣，位于漢陽龜山東麓禹公磯上，與黃鶴樓隔江相對。明嘉靖年間，漢陽知府范之箴將禹王廟修葺為禹稷行宮，增建晴川閣，因崔顥《黃鶴樓》詩"晴川歷歷漢陽樹"之句而得名。

陳提刑餞飲晴川閣賦別

江天霏雨溟濛間，元龍置酒今政閒。巍峨高閣自何日，江漢兩水為之環。此地由來天險擅，俊賢若貴金湯賤。戰士沈波又幾時，回首光陰迅如電。六年不見心若何，莫將歡醉擬悲歌。蛟鼉水底潛藏久，鴉鵲陰中出沒多。雨晴向晚風難定，人説次公猶未醒。臨分攬袂更沾襟，危詞苦語公其聽。

【箋】陳三立有《晴川閣公宴即別梁節庵還焦山欲赴未果題此句》詩。陳提刑，即陳寶箴。提刑，謂按察使。

送江生歸惠州

省母銜恩遠返家，微軀不謂在天涯。湖亭待月煎新茗，山寺尋秋玩晚花。舊夢無痕翻繾綣，一官隨分肯歡嘩。人間醇駟原難遇，滿眼風塵得子誇。

【箋】張之洞《封印之日同節庵伯嚴實甫叔嶠登凌霄閣》詩自注："歸善江孝通善畫，秋間來武昌住一月。"

紀拔貢鉅維贈先世厚齋先生花王閣賸稿一卷，漫題五絕句 (五首)

已是斜陽欲落時，不成一事鬢如絲。文章無用從飄泊，惆悵花王數首詩。

休將晉惠比明熹，聽講心開尚可為。不見當年孫閣部，令予論世獨傷悲。

普德寺高配聖尊，前潘後陸不堪論。此時此局真難得，楊左猶能一雪冤。

青豆房中意相深，酒醒撫劍更沈吟。誰知一滴芙蓉淚，已入才人異代心。

河間風格比田間，蝶戀餘香未忍聞。我亦觀星通帝坐，由來同調在深山。

【箋】《四庫全書總目》卷一八：“《花王閣賸稿》一卷。明紀坤撰，坤字厚齋。獻縣人。崇禎中諸生。是集後有其孫容舒跋，稱坤少有經世志，久而不遇，乃息意逃禪。晚榜所居曰花王閣，蓋自傷文章無用，如牡丹之華而不實也。崇禎己卯，嘗自編其詩為六卷。沒後，盡毀于兵燹。此本為其子鈺所重編，蓋于敗簏中得藉物殘紙，録其可辨識者，僅得一百餘首，非原帙矣。”昭槤《嘯亭續録》卷四：“己卯春，予于書肆買《花王閣賸稿》一卷，原作明處士紀坤，為曉嵐參政高祖。其曾孫容舒跋言‘先生著作甚富，兵火之餘，于廢紙中只鈔得若干首’云云。細讀其詩，即曉嵐所著作，風格筆意，與之無二。其所咏明逆黨，即暗指和相事，其咏孫高陽詩，故意將陣雲二字代押氛韻，以見後人追改痕迹，掩其偽贋。其《燒香曲》、《春夜辭》諸詩，俱擬李賀風神。又故作《河廣》即事詩，咏許顯純之女為伎事，以快人意。老翁亦善為狡獪矣。”《錢仲聯講論清詩》云：“七絶中的佳作。其中一、四兩首最好，極深秀，有南宋姜白石味道。”

答范鍾（二首）

閒宴復今夕，分飛又短亭。徘徊心自省，迢遞夢還醒。媒世蛾眉誤，藏山鶴影冥。嗟君抱行卷，猶自散芳馨。

滄海憂時淚，天涯憶弟詩。風燈休便息，塵玉本難支。枯木溝中笑，幽花雨後姿。諧熙有道義，可不要予規。

【校】范鍾，余本作“范鐘”。

【箋】光緒十八年秋，節庵應湖廣總督張之洞之邀，至武昌參其幕府。

范鍾，字仲林。江蘇通州人。光緒十三年至光緒十六年冬為武昌知府李有菜幕僚。十七年六月，陳寶箴聘范為西席，教其長子衡恪，後以姪女妻之。光緒十八年七月初七，范鍾由天津至武昌訪陳寶箴，擬取道回通州，陳三立挽留至年底。其間與節庵等文士往還酬唱。此詩為贈別之作。光緒二十四年，范鍾始中進士。任河南鹿邑知縣。著述頗豐。有《蜂腰館詩集》四卷。與兄當世、弟鎧齊名，稱"通州三范"，與易順鼎、陳三立均交好。

秋夜憶雲閣京師（二首）

蕙葉凋殘秋雨心，夜寒燒燭伴微吟。臨風更欲舒長嘯，未識蓬萊幾許深。

鵰鶚凌秋特健哉，人間歡樂有悲哀。廬山絕頂茅庵在，但讓閒雲鎖石臺。

【箋】光緒十八年四月，文廷式散館考試，列一等第十名，授翰林院編修。秋日，作《暢志詩》十首。自述身世，言志抒懷。

紀鉅維贈花王閣稿題詞其上

紀生授我先世作，花王之閣何崢嶸。細求詩律學杜甫，感傷時事追康成。中言黨禍最沈憤，快哉一首詞觥觥。我思宦者鼠輩耳，豈有伎倆傾人城。群凶交詔成一國，首蔽天子之聰明。寖斥言路混鹿馬，火齊堆盤無敢爭。江都繁露書罔用，朱游上方請不行。晏然處堂日嬉笑，遂召天變興戎兵。思陵英斷試一劍，死者追錄不復生。誅奸定案迄無救，何況孤鬼長縱橫。讀詩雪下天欲曉，歎述往事才難虜。男兒無用相視笑，且從吾子歌昇平。

【校】上詩録自楊敬安輯《節庵先生遺稿》卷四之詩詞補遺部分。

【箋】此詩傳世手迹末署"壬辰十一月作"。

十二月二十日孝達尚書宴集凌霄閣有詩奉和

我生于世多得閒，青衫如葉塵未殷。腹飢便須熟書讀，手懶不復强弓彎。尚書思友招我至，有陳三立楊銳易順鼎同追攀。風晴餘雪望更好，頗謂樓閣非人間。江湖浩潔收一掌，快哉先啟憂國顏。千杯不醉萬語醒，尚以健筆誇溪山。散人出入不自料，但覺羞歎忘間關。聚星堂上事已往，歐蘇之作光回環。風流未墜六百載，舉酒欲酹黿鼉頑。眼前風景似京國，日暮回首車斑斑。勢成堆積掃不易，陳少陽《雪》詩："漸成堆積勢，已費掃除功。"道防窪陷行孔艱。能使污泥化冰玉，亦恐松桂淪茅菅。瓊樓縹緲夢難到，卻喜庭樹春已還。市人聲大歌樂歲，祇欠一鳥啼綿蠻。我初學道已瘖啞，去疾不勇終生患。酒醒明日添幾許，賴有佳句療予瘵。余病酒，久咳聲啞，伯嚴醫治未愈。

【箋】作于光緒十八年冬暮。張之洞《封印之日同節庵伯嚴實甫叔嶠登凌霄閣》詩云："江山雪霽好畫本，可惜江生今南還。"自注："歸善江孝通善畫，秋間來武昌住一月。"又有《癸巳還鄂讀南皮師去臘登曾祠凌霄閣依韻敬賦》詩，可知諸家登臨酬唱在壬辰臘月。陳少陽，陳東。

伯嚴叔嶠訪予焦山雪中景狀再用前韻為貺

衆生蓬累無此閒，綠盡庭草林花殷。常時踏月過江岸，細路每為僧巢彎。今年觀雪更奇壯，瓊瑤萬仞誰敢攀。長江天遠禽鳥絕，林巒出沒須臾間。衝寒摩頂視千里，一白晃漾余朱顏。咄哉二子不到此，有夢負卻松寥山。羈愁入酒噓不熱，如風啟牖何能關。玉龍夭矯恣空際，游山隱隱聞佩環。山僧六十半僵臥，單行獨賞毋乃頑。欒城先我說堪隱，有苗旆旆魚斑斑。人生一飽亦前定，萬想俱滅無險艱。沙洲寂寞棲幾載，孤臣自分埋黃菅。翩然鄂渚自來去，要知無住猶無還。故鄉時物嗟變異。<small>廣州無雪六十餘年，今冬下數寸，貧民凍餓有死者。</small>為憶賢牧曾治蠻。寒谷會須見暖日，淺人自昔忘深患。東風吹萬散春氣，一灑壯墨蘇窮瘵。

【箋】光緒十八年春，節庵在焦山，秋後到武昌，至次年六月始重返海西庵。此詩當作于冬暮，節庵仍在武昌。按，李開軍《陳三立年譜長編》謂陳氏"雪中偕楊銳往焦山訪梁鼎芬"，按，此時二人尚在武昌，並未到焦山，僅向節庵訊問往時焦山雪中景狀而已。光緒十八年十一月二十八、二十九日，廣州、番禺、南海、龍門連日大雪。徐珂《清稗類鈔・氣候類》謂廣州"光緒壬辰十一月二十八日忽下雪，次日嚴寒，簷口亦有冰條，木棉樹枯槁，數年始復活，聞道光間亦然。自壬辰以後，則屢有集霰之年，無復如咸、同間之和煦矣"。《清遠縣志》載，"二十七日微雪，二十八、九兩日大雪，平地積至二寸餘，為百年所未見"。

除夕服藥有感書示衍若三用前韻

東坡居士因病閒，雪淩氣結凍面骰。口如老農望雨渴，腰似熱吏趨風彎。兩年今夜惟伴藥，趙嘉遺刻吁可攀。我知所苦非旦暮，三蟲膠漆心腹間。其初甚倚元氣固，肯假芝朮延容顏。嗔癡未絕況貪酒，朝朝爛醉頹若山。冬時之疾嗽上氣，俞跗往矣情誰關。群陰戰勝一陽弱，中虛怳有外敵環。痁去酲來宛相代，愈遣雖勁伶真頑。我能説病猶未病，試繹莊論同窺斑。與君淹泊在茲土，自撫髀肉輕勞艱。蓮花墓道久未掃，山徑更恐成叢菅。難知今世有歸日，白雲夢遠先南還。孝然寢雪吾最羨，豈顧世上觸與蠻。迎年懶檢歲時記，但禱我爾無憂患。他人勿笑此願奢，希夷者子忘痾瘝。

【箋】作于光緒十八年除夕，節庵因感寒而發熱咳嗽。時三弟鼎蕃侍側。

伯嚴公子餽詩甚美四用前韻答之

今皇初政海上閒，歲在玄黓長星殷。宮廷憂儆謹天戒，臺諫皆直無鈎彎。北帶西于吾所屬，卧榻敢使他人攀。惟佛郎機儼自大，數載尋釁于其間。堂堂使相白衣出，媚敵乃效奴婢顔。金錢千萬潑若水，戈甲重叠堆如山。盧公死事竟未睹，麻衣被體哀邊關。鄙哉不及女子智，能謝秦使椎連環。小臣感憤非好事，莊肅拜疏鞭冥頑。宣仁恩厚讒不入，萬口嘩笑文斕斑。丈夫當為何止此，得名甚耻心苦艱。犬羊終逞猩狒哭，諫路一旦為榛菅。言高有罪聖所誡，感激慈祐能生還。讀書没世願已足，睨我斯語真不蠻。但求服氣至千息，奚必見舌消多患。期君風義儷田畫，志完灑落醒寒瘝。

【箋】此詩回憶中法戰爭之事。陳三立有《除夜念山園梅株雪凍未花再次前韻答節庵》詩，同此用韻。《錢仲聯講論清詩》云："此詩即寫光緒

八、九、十年事。""寫時事融入自己,可見其愛國感情。"

歲暮書懷

到處門符換舊題,歲除風物更淒淒。庭梅受凍紅猶勒,瓦雪黏空白竟齊。悶喚茗童煎淡莾,笑開酒母酌鹹虀。江樓一夕成今昔,零落春魂祇自淒。

楊三舍人將還綿竹再用前韻見贈五疊報之即以為別

憶昔玉堂鈴索閒,馬周初見火色殷。通知今古語言妙,不與世俗為回彎。半生冰蘗但子可,謂我狷狹無援攀。遠聞潛蛟發水上,獨慕孤鳳翔雲間。貢誠不至神弗予,重陽寺會澆離顏。畫尾題名已埃滅,佳人何事埋青山。乙酉九日,同人集崇效寺餞行,到者三十三人,鐵西眉題名卷上,後數年,有妄男子以詞嚇寺僧截去,西眉不救已三載矣。死生聚散眼前耳,夢醒不待敲松關。嗟君忠抱久紆鬱,青珠搖落淒黃環。舞干空羨刑天猛,違旨坐見欽䲹頑。春風吹霽一舟上,還家恨斷萊衣斑。我亦皋魚痛至骨,瀧岡未表孤貧艱。故鄉白日走豺虎,磨牙噬人如草菅。蜀江淫雨復陰惡,行客在外多不還。吾儕無用至于此,豈尚抗論平羌蠻。衙齋春酌辰已備,客笑過午飢可患。請君勿語觀積雪,試手先藥梅花癏。

【箋】作于光緒十九年癸巳正月。陳三立有《送楊舍人還蜀餞飲江樓尋取舟泛月歸作示同游》詩。光緒十五年,楊銳為中書舍人,後晉為侍讀。

鐵西眉，鐵祺，蒙古旗人。同治二年癸亥恩科進士。授翰林院編修，後官內閣學士。光緒五年，為理藩院右侍郎。七年休致。有《壽卿詩鈔》。

乃園梅花陳提刑招酒賞賦

春寒困花酒病虐，伯嚴公子病新愈。陽氣發亂花始作。坡陀高下交白紅，有如爭競不能縛。微因地勢別先後，同受春風有強弱。哲人觀物理自省，肯以參差間寬廓。眼中何知桃與李，尊酒招邀且歡謔。孤豔寒香各有意，美人志士吾敢薄。去年苦恨開不早，早開今日已零落。暖谷能留晚更長，獨步自全今亦昨。高觀更與上山亭，翠禽小小飛還卻。

【箋】乃園在武昌黃鵠山南麓，始建于明洪武年間。園形如乃字，故名。有學律館、四忠洞、望江亭、躋綠亭、鶴梅堂、般若臺諸勝。有泉名竹池。民國年間園毀。今存江夏縣令諸可權于光緒十二年二月所題之"乃園圖記"石碑。陳提刑，即陳寶箴。提刑，謂按察使。陳三立有《乃園賞梅和梁大》詩。

孝達前輩約同香驄觀署園梅花 (四首)

雪釋春回過幾時，官梅纔放兩三枝。傾城獨立非容易，萬折千摧出世遲。

牆西一樹最多花，政暇尋芳意有加。尚憶螺岡三萬本，山亭風定石梁斜。

紅白交開各一林，初春絕景畫陰陰。片花亦有瑤宮思，情入人天感歎深。

花前雙鶴往仍還，詩客商量水石間。香馨論詩最工。我比此
梅更蕭寂，逢春不發一心閒。

【箋】署園，謂乃園。乃園為明清兩代湖北按察使司署後園。孝達，
張之洞之字。張之洞對節庵甚為倚重，時致函云："今年講席勤勞尤甚，諸生
蒸蒸，規模大備，文通武達，一堂兼之。創始書院千百年未開之風氣，歆
起中華十八省有用之人才，公之教也。"

穰卿以窗前梅開一花為題玉賓有詩余亦繼作

春庭數梅破一花，儕輩歎詫童僕嗟。或云雪力壓跗萼，有
曰天命慳根芽。竊將心光覷造化，若抱微旨不使加。萬物
所生一惟始，首握樞柄奠紛嘩。胚胎乍兆元氣滿，肯令鶯
燕喧人家。豈無朽卉腐弗植，柳州所靳吾敢奢。嫣然獨立
誰可褻，惟有冷月分芳華。吹香微靜不啁雀，託身高隱無
驚鴉。佳人絕代一面貴，文章傳世片語誇。千花萬花但堪
折，何似簡寂不任拏。愛君志靜觀乃定，玉賓有"定志靜觀稍
可囑"之句。眾生擾擾真魚蝦。

【箋】汪康年，初名灝年，字梁卿，後改名康年，字穰卿。中年號毅
伯，晚年號恢伯、醒醉生。浙江錢塘人。光緒十八年進士。官內閣中書。
甲午戰後，在滬入強學會，辦《時務報》，後改辦《昌言報》，任主編。又
先後辦《中外日報》、《京報》、《芻言報》。有《汪穰卿遺著》、《汪穰卿筆
記》。范溶，字玉賓。四川華陽（今成都）人。光緒二十二年進士。選庶
吉士。張之洞《登眉州三蘇祠雲峴樓》詩："共我登樓有眾賓，毛生楊生
詩清新。范生書畫有蘇意，蜀材皆是同鄉人。"自注云："仁壽學生毛席豐，
綿竹學生楊銳，華陽學生范溶，皆高材生，召之從行讀書，親與講論，使
研經學。"《益州書畫錄》載，范溶楷書本精善，久不得意，則悉棄殿廷而

專肄北碑。兄濂，別有傳。

雨損梅花且盡矣伯嚴書來極惆悵之意賦此慰之

年年榮悴花所同，豈有咎責雨與風。可憐塵土鋪萬事，若
為牽絓知何從。此梅鐵石亦挫損，乘化歸盡隨天衷。至人
生死尚可一，微物乃可干虛空。嗟君讀書廢半世，此心未
定千念蒙。開遲落早皆有恨，眷戀芳序情為鍾。我思心香
共意葉，生滅一理彈指通。高深陵谷豈人力，強弱柱束非
天窮。梅兮寂寞與終古，不扇芬烈何能攻。造化多端未有
極，世間難見百歲翁。惟憑智慧破煩惱，盛衰一例忘春
冬。盡捐語言文字累，翩然天外孤飛鴻。雞鳴不已思君
子，誓當把臂從乖聾。

【箋】陳三立有《園梅傷落梁大贈詩解悶和謝其意》詩以答之。

武昌城春望同三弟作

客裏愛春城，陂塘一綠生。風回兼燕退，花落共魚行。有
月攜朋酒，無田念耦耕。卷葹已心斷，不攪暮鴉聲。

【箋】作于光緒十九年癸巳春。

鄭刑部相衍若有福禄余非其比喜謝此詩

先公眉疏鼻隆直，一生和介見顏色。獨有辰君肖一二，嗟
我與仲皆不得。鄭君相形兼論心，太清神鑒功最深。謂我

峭隘不可福，知我蹭蹬緣自尋。阿同靜厚誰得過，官高于
軾真堪賀。所嗤槁木死灰人，世道寬平也寒餓。本性由來
賦自天，次山惡曲又惡圓。龍章鳳質間世出，獅坐虎踞非
人憐。吾家有弟萬事了，同體自然共溫飽。笑持此語難唐
生，余亦優游以終老。

【箋】鄭箋自稱擅相術。陳三立《菱湖行戲贈鄭刑部同年》詩自注：
"視梁節庵、汪穰卿、張君立壽不得長。"按，光緒二十三年正月二十二日，
節庵三弟鼎蕃卒，年未滿三十。

兩湖書院杏花

楊生別我二旬倦，春晴始識紅梅面。南州氣暖百荄蘇，故
使杏花好相見。一株初發已足賞，隔牆未放猶堪羨。暗動
微颸碧草塵，漸乾宿雨青苔院。追思千里猶咫尺，暌別十
年仍繾綣。往客京師，課寶瑛讀，窗前杏花最佳。過眼風光談笑
無，脫身荊棘芳華見。夢中亭館若為愁，雪後園林知不
戰。同游交賞且呼酒，明朝再過或零片。何須更問歸雁
亭，牽懷不獨廬陵彥。

【校】傳世手迹"青苔"作"蒼苔"，末署"癸巳二月作"。

躋綠亭 亭在湖北按察署園

萬綠裹一亭，春暄心尚凜。零芳結幽香，小翠悅佳寢。恍
與山林間，未信官廨凜。攀陟人自勞，閒坐須盡飲。

【箋】《錢仲聯講論清詩》云："《躋綠亭》，五律中清秀者，極佳。"

枯樹吟和伯嚴

中庭一樹一丈長，崛强人世死不僵。斬絕枝葉無文章，天
地所愛體骨蒼。也蔭日月平陰陽，不羨為楣為棟梁。厥德
在人狷與狂，無傷于世世莫傷。

贈侯官沈瑜慶

沈郎都市初相識，不待文章發英直。虎豹斑斑風矩存，有
才獨俊無渝則。乃翁知國出威名，旌旗不動羌胡驚。異時
霜鬢四海見，獨瘝幽恨誰能明。生時未接春風坐，神儀想
象君其顏。江南百姓最知恩，今見行驄淚猶墮。愛蒼時以道
員分江蘇候補。直須清節表時流，莫令人世說蘭蒳。君不見
龍圖文武心鐵石，萬口爭傳范慶州。

【校】贈侯官沈瑜慶，余本校：一作"龍圖行"。

【箋】沈瑜慶，字志雨，號愛蒼，又號濤園。福建侯官人。葆楨四子。
年二十一，父卒于任，遂以主事用。光緒十一年舉人。會試不第，籤分刑
部。十六年，改官道員，委辦江南水師學堂。十八年，轉宜昌辦鹽局。二
十年，張之洞督兩江，任督署總文案，兼總籌防局營務處。歷辦皖岸督銷
局、皖北督銷局，補淮揚海兵備道。二十九年，擢順天府府尹。逾年，調
廣東按察使，旋擢江西布政使。宣統元年，補授貴州布政使。民國初，僑
居上海，與遺老結超社。著有《濤園集》。沈瑜慶《題崦樓遺稿》："人之
有詩，猶國之有史。國雖板蕩，不可無史，人雖流離，不能無詩。此崦樓
之詩所由作也。過此以往，以怨悱之思，寫其未亡之年月，其志可哀，其
遇可悲。馮庵行矣，父唱子和，有不足為外人道者，亦藉以自攄其鬱積也

歟。"此亦夫子自道之語。詩題一作"龍圖行",范仲淹于宋仁宗慶曆元年
五月,以龍圖閣直學士、户部郎中知慶州,監管環慶路都部署司事。號令
嚴明,西夏不敢侵犯,羌人呼之為"龍圖老子",本詩以喻沈葆楨。

余太守招集兩湖書院同香驄伯嚴穰卿作

春風二月華筵開,酒人六七魚貫來。柳堤新水荻芽短,杏
花半在南湖隈。明廊千步列芳草,一綠映出疑瓊臺。吹噓
生氣盈胸腹,我年過壯心尚孩。湘人蜀客望不見,實甫在家
將來,叔嶠返蜀。且以酒力錘詩才。就中饒君善相術,饒名炳
勳,字仙槎,寧鄉人,曾佐左文襄公幕府。與鄭箋往返詞嘲詼。遍
觀座客次壽夭,君子知命安于懷。王侯將相豈有定,敢以
鄙論貽清裁。古書廿四況淪佚,雌聲碎步升三台。昔從湘
陰相公久,目光如電真雄哉。當時不遇身手賤,葛生自負
徒見排。誰知勳伐卅年後,群瞻儀狀詫忠佳。聞言思往愴
知己,曾拜榮戟趨堂階。鑒量人物比劉劭,謂我神采無等
儕。后山虚下司馬涕,東坡每動歐陽哀。邊塵不靖又幾
日,群公無策驅虎豺。大樹飄零今已矣,蟲沙滿眼寧復
揩。懷恩感事重歎息,一身未暇論違乖。杯殘相視不忍
去,水亭欲雨鳴寒蛙。

【箋】余肇康,字堯衢,號敏齋,晚號倦知。湖南長沙人。光緒十二年
進士。光緒十五年以知府分發湖北補用。後因任事廉幹有聲,擢補武昌、
漢陽知府。後任山東、江西按察使。有《敏齋詩存》。陳三立《余堯衢詩
集序》云:"張文襄方督湖廣,競興學,建兩湖書院","歲時佳日,輒倚
君要遮群彦,聯文酒之會,考道評藝,續以歌吟"。饒炳勳,字仙槎,湖南
寧鄉人。博學不偶,以布衣終。有《仙槎詩文集》四卷,未見。《治軍剿

說》一卷，鈔本，藏湖南圖書館。

同陳生_{衡恪}觀乃園桃花

四忠祠前桃十數，梅花遞過今見花。枝柯蔫綿交蒨粲，獨
吸清露施明霞。畦鋪黃菜風引蝶，徑掩綠草泥跳蛙。初疑
官舍那有此，彷彿已入漁人家。憑欄圍賞能幾日，綺錦年
芳未應失。一物剛柔亦有時，此花吾可看成實。

【箋】陳衡恪，字師曾，號槐堂，又號朽道人。江西義寧（今修水）
人。陳三立長子。光緒二十九年赴日本留學，初入弘文學院，後入高等師
範攻讀博物學。民國八年，任北京美術學校及美術專門學校國畫教授。詩
文書畫兼擅，著有《槐堂詩鈔》、《染倉室印存》、《中國繪畫史》等。時陳
寶箴任湖北布政使，陳三立父子皆隨侍。

上巳集曾公祠修禊賦詩孝達督部餉以酒
　食賦謝兼示同游

晉家右軍龍鳳姿，蘭亭高會千春奇。諫浩北伐先一載，後
人不識誇文詞。風流亦許吾輩繼，脫落世事從兒嬉。年年
令節縱常有，快一喪十嗟恨遲。雜花妝林此堪賞，風景澹
沱心魄移。城南聯句鬥韓孟，酣戰漸覺諸軍疲。歐公好士
出天性，材官餼食如犒師。豬肥已慰樂歲祝，酒美定有清
泉釃。歌吟醉飽皆滿願，獨念往績中為噫。犬戎蠶食敢窺
伺，南交將士哀者誰。文饒籌邊奮英略，特發忠義生飢
贏。兩年兵糧走千里，刀光皚皚剸豺貔。當年益陽樹偉

烈，師法所在慷慨追。督部從官貴州，曾請業胡文忠公。大軍飽
騰功一例，湘鄉得濟兹崇祠。古今賢哲幾俯仰，各有所為
不逮私。丈夫一飯亦感德，但慎與受令人思。尊前鬚髮吾
未老，江山佳日聊題詩。

【箋】光緒十九年癸巳三月初三，陳三立招節庵、范鍾、易順鼎等修禊
于曾祠，各人皆有詩作。曾祠，曾國藩祠。曾國藩于咸豐四年正月二十八
日，統率湘軍，從衡州出發，水陸並進，北上與太平軍戰，收復武昌、漢
陽。咸豐四年六月二十七日，奏上"水陸大捷武昌漢陽兩城同日克復摺"。
九月十二日內閣奉上諭："曾國藩著賞給兵部侍郎銜，辦理軍務。"卒後，
在武昌蛇山南麓建祠以祀，稱曾祠、曾公祠、曾太傅祠。

伯嚴招集曾祠賦詩

武昌三月花漸疏，以詩為奶酒為妹。九流之學鳩一區，張
夏游門非賤儒。一舟泛泛獨有吾，玩兹暇日天所俞。主賓
亭館惜不圖，風物過眼他年無。

【校】傳世手迹題作"伯嚴、實甫招集曾公祠賦詩，會者三十二人"。

【箋】易順鼎《詩鐘說夢》："南皮師方督兩湖，乃相招入幕，亦不自
得。又改充兩湖書院分教。于是始奉母居鄂，來往于匡山鄂渚之間。鄂中
群彥萃集，朋侶尤多，詩鐘之事又興起矣。陳右銘丈方任鄂臬，伯嚴隨侍
署中，樽酒不空，座客常滿。臬署有乃園。余則寓居曾祠凌霄閣，皆有亭
館花木江山游覽之盛，彷彿錢思公在洛陽日，永叔、聖俞、師魯輩，時時
載酒為龍門之游也。"

易順鼎屬題張夢晉梅花圖自言為夢晉後身伯嚴道希先有詩

東坡一頭陀，山谷乃女子。至人有去來，世俗説生死。吾友沇水秀，英采近少比。何止夢晉才，真共梅花美。手攜一軸冰雪圖，開卷但有靈光鋪。三因三緣語不誣，春風吹綠家姑蘇。空山白雲月來摹，璇宮謫此傾城姝。是花是人幾須臾，不道今吾猶故吾。生滅未瘳中心痛，病夫閲世神在空。造物于人慣嘲弄，微塵世界嗤大衆。蕉鹿槐蟻萬千閧，題詩一笑君莫恫，請君再試羅浮夢。

【箋】易順鼎，字實甫，又字石甫、仲實、仲碩，號眉伽，晚號哭庵，自署懺綺齋、琴志樓、楚頌亭等。湖南龍陽人。光緒元年舉人，六年，捐資為刑部山西司郎中，後改捐試用道，分發河南，是年六月，應張之洞聘，任兩湖書院講席，分校經學文學。後歷官廣西右江道、廣東廉欽道、肇慶羅道、高雷陽道等。著有《琴志樓編年詩集》十二卷、《丁戊之間行卷》十卷、《四魂集》四卷等。張靈，字夢晉。江蘇吳郡人。工詩文，擅畫。與祝允明、唐寅、文徵明齊名，並稱"吳中四子"。張靈《歲寒三友圖》，今存。文廷式有詩，題為"為易實甫分巡題藏張夢晉《歲寒三友圖》，實甫以乩語自信為夢晉後身也"。夏敬觀《忍古樓詩話》："實甫好扶乩，謂嘗遇李仙于并門，證其為夢晉後身。"按，光緒十九年三月，陳三立有《題易五兵備所藏張靈梅花卷子》詩。

曉來十七柳亭
陳覺叟按察湖北，築于乃園

早覺鳥聲好，始知今日閒。池光新水到，柳色舊人攀。從政無能事，看花笑世顏。及時歸正好，吾自有深山。

【校】上詩余本未收。輯自夏敬觀《忍古樓詩話》。

【箋】覺叟，陳寶箴之號。陳寶箴于光緒十六年十二月初四，任湖北按
察使，三天後，署理布政使。十七年十月，還按察使任。十七柳亭當築于
稍後。節庵于十八年秋，就張之洞之聘，至武昌任兩湖書院主講。此詩姑
繫于次年春。

書堂晚霽

雨長青莎一寸深，已違親故莫追尋。挑燈待續他年夢，聞
笛仍牽昨夜心。花到暮春魂若縷，燕逢歸客恨盈襟。芳塵
凝席瓊枝怨，經月湘絃不上琴。

飛　鸞

細拍闌干見夕陽，飛鸞不及駐春芳。蘭哀豈是交焚早，荃
怨誰知獨感長。貝闕神仙原惝恍，中庭風露盡淒涼。花前
絮後無人在，檢點青苔月色荒。

春日憶海西庵兼懷佛如

不敢憶家鄉，故山先斷腸。桃灣花照水，柏院翠連房。識
字僧初病，銜泥燕已香。頻年讀書地，明月獨棲牀。

四月朔日哭龍駒 (四首)

當曉吹陰風，失我兩歲兒。壬辰十月二十七日生。沈綿歷三月，
謹慎求百醫。天命有所限，國工亦安施。非兒自夭折，乃
我足瑕疵。性剛與物忤，行孤乖天怡。惟當痛修省，不用
垂涕洟。

涕洟不敢垂，中心暗摧傷。萬事不挂眼，無子則皇皇。昨
日灌湯藥，今日見空牀。兒啼我不聞，我哭兒已亡。莫生
他人家，恐惹人斷腸。白日澹無色，泫然在他鄉。

他鄉忽五載，別墓豈為孝。事親先負疚，喪子奚用弔。所
悲數代人，長男必英妙。襁褓雖難憑，骨髮先已肖。兒生
時，骨壯而鬢長，第七叔母喜謂鼎芬曰：「他日此子當如汝耳。」真可悲
也。心地頗光明，見燈自然笑。坡翁稱曠達，一逝尚纏繞。
況余天使獨，披衣但號叫。

號叫天不聞，誰謂天有耳。靈龜不欲騎，收悲臥還起。明
知一泡幻，我身難足恃。多病閔汝母，歡喜得汝姊。姊尚
呼弟名，母聽悲欲死。浮生真足歎，薄德安所企。寄語未
來人，莫為東野子。

　　【箋】龍駒，節庵長子，名臥薪，又名學蠡，字神駿。光緒十八年十月
二十七日生，次年四月朔殤。

同林國賡楊裕芬伍銓萃游琴臺

五年不到碧苔深，有客初攜玉雁琴。伍生新得一琴名玉雁。千里風花團頃刻，一湖煙樹夾晴陰。古人不見誰無恨，何日重來話此心。魚鳥蕭間臺館靚，明朝分路各思尋。敦甫授經武昌，颿伯、夙葆還里，余返山居。

【箋】林國賡、楊裕芬，均陳澧弟子。見《答楊模見贈之作》詩箋。伍銓萃，字選青，號叔葆。廣東新會人。光緒十八年進士，散館授編修。光緒二十七年，充廣西副考官。官至湖北鄖陽知府。

江船遇長沙曹刑部廣楨贈詩

昨舍故人歸山庵，路逢曹子披塵函。欲澆江水瀉智慧，一雨飄落舟中嵐。手持賢兄好文字，兄廣權有文學。辨章學術窮其探。滷除回穴啟真秘，使我有舌不敢參。論仁特采東塾說，薪火何止傳湘潭。湘潭胡伯薊為先師高第弟子，令嗣元儀兄弟，經術知名，實東塾再傳也。菊坡精舍別來久，夢中楊柳空鬖鬖。大師不再下無學，妖狐晝出言二三。後生少年嗜鬼怪，經義新說青于藍。本心已昧非可懼，亂流既甚誰能戡。我惟造聖祇一軌，不到真處皆空談。李固可冤季長諂，彌遠不罪西山貪。時危致君竟無術，便有書論徒面慚。千年耿耿挂心目，自恨霜濼旋羸驂。江山大好正堪隱，誰與百戰湘人男。時平豪傑不足數，勖哉吾子視所擔。

【箋】曹廣楨，字蔚叟。湖南長沙人，光緒十八年進士。授刑部主事，後升刑部員外郎、刑部郎中。改任軍機處領班章京。光緒三十四年，任吉林學政。兄廣權，字東寅。光緒間曾任禹州知州兼淇縣知縣。伯薊，胡錫燕。陳澧弟子。終身布衣，不試不仕。與王闓運友善。有《日知齋遺文》一卷。擅書。《皇清書史》卷五："胡錫燕，字伯薊，號薊門。湘潭人。書法眉山，嘗摹蘇寫陶詩，腴潤可喜。"年四十八，投水死。陳澧《與鄭小谷書》云："門生胡錫燕，最有學問，死于水。"為撰《胡伯薊墓志銘》。胡元儀，字子威，號蘭萐。治經史之學，有《毛詩譜》、《郇卿別傳》、《北海三考》、《胡氏世典》、《步姜詞》等。胡元玉，字子瑞。治經學，尤精文字訓詁。有《駁春秋名字解詁》、《漢音鈎沈》、《雅學考》、《璧沼集》、《鄭許字義昇同評》等。

癸巳六月重返海西庵口占

短狗迎門群燕舞，病僧倒履接歸人。草親石氣過春壯，荷泛瓶香得水新。閒趣漸添禪定後，羈懷難斷雨鳴晨。瓜牛未敢窺天下，樵汲長為本分民。

【校】"難斷"，傳世手迹作"難縛"。

三十五歲初度

使年七十今中半，山谷句。何況大年古所稀。松下淵明惟有醉，山頭杜甫豈須肥。犬羊多事艱長策，麻城教案。鴻雁哀鳴失故依。京畿大水。便不關情也惆悵，眼前蔬酒恐人譏。

【箋】光緒十九年癸巳六月初六，節庵三十五歲生日。《清史稿·邦交志》七："十八年五月，瑞典國教士梅寶善、樂傳道二人，往麻城縣宋埠傳教，被毆致斃。上海瑞典總領事柏固聞，赴鄂見張之洞，要求四事：一，辦犯;一,撫恤;一,參麻城縣知縣;一,宋埠設教堂。時犯已緝獲,張之洞允辦犯、撫恤,而參麻城縣則不許,謂麻城縣事前力阻,事後即獲正犯,未便參劾。至開教堂,宋埠民情正憤,改在漢口武穴覓一地建堂,柏固亦不允。久之,始議定絞犯二名,給兩教士各一萬五千元,失物諸項一萬五千元,期二十月後再往傳教。"史稱麻城教案。光緒十六年、十九年,北京兩次大水。震鈞《天咫偶聞》:"京師自五月末雨至六月中旬,無室不漏,無牆不傾,東舍西鄰,全無界限,而街巷至結筏往來。最奇,室無分新舊,無分堅窳,無弗上漏旁穿,人皆張傘為臥處。市中葦席油紙,為之頓絕。東南城貢院左近,人居水中。市中百物騰貴,且不易致。蔬菜尤艱。誠奇災也。"

寄題十桂堂 有序

　　武昌節署園有十桂,孝達尚書取以名堂,題額云:"樹皆舊物,不知為郭華野、孫文定、阮文達、林文忠何人所植,名此以著封植嘉樹之意。"復書"魚鳥親人濠濮想,桂山留客楚騷詞"十四字為聯,託慕高遠,深愜余懷。往與叔嶠、香騄吟眺其間,木石蒼秀,恒不忍去。別已一月,爰寄是詩。達公補重陽作有"寒煙去雁窮懷抱",蓋用范文正《漁家傲》詞旨,並以廣之。

桂山留客酒頻傾,絕世芳菲不自呈。樹木盡憑天長養,樓臺全向日光明。投林坐笑鴉爭暝,臨水誰知鶴獨清。莫羨希文窮塞主,歲寒心事更崢嶸。

　　【箋】王賡《今傳是樓詩話》:"武昌督署有十桂堂,南皮督鄂,書

‘魚鳥親人濠濮想，桂山留客楚騷詞’為聯，其地木石蒼秀，賓僚每觸咏其間。散原有《十桂堂賦呈抱冰宮保》云云，節庵亦有《寄題十桂堂詩》云云。”郭華野，謂郭琇，康熙三十八年任湖廣總督；孫文定，謂孫嘉淦，乾隆六年任湖廣總督；阮文達，謂阮元，嘉慶二十一年任湖廣總督；林文忠，謂林則徐，道光十七年任湖廣總督。

竹林寺

日出接清氣，竹風微送予。青鴛辭世早，王半山《竹林寺》詩：“青鴛幾世辭蘭若。”白鶴與人疏。客病能危坐，僧閒補壞書。已知斷常見，不限孝然廬。

【箋】光緒十九年癸巳六月，節庵重返海西庵。竹林寺，在鎮江夾山，本名夾山禪院，東晉法安禪師始建。夾山，又名竹林山，今稱南山。辭蘭若，應為“開蘭若”，王安石《次韻張子野竹林寺》詩：“青鴛幾世開蘭若，黃鶴當年瑞卯金。”康熙三十八年，康熙南巡親書竹林禪寺額。詳見釋越伊撰《京口夾山竹林寺志》。陳三立《梁節庵詩評語》云：“起句神思超微。”

竹林寺送客暮歸

鶴林招隱地相連，不見山花放杜鵑。破帽青鞋吾倦矣，晴沙翠竹境偹然。鼓琴人戀將離際，采藥僧談未亂前。一剎那間換光景，平原為沼已生蓮。

竹林寺聽鸝

野行日出天未暑，直到竹林最深處。茶僧解事不相陪，好

脫衣巾卸煩苦。青蟲墜葉絲冒髮，白鳥驚枝席黏羽。倦歌
片石不逢人，誤聽清風作吹雨。藏山先生無一錢，但逢丘
壑欲自專。山花滿眼如舊識，兩個黃鸝鳴我前。笙和簧脆
世未有，彷彿解后瑤臺仙。詩人尚切公家事，談論今古知
誰賢。葉君大莊同游，論史甚久。勸君買山學種田，飢飽在我天
無權。一飲一啄如鳥然，雙柑斗酒隨我眠。山深深兮水涓
涓，來世作佛真良緣。

【箋】馮贄《雲仙雜記》卷二引《高隱外書》："戴顒春攜雙柑斗酒，
人問何之，曰：'往聽黃鸝聲。此俗耳針砭，詩腸鼓吹，汝知之乎？'"鎮
江南山有聽鸝山房，世傳即戴顒聽鸝之地。

淥水橋弔杜牧

移欐府西頭，粼粼但一溝。柳橋初罷絮，詞客莫登樓。買
酒無人識，傷春并淚收。低徊樊上老，何事乞湖州。

【箋】杜牧《潤州二首》有"青臺寺裏無馬迹，綠水橋邊多酒樓"之
語。綠水橋，元《鎮江志》作"淥水橋"。謂"在千橋西，唐以來有之。
唐杜牧之詩'淥水橋邊多酒樓'。宋乾道庚寅，郡守蔡洸建，仍舊名，俗呼
高橋"。

小孤山

何年天風啟蒙蘢，吹下一片青芙蓉。屹如武夫鯨額突，燦
若美女螺髻鬆。孤根萬丈不見底，遥山一睇難為容。直須
縱浪觀大化，遺世獨立成高踪。我居焦巖偶過此，林巒縹

縹煙霞封。仙人綠髮臥松雪，冥棲鍊玉恒不逢。初心沖澹倘相許，借爲一緉安追從。巢由豈必買山隱，坐笑貪愛煩心胸。天邊鴻鵠已寥廓，但惜寶匣雙蛟龍。江月照人不可到，微聞雲外搖清鐘。

【箋】小孤山，位于安徽宿松縣境之長江中。孤峰聳立。古迹甚多。《太平寰宇記》卷一百一十一："山高十丈，周回一里，在古城西北九十里。孤峰聳峻，半入大江。"

有　感

買畚深山有所思，青精飯熟儘療飢。子瞻學佛翻淪劫，棄疾能兵但寫詞。擾擾九州無俊物，昂昂喬木對清漪。瘦行清坐長年好，柯爛當前尚未知。

【箋】陳三立評："此詩佳處乃肖放翁。"

讀葉大莊都門雜詩有簡兼寄林昭通

新霽飛一覘，佳篇冷時閱。俯仰四海空，纏綿九愁熱。十年不到地，夢往風先折。春暄觀中苔，水染湖上月。豪華紛滿眼，上箋庶一徹。陳人不厭脆，昔心奈徒設。惟有閩社英，涕零已離別。

【校】傳世手迹題爲《讀葉大莊都門雜詩感賦》，末注："兼憶林昭通。"

【箋】葉大莊，字臨恭，號損軒。福建侯官人。同治十二年舉人，官邠州知州，後入張之洞幕。有《寫經齋詩文稿》等。林昭通，謂林贊虞，時由御史出守昭通。

八月三日壽孝達督部

宦迹依稀似廣平，心無一競老書生。青松雪後神姿定，白鶴雲中顧視清。元晦啟蒙猶學易，《朱子年譜》："五十七歲《易學啟蒙》成。"公時正編《易》。樂天戀國豈求榮。公好白詩，樂天有《和我年三首》，皆五十七歲作也。籌邊事往宸題重，坐我南樓月正明。

【箋】光緒十九年癸巳八月三日，張之洞五十七歲生日。

讀鄧輔綸白香亭詩柬伯嚴 _(三首)

秋葉薿薿風墜枝，隱几仰天微弄髭。陳子敲門踏破月，誇示于我彌翁詩。拳毛竦動筋骨瘦，莫是渥洼千里兒。嗟乎騏驥不易見，時無九方到死賤。

龍蝦同一流，駑駿均一軸。奚以百年短，負此眾類憂。朝唏夕喈不自覺，亦有載酒行江頭。杜陵生來茅屋歡，天寶不網親患難。異代悲哀鴻雁篇，腹裏琅玕想零亂。道光己酉，湖湘大水，集中《鴻雁篇》語特沈痛。

名士之詩亦如鯽，妖嬈倚市較顏色。貞元盛會手難回，小雅盡廢心自惻。老柳婆娑無復春，武昌一水愁粼粼。范家叔矩漢風俗，灑涕憐才聊語君。彌之為江寧文正書院院長，歿已一月，弟繹客武昌，聞兄憂不赴，識者少之。

【箋】鄧輔綸，字彌之。湖南武岡人。咸豐元年副貢生，官浙江候補道。閉戶著述，有《白香亭詩文集》。王闓運《詩法一首示黃生》："詩法既窮，無可生新，物極必反，始興明派，專事模擬，但能近體，若作五言，不能自運。不失古格而出新意，其魏〔源〕、鄧〔輔綸〕乎。兩君並出邵陽，殆地靈也。"光緒十九年七月，鄧氏卒。此詩當作于八月。

陳提刑丈餽菊花賦謝（二首）

淵明世所棄，不棄獨此花。煌煌冶牆英，霜露為生涯。少年見踴躍，今壯翻咨嗟。故園應未荒，他鄉聊以誇。階前具丘壑，木石交喂啞。一花表一色，白月不能遮。東籬自然好，鳳凰猶在笯。公其儷貞素，吾猶懼疵瘕。

海南潘夫子存，長松特礧砢。朱君似竹柏一新，節行久不惰。偉哉龍豹姿，舉念皆有我。識公記先後，論事罕一左。樹無千年好，剛直終賈禍。死生竟相違，離散更難妥。潘甫歿，朱客授廣州，昨談及死生聚散之故，相惘然也。此日真可惜，此花長不果。不果亦何傷，悲秋且閒坐。

【箋】光緒十九年九月作。陳寶箴有次韻詩二首，詩末題記云："癸巳秋九月以盆菊餽節庵翰林，枉詩見答，次韻和之。節庵以兩人詩俱有屬鼎甫侍御語，督書拙作寄覽，謹呈教正，藉知遠道粗官睠懷高矚，感慨繫之云爾。"鼎甫，朱一新，時在廣州。陳三立有詩，題為："梁節庵以大人所贈盆菊，屬衡兒作畫，寄貽朱鼎父山長廣州，因賦此詩，末章兼謂潘戶部存不久厭世云。"衡兒，謂陳衡恪。

繆五荃孫招飲涵秋閣

主人丹墨日無閒，偶集文流醉此間。滿几黃花來勸酒，半林紅葉坐看山。傳聞史館誇鴻製，解后書函識豹斑。一字未安吾敢和，平生意見想全刪。

【箋】涵秋閣，繆荃孫室名。繆荃孫輯《元和郡縣圖志逸文》卷三題記："光緒辛巳九月，江陰繆荃孫識于宣武城南大川淀寓廬之涵秋閣。"

夜抵鎮江

脫葉嘶風正二更，燈船初泊潤州城。芳菲一往成彫節，言笑重來已隔生。寒鳥淒淒背江去，疏星歷歷向人明。此回不敢過衢市，怕聽茅簷涕淚聲。

【校】傳世手迹題作"癸巳十一月二十八夜抵鎮江作"。

【箋】光緒十九年十月二十日，王可莊病卒于蘇州官舍。二十六日，節庵乘船自武昌東下奔喪。節庵致江逢辰書云："王蘇州竟以急疾不救，傷何可言。僕正在武昌養病，二十五日聞耗，翌日東下赴喪，昨到蘇州，入門撫棺，聲淚出臆。追思生平，彌用愴痛。"陳衍《石遺室詩話》卷一："可莊既逝，君有《過鎮江》一首云云。屢見君以此詩書扇贈人，蓋黃壚之感深矣。"郭則澐《十朝詩乘》卷二十一："節庵丈居焦山，有《謝王二太守送米》詩。迨從舅卒于蘇州，丈自鄂赴其喪，途經鎮江，作思舊詩云云。沈摯語不可多得。從舅守鎮江，盡力民事。其移官也，丹徒令王蘭芝詣謁，見鄉民數輩哭于郡署前，以為訴冤者。詢之，則曰：'聞好官將去，故爾。'芝蘭慰之曰：'太守暫去，行且復來。'乃揮涕而去。迨蘇州耗至，士輟學，農輟畝，工輟市，若相弔者。結語非漫作也。"屈向邦《粵東詩話》："弔往傷亡撫今思昔之作，以能寫出至情為工，最好用疏樸之筆，不重典褥，蓋用典雖極渾成工切，終是他人牙慧，為文然，為詩亦然。節庵《夜抵鎮江》懷王可莊云云，能用疏樸之筆，寫哀切之情。"陳湛銓《略述梁節庵先生詩》云："結景于情，淒入肝脾。彼蒼者天，殲我良人，謂之何哉。蕭騷欲絕矣。""此結勝絕。不惟沈痛，亦正見王可莊之得民，而先生亦可以無負矣。"

蘇州官舍東園三絕句 (三首)

水石荒涼不見人，昏鴉踏葉墮階頻。閒身尚謂尋幽至，猛覺衣襟涕淚新。

安花去草日來窺，野鬼妖狐不便之。獨念西堂將別語，僅成今段一茶時。園草長無人迹，為鬼狐所宅，鎮江別時，笑謂余曰："君性不畏，他日掃除以待。今至綠雲深處，已設榻且粉牆矣。"歿前三日，猶來此道余也。

淒淒歲莫共闌干，那有春風啟□蘭。行作已迷才幾日，乾坤牢落共誰看。

【校】末首錄自汪宗衍《節庵先生遺詩補輯》，原題《蘇州官舍東園絕句（三首）》，汪按："第一首、第二首已見盧刻。"

種花詩 (三首)

今年十一月，三弟催漕黃州，歸購牡丹數十本，蒔于庭下。余復補梅杏八株，花開人間，可以忘世。或譏余曰："春花易零，奚不松栝之嗜?"余未及答，種花某者，足盤跚而前曰："花佳哉。人生如過客，草木非我有，吾為一時之觀，不必百年之壽。醉斯歌斯，何暫何久。千秋萬歲，誰傳此叟。"余感其言，作為是詩。

懷哉棲鳳宅，三花親種之。芍藥、海棠、丁香皆客京師時所種。
十年過幾念，步春到江湄。平生何所慕，堂堂蘇峨眉。黃
州地貧曠，牡丹出新詩。當春暮還歛，冒雨重不歛。吾叔
故好事，犯雪祈其姿。水陸竹間有，歸船豐一籭。此花自
深靜，名浣世上兒。貧賤思富貴，富貴方可危。把盞三太
息，其諸銘我醉。

畸士宋王冕，樓神九里山。貪緣梅千株，料理茅三間。花
豈有今古，人自分忙閒。侵晨抱甕出，揗揗力已殫。笑余
攪何事，對花但羞顏。有山不得隱，有家不得還。雙溪一
樹月，清氣飄人寰。白雲山雙溪寺梅花至佳，久擬築廬守墓，未果。
彷彿如昨日，風雪吾未屐。

杏花美連娟，纔開賞不及。佳人跨紅鳳，絕世而獨立。華
采自然貴，秀色不可拾。裕之致殷勤，芳馨滿其集。廬山
有一董，種樹過百十。杏穀換以器，志在振貧急。神仙如
可學，此意吾已給。夢游臥龍庵，藏知共春泣。余欲購廬山
臥龍庵為草堂，王蘇州贈貲七十千。今王歿兩月矣。思之淒然。

【校】此花自深靜，節庵《題邵位西先生遺詩》引作"此花自娟靜"。

【箋】節庵《采桑子·憶京師丁香》自注云："余在京師居樓鳳樓，丁
香、芍藥皆手植物。"此所懷者乃京師樓鳳樓之芍藥、海棠、丁香，亦懷龔
氏夫人也。《錢仲聯講論清詩》云："《種花詩三首》，也很出名。"

寄懷龍伯鸞復園

海內才名知服齋，竹西二馬自堪儕。論詩看畫猶餘事，誰

識青萍千古懷。

【校】上詩録自《節庵先生遺詩補輯》。

坐仰止軒觀雨中梅花醉賦用宋人趙冰壺韻

雨打寒花亦有存，林容江氣共昏昏。招魂未必精神復，惜別還能涕淚吞。世局飽看蕉覆鹿，酒鄉慣見叟為猿。蓬心直達何曾是，頻汲靈泉灌上根。

【箋】仰止軒，原在水晶庵，嘉慶十二年，阮元移建于海西庵中，將楊繼盛墨迹五件入藏，並作《焦山仰止軒記》云："明嘉靖壬子，楊忠愍公與唐荊川先生約同至焦山。忠愍詩有云'楊子懷人渡揚子，椒山無意合焦山。'天啟間，郡守于水晶庵後建仰止軒，奉忠愍木主。"又作《送楊忠愍公墨迹歸焦山記》。陳任暘《焦山續志》卷三："海西庵在定慧寺右"，"内為仰止軒，奉楊忠愍公像。忠愍墨迹刻石嵌壁間"。

甲午正月二十五日江行

春波緑始柔，素雪吹參差。相攜有同心，泛舟因所奇。隨風夜潛積，輳屋朝漸垂。壯觀江路闊，心領目已移。萬物役于形，既往方自知。消摇一百里，勞者今在斯。歡持一觴酒，何必歎臨歧。叔嶠、季若赴鄂同行。

【校】余本題作"正月二十五日江行"。今據傳世手迹影本。余本校：積，《道咸同光詩史》作"動"；勞，《道咸同光詩史》作"逝"。

【箋】光緒二十年甲午正月，節庵乘船自武昌東下游黄州。

231

黄　州（二首）

積雪晴更皓，春曉過黃州。野梅香不滿，隴麥青已抽。蘇公神仙人，題詩上山樓。天地著一我，浩蕩輕百憂。當時聊且適，後世不可求。運命亦須順，欣慨余何稠。

楊生追昔游，偕客衝雨至。去秋八月，伯嚴、叔嶠、靜山、穰卿、社耆來游楊惺吾鄰蘇園，余以病未至。言訪臨皋亭，遂啟鄰蘇笥。沙柳去時枯，今見條已膩。日月如白駒，人生貴適意。獨懷雪堂上，英光久埋地。刷涕望西山，撫衷有深志。

【箋】作于光緒二十年甲午春，節庵過黃州。光緒十九年八月，陳三立往訪楊守敬，拜觀鄰蘇園藏書，亟欲購藏舊刊本，未果。屠寄，字敬山，一字靜山，號結一宧主人。江蘇武進人。光緒十八年進士。曾入兩廣總督張之洞幕，任廣東輿圖局總纂，主修《廣東輿地圖》。汪康年，字穰卿。汪洛年，字社耆。楊守敬，字鵬雲，號惺吾，晚于黃州東坡舊居築鄰蘇園，號鄰蘇老人。

同友游黃州

曾攜數子經行處，絕好西山對雪堂。勝地空憐縱歌咏，諸峰獨自作光芒。黿鼉夜立邀人語，城郭燈歸隔雨望。頭白重來問興廢，江流繞盡九回腸。

【校】上詩錄自汪宗衍《節庵先生遺詩補輯》。按，此詩亦見于陳三立《散原精舍詩》卷下。標題為："過黃州因憶癸巳歲與楊叔嶠屠敬山汪穰卿社耆同游。"曾攜，作"提攜"；獨自，作"猶自"；燈歸，作"燈疏"；江流，作"江聲"。待考。

【箋】甲午春，節庵在黃州，與楊守敬等友人同游蘇東坡舊居臨皋亭。楊守敬時為黃州府教授。

題瞿鹽法廷詔快園圖

舅氏後先登玉堂，謂蘭軒五舅、宧子十六舅也。兄取二士瞿與張。君與幼樵學士同中庚午順天榜，均五舅所薦。簣齋習儒未習戰，一旦消搖居洞房。君家忠宣我所敬，皦皦大節垂吾鄉。小東皋宅委荒梗，遺書經亂復散亡。賢孫舂緝官舍暇，遺烈往往吹園芳。園中何有有圖史，亦有翠柏三兩行。廡回楯接最研穩，鶯初雁晚都閒長。爭墩君笑荊公拗，題閣我步涪翁狂。紛紛畫史所不到，酒酣弄筆驚何郎維樸。高樓花氣團尺地，落霞江影明千艭。平生浩蕩白鷗意，不覺魂夢飄湖湘。外家松廬早太息，況有玉樹埋雙雙。士信知己無不報，成材要到樅枒強。秦青已去曲不去，歸語鄭子談經窗。思齋，十六舅所取士，今同作十桂堂客。

【箋】瞿廷韶，字虞甫，又字耕莘，號舜石。江蘇武進人。同治九年舉人。張之洞任湖廣總督時，委辦礦務、煉鐵、槍炮各局廠，兼鹽法道。上奏稱其"治行卓越，器識閎通，有守有為，無偏無黨，為司道中第一人員"。後官至湖北布政使。工書畫，擅刻印。夏敬觀《學山詩話》："朝政窳敗而清議出，黨禍興而宗社覆，自古皆然。清同光間，高陽李文正當國，一時清流附從，所稱備起居、能建言者，不下十數人。戲為品題者，皆以五官四體之字目之，如清流頭、清流喉、清流舌之類，惜今不能悉舉其目而屬之誰某也。馬江之役，豐潤張幼樵佩綸，會辦福建軍務，軍敗遁走。甲午之役，吳縣吳清卿大澂，自湖南巡撫疏請出關，兵敗，僅以身免。文人典兵，先後一轍，説者譏之。二人者，皆當時所稱清流也。幼樵以罪發軍臺効力，赦歸，遂為李文忠婿。番禺梁文忠鼎芬《題瞿鹽法廷韶快園圖》詩云云。簣齋，張佩綸別號。張清華，字蘭軒；鼎華，字宷子，乃文忠之舅氏，簣齋中庚午順天榜，為蘭軒所薦也。馬江之役，簣齋實誤戎機，無可諱言。然其時中外兵力器械，已相差甚遠，實亦無由致勝，主戰者不量力，皆清議之咎也。甲午亦坐此病。李文正、翁文恭主戰于上，清議諸公慷慨激昂于下，實皆未明敵勢也。"思齋，鄭鑅之號。十桂堂，張之洞于乃園所建之堂。陳三立《梁節庵詩評語》云："奧雅遒逸，疑誦王英傑作，非尋常肺腑所有。"

叔葆視余鄂州屬題玉雁莊藏物漫書三絕 (三首)

卷施芳茂皆千載，斷紙零縑滿世間。獨愛昔賢風誼重，尋常文字意相關。

仍歲讀書雙柏堂，常州二老夢徜徉。僧寮每處存遺墨，那及江門玉雁莊。洪、孫兩先生書，焦山諸庵多有藏者，若芳茂為卷施作篆，則未有也。此卷固應獨絕。

桂樹閒庭結夕陰，乾嘉時會與沈吟。他年莫忘洪孫事，有此青天白日心。

【箋】玉雁樓，為新會伍氏之藏書樓。叔葆，伍銓萃之字。洪、孫兩先生，洪亮吉與孫星衍，皆常州人。洪亮吉有《卷施閣集》，孫星衍有《芳茂山人詩錄》。

贈別顧印伯

相逢未穩復西東，草草杯盤酒面紅。雨雪梅花正月尾，籬牆茶夢一星終。良才肯信長無謂，妙論依然屢不窮。此去金臺鶯燕節，芳菲零亂句難工。

感　憤

魖戲嗥然各出林，側身東望戰雲深。至尊將下憂勤詔，志士都生恥辱心。萬樹堂前春服滿，獨松嶺上敗兵臨。軍書日日傳都會，知是驚烽是凱音。

【校】上詩余本未收。輯自《永安月刊》八十五期陳涵度《題蕉蘆漫筆》。

【箋】此詩當為甲午之戰而作。

鶴樓吟

飛甍壓城今已灰，群英礌落往不回。千懷萬想不可滅，西風更欲添人哀。相攜美日聊一覽，東西形勢誠佳哉。上連秦蜀鈐鍵握，下通吳越舟楫來。如何險要有成敗，江山無力須人才。微紅樹色霜皚皚，高臺銀燭搖蒼苔。男兒無用尚堪醉，丈夫未死誰敢猜。座間有客能知古，謂楊惺老。海外收書數年苦。雙井詩函共寶黃，惺老藏有宋槧《山谷集》，以假陳提刑丈重鐫，為涪翁祠堂本，吾輩兩賢之。草堂箋本虛尊杜。惺老所校刊《古逸叢書》，精審冠海內，惟杜集之刻，非其本恉也。一書隱見亦關時，此樓興廢難為主。坐笑岑牟擊鼓人，不識天心泣鸚鵡。禰墓在對岸。

【校】鈐鍵握，余本作"鈐鍵屋"，今據鄧又同藏節庵手迹改。

【箋】鶴樓，指黃鶴樓。位于武昌蛇山峰嶺之上，始建于三國時代吳黃武二年，號稱"天下江山第一樓"。光緒間，黎庶昌任駐日公使，搜羅散逸于日本之經籍，于日本編輯精刻《古逸叢書》，共二十六種，二百卷。楊守敬時為隨員，負責校刊。惺老，謂楊守敬。《山谷集》為黃庭堅詩集，楊守敬所藏宋刊孤本，中有《山谷詩集注》二十卷，為日本古代翻刻宋刊，《山谷外集詩注》十七卷、《山谷別集》二卷，為朝鮮古活字本，亦源于宋刊。陳三立在楊守敬處得覩此本，遂以陳寶箴名義重鐫，重金聘請湖北黃岡陶子麟刊刻，極其精美。首有光緒乙未年刻書牌記及光緒二十六年陳三立題文，末有楊守敬跋文。杜集，指杜牧《樊川外集》，楊守敬影刻北宋本。雖為宋刻，然其中訛誤甚多，且有偽作，楊氏均未校勘，節庵為賢者諱，故云"非其本恉"。光緒二十年甲午秋，梁鼎芬與楊守敬同登黃鶴樓。

杜茶村先生畫象同紀鉅維殷雯作（四首）

孔雀庵難問，梅花墓已荒。百年空彷彿，一紙尚芬蒻。松翠披琴几，茶煙近石牀。風儀真偉岸，不待露文章。

饑鳳誰能語，冥鴻豈有嗟。飄蕭緯帳損，辛苦祭蔬加。淚泫春江草，愁開戰陣花。迸成傷亂句，不愧少陵家。

龔錢枉知己，馬阮正薰天。流涕曾何及，浮家豈偶然。沙蟲驚滿眼，霜霰變華巔。耆舊深私淑，傳來後董賢。

先我登焦庵，題詩說獨游。江山看夕照，天地有閒鷗。木落危存節，波回迴抱愁。鬚眉極惆悵，吾亦溯風流。

【箋】杜濬，原名詔先，字于皇，號茶村，湖北黃岡人。副貢生。不得志于時，乃刻意為詩。明亡，避地金陵，寓居雞鳴山之右，窮餓自甘，以遺民終老。有《變雅堂文集》、《變雅堂詩集》傳世。紀鉅維，字香聰，一字伯駒，號悔軒，晚署泊居。河北獻縣人。紀昀五世孫。同治十二年拔貢，選授內閣中書。沈毅好學，博覽群籍，精考據，善鑒別書畫，工詩古文辭。有《泊居剩稿》。黃任鵬箋：王會釐《問津院志》卷五："殷雯，字東坪，幼穎異，博涉群書，為諸生時，詩文瑰瑋雄健，奇氣旁魄，名騰江漢間。中光緒甲午鄉試，總督南皮宮保愛其才，延致幕府，旋充自強學堂教習，並令編譯西書。海疆多故，雯日以忠義勵士氣，憂時感事，發為詩歌，著有《東坪詩集》。卒後，劉芙裳代梓行世。"又，殷雯與同里洪良品、鄧琛、錢崇蘭、錢崇柏、劉溙、陶銳等以詩文相雄長，時稱"黃岡七子"。

沈十二塘山水直看子題詞 甲午

恨君不畫五龍山，舟師十萬知所還。恨君不寫馬訾水，東南之塹長可倚。終朝瞑坐團焦心，神游太古苔莒岑。頑青鈍碧亙天地，許我坐弄幽居琴。樹卷卷，水濺濺，食柏苦我口，采芝修我年。朝隨青猿聽師講，莫偕白鹿抱雲眠。誰曾解識空山意，解后人間沈石田。

【校】上二題五詩錄自汪宗衍《節庵先生遺詩補輯》。

【箋】沈塘，一名唐，字蓮舫、陶宧，號雪廬。江蘇吳江人。棄舉業，專事繪畫。師從陸恢，與汪洛年齊名。光緒十八年，吳大澂薦入張之洞幕，曾擔任兩湖總師範圖畫教習。二十二年，納資為湖北巡檢。二十七年，捐湖北候補知縣。民國三年游學日本，後歸蘇州賣畫為生。工畫山水、花卉，善篆刻。存有《寒林雪景圖》、《鷗夷室釀詩圖》等。

次棠去荆州十年矣陳提刑丈周兵備懋琦為余稱善政多可書作此寄次棠兼呈孝達尚書陳周二公

于公治第一，漢吏今見之。當官兩歲淺，勒此萬口碑。觥觥提刑使，用才寶所貽。幾誇相馬識，但覽頻伽姿。兵備究官學，握符新在茲。入稽簿案事，出聽閭巷詞。吏悚尊神君，民愛泣嬰兒。築堤堯佐惠，講學安定規。各稱所聞見，未畢舌已疲。吾友性剛潔，結交在京師。張公昔治粵，雲龍相追隨。何知世事變，四犬能制羆。感涕辭聖主，有罪臣當褫。荆人真直道，十載口不移。彼能肆萋菲，不能遏謳思。敬告諸有位，民近慎勿欺。寸心抱忠赤，黑白隨人頤。官職豈可常，得失無盈虧。以君詔來世，公論非吾私。

【箋】光緒二十年甲午，節庵在武昌，與黃遵憲、沈瑜慶、柯逢時、鄭孝胥、葉大莊等同在張之洞幕府。周懋琦，字子玉、韻華，號韓侯。江蘇通州人。拔貢。同治元年至臺灣幫辦軍務，有功，以員外郎分部候補，加四品銜。同治十一年任臺灣知府兼臺灣兵備道。光緒二年調福寧府知府，光緒五年再任臺灣知府。撰有《荆南萃古編》、《全臺圖說》。

寄題簡竹居讀書草堂 (五首)

腹中萬卷可支餓，世上點塵不到門。至念陳樹鏞康祖詒天下士，一嗟無命一分源。

迎陽故作軒窗敞，耐冷還依水石嚴。今日承平無個事，乾龍不必問飛潛。

高密通儒經傳熟，濂溪老人風月溫。諸子紛囂無用處，始知南海此堂尊。

多種竹松扶士氣，閒論禾稼識農功。旁人莫訝先生隱，儒者勳名本不同。

別來滄海還多夢，老去茅庵尚未成。絕羨武夷精舍好，談經何日罄微誠。

【箋】簡朝亮，字季紀，號竹居。廣東順德人。朱次琦弟子。一生研習經史、性理、詞章之學，潛心講學著述。著有《讀書堂集》十三卷、《讀書草堂明詩》以及《尚書集注述疏》三十五卷、《論語集注補正述疏》十卷、《孝經集注述疏》一卷、《禮記子思子言鄭注補正》四卷等。宣統己酉康有為《懷簡廣文竹居》詩序謂朝亮"學行高絕，今之嶺表大儒，一人而已"。王賡《今傳是樓詩話》："梁節庵遺詩，有為《寄題簡竹居讀書草堂》五首云云。""竹居名朝亮，南海諸生，蓋今之粵中有數學者也。君與同里康更生，同出朱九江先生門下。閒居講學，造就綦宏，不騖聲聞，邈然高厲，以故士論尤交重之。"李漁叔《魚千里齋隨筆》卷下："順德簡朝亮竹居、南海康有為長素，為兩先生（陳蘭浦、朱九江）高第弟子，亦最有名。"陳三立《梁節庵詩評語》云："其一學黃有老氣，更有作意。其五'罄微'語稍常，擬易作'送孤'何如？"

答譚復老

昨事忽成故，遲君雲外舟。江山遞魂夢，花絮更飄浮。人遠猶題句，春殘不佇愁。同心善芳茞，未敢訴靈修。

【箋】譚獻，原名廷獻，一作獻綸，字仲修，號復堂、半庵。浙江仁和人。同治六年舉人。屢赴進士試不第。曾入福建學使徐樹銘幕。後署秀水縣教諭。又歷任安徽歙縣、全椒、合肥、宿松等縣知縣。後去官歸隱，銳意著述。晚年受張之洞邀請，主講經心書院。著有《復堂類集》，另有《復堂詩續》、《復堂文續》、《復堂日記補錄》。詞集《復堂詞》。

左文襄公祠下作

嫋嫋清涼山，下有故侯祠。入門先哽咽，升堂想威儀。昔來披襟言，公書"文章或論到深奧，意氣相與披胸襟"十四字為聯贈別。今來灑涕悲。何止禮數異，所貴心相知。漂搖十二載，書生無一奇。豈有天下才，乃共癯僧飢。山頭鼓角響，如見雲中旗。蒼茫不忍去，磊落以陳詞。

【校】去，余本校：一作"別"。

【箋】光緒二十年十月，張之洞署兩江總督。辟節庵為幕府。遂至江寧。左宗棠，字季高，一字樸存，號湘上農人。湖南湘陰人。二十歲鄉試中舉，會試屢試不第。後因戰功歷任閩浙總督、陝甘總督、兩江總督，官至東閣大學士、軍機大臣，封二等恪靖侯。卒，追贈太傅，謚號文襄，有《左文襄公全集》。左文襄公祠位于江寧清涼山。光緒八年，節庵至江寧謁見左宗棠，左氏期許甚深，為聯贈別。

病中夢鼎甫

時危身莫定，君歿我猶存。積雪撐孤樹，悲風颯九原。先幾何不幸，來哲愧相尊。同此淒心處，沈疴更閉門。

【校】傳世手迹題作"乙未正月十七夜病中夢鼎甫追悼一首"。

【箋】朱一新卒于光緒二十年甲午七月。

賞心亭餞春 乙未

飛花片片望成空，腸斷殘陽淡樹中。萬物忽驚春序改，餘生微惜酒顏紅。當窗已曙猶疑月，盡夜無眠卻怪風。瞀亂神思渾未整，世間何處有崆峒。

【校】上詩録自葉恭綽《節庵先生遺詩續編》。原題"示筠甫"。傳世手迹題為"賞心亭餞春"，末署"乙未"。今從之。

【箋】賞心亭，宋人丁謂所建，在南京。《景定建康志》卷二十二："賞心亭，在下水門之城上，下臨秦淮，盡觀覽之勝。丁晉公謂建。舊《志》：景定元年亭燬，馬公光祖重建。"

乙未六月重過隨山館感賦簡莘伯序

鳳麟不延世，世亂已沈寥。門影青苔合，書聲隔屋飄。撫琴尋舊會，分酒觸芳韶。本未忘生死，淒涼更此宵。

【校】上詩録自汪宗衍《節庵先生遺詩補輯》。

【箋】光緒二十一年六月十八日，張之洞上書薦舉節庵。六月，回粵省墓，重過隨山館。汪兆銓，字莘伯，一字辛伯，晚號惺默、惺默道人，別署莨楚軒。廣東番禺人。汪瑔之子。光緒十一年舉人。歷任廣東海陽縣教諭、菊坡精舍學長、廣雅書院總校、廣東高等學堂教務長、教忠學堂校長等職。著有《惺默齋集》詩四卷，附文詞一卷、《莨楚軒詩集》一卷、《莨楚軒續集》。隨山館，汪瑔之室名。

秦　淮

舊月銷沈一縷煙，菱塘成岸水成田。綠楊是我題詩處，寂寞秦淮十二年。

【箋】光緒二十一年乙未五月下旬，與文廷式、黃遵憲、王德楷諸人飲集秦淮。文廷式《冬夜絕句》詩自注："黃公度、梁星海今夏同在金陵，游宴甚樂，有《吳船聽雨圖》記之。曾聯句填《摸魚兒》詞一闋。"按，詞已佚。光緒九年，節庵入京，途經南京，曾游秦淮，距此時已十二年矣。

題鮑秋田摹石谷種梅圖卷

谷已爲陵海變田，種梅須及太平年。風流二老真堪羨，神在山邊與水邊。

【校】上詩余本未收，黃任鵬輯自裴景福編《壯陶閣書畫録》卷十九，并擬詩題。黃校：詩後題識云："乙未七月，余歸拜先隴，雙溪寺梅花如別時也。槐軒三弟以此卷屬題，感念身世，慨然成詠。梁鼎芬題。"

清溪小飲

天涯尚有此清秋，繾綣尊前共勝流。無念百年聊一樂，將銜微木有餘羞。明波渺渺還停棹，殘葉蕭蕭漸下樓。獨向芳洲紉蘭茞，歲華淹忽悵靈修。

【箋】作于光緒二十一年乙未九月初三。黃遵憲有《九月初三夜招袁重黎柯巽庵梁節庵王晉卿諸君小飲和節庵韻》詩，即用此韻，可知節庵此時與黃遵憲、袁昶、柯逢時、王樹枏相聚。青溪，開鑿于三國孫吳赤烏四年，自鍾山南入秦淮。青溪九曲，為金陵名勝。顧野王《輿地志》："青溪發源鍾山，入于淮，連綿十餘里，溪口有埭。埭側有神祠，曰青溪姑。今縣東有渠，北接覆舟山，以近後湖，里俗相傳此青溪也。其水迤邐西出，至今上水閘相近皆名青溪。"

為吳清卿中丞題文衡山三絕卷 (三首)

淺水橫橋三五家，石湖風物足魚蝦。眼前便有桃源好，它日從君一泛查。

一着荷衣過十年，荒江流落自關天。白鷗亦是忘機者，如此風波意灑然。

玉樹摧傷淚暗揮，時蘇卿新逝，蘇卿為南皮督部次子而中丞之甥也，中丞東歸，來弔兼慰南皮，是夜書示此卷，以相解勸。陶侃周訪心事更多違。年來我已忘生死，細雨斜風有釣磯。

【校】上三詩錄自葉恭綽《節庵先生遺詩續編》。

【箋】吳大澂，初名大淳，字清卿，號恒軒，又號愙齋。江蘇吳縣人。同治七年進士。授編修。後任陝甘學政。光緒四年授河北道。十二年奉召參與勘定吉林中俄邊界，升任廣東巡撫。兩年後授河道總督。十八年任湖南巡撫。甲午戰爭時，自請率湘軍赴遼抗日，兵敗革職。撰有《吉林勘界記》、《皇華紀程》、《說文古籀補》、《愙齋集古錄》等。文徵明，初名壁，字徵明，後更字徵仲。江蘇吳縣人。祖籍衡山，故號衡山居士，人稱文衡山。蘇卿，張之洞次子張仁頲，因在總督府園中賞月覓句，不慎落池，未久身亡。陶侃、周訪，皆晉朝名臣、名將。

題槐陰精舍夜話圖

淒淒風雨漫漫夜，夢裏華年可惜無。蟋蟀笑人奚不樂，綠槐清酒有須臾。

【校】上詩余本未收。輯自傳世手迹影本。末署"乙未十月，為子涵二兄題。番禺梁鼎芬時同在秣陵"。原無題，題為編者所擬。

【箋】《槐陰精舍夜話圖》上有題識："甲申四月春季，吳興張度寫于京寓抱蜀堂。"張度，字吉人，號叔憲，又號辟非，晚號辟非老人、抱蜀老人、松隱先生。浙江吳興人。官兵部主事、湖南候補知府、刑部郎中等職。圖為朱澂所藏，上有黃國瑾、樊增祥、張佩綸、沈瑜慶、江標、梁鼎芬、胡廷、李佳、吳慶坻、郭慶藩、歐陽述、繆荃孫、易順鼎、陳彝諸家題跋。此詩題于張度所繪《槐陰精舍夜話圖》之右側邊上。參見《弔張度》詩箋。子涵，即朱澂。

乙未十二月夜飲并貝齋醉歸題此

捕龍與烹雁，世士説窮通。不賦子山樹。如觀潁士楓。夢魂天上露，感慨夜來風。酒醒還尋酒，殘燈若許紅。

【校】上詩余本未收。此詩題于張度所繪《槐陰精舍夜話圖》之左側邊上。後署"乙未十二月夜飲并貝齋，醉歸題此"。輯自傳世手迹影本。原無題，題自題識中摘出。

【箋】并貝齋，朱澂室名。朱澂，字子涵。浙江仁和人。朱學勤次子。人稱朱二楞。光緒三年由貢監生報捐中書科中書，十七年捐升江蘇候補道員，委辦金陵下關挈驗卡務、皖岸鹽局。朱氏有結一廬藏書樓，曾聘繆荃孫校訂其舊藏四種鈔本，刻《結一廬朱氏剩餘叢書》四種。

贈鄧仲果 (二首)

斜川家學龍川氣，讓汝才名出一頭。如此江山肯相訪，漫天風雪不能留。

惟我心知中散狀，他年誓刻滄庵詩。淒涼世事無人說，短燭寒窗泣別時。

【校】傳世手迹題作"乙未十二月送鄧仲果世長歸里"。

【箋】鄧昀，字仲果，號語人。廣東歸善人。鄧承修次子。少年隨父宦游，光緒十七年，至萬木草堂為康有為弟子。後居廣州大東門，建"梅花小築"，中年移居香港，與其女梅孫賣字為生。

采石磯

春風磯上動旌旗，霜鬢憂時世所知。芳草芊芊延過客，夕陽片片下叢祠。山川不換登臨興，人物並成俯仰悲。把劍倚闌長不用，閒來浣手采江蘺。

石鐘山

鸞鳳飄零賸此身，懷忠吊古暗傷神。春風于我參差甚，落盡梅花不待人。

【校】以上二詩余本未收，黃任鵬輯自《鄭孝胥日記》。黃校：鄭孝胥一八九六年正月廿二日（三月五日）日記："星海、禮卿皆作《采石磯》詩，梁詩曰（詩略）……星海作《石鐘山》三絕句，其一云（詩略）。"

丙申仲夏龍二表弟鳳鑣北上作此送之 (二首)

陰肅如秋五月涼，飄然書劍別江鄉。征人知有傷心處，不見南朝李侍郎。伯鸞屢游京師，最為李仲約所稱。

靜院雙桐記此回，浮生何地共銜杯。幼安本是多情者，莫
向洛陽門外來。

【箋】李文田，字畬光、仲約，號若農、芍農。廣東順德人。咸豐九年
進士。殿試一甲第三名，授翰林院編修，遷翰林院侍講。擢翰林院侍講學
士，轉侍讀學士。光緒十六年，升內閣學士，擢禮部右侍郎，提督順天學
政。卒，諡文誠。著述甚豐。有《元秘史注》、《元聖武親政錄校注》、《元
史地名考》等。文廷式《聞塵偶記》："李若農（文田）侍郎學問賅洽，晚
節尤特立不苟。將死語不及私，惟諄諄以朝局為慮。"

丙申九月二十四日龍二表弟自安慶來問疾追念京師沈楊諸子賦詩為別（二首）

梧院秋深葉未凋，再尋山谷死灰寮。編詩揀藥真吾弟，料
理浮生有此宵。伯鸞新刻拙稿入《叢書》。

京國才名讓一頭，異時顧及盡風流。文章不與興亡事，落
日青山淚未收。

【校】余本題前無"丙申"二字。今據《汪目》補。

【箋】《叢書》，指龍鳳鑣刊刻之《知服齋叢書》，余紹宋謂先得龍氏
《知服齋叢書》樣本《節庵詩》二百五十二首，定為首二卷，張昭芹謂龍
鳳鑣刊《節庵詩》實有四卷單行本。按，《節庵詩》初擬收入《知服齋叢
書》中，已有樣本，後抽出，改以單行本形式發行，不入《叢書》。今傳
世《知服齋叢書》刊本共五集，合計二十七種，中無《節庵詩》。沈、楊，
指沈曾植、楊銳。

南皮尚書六十生日四首

交廣籌邊紀特褒，十年屢見動旄旓。綢繆軍國同心少，保

衛江河一掌勞。白髮滿肩猶未老，青松有節故能高。稱觴本是尋常事，不費精神識所操。

家學師傳天下雄，箴言南蠻北清風。知名朔漠今迂叟，入夢西涼老放翁。天賦忠純宜得壽，事皆艱鉅必成功。獨居深念無人會，手把吳鈎感憒同。

建康親見整王師，寢食從無安暇時。不復大讎長太息，所陳至計衆驚疑。天容豈有浮雲滓，臣志惟憑皦日知。縛得名王方一快，淮西留待愈題碑。

如此光陰此壽言，匡時懷抱略能論。桂堂華月開琴席，葵院芳風引酒尊。寄想雲霄容我傲，發詞布帛使人溫。期公恢廣劉陶業，頌德歌功意別存。

【箋】光緒二十三年丁酉八月初三日，張之洞六十生日，友生弟子多有賀詩。

十桂堂夜坐聯句

佳人不可留，悅此山幽曲。幽花自靜妍節。閒館更清淑。勿嗟歲華晏鈍，且喜霜氣肅。梧賞望舒團壺，柳立斷榴禿。茲樹天所延節，歲寒節乃蠹。託根百年深鈍，得氣九秋足。郭孫固觥觥，林官豈錄錄。當思封殖賢，肯縱剪拜辱。一柯光揭翹，灌叢遂成族。繚枝高孰攀壺，老性辣已蓄。支離出巖罅，溫香染澗渌。閱世遂成陰，得地信爲福節。風披擬屏扇，蕊落動盈掬。感遇曲江思，招隱淮南卜。撫樹時婆娑鈍，書堂自題目。賞會霧朝共，晏坐月夕獨。緗雪撲酒尊，瑞涎薰巾幅。頓使秋懷暢壺，奈此離緒佟。回望龍門遠，睠懷魏闕篤節。三嗅增杜感，十日留荀馥鈍。君子馨在德，豈在園草木。吾道苟不孤，嘉會何憂續壺。

【校】上詩余本未收，黃任鵬輯自楊銳《楊叔嶠先生詩集》卷下，并擬詩題。黃校：此詩作于光緒二十三年丁酉（一八九七）八月，《楊叔嶠先生詩集》原題作《張尚書師招同節庵十桂堂夜坐聯句》，題下小注："明日將還京師。"按：節、節庵，即梁鼎芬；鈍、鈍叔，即楊銳；壺、壺公，即張之洞。

丁酉九月客安慶伯鸞查災皖北未及握手奉懷三絕句 (三首)

寒涕垂膺兩載餘，他鄉表弟屢移書。闌干落日遺山意，詩句淒涼萬國魚。

清水塘前秋色曛，相攜不及謁祠墳。昂昂巖野當年夢，手植松楸尚待君。昔年訪弟鄉居同謁陳巖野先生墓擬種松未成。

諸根雖弱一機抽，白日光明在上頭。萬物何曾到金石，樅樅疏雨攬殘秋。

【校】上三詩錄自汪宗衍《節庵先生遺詩補輯》。

【箋】節庵于光緒二十三年丁酉九月至安慶。據史料載，丁酉夏，皖北大水災，宿州、靈璧、泗州、五河、懷遠、蒙城、鳳陽、舒城、亳州、渦陽、霍丘、潁上、盱眙等地連月降雨，淮河、渦河上漲，內澇歉收，歲大饑。全省遭水旱風蟲災者達三十七州縣。時龍鳳鑣奉命至各地查災，公務匆匆，與節庵不及相見。

九月二十九日偕鈍叟登北山有作即和其韻

秋老林風葉打頭，使君謀野散千憂。早知邱壑同微尚，正好年華補昔游。天際舟隨歸鳥倦，洞林雲去蟄龍愁。山僧不解涪皤意，自去椎鐘暮倚樓。

語次根觸世事再次韻

閑來宴坐共科頭，百本萱難解我憂。雙井論詩容合派，鈞天張樂偶同游。眼中人漸垂垂老，江上山成寸寸愁。困學微言最深眇，何方重築浚儀樓。

【校】以上二詩余本未收，黃任鵬輯自袁昶《于湖小集》卷六。黃校：二詩亦刊于一九一二年六月十七日之《新聞報》。前一首《于湖小集》中無題，《新聞報》題作《九月二十九日偕鈍叟登北山有作即和其韻》，今從之。

【箋】黃箋：二詩作于光緒二十三年丁酉（一八九七）。北山，在蕪湖。袁昶原唱《九月廿九日陪節庵太史登北山》云：「又撥藤蘿到上頭，酒清世濁那消憂。客真三百年無此，天展重陽節再游。北塔青蓮花湧出，西風黃菜葉撩愁。沈冥爲訪爰盧叟，更上崢嶸第一樓。」

題天柱閣

宇宙能存此閣存，波濤萬派閱朝昏。倚天有劍星爲落，繫日無繩電自奔。顧盼雄姿初灑涕，淒涼人事欲招魂。眼前陵谷心難改，何代何年共叩門。

【校】上詩余本未收。輯自黃公渚《梁節庵先生佚詩》。

【箋】天柱閣，在安徽安慶，因天柱山而得名，位於譙樓之後，可眺望長江。今已毀。此詩當為丁酉九月客安慶時游天柱閣作。

丁酉十月與鷗客別 (二首)

心共林巒日日深，佳人窈窕託幽琴。不知何處茅庵好，許我從容抱膝吟。

猿鶴笑人長不歸，枇杷花較往年肥。讀書有得同招隱，子備蓉裳我芰衣。

【箋】汪洛年，字社耆，號鷗客、伊齋。浙江錢塘（今杭州）人，久居淮上。善山水，與沈塘齊名，戴用柏弟子。後學四王，潛雅超逸。書、畫、篆刻，皆守師法。為吳大澂、張之洞所器重，聘為兩湖師範等校圖畫教員。王虁《今傳是樓詩話》："君以薄宦滯鄂，與節庵、香騃諸人交最篤。節庵有《丁酉十月與鷗客別二首》云云。"陳灨一《新語林》卷七："汪鷗客童年嘗以寸紙作山水或人物花鳥，所擬無不肖，其父兄于几案間見之，大驚，問誰作？鷗客曰：'吾偶戲為之耳。'父兄大喜，獎勉備至。及長，日與畫師游，縱覽古名賢畫册，靈心善運，蔚成大家。"

戊戌四月三日聽雨同子威季立叔彥作 (三首)

四月瀟瀟似晚秋，浮雲西北隱高樓。桃花已共東風盡，鶯燕蹉跎祇自羞。

一夜湖痕與淚深，畫簾春夢再追尋。薰爐已冷香難滅，地老天荒要此心。

欲涉微波賦楚詞，風吹叢竹有參差。人間萬事無尋處，卻在闌干聽雨時。

【校】共，余本校：一作"逐"。蹉跎，余本校：一作"無聊"。簾，余本校：一作"堂"。在，余本校：一作"付"。

【箋】胡元儀，字子威，號蘭茞，湖南湘潭人。胡錫燕之子。同治十二年拔貢。王闓運弟子。專研經學，著有《毛詩譜》、《郇卿別傳》、《始誦經室文錄》等。又工詩詞，與文廷式、熊鶴村、張祖同、羅君甫、涂次衡、王楷、陳海鵬、陳銳、余肇康等結碧湖詩社。有《步姜詞》二卷。馬貞榆，字覺渠，號季立、收庵。廣東順德人。歲貢生。學海堂肄業。聘于廣雅書院講授理學。後又任兩湖高等學堂教習，兩湖書院經學館館長，存古學堂教習。著有《尚書要旨》、《周易要旨》等。貞榆能詩，《石遺室詩話》卷四："余嘗欲刻《師友詩錄》，前歲為友人促成數卷。因寄書季立，使錄一二詩付余。"曹元弼，號叔彥。見《曹叔彥舍人自蘇州來武昌問病宿精衛庵賦贈》詩箋。節庵時在兩湖書院日與諸生講明君父之義、華夷之防，于近日"康教"尤所深斥，與康有為關係破裂。戊戌四月八日，張之洞致電節庵及王仁俊、陳衍、朱克柔四人，申明《正學報》由梁鼎芬總理，"一切館內事宜，凡選刻諸報及各人撰述文字，均須節翁核定方可印行"。未幾，政變發生。

失　題

清詩美政播沅湘，畫本兼傳俞侍郎。三日蘭亭九年夢，此身恍在蕺山堂。庚寅六月，住山陰三日。

【校】上詩錄自葉恭綽《節庵先生遺詩續編》。

【箋】光緒十六年庚寅六月，節庵曾至山陰，訪劉宗周故居戢山堂。詩云"九年夢"，當作于光緒二十五年己亥。

簡顧所持雙玉堪

滄海幾回別，同來看輞山。客心黃葉碎，世路白鷗閒。魯酒真無力，吳鈎漸有斑。不須問來客，詩卷換年顏。

【校】上詩錄自葉恭綽《節庵先生遺詩續編》。

【箋】雙玉堪，顧印愚室名。陳三立《顧印伯詩集序》："君為詩始宗玉溪、玉局，故名其居曰雙玉庵。"玉溪，李商隱；玉局，蘇軾。

楊叔嶠遺柩回籍過鄂弔之

玉屑孤兒消息來，未收悲痛札難開。早知聖主容臣直，每歎同時少此才。破寺淒涼驄馬過，故鄉迢遞杜鵑哀。人生百歲猶為夭，獨往空山數綠苔。

【校】上詩錄自楊敬安輯《節庵先生遺稿》卷四之詩詞補遺部分。

【箋】戊戌六君子被殺後，學部左丞喬樹枏曾為楊銳等人斂屍。王闓《今傳是樓詩話》："綿竹楊叔嶠京卿銳，以戊戌變政及難，遺柩于己亥年回籍過鄂，梁節庵賦詩弔之，記其云。"

紅梅和乙庵太夷石遺（四首）

人世未春花已開，清晨能得幾人來。小窗就暖初點鏡，短檻憑香獨舉杯。纏綣天涯長有淚，暄妍枝上欲無苔。定知一念差如許，寸寸相思併作灰。

丰姿豔拂女蘿牆，修竹天寒翠袖當。雪後風前成絕代，林邊水際共斜陽。開簾酒罷剛迎面，聞笛歌殘暗斷腸。一瞬百年嗤一映，瓊枝禁得戀春芳。

菊坡苔苔雙溪冷，心夢同歸身未歸。壯士朱顏兩值遇，他年白髮看成圍。騷情不得故人面，春色難沾無母衣。惆悵此花折未折，眼前窈窕有依違。菊坡精舍，先師講學處。白雲山雙溪寺旁，先墓在焉。兩地紅梅絕佳，曾與慶笙坐花下，今慶笙歿十二年，余不見此花十一年矣。

嫣然幽草意求親，雨過花間路少人。濃淡本分前後際，忙閒都付去來塵。春回處處風懷薄，日曬枝枝色相真。雀啅芳心還未死，夜深啼血恐傷神。

【校】題下有紹宋按：“此辛亥以前作，編時失次。”初點，《沈曾植集》附錄作“初懸”；他年，作“他鄉”。濃淡，余本作“濃酒”，今從《沈曾植集》。

【箋】《紅梅》詩四首，鄭孝胥原唱撰于光緒二十五年己亥冬，沈曾植和作撰于次年庚子，節庵之作當亦在己、庚之間。沈曾植，字子培，號巽齋，別號乙庵，晚號寐叟、東軒居士。浙江嘉興人。光緒六年進士。歷任刑部主事、員外郎、郎中、總理衙門章京，安徽提學使等。二十四年，受張之洞聘，主兩湖書院史席，二十七年任上海南洋公學監督。學問淵博，著述宏富。有《海日樓詩集》。陳衍《海日樓詩第二叙》：“寐叟論詩，與散原皆薄平易，尚奧衍，寐叟尤愛爛熳。余偶作前後《日蝕詩》，寐叟喜示散原，散原袖之以去。寐叟詩多用釋典，余不能悉；余題《寐叟山居圖》五言古四首，寐叟亦瞠莫解，相與怪笑。”錢仲聯《夢苕庵詩話》云：“邇來風氣多趨于散原、海藏二派，二家自有卓絕千古處。散原之詩巉嶮，其失也瑣碎；海藏之詩精潔，其失也窘束。學者肖其所短以相誇尚，此詩道之所以日下。惟乙庵先生詩，博大沈鬱，八代唐宋，熔入一爐，為繼其鄉錢籜石以後一大家，可以藥近人淺薄之病。然胸無真學問者，不敢學，亦不能學，否則舉鼎絕臏，其弊不至于艱深文淺陋不止也。"汪辟疆《光宣詩壇點將錄》："寐叟詩，初學涪皤，陳石遺在武昌，勸其誦法宛陵，詩境益拓。劬書嗜古，淹博絕倫。晚年出入杜、韓、梅、王、蘇、黃間，不名一家，沈博深厚，斯其獨到也。惟喜用僻典，間取佛書，使人知其寶而莫名其器。散原嘗語予：'子培詩多不解，祇恨無人作鄭箋耳。'"鄭孝胥，字太夷，號蘇戡，又號海藏。福建閩縣人。光緒舉人，曾任駐日神戶、大阪領事，湖南布政使。民元後為遺老，任溥儀"南書房行走"，後出任偽滿洲國國務總理兼軍政部部長。鄭氏與陳三立並為民初宋詩派領袖，有《海藏樓詩》十三卷。

卷　五

庚子八月送汪鷗客往上海（五首）

懷抱溪山不自娛，十年畫稿落江湖。須知振綺風流在，避世幽人絕代姝。其配黃夫人，賢孝工畫。

江頭壯哉祖士雅，淮左勇者史憲之。萬物皆然吾不動，青天白日共心期。

傳聞車駕出圍城，兒戲真同灞上營。誰辦麻鞋赴行在，眼前難有杜文貞。

垂老江湖白髮多，呼天血淚滴成窠。枕中似讀興元詔，夢醒更殘可奈何。

平生自有椒山膽，萬口爭傳佗胄頭。梧竹蕭蕭蟲唧唧，不知人世幾回秋。

【箋】光緒二十六年庚子，六月，八國聯軍犯京。慈禧太后與光緒帝出奔至西安。節庵時在武昌。八月，汪洛年赴上海。

陶齋四弟自西安寄秦權詩扇依韻答謝（二首）

昔與陶公共賞奇，今游鄂渚愧為師。澹庵遠去宵難別，乙酉九月十三日出都，陶齋先一夕來棲鳳樓暢談，將曉乃去。中散狂姿世

255

又羈。淚盡有詩赴行在，年衰無德等微斯。用《四子講德論》。休論秦漢千年事，門外黃駒不可維。

危可復安男子奇，潼關險壯擬京師。大功在子曾何異，野性如麏自愛羈。金石千篇歐永叔，文章一代揭奚斯。早知耆古無妨要，今日興邦賴四維。時公有安陝大功。庚子十二月，鼎芬稿。

【校】上詩余本未收。輯自梁鼎芬傳世手迹影本。按，詩題于端方陶齋秦權拓本上。原無題，題自題識中摘出。

【箋】此詩作于光緒二十六年十二月。端方，字午橋，號匋齋。托忒克氏。滿洲正白旗人。時任陝西按察使、布政使、護理陝西巡撫。歷任河南布政使、湖北巡撫，攝湖廣總督、兩江總督、直隸總督。羅振玉任江蘇師範學堂監督、學部參事官，即端方所薦。辛亥革命起，端方率鄂軍入川，部衆皆變，端方為軍官劉怡鳳所殺，諡忠敏，其弟端錦亦被殺，諡忠惠。端方收藏金石書畫甚豐，著有《匋齋吉金録》八卷、《續録》二卷，附《補遺》。尚有《匋齋藏印》十六卷，《匋齋藏石記》四十四卷，《匋齋藏磚記》二卷，《壬寅消夏録》四十卷。《清史稿·端方傳》云："端方性通侻，不拘小節。篤嗜金石書畫，尤好客，建節江、鄂，燕集無虛日，一時文采幾上希畢（沅）、阮（元）云。"《四子講德論》，漢王褒作。王褒《四子講德論序》："褒既為益州刺史，王襄作《中和樂職宣佈》之詩，又作傳，名曰《四子講德》，以明其意焉。"文中借微斯文子、虛儀夫子、浮游先生與陳丘子之議論，以頌德政之美。末云："于是二客醉于仁義，飽于盛德，終日仰歎，怡懌而悦服。"藉以頌美端方。安陝大功，指端方在陝西任上時，抑制義和團，維持陝西穩定局面。光緒二十六年，八國聯軍佔領北京，慈禧攜光緒帝駕幸陝西。端方保駕有功，調任河南布政使。

再用前韻寄懷陶齋四弟

登華昌黎所好奇，十年道義每相師。龍飛天路開初定，凰

羽高風豈久羈。立法關中秦太甚，不言樹下異如斯。指揮
談笑安磐石，吾也惟知斂袵維。再用前韻寄懷陶齋四弟西安。鼎
芬。鮮庵最賞此"維"字。藏山記。

【校】上詩余本未收。輯自梁鼎芬傳世手迹影本。按，詩題于端方陶齋
秦權拓本上。原無題，題自題識中摘出。

題趙松雪曝書二字真迹卷 (三首)

趙舫孫祠兩不存，書裝胡蝶上風翻。人間賴有桃花塢，疏
放芬芳世所尊。

眼中圖卷聽淪飄，棲鳳前踪涕淚遙。三度麻姑桑世界，浮
生難得有今朝。

子昂年譜幾時雋，前輩風流米與錢。他日得閒尋宿處，詞
林還可坐枯禪。辛丑十一月。

【校】上三詩余本未收。輯自梁鼎芬傳世手迹影本。

【箋】趙孟頫，字子昂，號松雪道人。浙江吳興人。宋宗室，入元官至
翰林學士承旨，贈江浙中書省平章政事、魏國公，謚文敏。工書法，書風
遒媚、秀逸。趙孟頫所書"曝書"橫幅，曾為孫星衍所得，將此二字刻于
家祠壁上。後歸費念慈，楊峴為題"趙吳興墨寶"引首，俞樾、翁同龢、
端方、邵松年、宗信年、屠寄、楊鍾羲等有題跋。

追懷李文忠公 鴻章

堂堂中國發祥畿，文武材荒不自治。北徼壯游真禍水，東

藩舊恨乃駢枝。史家誰秉丹黃學，樵者徒觀黑白棋。宮柳自妍人自老，此生無分再題詩。

【校】上詩録自汪宗衍《節庵先生遺詩補輯》。汪宗衍校：不自治，一作"更不治"。

【箋】李鴻章卒于辛丑年十一月，此詩姑繫于次年。節庵少日曾彈劾李鴻章，至今仍未有恕辭也。

菱湖春晚

芳草萋萋柳萬絲，東風有約酒醒遲。重來未必桃花在，流水斜陽立片時。

【箋】光緒二十七年冬，節庵署理武昌知府，此詩或為次年春作。黃濬《花隨人聖庵摭憶》："節庵知武昌府時，其夫人曾來視之，節庵衣冠迎于舟次，住署中三日而去，世所傳'零落雨中花，舊夢難尋棲鳳宅；綢繆天下事，壯心銷盡食魚齋'一聯，即是時所作也。""重來未必桃花在"，當有"人面桃花"之感矣。菱湖，原名寧湖，避道光帝旻寧之諱而改名，又名明月湖，為武昌兩湖書院之外湖。顧印愚有《辛亥歲長至小寒節間羅四峰兄每從漢皋還菱湖樓居輒過敝寓留連置酒不減杜甫之于蘇端也》詩，可知菱湖與漢皋近。吳天任《梁節庵先生年譜》謂"湖在湘陰縣"，誤。鄭孝胥《鄭孝胥日記》光緒二十五年己亥日記載，兩湖書院"長廊繞湖，桃柳相間，有數海棠裁開四五分；後閣臨外湖，直見黃鶴樓；左為八旗會館，右為新闢體育場，夾堤亦皆垂柳，水鴨群飛拍拍，時泳時起，頗有遠意"，即寫菱湖之景。

攜酒菱湖亭上

二月春風陌上閒，飄零尊酒又看山。聞鶯未識誰家柳，臨

水難回少日顏。寄傲羲皇陶令醉，許身稷契杜陵屧。古人
志想無尋處，空有遺文落世間。

【校】上詩録自汪宗衍《節庵先生遺詩補輯》。

【箋】陳三立《梁節庵詩評語》云："《攜酒菱湖亭上》：格趣獨出。"

挽强甫

嗟君死日吾生日，歎此今年甚昔年。舉袂獨行風景異，擁
書不寐雪燈妍。江流森森無歸處，人事紛紛那勝天。絕代
奇花九淵底，嘔肝文字倩誰傳。

【校】上詩余本未收。黃任鵬輯自陳曾壽《蒼虬閣日記》丁丑年六月
初六日日記。略云："今日為强甫忌日、梁文忠公師生日，文忠曾有挽强甫
句云云。"

【箋】黃任鵬箋：朱克柔，字强甫，號研漁，浙江嘉興人。為梁鼎芬門
生，上海《萃報》週刊主筆，有《朱强甫集》。朱克柔殁於光緒二十八壬
寅年，是詩即作於此時。

題君子亭

學海堂前有，定香亭外同。世間得三處，今見石巢翁。

【校】上詩余本未收。黃任鵬輯自程頌萬《石巢詩集》卷五。

【箋】黃任鵬箋：按，此詩作於光緒三十四年戊申三月。程頌萬《君
子亭成》一詩題注曰："君子石高一丈，削不一抱，東向為亭。"

題　扇 (二首)

勝日江山千里秀，鍾靈畫棟四時幽。天光明滅青峰外，疏影橫斜古渡頭。

恐是蘇公游冶處，殊非學士賦歸樓。應須寄語江中客，此地最宜歇晚舟。

【校】此二詩余本未收，輯自傳世手迹影本。末署："壬寅三月，赴南湖書院，遇雨，於東坡亭，用舊韻咏詩一首，此記。鼎芬。"

題松屋怡神圖 (二首)

種菜得閒真可隱，生兒報國信爲賢。謂左生全孝。吾身不及衡陽雁，追逐山邊與水邊。

老人隱松下，苔竹列于旁。熟玩養生論，真成辟世莊。愛農念晴雨，看水辨陰陽。信有佳兒樂，朱方酒可嘗。

【校】以上二詩余本未收，黃任鵬輯自梁鼎芬題《松屋怡神圖》手迹，并擬詩題。黃校：前一首題識云："癸卯閏月賦寄賓興三兄一首，寫上思泮老丈粲正。鼎芬。"後一首題識云："白雲山寺廬作，寄賓興老兄衡州村居，兼懷令子全孝。鍾山鼎芬題。"

癸卯六月海康梁生成久來訪武昌食魚齋當行賦贈

江海飄搖肯獨來，聞聲一握興佳哉。講堂別久鱣無恙，山屋藏深鶴有胎。微意未湮還出世，故書長抱不祈媒。致君堯舜知何日，便擬相攜入草萊。

【箋】梁成久，字檉濤，又字逸樵，號灌園畸人。廣東海康人。肄業于廣雅書院。光緒十一年拔貢。光緒三十年任海康官立高等小學堂學長。宣統二年，銓選直隸州判。民國九年，任海康縣志局總纂，纂《海康縣續志》。有《漱芳園詩鈔》三卷。

癸卯監試闈中作

頭白來觀試院槐，憐才無分意何哉。久知治亂關文字，恐有英賢滯草萊。良夜虛堂還不寐，細風銀燭故相催。狀元忠孝明年見，階下焚香已幾回。

【校】余本"失題"，余紹宋按云："此篇于校稿時始知為壬寅年監試闈中所作，板已鋟成，不能改次矣。"按，傳世手迹影本題作"癸卯監試闈中作"，今從之。

癸卯秋同年鮮庵學士以三夷陵洞口山谷題名寄贈文闈之暇漫成三絕末首自況又不如也 (三首)

黃三學士為閒客，黃九先生是謫仙。八百年來纔識面，山花巖草尚嫣然。

幾時筆墜蝦蟆碚，東坡作"背"，蜀音佩。此處書成瘞鶴銘。愁向下牢關外路，聲聲望帝不堪聽。

武昌鹽史今無考，張祉文流我所親。無分挐舟省姑氏，雨
窗嗚咽賦青神。涪翁既作武昌鹽史，會江漲不能下峽，乃挐舟至青神
省見張氏姑。祉字介卿，姑之子也；伯鸞表弟，吾龍氏姑妹子也。姑妹於
鼎芬有教誨飲食之恩，今夏不救，伯鸞遠來商葬事，麻衣相見，悲不
自勝。

【箋】夷陵，即宜昌。三夷陵洞，指三游洞，位于湖北宜昌西陵峽口
北。涪翁，黃庭堅之號。宋哲宗紹聖二年三月，黃庭堅被貶涪陵，途經宜
昌時曾游三游洞。于石壁留下"黃大臨、弟庭堅同辛紘、子大方紹聖二年
三月辛亥來游"題名。宋徽宗建中靖國元年二月，黃庭堅至萬州，與太守
高仲本游西山南浦，並同游三游洞，有"黃庭堅、弟叔向、子相、姪檠，
同道人唐履來游，觀辛亥舊題，如夢中事也。建中靖國元年三月庚寅"的
題名。元符三年五月，接監鄂州在城鹽稅之命；七月，自戎州舟行；八月
至青神省見張氏姑，時表弟張祉為眉州青神尉。梅冷生《減蘭·題三游洞
六一題名山谷題名墨拓》詞按語："三游洞歐、黃題名，見陸放翁《入蜀
記》，埋沒既久，為黃仲弢學使游洞時所發見。"李惟苓《西陵竹枝詞九
首》之二："三游洞接下牢溪，溪上煙嵐與樹低。"自注："清末瑞安黃仲
弢學使兄弟皆至洞游覽，手拓歐公、山谷題名數紙，題詩記之。詩字皆絕
工。余讀書北平時，曾于廠甸見學使真迹，愛不忍釋。今日舟過下牢，但
于蒼煙翠壁間寄天際真人之想而已。"蘇軾《蝦蟆碚》詩："蟆背似覆盂，
蟆頤如偃月。"碚，《東坡外集》作"背"。

約庵畫松扇壽月汀將軍題詩于上

滄浪亭畔夏，頭陀寺前冬。荷露沾衣馥，松醪泛盞濃。想
公此標格，與我共心踪。磈砢一千丈，相思失所從。

【箋】景星，字月汀。滿洲正白旗人。歷任山西、山東按察使，河南布
政使，江西、湖北巡撫，補授福州將軍。光緒三十三年任資政院協理大臣。

雪中答汪康年

汪生靜如處女然，簪花細格恨不妍。忽看俊氣不可勒，長風飄蕩柳條邊。還將心光鏡瀛海，欲以所力窮地員。一時千里又萬里，兀坐卻在咫尺前。囊中日月倍閒整，門外燕雀自聯翩。不思當官圍萬釘，但願奉母安一廛。嗚呼汪生今之賢。馬周劉蕡已蒼煙，君心覬之無此緣。詩翁憔悴不關天，朝朝買酒江上眠。要與肝腎相雕鐫，游魚高鳥吾未愧。黃獨青檽意所便，曉來雪花大如手。要君爛醉更一斗，浮雲萬事復何有。

甲辰二月朔夜病中不寐感賦

龍愁鼉恨此何時，雨冷風淒只自知。因病得歸吾已足，負名不稱世何疑。讀書要是終身事，安命休勞九折醫。夜永一燈常耿耿，藥爐香靜且支頤。

【校】香靜，汪宗衍校：一作"煙好"。

感事再書（二首）

先皇締造極艱難，陵寢風雲百代看。扶世將才無一二，臨邊軍制欠周完。彼云助我寧非幸，人力回天又未殫。我恨此身不如鐵，不能鑄器滅樓蘭。

鳳城萬騎更番出，鴨綠千帆任意過。坐看兩雄爭地急，那知五犬笑人多。晉人記：五犬能制一熊。啼兵兒女天亦泣，釀亂官胥鬼不呵。好是旁觀無一事，朝回花底酒顏酡。

【校】好是，汪宗衍校：一作"聞説"。

【箋】此詩當作于光緒三十年甲辰。日本與俄羅斯為爭奪朝鮮半島與遼東半島控制權，在中國領土東北進行戰爭，中國民衆生命財産遭到重大的損失。"兩雄爭地"指此。直隸總督袁世凱《致外部日俄開仗我應守局外祈核示電》云："附俄則日以海軍擾我東南，附日則俄分陸軍擾我西北，不但中國立危，且恐牽動全球。日俄果決裂，我當守局外。"《清史稿·德宗紀二》："以日俄構兵，中國守局外中立例，宣喻臣民。"況周頤《眉廬叢話》："癸卯日俄之戰，戰地屬中國領土，而中國乃以中立國自居，誠千古五洲未有之奇局也。"陳師道《羆説》："晉人以犬獵以五犬逐一羆。羆鷙而力，長于用大……犬弱而捷，巧于用小，顧左而右，逐前而後，羆不能搏也。"詩中以犬喻日本，以羆喻沙俄。

繼蓮兮鹽法昌湘春送別圖題詞 (八首)

南望關河淚未乾，北歸城郭夢初闌。貢生只合長沙住，十卷新書與世看。

湖南香草屬詞人，嬰武芳洲綠更新。兩地風光都占盡，滿船書畫不成貧。

湘春門外春水深，湘人送君喧水潯。定知柳下將離語，盡説棠陰比事心。

卅年人海鬱霜淩，文采風流世所稱。可惜健兒身手好，不曾織得縛蛟罾。

著書大似王琴德，紀事方之姚伯昂。行素齋頭幾竿竹，天寒翠袖自梳妝。

憶昔銅駝陌上秋，紫芝眉宇世無儔。杏花零落書巢改，不敢相逢道舊游。往在宗室伯蘭家課寶瑛讀，遂識蓮兮，今二十餘年，伯蘭久化，寶生亦歿矣，致可痛也。書窗前杏花一株絕佳。

晏家塘樹綠婆娑，待死孤兒鬢已皤。搖落江潭天色晚，致君無路負親多。鼎芬年十二隨宦長沙住晏家塘，至今塘屋閉目如見。

水底蛟龍未可知，堂前燕雀自相嬉。人生難得知心者，莫忘湘春送別時。

【箋】繼昌，字述之，一字述亭，號蓮庵，姓拜都氏。盛京承德（今遼寧瀋陽）人，滿洲正白旗。嘉慶五年舉人。官至浙江布政使，九江關監督。能詩工書，擅畫墨蘭。有《塵定軒詩詞鈔》、《塵定軒談粹》。孚馨，字伯蘭，禮親王代善之後，任侍衛處鑾輿衛，戶部司官，晚年浮沈郎省。光緒五年，節庵嘗為其從子寶瑛授經于煤渣胡同。楊鍾羲《雪橋詩話餘集》卷八："宗室伯蘭戶部孚馨，為蔚生按察靈傑子，善繪事，嘗戲畫一驢一車一奴星作趨曹之狀，意態栩栩，劇可笑。"晏家塘，在今長沙市天心區。

左庵贈詩甚美報謝 (三首)

升沈離合剎那間，百歲風燈不肯閒。莫問吾儕廿年事，請觀滄海幾回乾。

鳳紙殷勤結我心，佳人情好託青琴。蕙蘭風晚天香在，不管人間落葉深。

瑤臺冷月照芳菲，春夢無憑未可祈。腸斷城東讀書處，棲鳳樓宅。篋中還在舊緇衣。

【校】上四題十四詩録自汪宗衍《節庵先生遺詩補輯》。

【箋】左庵，謂楊鍾羲。楊氏室名研左庵，有《研左庵書録》。

光緒甲辰送猷姪入都廷試 (二首)

豈以科名重，文章有替人。傳家弓治舊，華國羽儀新。冰雪黄河艇，鶯花紫陌春。驊騮初上道，行矣慎風塵。

送汝排閶闔，嗟余滯冷官。遥懷樽酒别，虚擁客氈寒。楚澤翔鳧雁，燕臺集鳳鸞。如逢耆舊問，為説鬢毛殘。

【校】上二詩余本未收。輯自梁鼎芬傳世手迹影本。

弔張度

貧甚徐仲車，冷于陳正字。平生未相識，看畫自然淚。

【校】上詩余本未收。輯自梁鼎芬傳世手迹影本。末署"藏山居士鼎芬再題"。

【箋】張度，字吉人，號叔憲，又號辟非，晚號辟非老人、抱蜀老人、松隱先生。浙江吴興人。官兵部主事、湖南候補知府、刑部郎中等職。此詩題于張度所繪槐陰精舍夜話圖上。圖為朱澂所藏。張度卒于光緒三十年甲辰。此詩亦當作于是年。

丁松生著書圖（二首）

八千卷樓今世無，賞茶看畫幾須臾。十年魂夢如黃葉，對此淒涼不可呼。

文史西湖北郭詩，著書亂後付佳兒。焦山靈隱雙書藏，猶記秋燈遞信時。

【箋】丁丙，字嘉魚，號松生、松存，別署錢塘流民、八千卷樓主人。浙江錢塘人。諸生。世營布業，富資財。祖丁國典建八千卷樓藏書樓，清咸豐十一年燬于太平軍戰火。丁丙及其兄丁申重建而擴充之，更建後八千卷樓、善本書室、小八千卷樓，總藏書室名嘉惠堂，藏四庫館修書底本、浙江地方文獻及名人稿本、名人校本及鈔本。聚書一萬五千餘種、二十餘萬卷。撰有《善本書室藏書志》四十卷，丁仁編有《八千卷樓書目》二十卷。丁丙著有《墨林挹秀錄》、《松夢寮詩稿》。丁丙事親以孝聞。親歿，自寫《風木庵圖》，以志哀思。

擊鉢吟（五首）

憶上春山聽雨鳩，今看秋水碧如油。天風散髮從吾好，歸路斜陽滿一溝。孟嘉落帽，限鳩、油、溝。

石踞巉巖等叱羊，得驢何必蜀中薑。高寒猶記瓊樓事，淡月疏星侍玉皇。東坡赤壁後游，限羊、薑、皇。

笛家李委共相羊，況有東坡種菜薑。水落江寒游未足，歸舟一覺夢羲皇。

完卵何能救破巢，行藏難定索瓊茅。蕭聲嗚咽英雄淚，吳市淒涼似打包。伍子胥吹簫。限巢、茅、包。

新網撈魚得幾斤，花迎翁婦醉衣裙。不知漢魏何知晉，世外人聲市上蚊。漁父入桃源，限斤、裙、蚊。

【校】第一、二、三、五首錄自汪宗衍《節庵先生遺詩補輯》，第四首余本以"伍子胥吹簫擊鉢題"為題，今據易順鼎《仿擊鉢吟》詩改為小注。

【箋】《南史·王僧孺傳》："竟陵王子良嘗夜集學士，刻燭為詩，四韻者則刻一寸，以此為率。文琰曰：'頓燒一寸燭而成四韻詩，何難之有？'乃與令楷、江洪等共打銅鉢立韻，響滅則詩成，皆可觀覽。"汪本按："易順鼎《盧餘集》附《擊鉢吟自序》：'乙巳秋，炎暑甚熾，抱冰宮保師每以日午或月夕攜客賦詩，舊時閩中士大夫有所謂"擊鉢吟"者，作七絕一首，拈古事命題，而選與題絕不相干之三字為韻，以速為主，往往韻甫就而詩即成，因仿為之，藉以逭暑云。'附錄先生同作五首，第四首為'伍子胥吹簫'，已見盧刻，茲補錄四首。"按，易順鼎《仿擊鉢吟》詩共十五首。夏敬觀《稊園詩集序》："昔在舊都，嘗過關君穎人稊園，為斷句擊鉢吟，一時海內能詩者多聚焉。粵詩人若君兄吉符及梁節庵、曾剛甫、葉遐庵、羅掞東、陳公備、沈養源、沈硯農、梁卣銘輩咸在座。"

題　畫

易樂叟布政與德配周夫人同臨蔣文肅九桃雙鳥圖，光緒乙巳寄贈乃園（三首）

王母七桃今過二，韓公一賦感何多。白頭雙管南沙派，秋士千懷春夢婆。

昌谷奚囊錦段裁，碧瑤一樹竟先摧。楊庵松衣王寺頭陀尋常會，昨夜思量淚暗來。

一人胡餅食牀東，垂老翻成畫地功。郗道微家此長物，肯無詩句述梅翁。仲實被劾摺內有"名士畫餅"之語，故以右軍事戲之，盼他日和題于此。

【校】上三詩錄自葉恭綽《節庵先生遺詩續編》。按："微"，似為"徽"之誤。"郗"，或作"郤"。郗鑒，字道徽，王羲之之岳父。本詩中當以喻易氏。長物，指易氏之畫。

【箋】作于光緒三十一年乙巳。易樂叟，謂易佩紳，字笏山、子笏，室名易圖、未亭、壺天閣，別號函樓、樂叟。湖南龍陽人。咸豐八年舉人。從軍川陝間，與太平軍作戰，積功授知府。歷任貴州按察使、山西布政使。有《岳游詩草》、《函樓文鈔》。子順鼎，字仲實。按，順鼎為原配陳夫人所生，陳夫人卒于光緒十九年。蔣廷錫，字揚孫，一字酉君，號南沙、西谷、青桐居士。江蘇常熟人。康熙四十二年進士，雍正年間曾任禮部侍郎、戶部尚書、文華殿大學士、太子太傅。卒謚文肅。少時從馬元馭學畫，擅寫花鳥，供奉于宮廷。佚名《讀畫輯略》謂其"以逸筆寫生，或奇或正，或率或工，或敷色，或暈墨，一幅中，恒間出之，而自然洽合，風神生動，意度軒舉。點綴坡石水口，無不超脫，擬其所至，直奪元人之席。士尚筆墨者，多奉為楷模。"有《青桐軒詩集》六卷。粵督岑春煊參劾易順鼎奏中有云："易某自矜為名士，名士畫餅，于國何用？"易順鼎《詩鐘説夢》："民視報館有詩鐘課，至以'易順鼎'、'梅蘭芳'命題。榜出，第一者不知何人作。其卷云：'削籍喧傳名士餅，贖身頗費將門錢。''名士畫餅'為余一生最著之典，人多用之。"右軍事，指《世説新語·雅量》所載"王羲之獨坦腹東牀，嚙胡餅，神色自若"之事。

九日寶通寺遂至曾祠餞梁兵備聯句

百種秋懷何處消冰，林巒在眼別情遥節。閒尋白塔饑鷹上

嚴，更覓黃花古嶺椒冰。戲馬詩篇同餞送實，鹿門山色遠相
招冰。即今未必無真隱荃，試叩巖扉訪寂寥驄。

【校】上詩余本未收。輯自易順鼎《琴志樓詩集》冊下九二四頁。

【箋】時節庵調安襄鄖荊道。光緒三十一年乙巳九月九日，張之洞與陳
三立、易順鼎、汪鳳瀛、紀鉅維在武昌洪山寶通寺聯句送行。汪鳳瀛，字
荃臺。江蘇吳縣人。拔貢。時在張之洞幕。官湖南常德、長沙知府。冰，
抱冰堂，此指張之洞。張之洞有《送梁節庵之官襄陽道》詩，陳三立有
《九日從抱冰宮保至洪山寶通寺餞送梁節庵兵備》詩。

步前韻

高樹凌秋綠未消，元戎駿馬出郊遙。澄清江海隨公後，灑
落風霜在嶺椒。歎世懷賢知有意，時議山上建岳武穆、羅忠節二
公祠。看花思隱欲相招。廿年未辦酬恩事，此別殷勤不
寂寥。

【校】上詩余本未收，黃任鵬輯自易順鼎《琴志樓叢書·藹園詩事》。
黃校：此詩作于光緒三十一年乙巳（一九〇五）九月。"步前韻"，即步
《九日寶通寺遂至曾祠餞梁兵備聯句》之韻。

日本盆松聯句

空宇月初上嚴，秋庭雨乍過實。遠移松傲兀節，來伴石磐陀
冰。秀濯扶桑日印，陰留安樂窩嚴。託根分片土，畫地占微
坡節。局促轅駒似冰，將迎海燕多印。三山空寫影嚴，一水
竟通波實。亦具凌雲氣節，曾無改操柯冰。昌蒲同老壽印，

古柏認婆娑嚴。虎腳休嘲矮實，鳶肩勿誚頗節。鬱同居澗底冰，招肯謝山阿印。瓦缶寧能擊嚴，藍田亦可哦實。不量野客帶節，難結舞仙褁冰。盤曲仍鱗鬣印，低摧想坎坷嚴。五株羞污政，千丈漫疑和。銜子非鴻鵠，華予得橐駝。腰殊陶令折，頂要志公摩。雨露終承漢，春秋不記倭實。歲寒今得友，莫誦寶刀歌冰。

【校】上詩余本未收。輯自易順鼎《琴志樓詩集》冊下九二六頁。

【箋】節庵與陳三立、易順鼎、張之洞、顧印愚聯句。嚴，伯嚴；實，實甫；節，節庵；冰，抱冰。

秋晴聯句

我憂百草爛冰，晨景邁城闉。曠窈十畝園嚴，花竹豈不悅。
積霖生陰蝴嚴，暗壁見濕蠍。屯陰雲容容實，過籟風拂拂。
初如病得蘇冰，恍令寐先揭。衣裾送桂氣嚴，亭館添柳沫。
孤懷觸易深節，遙思引難竭。銀刀屏小隊實，竹榻解長跋。
翦草茵憑均冰，堆蕊珠綴活。天宇蕩光采嚴，世界彌壯闊。
寒林一鳥健嚴，深叢孤羆兀。沉寥發瞻矚實，氛翳歸囊括。
益展甘蕉心冰，共曳柔苔髮。碎石明粒顆嚴，遙山到房闥。
萬物不能韜節，二儀猶可斡。果垂俄波羅實，花吐佛優缽。
紅在來雁前冰，綠顯游蜂末。逶迤錯蔬行嚴，光明包笋窟。
牛羊得意下嚴，蚑蜸感時節。疏襟共蕭澹實，步屧皆灑脫。
葉摧青琅玕冰，苞挂紫秣鞨。攬腸就酒坐嚴，定心荷禪筏。
簾燈忽已飄嚴，峰笋失其凸。闃然建鼓旗實，倏爾激箭筈。
既值時淒清，兼聯友契闊。秋思不可窮，苦吟燭見跋冰。

【校】上詩余本未收。輯自易順鼎《琴志樓詩集》冊下九三二頁。

【箋】秋晴日，節庵與張之洞、陳三立、易順鼎聯句。

乙巳與乙庵別

君看一日又一日，吾猶昔人非昔人。詩味勝茶雙井瘦，世心成佛萬花春。風燈自轉情難換，江鳥將離意更親。至念西堂燒燭夜，微生銜木是何人。

【箋】光緒二十九年，沈曾植任江西廣信府知府。王蘧常《沈寐叟年譜》："光緒三十一年乙巳秋，考察歐美各國憲法，大臣載澤、端方等五大臣奏調公為隨員，曾至武昌，後不果行。"沈曾植有《武昌重晤節庵作》詩。出國事寢，遂北上至京。次年四月，任安徽提學使，始赴日本考察。

乙巳秋送乙庵北上

滄海若乾吾淚在，西風不冷酒懷春。勞勞車馬閒閒柳，腸斷人間晚嫁人。

【校】標題，余本校：一作"車上別乙庵"。若，余本校：一作"已"。西，余本校：一作"秋"。春，余本校：一作"新"。

伯雨舊官舍人才名播于日下又善書愛畫惜余已罷歸不及聯彎嗣來武昌今雨軒中共數晨夕每念舊游興感前輩盛書丁畫皆所藏也為題四絕句（四首）

蝌蚪齋存墨已乾，相思禁得淚汍瀾。今生無日重聯句，玉

楮銀鈎不忍看。_{盛伯羲書。}

苔苔松庵畫陰陰，松隱圖成歎世深。猿鶴笑人長負汝，憑
何得慰九原心。_{丁叔衡畫。}

祭酒風流太守清，_{沈曾植黃紹箕陳與冏鐵齡並時名。}英雄老
矣兒童大，懶向人間説死生。

墨妙從來貴在人，愛他啟篋尚如新。<sub>二王文敏公懿榮書名最盛，
蘇州太守仁堪工畫。</sub>書畫何時得，更爲雙忠一愴神。

【箋】陳作霖，字雨生，號伯雨，晚號可園。江蘇江寧（今屬南京）
人。光緒元年舉人。歷任崇文經塾教習，奎光書院山長，上元、江寧兩縣
學堂堂長。編著有《金陵通紀》、《金陵通傳》、《金陵瑣志》等，著有《可
園文存》、《可園詩存》、《壽藻堂文集》、《養和軒隨筆》等。丁立鈞，字叔
衡，號恒齋。江蘇鎮江人。光緒六年進士。授翰林院編修。二十二年，任
山東沂州知府。後任江蘇高等學堂總教習。有《東藩事略》、《南菁講舍文
集》。性愛書畫，曾作《清畫錄》，晚得風疾，能以左手作書畫，世頗珍
之。陳與冏，字弼臣、弼宸，號縅齋。福建閩縣人。光緒六年進士。授翰
林院編修。光緒十四年，任山東鄉試副考官。次年，任順天鄉試同考官。
充國史館協修。有《縅齋雜輯》、《縅齋詞》。鐵齡，字希梅、西湄，號東
園、鐵庵，蘇完瓜爾佳氏。滿洲正黃旗人。同治十二年舉人，官戶部員外
郎、主事。有《鐵庵甲申日記》。王懿榮，字正孺，號廉生。山東福山人。
光緒六年進士。授翰林院編修，官至國子監祭酒。篤好舊槧本書、古彝器、
碑版圖畫之學。卒諡文敏。有《王文敏公遺集》八卷。

梨花卷爲盛吾庵題

三游洞口千梨花，約庵維我可以家。餘生合依墓前樹，讀

書夜啜雙溪茶。開圖照眼花如雪，冷月芳春好時節。夢斷
人間棲鳳樓，丁香兩樹蹉跎別。

【箋】盛吾庵，即盛景璿。當作于光緒三十二年丙午春。

贈乙庵同年（五首）

三客不知誰，逃榮媚山腹。草木發靈氣，親炙若已熟。初
安迂叟壺，徐被屈子服。文酒都有意，茲社世所獨。徘徊
夕陽多，偃仰一丘足。

同年今餘幾，昔棲東華東。驚世雙井旛，_{謂鮮庵。}絕代甌溪
翁。三人各有短，亦有長相同。而我不自檢，最先返蒿
蓬。復來頭陀寺，游衍于其中。分合時有之，死生誰能
窮。且誇金溪學，此會不匆匆。

篤紅西蠹印，到眼此人無。夢斷桃花塢，書畫乃棄渠。陶
齋游海外，今夜何處居。苦憶膽巴碑，淚寄蘇門廬。聞君
曾三宿，念此獨何如。

廬山不世情，喜我四五至。夙攜陳_{三立}易_{順鼎}手，拭吳三桂
字。湖風生水力，洲花阻春寐。今來花已盡，好句不得
試。千懷悶一窩，未釋敢獨醉。

入山恨不高，入水恨不深。何年遂偕隱，親啟青瑤琴。冷
落麟豹姿，清疏鸞鶴音。披圖從此癯，世事不復斟。微聞
數點雨，滴入千載心。

【校】余本原題作"失題三首"，汪宗衍《節庵先生遺詩補輯》補錄二

首，仍失題。今存傳世手迹，共録五首，末署"乙庵同年。丙午三月二十
六日"。因擬題"贈乙庵同年"。

春窗讀書（三首）

景略雄才最契予，山中當日讀何書。群公若定須公手，夜
雨彈窗感慨餘。

病起花枝帶淚看，無人共我凭闌干。滿身雨點兼花片，中
有春愁不忍彈。

我愛冬郎世未尊，惟聞荀鴨見朱溫。六臣一行知何意，史
筆今看有劍痕。

【校】第三首録自葉恭綽《節庵先生遺詩續編》，題為《病窗讀書》。葉本
按："此本二首，中一首已見余輯。"第一首有節庵傳世手迹，原題"病窗讀書
三首"，手迹僅録此一首。可見原作為三首，今統一標題為《春窗讀書》。

失　題

靈隱寺前君所醉，香爐峰下我頻來。兩家此樹都堪賞，頗
笑荆公負綠苔。

失　題

著書老屋有深憂，守獨寧為世所尤。孝感儒風真再起，餘
姚家學似重修。滔天巨浸紛紛去，滿地斜陽故故留。曾記
晦翁論未濟，夜寒掩卷淚難收。

春

一枝初上綠，昨夜已為春。苔徑琴停後，風簾鳥語晨。寂寥長不覺，沈醉即為真。欲下千秋涕，情芬碾□塵。

【箋】《錢仲聯講論清詩》云："卷五《春》極好。有王安石《半山春晚即事》'春風取花去'一詩的筆致，而寫得更溫柔，似陳簡齋。"

憶仁先

缺月依人覺離別，寒螿啼草更淒清。閉門正字知相憶，辛苦為詩寄未成。

【箋】陳曾壽，字仁先，號耐寂、復志、焦庵，室名蒼虯閣，故號蒼虯居士，湖北蘄水人。光緒二十九年進士。任刑部主事。後由學部主事累遷員外郎、郎中。宣統三年升廣東監察御史。入民國，築室杭州小南湖，以遺老自居。有《蒼虯閣詩集》、《舊月簃詞》。汪辟疆《光宣詩壇點將錄》："蒼虯為太初裔孫。詩屢易其體。中年以後，取韻于玉溪、玉樵，取格于昌黎、東坡、半山。晚年身世又與王官谷、野史亭為近。忠悃之懷，寫以深語，深醇悱惻，輒移人情。滄趣、散原外，唯君鼎足焉。"

新建青山拜陳撫部丈墓

枕中魂淚常經處，今曉衝泥上此臺。蕭蕭高松非世物，疏疏寒雨助人哀。丈夫一瞑曾何顧，山徑餘花有未開。欲去仍留腸已斷，衰遲真恐不重來。

【校】魂淚，余本校：一作"魂魄"；曾何，余本校：一作"何曾"；
蕭蕭，余本校：一作"謖謖"。

【箋】光緒三十二年丙午三月，節庵在湖北按察使任上，奉旨至江西查
訪南昌教案之事，曾赴新建青山拜陳寶箴之墓。陳三立有《到墓上時節庵
按事城中于前七日拜墓而去》詩。王賡《今傳是樓詩話》："番禺梁節庵先
生鼎芬遺集中，有《新建青山拜陳撫部丈》云云。撫部，即右銘中丞寶箴，
散原吏部三立之尊人也。清季變法，湘為首創，網羅疏薦，皆一時俊流，
以故士論多之。散原以貴公子于趨庭時多所贊畫。戊戌政變，同被黨錮。
君侍中丞公返居崝廬，栽花蒔竹，翛然忘世。其地即節庵詩所謂'新建青
山'者。中丞未久逝世，遂卜葬焉。散原集中，凡涉崝廬諸作，皆真摯沈
痛，字字如迸血淚。蒼茫家國之感，悉寓于詩，洵宇宙之至文也。"

見牡丹思蘇州追懷費屺懷江建霞

垂雲亭下牡丹新，我與蘇髯共此春。病裏看花曾幾日，虎
丘茶熟失斯人。

【校】上詩余本未收。輯自梁鼎芬傳世手迹影本。自注云："元祐五年
庚午，東坡登垂雲亭賞牡丹，年五十五歲，與余今年事相同。"

【箋】費念慈，字屺懷，一署峐懷，號西蠡，晚號藝風老人，室名歸牧
庵。江蘇武進人。光緒十五年進士。改庶吉士，授翰林院編修。張之洞曾
奏保經濟特科。光緒十七年充浙江鄉試副主考。在詞館與文廷式、江標齊
名。藏有宋人左建《江林歸牧圖》，建"歸牧堂"以藏書，多有宋槧元刻。
工書，精賞鑒，善詩，精擅疇人術，金石目錄之學，冠絕一時。有《歸牧
集》一卷等。徐世昌《晚晴簃詩匯》詩話云："辛卯典試浙江，務搜雅才，
取卷多不中繩墨。揭曉後，謗議紛起。會稽李越縵侍御劾四編修，屺懷其
一。疏中有'荆生蓬島、鴉集鳳池'之語，論者謂其言之太過。屺懷自經
挫折，遂家居不出，抑鬱以終。"徐珂《清稗類鈔》卷二一："光緒庚子，

武進費念慈典試浙江，撤闈後，以關節酬資未到，流連西湖者數日。浙人大嘩，群起逐之，乃倉皇遁去。費字屺懷，翰林院編修，為嘉定徐相國郇之婿，常熟沈太史鵬之外舅也。"俞樾挽費屺懷太史聯自注："太史甫留館，即放浙江副主考。喜談古義，所取各卷，多主公羊家言。撤棘後，亦毀譽參半。今年五月訪我春在堂，坐談良久。未幾，以洪昉思歌版見示，余賦二絕句而歸之。不謂其微疾遽卒也。"江標，字建霞，一作兼葭，號師郎，一號苦諍、萱圃，一號師許。江蘇元和（今蘇州）人。光緒十五年進士，光緒二十年參加強學會。出任湖南學政，光緒二十三年刊《湘學報》，組織南學會。變法失敗後被革職，永不叙用。工詩文，好藏書，重宋元刻本、舊校舊抄，建藏書樓"靈鶼閣"、"四經四史四子四集齋"。編著有《宋元行格表》、《黃蕘圃年譜》等，刊刻《靈鶼閣叢書》。費念慈卒于光緒三十一年，江標卒于光緒二十五年。垂雲亭，在杭州寶山。蘇軾《僧清順新作垂雲亭》詩，查慎行注引《咸淳臨安志》："寶嚴院，舊名垂雲，治平二年改額。元豐中，僧清順作垂雲亭，又作借竹軒。"蘇軾有《雪後便欲與同僚尋春一病彌月雜花都盡獨牡丹在爾劉景文左藏和順闍黎詩見贈次韻答之》詩。

沈乙庵屬題葡萄畫册 (三首)

舊館葡萄綴子時，慈親扶病課毛詩。此花當眼淒涼甚，白髮無成不學兒。鼎芬年六七歲時，先母日在病中課《毛詩》數十字，階前植葡萄，花果繁密，今已萎矣，追思泫然。

焦巖古柏翠雙雙，歡喜藏山怕渡江。一事一生忘不得，枇杷花下讀書窗。

枯禪妙筆近來無，作畫工夫似作書。月露精神風態度，不知李紀定何如。今年上已，在乃園開畫社修禊，招集文流，各攜所藏，評真角勝，以義州李葆恂、獻縣紀鉅維為導師，夜闌乃散。昨遇苻蔓庭，恨乙庵不與也。

【箋】光緒三十二年三月三日，李葆恂、紀鉅維等在乃園開畫社修禊。沈曾植未與。此詩當作于稍後。

題曾某卷尾

張家帽戴李家頭，漢宋何時鬧始休。畢竟此篇還可取，勝他一肉一鞀韝。

【校】上詩余本未收，輯自邵鏡人《同光風雲錄》下編。原無題。題為編者所擬。

【箋】邵鏡人《同光風雲錄》下編："節庵課吏，向無定時，僚屬晉謁時，雖二三人，亦可命題考試。某次，以司馬光為題，有捐班曾某者，未嘗閱及史鑒，以為司馬光必為司馬懿後裔，乃大書曰：'司馬光者，司馬懿之孫也。'節庵閱之大笑，即書一絕于卷尾云云。因他卷竟有用漢司馬遷故事，且語語費解。"按，課吏或在湖北布政使任上，姑繫于此。

七月二十九日同筠心二兄登洪山岳松亭

病夫愛秋氣，同上寶通亭。忠烈人人敬，岡巒日日平。時危思將帥，身暇負神明。待看冰繩子，筠心讀書館曰冰繩。飛騰世一驚。

【箋】岳松，位于武昌洪山南麓寶通禪寺後山，相傳岳飛駐守時所植，故名。康熙《武昌府志》卷二："岳松，在洪山上，為武穆手植，明季斫于賊，今復茂。"古松已不存，同治年間補種，建亭其畔，今餘三株。筠心，即沈寶樞。

贈端陶齋（二首）

使者文儒萬國知，歸裝數紙穩相隨。鄭公鄉宅都成夢，且拓高昌已失碑。

蘇齋響拓世無過，劉子師承我所多。寧也當為幼安族，不知曾否撫銅駝。

【校】高昌，葉本校：一作"河西"。不知，葉本校：一作"當年"。

丁未九日吳文節公祠聯句

秋山晴翠撲簾櫳，坐對江城似鏡中。實甫。夢裏故人成萬里，晦若曾宿此，今奉使德國。愁邊寒菊爛千叢。節庵。故應箝口詩無用，未必開懷酒有功。稻村。已覺新霜天氣近，好花珍重惜西風。子申。

【箋】吳文熔，字甄甫，一字子範，號雲巢，別號竹孫。江蘇儀徵人。嘉慶二十四年進士。以禮部侍郎，授福建巡撫，官至湖廣總督。咸豐四年，攻黃州太平軍，兵敗，向北叩首，大呼"無以報聖朝"，投水自盡。諡文節。光緒十年，在武昌珠石山南麓之守備署改建為吳文節公祠。易順鼎時仍在武昌張之洞幕中。于式枚于光緒三十三年丁未擢升郵傳部侍郎，旋調吏部侍郎。清廷下詔預備立憲，受命為考察大臣出使德國，是時未歸。子申，李寶巽。

禰祠夜歸

三尺梲杖欲扶漢，漁陽摻撾瞞所憚。當前一笑心已知，雁

湖詩翁所以歎。志士淒涼一段情，千年留與作江聲。無人
來共今宵月，照我洲前不肯明。

【校】上四題五詩錄自葉恭綽《節庵先生遺詩續編》。

【箋】禰祠，即禰正平祠。在漢陽鸚鵡洲。禰衡曾撰《鸚鵡賦》。後禰
衡被江夏太守黃祖殺害。節庵以清俸于鸚鵡洲上創建禰正平祠。禰衡墓本
在武昌黃鵠磯西面大江中古鸚鵡洲上，明成化年間淹沒江中，光緒二十六
年于祠旁重修禰衡墓。梁鼎芬《漢處士禰正平先生祠墓圖記》云："墓在
嬰武洲，無祠。鼎芬為湖北按察使日以奉建之，並置祭田。張文襄公稱為
千年未見之事。"

子申墨荷

黃三愛畫墨荷花，李四才名近更誇。勿憶南河與西峽，京師
南河泡荷花最佳，廿年前屢游之肇慶寶月臺荷花亦相似。一時憂國又
思家。

【箋】李寶巽，字子申，號龠庵、約庵，又號五峰山人，自號苦李。河
北遵化人，漢軍正白旗人，光緒十一年舉人。次年為正紅旗蒙古都統，歷
官廣東、湖北候補道，署湖北提學使。入張之洞幕，派往日本為留學生監
督。宣統二年參加閒山詩社。民國後易名孺，定居天津。參與冰社、須社
活動。善畫花卉松梅，工治印。著有《龠庵詩詞》。節庵致端仲綱書中評李
寶巽云："此人最好，惟心氣粗浮，不求甚解。試示以詩，渠必曰這兩句
好，試問好在何處，渠亦不解，因渠尚未過心也。"南河泡，北京南河沿泡
子河。孫寶瑄《忘山廬日記》"壬寅六月五日"："晨，驅車出彰儀門，至
南河泡。其地在京城西南角，有荷池數十畝，水終年不涸，築堂舍數楹，
圍以林樹，夏間游人甚多。"寶月臺，原稱補月臺，築于宋皇祐時。袁枚
《游端州寶月臺記》："端州北門外有寶月臺，夷庭高基。梁長九丈餘，六

古榕樹東西遮蔭，北望曠如，荷萬頃搖風送香。遠望七星巖，如竹林客差肩而坐。余雖好游，得此于他處甚寡。且喜離府署近，常攜筆硯，避暑其間。"光緒十三年重九，節庵招學者集宴寶月臺。

子申以菊花畫扇見貺賦答

清水塘邊荷氣辛，南山籬下菊花貧。青天露坐無一事，今夜論詩要此身。

【校】上二詩録自葉恭綽《節庵先生遺詩續編》。

子申畫荷菊雙扇贈我各答一詩夜深無寐又得二十八字

荷枝崛强菊堅蒼，我見此花真斷腸。白髮西風詩幾處，紅燈疏雨淚千行。

【校】紹宋按：前詩未見。荷，余本校：一作"蓮"。疏雨，余本校：一作"夜雨"。

丁未十月鮮庵同年移居提學新署賦賀

松桂青蒼桃李春，門庭光潔屋廬新。數行學子聯羔雁，往日天驕識鳳麟。訓本先公非己出，范忠宣每與學者談經義。舉一義畢，則曰：先公之所訓也。情為同社早相親。諱早為同社人，己卯京師結文社訂交，今忽忽二十九年矣。圖南要試培風力，如此江山大有人。

【校】上詩録自楊敬安輯《節庵先生遺稿》卷四之詩詞補遺部分。

【箋】黃紹箕，字仲弢，號鮮庵。浙江瑞安人。黃體芳之子，光緒六年左進士，授翰林院編修，旋升侍講。歷任四川鄉試副考官、武英殿纂修官、會典館提調、湖北鄉試正考官、侍講、左春坊左庶子、翰林侍講學士、京師大學堂總辦、兩湖書院監督、京師編書局監督兼譯學館監督、侍讀學士兼日講官、湖北提學使。著有《鮮庵遺集》等。汪辟疆《近代詩人小傳稿》："仲弢既少承家學，又為廣雅入室弟子，工駢體文，兼精於金石書畫目錄之學。詩不多作，有作亦不自珍惜，散落殆盡。今所傳之《鮮庵遺稿》，吐語蘊藉，卓然雅音。其七言古詩尤兼有廬陵、眉山、道園之勝。雖不隸河北省，而詩學典贍雅正，足為廣雅、資齋張目，故列入河北詩派。"光緒五年己卯，節庵二十一歲，在宗室伯蘭家授經，與京中文士結社酬唱。光緒三十三年丁未，黃紹箕在湖北提學使任上。楊敬安按："鮮庵為黃紹箕。父漱蘭，名體芳，卒于光緒二十五年己亥，故詩注謂諱早為同社人（諱即先生家諱）。"范忠宣，即范純仁，范仲淹次子。

六梅堂夜

官書日日費精神，月色清寒不似春。身為感恩還未去，梅花豈是解留人。

【校】不似，余本校：一作"不覺"。

【箋】六梅堂，節庵室名。易順鼎有詩，題中有云："節庵廉使乞病，欲假余琴志樓，口占一詩報之。君前致書，目余為五柳，又新種六梅，自顏所居曰六梅堂。"

答仁先問病

自家有病不關人，蘇沈良方未一親。累汝停杯幾悵望，臺卿員石恐傷神。

光緒三十三年十二月乞病紀恩

多病光陰負罪身，天恩今許作閒人。堂堂千載蹉跎去，了
了餘生涕淚新。草木力微安得療，江湖心遠更相親。衰年
那有酬知日，歸種山田算一民。

【校】傳世手迹題作"丁未十二月十六日乞病紀恩"。

【箋】是年十一月，節庵引疾乞辭湖北按察使，十二月二十六日獲准。
《清史稿·德宗紀》："（九月）戊申，湖北按察使梁鼎芬言挽回時局，莫亟
于禁賄賂，絕請託，劾奕劻、袁世凱等夤緣比附，貪私誤國。廷旨以有意
沽名，斥之。"節庵于九月二十二日上疏參劾奕劻、袁世凱，朝廷于摺上硃
批，謂其"有意沽名，摭拾空言，肆意彈劾，尤屬非時，著傳旨申飭"。張
之洞"密電令自為計"，節庵遂引疾辭官。此詩屢書贈人，傳世手迹不下十
餘紙，可見其重視之至。

題　畫（十一首）

詩料馱驢背，松香引鹿踪。臨危幾人共，誰似一枝笻。

于世厭梁肉，隨山尋茯苓。神仙學不至，予佩有青萍。

槿籬松朳有誰來，樹樹青紅是畫材。處士門多丈人石，三
間屋上百年苔。

大風振林木，扁舟何逍遙。中有鹿皮翁，隨身酒一瓢。

陰陰夏木長，山好翠如滴。終朝不逢人，唯有鹿行迹。

此去老顛墳最近，竹林歸路記曾登。米家畫法流傳遍。寫骨摹神各自能。

尚記嬉春汲井泉，聽松溪館臘朝煙。芳蘭萎折那堪説，莫問人間茉莉田。兼懷張十六舅。

樹古無代，山虛有人。竹兮娟娟，石兮嶙嶙。

水暖浮雛鴨，風柔舞短楊。何時半塘外，一樣築魚莊。

岸上人太苦，舟中人太閒。世間事如此，不如入深山。

羅浮山，雲萬重。石如虎，松如龍。吾欲往，從鹿翁。劚茯苓，佩芙蓉。

【校】《節庵先生遺詩補輯》録"水暖"一詩，題作《觀思故鄉》，"何時"作"何年"。

園　居

花落庭間一事無，前頭熟鳥遠相呼。小池亦可施舟楫，何必三江與五湖。

題錢仲雲看鏡樓圖

看鏡年來驚老大，倚樓心事可飛騰。前賢幾輩當時意，爾我臨分不自勝。

【校】上二詩録自汪宗衍《節庵先生遺詩補輯》。

【箋】錢葆青，字仲雲、仲軒、仲仙、靈菼，晚號看鏡老人，室名看鏡樓、重熹堂。湖北穀城人。光緒十五年舉人。歷任湖南平江、清泉、衡陽知縣。著有《重熹堂全集》。

寄毅夫京師

遙知京國赤心臣，獨憶江湖白髮人。孤樹當風芳不散，新詩照雪冷彌親。淒淒北學堂前燭，莽莽橫流海上身。把卷夜深還未寐，感時思友自傷神。

【箋】溫肅，原名聯瑋，字毅夫，號檗庵。廣東順德人，光緒二十九年進士。改翰林院庶吉士，散館授編修。繼任國史館、實錄館協修官。補授掌湖北道監察御史，任內上疏彈劾權貴達官。民國後，以遺老自居。民國十九年，受聘于香港大學教授哲學、文詞兩科。卒謚文節。有《溫文節公集》等。溫肅《溫侍御毅夫年譜》丁未年條：「二月，引見授編修」，「道出漢口，梁節庵廉訪邀遇武昌署中，劇談數日，獲觀各營房及陸軍學校、江夏監獄。十一月赴日本考察畢，航海南歸省親。」戊申年條：「九月挈眷入都。」此詩當為溫肅戊申入都後作。

曹叔彥舍人自蘇州來武昌問病宿精衛庵賦贈

五載離情哽咽言，眼中惟有鄭鄉尊。寒花照酒如春好，小屋留書有夢存。當代純儒經洽熟，平生風義語頻煩。便應乞病從君學，不讓睢州奉一孫。

【箋】曹元弼，字谷孫，又字師鄭，一字懿齋，號叔彥，晚號復禮老人，又號新羅仙史。光緒二十一年進士。官內閣中書。張之洞聘其為廣雅書局總校，主講兩湖書院。著述甚豐。有《孝經學》七卷、《禮經學》七卷、《禮經校釋》二十二卷、《周易鄭氏注箋釋》十六卷、《古文尚書鄭氏注箋釋》四十卷、《復禮堂文集》十卷等。精衛庵，節庵于武昌居處。

靜園夫子餐芝圖題詞

朱欄碧井石芝房，味比雞蘇百歲芳。昨夜月明春夢醒，坡翁詩事在西堂。

【箋】龔鎮湘，字子修，號靜庵。節庵之房師。參見《桃詩壽龔先生同伯愚作》詩箋。

桃花寄季瑩

桃花不自惜，日日惹人來。微雨未曾落，明年應更栽。亭喧雜蜂雀，路淺半蒿萊。誰問玄都觀，前生若可猜。

【箋】冼玉清《廣東文獻研究》："盛景璿，字季瑩，別署芰矜，晚號澹逋，又曰澹圃、雪友、濠叟、遁齋。廣東番禺人。生于光緒六年庚辰，丰儀壯偉。工詩，擅書，嗜金石。壯歲漫游燕楚，張之洞知其才，命主廣三路政。平居寄情翰墨，字寫大蘇，畫法元人，尤好徵集粵中金石。凡懸崖絶巘，廢堞殘壘，摹拓殆遍。時吳氏筠清館、葉氏風滿樓、潘氏聽颿樓、孔氏岳雪樓諸家所藏，漸次散佚。先後搜羅，所得殊富。且日與王秉恩、李啟隆、裴景福輩研討考證，鑒別尤精。梁鼎芬題其門曰半千畫苑，百二書房。甲寅重游燕市，越長城邊塞，流連經年，搜求益廣。歸訪丁氏持靜齋遺書于潮汕。乙卯粵東大水，故家藏籍，浸漬靡遺，車載斗量，殘同覆瓿。因盡力購藏，選工繕補，出手如新。其中宋元刊本，賴以保存不少。嘗謂物之聚散靡常，無異雲煙過眼，故從不輕加印識，惟于書籍，則多有

題跋。交友尤敦風誼，張鼎華，維屏之孫也，未婚而殁，乃集故舊築感舊
園祀之。梁鼎芬曾為文紀其事。民國十八年己巳秋，偕友寓白雲山之雲泉
山館，觴咏匝旬，歸以微病卒，年四十九。"

戊申四月初宿玉泉寺同子申作

靈山不覺遠，茲地似曾游。萬綠松藏世，千聲鳥在幽。看
雲襟欲滿，聽水杖還留。攜有青蓮裔，論詩茗一甌。

【校】傳世手迹"不覺遠"作"不在遠"。末署"戊申四月二十二日初
宿玉泉山隱居精舍詩一首"。

【箋】節庵與李寶巽同游玉泉山，欲創建書藏。玉泉寺，在湖北當陽玉
泉山。隋開皇十二年，智顗于玉泉山立精舍，宣講《法華玄義》、《摩訶止
觀》，首創天台宗道場。縣令皇甫毗撰《玉泉寺碑》。吳天任《梁節庵先生
年譜》謂此為杭州玉泉山，誤。

子申同游玉泉山先歸口占送之
戊申四月二十四日

居閒不如我，日出下山去。松風吹面寒，回頭隔煙霧。

【箋】節庵留居玉泉山，于寒山亭前之精舍養疴，李寶巽先歸。

玉泉山隱居絕句二十首之二 (二首)

愛看斜陽自出門，蕭然兩友各無言。一為澗底忘歸鹿，一
是林中入定猿。

松如高士竹佳人，傲兀嬋娟意所親。今日始知閒最樂，開窗輕拂玉琴塵。

【校】紹宋按："餘十九首未見。"按，應為"十八首"。傳世手迹署"戊申詩二首"，"玉琴"作"素琴"。

玉泉山居思兒女

阿贊年十二，阿蘭長七年。每憐好兒女，不願學神仙。忠孝粗能識，沈冥益自便。雙溪墓前寺，攜汝拜松阡。

【校】墓前寺，余本校：一作"寺前路"。

【箋】阿贊，即思孝。生于光緒二十三年。阿蘭，名學蘭，妾區氏出，生于光緒十六年。

五月十五夕看月思子申明朝書寄

山月照人靜，棲禽時一聲。嗟君才磊落，吾友語分明。鮮庵屢稱子申磊落。想得停杯意，兼之論畫情。此時思我處，不較鹿亭輕。

書齋夜坐

一室居然小天地，卵胎濕化隨萌滋。疏燈靜對無言語，夜雨瀟瀟讀易時。

題實甫四魂集

伊川三魂君有四，趙鼎為尊魂，王居正為强魂，楊時為還魂，時號伊川三魂。飄零詩卷與誰論。樓前化燕春難定，紙裹招鸞酒尚溫。湘水才人憐絕代，清河幼女在黄昏。楊花與夢無拘檢，一處愁心一淚痕。

【箋】《四魂集》，易順鼎詩集名。甲午戰起，易順鼎從軍由故鄉抵京師，得七律一百九首，為《魂北集》；旋參劉坤一幕，游山海關，得詩一百一首，為《魂東集》；奉坤一檄赴臺灣，得詩七十一首，為《魂南集》；乙未十月歸長沙，得詩三十六首，為《歸魂集》。共四卷，合稱《四魂集》。況周頤《眉廬叢話》：“（哭庵）一聯云：‘劉坤一，劉坤二，劉坤三，劉坤四；王之春，王之夏，王之秋，王之冬。’杜撰牽合，毫無誼意，何如見身說法，即以‘魂東集、魂西集、魂南集、魂北集’屬對乎。”

再題四魂集寄實甫

南北東西底非夢，陳簡齋《答張廸功詩》：“南北東西底非夢，心閒隨客有真游。”簡齋為夢子為魂。天風飄蕩無棲處，海水驚飛失漲痕。淚別黯然魂幾許，香殘痛絕返誰門。三生石上知能記，天遣佳人意有存。

澹逆出示荔圖屬挺芝畫扇率書一絕

曲江賦與老坡詩，此物天生風格奇。我負草堂兼負荔，武昌魚好自棲遲。

【箋】澹逌，盛景璿之號。挺芝，黃桂菜之字。

送石表兄_{德芬}入蜀

十日荷花雨，三間歲寒堂。人情翻覆手，世味零落腸。送
別嗟遠道，負疴還故鄉。他年放翁記，相對話寥芳。

【校】此詩有傳世手迹，題為"戊申六月二十一日送石表兄入蜀"。世
味，作"世事"。遠道，作"異地"。

【箋】石德芬，字星巢，號惺庵，一名柄樞。廣東番禺人。陳澧門人。
同治十二年舉人，以納資捐官，任廣西、四川道員。任惠州豐湖書院講習。
設祖徠山館以藏書，與陳石樵、吳玉臣建"陳石吳館"學館以授徒講學，
有《惺庵詩詞》。

題沈塘臨捫碑讀畫圖

秋庵性命碑與畫，流落人間幾錢賣。藝風老人工于祈，塘
也所學今已希。野林小屋當初事，老樹婆娑新竹媚。忽念
鍾山共跨驢，他日重煩沈十二。

【校】上詩余本未收。輯自節庵傳世手迹。題為編者所擬。

【箋】光緒二十一年，繆荃孫于吳門怡園大會詩人，出示所藏黃易
《捫碑讀畫圖》及沈塘臨本。後復遍徵諸家題咏，有劉澤源、劉炳照、萬
釗、張上龢、陳如升、夏孫桐、李詳、吳渶、梁鼎芬、褚德彝、樊增祥等。
節庵此詩末署"炎之前輩命題，戊申八月"。

題紫雲出浴圖

玉梅三九伴填詞，月貌冰腸世未知。一笑勝他馬阮輩，此身從委黨人兒。

【校】上詩余本未收，黃任鵬輯自梁鼎芬題《紫雲出浴圖》手迹，并擬詩題。黃校：此圖末署"戊申八月，鼎芬題"。

【箋】黃箋：此圖現藏于旅順博物館。張伯駒《春游瑣談》："圖在穰梨館時，光緒三十年甲辰李葆恂曾題于武昌，光緒戊申有鄭孝胥、梁鼎芬及瑜慶題詩，此時或仍在穰梨館，因梁節庵曾任武昌知府也。"

松寥閣

樹石依然未染塵，十年不到事如新。風流未盡春還在，想見洪孫一輩人。

【校】傳世手迹末署"戊申重到焦山作"。

【箋】光緒三十四年八月，節庵重至焦山隱居，陳任暘《焦山續志》卷十八："松寥閣，在自然庵右前。"明萬曆間釋明湛建，用李白《焦山望寥山》詩"石壁望松寥"之意。梁章鉅《楹聯叢話》卷六："焦山之麓有松寥閣，俯臨大江，雄勝之概，為江南北第一。"

焦山懷淩二丈

黃葉江頭是我廬，無人且作小華胥。一燈已辦他年榻，酒罷登樓讀佛書。

【箋】凌二丈，疑為凌兆熊，安徽定遠人，光緒二年進士。官戶部主事、蘄州知州。張之洞督鄂初，奏調時為廣東候補知州之凌兆熊至武昌幕中，以自己與凌兆熊、辜鴻銘、趙鳳昌、蔡錫勇、梁敦彥等五名幕僚合稱"六君子"。節庵此時與凌兆熊共事。

還石山房蠟梅（二首）

此生此夜又經房，花共枯僧眉際黃。紅燭已殘猶兀坐，開門如對木樨香。

艣近江龍□莫揮，孝通先化伯鸞歸。劫殘花不隨人去，寂寞題詩陳去非。

【校】上三題四詩錄自葉恭綽《節庵先生遺詩續編》。

山中思伯嚴

如此秋光不肯來，慨然英氣未能裁。寒林幾葉飄鷗意，高竹多風念鶴胎。靜對江山存好夢，老知農圃是奇才。癯僧莫把庭前掃，留待佳人踏破苔。

【校】傳世手迹"如此秋"作"如許秋"，"未能裁"作"總難裁"，"莫把"作"莫向"。末署"戊申八月二十一日夕陽樓有懷伯嚴兄長寫乞教定"。又有手迹標題作"山中寄陳伯嚴一首"。

【箋】節庵重至焦山隱居，有懷陳三立作此。

几谷雁山圖題句（五首）

雁湖草滿改蕪田，世界如塵大小千。祇為聽經一念錯，來

293

燒笋飯是何年。

章家樓過石梁斜，天上雙鷺照落霞。蘿磴飛泉杉塔月，山門幾樹水蕉花。

謝公昔日看龍湫，龍鼻紺青千丈流。若過靈巖寺前坐，莫驚純白本原牛。

徐霞客與臥雲僧，病裏披圖歎不勝。此種人才也寥落，畫禪九子獨騫騰。

情深誰及寶華庵，陶齋題此圖追悼鮮庵，其詞甚淒。近寄橫山遠猛堪。我淚已枯翻自笑，羨他斤竹是伽藍。鮮庵自號斤竹山人。

【校】余本錄二首，今據葉恭綽《節庵先生遺詩續編》補錄後三首。傳世手迹署“戊申詩二首”。是，余本校：一作“在”。

【箋】光緒三十四年八月下旬，端方攜所藏書畫及金石拓本至焦山，請節庵題跋。節庵《寄呈陶齋尚書和韻並示猛庵》詩自注：“今年八月同陶齋讀畫焦山，題《几谷雁山圖》，尚書追念鮮庵，深致傷痛。”几谷，俗家王姓，字智勤，自幼出家九華山，號几谷，世稱几谷和尚。江蘇丹徒人。擅畫山水，能詩工書。定慧寺方丈了禪《再寄九華山几谷上人》詩稱其“畫筆超流俗，詩才迥不群”。雁山，雁蕩山。

曾賓谷先生騎牛圖同華庵猛庵作（四首）

秋崖先寫課農圖，某也識字耕田夫。知得此生調伏久，為牛為我任人呼。《邗上題襟集·許秋農先生命題課農圖》起句云“燠也識字耕田夫”，今用之。

招鶴何如放鶴好，騎牛須有覓牛時。江流未涸山長在，惟見高松欠岳枝。湖北臬署後倚黃鵠山，山舊有亭，先生名之曰招鶴，有詩有記，亭今圮，先生集中有《岳武穆手植松》詩，注：「在江夏洪山上。」今未見，山已別建新祠，此一律兩絕，他日擬書刻祠壁，存此一段詩事也。紹宋按：一律未見。

虞翻故宅隱訶林，南海文流笈盍簪。更有松心歲寒友，梅花無際萬松深。虞祠，昔與筠心別處。

紅橋修禊若神仙，夢覺揚州十九年。煙雨一簑吾老矣，牧童吹笛杏花前。

【校】後二首録自葉恭綽《節庵先生遺詩續編》。葉本按：「此詩余輯有二首合此二首仍缺一首。」編者按：「招鶴」一詩有傳世手迹，款識云：「曾賓谷先生騎牛圖題詞八首之一，寫上陶齋尚書寶華庵，戊申八月二十七日，鼎芬學。」可知原有八首。

【箋】李葆恂，字寶卿，號文石，更號戒庵、猛庵。官江蘇候補道。陳灝一《新語林》卷七：「李猛庵家富收藏，鑒別金石書畫獨具精解。」華庵，寶華庵。端方室名。錢泳《履園譚詩》：「詩人之出，總要名公卿提倡，不提倡則不出也。如王文簡之與朱檢討，國初之提倡也。沈文愨之與袁太史，乾隆中葉之提倡也。曾中丞之與阮宮保，又近時之提倡也。然亦如園花之開，江月之明。何也。中丞官兩淮運使，刻《邗上題襟集》，東南之士，群然向風，惟恐不及。迨總理鹽政時，又是一番境界矣。」筠心，即沈寶桐。節庵《沈二孝廉寶樞來訪因送之揚州》詩有「虞翻祠下惜分襟」之語。

寶華庵藏宋寧宗楊后宮詞（二首）

紅葵風格海棠心，德壽宮前紫鳳吟。絕艷奇花與新竹，何如洺水一囊金。

讀書焦洞十年情，貽我新鈔章碩卿。今入寶山見真相，華庵堯圃好齊名。

【校】一囊金，"一"字，余本空闕，今從傳世手迹補。焦洞，手迹作"焦厂"。風格，余本作風柳，今從手迹。

【箋】宋寧宗楊皇后宮詞，又稱楊太后宮詞。三十首。最早見于郎瑛《七修類稿》，明末毛子晉又得南宋鈔本五十首。端方所藏者為"宋寫本楊太后宮詞"，"潛夫輯"，曾先後為毛晉及黃丕烈收藏，黃丕烈定其為宋寫本。後又流向民間，民國時，瞿啟甲于蘇州購得，影印行世，跋云："《楊太后宮詞》十二頁，不知何人所刊，尚未竟工，流落書肆。甲子春二月，余自北京旋里，道經吳門，論直購歸，倩手民略加整治印行，以公同好。此書一刻于汲古閣毛氏，再刻于雲間古倪園沈氏，皆精寫翻雕，然亦流傳極罕。"清代學者每疑其為偽作，當代有學者考證其出自內夫人或近臣之手。

華庵督部命題顏書麻姑壇碑

平生每憶麻姑淚，今日親摩魯公字。壞碑數尺半山誇，何況茲壇世無二。金盤香散蔡經家，女顏十八九如花。老翁八十不怕死，他年歸道虛雲霞。吾家書館道州扁，蚌時鳥爪草如篆。鼎芬七歲，書房扁"蚌時鳥爪"，何紹基題。鼎芬不識"蚌"字，第七叔父詳解之，此事如昨日也。日月幾何鬢已蒼，蓬萊縹渺水還淺。尚書九國采風詩，大海之桑抱至悲。經綸世難須忠誼，莫待紅蓮變碧時。

【校】上詩錄自葉恭綽《節庵先生遺詩續編》。

【箋】麻姑壇碑，全稱《有唐撫州南城縣麻姑山仙壇記》，顏真卿撰文并書。端方所藏者為宋刻帖本，有張廷濟于道光七年題記："其石久佚，傳本絕少，此係真宋時拓，可寶可寶。"又有張祖翼跋。顏真卿《麻姑山仙壇記》："麻姑手似鳥爪，蔡經心中念言：背蛘時，得此爪以杷背，乃佳也。"蛘，後書作"癢"、"痒"。吳天任《梁節庵先生年譜》按："原寫本詩後題云：'戊申八月。'"

泰山秦篆二十九字宋拓本匋齋尚書屬題

斯篆廿九字，體峻態有餘。華庵嗜古癖，獲之勝瓊琚。魯南說在後，厥罪懲焚屠。彼不愛古籍，我何愛彼與。觥觥發宏議，讓之互欷歔。昔聞議荀者，弟子斯如痀。毛公最純白，奚為獨舉渠。凡人賢不肖，譬之龍與豬。尺長寸有短，彼毀此有譽。孔雀毒在尾，文采何華舒。不見元晦字，專學曹公書。持以告華庵，華庵猶踟躕。敢問李夫子，文石浩博精實，奉之為師。妙論當起予。

【箋】光緒三十四年八月，為端方題泰山刻石拓本。秦泰山刻石立于始皇二十八年，李斯所書。明嘉靖年間，此石移置碧霞元君宮東廡，僅存二世詔書四行二十九字，即"臣斯臣去疾御史夫臣昧死言臣請具刻詔書金石刻因明白矣臣昧死請"。乾隆五年碧霞祠燬于火，石僅存十餘字。端方所藏明二十九字拓本，亦世所希見矣。以上諸詩，似皆為同端方讀書焦山時作。

陳寅谷宋拓本醴泉銘題三絕句 (三首)

陶齋宋拓擅當時，先世書堂亦有遺。夢斷生天雙祭酒，情深觀海一儒師。陶齋為陝臬時，曾以所藏宋拓醴泉銘石印十册寄湖堂，歟為精絕，伯希、廉生皆有跋尾。余家藏亦有一本，已過百年，鄰蘇老人以為真宋拓也。觀海，鄰蘇堂名。

三十五年隱君子，青山偕老興婆娑。江樓讀畫儺碑夜，若念胡僧淚尚多。

君學晉書真妙絕，渠知宋紙不須斟。唐家本有裝潢匠，見唐六典。今日誰如翰墨林。溧陽人，裱工第一，能知宋紙，今無此人手矣。

【校】上詩錄自楊敬安輯《節庵先生遺稿》卷四之詩詞補遺部分。

【箋】陳任暘，字寅谷。江蘇宜興人。同治十二年至焦山，寓居數十年。詩云"三十五年"，則似為光緒三十四年節庵重到焦山之時。姑繫於此。歐陽詢書《九成宮醴泉銘》宋拓本，端方舊藏，錢大昕定為唐拓，楊守敬定為北宋拓。後入裴景福之手，今歸日本三井聽冰閣。吳兆泰，字星階，別號湖堂、弦齋，湖北麻城人。光緒二年進士。後以編修考授御史。因上疏乞罷修頤和園，罷官。主龍泉、經心書院講席。《唐六典》："崇文館裝潢匠五人，秘書省有裝潢匠十人。"《新唐書·百官志二》："校書郎二人。熟紙裝潢匠八人。"

實甫復官寄賀

九陛深恩到鮮民，定知垂淚念君親。邊城三月當何罪，枯木重花漸見春。于世得為名士餅，污人莫惹庾公塵。山樓讓我聽泉好，陶里朱庵有所因。昔年與伯嚴、實甫同游廬山。

【校】重，余本校：一作"逢"。所因，余本校：一作"夙因"。

【箋】光緒三十年四月，易順鼎在右江道任上，因撤綠營事，為兩廣總督岑春煊參劾革職。三十三年十二月，赴京至都察院上"被參怨抑"呈詞，朝廷遂命粵督張人駿行查。易順鼎次年出都赴粵，謁見張人駿。查明真相後復官。光緒十八年壬辰夏六月，節庵與易順鼎、陳三立同游廬山。

上海喜晤陳伯潛前輩賦贈

天意江湖著此翁，回思二十二年中。良辰一笑還能待，詩卷相思豈有窮。淺淺黃花添細雨，垂垂白髮對西風。尊前飛動寧無寐，久坐寒窗漏未終。

【箋】光緒三十四年九月，陳寶琛至上海，節庵自焦山至上海相晤。伯潛，陳寶琛之字。汪辟疆《光宣詩壇點將錄》："天機星智多星吳用陳寶琛"，"弢庵太傅，高風亮節，士林楷模。當溥儀被挾至津門，弢庵伏地陳七不可，且言：'上必去，臣亦不能相從矣。'痛哭而返。有詩數首，詞至哀慟。蓋深知託命倭人，匪惟速亡，且無以對宗邦，上父母丘隴也。弢庵詩，初學黃陳，後喜臨川，晚以久更世變，深醇簡遠，不務奇險而絕非庸音，不事生造而決無淺語。至于撫時感事，比物達情，神理自超，趣味彌永。余嘗以'和平中正'質之，弢庵為首肯者再，以為伯嚴、節庵所未道也。弢庵太傅有手錄《滄趣樓詩》七巨冊，余乙丑侍太傅，曾命余細閱一過，分別存芟。余謝不敏，因原稿有散原、節庵批注也"。

再到無錫拜高先生祠

病夫重拜漆湖祠，泉梗闌花似舊時。二十七年無一是，得名太早讀書遲。

【箋】明末大臣高攀龍于漆湖洲上建水居，名為可樓。天啟六年，高攀龍被閹黨誣告，投水自盡。康熙五年，在其捐軀處葺屋三楹以祀之，名曰"止水祠"。漆湖，今名五里湖、蠡湖。李漁叔《魚千里齋隨筆》卷上：

"（節庵）廿六以奏劾合肥李文忠罷官"，"節庵黜罷後，即赴焦山海西庵讀書數年。其《再到無錫拜高先生祠》詩云云，當是謫官前後作"。按，此言非是。節庵于光緒八年別墓北行初到無錫，二十七年後再到無錫，已是垂老多病之身矣。當作于光緒三十四年九月自上海至南京途中。

題邵位西先生遺詩 (六首)

飄飄世路鸞鳳悲，竦特高岡麟豹姿。十九事兼七不可，蓋臣餘力更工詩。

心知烈士扶人紀，早識奇英出世間。伐木丁丁聲萬古，伏龍山與二龍山。曾文正公所譔墓銘有云："國藩心知位西烈士也。"先生贈文正詩："庶見命世英，衰圮一扶救。"文正墓在善化縣平塘伏龍山，先生衣冠葬西湖二龍山。

獨窺偉抱尊醇士，共有貞心友伯韓。朱集非凡我所愛，戴詩如畫更誰看。先生贈醇士詩一首："詩情畫筆世爭求，偉抱深情人不察。"又與朱伯韓先生游處至密。三公皆有大節，光燭天地，可見前輩于君臣朋友之義，朝夕寤寐以之，念此不勝敬悚。鼎芬丁亥主講端溪書院，刻有叢書，朱先生集其一也。戴文節公使粵，巡試連州，有山水詩甚佳，亟欲刻之，再求不可得。文正題朱集詩："驚顧非凡胎。"

舊學雷塘拜挽詞，道光之末一流衰。海西庵裏書成藏，又送先生數卷詩。伯綱以先生遺集初印本見贈，即送入焦山、豐湖兩書藏。焦山者，阮文達公所創，鼎芬重理之。豐湖在惠州，鼎芬自創。

車聲自擾牡丹閒，好句真能寫妙顏。踏月芳塵法源寺，過時病榻玉泉山。先生牡丹詩深婉，猶憶昔年三弟鼎蕃自黃州差回，帶牡丹數本種庭下，余有詩云："此花自娟靜，名流世上兒。"今三弟下世久矣，追思泫然。癸未、甲申花時，輒同先舅張延秋先生並載訪諸寺，清談竟日，法源寺石罅牡丹最有韻致，曾與月下賞之。今年四月養病玉泉山，隱居精舍，有大牡丹一株，庵主云："春間開花一百七十餘朵，惜已過矣。明春重來，必見此花，當和先生此韻也。"

花宜樓集前貺予，今讀半巖廬畔書。兩家門才盡風雅，幾時同食武昌魚。《花宜樓集》，先生稱為清新，吳子修同年自長沙寄贈，前者已捐入當陽縣學堂書庫，近欲創建玉泉山書藏，子修允助之。

【箋】邵懿辰，字位西。浙江仁和人。道光十一年舉人。授內閣中書，升刑部員外郎。咸豐十一年，太平軍攻杭州，邵懿辰助浙江巡撫王有齡抗禦，殉難。撰有《惠西先生遺稿》、《半巖廬集》、《尚書通義》、《禮經通論》、《孝經通論》等。編有《四庫簡明目錄標注》二十卷。曾國藩《仁和邵君墓志銘》："十一月，杭州再陷，位西之妻余恭人，二子順年、順國轉徙滬上，余聞而迎致之安慶。順年語余，以城破時盡室飢困，其父麾家人出避，圖延宗祀，亦詭詞自稱將出，遂泣別，不復相聞。國藩心知位西烈士也，必不苟免。其家固知之，以無定問，不敢發喪。同治三年二月，杭州克復，順年奔哭周詢，具得三日不食，罵賊遇害狀，實以十一年十二月朔日殉難。"邵懿辰《滌生擢學士芝房有詩道其進官之速而勉以鄉先輩風義其言甚美因和此篇贈滌生并呈芝房》詩："時艱撥雲雷，古處返鶉鷇。庶見命世英，衰圮一扶救。"滌生，曾國藩號。朱琦，字伯韓，號濂甫。廣西臨桂人。道光十五年進士。官御史，以直言敢諫與蘇廷魁、陳慶鏞合稱"諫垣三直"。晚年總理杭州團練局，太平軍攻杭州，被殺，贈太常寺卿。有《怡志堂詩文集》。曾國藩《題朱伯韓詩集後》十首之一："雞鳴足朝莫，陰曀終不開。高歌戰寒夜，四壁轉風雷。有客投明月，驚顧非凡胎。古人亦已矣，吾猶及此才。"戴文節，戴熙，曾任廣東學政，按試連州，手錄《燕喜亭記》，刻于碑石。邵章，字伯絅，號倬庵。浙江仁和人。邵懿辰長孫。光緒二十八年進士。授翰林院編修，官至奉天提學使。富收藏，精研碑帖，工書法。吳慶坻，字子修，又字敬疆、悔餘，號補松老人。浙江錢塘人。光緒十二年進士。改翰林院庶吉士，散館後授編修。歷任四川學政，湖南布政使。著有《補松廬文錄》八卷、《補松廬詩錄》六卷、《悔餘生詩》、《蕉廊脞錄》、《益州書畫錄續編》等。余肇康《悔餘生詩序》："大氐君詩不名一家，而探討漢魏，復出入昌黎、眉山間，神味淵懿，自然訢合。考亭所謂詩以理情性，蓋深得之。"徐世昌《晚晴簃詩匯》卷一七六："子修為仲雲督部孫，世其詩學。自湘中乞歸，家居十餘年，翛然清尚，竺意鄉邦文獻，有前輩梁、胡諸老風。近以衰病遽逝，年七十七。晚歲詩曰《悔餘集》，多存感事懷人之作。""此花"二句，見《種花詩》三首之一。《花宜樓集》，當指《花宜館詩鈔》。吳振棫，字仲雲，號毅甫。浙江錢塘人。吳慶坻之祖父。嘉慶十九年進士。曾任貴州副考官、雲南大理知府。輯有《國朝杭郡詩續輯》四十六卷。

題余子容畫菖蒲菊花

菖蒲與白菊，清氣益人間。物性百年在，天倪一笑間。相從藉芳草，得意似深山。不必求苓术，娛心自駐顏。

【校】上詩有梁鼎芬傳世手迹影本，詩末跋云："賦呈伯嚴兄長。戊申九月二十一日。鼎芬學。"

【箋】余子容，即余士愷。士愷以鬻畫為生，善畫花卉翎毛，有《疏籬秋豔圖》等傳世。

九月二十四日同伯嚴劍丞招樊山子礪小　　魯橫山留垞仲恂集半山亭

小亭穿路在城隈，秋翠和花落酒杯。日晚蟬吟還曳樹，雨餘松色欲連苔。江山信美留吾輩，歲月相望得此回。與樊山別八年。流水聲中換人世，知誰能為半山來。

【校】在，余本校：一作"傍"。留，余本校：一作"延"。此詩傳世手迹小注："昔客西安，與樊山前輩朝夕相見，忽忽已八年矣。"後署："戊申九月二十四日，同人集亭賦詩，遲陶庵督部未至。翌日寫呈大教，匆匆不工，可笑也。鼎芬學。"

【箋】光緒三十四年戊申九月，節庵自上海往江寧，與諸友雅集于鍾山半山亭。陳三立有《半山亭秋集》詩。夏敬觀，字劍丞，晚號映庵。江西新建人。光緒二十年舉人。受張之洞之邀，辦兩江師範學堂，任江蘇提學使。兼上海復旦、中國公學等校監督。光緒三十五年辭官。民國八年，任浙江省教育廳長，後辭職。築室上海康家橋，專心著述。著有《忍古樓詩集》、《映庵詞》以及論詞專著《忍古樓詞話》、《詞調溯源》等。錢仲聯《論近代詩四十家》："夏映庵學梅聖俞，苦澀樸素，掃除凡豔。雖為江西人，而非江西派，但古拙處恐索解人不易。早期詩出入唐宋，工力至深，未必老而益工。與人論詩，極詆王弇州，近于蚍蜉撼樹。"錢仲聯《近百年詩壇點將錄》："映庵，江西人，出文廷式之門。其詩並不傳文氏衣鉢，亦不于雙井派中討生活。平生瓣香宛陵，別標一宗，所謂'老樹著花無醜枝'也。"樊增祥，原名嘉，字嘉父，號雲門，一號樊山，別署天琴老人。室名晚晴軒。湖北恩施人。光緒三年進士。歷任陝西宜川、咸寧、富平、長安、渭南知縣。官至陝西布政使、護理兩江總督。作詩甚多。有《樊山全集》。庚子七月，樊增祥至西安。次年八月，為陝西布政使。節庵赴西安行在謝恩，得與交往，九月回鄂，樊氏贈以太白畫像。光緒三十二年，為陝甘總督升允所劾，罷官閒居，于樊園與諸名士唱和。辛亥革命起，江寧城破，樊增祥攜江寧布政使關防奔上海租界。陳伯陶，號象華，一字礪，晚年更名永燾，又號九龍真逸。廣東東莞人。光緒十八年進士第三名，授翰林院編修、文淵閣校理、武英殿協修。後又任國史館協修、總纂。光緒二十一年任雲南、貴州、山東鄉試副考官。後任南書房行走、江寧提學使等職。三十四年，任江寧布政使。宣統二年，棄官歸里。民國後避居於香港九龍，自號"九龍真逸"。著有《瓜廬文乘》、《瓜廬詩乘》、《宋朝東莞遺民錄》、

《勝朝粵東遺民錄》等。黃嗣東，字小魯，號魯齋，晚號魯叟。邑拔貢生。歷仕刑部郎中、陝西候補道，署陝安兵備道。光緒十一年，署鹽法道，與長安知縣樊增祥建魯齋書院。著有《濂學編》、《道學淵源錄》。陳慶年，字善餘，號石城鄉人，晚號橫山，江蘇丹徒人。少時入讀江陰南菁書院。光緒十四年戊子科優貢生。嘗選授江浦教諭，徵辟經濟特科，皆不就。光緒二十九年，張之洞、端方會札奏保內閣中書銜，聘為兩湖書院監督、分教，後任湖南學務處提調、湖南高等學堂監督。光緒三十三年，端方委聘先生創辦長沙圖書館，聘任為江楚編譯官書局坐辦和江南圖書館事。有《古香研經室筆記》、《兵法史略學》、《中國歷史教科書》、《外交史料》、《橫山鄉人類稿》等，編有《橫山鄉人叢刊》二集二十四種。楊鍾羲，姓尼堪氏，原名鍾慶，戊戌政變後改為鍾羲，冠姓楊，字子勤，號留垞、雪橋。漢軍正黃旗，世居遼陽。光緒十五年進士。授翰林院庶吉士，散館授編修。二十三年任國史館協修和會典館圖畫處協修。二十九年任湖北鄉試內監試官。後歷任襄陽、淮安、江寧知府。民國後，留寓上海，一意著述。卒，謚文敬。著述甚豐。有《聖遺詩集》、《意園文略》、《雪橋詩話》四十卷。與表兄盛昱合編《八旗文經》五十六卷。李宣龔《遼陽楊聖遺先生詩跋》："先生自言少為《文選》學，喜讀韋孟諷諫、仲宣越石傷亂諸詩，于公讌游覽之作不數為，為亦不求工。比長，流覽群集，于近代喜亭林、謝山、籜石、笤河，論詩喜《石洲詩話》。晚遭艱屯，似致光、皋羽，然所作亦殊不相類。浩浩落落，取達己意，閒為小賦及長短句，參錯卷中，聊識其時與地而已。"汪辟疆《近代詩派與地域》云："所作《聖遺詩集》，情韻綿遠，思深味永之作，實在河北派與江左派之間，又偶齋後別開蹊徑者也。"陳毓華，字仲恂，號石船。湖南桂陽人，陳世傑之孫，王闓運弟子。曾留學日本，在教育部供職。有《東游鱗爪錄》、《石船詩文存》。

半山故宅

題詩武庫至豪雄，變法君臣意所同。琴瑟不調原可換，蘭蕕未別自難終。推公賢復惟迂叟，歎世因循有晦翁。遺宅荒涼共追弔，紛紛兒女鬧村叢。

【校】推公，傳世手迹作"稱公"。

【箋】半山故宅，王安石故宅。故址在今江蘇南京東。王象之《輿地紀勝》卷十七："半山報寧禪寺，王荆公故宅也。由東門至蔣山此為半道，故以半山為名。元豐七年公病既愈，乃請以宅為寺，因賜額為報寧禪寺。"

鍾山客夜

秋扇已捐吾自愛，春蠶未化意何如。半山亭下歸來晚，一炷爐香一卷書。

【校】吾自愛，余本校：一作"恩尚在"。化，余本校：一作"死"。傳世手迹作"恩尚在"。末署"戊申九月二十六日作"。

李猛厂三邕翠墨籢宴集一首 陶齋督部同座

亂後書牀帶淚看，誰知瓌寶是叢殘。浮榮那及尊前酒，冷性無煩鼎內丹。嫋嫋故人都隔世，謂伯羲、廉生。汪汪大海有迴瀾。冬郎一棧傷春曲，頭白尚書意未安。

【校】上詩余本未收，黃任鵬輯自《古學叢刊·詩錄·梁節庵先生集外詩》，一九三九年第二期。

寄呈陶齋尚書和韻並示猛庵

博麗楊亭幾問奇，精研雅故勝農師。東坡在海俄成讖，靈運生天已脫羈。山屋淒涼誰遣此，今年八月同陶齋讀畫焦山，題《几谷雁山圖》，尚書追念鮮庵，深致傷痛。寒堂靈爽或來斯。堂為鮮庵舊居。傷心便欲尋曾植，謂沈乙庵，乙庵哭鮮庵至悲。隻手還看仗鉅維。謂紀伯駒鄂學，賴之與鮮庵交契。此卷上有鮮庵同年題詩，見之泫然。寄呈陶齋尚書和韻並示猛庵。戊申十月，鼎芬。

【校】上詩余本未收，輯自梁鼎芬傳世手迹影本。按，詩題于端方陶齋秦權拓本上。原無題，題自題識中摘出。

【箋】李葆恂，號猛庵。

再用前韻寄懷陶齋四弟

登華昌黎所好奇，十年道義每相師。龍飛天路開初定，凰羽高風豈久羈。立法關中秦太甚，不言樹下異如斯。指揮談笑安磐石，吾也惟知斂袿維。再用前韻寄懷陶齋四弟，西安鼎芬。鮮庵最賞此"維"字。藏山記。

【校】上詩余本未收，輯自梁鼎芬傳世手迹影本。按，詩題于端方陶齋秦權拓本上。原無題，題自題識中摘出。

光緒三十四年十二月十日夜雪曉起呵凍有懷陶齋四弟尚書已五用青字韻矣此卷同還

阮元未見此形奇，顧絳當為後世師。《日知錄》頗稱秦法，黃汝成不然之，是未知諸葛君學術也。汲右最深誰不讓，謂釋"則"字。臨窗自適那能羈。功名定可中興漢，學術應須下揖斯。夜雪滿闈天乍曉，願從王中訪迦維。武昌織布局在偽頭陀寺前。光緒三十四年十二月十日夜雪，曉起呵凍，有懷陶齋四弟尚書，已五用青字韻矣，此卷同還。鼎芬記于歲寒堂。

【校】上詩余本未收，輯自梁鼎芬傳世手迹影本。按，詩題于端方陶齋秦權拓本上。原無題，題自題識中摘出。

【箋】顧炎武《日知録》卷十三"秦紀會稽山刻石"條云："漢興以來，承用秦法以至今日者多矣，世之儒者言及于秦，即以為亡國之法，亦未之深考乎？"黄汝成《日知録集釋》，于其後案云："先生頗取秦法，其言政事急于綜核名實，稍雜申、韓之學。"諸葛君，謂諸葛亮，其治蜀亦頗取秦法，政令嚴苛。《三國志・蜀志・諸葛亮傳》裴松之注引《蜀記》："吾今威之以法，法行則知恩，限之以爵，爵加則知榮。恩榮並濟，上下有節。為治之道，于斯著矣。"頭陀寺，在武昌蛇山。王象之《輿地紀勝》卷六十六"鄂州"："頭陀寺，在清遠門外黄鵠山上。(南朝)宋大明五年建。自南齊王中作寺碑，遂為古今名刹。"陸游《入蜀記》："二十六日，與統、紓同游頭陀寺。寺在州城之東隅石城山。山繚繞如伏蛇，自西亘東，因其上為城，缺壞僅存，州治及漕司皆依此山。寺毀于兵火，汴僧舜廣住持三十年，興葺略備。"

附端方原作：

梁髯四十益嶔奇，煉骨人間仰大師。遂惡鷹鸇真遠識，凌虛鵰鶚本難羈。愧無累疏推張奐，喜拓殘銘證李斯。卻月城邊今肄武，知君揚為國張維。咸陽新出秦權拓之，便面以寄節堪兄長並繫以一律乞教。端方。

與仲弢節庵稻村重伯履初子申贈中實生日

早營丙舍望規林，節限"林"字，弢句。白髮今年五見侵。稻限

307

“侵”字，節句。魯酒不如官味薄，重限“薄”字，稻句。廬山何似道心深。履限“深”字，重句。尚餘囊底韓康藥，申限“藥”字，履句。相倚壚邊卓女琴。弢限“琴”字，申句。玉瑣春雷會驚夢，節限“夢”字，大句。幽居長自夜啼砧。稻限“砧”字，節句。

節庵招同子封叔頌中實錫侯履初二首（其一）

菊叢相對要杯寬，封限“寬”字，大句。疏雨連朝洗玉盤。封限“盤”字，實句。天氣差涼摹古帖，封限“帖”字，錫句。詩情已減弄僚丸。封限“丸”字，履句。薄寒中酒顔初暈，大限“暈”字，封句。積冷凝冰事有端。大限“端”字，頌句。垂老看人如電駛，大限“駛”字，實句。長吟意態未闌干。大限“干”字，節句。

【校】以上二詩余本未收，黄任鵬分别輯自程頌萬《石巢詩集》卷十一、卷十二。黄校：後一首作于戊申（一九〇八）。前一首寫作時間不詳。按，《石巢詩集》卷十一始于甲辰（一九〇四），姑繫于此。

己酉元旦口占

栗里歸無下潠田，樂天詩妙説霜顛。多魚好雪真堪喜，吴楚今年大有年。

【校】梁鼎芬傳世手迹影本有跋云：“除夕前，聘之監督告余：‘歲晚多魚，明年必大熟。已屢諗矣。’庚戌元旦口占一首寄孝通賢弟安慶。”詩題“庚戌”，年份與余本異。妙，手迹作“好”；好，手迹作“佳”。

【箋】宣統元年己酉，節庵仍返焦山隱居。劉洪烈，字聘之。畢業于湖北法政學堂。曾發表《教授法》。時任監督。

己酉春詞

憂來無端去無際，天昏常夢曉常嚏。此時佳人衣夫容，含情不語當何世。山下小桃三兩花，春心千載得知他。偶然葉落無人掃，付與村童燒早茶。

己酉早春

群蠅于窗有聲威，一鼠在檻點自啼。樹前吠人犬如豹，昏鴉暮雀相提攜。春花如此無看處，天風塔鈴偶然語。傷心不見劫灰僧，談詩可問胡琴女。

己酉春初寄懷筠心武昌
時方病退，校《禮經》甚精核

垂老還讎細字書，精勤惟有放翁如。放翁暮年能閱細字《通鑒》，見詩注。誰云儒術終無用，歸見鄉花暫覺舒。剪燭少年詩句在，懷人江上夢魂初。布衣日夜憂天下，可憶西坊一草廬。

【校】上二詩錄自葉恭綽《節庵先生遺詩續編》。綽按：此本二首，其一已見盧刻。

獨　作

風打窗燈似暮秋，病翁猶自坐危樓。苔蟲枝鳥紛紛盡，惟有江頭幾個鷗。

【校】獨作，余本校：一作"己酉暮春"。惟有，余本校：一作"只見"。

己酉三月山居有懷兩湖書院諸子

幽居舊事忽相尋，迢遞書堂十載心。湖上花多應長水，石前松直定成陰。朝廷養士憑何報，江海懷人且自深。行罷春山還獨坐，墓門高樹有歸禽。

己酉三月還鄉省墓

長憶臨行誓墓詞，寥天孤露竟安之。便成薄宦嗟何補，不為殘年有所思。風送紙錢灰漠漠，酒澆墓草碧離離。疏林日落岡頭路，應是全家上冢時。

【箋】宣統元年三月，節庵自焦山還廣州省墓。

還鄉報友人（二首）

忍淚孤恩始得歸，今朝真見著荷衣。豈知誤盡平生意，不欲同君說老違。

春夢驚回棲鳳宅，壯懷消盡食魚齋。未來現在當初事，道是無涯又有涯。

【校】上二詩録自葉恭綽《節庵先生遺詩續編》。

【箋】節庵與龔氏夫人已離居多年，至此時尚未忘懷也。

江南喜雨伯嚴有詩余亦繼作

二園佳句説甘霖，損己憂民世所欽。盡曉天人相近理，始償物我共安心。撫飢往事艱難過，望澤連宵敬畏深。寶華庵中仍不寐，前賢求闕要追尋。

【箋】陳三立有《喜雨賦呈陶齋樊山兩公》、《節庵由廣州電達和喜雨新句感酬》詩。作于己酉四月。

端五獨坐成咏

文武如雲士女狂，鼓船端五競江鄉。繁華非復當時事，幽獨難為此日觴。白髮滿簪成老輩，朱書在篋感先皇。賦情羽扇低佪絶，且與劉侯述荔香。

【校】傳世手迹題作"己酉端五獨坐成咏"，"且與"作"欲與"。鼓船端五競江鄉，余本校：一作"鼓船坎坎競端陽"。賦情羽扇，余本校：一作"曲江賦扇"。末句，余本校：一作"試約劉侯叙荔香"。

實甫復官將抵廣州詩以迎之

六梅堂前君別我，三柳門外我迎君。離合升沈不可説，王侯富貴安足云。詩中攜有武昌月，袖間還帶羅浮雲。病翁已啟紅螺户，備酒千杯肉十斤。

【箋】易順鼎至都察院上"被參怨抑"呈詞，朝廷遂命粤督張人駿行查。次年出都赴粤，謁見張人駿。查明真相後復官。宣統元年正月，易順鼎赴京，攝政王召見。四月，改官廣東欽廉道，遂啟程至粤。

己酉五月二十九日未明坐感舊園竹窗下題江孝通遺畫園南小屋孝通昔日住處今題其額曰密庵 (二首)

藜杖看山吾與汝，禪窗對畫雨兼風。再逢已是他生事，但見園花三四紅。

得恃重泉白髮親，所悲吾黨赤心人。樊川不展傷春目，坡老先灰未老身。

【校】上詩録自葉恭綽《節庵先生遺詩續編》。

【箋】感舊園，在廣州。節庵為紀念張學華而建。《節庵先生遺稿》卷三《創建感舊園緣起小引》："用敢廣集同人，勿諼夙好，就城北内外，謀地一區，以為祠宇，園名感舊，實斯志也，章程列後，覽者祥焉。"密庵，原為江逢辰之室名。

失　題 (四首)

三十年前皆少年，那知此會此臺邊。商量學術無新舊，歸隱山林有後先。民氣漸伸須善教，輿歌初聽即佳篇。去年兄客都數月，賦詩甚多。君親未報休云老，每憶函樓一代賢。

海內雙髯兄勝弟，池荷千柄白輸紅。秋香覺合平生意，並
世誰知絕代翁。論事每如初出日，當襟慣受夜來風。分飛
□卻湖舠夢，歎世思賢涕淚中。

汝負名山山笑汝，林巒秋色更誰題。風波如此無行處，亭
館自然聊可棲。學道君如莊叟蝶，照冥吾有太真犀。胡牀
不下真瀟灑，妙畫眼明黃與倪。余所藏黃石齋雙松長幅、倪鴻寶
詩冊，君皆極賞之。

曉起猶聞骨在喉，兩詩聯至一心休。真如忠舌開言路，旋
聽清聲賦遠游。石畔閒調初病鶴，江邊更有不馴鷗。蕭然
物外幽居好，始信州支自有憂。

【校】上題四詩録自葉恭綽《節庵先生遺詩續編》。"蕭然"句，葉本
校：一作"幽居我已忘天下"。

【箋】葉本按："此疑是贈易實甫及王息存之作。"所言甚是。第一首
之"函樓一代賢"，即指易順鼎之父易佩紳，函樓為其室名。光緒三十四年
春與秋冬，易順鼎皆在京，故云："去年兄客都數月，賦詩甚多。"第二首
之"雙髯"，指易順鼎與節庵自己。第三、四首贈王息存，"忠舌"，見
《講舍一首追懷張文襄並寄息存五用脣字韻》詩，謂王氏在張之洞幕中之
事。黃道周，字幼玄，號石齋。福建漳浦人，明天啟二年進士。官翰林院
修撰、詹事府少詹事。南明隆武時，任吏部尚書兼兵部尚書、武英殿大學
士。抗清失敗被俘殉國，隆武帝賜謚忠烈，追贈文明伯。清乾隆四十一年
追謚忠端。詩書畫兼擅，寫山水人物，長松怪石，風格奇古。其《畫松跋》
自云："喜寫松柏，常以其奇挺為能。"事見《桐陰論畫》。今傳世有《雙
松圖》，跋云："順城南報國寺後庭二松，秀拔干霄，各百尺垂樛，孫枝及
地。前庭二松，高僅與檻齊，盤偃如蓋。長安靈植，自西山寶柏而外，無
復逾此者。"倪元璐，字玉汝，號鴻寶。浙江上虞人。明天啟二年進士。歷
官至户、禮兩部尚書。詩書畫俱工。行草尤極超邁。

實甫家靈山寺下送詩六首

張靈合住靈山寺，誰種香花使返魂。博士買驢三紙盡，清來一勺亦天恩。所居有博士泉清冽可飲。

點綴山趺十數家，欠些楊柳與桃花。閒來同領幽林趣，和尚家風飯後茶。

清曉燒香岳母祠，紫苔如蔓臥龜碑。天知兒輩精忠字，胎教當年大有師。寺下有姚夫人祠。

夢好還尋三峽橋，松風謖謖月蕭蕭。此生豈是無歸處，自要人間挂藥瓢。

京國詞場兩少年，酒樓聯句杏花前。傷心三十年來事，白髮紅燈共黯然。

參事求書勝乞官，朝朝廠市不知寒。泰泉書畫吾雙璧，鄉館橫街得大觀。此懷陳士可。

【校】上三題十一詩錄自葉恭綽《節庵先生遺詩續編》。

【箋】蘇軾《棲賢三峽橋》詩查注引《廬山紀事》："桃林、長壠諸水，大小支流，九十有九，皆入于三峽澗。玉淵之南有棲賢橋，即三峽橋也，作于祥符間，橫絕大壑，締構偉壯，從橋上俯視澗底，可百餘尺。"陳毅，字士可，湖北黃陂人，畢業于兩湖書院，歷任學部參事、圖書館纂修、法律館纂修。民國後，任蒙藏院參事、庫烏科唐鎮撫使。姚夫人祠，即岳母祠。宋紹興六年，岳母姚太夫人在軍中逝世，朝廷賜葬于廬山株嶺，墓碑刻《宋岳忠武王母姚太夫人墓》。岳母祠在今江西九江獅子鎮株嶺村。

五月二十八日感舊園雨季瑩屬題紅螺山房圖六首山房先害子舅所居也

夢在紅螺山上花，春風無主客無家。憑將半夜相思雨，滴作輕泉一貼茶。

幾多琬玉化為埃，獨對青山懶舉杯。耳冷心灰都不是，更無人譜鶴歸來。

零落他鄉當故鄉，臺卿臨没極淒涼。自憐不及山頭草，長得殷勤綠一房。

荔支卻似佛嬴兒，研麝新鈔萬里詩。酒裹不知廿年事，醒來還道是當時。

聽松廬前煙滀樓，誰知此地是西州。人生祇合多情死，看得斜陽一角留。

往者楊庵一月情，西風上冢竟難成。此生無分長安笑，畫裹搴蘭有淚聲。

【校】上詩傳世手迹題作"張十六舅紅螺山房圖盛季瑩九弟屬題"。西風，作"雪風"。末署"己酉五月二十七夜子初雨中"。紅螺山房圖為節庵所繪，至今尚存。

題江孝通贈三弟扇面

既悲孝通，復嗟衍若，又得兩絕句（二首）

吾弟沈霾十二春，范祠同祭憶傷神。篋中尚有秋風扇，攬
轡蹉跎負此人。

武昌破屋菊花時，燒燭題名共酒卮。孝通游鄂，住三弟家，菊夜
同醉，孝通一菊題一名，衍若書之，插于此花之旁，當時以為韻事。因
病得歸吾已老，感時傷逝自填詞。

【箋】節庵三弟鼎蕃卒于光緒二十三年正月，詩云"沈霾十二春"，當
作于宣統元年己酉。

于晦若之母居太夫人梅花扇面

水香園路最芳菲，成就梅花玉一圍。妙墨如觀歐母荻，寸
心長感孟郊衣。菊坡舍外春風在，南雪祠前曉月微。料得
侍郎感相贈，朝回讀畫淚頻揮。

【箋】于式枚之父于中立，字丹九，妻居氏，名慶，居廉之長女。廣東
番禺人。居慶與妹居文俱能詩詞，擅書畫。汪兆鏞《嶺南畫徵略》卷十二：
"花卉仿惲草衣，《自題畫緋桃便面》云：'點染緋雲寫折枝，絳妃淺步立
瑤池。水濱風日春如海，似品司空綺麗詩。'"居慶有《宜春閣吟草》附
詞，未見。《粵東詞鈔二編》收詞一闋，《清詞綜補續編》卷十五收另一
闋。李啟隆有《題于太夫人畫梅紈扇寄晦若侍郎》詩。按，居慶卒于同治
四年，時于式枚年僅十二歲。

偶　成（二首）

誰挽銀河浣劫灰，冥冥江海盡氛埃。閒雲不共風舒卷，願擁神龍出岫來。

寒勒花枝酒不温，江山搖落付芳辰。風簾燈燼餘枯坐，水國陰多了此春。荏苒祇今無歲月，飛騰有夢尚精神。陌塵一起連雲暗，仍處清涼著隱淪。

【校】上三題五詩録自葉恭綽《節庵先生遺詩續編》。

己酉六月七日雨晴題盛季瑩三柳門

嵇康一樹陶潛五，三柳當門子可誇。晚世尚鳴中散鶴，良辰不待義熙花。讀書每每思前輩，近水時時玩落霞。安得病翁常到此，論詩説劍便如家。

【校】上詩録自葉恭綽《節庵先生遺詩續編》。題爲“題盛季瑩三柳門”，今依《汪目》。

【箋】陳步墀《虞美人·盛季瑩太守景璿寄贈屈翁山先生象粵東三家詞焦山志魂粵廬餘兩集，用飲水詞韻作答》詞自注：“君有照霞樓、三柳門。”

雙溪寺夜

荒荒嵐月下前池，獨夜思親有淚知。五歲倚牀調藥事，十

317

齡侍坐聽書時。低徊少日嗟難再，危苦餘生得在茲。熟鳥
高花相待久，人間何世我為誰。

【校】嵐，余本校：一作“涼”。

德宗景皇帝誕辰集廣州府學宮明倫堂行禮凡四五百人禮成敬告父老兼示學生時宣統元年六月二十六日

先帝英姿照萬區，發揮神智想雄圖。風雲慘淡龍來去，草
木凄涼鳥叫呼。南海衣冠看此日，東京風俗望吾徒。楚亭
設樂悲前事，今歲今朝淚已枯。上年萬壽節，鼎芬時乞病在鄂，
謹于織布局集百人置酒張樂，慶壽達旦，思之如昨。

【箋】廣州府學宮，為廣州最高學府。位于廣州城東南番山下。宋代建
有御書閣、泮池、觀德亭及文、行、忠、信四齋。明、清時，中建有大成
殿、崇聖殿，周有明倫堂，為行禮講學之處；有郡學西齋、東齋，為生員
學習之所；有射圃，為習射之場。尚有仰高祠、名宦祠、鄉賢祠、孝弟祠、
翰墨祠等。民國後漸被侵削，所餘南面部分設立廣東省文獻館。今已全拆
毀，故地上建廣州市第一工人文化宮。

一燈詩四首答吳澹庵 (四首)

一燈照無盡，千載未為遠。慷斟潞亭酒，飽食惠州飯。他
年定相憶，今日且自反。門前江水深，月下荷花晚。

一燈照我坐，一燈照人行。人我豈有別，燈自為分明。想
君于此時，若有千萬情。情來如晚潮，不知為誰生。

以心與燈較，所光孰為長。一點世界上，萬象靈臺旁。桃花開兩枝，老僧不下牀。收視而反聽，兩者俱滅亡。

將心化為燈，照見夜行人。無數衣錦者，又有乞食民。貴自不如賤，富自不如貧。我告江海士，勿負天地仁。

【校】余本題為"一燈集四首"，今依《汪目》。

【箋】吳道鎔，字玉臣，號澹庵。廣東番禺人。光緒六年進士。入翰林院，散館授編修。後辭官返粵，先後主講潮州韓山、金山書院、惠州豐湖書院、廣州應元書院。又為三水縣肆江書院、學海堂學長及廣東大學堂、廣東高等學堂監督。又為學部諮議官、廣東學務公所議長。致力整理鄉邦文獻，主修《番禺縣志》，選輯《廣東文徵》等二百四十卷。有《澹庵文存》、《澹庵詩存》、《明史樂府》。澹庵與梁氏同鄉同科，故感情尤為深厚。

己酉八月九日季瑩九弟疾喉賦此訊之邀實甫詩翁和

鮚埼病齒君病喉，臧否倦乎可以休。饒舌勿為拾得笑，學啞乃從和仲游。梅邊著花添一鶴，季瑩工書，余藏有梅花扇甚美。座上忘機來萬鷗。誰及柳風簃靜坐，讎書補畫拂煩憂。

【校】上詩録自汪宗衍《節庵先生遺詩補輯》。

【箋】宣統元年己酉八月，易順鼎改官廣東肇羅道。此詩當為在廣州相見時作。

題易實甫藏張夢晉歲寒三友圖 (四首)

詞人萬劫付寒潮，賸有梅花數點嬌。寸寸芳魂向何處，匡山三峽斷腸橋。

翰林麟鳳曲江張_{延秋舅}，祭酒雙龍盛_{昱與王}_{懿榮}。絕憶紅螺山路月，意園風雪共淒涼。

聖恩寺下瘞阿仁，岳母祠前夢臥薪。我與哭庵同一命，不煩彼岸叩雙因。

世上紛紛說死生，病翁負手自間行。無人解得千秋淚，寄與天涯易五兄。

【校】上題四詩錄自汪宗衍《節庵先生遺詩補輯》。

【箋】節庵于光緒十八年有《易順鼎屬題張夢晉梅花圖自言為夢晉後身伯嚴道希先有詩》詩。此四詩當為後來續題者，時張鼎華、盛昱與王懿榮俱逝去，故詩中有存歿之感。

劍

間此一百月，□為中夜吟。霜花生斷壁，龍氣出高林。蕩蕩無恩怨，淒淒說古今。吾衰稀所用，相伴入山深。

【箋】光緒十年九月，節庵歸省先墓。臨別，龔氏親製劍囊以贈節庵，爾後分居。觀詩中"蕩蕩"二語，所感亦深矣。

玉山草堂夜

廿年一奠愧為子，_{今年先君忌日上墳，二十年來都不在家。}萬里一棺初見兄。_{從弟鼎茲游學日本，學成，竟以喪歸。}往事椎心惟有

血，浮生彈指豈無情。秋花歷歷供遲暮，夜雨淒淒說死
生。多謝故人書意厚，"廿年一奠，萬里一棺"，季瑩書詞也。愴
然孝友兩無成。

【校】余本題為"玉山草堂作"，今依《汪目》。

【箋】節庵自言："先祖少日讀書粵秀山紅棉寺，其所居曰玉山草堂，藏
書最富。道光三年，赴禮部試，寓南橫街圓通觀，日臨《靈飛經》數紙，神
采逼肖，都下書家，推為絕品。嗣罹寇亂，書帖散盡，先君繼志，續有所
藏，初臨顏帖，晚年學蘇，蓋學其書師其人也。"作于宣統元年己酉八月二日。

陳慶笙子復學海軍成東歸感賦

忍淚相攜喜汝歸，驚心海水正群飛。習知兵事儒方貴，能
感天心命可祈。久坐相親中散狀，衰年早息丈人機。孤兒
成學堪娛母，家國艱難願莫違。

【箋】陳復，廣東新會人。陳樹鏞之子。第一批留日海軍學生，入橫須
賀炮術學校。回國後任清軍艦大副。加入中國同盟會。武昌起義時，聯絡
海軍十艘艦艇反正，後任海軍部司法局局長。民國十四年授海軍少將。十
七年，積勞病逝。三十六年，國民政府明令褒揚。

庚戌晚春

中庭嘉樹有晴陰，悵觸芳菲已往心。窗几安閒身世外，圖
書零亂病春深。閉窗弱燕逡巡入，繞檻新鶯得意吟。一炷
爐香天未曉，碧苔剗地玉笙沈。

【校】上詩錄自葉恭綽《節庵先生遺詩續編》。

晚　春

江南三月落花深，迢遞仙踪不可尋。寓惠曾吟坡老句，適吳誰解伯鸞心。微聞奏樂鈞天遠，長自挑燈夜雨淫。留滯江南看頭白，百年小劫豈勞斟。

【校】曾吟，《梁節庵詩稿》作"舊吟"。

庚戌暮春簡叔葆仁弟武昌官舍 (三首)

送春詩好不如琴，題罷芳菲性韻深。夢在清佳堂外雨，軒窗絃誦試溫尋。

未上洪山補岳松，一春長病負修筇。食魚齋事還前日，棲鳳樓居憶老傭。

當官不改在家貧，賢婦煎茶女煮薪。欲問蒼生吾已老，聽風聽雨過芳辰。

【校】以上三詩余本未收，輯自梁鼎芬傳世手迹影本。末署："庚戌暮春，簡叔葆仁弟武昌官舍。鼎芬。"

庚戌六月六日口占 (二首)

紹聖二年黃魯直，菊坡一脈李文溪。自知前輩無尋處，性韻剛疏不易齊。

眼前兒女在他鄉，心在天山新草堂。二頃荷花千畝竹，今朝拋了好時光。

【箋】宣統二年庚戌六月六日，為節庵五十二歲生日。

秋日題收庵老友客居

軒窗自然綠，秋色上人襟。幽屏從君好，華聞歎世淫。消憂朋酒足，閒卷一燈深。獨守遺經意，非予執賞音。

【校】上詩余本不載，輯自廣州博物館藏品。鄧又同跋謂“此篇乃梁節庵世丈于庚戌年所作”。收庵，即馬貞榆。

題冒鶴亭戊申自書詩卷 (十首)

朱子戊申有封事，嗟君自寫戊申詩。人間慘淡葵霜閣，此歲此時非昔時。

賢輔騎箕未滿年，重來京邑依淒然。履常哀挽無人及，惟有陳曾壽曾習經二子賢。

水繪門才幾世孫，陸沈郎署已忘言。園林第宅春無數，同立花前一一論。

咫園齋頭詩幾簇，三人相視不能讀。天地無情日荒荒，草木有心淚薇薇。

涼夕敲詩北學堂，群松都比別時長。東坡居士今難見，滄趣老人世未忘。

祥符詩質照山川，光緒名家必可傳。霜角霞琴吾不稱，懷
知傷逝竟無眠。

主一前尋永叔名，縵庵淒抱子由情。辭官尚遜登仙藥，説
與相思冒鶴亭。

病牀春暮楚蘭花，玉雁琴絃歎落沙。因憶論詩秋菊下，客
來煮得趙州茶。

盤山高高松與石，傳聞李臺及田宅。千齡豪俊不相知，剩
有深林廉豹迹。

鬱華老人已沉泉，鈍宦來此吾無緣。青松紅杏詩篇斷，夢
想楸花廿五年。

【校】上題前八詩録自葉恭綽《節庵先生遺詩續編》。末二首黃任鵬輯
自梁鼎芬傳世手迹影本。末署："乙酉初夏，伯希約游盤山未成，今為鈍宦
題此，輒復憶之。己酉初夏，鼎芬記。"

【箋】冒廣生，字鶴亭，號疚齋、鈍宦。江蘇如皋人。早歲從外祖父周
星詒受經史之學，光緒二十年舉人。歷任刑部、農工商部郎中，東陵工程
處監修官。民國後任考試院委員、國史館纂修。歷任中山大學、勷勤大學
教授。著有《疚齋詞論》、《宋曲章句》等。冒廣生中舉後，黃紹第託主考
官王慶埏作媒，以女妻之。戊申自書詩卷，指《盤山集》。詩共五十四首，
賦一篇。錢振鍠《盤山集序》："今上建元之四月，冒子鶴亭于役東陵歸，
出所作《盤山集》見視。"陳寶琛有《題冒鶴亭廣生農部盤山游草》詩，
作于宣統元年己酉。第二首葉按："賢輔，指張南皮。"張之洞卒于宣統元
年己酉八月二十一日，至此未滿一年。曾習經，字剛甫，一作剛父，號剛
庵、蟄公，別號蟄庵居士。廣東揭陽棉湖鎮（今揭西縣）人。光緒十四年
入廣州廣雅書院，十六年進士。初任户部主事，官至度支部左丞，兼任法

律館協修、大清銀行監督、稅務處提調、印刷局總辦等職。工詩詞，著有《蟄庵詩存》、《秋翠齋詞》等。梁啟超《曾剛父詩集序》："剛父之詩凡三變：蚤年近體宗玉溪，古體宗大謝，峻潔逋麗，芳馨悱惻，時作幽咽淒斷之聲，使讀者醰醰如醉；中年以降，取徑宛陵，摩壘后山，斲彫為樸，能皴能折，能瘦能澀，然而膇思中含，勁氣潛注，異乎貌襲江西，以獰態向人者矣；及其晚歲，直湊淵微，妙契自然，神與境會，所得往往入陶、柳聖處。生平于詩不苟作，作必備極錘煉，煉辭之功什二三，煉意之功什八九，洗伐糟魄，至于無復可洗伐，而猶若未饜。所存者則光晶炯炯，驚心動魄，一字而千金也。"第四首葉按："咫園，指伍叔葆銓萃。"第五首葉按："北學堂在燕都畿輔先哲祠，張南皮曾邀先生及陳弢老諸人在此作詩鐘。東坡，即指張也。"畿輔，京都周圍附近地區，此指直隸，約今河北省。畿輔先哲祠，位于北京宣武門外下斜街，祭祀畿輔先賢之祠，建于光緒四年。第六首葉按："祥符，指周季貺先生，冒鶴亭之外祖也。'霜角霞琴'，周贈先生詩中語。"周星詒，字季貺。河南祥符（今開封）人。喜收藏金石書畫秘笈，藏書甚富，多宋元舊槧及鈔本、善本。精于目錄之學。著有《窳櫎藏書目》、《窳櫎詩質》、《勉憙詞》等。冒廣生《小三吾亭詞話》卷一"周星詒勉憙詞"條："卷端有譚仲修序，謂'每誦其詞，婉篤微至，如衛洗馬渡江時，傾倒一世，令人怊惆不已'。先生好蓄書，精校讎略錄之學，抱經、堯圃未能或過。又多識前言往行，海內學子接其言論丰采者，恒以為幸。先生雖不以詞傳，而賦物緣情，詩人遺則，當使世知填詞中有儀、廙、機、雲也。"冒廣生《寄梁節庵》詩自注："'世有仙才幾，能為鸞鳳音'，外祖周季貺先生《題節庵詩卷》句也。"第七首葉按："主一，乃黃仲弢先生別號；縵庵，乃黃叔庸先生別號；鶴亭，乃叔庸先生女夫。"黃紹第，字叔重、叔庸，號縵庵。浙江瑞安人。黃紹箕之弟。光緒十六年進士。入翰林為庶吉士，散館後授編修。歷任國史館、會典館纂修，光緒三十年改道員，需次湖北，任川鹽局總辦、武昌鹽法道等職。有《瑞安百咏》詩。第八首葉按："叔葆蓄一琴名玉雁。"叔葆，伍銓萃之字，亦以"玉雁"為其藏書樓之名。

子賢以先世所藏江南昌牡丹屬題為賦三絕句哀之此花可寶此人可悲前事在眼不勝黯然（三首）

紅殘綠暗子瞻哀，今見此花哀百回。一夜春雷兼雨雹，扁舟真恨我遲來。

沈醉東風弱不禁，蜂蛇雜處更侵尋。如愁如血那堪賦，只有元興識此心。

能知芳烈叫天閽，赤豹文貍森在旁。記得百花洲上屋，水窗幽雨助淒涼。南昌教案，張文襄公奉旨查辦，公派鼎芬前往，鈎稽博采，遂將江君慘烈忠憤，電牘詳陳，公即據以入告，為某所格，一字不報，今思之猶有餘恨也。

【箋】胡祥麟，字子賢。廣東順德人。節庵門人，黃節表弟。在京就讀南學。胡子賢曾與余紹宋、曾剛甫、黃晦聞商校節庵詩集。江南昌，指南昌知縣江召棠。光緒三十二年正月二十九日，法國天主教南昌主教王安之招江召棠晤談，要求擴大傳教特權及釋放被拘教士，遭江氏拒絕，遂出語恫嚇，雙方爭執，致江氏重傷，于七日後卒。民眾憤而搗毀教堂，殺死王安之等法、英傳教士九人，史稱"第二次南昌教案"。張之洞委派節庵徹查此事。郭則澐《十朝詩乘》卷二十三："光緒乙巳，南昌教案起，贛藩周瀚如紲于才，頗持大體。余堯衢陳梟務鋒屬，督縣令嚴切。時宰南昌者為江大令（召棠），與教士抗爭不得，又懾于上官，即就教堂自刎。張文襄督鄂，奉詔按其事，檄武昌守梁節庵往贛，詳稽博采，具得江死事慘烈狀，以復于文襄。文襄據牘入告，于是褫堯衢官，瀚如旋亦開缺。而節庵頗以江襃雪不及為恨。故其《題江南昌手繪牡丹三絕句》云云。梁與江初無素，其為江扼腕，蓋激于當時輿論。"

謝印扇為秉卿題

清奉曾修興國祠，鼎芬為鄂臬日，捐俸重修文節祠堂。市攤得印有君知。武昌市上得文節印，海內奇寶也。曹娥女子公無愧，愧我偷生到此時。

【箋】謝枋得，字君直，號疊山，號依齋。江西信州弋陽人。在江東抗元，被俘不屈，在北京殉國，門人私諡文節。有《疊山集》。謝枋得遺印至今尚存。徐世昌《晚晴簃詩匯》卷一百六十七："譚鍾鈞，字秉卿，號古譚，新化人。有《古譚詩錄》。"

再用鷗字韻答小魯憶前同杜茶村先生墓事

散原精舍與題秋，敬愛鄉賢試一籌。芳草文心娛寂寞，夕陽山色接憂愁。餞來誰及于皇鳳，聞甚吾知魯直鷗。茲會三年動相憶，寒枝揀盡在沙洲。

【校】紹宋按：原韻詩未見。

【箋】黃嗣東，字小魯。杜茶村，杜濬。康熙二十六年，杜濬卒于揚州，貧未能葬。十五年後，江寧知府陳鵬年將其遺骸遷葬于南京紫金山北麓。咸豐年間為太平軍所毀，同治十三年八月江寧知府蔣啟勳重修，立有"楚北詩人杜茶村之墓"碑。墓位于今南京玄武區伊劉苗圃。徐珂《清稗類鈔》卷五十九："陳恪勤公鵬年守江寧，為總督阿山所齮，將入獄，神色迤然，自忖未了事曰：'杜茶村未葬，某僧求書未與，布衣王安節缺為面別。' 從容料量，承鎮而行，其鎮定如此。"

題窬齋擬巨師雲溪圖

我為羅浮客，君到匡廬峰。定知兩奇境，此畫將毋同。公時游廬山，余未能陪也。

【校】上詩余本未收。黃任鵬輯自顧廷龍《吳窬齋先生年譜》。

三用鷗字韻奉懷伯嚴

籟園談處夏如秋，風物高騫天與籌。于事漸疏還説夢，所憂方大不言愁。乾坤萬劫留孤雁，江海千波見兩鷗。親割巍肩吾刃在，當時錯道是龍洲。

四用鷗字韻寄懷季瑩並懷草堂諸子

病霜盈鬢最驚秋，才劣輸君更幾籌。菊力于人無一日，柳風在世散千愁。李崔詩筆曾題鶴，皮陸交情互答鷗。負盡草堂連夜月，夢中笑友勝靈洲。

【校】笑友勝，傳世手迹作"勝友笑"，義似較勝。

四用鷗字韻奉懷實甫五兄詩家

三柳門前別過秋，卿才不盡但為籌。九回腸結無涯淚，一

寸心勝幾許愁。莽莽中原都駭鹿，飄飄江上已馴鷗。唾雲
巖月蹉跎甚，早日神光起橘洲。

【校】上詩余本未收。黃任鵬輯自重慶中國三峽博物館所藏梁鼎芬手迹
影本。

【箋】黃任鵬箋：據題識，此詩作於庚戌八月十七日。

夜 坐 五用鷗字韻

獨夜俄驚天地秋，窗梧風急亂更籌。百年將盡惟存古，萬
物難消只有愁。往事飄沈如過雁，無人疏放過閒鷗，靈修
浩蕩吾安訴，殘月清霜杜若洲。

【校】上詩錄自葉恭綽《節庵先生遺詩續編》。

八月十八日子申招所持錫侯石巢集遠山
簃各呈所為詩互贈因屬社公畫桐館鈔
詩圖分題于上限閒刪關還山五韻

酒深得病一身閒，桐館鈔詩又自刪。佳句有時疑隔世，清
談無礙似禪關。死生聚散那堪說，搖落棲遲尚未還。韓偓
笑人相待淺，疏才多負合藏山。

【校】手迹題前有“庚戌”二字。

【箋】金梁，初字錫侯，後改稱息侯，姓瓜爾佳氏，晚號“瓜圃老
人”。滿洲正白旗人，駐防杭州。光緒三十年進士。歷任京師大學堂提調、
內城警廳知事、奉天旗務處總辦、奉天新民知府。程頌萬，字子大，一字

鹿川，號石巢、十髮居士。湖南寧鄉人。程頌藩從弟。屢試不第。後入張之洞幕，充湖廣撫署文案。光緒二十三年，創辦湖北中西通藝學堂。二十五年，任湖北自強學堂提調。光緒二十八年任方言學堂提調。後任湖北高等工藝學堂監督。三十三年，委辦造紙廠。旋升道員，在任候補。辛亥後，蟄居武昌，粥藝自給。晚年寓居上海，與諸名士交往。有《楚望閣詩集》、《石巢詩集》、《鹿川田父集》、《美人長壽庵詞》等，合刊為《十髮居士全集》。程頌萬《鹿川田父集自叙》："自光緒辛丑刻《楚望閣集》，迄今十有四年，辛丑以後，有《石巢集》，編寫未竟，訖于國變，別為《鹿川田父集》。鹿川者，岳麓湘川之謂也。田父固無田，則無地以實之，與所為作，皆十九寓言耳。余為詩凡數變，伯嚴謂余近作，能囊括宋賢佳境，節庵亦謂可傳。余生平泊于榮利，未嘗汲汲于身外之稱，聊復宣鬱寫心，凡古之人有未盡，今之人有未喻，胥于是焉發之，未暇計其傳與否也。比歸湘廬，朋好屬寫者坌集，爰編初録五卷付印，以代胥鈔。"社公，即汪洛年。

九日仁先招集廣化寺述張文襄去年今日事感賦

年年九日尋常會，誰謂今朝是隔生。賜食御筵恩未遠，題糕僧閣事初成。悲風落葉驚秋氣，圍坐深悲有淚聲。天上人間應不阻，暝鐘搖樹百回情。

【校】原標題作"九月"，誤，徑改為"九日"。

【箋】本詩作于宣統二年庚戌九日。按，宣統元年己酉九月初九日，節庵因張之洞卒，入都，招請諸友集廣化寺。節庵詩作不見于諸本，或已佚。陳寶琛有詩作，題為："九日，節庵招集廣化寺，同陳仁先曾壽、潘吾剛清蔭、伍叔葆銓萃、江霞君孔殷，感和節庵，並懷伯嚴江南。"可知與會者之名。去年今日事，指送張之洞歸櫬之事。廣化寺，位于北京西城什刹海畔。始建于元代。殿堂廊廡，規模宏大。時陳曾壽寓居于此。

乙酉九月罷歸與伯愚別于棲鳳樓自此日後今始再見時庚戌九月

驚喜相逢豈夢中，少年彈指各成翁。艱難飽閱身還在，憂憤交來淚不窮。花可傲霜看晚節，鳥思填海有愚忠。深杯共把翻忘病，江上斜陽正晚紅。

【箋】光緒十一年乙酉九月九日，節庵離京，與志銳相別，至宣統二年庚戌九月重見，前後二十五年矣。

桃詩壽龔先生同伯愚作 (二首)

實隆如斗核如杯，種樹殷勤日幾回。愛憶誠齋詩句好，金桃兩飣是親栽。黃桂楱畫。

服餌桃醪可得仙，靜園山下種多年。玄都觀裏閒追念，日日車塵不值錢。張濂畫。

【校】第一首余本未收，輯自梁鼎芬傳世手迹影本。末署"庚戌九月作于武昌"。第二首見余本，題為《題張拙若畫桃》。拙若，畫師張濂之字。

【箋】節庵《贈廣東學堂藏書記》謂于九日在吳文節公祠登高治酒，預為房師善化龔先生上壽，又錄次首，謂題順德黃挺之桂芬畫桃。手迹小注題"張濂畫"，與此有異。"追念"，《藏書記》引作"追憶"。龔鎮湘，派名運震，字子修，號省吾，又號靜庵。湖南善化人。同治七年進士。官內閣中書，光緒二年任丙子科順天鄉試同考官，為節庵之房師。後充揀選宗人府主事，充則例館纂修、玉牒館纂修、會典館纂修。光緒六年，任庚辰科會試同考官。八年，任國史館協修。調禮部主事，升郎中，歷官廬州、安慶知府，升用道，欽加二品銜。民國十年卒。壽八十三。黃桂菜，字挺之，號松庵、桂庵。廣東順德人。光緒二十六年主兩湖書院講席。擅山水。晚年移居香港。

武昌客中送挹浮學使前輩北歸

身退心未退，江深情更深。欽鵐成已事，精衛有微忱。思往搴蘅草，傷離盡桂斟。所嗟昨宵雨，幽獨冷予琴。

【箋】蔣式芬，字挹浮，室名垂兩耳齋。直隸蠡縣人。光緒三年進士。改翰林院庶吉士，任湖廣道監察御史，于光緒二十六年隨兩宮西狩，特授湖北提督學政。二十九年，授廣東廣肇羅道，後任廣東按察使。宣統元年，授兩廣鹽運使。著有《河干草》、《問心室歸鳴集》等。

九月閒山社夜集歲寒堂同賦春醞食葉杯　一首用前韻

事事憑心各各閒，寒花相對草慵刪。微蟲亦解譏當世，何物居然下九關。祐宋在人天必聽，沼吳有日旅終還。吾儕各矢愚公願，定見神蛇負二山。

【箋】宣統二年，節庵與李寶沅、李孺、程頌萬、羅四峰等在武昌結閒山詩社于歲寒堂，每以"閒"、"山"為韻。爾後在他地亦有活動。

三用閒山韻答石巢兼懷伯翰

二十年時綠鬢閒，賢兄傳表轉修刪。鳳麟落世嗟無命，虎

豹欺誰竟在關。四印堪為山谷友，萬人難贖少游還。慚余
視息堪溝壑，尚憶初逢瘞鶴山。

【箋】陳衍《近代詩鈔》謂程頌萬"驚才絕豔，初刻《楚望閣詩集》，
專為古樂府，六朝以迨溫、李、昌谷，不越湖外體格。亂後續出《鹿川田
父集》，則生新雅健，迥非凡手所能貌襲矣。"程頌萬，號石巢。程頌藩，
字伯翰。

子申餽詩有溪上白雲頻悵望句蓋知先墓在白雲雙溪寺旁矜此孤兒其情不淺四用閒山韻答謝

君親兩負得身閒，一事無成萬念刪。溪寺雲多頻獨臥，柴
門客少愛常關。病歸寒舍，未見一客。聽松心上分喧寂，飼鶴
苔陰任往還。異地淹留長是病，泫然南望墓前山。

憶夷陵昔游貽子申用閒山韻

姜祠風日共安閒，惡竹蕪茅盡意刪。月色殷勤玉泉寺，江
聲迢遞下牢關。崩崖拂峭澆碑久，小艇尋鷗帶酒還。世局
幾回年序換，愁心試較萬重山。

【箋】夷陵，古稱彝陵，隸屬于湖北省宜昌。節庵于光緒三十三年游
夷陵。

贈印伯用閒山韻

蜀中一士老蕭閒，論世文章孰可刪。秀野妙才分宋派，亭

林遺迹得秦關。詩人作吏收儒效，佳日逢君必醉還。雙玉庵名無不識，義山婉麗又眉山。

三哀詩疊閒山韻 (三首)

忠孝勞生不肯閒，遺書如笋屢增删。心扶楚學興三户，淚灑神州望四關。晞髮謝翱空自惜，嘔心李賀竟難還。病中與訣情如昨，他日尋碑斤竹山。黃鮮庵。

斯賢不使玉堂閒，磨命官書迄未删。零亂絮萍長雨別，動搖葵麥滿春關。喬陳同舉齊名早，楊顧聯吟並載還。珍重手題封淚久，君詩應比蜀何山。毛蜀雲。

凌霄閣韻記同閒，一旦千秋永不删。視日索琴神自若，每年野祭意相關。寂寥天地冤禽在，蒼莽英靈大鳥還。莫憶焦崖忠憤語，淒然吾輩有椒山。楊鈍叔。

【箋】三詩分別傷悼黃紹箕、毛澂、楊鋭。毛澂，字蜀雲、叔雲。四川仁壽人。光緒六年進士。歷任山東歷城、菏澤、定陶、益都、丘縣、泰安、諸城、滕縣等縣知縣，終未升遷。曾三任山東泰安知縣，重修孔子墓。購買經史子集，捐與仁壽故里之鼇峰書院、芝山書院。光緒三十一年卒于滕縣任上。有《稚瀰詩集》。

贈楊惺吾仍用閒山韻

皤然一叟菊灣閒，老去精神見要删。定惠院前園再款，頭陀寺後户仍關。寫經卷贈三唐重，訪古書裝百宋還。國學倚公同壽考，龍門録副在名山。

【箋】楊守敬，字鵬雲，號惺吾。湖北宜都人。同治元年舉人。光緒六年，為公使何如璋隨員出使日本，回國後，旋任黄岡縣教諭，築室藏書，以其與東坡舊居相鄰，名之曰“鄰蘇園”，自號“鄰蘇老人”。二十五年任兩湖書院教習。張之洞保以内閣中書用。宣統二年聘為湖北通志局纂修。著述宏富，有《歷代輿地圖》、《水經注疏》等。

子申子大居相近用閒山韻投一詩並簡佛翼丈

佳人李四寫梅閒，程六東頭詩待删。自有風懷能畫石，不論時節可開關。劉夢得《題王郎中宣義里新居》詩：“見擬移居作鄰里，不論時節請開關。”游龍世上為三友，佛翼丈與子大同居。病鶴秋來偶一還。王二沈泉周七往，連牆論學愴他山。庚辰六月，余自煤渣胡同移居南横街吳柳堂先生舊居，左與薈生鄰，薈生左與可莊鄰，三人往還無虚日，今二子謝世已久，追念前事，忽忽三十年矣。

【箋】程頌萬，字子大。李輔耀，字佛翼、補孝，號幼梅，晚號和定居士，湘陰人。副貢，先後任杭嘉湖道，寧紹臺道，省防軍局總辦，温州鹽釐金局監理。亦擅書畫篆刻。薈生，周鑾詒之字。自注謂距庚辰“忽忽三十年”，當作于宣統二年庚戌。

秋夜用閒山韻追懷宗室伯希祭酒張十六舅一首同伯愚作

書史沈吟五載閒，宋詩元志有移删。訪春人健仍行路，頒酒花深偶閉關。朝過意園宵始返，醒尋寤老醉方還。當時豈謂今如此，相對淒然已動山。

【箋】志銳，字伯愚，號公穎，晚號迂安。他塔拉氏。瑾妃、珍妃之兄。滿洲鑲紅旗人。少居廣州，讀書壺園。光緒六年進士。改庶吉士，散館授編修。十八年，由詹事升任禮部侍郎。官烏理雅蘇臺參贊大臣。後任杭州將軍，伊犁將軍。武昌事起，志銳在伊犁為民軍所殺，謚文貞。著有《薑庵詩存》、《廓軒竹枝詞》、《窮塞微吟詞》等。汪辟疆《近代詩派與地域》："志伯愚與盛伯希為文字交，清末，官伊犁將軍，以身死之。平生熟于滿蒙掌故、西域地理，記誦淹洽，文采斐然，益以久處邊陲，吟咏風土，動成淒惋。蓋伯愚憂患餘生，形諸咏歎，語不必艱深，典不求僻澀，清空一氣，每移人情。乙未，在灤陽軍次，奉命出關，就軍臺所見，為《廓軒竹枝詞》百首，尤傳誦一時。"

憶詩徵閣一首叠閒山韻

仙禽芳樹白翁閒，白樂天有《閒園獨賞》詩。已到閒時各念删。靜愛濃香延竹户，病知清磬出松關。漁翁見日攜魚至，野衲穿雲采藥還。廿載海西庵舊事，此身歸處定焦山。

病中再叠閒山韻

病久方知病不閒，丹丸錯雜費增删。三蟲膠甚心如失，四犬獰然意不關。濁酒難醒惟共醉，遠裝初發似重還。此情將説如何説，欲采靈芝無此山。

四峰儒吏同邑之佳士治桃源武陵皆有名屬題桃花源圖酒後書之 宣統二年九月

歲寒堂上酒，桃花源外船。畫社呼循吏，湖樓是散仙。蹉跎有今日，感慨付他年。且學辛青兕，才名必可傳。

【箋】羅維翰，又名漢，字麟閣，號四峰。廣東番禺人。湖北候補道，張之洞幕僚，光緒三十三、三十四年間曾署湖南常德府武陵縣事。擅書畫。曾與閒山詩社。撰有《漢口竹枝詞》一卷。陳三立有《仙源歸棹圖為羅四峰題》詩，顧印愚有《辛亥歲長至小寒節間羅四峰兄每從漢皋還菱湖樓居輒過敝寓留連置酒不減杜甫之于蘇端也》詩。

訪馬同年快園 (二首)

園花別已久，訪子若親予。坐久聽鶯好，官閒種樹初。韜精時縱酒，餘事更工書。岳岳存風矩，懷思報已虛。

先輩黃壽老陳覺叟世所賢，忠祠風雪柳亭煙。後來我昧前人鏡，公望今乘大願船。國事艱難為世用，父書慈惠有家傳。沙鷗自愛江頭石，此別同年又幾年。

【箋】馬存樸，字璞臣，號械才，一號幼溪。父文濂，字竹溪。順天府寶坻（今天津）人。少日讀書于寶坻泉州書院。光緒六年進士。光緒九年任臨汾知縣。黃壽老，謂黃彭年。字子壽，號陶樓、更生等，貴州貴筑（今貴陽）人。光緒年間歷任湖北按察使、陝西按察使兼布政使、江蘇布政使、湖北布政使等。翁同龢《翁同龢日記》同治九年："黃壽老前輩（彭年。分獻官，住此）來談：其人曾膺疆吏薦（嚴渭川保其孝行），誠開朗績學者也。”陳覺叟，謂陳寶箴。兩人均曾在武昌任湖北按察使、布政使之職，與節庵略同，故詩中有“後來我昧前人鏡”之語。

乙庵乞病感賦

秋樹聲淒睡不成，橫江風雨自歸耕。葵亭心語誰知得，扶病思君坐到明。

【校】上十一題十四詩録自葉恭綽《節庵先生遺詩續編》。

【箋】宣統二年庚戌六月，沈曾植在安徽布政使任上乞退。王蘧常《沈寐叟年譜》：“光緒三十三年丁未，簡署安徽布政使。三十四年戊申八月，公護理安徽巡撫。九月，回布政使署任，宣統二年庚戌，公上書言大計，權貴惡之，留中不答。適貝子載振出皖境，當道命藩庫支巨款供張，公不允，復與當道忤，于是浩然有歸志。六月，公乞退。”

汪社耆畫青山老屋圖迎沈乙庵歸屬余題詩

清溪老屋好歸來，昨夜山雲似已開。一道飛泉千點雪，幾株老樹百年苔。

【箋】汪洛年，字社耆，號鷗客。

題汪鷗客畫

一徑入雲煙，好山連復連。不知住山者，中有幾人傳。

【校】上詩余本未收，黃任鵬輯自徐珂《可言》卷八，并擬詩題。按，此詩未知何時所作，姑繫于此。

【箋】黃箋：徐珂《可言》："一徑入雲煙……梁文忠公鼎芬題汪鷗客畫之詩也。鷗客以沒世名不稱爲恥，篤愛此詩，爲予誦之。予語之曰：'星海文學卓然，守護崇陵以老，爲傳人矣。若今之仕途中人，宦成下野，稍稍斥其所獲，以爲買山之貲者，十人而九。聞吾杭西湖之別墅幾已布滿，過其門者，必曰某墅某所築，則凡有一邱一壑者，不必立德立言立功，至于他日不亦皆爲傳人耶？'"

松庵畫松鹿為李心蓮母太夫人壽 (二首)

有鹿有鹿白且蒼，或五百歲千歲長。瑞應圖雲孝則見，勖哉五哥其勿忘。

唐年縣西團山閣，在通城縣。老松高高聽仙鶴。兒童爭奉慈母輿，生日陳觴滿城樂。

【校】上詩録自汪宗衍《節庵先生遺詩補輯》。

【箋】李寶沅，字心蓮。廣東從化人。舉人。光緒二十五年入張之洞幕，任强學堂漢文教習。與節庵、李孺、程頌萬、羅四峰等在武昌結開山詩社于歲寒堂。黃遵憲《致黃紹箕書》："紙二幅求賜柱銘，乞于暇時隨意揮灑，他日寄我，以為別後相思之資。友人李心蓮并囑代求，此人梁節庵之姻戚也，附告。"通城縣，屬武昌府。

定海武新余遺象 (二首)

松篁幽韻在闌干，彈指青鸞去不還。二十七年今再見，君歸天上我人間。

江海風波不可知，今朝頭白得歸期。九泉一事應無恨，謝氏庭蘭秀幾枝。

【校】上二詩録自葉恭綽《節庵先生遺詩續編》。

【箋】王修植《定海公牆碑記》："操畚尺監工者，邑人武司鹺新余。"可知武新余曾官都轉鹽運使。按，民國《定海縣志》載："武維周，署理鮑郎場知事。民國四年保送赴京應二期考詢場知事，合格，奉令分發兩廣，以場知事任用。"鮑郎場，海鹽產場。場署駐浙江海鹽縣澉浦鎮。疑武維周為武新余之子，求節庵題其父遺象。待考。

題曾履初江城録別圖（七首）

雙溪寺前兩樹，仲冬月裏初花。夢到雲深深處，不知身在天涯。

岑花閣旁有此，歲寒堂上相思。都説世間三友，兩人分在施宜。履初備兵施南，約庵管鹺宜昌，庚戌十月二十九日作，是日贊兒歸里拜墓。

猿鶴因依麟甲間，此松在世不如山。寂寥天地無人識，長嘯寒風冷雨間。歲寒堂客語。

四峰畫菊得秋情，不似三峰獵世名。今夜菱湖樓上月，相看憶別説傾城。

我棄焦山山棄我，十四年中三四來。玄鶴招來知不到，要持十七柳亭杯。題憶岑花閣。

松下姿，石心芝，液扶持。菊頭三兩葵雙甲，都入園中草木詩。

江上青松如故人，一枝髡老一含顰。傾陽已換凌霜色，同護天涯冷暖身。

【校】上七詩錄自汪宗衍《節庵先生遺詩補輯》。

【箋】曾廣鎔，字理初、履初。曾國藩孫，曾紀鴻第三子。蔭刑部員外郎，二品銜，授湖北施鶴兵備道，署理湖北按察使。約庵，李寶巽。四峰，羅維翰。三峰，羅岸先。

庚戌十二月二日過南皮道遇寶甫感賦

野園忽見喜還悲，舊歲秋風啟夢思。會葬萬人都有淚，相期千載竟無期。霜林欲下香衰晚，店燭更殘錄祭詩，此夜此生長不忘，嗟君淪落且棲遲。

【校】上詩錄自傳世手迹影本。葉恭綽《節庵先生遺詩續編》收此詩，題為"悼友"。"啟夢思"作"起夢思"，"竟無期"作"竟無時"。末四句作"寒林欲雪如何別，海浪兼風任所欺。此夜此生長在眼，嗟君淪謫且棲遲"。

【箋】宣統二年十一月，易順鼎改官廣東高雷道，上京時途經天津。此詩當為與易氏道遇懷張之洞而作。

十二月二十日伯兮忌日意園獨祭感賦

積雪參差欲折枝，清晨來展藎堂祠。十年已往悲還在，九死難言世未知。念念淒涼蕭寺路，看看殘斷舊屏詩。頭顱如許惟孤憤，昨見徐坊説病時。

【校】此詩傳世手迹題作"庚戌伯羲祭酒忌日意園感祭"。積雪，作

"寒雪"；世未知，作"世莫知"；舊屏，作"故屏"。

【箋】盛昱卒于光緒二十五年己亥，至此已歷十一年。

題畫贈王小莊（三首）

屢負江湖垂釣盟，此間獨步一孤儈。蒼茫不用悲蕭瑟，輸
與漁人問屈醒。

下筆惟餘冷澹痕，詩心畫徑懶詳論。邇來老態頹唐甚，小
字橫斜亦費存。

營丘妙筆夢餘思，漢上三年宦作羈。京國無端成大隱，金
焦舊約是虛期。余舊年曾居焦山避世，有"松隱"之句，過潤州後，
有憶尊翁之作。小莊世長兄英畏，來京求官，顧我于福祥寺老宅，並承見
貽尊翁可莊太守畫冊，山陽之痛，頓觸舊哀。于雪中梁格莊葵霜閣，作數
筆以貽，並敦夙好。

【校】以上三詩余本未收。輯自汪宗衍補輯節庵詩未刊稿莫仲予鈔本。

【箋】王孝縝，字小莊。王仁堪長子。清末留日，並參加同盟會。辛亥
後，偕妻林劍言東渡日本，繼續習醫。曾作為中國唯一代表參加遠東醫學
大會。"松隱"之句，指題丁叔衡畫之"松隱圖成歎世深"一語。

題陳耐寂扇亦社公畫也

千年不見虎，萬松不見人。中有一囊詩，遂為萬物春。

【校】上詩余本未收。輯自汪宗衍補輯節庵詩未刊稿莫仲予鈔本。此詩
亦有傳世手迹。

庚戌十二月二十日伯希祭酒忌日早起往意園祭之旋道上斜街廟前得二十八字遂題此卷

花市如潮那算春，兒嬉爭逐鈿車塵。尋芳尚有衰翁在，不見城東並載人。

自北來焦山度歲此卷尚在篋中再題一絕

江南花事已如煙，寂寞松寥小閣前。惟有橫山知此意，天寒相對不能眠。

【校】上二詩録自葉恭綽《節庵先生遺詩續編》。

【箋】庚戌十二月二十七日，節庵乞病歸家上墳，南行途中先至焦山度歲。

題雪堂所藏金石文字簿録
辛亥正月（二首）

寶華庵前四井秋，好碑良夜記同讎。道原家物真堪羨，寄語存翁讓一頭。

昔日交游有盛王，論詩棲鳳共閒坊。兩年飄盡車中淚，欲見鴛湖瘦沈郎。

【校】上詩録自汪宗衍《節庵先生遺詩補輯》。

【箋】宣統三年辛亥正月，節庵在焦山。羅振玉，字叔蘊，又字叔言，號雪堂，晚年別署貞松老人。江蘇淮安人。金石學家。年二十，撰《金石萃編校字記》，張之洞聘其為湖北農務局總理兼農務學堂監督。移兩粵教育顧問，改江蘇教育顧問。光緒二十三年，官學部諮議。宣統元年，調京師大學堂農科監督。越年充學部考試提調官。著述甚豐，有《殷墟書契前編》、《三代吉金文存》等。

李約庵梅花

約庵為我寫名花，送入小園臥松家。欲以寒梅比陶菊，弱枝炳炳是芳華。

【箋】約庵，李寶巽之號。

寄　弟

貧家累汝不同居，奉母他年有敝廬。望望修門魂若逝，淒淒遠道問常疏。獨行市上吾應啞，閒坐磯頭晚可漁。平甫昨宵猶道上，吾生何日共詩書。介甫《寄平甫弟衢州道中》詩："安得東風一吹汝，手把詩書來我旁。"

【校】東風，王安石《寄平甫弟衢州道中》詩作"冬風"。

【箋】王安石《寄平甫弟衢州道中》詩："淺溪受日光炯碎，野林參天陰翳長。幽鳥不見但聞語，小梅欲空猶有香。長年無可自娛戲，遠游雖好更悲傷。安得冬風一吹汝，手把詩書來我傍。"

題　畫（二首）

六齡隨母過松廬，老大重來松已無。苦憶孤兒少時月，煙波花竹試相呼。

一稱畏友一尊師。外曾祖稱為畏友。嘉道風規如見之。詩略鑴成親授我，外家香案上香時。鼎芬十三歲回外家祭祖，時《聽松廬詩略》初刻成，吾師親付鼎芬，焚之外曾祖座前，猶眼前事也。

【校】上詩錄自葉恭綽《節庵先生遺詩續編》。

【箋】葉按："此詩當係題張南山先生之畫，而該畫乃贈陳蘭甫先生者，詩注'吾師'，即指陳也。"張維屏年長于陳澧，稱之為畏友。《聽松廬詩略》二卷，為陳澧所選張維屏詩集。為《學海堂叢書》第三種。陳澧于同治十年二月撰《聽松廬詩略序》，略云："乃讀先生詩數過，凡二百餘首，意在精華，不必多也。""澧學詩不成，常以為愧，安敢云選先生詩，但題曰'詩略'而已。"卷末有"粵東省城西湖街富文齋承接刊印"條記。參見《答楊模見贈之作》自注。

送王息存提刑粵東（四首）

讀書學律漸成翁，官裏抽身書畫叢。危日求才知有屬，閒時觀世豈無功。吟秋未覺芳華晚，渡海曾誇氣象雄。故里眾生齊待澤，法筵首義在培風。

十五年來事已殊，所期執法慕皋蘇。前塵尚記包公鐵，佳話如還合浦珠。百物全空兼歲歉，四維將墜要人扶。當官肯負平生學，不用吾儕泣血呼。

板輿前此奉端州，今日重來淚暗流。土行持廉遺訓在，不疑折獄笑顏收。青燈況味思如昨，白髮交情別更稠。池館山堂定相憶，朱楊人物已山丘。

南皮賢牧接西林，清苦陶公意自深。不幸此鄉名寶玉，但嗟無處覓蓍簪。潛虬弄月誰諳性，老鶴藏山本負心。我正送君歸未得，白雲松際夢空尋。先墓在白雲山蓮花臺。

【箋】王秉恩，字息存，一作雪岑、雪澄、雪丞、雪城，號茶庵。四川華陽（今雙流）人。同治十二年舉人。官廣東提法使、廣東按察使。張之洞薦其任廣雅書局提調。刻《廣雅叢書》。藏書樓名強學簃、養雲館。光緒三十四年春，廣東水師提督李準出巡至東沙島，發現島已被日軍佔據，遂電告外務部，與日本交涉，日本公使要求二百年以前之圖為證據。王秉恩時為廣東按察使，以康熙間有高涼鎮總兵陳倫炯著《海圖聞見錄》中有東沙島之圖，送外務部與日本公使，確證為中國領土，逼使日本將該島交還中國，仍名為東沙島。提刑，謂按察使。王氏晚年與吳佑曾在滬開設和光閣古玩鋪，賣書畫為生。

高儼山水為陶見心題

同社畫名稱第六，當時高節孰為雙。嶺南前輩江南客，可得龔賢幾個降。

【箋】高儼，字望公。新會人。工詩、畫、草書，時稱三絕。明亡後不出。著有《獨善堂集》。陳伯陶《勝朝粵東遺民錄》卷三有傳。黃任鵬箋："陶見心，名敦復，廣東番禺人，陶福祥之子，菊坡精舍肄業生，光緒十一年乙酉副貢，見《番禺縣續志》。"

郭適木棉為陶見心題

玉山草堂寺，呼鷺故道花。微聞春鳥語，換了幾人家。

【箋】郭適，字樂郊，又字郊民。廣東順德人。乾嘉間布衣。寓廣州粵秀山麓，榜所居曰"就樹堂"。擅畫花鳥，尤以寫鸜鵒木棉見稱于世。謝蘭生《常惺惺齋書畫題跋》："老輩評畫者推郭山人樂郊為博洽，山人尤愛苦瓜和尚畫，肆力摹擬之。"

失　題（二首）

竹屋寒梅不世情，老夫安穩領孫行。百年留得人花在，一笑真如玉雪并。

後來佳壻與家兒，前輩風流想在兹。詩思伯華若靈運，才名仲實似羲之。

【箋】作于宣統三年辛亥正月。

戴文節臥槎圖　盛九景璿藏

重書更重人，顏公瓊碑世所珍。愛畫兼愛節，戴公遺縑中有血。一弟絕藝亦同死，同宗明説笑如此。忠烈淋漓以苦成，精神淡靜由心使。竹石槎枒見典型，劍樓箱篋滿芳馨。貞魂一事真無奈，狎客傳衣得子青。

【箋】戴熙，字醇士，號鹿牀、榆庵、松屏、蒓溪、井東居士等。浙江錢塘人。道光十一年進士。入翰林，官至兵部侍郎。後引疾歸，主持崇文書院。咸豐十年，太平軍陷杭州，自盡。謚文節。擅畫山水及竹石小品。著有《習苦齋集》、《題畫偶録》等。

石濤松陰聽泉圖　劍氣樓藏

獨坐不怕獅子逐，何年幼松今為屋。三十三天花已盈，四

百四病夢都熟。試餐何物立化石，收視反聽去耳目。天泉如鐘風如鈴，付與何人管歌哭。

【箋】石濤，原姓朱，名若極，別號大滌子、清湘老人、苦瓜和尚、瞎尊者，法號元濟、原濟。廣西桂林人。與弘仁、髡殘、朱耷合稱"清初四僧"。畫家。劍氣樓，節庵室名之一。

失　題（二首）

平生風義雙御史，垂老山頭一病翁。獨憶蘀園三友事，詩成如虎酒如龍。

斷紙殘經眼忽明，篋中秋扇感前生。初春微雨挑燈坐，寫付佳兒已四更。

【箋】葉恭綽《節庵先生遺詩續編序》："寒家與丈累代摯交。丈光緒庚辰入都，即寓先祖南雪公宅，繼乃遷棲鳳樓。即丈詩所稱'獨憶蘀園三友事，詩成如虎酒如龍'者也。"

失　題

兒時隨父過郴江，不識新詞世少雙。今夜雙溪頭白了，月來孤館對寒窗。

失　題

生死佳人共此亭，憑欄傷舊數疏星。官書暫輟為園客，歸

夢初來歎水萍。相視自然心莫逆，高歌久矣眼能青。尊前
遺語君知否，說到荷花已涕零。

夢華訪雨亭揚州看菊花賦寄

兩翁相憶遂相尋，笑我尫屢近更痞。病裏觀書多已忘，花
前思友定誰深。試人自有風霜力，遯世聞為主客吟。菊未
殘時心未死，歸鴉寒照幾冥沈。

【箋】馮煦，字夢華，號蒿庵。江蘇金壇人。光緒十二年進士。授翰林
院編修。歷官鳳陽知府、四川按察使。累官安徽巡撫。民國時督辦江淮賑
務，纂《江南通志》。工詩、詞、駢文，尤以詞名，所著《蒙香室詞集》，
譚獻以為深入容若、竹垞之室。有《蒿庵類稿》等。程慶霖，字雨亭。浙
江山陰（今紹興）人。兩江總督張之洞幕僚，官江蘇候補道、商務局總辦。
鄭孝胥《鄭孝胥日記》宣統元年己酉日記：「得程雨亭揚州來書。」可知程
氏時在揚州。

余秋室美人為程旮齋題

看雨題花過一春，芳情歷亂告誰人。自家且了窗前事，莫
惹當風燕子嗔。

【箋】余集，字蓉裳，號秋室，浙江仁和人。乾隆三十一年進士。官至
侍講學士。修《四庫全書》，授翰林院編修，累遷至侍讀學士。告歸後，主
大梁書院。擅畫仕女，時人號為「余美人」。程旮齋，江蘇如皋人。生平未
詳，僅知其為《農學報》主辦者朱祖榮之友，曾訂閱汪康年主持之《時務
報》。待考。

宣統三年清明省墓

昔隨父兄往，今領弟兒來。村路年年改，山花處處開。墓門恩已及，春雨病初回。志士曾何補，誰云老驥才。

【校】上十三題十四詩録自葉恭綽《節庵先生遺詩續編》。

暮春寄實甫五兄詩家 (二首)

篋中鳳紙惹芳塵，欲檢殘詩認未真。定有佳人千點淚，更無人處又沾巾。

芳草心情不可裁，小闌春晚費餘杯。履綦依約苔階上，誰謂今生不再來。

【校】上詩余本未收。黄任鵬輯自重慶中國三峽博物館所藏梁鼎芬手迹影本。詩題自題識中摘出。

鄺海雪卷為毅夫侍御題 (三首)

二雅文心比二琴，雲娘窈窕鬼門深。芳蘭自為秋風死，照世神姿試一臨。家有先生抱琴象，他日屬社公臨副寄贈。

縹渺天風吹夜泉，誰為明福洞中箋。勺園唱和詩還在，山寺藏書與謝傳。焦山書藏有鄺硯唱和詩。

黎畫忠愍陳書文忠我所親，危時報國要忘身。吾鄉前輩多忠節，為語今朝折檻人。

【箋】鄺露，字湛若，號海雪。廣東南海人。明神宗萬曆四十六年補諸生。少日游歷廣西，曾為瑶族女土司雲䴙娘書記。詩數百篇，聲名震于中原。明桂王永曆二年，以薦得擢中書舍人。永曆四年，奉使還廣州。清兵入粤，露與諸將戮力死守，凡十閲月。城陷，不食，抱綠綺琴端坐所居海雪堂，嘯歌以待，從容就死。著有《嶠雅》二卷。海雪抱琴象傳世有禹之鼎繪本及陳曇摹本，未知節庵所藏者為何本。毅夫，温肅字。道光七年，馮登府得鄺露"天風吹夜泉硯"，作《鄺硯歌》，遍徵名士倡和，成《石經閣鄺硯倡酬集》一卷。温肅《温侍御毅夫年譜》辛亥年條："五月初抵家。六月赴省城寓袖海樓。與節庵游天山草堂、荔香園、感舊園。"題圖或于此期間。

陳獨漉書張曲江感遇詩卷即集詩中字為毅夫侍御題（二首）

獨客抱千意，清吟悦芳春。竹花食紫鳳，蘭札慰佳人。遲遲日欲晚，耿耿夢不親。皎潔心自持，何所滅吾神。

草木知有生，豈不懷吾春。淹留漢上女，寂寞山中人。悲心不敢歎，非子我誰親。朝陽奪重幽，至誠乃感神。

【箋】陳恭尹，字元孝，號獨漉。廣東順德人。與屈大均、梁佩蘭合稱嶺南三大家。工書法。尤擅隸體。《清史稿·文苑·陳恭尹傳》："陳恭尹，字元孝，順德人。父邦彦，明末殉國難，贈尚書。恭尹少孤，能為詩，習聞忠孝大節。棄家出游，賦《姑蘇懷古》諸篇，傾動一時。留閩、浙者七年。一日，父友遇諸塗，責之曰：'子不歸葬，奈何徒欲一死塞責耶！'恭尹泣謝之，乃歸。既葬父增城，遂渡銅鼓洋，訪故人于海外。久之歸，主何衡家。與陶窳、梁無技及衡弟絳相砥礪，世稱'北田五子'。已，復游贛州，轉泛洞庭，再游金陵，至汴梁，北渡黃河，徘徊大行之下。于是南歸，築室羊城之南，以詩文自娛，自稱‘羅浮布衣’。恭尹修髯偉貌，氣幹沈深。其為詩激昂頓挫，足以發其哀怨之思。自言平生文辭，多取諸胸臆，僕僕道塗，稽古未遑也。卒，年七十一。著《獨漉堂集》。王隼取恭尹詩合屈大均、梁佩蘭共刻之，為《嶺南三家集》。”

辛亥閏六月十七日南園詩社重開賦詩會者百數十人

十子芳型尚可鐫，三忠祠屋舊相連。儒生懷抱關天下，詩事消沈過百年。老柳疏疏人照水，山亭隱隱竹成煙。閒來風物當誰賦，空憶陳黎一輩賢。

【校】余本題為“辛亥南園詩社重開賦詩會者百數十人”，今依《汪目》。

【箋】宣統三年閏六月十七日，節庵與姚筠、李啟隆、沈澤棠、吳道鎔、汪兆銓、溫肅、黃節八人，發起重開南園詩社于抗風軒，與會賦詩者百數十人。南園詩社，屈向邦《廣東詩話》卷一“南園紀事”：“吾粵風雅之地，首推南園。南園位文明門外，水木明瑟，宅幽景美，明代前後五子（前五子：孫蕡、趙介、王佐、李德、黃哲；後五子：歐大任、梁有譽、黎民表、吳旦、李時行）賦詩高會地也。明末陳秋濤（子壯）等又重啟南園舊社，並與黎洞石諸人，各和黎美周黃牡丹詩十首，附以美周原作為一卷，名曰《南園花信》。兵燹後荒圮，清代屢有重修。旁有三忠祠，伊墨卿（秉綬）以《君臣三大節》詞賦十先生題其門，陳東塾（澧）重書以揭之。其旁復有廣雅書局，張香濤（之洞）創建，皆南園地拓也。香濤復修葺南園，題聯抗風軒云：‘詩如大曆十才子，園似將軍第五橋。’辛亥八月，番禺梁節庵（鼎芬）集一時名士，重開南園詩社，赴詩會者百數十人。特譽‘黃詩陳詞’，傳為嘉話。‘黃詩’者，順德黃晦聞節之詩，‘陳詞’

者，新會陳述叔洵之詞也。節庵賦詩云云。晦聞有《集抗風軒呈梁節庵先生》詩云云。節庵答詩有‘黃花多恨今方見’之句，推譽備至，亦吾粵風雅之所繫也。”

辛亥南園詩社重開社散歸永願庵得二十八字

千載相看自不前，陳荄委地草連天。來參十上光明佛，眾裏拈花豈礙禪。

【箋】永願庵在白雲山雙溪寺。

吾庵畫扇屬題奉挹浮詩翁垂兩耳齋存之
辛亥八月六日

一個茅亭無一人，白雲自好山自春。石如虎臥猶存怒，竹似龍吟不受嗁。

【箋】盛景璿能畫。王秉恩《息塵庵隨筆》稱其精鑒賞，偶涉筆作山水小景，雅蒨曠逸。汪兆鏞《嶺南畫徵略》及葉玉森《楓園畫友錄》均載其畫事。挹浮，蔣式芬字。

扇尾有餘地又書二十四字

山樹無名鳥呼，山花無主歸吾。兩耳不聞更好，險道依然坦途。

【校】上二詩錄自汪宗衍《節庵先生遺詩補輯》。

<h1 style="text-align:center">佚　題</h1>

吾庵畫稿近如何，猶見花之鬼趣多。大笑莊生濠上樂，非魚非我總由他。

【校】上詩余本未收。輯自梁鼎芬傳世手迹影本。

【箋】此詩問答盛景璿之畫事，姑繫于此。

<h1 style="text-align:center">九月八日三賢祠秋祭感賦同許十八丈葉
一兄作</h1>

三賢有風矩，九月薦崇祠。楚白修祠甫成。患難看吾輩，是日與祭僅二人，餘皆移家。忠貞答主知。憂時無一飽，感事得新詩。落落歲寒友，出門涕向誰。

【校】傳世手迹題為“辛亥九月八日同許十八丈葉一兄秋祭三賢祠感賦一首”。

【箋】三賢祠，在白雲山雲泉山館，供奉宋蘇軾、崔與之、黃佐三位先賢。伊秉綬書《雲泉山館記》云：“濂泉之間，有宋蘇文忠公之游迹焉，盤谷樂獨，峿臺懷開，孰若雲泉。大清嘉慶十七年，香山黃培芳、番禺張維屏、黃喬松、林伯桐、陽春、譚敬昭、番禺段佩蘭、南海孔繼光修復故迹；道士江本源、黃明熏董其役，拓勝境二十，靡金錢若干。次年，閩人伊秉綬適來觀成，乃為之記。而系以銘，銘曰：南園興焉，七子詩壇，傳百千年。”三賢祠于咸豐、光緒年間兩度毀于兵燹，光緒十四、十五年重建，孔廣陶為撰門聯：“兩朝名世留芳躅，一代風騷合瓣香。”今雲泉山館及三賢祠皆已毀。許十八丈、葉一兄，待考。

秋日送友

之子去何方，風雲鬱莽蒼。人情嫌雉尾，世路竟羊腸。明日過重九，臨風盡一觴。丈夫不惜別，鷹隼見高翔。

【校】上詩録自葉恭綽《節庵先生遺詩續編》。

卷　六

辛亥九月十五夜

滿地淒涼月，平生忠孝心。無人同此夜，有子和之琴。幼兒在傍彈琴。將曉祠燈在，微暄樹鳥吟。不眠哀不去，人事又相尋。

【箋】辛亥八月十九日，武昌民軍起義，舉黎元洪為都督，節庵發長電勸其"來歸朝廷"，"為大清國第一等忠臣"。節庵之子名劬，又名學贄，字思孝。

別季瑩

千懷無一語，今日是他生。把劍恩難忘，登舟淚已成。明明天在上，漸漸日西傾。磊磊丈夫事，淒淒兒女情。

【箋】辛亥九月十八日，廣州民軍起義，舉胡漢民為都督。節庵星夜偕盛景璿避至香港，旋作詩相別。乘船赴上海，匿居小村中，時當與陳三立相見。十月，復至北京，寓溫肅家。辛亥十月二十日離京南下。

又與伯嚴晤

且于閒處共蒼苔，江上千山落木哀。風月淒涼人暗換，乾坤震蕩淚空來。重逢已覺生無謂，往日先知禍有胎。唧唧階蟲寒未歇，車聲門外正如雷。

【箋】審詩意，似于辛亥九月匿居上海或十月二十日離京南下途經上海時曾與陳三立重見。待考。

失　題

鐵石何年落子腸，更闌逼我氣如霜。無涯涕淚詩難寫，絕好頭顱劍可嘗。萬劫未完祅崇佛，群言弗亂犬稱王。驅除憑仗堂堂手，萬一能回日月光。

【箋】録自葉恭綽《節庵先生遺詩續編》。審詩意，似作于辛亥革命起後，清室尚未遜位。

説夢四用哥字韻

夢覺貞元似電波，蟻王朱首領南柯。須臾臺閣金章競，一二郎官粉面搓。歷記存亡無捷子，紛傳才計出甘羅。如聞欽廟南歸語，太一宮前待九哥。

寄李猛庵京師因傷端忠敏五用哥字韻

柳亭春水見微波，讀畫先知鄧與柯。猛庵評畫有精識，一日過十七柳亭，見余所藏文畫，蘇題卷後，各家題字未見其名，先曰：“此鄧文原也，此柯九思也。”皆不失，闔座大驚。鮮庵曰：“海内無雙也。”末世都驚人事改，暮年惟有鬢霜搓。景桓樓上龍難臥，無悶園前雀可羅。哀樂自知均所感，思君不寐發聲哥。《漢書·

藝文志》："故哀樂之心感,而哥咏之聲發。"

【箋】李葆恂,號猛庵。精鑒賞,為端方所重,曾題跋端方所收藏之古文物三百餘。辛亥革命起,端方率鄂軍入川,至資州,部衆嘩變,端方為軍官劉怡鳳所殺。鄧文原,字善之,一字匪石,號素履先生。綿州(今四川綿陽)人。在元初官國子司業,集賢直學士兼國子祭酒,翰林侍講學士。卒贈江浙行省參知政事,諡文肅。工正、行、草書,早法二王,後師李北海。柯九思,字敬仲,號丹丘,浙江台州人。博學能詩文,有詩、書、畫三絕之稱。哥,通"歌"。

客中晤黃樓感歎成咏奉簡一首六用哥字韻

汪汪千頃若澄波,一鳥翩翩已息柯。司馬愛君書好在,孟郊思母綫親搓。四年家國成長恨,幾輩神仙羨大羅。繆五兄來書云:"中芨、禮卿不可及矣。"其詞悲痛。禮卿,黃樓房師;中芨,其姊壻也。忍辱相看無一語,且將魚蟹較官哥。

【箋】張彬,字黃樓。直隸南皮人。張之洞三兄張之淵次子。光緒十五年舉人。捐內閣中書、兵部郎中。光緒二十一年捐知府,後分派浙江。中芨、禮卿,即蒯光典及黃紹箕。

八月十九日同季瑩訪南海廟碑登浴日亭季瑩曰此會無實甫惜也余曰日月方長他時招之今實甫自香港來季瑩已為僧矣追念昔游悲歎交集賦此送實甫回廬山兼寄季瑩水涯亭十用哥字韻

新夢昌華出縠波,舊鄰簡寂念喬柯。琴歸鹿洞杉還在,詩

寫龜堂柳細搓。亭上笑言尋慧壽，世間關節到閻羅。樊山書
來，説余所取詩榜前五名皆渠作，他人疑謂閻羅包老亦通關節也。時實甫
留滯未來，與樊山、伯嚴日日思之恨之。更無廟壁題名日，留待鸞
哥與驥哥。臨桂伏波巖，紹興戊辰六月潮陽劉昉題名，孫男驥哥、鸞哥
侍行。他日此詩付與吾三家兒孫。

【箋】易順鼎官廣東高雷陽道，辛亥革命起，遂奔香港，居二月，始赴
上海，故節庵謂其"留滯未來"。仇巨川《羊城古鈔》卷三"南海神廟"：
"在城東南扶胥之口，黃木之灣。廟中有波羅樹，又臨波羅江，故世稱波羅
廟，祀南海神。"南海神廟右小山屹立，上有浴日亭，為古來觀日出之最勝
處。宋、元二代之羊城八景，均有"扶胥浴日"一景。屈大均《廣東新
語》卷一載，南海神廟西南百步之章丘，"一亭在其上，以浴日名。吾嘗中
夜而起，四顧寥寂，潮雞始聲，月影未息。俄而獅子海東，光如電激，由
紅而黃，波濤蕩滌。半暈始飛，鴻濛已闢，火雲一燒，天海皆赤。……亭
曰浴日者，《淮南子》云：'日浴于咸池。'咸池者，暘谷也。凡日出之處，
皆曰暘谷。"劉昉，字方明，廣東潮陽人。宋高宗紹興年間曾任禮部員外
郎、太常寺少卿、夔州知州、潭州知州兼荊湖南路經略安撫使等。

憶海西庵招樊山入山十一用哥字韻

因風雙柏晚翻波，不畏嚴霜不改柯。良玉既捐閒裏試，靈
珠無垢靜中搓。平生每笑鳩摩咒，昨夜微聞羯薩羅。即欲
架茅成隱處，入山吾意共三哥。韓持國有《和三哥入山》詩。

【箋】宣統二年，樊增祥閒居。次年六月，復官任江寧布政使。辛亥革
命起，避地上海。

病中一首十二用哥字韻

橫海軒然起大波，寒林獨入仰危柯。謝翱病肺身將盡，白

傅風痿手且搓。服鳥甚閒聊以賦，焦明寥廓孰能羅。當時個個希恩倖，不問天家問八哥。《五代史·伶官傳》：“敗亂國政者有景進、史彥瓊、郭門高三人，景進最用事。人呼為八哥。”

再贈實甫兼懷季瑩十三用哥韻

抗風軒柳綠分波，感舊園松鐵滿柯。琴罷待君詩社集，鋤完呼豎酒槎搓。實甫往住感舊園，今夏同季瑩重理南園于抗風軒旁，為實甫設牀几以待之。紅雲荔子題南漢，素月梅花入博羅。吾友吾鄉慈惠吏，馬前士女遍詩哥。實甫觀察肇慶、高州，勤而能愛民，有去思，近詩甚多，余采“赤子好將兒女待，青山常作友朋看”十四字傳于時，人人誦之，以為今之韋蘇州、元魯山也。

【校】以上十詩錄自葉恭綽《節庵先生遺詩續編》。

【箋】時易順鼎已由香港至上海。以上諸詩均似作于上海。

佚　題

龍愁鼉憤意安歸，波勢掀天日已微。若到草堂祠下樹，棲禽應怪我來稀。

【校】上詩余本未收。輯自梁鼎芬傳世手迹影本。

【箋】觀“波勢”一語，當作于辛亥民軍事起而清室將傾之時。姑繫于此。

袁珏生翰林屬題蓮巢焦山圖二首先有陳叔伊吳綯齋作皆及海西庵（二首）

碑幢都在干戈裏，猿鶴同為患難人。我見此山如隔世，雪中流涕說芳春。今年二月，自海西庵回里。

潘畫潘題我有之，屢年夢影落江湄。故園畫檔能長好，他日煩君答一詩。余藏蓮巢焦山圖，自題其尊人五言古詩于其上。

【箋】宣統三年正月，節庵在焦山。二月游江寧，晤陳三立，旋返廣州。此詩當作于是年冬，在北京與袁勵準相見。袁勵準，字珏生，號中洲、中舟，河北宛平人。光緒二十四年進士。二十九又舉經濟科進士。授翰林院編修，歷官京師大學堂提調、翰林院侍講等，民國時曾任清史館纂修、輔仁大學美術系教授。有《恐高寒齋詩集》、《中舟藏墨録》。錢泳《履園叢話》卷十一下："潘恭壽，字慎夫，自號蓮巢，丹徒人。山水、人物、花卉、翎毛，無所不工，又能摹印。當時與王夢樓太守常到吳門，人有得其片紙者，如獲至寶。余嘗乞其畫佛像一幅，絕似丁南羽，近時鮮有其比。"恭壽之父名振翼，字傅天。諸生。能詩，以書法名世。

贈章確夫果

千疴亦易散，世變難言之。袖此醫國手，驚聞夜亂時。城危□不躓，鎗急義能持。寄託如君好，沈淪安有期。

【箋】章果，字確夫，清末民初廣州名醫，虛勞學家，與傷寒學家陳伯壇、黎庇留齊名。

失　題 (二首)

獨漉堂中野史，霜紅庵裏行禪。日月遂存吾輩，江山不是當年。

將盡未盡且待，欲言不言奈何。眼淚朝朝洗面，夢魂夜夜奔波。

戲作同綱齋樊山聖遺 (二首)

茄花委鬼禍難平，勒笑曹瞞不顧名。路史文章須直筆，順宗實錄要公評。元明事迹傷衰季，里巷謳歌出至誠。北望瓊樓寒若此，弄珠誰在月中行。

茄覓生涯稱此身，勒花心與憶寒春。路歧每笑楊朱泣，順物誰知漆吏真。元穎潔應成佛早，里堂老忘著書貧。北來南往知何事，弄物紛紛太不仁。

【箋】吳士鑒，字公督，號綱齋，一號含嘉，別署式溪居士。浙江錢唐人。光緒十八年進士一甲第二名，授翰林院編修，官至侍讀。後曾任江西學政、資政院議員、清史館纂修。有《清宮詞》、《含嘉室詩文集》等。汪辟疆《光宣詩壇點將錄》："綱齋、仲弢，皆學使能詩者也。綱齋風骨高騫，喜用近代掌故及西史事實，能雅能雋。"聖遺，楊鍾羲。有《聖遺詩集》。

除夕和悔餘丹字韻

屋漏牀牀曉未安，纏綿惟恐歲將闌。情如杜老多懷白，心似荊卿已許丹。一舉遂成滄海晚，相逢空念玉泉寒。余居玉泉寒山亭前，公屢欲來游。君恩負盡荷衣薄，爾我斯時病□□。

【箋】辛亥十二月二十五日，清室遜位詔下，清亡。此詩作于辛亥除夕。辛亥後，吳慶坻以未能殉節清廷而悔其餘生，自號悔餘。所作之詩另編成《悔餘生詩集》五卷。節庵曾居于湖北當陽玉泉山，欲創建書藏。

失　題 (三首)

黑風驚旋世界海，碧桃已換人間春。吾生自寫記想夢，夢裏淒涼能幾人。《潛夫論‧夢列第二十八》有記想夢。

元萬柳堂先劫火，明長春寺又斜暉。松廊繞盡千般淚，門外車聲漸漸飛。

大官角酒肯相平，小妓牽衣也自爭。勿說當年當日事，雪燈看盡到天明。

【箋】觀"碧桃"句，審詩意，似作于壬子春初。《潛夫論‧夢列第二十八》："凡夢：有直，有象，有精，有想，有人，有感，有時，有反，有病，有性。"想夢，即記想之夢。

周景贍請題汝陰侯鼎拓本

陶齋一紙抵連城，不信滄桑有此生。一自蘇門啼月色，何人焦閣聽江聲。陶齋歸來庵在焦山。

【校】上五題七詩錄自葉恭綽《節庵先生遺詩續編》。

【箋】周宗澤，字景瞻。湖北襄陽人。南社社員。民國後任職交通部。傳見《詞綜補遺》。陳去病《鷓鴣天》詞小序："春暮與景瞻、匪石、癡萍、楚傖、無射旗亭偶集。"李定夷《民國趣史》："周宗澤聯云：'平生風義兼師友，天下英雄惟使君。'老當渾成，以操比袁（世凱），含而不吐，尤饒意味。"漢汝陰侯鼎，端方所藏。上刻"汝陰侯鼎，容一斗四升，重十斤五兩十二銖。六年，汝陰庫守沂，工□造"。

樊山以三品次所投詩答一首招乙庵籀園實甫留垞同賦 壬子正月

樊山以詩鳴，趕趕四十春。屈原與王嬙，所居久已鄰。御此絕代才，蘭芬如在身。比來游海上，觀詩如觀人。投者日一束，光彩爛丹銀。隨時次第之，逮夜手尚頻。辟陝崑崙顛，上者千年珍。其次存篋衍，其次雜几塵。同時大小雅，復乎沈乙庵與陳籀園。濤園最雄雋，留垞極清新。實甫昔齊名，少小譽鳳麟。遲來稍貶之，罰以無算緡。而我廁其間，相去百由旬。雜劣不可佩，似蘭之有榛。茌弱不成邦，又似邾與秦。往時圓通觀，訂交自庚辰。矜此白髮友，遂枉老氏仁。公乃為大言，且諞所取均。我輩定則定，所詣醇乎醇。宰天下如肉，其餘皆爪鱗。他人我未詳，我實玉之瑉。凝元祐次耳，白練坡已嗔。等級偶不慎，才哲易沈淪。風雅繫教化，萬彙資陶甄。吾皇歲沖幼，豈是亡國君。一旦遭禍難，罪在貴與親。退賢進不

肖，公屈私則伸。公若不改外，不幸秉國鈞。以公阿我
例，恐亦如此臣。病翁兼嗜酒，二事吾已臻。謂酒券藥方也。
人苦不自知，倘亦哀此民。洴豬不置他，葉龍所好真。有
鳥必舉鷖，有馬必識駰。盍不續班表，三為九所因。陸喜
善論士，四五稍易勻。三品地少隘，才不才斷斷。願公勿
護前，公論待衆賓。衰年恨無成，吾言出苦辛。後生雁湖
壁，他日雙井礌。其時我詩出，奉公言如神。彼鍾嶸皎然，
與公皆絕倫。吁嗟今何日，將死還嚬呻。我身即泯没，詩
更如埃塵。淫淫三日雨，淚滿逃世巾。

【箋】壬子正月，樊增祥在上海租界賃居閒居，與諸老酬唱。將節庵與
陳三立、沈曾植、易順鼎、楊鍾羲等所投贈詩排次為三品。作《朋好投詩
者略第其高下以三品差次之因繫以詩》。陳籀園，謂陳三立。籀園，陳氏在
南京鍾山之居室。陳銳《袌碧齋雜記》云："樊雲門詩，如六十美女，蓋
自少至老，搔首弄姿，矜其敏秀，為一時諸名士所不能及。"陳衍《石遺室
詩話》卷一："樊山詩才華富有，歡娛能工，不為愁苦之易好。余始以為似
陳雲伯、楊蓉裳、荔裳，而樊山自言少喜隨園，長喜甌北，請業于張廣雅、
李越縵，心悅誠服二師，而詩境並不與相同。自喜其詩，終身不改塗易轍。
尤自負其豔體之作，謂可方駕冬郎，《疑雨集》不足道也。嘗見其案頭詩
稿，用薄竹紙訂一厚本，百餘葉，細字密圈，極少點竄，不數月又易一本
矣。余輯有《師友詩錄》，以君詩美且多，難于選擇，擬于往來贈答諸作
外，專選豔體詩，使後人見之，疑為若何翩翩年少，豈知其清癯一叟，旁
無姬侍，且素不作狎斜游者耶。"

懷雨亭同年

梅花祠墓事如新，幾日春風兩世人。病榻寒宵還獨坐，酒

樓當日是良辰。故人交誼千金重，海內風塵一劍親。回憶
抱冰堂上事，亂離相見益酸辛。

【校】以上十詩錄自葉恭綽《節庵先生遺詩續編》。

【箋】程慶霖，字雨亭。浙江山陰（今紹興）人。兩江總督張之洞幕
僚，官江蘇候補道、商務局總辦。倡議開辦銀行，實行印稅。鄭孝胥《鄭
孝胥日記》光緒二十二年丙申日記："詣局，遂詣程雨亭，談至午乃返。程
將稟請奏行印稅而廢釐金，且請開銀行，余力贊之，且鈔銀行舊摺稿與
之。"程慶霖任皖南茶釐局局長時，撰有《整飭皖茶文牘》。羅振玉《整飭
皖茶文牘序》："程雨亭觀察久官江南，勵精政治，去歲總理皖省茶釐，慨
茶務日衰，力圖整頓，冀復利源。茶利轉機，將在于是。爰最錄其稟牘文
告，泐為一卷，以諷有位。他產茶各省諸大吏，有能踵觀察而起者乎？企
予望之矣。光緒戊戌，上虞羅振玉。"張之洞改湖廣總督時，又調程氏至武
昌，可見其倚重之至矣。《申報》光緒二十五年十月廿八日《鄂省官場紀
事》載："湖廣總督張之洞奏：調總辦商務局江蘇候補道程雨亭觀察來鄂。
以觀察籍隸浙江，熟悉蠶桑事宜。

憶鍾山籥園

歲月蹉跎負汝多，東風昨夜淚成波。潭深欲雨生蛟氣，林
密無風走雉囮。酒了每回論世劫，人歸幾日長庭莎。當時
尚計重來夢，飄盡紅蕤冷素娥。

【箋】籥園，陳三立在南京鍾山所居。陳三立有《過籥園舊居》詩。

辛亥秋子申在宜昌陷賊中屢瀕于危壬子
正月方脫虎口攜眷來滬作此代柬

亂中聞汝死，病裹見君來。天地今何有，相逢剩酒杯。

【箋】辛亥八月二十七日，即陽曆十月十八日。宜昌民軍宣告反正，成立民軍司令部，奉鄂都督府令，仍以原宜昌知府金世和補授宜昌府知事。委任正參謀胡冠南為行軍參謀兼指揮，分兵進襲荆州。清將連魁、都統松鶴乞降。陽曆十二月十六日，民軍進駐荆州。戰事結束。李實巽始攜眷至上海。

寄曾習經 時方解官

掛冠遂去抑何愚，修潔衣裳肯點污。每見輒聞詩在口，當離不覺淚霑鬚。微臣有祿歸娛母，大廈無人久棄儒。可惜濂溪祠外月，清光儻未待斯須。

【箋】辛亥十二日二十四日，曾習經因病解官，返廣東棉湖老家。

樊川散原實甫游徐園有詩訊病答之

咫尺清游不得同，此園一姓百春風。累年履迹移危石，昨日詩題欠病翁。雪後見花全不似，眼前賦物孰能窮。舊人三四看成畫，檻淺廊回著許紅。

【校】上詩余本未收。輯自黃公渚《梁節庵先生佚詩》。

【箋】壬子正月，樊增祥與陳三立、易順鼎游徐園，節庵因病未赴。易順鼎有《雪後徐園探梅作》詩。

訪茶仙亭梅花 壬子正月作(二首)

梅花應有去年魂，清曉來尋尚掩門。不管人間風雨疾，數花留得照黃昏。

東坡生日又一月，小飲瞻園又一年。絕好光陰隨意過，前生如夢夢如煙。

【校】上詩錄自汪宗衍《節庵先生遺詩補輯》。

【箋】民國元年壬子正月，節庵寓居上海，與樊增祥、易順鼎、陳三立、楊鍾羲等文士往還。汪宗衍按：「瞻園在金陵，為明徐中山故園，後改江寧布政使署。樊山曾官寧藩。茶仙亭即樊山也。」樊增祥有詩，題為「四月既望，與仲宜、散原、石甫、節庵、留垞至徐園久座，晚歸茶仙亭，飲酒徵詩，欣然有作」。

燕九日答茗華室主問茶仙亭梅花

去年過我梅方蕾，一月花枝爛熳開。自作東坡生日後，雪中高士不曾來。

【校】上詩余本未收，輯自梁鼎芬傳世手迹影本。

【箋】劉侗、于奕正《帝京景物略》卷三「白雲觀」：「（丘）真人名處機，字通密，金皇統戊辰正月十九日生。今都人正月十九，致漿祠下，游冶紛遝，走馬蒲博，謂之燕九節。又曰宴丘。」茗華室亦節庵眾多室名之一，本詩實為自問自答。

茶仙亭漫興

邵子天寒不出街，青梟懶躍玉階苔。醋魚味雋貪銀脊，油菜香新摘翠薹。雨洗芳林銷果痔，雲烘暖塢養花胎。興情三十年前劇，何處花枝不看來。

【校】上詩録自汪宗衍《節庵先生遺詩補輯》。

【箋】此詩有"天寒"、"油菜"之語,而《梁節庵先生扇墨》末署"壬子七夕",則似作于春初而書于七夕也。

訪梅花

日日將詩勸早開,早開不謂我遲來。世間病是清閒事,祇是芳心寸寸灰。

【校】上詩余本未收,輯自梁鼎芬傳世手迹影本。

壬子三月九日季重世長北歸侍親賦別

慈竹清陰盡,春暉故國悲。貧家念予季,謂四從弟。亂世失歸期。聞難心相望,孤恩髮更衰。遙知吾友意,流涕正相思。

季度為余作畫漏未置款偶補此詩

江夏黃童愛畫蓮,花花葉葉極澂鮮。題詩不及豐清敏,水面搖風已數年。

【校】以上二詩録自葉恭綽《節庵先生遺詩續編》。

【箋】季度,黃紹憲之號。

題黃季度雙鈎玉簪花 (二首)

(前三句缺) 含悽來見玉簪花。

連牆並術致殷勤，白髮天涯意更親。他日若編坊巷志，可能無意此時人。光緒庚辰，寓京師南橫街，與王可莊、旭莊、陳伯潛比鄰，後遷棲鳳樓，與盛伯兮裱褙胡同、王廉生韶九胡同密邇，畫端有盛、王、陳諸君題句，時季度已逝，故詩中及之。

【校】上詩錄自汪宗衍《節庵先生遺詩補輯》。宗衍記：“此輯印成，楊君子遠默記一詩見視，惜殘缺不完，詩注亦非原文，以待他日校補。”

【箋】王仁東，字剛侯、旭莊，又字勗莊，別署完巢。福建閩縣人。光緒二年舉人。初任內閣中書，後官南通知州、江安督糧道、蘇州糧道兼蘇州關監督。與兄可莊並稱二俊。有《完巢剩稿》。盛昱，字伯羲，亦作伯兮。王懿榮，字正孺，號廉生。

奕湘畫牡丹

東風無力管芳華，此是人間傾國花。花事已完春已盡，殘陽猶曬故宮鴉。

【箋】此為題畫之作。奕湘，字楚江。滿洲正藍旗人，清宗室。歷任廣州將軍、盛京將軍和杭州將軍。咸豐元年奉召入京，授禮部左侍郎，曾任禮部尚書。光緒七年卒，諡恪慎。工寫生，擅畫牡丹。事見《八旗畫錄》。

海上逢易五順鼎

憶昔麻鞋見先皇，惟公留居蘇柳堂。詔書惻怛誰所草，似蘇州陸饒州汪。易五運糧先至此，三影留在窗前廊。慈恩寺塔九日會，有約不到予仲喪。易五垂翅亦同去，江東渭北年年長。十二年間幾多事，今朝同在龍華場。一為三友一六逸，與志沈陳又王楊。微風衣帶自端正，林木深蔚添斜陽。圖成相視共一笑，誰與面皺誰鬢蒼。主人愛客茶瓜美，發篋倚壁書畫芳。屢罹喪亂存者此，觸目還有千琳瑯。憚王湯戴世間物，吾愛鄭蘭惜尚藏。逝者回思彭澤陶，間評能記曲江張。人生無事堪美滿，患難朋舊非尋常。悲夫天不佑大宋，龍髯一去群兒狂。文景基牢豈可恃，猝然江漢驚如湯。遺民幾個有何補，且與攜臥蒼苔旁。秋花淒涼勝春媚，千淚沄斷藜莧腸。酒闌付我填詞圖，歸來擁被□□牀。未知易五今夜事，此生此會長無忘。

【箋】民國元年壬子，易順鼎避地上海，與沈曾植、陳三立等往還。次年春，至北京。此詩當在易氏赴京前作。

再為四峰題桃花源圖

淵明丁濁世，寓言託遐想。傳諷千禩後，聞者欲規往。芳溪泝靈源，繡呥闖腴壤。晏然耕桑樂，坐看子孫長。我游沅湘間，暫此息塵鞅。巖洞窺宛窱，林亭矚森爽。地偏泯俗敦，勤動穫秋穰。神仙謽言耳，懷葛一俯仰。羅侯古循吏，嫩政敏教養。謳歈遍湘西，子徠爭負襁。桐鄉去後思，無緣尼歸榜。縑素寄餘戀，尋源再來倘。剎那變田海，郡縣紛搶攘。雲中寂雞犬，道左闐虁魍。空懷右丞句，迷津益淒惘。抽帆睠囊躅，展圖愜今賞。道洲老畫師，潑墨氣蒼莽。君家四峰間，行歌答林響。庶幾谷名盤，或者川號輞。吾衰亦止酒，湛然脫世網。所期掃氛祲，宙合還曠蕩。詩成雜悲愉，擲筆意悢慷。

【校】以上三詩録自葉恭綽《節庵先生遺詩續編》。

【箋】羅維翰，號四峰。宣統二年九月，節庵有《四峰儒吏同邑之佳士治桃源武陵皆有名屬題桃花源圖酒後書之》詩。此再題之作當作于辛亥之後。

題葉南雪丈畫李香君小象同樊山實甫壬子三月賦天陰陰桃花久已盡矣香君魂何處也

雨打桃花成海，春殘玉貌猶生。莫道不如女子，隨宜嫁了傾城。

【校】上詩録自汪宗衍《節庵先生遺詩補輯》。

【箋】葉衍蘭，字蘭雪，又字南雪、曼伽，號蘭臺，晚號秋夢主人，原籍浙江餘姚。廣東番禺人。葉恭綽之祖父。咸豐六年進士。改翰林院庶吉士，散館授户部主事，歷貴州司員外郎、雲南司郎中，繼考取軍機章京，入直樞垣二十餘年。晚年辭官歸里，主講廣州越華書院。著有《海雲閣詩鈔》一卷，《秋夢庵詞鈔》二卷、《詞續》一卷、《再續》一卷等。能畫，葉氏搜集歷代名賢畫像，成《清代學者像傳》一書。同時亦搜集明清名媛畫像，其《秦淮八豔圖咏》序云："余摹名象，百八十人，兼及閨秀，思寄梨棗。"光緒十八年張景祁序稱共"譜入群芳，適成八咏"。李香君小像為葉衍蘭手摹。附有葉氏手書《李姬傳》並題，樊增祥、梁鼎芬、易順鼎、楊鍾羲等有跋。葉衍蘭《題李香君小影》詩云："花月秦淮夢已非，彩雲留照舊瓊枝。南朝金粉都零落，誰識紅妝卻聘時。""舊院風流各擅場，美人爭識尚書郎。蘼蕪詩句橫波畫，那及桃花扇底香。"樊增祥《菩薩蠻》詞小注有"梁罸屬題葉南雪所摹李香君小像"之語。像今存佛山博物館。

題樊山追和伯翰詩後寄子大

樊山思舊有詩情，伯子當年我所兄。寄與韌庵真友愛，一篇一淚幾時晴。

【校】上詩余本未收。輯自黃公渚《梁節庵先生佚詩》。

【箋】伯翰、子大，謂程頌藩、程頌萬兄弟。二人皆有詩名。汪辟疆《光宣詩壇點將錄》："天暴星兩頭蛇解珍程頌藩、天哭星雙尾蝎解寶程頌萬。"

壬子春怨（五首）

桃花辟世認前身，誰謂尋芳是路人。撩亂林亭門外騎，清寥池館雨餘春。華年倏去瓊簫恨，冷月空來寶鏡塵。獨抱素琴宮漏歇，淒涼鳳翮共龍唇。

紅梅何事有雙身，永夜孤心不寐人。病馬雪寒猶戀月，流鶯天暖即爭春。情中劍首輕吹吷，劫後琴心忍作塵。玉女遭回還在側，雲璈奏罷慘頹唇。

露滴鶯衣窈窕身，香成終有返魂人。微蔫花色頻看日，將盡鐘聲不貸春。玉合收時存夢影，瑤笙散後愴音塵。天荒地老相思淚，化作春潮嚙石唇。

暗雨殘燈共此身，深閨微歎更無人。野塘芳杜先侵水，市窖唐花竟奪春。電火乍飛鸞墜影，林風忽過燕驚塵。玉驄一去歸期杳，匝月蘭醪未染唇。

樹老園荒藤繞身，雙扉今啟久無人。咬花錯引金鈴犬，竊藥爭尋玉洞春。草際鹿踪知暗路，雪時鴻爪惹纖塵。題紅自笑誰曾見，多事琴僮一展唇。

【校】"獨抱"二句，余本校：一作"愁按紅牙花漏歇，淒涼鳳足與龍唇"。又一本，末二句與第二首末二句互易。春，余本校：一作"寒"。此詩第四首有傳世手迹。末署："擷華仁兄。宣統癸丑二月半，錄于沈庵葵霜閣。"暗雨，手迹作"苦雨"。

叠前韻懷檗庵

諸公負國但謀身，獨憶朱雲千載人。隻手尚思回落日，兩心猶與惜餘春。市兒都愛五斗米，橘叟來收九斛塵。忠義研磨吾不及，看君肝膽與喉唇。

【箋】檗庵，溫肅室名。溫肅《溫侍御毅夫年譜》壬子年條："五月，赴奉天。時疆臣唯有趙爾巽，特赴瀋陽，干以匡復之策，不聽。"按，宣統三年，趙爾巽任東三省總督。武昌起義後在瀋陽成立保安會。民國成立，出任奉天都督。可知溫肅至瀋陽，意欲策反趙氏。趙炳麟《柏巖感舊詩話》："梁節庵先生出處皦然，不欺其志。有懷檗庵詩云云，余細玩其詩，終不知所指何人，意者其升吉甫允乎？"按，趙說誤。

簡敏丞三用唇字韻

寺外頭陀尚有身，歲寒堂裏歲寒人。敏丞，雪公門人，于予最厚。予乞病後，時時來診。濃陰覆牖難逢日，野草連天不作春。

襟袖淚痕疑是酒，軒窗詩夢散如塵。遙知柳浪相思月，照見掀髯酒上唇。

【箋】徐道恭，字敏丞，江蘇淮安人。曾為湖北補用知縣。民國初避居上海，成為一代名醫。曾批點成無己《傷寒明理論》三卷、惲鐵樵《生理新語》四卷、《廣瘟疫論》四卷末一卷。林思進有《寄懷徐敏丞師道恭棄官海上以醫為活》詩。李準《任庵自編年譜》："徐敏丞先生診治得痊，月餘始克到津也。"

淒涼一首四用唇字韻

箕子無殷豈有身，吾謀不用歎無人。孤兒失母淒涼雪，孀女懷夫決絕春。招具籌邊啼楚些，緇衣篋底惜京塵。坡公自寫傷春句，芳草黃昏點絳唇。

講舍一首追懷張文襄並寄息存五用唇字韻

二十三年甫息身，兩開講舍共斯人。無邪佳木初承日，正學長松不繫春。珍重景光成逝水，艱難心事付飛塵。相公涕淚騎箕去，忠舌無人敵佞唇。

【校】上詩錄自葉恭綽《節庵先生遺詩續編》。

【箋】宣統元年己酉八月二十一日，張之洞卒。詩謂"二十三年"，當自節庵初入幕並主豐湖書院時算起。息存，王秉恩之字。張之洞曾薦其任廣雅書局提調，故此詩"並寄"之。

醉一首六用脣字韻

雙翼漂搖彩鳳身，月斜瑤瑟泛佳人。更無一個男兒在，尚有千花頃刻春。雪壓梅枝驚玉戲，風回蘭袖散珠塵。瑤池王母胡為醉，玉樹歌成淚滴脣。

【校】紹宋按：用脣字韻詩尚有第五、第八、第九、第十，四首，未檢得，非刪節也。注者按，"五用"一首見上。

冬郎一首七用脣字韻

自昔酬恩要殺身，冬郎曾捋虎鬚人。微寒蜂蝶初依草，明日池塘不是春。惜別馬蹄聲暫遠，傷心柳色綠成塵。早知妖冶能傾國，況有櫻桃一點脣。

【箋】節庵少作《讀韓致堯詩感題二律》詩有"詩愛冬郎盡日看"之語，至晚年仍喜韓偓詩。

哭婦一首十一用脣字韻

誰從樹下辦真身，笑指偷兒得短人。憔悴風花欺白髮，嬋娟身世負青春。新鶯偶破紅窗夢，細馬爭隨綺陌塵。惟有少原一哭婦，亡簪不見不張脣。

冠玉一首十二用唇字韻

冠玉腰金各有身，去來鷹兔不逢人。天低空泫虞淵日，雨散難為上苑春。一夜星辰全改色，六街桃柳盡飛塵。會稽行事焦思否，容易三年負此唇。

失　題

閒居夏日長，萬物皆華榮。乍見一草死，誰知一陰生。消息實眼前，智者見未萌。今宵月初虧，昨夜光正盈。

壬子端午樊山示和乙庵詩因次韻奉簡二公 (六首)

欲采似人艾，還疑鄰父桐。隱書從襲美，御札看司空。義在人間世，微乎蘋末風。病夫諳物病，木瘦與犀通。

蓄藥乃成毒，張琴忽改絃。負痾羲熙叟，觸目永初年。草木無佳氣，江山但暮煙。青瑤不可乞，苦語付誰鐫。

冉冉三春柳，明明五月榴。不憂身外物，可住水中州。顏色驚時序，心踪各去留。誰云君子息，乃與小人休。

為愛東坡老，還逢石塔師。猴猿危共飲，鷸蚌死相持。狂疾祈仙藥，幽憂唱鬼詩。松枝亦可代，塵尾未嫌遲。

衣冠成海市，軼蕩夢天門。枯骨誰知冢，憂心更望墳。漢
應終可復，凡不喪吾存。惟有歐回意，能招屈子魂。

訊病書相報，敲詩夜始回。佛圖惟此鉢，朱亥竟無椎。吾
輩滄海粟，茲年元旦雷。癯禪坐榻久謂乙庵，亦要下樓來。

【校】以上二題七詩錄自葉恭綽《節庵先生遺詩續編》。

【箋】沈曾植有《詒樊山》詩，樊增祥和作六首，題為"遜翁見余
《清波引》，以五律六篇見貽，即次來韻"。遜翁，沈曾植之號。今沈曾植
集祇餘四首，五六兩首已佚，然樊山、節庵和作六首俱全。樊山《清波引》
云："每日平明，嬌鳥㘁晴，千喁百囀，綠煙始泮，天宇空濛。正于此時，
得乾坤清氣，特塵夢中人不知耳。余自居海濱，夜常不寐，目娛晶景，耳
熟好音，在官時無此樂也。賦此質乙庵、節庵、古微。"詞曰："玉窗清曉。
但一望、綠煙縹緲。畫廊人悄，竹陰㘁嬌鳥。佳客渺何許？別有枝頭朋好。
幾多楊柳樓臺，翠幃掩，漫驚覺。高樓倚嘯。甚花露、猶濕皂帽。豆棚蓮
沼，得清氣多少。功名兩蝸角，未捐餐霞懷抱。自坐花下梳頭，鏡中
人老。"

哀王庠有序（三首）

庠，仁和人。子展兄長孫，伯嚴子也。不好弄，
惟好讀書，性孝，祖父母、父母皆愛之。今年端午傍
晚忽得病，翌日嘔數次，血逆腹痛，藥不效。初七日
將殂，群醫束手待盡，點水不能入口，一語不能發，
惟叫"爺娘"二字。初八日晨竟殤，才九歲。殤後手
黑，不知何病也。展翁、伯嚴父子，哭之慟。因思吾

兒卧薪于甲辰四月十五夜傍晚得病時，余日在病中，卧薪侍左右，寸步不離，聞其病，以為常也，十六日嘔數次，亦血逆腹痛，中西藥不效，十七日將殂，群醫束手待盡，點水不能入口，一語不能發，將殂，惟念《論語》數聲，以為愈也。十八日晨，殤，九歲。殤後手黑，不知何病也。卧薪起病至殤兩日半，病重情狀及年歲無不同，吾欲為詩，以塞展翁、伯嚴父子之悲，不覺乃觸余痛也。嗟乎！可傷也已。伯嚴視吾，其勿悲也。壬子五月十日。

九歲王庠解屬詞，家風見汝實佳兒。如何虛有神童號，淚滿衰翁數首詩。

每見追隨極有情，孝親好學自清英。可憐命盡心不盡，猶有爺娘兩字聲。

八載流光痛已忘，誰知同病哭王庠。國亡豈止千回淚，吾輩何須更斷腸。

【校】上詩録自汪宗衍《節庵先生遺詩補輯》。

【箋】節庵長子名卧薪，又名學蠡，字神駿。光緒十八年壬辰十月二十七日生，次年癸巳四月朔殤，虛齡兩歲，實未滿一歲。節庵《四月朔日哭龍駒》有"失我兩歲兒"之語，自注："壬辰十月二十七日生。"然此三詩之序云"卧薪于甲辰四月十五夜傍晚得病"，又云"殤，九歲"，與事實不符。又云"念《論語》數聲"，未學語之嬰兒焉能為此？或節庵故為此等語以慰王子展與伯嚴，或三詩為偽作。

有　感

夢想黃虞若可期，雨金雨粟總堪疑。舐糠事已何嗟及，剜肉瘡難此日醫。但解乘韋消鬼蜮，要須水火協龍夒。前途盤錯知何限，寄語諸公好護持。

【校】上詩余本未收，黃任鵬輯自《新聞報》一九一二年六月十七日，署名"節庵"。

乙庵移居詩和韻同晚晴散原（四首）

巨山沈海自應遷，仙聖搴華落海壖。晚歲浮萍似高密，單身結草見阿先。養和隱具人希有，野服閒情天所憐。幾日新居將識路，茶仙亭子在西偏。

陽葵亭閣肯相標，婉孌交親忘寂寥。我佛依然共泥水，故人健者已雲霄。前與乙庵論同年王文敏、志文貞事，答書詞氣甚偉。誰來淵底潛追日，怪事江頭竟不潮。危涕尺餘同對久，問師神理可能超。

珠巢鳳迹老牆身，了了前生更斷魂。海上樓臺非子舍，病中風露識修門。開元盛日尋常過，德祐師儒一二存。今夜桃園還有月，無人愛惜到苔痕。

書物雙騾負一車，彭城漂泊對牀如。書籤凌亂堪僧懶，燭淚消沈忽歲除。隨地山居忘世法，辟人夜坐叩天樞。街頭尚有王翃榻，曉露牽牛照破廬。沈山子云："介人所居只破廬一間，種牽牛小庭中，曉露未晞，即對花吟咏。"

【校】似，余本校：一作"共"。見，余本校：一作"自"。

【箋】王蘧常《沈曾植年譜》："壬子七月，移居麥根路七號。"沈曾植作《移居》詩四首。樊增祥、陳三立、楊鍾羲、吳慶坻皆有和作。樊增祥室名晚晴軒。王文敏，謂王懿榮。庚子，授任京師團練大臣。八國聯軍攻入京城，王懿榮投井自盡。諡文敏。志文貞，謂志銳。《清史稿·志銳傳》："宣統二年，遷杭州將軍。明年，調伊犁將軍，加尚書銜。入覲，條上弭邊患、禦外侮機宜甚悉；又力陳新政多糜費，請省罷，壹意練兵救危局。並請邊地練兵費百萬，部議止予二十萬。抵新疆，聞武昌變，或勸少留，不可。逾月，到官，日討軍士而申儆之。已，蘭州軍嘩變，寧夏繼之。伊犁協統楊纘緒以兵叛，夜據南北軍器庫，攻將軍署。群議舉志銳為都督，峻拒之；迫詣商會，亦弗從，起發槍擊之，遂遇害。其僕呂順奔走營棺斂，撫屍號慟，亦為叛軍所戕。"朱彝尊《明詩綜》卷七十九："王翃，字介人。嘉興布衣。有《秋槐堂集》。"又引沈山子云云。沈進，初名叙，字山子，號藍村，晚號知退叟，浙江嘉興人。布衣。少時與朱彝尊相唱和，時號"朱、沈"。著有《東園詩》、《藍村稿》等詩文三十卷。《清史列傳·文苑傳》有傳。

簡沈東老

湖州隱君沈持正隱于東林，人遂以"東老"名之；吾友嘉興沈乙庵所居東軒，吾輩以"東老"呼之，實相似也，因作是詩。

收書好客沈東老，深衣謝客我來頻。神仙欲學吾未晚，為語榴皮回道人。

【校】上詩録自汪宗衍《節庵先生遺詩補輯》。

【箋】王會《回仙碑記》：“熙寧元年八月十九日。湖州歸安縣之東林，有隱君子沈思，字持正。隱于東林，因以東老名焉。能釀十八仙白酒。一日，有客自稱‘回道人’，長揖東老，願求一醉，因出與飲。自日中至暮，已飲數斗，殊無酒色。”趙彥衛《雲麓漫鈔》卷一：“説者謂吕仙嘗到湖之東林訪沈東老，留詩云：‘西鄰既富憂不足，東老雖貧樂有餘；白酒釀來緣好客，黄金散盡為收書。’已而，登東林寺，于壁間以石榴皮自畫其像。”吳興，即湖州。回道人，即吕洞賓。説見洪邁《夷堅志補》卷十二。

為樊山題畫

照人溪山舊花月，一壑已專誰敢越。有田可桑水可魚，世亂心閒來讀書。五十麝香雪燈紅，開圖幾輩欺春風。荒荒天地無情處，都入寒窗涕淚中。

憶仁先

戔庵一夕一年餘，萬變須臾事有初。惆悵花前兼雨雪，寂寥市上説詩書。此身尚在君應笑，曩疾難蠲社已墟。耐冷閉門詩就未，奉親北望夢何如。

【校】上二詩録自葉恭綽《節庵先生遺詩續編》。

【箋】辛亥冬，陳曾壽挈家移居上海。其三弟曾矩撰隨筆，謂其“賃一小樓而居，室少人衆，牀褥不備，半席地以卧焉。居久之，生計益困，唯賣舊藏字畫以度日”。

江行得八題 壬子(八首)

雙柏蒼蒼夜夜風，龕燈飄影落江篷。雪懸冰跨吾安往，僧在胡牀夢未終。焦山海西庵

昨夜相逢語不譍，忠魂今日過夷陵。傷心題罷西樓帖，闌外三人此一憑。江寧寶華庵

幼竹為闌花半籬，劉書劍伯藏書甚多吳酒巽宜能飲與林棋。貽書國手棋。偶來催寫山中句，硯側殷勤玉雪兒。司直甫逝鎮江舾金園

手挈諸郎迎我來，看花階下不須開。余至日，公攜兩子立署門外，入指庭花曰："惜未開。"余曰："未開花最耐看。"公大驚賞。棲心黃老有歸處，仙去真卿今已回。蕪湖蓋公堂

天柱巍峨閣外亭，孤心承露抱芳馨。此花亦是卷施草，留與人間作典型。安慶葵亭

汪汪萬綠一樓尊，流轉年年賦四魂。采藥不還童子去，惟猿看果虎看門。廬山琴志樓

千條花樹擁書城，白髮他鄉注水經。客授十年頻問字，菊灣即是子雲亭。黃岡鄰蘇園

親收舊印葳寒窗，安得遺琴配作雙。焦山書藏有謝琴唱和詩。無母偷生慚過此，祠鴉呼樹雪橫江。興國謝文節公祠

【校】以上八詩錄自葉恭綽《節庵先生遺詩編》。

【箋】八詩分別懷念舊地舊友。寶華庵，謂端方；劍伯、司直，未詳；蕪湖蓋公堂，謂趙爾巽，趙氏于光緒二十三年在安徽按察使上，九月，節庵至安慶，曾拜望之，並為撰求治堂楹聯云："訓守寶三，高閣共迎孫叔至；歌成畫一，正堂還邂蓋公居。"亦以蓋公喻之。葵亭，謂沈曾植。沈氏于光緒三十二年任安徽提學使。鄰蘇園，謂楊守敬；琴志樓，謂易順鼎；謝文節，謂謝枋得。

忠敏公端方櫬歸重來鄂渚迎之口占一首

衰鬢重來淚盡傾，江山如此不勝情。孤燈細雨闌干濕，留待他年話此生。

【箋】吳慶坻《端總督傳》："鄂軍函公首送武昌，而州紳廖承瓖斂公與公弟忠骸，渴葬州城外獅子洞。明年，鄂軍感公忠義，迎公之喪至漢口，歸元而改斂焉。"

無　題 (八首)

偶來醰池專一院，沄沄人海寓九硯。顧影聊以同其波，長安城頭花片片。

龍公試手人未知，彈指瑤山弄小兒。閉門三日希一軌，天與豪者沈冥詩。

八表同時不見日，遲明積雪過于膝。莫是慧師參達摩，六十小劫抑何疾。

六鑿相攘付一炊，南郭隱几心自知。爐香一炷曉猶在，昨事乃似前生為。

團蒲月靜手不拂，請看身心是何物。回光返照花嫣然，殘灰不點東坡佛。

到黃節省日有功，百五十錢盛一筒。時有不盡晁為客，偕沽美酒鏖尖風。

歲月不居時如流，感舊園花幾春秋。人間是非誰管得，且說溈山水牯牛。

類然不戰吾以存，九中一默神乃尊。蟻王鬥後槐安否，要知無親亦無冤。

乙庵以近詩出視奉答 (二首)

夜半手批長吉詩，第十五葉云：“夜來得《李長吉集》，手批之，過十餘首。”南雪老人自錄之。葉南雪丈得二樵山人手批全本，時主越華書院講席，年七十矣，以小楷書之，刻成精本，鼎芬曾親見其稿。拜墓兩回如侍坐，後來不見荷花池。書院有此池，數十年前，屢陪丈倚闌吟賞，今已平矣。

海日詩存海日樓，第二葉詩起句：“悄然海日拓寒晴。”麥根一叟世無傳。乙庵所居麥根路。未裁妙墨祈相贈，敢乞家書訊子由。子封坐上有未裁聯，甚佳妙。

【校】“悄然”句，未見于《海日樓詩》中。

【箋】《李長吉集》有黃淳耀評、黎簡批點本，陳澧舊藏，葉衍蘭假歸後手書，光緒十八年壬辰孟秋刻于羊城，原裝兩卷二冊。黃、黎批語以行楷丹朱套印，刻印精美。葉衍蘭後序云："李長吉詩，如鏤玉雕瓊，無一字不經百煉，真嘔心而出者也。是書為黃陶庵評本、黎二樵批點，二樵詩學胎息于斯，故其評語最為精當。"越華書院，位于廣東廣州布政司後街。清乾隆二十二年鹽運司范時紀創建。道、咸年間，多聘經史名家任講席，官課由督、撫、藩、糧、臬、道等衙門按月輪流課試。光緒二十三年翰林院侍讀丁仁長任院長，更定院章，規定除例課制藝外，兼課經史古學。光緒二十九年十月廢，改建廣州府中學堂。

失　題

鶴情松格豈人攀，天意吾儕老此間。閣部梅花方皎潔，放翁藤杖最蕭閒。貪泉能酌來蒲澗，舊學仍商夢斲山。賣藥海邊時一憩，喜君相對尚朱顏。

約庵水墨梅（二首）

昔聞此花張矩臣，簡齋《和張矩臣水墨梅》五絕。今見佳人李子申。恨恨黃三無好命，春心零落已為塵。

錯認前村蠶豆花，羅浮山下是儂家。綠毛么鳳分明見，昏夜雪深來早霞。

【校】上四題十三詩錄自葉恭綽《節庵先生遺詩續編》。簡齋，葉本作"問齋"，誤。徑改。

【箋】約庵，李寶巽之號。陳與義，字去非，號簡齋，洛陽人。北宋末、南宋初年詩人，著有《簡齋集》。

黃山人以少見世人畫扇見贈率題一首

世人吾欲見，畫者爾何愚。不見彼妾婦，昂然亦丈夫。蟲沙紛滿目，鷹犬在當途。更欲煩君筆，來摹人趣圖。

題耐寂種菊圖

惟憑千斛淚，澆此一畦花。留我題秋影，談深覺日斜。重來猶識路，萬劫不為家。尚可南湖住，將英奉母茶。

【箋】耐寂，陳曾壽之號。陳曾壽愛菊，其弟陳曾則為撰《菊軒記》云：“耐寂供職學部，賃居城西之屋。余宿東偏之室三間。前後有院，種竹二三百竿、柳二株、玉蘭數本。院中有井，可以溉花。至秋九、十月間，耐寂買菊無慮數百種，室中院外，布列皆滿，五色絢爛。”

題　畫 (二首)

一客尋山一客漁，疏疏柳柵儘安居。無些子事來相攪，風過浮雲不道渠。

漁父無此情，偶泊桃源口。不問秦如何，我有杯中酒。

【校】此詩余本僅錄第一首，失題。傳世手迹作：“一客尋山一客漁，疏疏柳柵且安居。山前水際無涯意，人事紛紛不到渠。”今據手迹補錄次首。

題　畫（六首）

棲鳳閒齋近意園，疏庵來話一開門。青天蕩蕩圖難問，人事紛紛劍尚存。

楚尾吳頭數問津，千帆閱盡未抽身。輕舟無恙歸裝穩，始信菰蒲大有人。

八九芰開逢散原，殷勤為我説汪村。歸來庵在何時到，同汝蒼苔檢淚痕。

衰柳成行雁字稀，白門送客一帆飛。羨君此去行囊飽，滿載江南書畫歸。

文敏忠敏君所親，二公真是千載人。前窺篆勢今書稿，大井大井胡同一茶三十春。

三圖絕代趙程王，尚欲遺民補一汪。我是王尼歎滄海，看他帆挂已斜陽。

　　【箋】大井胡同，在北京西城德勝門。朱一新《京師坊巷志稿》卷下："大井胡同，井一。《崇百藥齋三集·星齋藤花書屋填詞圖》自注：'度香尚書大井胡同藤花甚盛……'"

意園遺象題贈儼山稧

人中久別百源眉，顏色驚看似舊時。早死寧知非幸事，偷生相見尚愆期。殘春花有千年淚，知己今無兩首詩。料得九原長不瞑，同君追往泗交頤。

【箋】楊鍾羲室名儼山簃。

失　題

吾心四海一仁先，精衛冤禽不可憐。應記石闌辛苦語，明明白日在中天。

【校】紹宋按，此依公書扇録入，未知何題，公自注云：“此節庵詩事，寫付越園表姪藏之。”黃任鵬校：此詩曾刊《公言報》（1918 年 4 月 28 日），題為《口占寄耐寂》。耐寂為陳曾壽之號。

題劉幼雲潛樓讀書圖（八首）

勞盛山頭有所思，嗟余與子又分離。黃花九日天涯雨，未得闌干共愛時。

願力難言萬念灰，夢回前事上心來。靈修浩蕩吾安問，滿篋叢殘帶淚開。

高樓靜夜讀何書，想見披襟感歎餘。千載興亡幾人恨，不知異代孰憐渠。

侃侃封章劉子正，皇皇政要魏文貞。儒生報國憑何術，欲格君心賴至誠。

日落虞淵尚可追，偶然考史復評詩。樓居寂寞天方晚，惆悵須眉欲下遲。

兖公能寫六臣羞，荀鴨閒時亦雅流。惟有江東一昭諫，獨將大義望錢鏐。

酒醒春明歲月添，<small>庚戌十月，君飲余東華門外酒樓。</small>憂來抵几自掀髯。欽鴆違旨誰能説，今日東籬要此潛。

孤臣五疏告先皇，祭罷焚文泣殿廊。高柳疏松秋色慘，他年相見話悲涼。

【校】余本有"潛樓讀書圖二首"，今據葉恭綽《節庵先生遺詩續編》據補後六首，並依其標題。

【箋】劉廷琛，字席儒，號幼雲，又號潛樓。江西德化人。光緒二十年進士。任翰林院編修。二十三年，任山西學政。庚子事變後，歸里省親。在青島築介石山房，自號潛樓。蓋取《易·乾》"潛龍勿用"之意。二十八年充國史館協修、功臣館纂修。三十二年署陝西提學使。次年，任京師大學堂總監督。清亡後，避居青島。曾參與張勳復辟活動。黃孝紓《潛樓圖序》："歲在焉逢，薄游膠庠，幼雲侍郎出示陳蒼虬所製《潛樓圖》，授簡命序。"可見此圖為陳曾壽所繪。有沈曾植、陳寶琛、鄭孝胥、陳曾壽諸家題咏。李丙榮《丹徒縣志摭餘》卷三《武備志》："象山東舊炮臺，本鎮波庵舊址，同治十三年移蓮建臺，掘河取土，以填臺基。"建有電報局、望遠亭。鴉片戰爭時，英軍發動揚子江戰役，八十餘艦直逼鎮江。清軍副都統海齡率炮臺守軍奮力抵抗，寡不敵衆，炮臺失守。將士陣亡甚多。

重游大明湖賦別

及見荷花尾，所知松柏心。鐵祠吾有夢，楊井爾同吟。節物頻番換，精誠直自深。再逢必相傲，先上鵲山岑。

【箋】壬子夏，節庵往青島訪遺臣之避居者，此詩或作于是時，所別者未知何人，據"楊井"句，此人必在廣州與節庵同游楊孚井。姑繫于此。

大明湖，在濟南。元好問《濟南行記》："至濟南，輔之與同官權國器，置酒歷下亭故基。此亭在府宅之後，自周、齊以來有之。旁近有亭，曰環波、鵲山、北渚、嵐漪、水香、水西、凝波、狎鷗。臺與橋同曰百花芙蓉，堂曰靜花，軒曰名士。水西亭之下，湖曰大明，其源出于舜泉，其大占城府三之一，秋荷方盛，紅綠如繡，令人渺然有吳兒洲渚之想。"

題　畫 為王子展作(十六首)

老輩風流過百年，詩情多在杏花前。乾嘉舊事無人識，畫裏看春忽泫然。

珠海老漁金縷衣，題春咏雨散珠璣。此花種有前生果，三世交親心不違。

蛾眉淪落老江南，海上東坡已有龕。可惜畫樓煙淰月，拈花不及問瞿曇。

先生氣概一世豪，搴蘭攬茝奴命騷。湖上花開來不禁，何必董□廬山高。

文節論交若弟兄，他山攻玉想平生。新祠猶記看星異，老屋芳林夜讀聲。

兩翁相對無一言，昔日春風似尚存。夢裏悲涼杏花尾，空林晚鵲訴煩冤。

吳村看了更村西，力疾山頭日影迷。我讀司空十九首，此花相見遂留題。司空表聖《力疾吳村看杏花》十九首，又《村西》二首。

吾友惟知忠與孝，青箱家學已三傳。賦詩容易心難滅，敢忘開平第二年。

梅花祠墓昔停輿，又訪玲瓏二馬廬。樊榭鮚埼遺事在，歸囊猶出舊鈔書。

遺山杏花詩最多，偶于荆棘一尋他。麗川亭外家難問，祇有人間野史窩。

楊柳風柔線更長，微黏花片燕襟香。詩成吹笛池邊石，自笑閒人有許忙。

蒼石紅闌鄧氏莊，故鄉亂後尚倉皇。誰知鄭谷詩懷窄，無復詩懷寄杏房。

畫憶庚辰共穗生，春風一樹照窗明。銅駝街屋今荆棘，細雨殘燈夢寶瑛。

乾坤有恨將何補，草木無情空自悲。惟有此心燒不滅，顛風橫雨立多時。

巨麗臨江稱寶通，斜陽來覓六朝踪。尋碑若上洪山閣，必見湯陰所種松。洪山有岳忠武所植松。

北江賦杏句如仙，及第歸來非少年。記得當時喧片語，有花枝處有鞦韆。

【校】上十六詩録自葉恭綽《節庵先生遺詩續編》。

【箋】詩中有"故鄉亂後"、"銅駝"之語，當作于辛亥之後，姑繫于此。司空圖，字表聖。唐詩人。著有《司空表聖詩集》、《二十四詩品》。

徐隨庵鍾山訪碑圖題詞（四首）

開圖彷彿是前身，惟有悲庵畫得成。林木依然三徑改，幾人來此聽鐘聲。

寶華論碑迹偶停，仍年聚散酒初醒。松蟬亭外淒涼月，說到當時淚已零。

風檣戰艦當年酒，古旨今情幾個人。何必追傷乾道事，重論光緒已酸辛。

寬閒日月誰三泣，跌宕溪山自一筇。愛我隨廬不改度，雪深來聽定林鐘。

【箋】徐乃昌，字積餘，號隨庵、懋齋、冰絲。安徽南陵人。曾署淮安知府，江南鹽法道兼金陵關監督。民國後，遷居上海，致力于刻書、藏書及整理鄉邦文獻工作，刻書近二百種，刊有《積學齋叢書》。有《金石古物考》。徐氏熱心訪尋古碑。狄葆賢《平等閣詩話》："南陵徐積餘，宦游白下，好古綦篤。丙申之秋，嘗偕鄭太夷諸名士詣定林尋陸務觀題名處，倩人寫《定林訪碑圖》行卷，題者綦衆。"張謇《酬徐積餘太守定林訪碑圖十二韻》自注："丙申七月，積餘與梁節庵、鄭太夷、劉聚山、況葵生周儀同游鍾山，得陸放翁題名。"諸家有《題徐積餘定林訪碑圖》詩。辛亥後，原圖燬失，倩汪洛年重繪。楊鍾羲有詩紀此事，題為"甫在金陵，積餘以定林訪碑圖屬題，久置案頭，遭亂失去。填以第二圖見視，賦此志慨。"吳慶坻題圖詩自注："原圖燬失，此汪鷗客補圖也。"鄭孝胥《鄭孝胥日記》民國二年九月日記："廿五日，雨。題徐積餘重繪《定林訪碑圖》卷。"沈曾植、陳三立、王乃澂、陳夔龍、葉昌熾等均有題詩。

壬子十月十二日送仲克二弟

雪晴冬柳尚青青，舊地重歌淚正零。同汝天涯訣前日，裁詩先寄宰翁亭。

【校】上詩余本未收。輯自梁鼎芬傳世手迹影本。

【箋】沈文蔚，字仲克，廣東番禺人。節庵表弟。宣統二年庚戌，與汪洵、陳三立、王仁東、呂景端、張振綱、顧鴻逵、蔡乃煌、嚴用彬、褚德紹、周正權等建絜園詩鐘社。編有《歷代諸家評鑒會纂》四卷。

訊傅治薌

海上來尋賣藥人，含情未語已酸辛。斜陽慘淡在江水，芳草纏綿與路塵。賸有孤吟酬罔極，誰知對哭是良辰。蘗庵一晌前生地，莫説枯棋劫後身。辛亥十月晤見溫毅夫齋中，相對悲哽。

【校】余本題作"訊治薌"。今從《汪目》。

【箋】傅岳棻，字治薌，號娟淨，湖北江夏人。光緒舉人。學部七品小京官，充憲政編查館總務處科員。民國後任教育部次長，後任國立北平大學、北京大學、北京師範大學教授。有《娟淨簃文集》八卷、《娟淨簃詩集》三卷。溫肅《溫侍御毅夫年譜》辛亥年十月條："梁節庵自粵來于余寓後院，至月底出都。節庵初被廣東宣慰使之命，旋授三品京堂。會同李準收復廣東。此半月内，正籌議間，而監國之懿旨下，知事不可為，遂出都。"

耐寂治薌同過時雨後無坐處

危樓連雨欲傾牆，濕帳侵晨就日光。得意小蛙頻據案，欺
人點鼠輒殷箱。竟無草具延佳客，笑見苔花繡劍囊。已較
臺卿複壁好，亂思遺老當還鄉。

【箋】耐寂，陳曾壽之號。

歌者王瑤卿畫梅

凝碧池頭幾歲苔，惟聞叫月翠禽哀。憑他一紙淒涼色，夢
見瑤華淚暗來。

【箋】王瑞臻，字稚庭，藝名瑤卿。室名古瑁軒。祖籍江蘇清江，生于
北京。京劇"王派"之創始人。梅蘭芳、尚小雲、程硯秋、荀慧生等均曾
從學。擅畫梅、菊、荷，尤精于畫龜、蝦。傅治薌有《王郎畫梅曲》。

答寐叟用晞髮夜坐簡韶卿韻

題詩天地間，浩氣孰能攀。病客惟宜酒，樵夫自有山。羅
松須苦節，韓燭照衰顏。共汝相思淚，魂兮庶一還。

【校】余本此題作"三首"，第一首云："悲歌燕趙間，仙蹻邈難攀。
踵武聲思將，公愚志拔山。酒能參妙理，圖與攝愁顏。老我柴門閉，參差
宿鳥還。"實為沈曾植原唱，題為《夜坐簡韶卿韻呈葵霜》。又，第三首別
有題，為《雨夜呈寐叟仍前韻》，亦見梁氏傳世手書扇面，又見王森然
《梁鼎芬先生評傳》。

【箋】晞髮，宋末元初詩人謝枋得有《晞髮集》。謝翱《夜坐呈韶卿》詩云："修行吳楚間，鶴去杳難攀。衰世已如此，愁身更入山。巢居辟太歲，藥飯救羸顏。故友在江海，相思不得還。"

雨夜呈寐叟仍前韻

花落滿人間，春情不可攀。他年憐獨自，《雨夜呈韶卿》："預恐今宵雨，他年獨自閒。"閉戶即深山。落落猿鶴性，蕭蕭松桂顏。尚憂滄海涸，采藥已先還。

【校】獨自閒，謝枋得《雨夜呈韶卿》詩作"獨自聞"，節庵一時誤書耳。

【箋】謝翱《雨夜呈韶卿》詩："相看隴水雲，一夕幾回分。預恐今宵雨，他年獨自聞。野花同楚越，江靄雜朝曛。不得鋤芝术，逢樵卻寄君。"王森然《梁鼎芬先生評傳》載，此詩有節庵手迹，附識："丙辰六月朔葵翁寫付贄兒。"可見為得意之作。贄兒，即學贄，字思孝。

三用皋羽韻呈東軒

陸沈黃綬間，嘯傲我來攀。鷗下看明月，鶯啼念故山。無言隨願力，何處散襟顏。攜酒欲相過，白衣人未還。

【校】上詩余本未收。輯自黃公渚《梁節庵先生佚詩》。

【箋】辛亥革命後，沈曾植避居上海，于麥根路築一小樓，名曰海日樓，"終歲樓居，若與人間隔。以途人為魚鳥，闤闠為峰崎，廣衢為大川，而高囱為窣堵波"。自號東軒居士。

壬子十一月十九日眠食寒木草堂

庭松突兀十三株，殘雪回廊當畫圖。滄海客來茶正熟，南園社散夢相呼。花間彈指人天隔，棋局驚心歲月殊。至念莊前秋柳店，村醪傾盡淚添壺。

【校】録自葉恭綽《節庵先生遺詩續編》。失題。傳世手迹款識云："壬子十一月十九日眠食寒木草堂一首，韻伯世仁弟詩家正句。"

寒木堂夜坐 (二首)

主人如客客如僧，清淨摩尼照幾層。心向枯碁三百過，銅匜香盡且挑鐙。

窗隙微風融雪塵，菊枝窈窕白如銀。人生要識寒滋味，愛畫冬花不畫春。

【校】此二詩余本未收。録自傳世手迹。末署："韻伯吾弟自言愛冬不愛春，其言深長，采之入詩。鼎芬。壬子十一月二十一夜作。"葉恭綽《節庵先生遺詩續編》僅收入第一首，失題。

壬子十二月二夜百泉弄珠樓上作

高高大節并天雲，報國同心世罕聞。昨夜山神來報我，蘇門今有二忠墳。端忠敏、忠惠二公葬此。

【校】上詩余本未收，輯自梁鼎芬傳世手迹影本。節庵致家人書中録此詩，報國，作"殉國"；報我，作"告我"；今有，作"新有"。

【箋】壬子冬，節庵自粵北上入京，途經河南輝縣，因咯血之病入院。至蘇門山拜謁端方兄弟之墓。其十二月三日致端仲綱書云："'蘇門'一首，伯嚴大讚之。《思友亭》一律'眼前二忠弟，心上九原人'，此十字我最得意最用心之作。"按，端仲綱，端方五弟。《思友亭》詩已佚。忠敏、忠惠，為端方、端錦兄弟之謚號。《清史稿·端方傳》："弟端錦，字叔綱。河南知府。赴東西各國考路政，著《日本鐵道紀要》。從兄入川，變作，以身蔽其兄，極口詈軍士無良，同被殺。事聞，贈端方太子太保，謚忠敏；端錦，謚忠惠。"吳天任《梁節庵先生年譜》據節庵手札錄此詩，謂"二忠"指"端方與趙爾豐"，誤。端方兄弟之墓在河南輝縣蘇門山百泉。蘇門山有岳飛廟。

百泉絕句寄晚晴居士

奪公臺鼎予山林，天待詩人有苦心。何事紅梅勾索去，定知悔不入山深。

【校】上詩余本未收，輯自梁鼎芬傳世手迹影本。原題為"百泉絕句四首寄晚晴居士"，手迹僅錄一首。

【箋】晚晴居士，謂樊增祥。其室名晚晴軒。

上元夜飲圖沈庵侍郎屬題

庚辰此夜攜阿瑛，市樓觀燈緩緩行。宗室寶瑛為伯蘭員外從子，己卯冬延余授經于煤渣胡同，明年二月晦若來試同居，七月移至南橫街吳柳堂先生故宅。寶瑛字俊蓀，有志節，早逝。我生始作上京客，到處都聞樂歲聲。壬午移居棲鳳客，意園時時獵書冊。是年八月到京，居米市胡同葉南雪丈舊宅後園。十二月移樓鳳樓，與宗室伯曦祭酒密邇，癸未甲申上元夕，同觀燈街市。憂來縱論天下事，酒罍未罄窗已白。死生如夢事如煙，誰謂兵塵在眼前。座中齊下神州淚，我見王孫更愴然。

【箋】作于民國二年癸丑正月十五日。時節庵已南還上海。寶熙，字瑞臣，號沈庵，室名獨醒庵。河北宛平人，正藍旗，宗室。光緒十八年進士。歷任編修、侍讀、國子監祭酒、內閣學士兼禮部侍郎、修訂法律大臣、總理禁煙事務大臣、理度支部右侍郎等職。能詩。有《工餘談藝》。節庵致端仲綱書中評寶熙云："人好，事母孝，待朋友情長，讀書多，收藏亦富，皆其長處，惟于詩一無所解，京朝士夫多如此，不足怪，不止寶二爺一人也。"

芳草一首贈鴻民貞士

求野見芳草，無人竟遺之。江山常有色，鳥獸勿相疑。脉脉千里怨，萋萋不盡時。請看一寸綠，能秀萬年枝。

【校】上詩錄自葉恭綽《節庵先生遺詩續編》。

【箋】鴻民，未詳。疑為延鴻民，光緒末年曾任民政部左參議。

春 歎

處處芳林不當春，斜陽幽草獨傷神。心如柳絮嗟同劫，身與桃花共一塵。鸚鵡能言前世事，杜鵑空泣未歸人。浮生到此堪腸斷，翠檻紅窗盡作薪。

寄懷王祭酒師平江經舍

書副傳聞在岳陽，黃巾尚愛鄭公鄉。閉門得禍知將亂，辟
地全軀衹自傷。玉石焚餘還有火，衣冠氣索恐無陽。門生
垂盡從溝壑，執簡何時上禮堂。

【箋】王先謙，字益吾，號葵園。湖南長沙人。同治四年進士。選庶吉
士，授編修，遷翰林院侍講。任國子監祭酒，充日講起居注官。督江蘇學
政。任岳麓、城南兩書院院長。武昌起義後，改名遯，避居平江，閉門著
書，凡三年。有《荀子集解》、《漢書補注》、《水經注合箋》等，又有《虛
受堂詩文集》。王先謙為節庵會試時之房師。李慈銘與為同年進士，是年八
月二十一日記云：“同年廣東梁庶常鼎芬娶婦，送賀分四千。庶常年少有文
而少孤，丙子舉順天鄉試，出湖南龔中書鎮湘之房。龔有兄女，亦少孤，
育于其舅王益吾祭酒，遂以字梁。今年會試，梁出祭酒房，而龔升宗人府
主事，亦與分校，復以梁撥入龔房。”

簡茶仙亭（二首）

素衣犯雪有餘哀，春滿樊園我始回。今早到門忘卻路，杏
花喚我出牆來。

哦詩終日在花中，貌少心孩七十翁。好鳥枝頭翁所厭，朝
朝喚醒不相容。

【箋】樊增祥在上海靜安寺路第宅樊園中築茶仙亭以宴客，自號茶仙
亭長。

簡東風亭 _{癸丑}

婆娑風月百相宜，此老生平不解悲。荀學編中商史料，抱
冰堂上校文移。野言國故供談助，佳果芳茶足酒資。若問
君詩何所似，碧桃滿樹柳千絲。

【校】上詩錄自汪宗衍《節庵先生遺詩補輯》。

【箋】樊增祥稱在都門之寓廬為東風亭，自號東風亭長。詩中回憶在武
昌張之洞幕中之交往。

無　題

秀夫赴海心難滅，正則沈湘志可哀。悵望千秋吾淚在，崇
陵橋下有人來。

簡楊儼山 _{癸丑}

日日思親不啟關，意園春冷夢難還。我來上海論文彥，四
百年來兩儼山。上海陸儼山先生舊居在縣城南也是園，余曾宿渡鶴樓
下，池臺清美，時想見之。

【校】上詩錄自葉恭綽《節庵先生遺詩續編》。

【箋】楊鍾羲，室名儼山簃。陸深，字子淵，號儼山。華亭（今上海
松江）人。明弘治十八年進士，授編修。受劉瑾排斥改外，為南京主事。
瑾誅，復職，歷國子司業、祭酒，嘉靖十六年召為太常卿兼侍讀學士，後
官至詹事。著有《儼山纂錄》。《明史·文苑傳》有傳。也是園，即南園。

淞北玉魷生《海陬冶游録》："荷花盛于南園,近皆呼也是園,亭臺空朗,
逗暑迎涼。游賞者殆無虛日。紈扇羅衫,翩躚而來。鈿車珠幕,櫛比以至。
洵爲脂粉之逸情,裙釵之勝概也。""也是園,池石蒼古,景頗空敞。芙蕖
盛放,亦可消夏。"

送實甫北行

光緒初元兩少年,早衰那得及君賢。君長余一歲,無鬚,如四十
許人;余鬚髮多白,已如六十人矣。盛名海内千篇富,美政吾鄉
萬口傳。老去風懷仍劫後,新來冷淚惹花前。天涯相別長
相憶,他日回看更惘然。

【校】上詩余本未收,黄任鵬輯自《大公報(天津)》一九一三年八
月二十二日。

【箋】黄箋:此詩作于民國二年癸丑正月。易順鼎于正月二十二日,自
上海搭乘汽車赴京。另,易氏有答詩,見其《癸丑詩存》,題爲《答節庵
贈詩並江行憶琴志樓之作》,詩云:"蜂腰龍腹獨無成,慚愧當時好弟兄。
晦長余一歲,節庵小余一歲。竟以一錢論價值,尚從萬口説聲名。來詩有
"盛名海内千篇富,美政吾鄉萬口傳"之句。歲寒始覺交期重,身老難將性命
輕。多謝相知忠厚意,匡廬雲瀑共生平。"

題秋山行旅圖(二首)

昔攜伍曾濂溪祠,祠荒鼠齧蟲蝕之。人間或有王官谷,且
賦休休耐辱詩。

畫家貞士有汪三,一醆軒圖酒半酣。寸寸春愁收不了,又
來栖鳳夢江南。

【校】以上二詩余本未收，黃任鵬輯自《古學叢刊‧詩録‧梁節庵先生集外詩》，一九三九年第二期。黃校：《林宗毅先生林誠道先生父子捐贈書畫圖録》亦著録此詩，詩後有款："癸丑二月十日題于逸休堂。昨與剛甫同遊，夙葆在家。鼎芬記。"

賦寄公輔

尊公承絶學，一旦棄精廬。厚重人皆見，寬和我不如。祭餘分御果，病夕得京書。中有佳兒淚，悲風啓客裾。

【校】上詩余本未收，黃任鵬輯自《清代名人書札》（北京師範大學出版社，二〇〇九年）。黃校："皆"，原釋文誤作"望"。

【箋】黃箋：梁鼎芬致公輔函云："清明祭品寄公輔仁弟。書來稱物到值家忌，謹以祀先。再付此詩，（詩略）公輔世二弟雅吟。鼎芬稿。癸丑三月二十八日。"公輔，即梁廣照。梁廣照（一八七七—一九五一），字公輔，號長明，別號柳齋。廣東番禺人，梁慶桂之子。早年曾師從康有爲、朱稚箴、梁鼎芬諸人。

癸丑浴佛日伯嚴于樊園招餞林侍郎游泰　　山題詩何詩孫圖上

樊園花光詩盡收，所得春氣貽朋儔。散原有興清且遒，爰于佛日羅觥籌。融客二六非常流，瞿止相、繆炎之、沈乙庵、吳子修、沈濤園、周孝甄、王完巢、林貽書、吳絅齋等共十二人。或云雲臺四八興漢與之侔，又似月泉諸子思宋相唱酬。白傅齋期兼進羞，止相常素食。坡翁説法能決疣。乙庵通内典，衆請説法。逋仙飄然佩吳鈎，亂後初找西湖舟。侍郎游西湖、焦山，遂至樊園。乘興尋碑覓蝸牛，二客相從如兩鷗。完巢、貽書同行，濤園未往。可惜青霞不同游，楊忠愍祠茶一甌。祠在海西庵內，自余來山二十四年中，兩新之矣。侯官寶刻榻得不，陳古靈石刻屢年求之不得，辛亥正月始于灘上墜石俯見得之，至是世間始有榻本。郘金園花鳥悲啾。可莊前輩于鎮江府署以二百金修此園。昔年屢與濤園、貽書談讌花下，追思泫然。因訪杜鵑思羅浮，茅山南夢夜悠悠。崧臺七巖一載休，嗟朱一新楊銳徐鑄皆山丘。余與朱、林兩前輩皆不識南皮，三人相繼主講端溪書院，皆叔嶠言之也。徐字巨卿，少日文字交篤，雅有節行，久為端溪監院。朱、林兩院長深重之，與叔嶠乙酉同年，交好，早殁。師友情至淚溢眸，端溪講學今曠婁。大師造闕陳清猷，憤視閹佞同親讎。遠謫遂過鸚鵡洲，自言主聖臣多尤。見我荷衣想岑牟，牛翁南皮自號覺叟義寧自號禮義稠。武昌無事相綢繆，桂堂柳亭何其幽。行矣太守剛濟柔，昔騎驄馬寵八騶。更界政地覷深謀，公獨感激無夷猶。笙磬同音鏘二球，謂止相。乃觸所忌不少留。我方開口誅曹劉，笏不能擊簪可投。座上有人霜滿頭，聞言色慘中欷愀。死生聚散海一漚，不如登岱瞻魯鄒。恨未追隨跨青騮，昔年題詩于門樓。甲申十二月朔，大雪，獨登泰山題名。日久石黝何能搜，想公神光燭九州。北望帝城浮雲愁，政事堂空叫鵂鶹。狐兔白日跳御溝，吾皇深居荷天庥。聰明典學親君疇，堯學于君疇。西望荊軻之山陬。燕秦幾回歌靜修，山在易州西五里，劉因《荊軻山詩》："紛紛此世立良苦，今古燕秦經幾回。"又五十里豐松楸。永寧山尊垂龍旒，泰寧山，在易州西五十里，泰陵在焉。純廟因名永寧山。前開殿門飄九斿。暫安殿在山前。崇陵哀哀土一抔，津橋對泣悲哽喉。南望石室風瀏瀏，題名記有包與周。包孝肅慶曆三年題名，周見公熙寧二年題名，皆在七星巖。丙戌拓贈南皮及朱、繆兩前輩、叔嶠舍人，皆云未見，以為至寶。二十三年夢巖湫，百劫不到惟酒蕘。車望大別柏如猱，吳萊《觀漢陽大別山禹柏圖》詩："大別古柏立如猱。"洪山岳松又如虯。洪山有岳忠武手種松，道光間尚存，見曾賓谷詩注。丙午南皮建岳祠，山上種松十數株，今恐不復存矣。何時兵火都為樵，柏邪松邪亦蜉蝣。公今登山須鋤耰，祈神助聖必雪仇。誕降麟鳳教貔貅，潛心默禱告所由。群兒嘻嘻撞金甌，群賊猖猖弄戈矛。貴人名士為倡優，屠沽走卒多王侯。邪臣傾邦甚於賕，大盜移國置之罘。重者誅夷餘幽囚，出民水火散以鳩。河山再造四海謳，日月重光百怪瘳。神若有靈如我求，有申及甫病即瘳。正直感通誰敢偷，敬告詩史勤雕鎪。斗南文華區薰蕕，彼哉紹術徒咆咻。主人所學盧陵歐，歐詩："紹術權備爭咆咻。"我詩寫願以銷憂，此園此夜成千秋。

【箋】佛生朝，世稱浴佛節、佛誕節。《佛說灌洗佛形像經》："四月八日，以春夏之祭，祭殃罪悉畢，萬物皆生，毒氣未行，不寒不熱，時氣和適，正是佛之生日。"金盈之《醉翁談錄》云："諸經說佛生日不同，其指言四月八日生者為多。"陳三立有《浴佛日超社第四集酒坐送林健齋樞相游泰山》詩。沈曾植有《浴佛日超社第五集伯嚴為主即席送健齋樞相游泰山》詩。按，當為超社第四集。陳三立《五日樊園宴集限三江韻》詩自注："樊園，為樊山新遷宅，湘綺老人于酒坐以樊園名之，其實本名絜園也。"園在上海靜安寺路。林侍郎，即林紹年，為軍機大臣，因稱樞相。瞿止相，即瞿鴻機，字子玖，號止庵，晚號西巖老人。湖南善化人。同治十年進士，授編修。擢為侍講學士、內閣學士。先後任福建、廣西鄉試考官及河南、浙江、四川、江蘇四省學政。歷任禮部右侍郎、工部尚書、軍機大臣、政務處大臣、外務部尚書、內閣協辦大學士。光緒三十三年，被劾開除回籍。宣統三年，遷居上海，與諸耆舊結吟社，推為祭酒。荊軻山，《大清一統志》卷三十"易州"："荊軻山，在州西五里，相傳為荊軻葬衣冠處，其說傳會不足信，明萬曆間御史熊文熙題曰'燕義士荊軻之故里'。"繆炎之，即繆荃孫。沈乙庵，即沈曾植。吳子修，即吳慶坻。沈濤園，即沈瑜慶。周樹模，字少樸、孝甄，號沈觀，室名沈觀齋。湖北天門人。光緒十五年進士。授翰林院編修。受張之洞聘，至兩湖、經心、江漢、蒙泉等書院講學。任監察御史。江蘇提學使，官至黑龍江巡撫，兼任中俄勘界大臣。有《沈觀齋詩集》。完巢，即王仁東。林開謩，字貽書。福建長樂人。光緒二十年進士。授翰林院編修。二十六年，任河南學政。三十二年，任江西提學使。宣統三年，任徐州兵備道。陳襄，字述古，人稱"古靈先生"。福建侯官人。《宋史·陳襄傳》："陳襄，少孤，能自立，出游鄉校，與陳烈、周希孟、鄭穆為友。時學者沈溺于雕琢之文，所謂知天盡性之說，皆指為迂闊而莫之講。四人者始相與倡道于海濱，聞者皆笑以驚，守之不為變，卒從而化，謂之'四先生'。"朱、林兩院長，指朱一新、林紹年。周見公，周敦頤，度正《周敦頤年譜》宋神宗熙寧二年："至廣南端州，時正月，題名陽春巖。三月，題名七星巖，均刻石。"題名："轉運判官周敦頤茂叔，熙寧二年正月七日游。"包孝肅，包拯。肇慶七星巖石室東壁題名："提點刑獄周湛同提點刑獄錢聿知郡事包拯同至慶曆二年三月初九日"，今存。紹術權備，謂袁紹、袁術、孫權、劉備，歐陽修《答謝景山遺古瓦硯歌》："董呂催汜相繼死。紹術權備爭咆咻。力強者勝怯者敗，豈較才德為功勞。"節庵以此喻民國初年政壇上之權爭。

張巡撫_{曾敦}勞京卿_{乃宣}自淶水來梁格莊訪葵霜閣賦贈

二客飄飄易水來，衣冠盡白使人哀。莫云劍術疏如此，誰是荊卿一代才。

【校】上詩余本未收。輯自黃公渚《梁節庵先生佚詩》。此詩亦有傳世手迹，飄飄，作"剛從"；莫云，作"莫嫌"；誰是，作"誰比"，另一傳世手迹作"誰似"。

【箋】癸丑正月，隆裕太后升遐，節庵等遺老至京哭臨，故有"衣冠盡白"之語。張曾敭，字小帆，又字潤生、抑仲，號淵靜，直隸南皮人。同治七年進士，歷任福建鹽法道、廣西布政使、山西巡撫，光緒三十一年，任浙江巡撫。因捕殺秋瑾，迫于輿論壓力，被調往江蘇、山西，旋辭官歸籍。勞乃宣，字季瑄，辛亥後改字忍冬，號玉初，別署矩齋，晚號韌叟。浙江桐鄉人。同治十年進士。光緒三十四年四月，應召入京，于頤和園進見慈禧太后，授予四品京堂候補。次年十月，任京師大學堂總監督，剛抵任，即聞清帝將遜位，即辭任，攜家眷避居直隸淶水。隆裕太后升遐，張曾敭、勞乃宣俱哭臨。淶水，屬易州，今屬河北保定。

題見山樓圖

銅駝街暝傷心色，李市書攤吾所識。韻蒔嬰齋神仙人，乙酉三月同游隆福寺。三十春風惆悵極。樓上看山自閉門，佳人歎世掩清尊。十朋九半君何慕，不若山廬想幼元。思巽詩家屬題，宣統五年二月二十日鼎芬。

【校】上詩余本未收。黃任鵬輯自《陳曾壽日記》壬申五月初八日記。

【箋】耆齡，字壽民，一字長壽，號思巽，室名見山樓、溫雪齋、惜陰堂。滿洲正紅旗人，內閣學士、總管內務府大臣。藏書家。辛亥後曾為溥儀整理典籍書畫。有《東陵日記》、《消閒詞》。宣統五年，謂民國二年癸丑，即一九一三年。

寄仁先

松庵臨没念先朝，仁先書告，松庵没時，命家人以衣冠覆戴其上。又與余同籌資以恤其家。萬里蒼虬不可招。此畫此樓長不壞，靄園夢覺淚如潮。思異仁兄覯此詩，知劉之為人，非世間畫史也。藏山。

【校】上詩余本未收。黃任鵬輯自《陳曾壽日記》壬申五月初八日記。略云："詩成，追憶畫圖者，余舊交也。又賦一絕，並寄仁先。"

題陳師傅聽水齋圖（十首）

閱盡千花帶淚歸，歐公知事與心違。人間亦有王官谷，我欲題詩表聖衣。

器之鐵石昔曾聞，袖手關河日已昏。第一清閒公占盡，在山泉水出山雲。

搖曳天風挂白龍，千憂萬念一時空。世人那解來聽此，二寸荒苔得鹿踪。

海屋添籌已六年，詞人幼點菊花前。憑闌想見詩懷遠，此地重來獨惘然。弢叟前輩六十生日，自聽水齋來滬，同伯嚴治酒為壽，幼點偕行。

靜坐能窺造化原，世間螳雀日相喧。後山弟子知名久，今夜初逢黃嚜園。是日濤園南來，嚜園新識。

抱膝龍川今見之，水心君舉各為詩。此中耿耿無能發，傑句高情欲待誰。

山中歲月最閒長，酷暑何曾到竹旁。留得幾人心不競，盡將憂憤化清涼。

千年治亂事如絲，獨坐空中料理時。識得陰陽消長故，天心留作帝王師。

朝陽一鳳在高岡，風雨蓬萊久未忘。滄海近來無好夢，祇因戀闕未還鄉。初夏病榻追懷昔年南橫街與公連牆，如隔世矣。

萬竹清風世上無，君恩難舍舍江湖。朝衣微濕銅仙露，曉月東華又一圖。

【校】余本題下紹宋按：“茲篇次第各本不同，今依公子劼手錄本。”

【箋】民國二年癸丑四月，節庵自易縣梁格莊至上海。十五日，與樊增祥、瞿鴻禨、陳三立、吳慶坻、沈曾植、王仁東、吳士鑒等集于沈瑜慶寓所濤園，作超社第五集，以題陳寶琛《聽水齋圖》為題，不限韻。節庵《題陳師傅聽水齋圖》題記云：“閩縣陳師傅命題聽水齋所拍照圖，時自梁格莊歸，攜回上海，招同人同觀。明日濤園主社，因以為題。林前輩游西湖歸，將登泰山，散原觴于樊園花下，此圖請樊前輩首唱，乙庵和之，善化相公、子修、絅齋、完巢、貽書同題。癸丑四月十四日梁鼎芬記。”沈曾植《與繆荃孫書》四十七：“十五，同人集于濤園沈家灣寓館，聞公還澄江未回，詩題為《題陳弢庵聽水圖》，不限韻。次日，同人又公請健老于樊園，集期太密，各有疲憊。下次第六期，尚未定日也。”聽水齋，陳寶琛室名。陳衍《陳寶琛傳》：“里居時，既築聽水齋于石鼓山中國師巖下，賦詩刊石，有終焉之志。又于永福小雄山得元人王翰隱居舊址，築聽水第二齋。”超社同人所題者為第二齋圖。王允晳，字又點、幼點，號碧棲。福建長樂人。光緒十一年舉人。授建甌教諭。官至婺源知縣。能詩工詞。詞風清婉蒼清。著有《碧棲詩詞》傳世。嘿園，即“默園”。黃懋謙，號默園。福建侯官人。歷任學部普通司行走、京師大學堂監學、教育部主事、廣西巡按使署秘書、政事堂主事等職。陳衍《石遺室詩話》卷五：“默園為弢庵詩弟子，《滄趣樓詩》大半能背誦。”

題垂虹感舊圖（二首）

紹興辛亥除夕，此地曾留白石。詞人曠代相思，今夜心傷頭白。

問君何處歸航，酒醒猶記明璫。惟有橋邊漁火，人間閱盡興亡。

【校】以上二詩余本未收，黃任鵬輯自高拜石《評點晚清民國人物：續〈南湖錄憶〉·繆藝風荃孫〈垂虹感舊圖詠〉》。黃校："紹興"爲"紹熙"之訛，姜夔曾于宋光宗紹熙二年辛亥除夕舟過垂虹。按，上二詩有"辛亥"、"閱盡興亡"語，當作于清帝遜位之後，姑繫于此。

王檢討闓運回湘賦別

爲憶江南亂後山，飄然巾笠往仍還。百年心事看殘照，一代文章有要删。杜本谷音吾所屬，黃衷海語若相關。崇陵片石歸裝穩，頭白臨分淚對潸。方謁崇陵歸，以石贈檢討。

【箋】作于民國二年癸丑五月。王闓運，字壬秋，又字壬父，號湘綺，世稱湘綺先生。咸豐二年舉人。曾入曾國藩幕府。光緒六年，主持成都尊經書院。後主講于長沙思賢講舍、衡州船山書院、南昌高等學堂。授翰林院檢討，加侍讀銜。辛亥革命後任清史館館長。著有《湘綺樓詩集》，及文集、日記等。陳衍《近代詩鈔·石遺室詩話》："湘綺五言古，沈酣于漢魏六朝者至深，雜之古人集中，直莫能辨，正惟其莫能辨，不必其爲湘綺之詩矣。七言古體必歌行，五言律必杜陵秦州諸作，七言絕句則以爲本應五句，故不作，其存者不足爲訓。蓋其墨守古法，不隨時代風氣爲轉移，雖明之前後七子，無以過也。然其所作，于時事有關繫者甚多。"汪辟疆

《近代詩人小傳稿》："其詩直造漢魏，而與陸謝為近，七古略涉初唐，決不肯作開天後人語。晚年偶戲為七言近體，類皆急就酬應之作，不以入集也。"民國元年壬子十二月，王闓運避地至上海，次年四月，被推為湖南孔教會會長，五月遂返長沙。

題黄松庵畫册
癸丑荷花生日作（十六首）

空亭觀萬變，日在此山中。漸覺虎聲近，微聞龍氣通。

野橋無人來，溪草自然緑。飛仙不可逢，茯苓采一束。

風景似吾鄉，天山新草堂。故人定思我，柳下待余艖。

似是寶通塔，何人補岳松。病闌或同往，來覓亂前踪。

群鴉一樹亦爭棲，有限年光尚此擠。知得漁人看已熟，扁舟甚暇不曾迷。

喬柯辟世見奇姿，策杖淩巖且訪碑。誰似空亭真傲兀，得閒來寫四靈詩。

獨自尋詩不肯歸，疏松野屋見斜暉。蟻爭墜果緣階上，鶯逐殘花傍雨飛。

天影水和雲，斯亭惟有君。空山大自在，可是斷知聞。

數家野屋不成村，舊樹殷勤且當門。莫棹扁舟尋酒市，要求寂寞勿求喧。

山意荒荒坐不春，樓居人外夢來巡。世尊示我摩胸語，完得此回金色身。

漁父非世人，偶入桃源口。不問秦如何，先問杯中酒。

湯戴精神不在畫，此心直與造化游。堂堂丈夫要如此，千厓萬木都是秋。

疏柳高橋入畫圖，此生端合在菰蒲。無人來共閒閒味，要個沙鷗與水鳧。

山椒亭自隱，松下瀑皆香。舟小無人用，有人恐非長。不如閒泊此，自然無所傷。倘有求仙者，吾從張子房。

山氣濃時畫意蒼，樓居世外且深藏。羨君日在林巒住，採得松苓滿袖香。

空山佳人，呼之不出。柳友松師，此為真逸。

【校】組詩前十三首錄自葉恭綽《節庵先生遺詩續編》。汪宗衍《節庵先生遺詩補輯》有"題黃松庵畫冊癸丑荷花生日作"詩三首，又按："元詩十八首，見盧刻三首，見葉刻十二首，此錄三。"本書編者按，盧刻三首，未見；葉刻為十三首。"湯戴"一首有傳世手迹，"都是秋"作"都成秋"，今從之。

【箋】黃桂菜，字松庵、桂庵，晚號橘叟。廣東順德人。能詩，擅山水，有《黃松庵山水冊》。

失　題

浩浩千回劫，明明獨樹門。羲熙花不秀，思肖草無根。墨冷春何在，杯停酒暗吞。相逢更何地，□□是黃昏。

失　題

老人不死神有餘，一心戒殺先放魚。小園楊樹好卜居，勸鳥亦來聽佛書。

失　題

仙人身騎白尾鳳，曉起花發雲溶溶。衣巾蕭然信閒整，舉杯細語祝東風。

惲畫為盛九題

遺老孤心知者稀，□□便覺畫名微。花殘酒在吾安往，慧壽能來淚滿衣。

【箋】惲畫，惲壽平之畫。惲壽平，原名格，以字行，號南田。武進（今江蘇常州）人。明末清初書畫家。有《甌香館集》。盛九，盛景璿。

失　題

江湖去去勿張帆，一段芳心總不芟。林定偶然風日隱，淚殘滴滿水雲衫。

413

失　題（四首）

李灰武火范所嗟，市上行歌者誰耶。不須再作蝴蝶夢，松風亭下待梅花。

報恩寺井尋得無，山居晨漱冰在鬚。想公不寐守四印，永福是岸松何如。

蓮花寺灣蓉生居，廉生對門葱飯予。兩子昂昂瞑尚顧，同覓行迹淒有餘。

菹書交臆天所全，萬里相親非偶然。此雪此宵同此淚，語言都絕試深禪。

失　題

涪皤愛説永州山，他日相攜紫翠間。我有連州歸未得，鷥棲輸了鹿牀閒。吾鄉連州，山水絕勝，世無傳者。戴文節公使粵過此，得詩一卷誇之。

【箋】連州地處萌渚嶺南麓，境內多峻嶺巖洞，湟水流經其中，風景極佳。有湟川三峽、道教第四十九福地、保安福山等游覽勝地。戴熙曾巡試廣東，于道光五年過連州，撰《重修連州學記》。其《習苦齋題畫》云："自去年五月至今年五月，行路逾二萬里，所見山水多矣。然未有如連州之奇也。險怪雖不免，而秀削絕特，實為東南之冠。篷窗眺望，隨筆點染，意在寫照，不名一家。"

失　題

有酒能朱亂世顏，娛親蘭樹已班班。尋詩興致留蒲澗，論學心傳似戴山。南雪井陰楓最老，君所居近南雪楊先生宅，宅前有井，井旁有楓，千年物也。抗風軒會柳同攀。辛亥夏，同諸子集南園。回思光緒初年事，我愛斯人靜且閒。

【箋】楊孚宅，又稱楊子宅。許渾《冬日登越王臺懷歸》詩："河畔雪飛楊子宅，海邊花盛越王臺。"楊子，指楊孚。郭棐《粵大記》卷一："楊孚，字孝元，南海人，章帝朝舉賢良，對策上第，拜議郎。"著有《異物志》，亦稱《南裔異物志》、《交趾異物志》。黃佐《廣州先賢傳》："楊孚宅，在江滸南岸，嘗移洛陽松柏植宅前，隆冬飛雪盈樹。"因有"南雪"之稱。阮元為兩廣總督時，建楊孚祠，親題"漢議郎楊子南雪祠"。楊孚宅故址在今廣州下渡村，有井一口，稱"楊孚井"，井旁之松已不存。

示筠心

昔吾與子日諧熙，事業浮雲謂可期。酒醒江湖雙鬢改，日斜樓館寸心悲。所南蘭好根難畫，昭諫松高節肯移。流涕三桑無限意，龍愁鼉憤少人知。

題　畫（四首）

燒天猛火及蒼苔，留待紅棉一樹開。他日泰華坊下過，雙槐來檢劫餘灰。紅棉。

松菊荒荒歸不歸，義熙花下醉如泥。無人會得東籬意，精
衛欽鵶事已齊。松菊。

此花于詩黃庭堅，又似人間魯仲連。世上男兒無一個，看
花與世一淒然。梅。

清涼寺與玉泉山，昔日看花事等閒。便恐此花隨世盡，在
家僧亦淚闌干。牡丹。

李子申畫松

李孺畫松如畫人，根柢深固顏色真。清風一曲可招隱，溪
頭十畝能蔭民。仙人綠髮攜彩筆，弟子青鞋從綸巾。山中
日日松世界，桃源之叟爭千春。

　　【校】上十二題十八詩錄自葉恭綽《節庵先生遺詩續編》。

題所持遺象 癸丑九月

昨宵通夢寐，今日見鬚眉。貌為思親瘦，詩因歎世悲。閒
山春散久，滄海我來遲。幸有門生在，編鈔共兩兒。

　　【箋】顧印愚卒于民國二年癸丑。門人程康等為其編成《成都顧先生
詩集》十卷，補遺一卷，題辭一卷。

所持翁遺墨為其高弟程康題

元賓字幾個，東野淚千行。孟《弔李元賓遺字》："零落三四字，忽

成千萬年。"退筆久成冢，遺詩光滿廊。憑他酬蹭蹬，對此
念芬芳。棲鳳題還在，翁客鍾山時，以"看作棲鳳宅"句為聯寫贈，
今藏于家。余情永不忘。

【箋】程康，譜名士秦，字穆庵，號顧廬。程頌薰第五子，程頌萬之
姪，程千帆之父。湖南寧鄉人。著有《顧廬詩鈔》、《聽詩》、《石齋詩稿》。
顧印愚有《題程穆庵石巢讀書圖》。顧氏卒後，程康自湖南至京奔喪，並編
印《成都顧先生詩集》、《成都顧先生詩集補遺》。是以王闓運云："顧印愚
雖然弟子少，但三千人不及一子貢。"汪辟疆《近代詩派與地域》云："顧
氏于書法之外，詩筆冠絕當時。其句律之精嚴，隸事之雅切，一時名輩無
以易之。"所引詩為孟郊《李少府廳弔李元賓遺字》。看作棲鳳宅，語本蘇
軾《和陶雜詩》十一首："伐薪供養火，看作棲鳳宅。"

炎子前輩雙壽

蕭寺回思己卯游，舊書廠肆共搜求。興來每醉涵秋閣，老
去還題對雨樓。虛受遺言猶在耳，廉生大節話從頭。采薇
信是神仙侶，金石高年過季述。

【校】上詩錄自楊敬安輯《節庵先生遺稿》卷四之詩詞補遺部分。

【箋】繆荃孫，字炎之，此尊稱為炎子。光緒五年己卯，繆荃孫三十八
歲，供職京師，修《順天府志》，節庵二十一歲，為宗室伯蘭西席，此時與
繆氏相識。光緒十九年癸巳，在張之洞幕中，又常與繆氏詩酒酬唱。涵秋
閣、對雨樓，皆繆氏室名。此詩當為賀其夫妻同慶七十雙壽之作，時為癸
丑八月二十日。樊增祥《繆藝風前輩七旬壽讌詩序》："藝風老人者，吾超
社中之社長也。余以君今年七十生日，請同社為詩壽君。"沈曾植、沈瑜慶
等均有作。

顏韻伯_{世清}以余辛亥南園所書扇屬補此面時甫自抗風軒來走筆題此_{癸丑十月六日}

南園詩扇已前生，歸與吾庵夢不成。惟有抗風軒外柳，能知我爾幾年情。

【校】上詩録自汪宗衍《節庵先生遺詩補輯》。

【箋】顏宗驥，字世清、韻伯，足跛，人稱顏跛子。廣東連平人。寄居北京。善鑒賞，收藏之富為北京之最。蘇東坡《寒食帖》為其舊藏。能作山水花卉，以古拙勝，毫無近習。卒年五十六。事見張鳴珂《寒松閣談藝瑣録》卷四。癸丑十月，節庵奉崇陵種樹之命，于二十二日帶領人役赴崇陵規畫事宜。臘日，陳三立等超社諸公有詩送行。

茉莉狀元為陳公輔賦也

本年京師有詩社交流駢集，題為"陳後主茉莉"，寄上海樊樊山前輩評定，第一名有"宣南冠冕"四字，拆榜，狀元則陳公備也。喧傳都下，以為公論。今回南園，憶黎忠愍黃牡丹詩故事，因為此詩。

黃牡丹情茉莉魂，詞人歎世寫黃昏。黎前陳後吾邦彦，三百年來兩狀元。

【校】上詩余本未收。黃任鵬輯自重慶中國三峽博物館所藏梁鼎芬手迹影本。末屬："癸丑十月十八日，鼎芬作于抗風軒。"

【箋】黃任鵬箋："易順鼎《陳公傅畫胡稚威徵君像屬題》一詩自註云：'君作茉莉題詩鐘，樊山取為第一。節庵呼君為茉莉狀元，以比黎美周黃牡丹狀元也。'陳公傅，名慶佑，廣東番禺人，陳澧之孫。曾任雲南麗江太守、交通部主事等職。"

湯貞愍秋林獨步圖 (二首)

寂寞江山損幾春，閒來江水濯衣塵。弱龍病虎吾能了，應有疏林獨往人。

犯冷穿行數十松，老夫乘興不支筇。寒雲淡日梅花世，侍我衰遲有鹿踪。

【校】上二詩錄自葉恭綽《節庵先生遺詩續編》。夏敬觀《忍古樓詩話》載有"犯冷"一首，"侍我"作"伴我"。

【箋】湯貽汾，字若儀，號雨生、琴隱道人，晚號粥翁。江蘇武進（今常州）人。書畫負盛名。太平軍陷金陵時，投池以殉。著有《琴隱園詩集》等。《清史稿·湯貽汾傳》："貽汾少有雋才。家貧，以難蔭襲世職，授守備，累擢浙江樂清協副將。歷官治軍捕盜有聲。尚氣節，工詩畫，政績文章為時重。晚辭官僑居江寧。及粵匪熾，貽汾見時事日亟，語人曰：'吾年七十有七，家世忠孝。脫有不幸，惟當致命遂志，以見先人。'江寧籌防，大吏每有諮詢，盡言贊畫。城陷，從容賦絕命詞，赴水死。事聞，文宗以其三世死事，特詔優恤，加一雲騎尉，諡貞愍。"

題湯貞愍梅花 (三首)

貞心冷意偶然花，流落人間處士家。何事勝他桃與李，浮生各自有天涯。

獨步芳塵冰雪姿，瓊蕤磊落最高枝。莊周散木知誰勝，要
惜娉婷不嫁時。

寺前萬竿無一梅，與君同舍幾時栽。忠魂倘見湯貞愍，恐
見孤兒下淚來。

【校】上三詩録自葉恭綽《節庵先生遺詩續編》，失題。夏敬觀《忍古
樓詩話》及汪宗衍《節庵先生遺詩補輯》載《題湯貞愍梅花》詩："苦意
貞心偶見花，人生各自有天涯。紛紛桃李千杯酒，何似寒家一盞茶。"當為
組詩第一首之初稿或改定稿。今據傳世手迹補題。

【箋】夏敬觀《忍古樓詩話》："公詩孤懷遠韻，方駕冬郎，而身世亦
相若。近人詩可與公比類者，惟曾剛甫京卿習經。公詩較剛甫疆宇為大也。
予得公遺詩四首，蓋余氏所未及搜得者。《曉來十七柳亭》云云。《懷季
瑩》云云。《題湯貞愍梅花》云云。"

為冒鶴亭題巢民徵君菊飲詩卷（三首）

花事如何到此窮，溪園九日有清風。菊苗可以供齋料，換
取囊茶醒酒翁。

百年雖饗風飄還，七子驂鸞于某山。拍手笑余無寱夢，要
詩鑱肺酒摧顏。

一時韻事靈鶼閣，後輩才名水繪孫。花面自黃人髮白，看
花已過十年尊。

【校】組詩第一首有傳世手迹，題為《冒辟疆菊飲圖題詞》。

【箋】冒襄，字辟疆，號巢民。江蘇如皋人。入清隱居不出，與方以
智、陳貞慧、侯方域並稱"四公子"。長詩文，工書法。有《水繪園詩文

集》等。光緒二十五年，江標以其所藏《冒巢民手書菊飲詩卷》贈與，跋云："補孝廉（指鶴亭）所撰先生（指巢民）年譜所不及。"蕭敬甫書後云："先生素未聞以名，今觀此稿，凡六十行，生動飛揚，古光滿紙"，"顧先生詩作于康熙庚午秋，而行末書'巢民老人冒襄，辛未立夏後四日，年開九秩，且告漫書'云云。"此卷和作及題跋甚多。題詩者則有陳詩、范當世、吳彥復、陳三立、夏敬觀、諸貞壯、沈曾植、文廷式、易順鼎、吳慶坻、吳士鑒、王存善、宋伯魯、徐琪、何乃瀅、莫棠、吳用威、沈恩孚等。題詞者有樊增祥、程頌萬等。俞樾、黃紹箕、丁立鈞、吳昌碩等數十人作題跋，金心蘭為《菊飲唱和圖》。汪宗衍云："余嘗見節庵手寫《為冒鶴亭題其先德巢民徵君手書菊飲詩卷》三首稿本，每句有自稱自讚語，蓋錄示其門人者，故能暢所欲言，雖少誇，然可想見其旨趣，可堪一粲，錄之如下：'第一首。花事如何到此窮。菊之為言窮也，病翁詩不易注，用字新，遠學韓，近學鄭（珍）。溪園九日有清風。清，老。澹句要如此。菊苗可以供齋料。菊典多，菊下字多，用苗字，用此事，可謂雋矣。換取囊茶醒酒翁。某云，此等詩，不含人間煙火，恐無人能為之，亦無人能識之，余曰：不敢，賢如學詩，必要細細參透。第二首。百年雖饗風飄還。老。七子驂鸞于某山。以韓五字句法為七字，某山二字，新，人多不解此，伯嚴、仁先云，用字之法，是病翁獨步，不敢。拍手笑余無寤夢。寤夢二字好。要詩鐫肺酒催顏。常語，不必讚。第三首。一時韻事靈鵜閣，後輩才名水繪孫。此二句入時，屢欲改之，未得，或云不可無。花面有自黃人髮白。人人所讚，人人所能，不奇。看花已過十年尊。好詩，恰好收。'"自詡如是，可知此三詩為節庵得意之作。

菊 為仁先作

菊苗百種瘞于雪，今年花開不曾折。明年佳色可以餐，惟恐秋來吾已別。癡心計日日如何，有酒不樂誰能歌。風來松際落碎玉，映見兩叟衰顏酡。人間猶有陳御史，義熙花篆淚成水。負他辛苦十年心，菊甫種成世如此。

【校】上二題四詩録自葉恭綽《節庵先生遺詩續編》。

【箋】陳曾壽愛菊，晚年尤喜咏菊，每以陶淵明自況，以寄其義熙亡國之感。如《種菊同苕雪治薌作》七首、《述菊》五首、《以舊京菊種移至海上寄養鄰圃》等。陳衍《石遺室詩話》卷二十四：“古今人之愛菊者，殆莫如陳仁先，仁先菊詩佳者至多。”

題蔡毅若學士梅花便面

抱冰堂上數人才，江漢清風共一哀。留得梅花在人世，異香一日嗅千回。

【箋】蔡錫勇，字毅若。福建龍溪人。以幼童入廣州同文館習英文，同治六年畢業後選送京師同文館肄業。光緒二年，任駐美公使館翻譯官。歸國後任廣東實習館教員。十年，張之洞任其為辦理洋務處坐辦提調。十五年由張之洞調任湖北鐵政局總辦，先後籌辦湖北煉鐵廠、槍炮廠、銀元局、織布局、紡紗局、繰絲局、自強學堂、武備學堂。曾研製中國拼音文字方案。著有《傳音快字》。

牡　丹

遺世孤芳自有真，嫣然月夕與風晨。傾城難得春容易，梳洗隨宜不為人。

甲寅追懷去年此日寄仁夫

蘭亭桃源那可得，千載相看弟與予。三月三日詩安在，九

十九泉夢何如。市行相遇猶能識，病懶無言賴有書。負盡
此生長不寐，春花撩亂豈吾廬。

【校】上詩錄自葉恭綽《節庵先生遺詩續編》。《汪目》按："遺詩葉本
續編作'失題'，茲據溫毅夫《感舊集稿》錄改。"

【箋】甲寅二月，節庵至順德龍山訪溫肅，此當為別後之作。溫肅
《感舊集稿》錄此詩，後有附識，謂癸丑三月初三，張勳準備從兗州攻濟
南，事泄，不果。"時文忠從梁格莊回，道天津，聞密謀，銳然欲自效，事
不成，乃南下。詩中'市行相遇'一句，蓋用其事。同時升吉甫制軍在庫
倫起義，傳檄討袁世凱，'九十九泉'則懷升帥也。"升帥，謂升允，字吉
甫，號素庵，八旗蒙古鑲黃旗人。曾任駐庫倫參贊大臣，駐俄國參贊。授
多羅特公，曾擔任陝西布政使、巡撫陝甘總督。郭則澐《十朝詩乘》："辛
亥，陝西淪陷，奉命攝陝撫，自甘率舊部，大小數十戰，先後克長武、永
壽、邠州、醴泉、咸陽諸城，方攻乾州，全陝垂定，而遜政詔下。次年，
自隴走庫倫，不識道，往往踏駝糞以行。既至，與賓圖王、海山公議，草
檄聲討僭閏，以號召忠義。余《挽吉甫》詩所謂'穹廬傳檄壯，社稷肯輸
人'者也。不幸，庫倫受俄羅斯煽惑，內變，乃取道俄邊，東走日本以
歸。"九十九泉，在內蒙烏蘭察布之輝騰錫勒草原上。按，郭孝成《陝西光
復記》謂升允軍攻佔岐山後，"大街上屍體堆積，鮮血滿地，慘酷的景況難
以形容"。《民立報》又謂其攻佔醴泉後，"燒殺，慘無人道"，"見男則剖
腸剖腹、遇女則輪姦、割舌、刖足"。可見升允兵眾之殘酷。

總兵岳梁宴官舍松下作

意園花好夢難長，淶水山多迹久荒。總兵與伯曦最契，余初識于
意園。壁上常留二忠字，有志文貞、端忠敏所書聯。人間尚有四
松堂。文章何用輕相許，鬢髮無情各已蒼。三十年光一彈
指，泫然聚散與興亡。

【箋】岳梁，泰寧鎮總兵，為直隸綠營五鎮總兵官之一。宣統三年十一月二十四日《內閣官報》刊載其《奏開割火道完竣查勘小樹相符摺》。辛亥後仍留任總兵。卒于民國五年。

潞庵侍講謁崇陵住種樹廬三夜臨別賦贈

君家晴眉閣，遺基在我家。家貧今有主，世濁不生花。夢到豪賢宅，情深淡泊茶。相攜説忠節，陵下一長嗟。

【箋】黎湛枝，字露苑，號潞庵。廣東南海人，光緒廿九年進士。授翰林院編修。宣統元年，加侍講銜太子少保，為溥儀之師。同年四月，出使俄國任參贊，欽選增補為資政院議員。工書。晴眉閣，為其先人明末愛國志士黎遂球之書室。陳際清《白雲粤秀二山合志》云：“閣之後窗，北望朝臺，娟翠鮮姣，相對如笑。閣下多水草空地，雖人家鱗次，然屋宇皆古木所蔽，恍若畫閣。”遺址在今廣州豪賢路東段。

贈張都統德彝

聞名不相識，今日意何如。舊夢紛難録，深談一起予。無人能共淚，有暇即鈔書。寸寸傷心雪，朝來掃殿除。

【箋】張德彝，又名德明，字在初，一字俊峰。盛京鐵嶺人。漢軍鑲黃旗。襲科爾沁郡王爵。任出使英國大臣。曾代表清政府簽署《日內瓦紅十字公約》。回國後任正白旗漢軍副都統、鑲藍旗蒙古都統。撰有《航海述奇》等。

夷叔巽宜往客焦山時時相見詩以紀之

三人未死且相視，一笑此來如往年。寂寞酒樓春已去，凄

涼山寺燭難燃。寧論壽夭為誰幸，惟有沈冥覺獨賢。記否
䣍金園夜月，林棋吳畫總成煙。此思王鎮江也。

【箋】夷叔，謂林開謩，字貽書、怡書。亦圍棋國手，《海昌二妙集》
錄其棋譜。巽宜，即吳巽沂，吳佑曾，又名彝曾。字巽沂，又字巽儀，號
沙庵。江蘇丹徒人。曾入鎮江王仁堪幕，又入張之洞、李鴻章、岑春煊等
幕。精究文字訓詁，擅書畫，尤精篆刻，與趙古泥、李尹桑等交好。壯歲
游幕廣州，任廣州廣雅書局提調，粵中名士多與往還。辛亥冬，自粵北歸，
卜居于揚州，來往于上海、鎮江等地。後與王秉恩在滬開設和光閣古玩鋪，
賣書畫為生。巽沂善詩，有《沙庵詩稿》。其子仲絅，亦金石名家。林開謩
與吳巽沂，一能棋，一能畫，合稱"林棋吳畫"，兩人亦常偕同酬應。《鄭
孝胥日記》民國六年丁巳日記："旭莊約至老半齋吃刀魚面，怡書、吳巽宜
皆在。巽宜出所畫《山深林密圖》小卷請余題之。為唐元素題吳讓之像。
為吳巽宜題山水卷。"又，戊午日記："至薪旅社答訪吳巽沂，遇貽書。"
王鎮江，指王仁堪。

題雙鶴畫本昔見端忠敏公施之于水晶庵
感而作此

焦山水晶庵，雙鶴宛如見。林屋似當年，不逢故人面。

【箋】端忠敏公，謂端方。水晶庵，在天王殿東，舊為一笑、雙桂二
軒，明成化乙巳僧妙福重建。明天啟間，在庵後建仰止軒，以紀念楊繼盛。
吳雲《焦山志》載，正德十五年，明武宗至焦山，任命妙福禪師為金、焦、
北固三山都綱，建焦山大殿、方丈室及水晶庵。楊一清解玉帶以贈。端方
將雙鶴畫本施捨水晶庵，節庵見而有感作此，蓋端方已逝兩載餘矣。

黃忠端詩墨 (二首)

滄趣樓前眼忽明，大中橋上夢還生。吾家亦有雙松畫，

□□□□乞一評。

倪黃二老氣撐天，一册衣雲亦夙緣。好事世間應尚有，他
年石墨願同鐫。

【箋】黃道周，字幼玄，又字螭若，號石齋。福建漳浦人。天啓二年進
士。歷官翰林院修撰、詹事府少詹事。南明隆武時，任吏部尚書兼兵部尚
書、武英殿大學士。抗清失敗被俘，殉國。隆武帝賜諡忠烈。清乾隆追諡
忠端。書法高古，自成一格。故宮博物院藏有《黃道周詩翰册》。

磚塔銘

文訪才如弈載長，橘州潛研恍同堂。鑪碑舊館兒時事，肝
盰還求一字商。

【箋】《大唐王居士磚塔之銘》，唐顯慶三年刻，楷書，十七行，行十
七字。上官靈芝撰，王敬客書。中有"克勤肝食"一語，"肝"與"盰"
形近易混，故末句"一字商"云云。

為廿七叔題子申畫梅花

蓮鬐閣邊月，梅花莊上心。良辰芳酒薄，故國淚痕深。夢
見清白樹，詞哦小翠禽。歲寒念予季，杜庵在漢口。同對伯
牙琴。

甲寅五月以楊忠愍忠烈二公集付楊生履瑞

不愛三楊愛二楊，文章忠節有輝光。應山墓與焦山象，他

日相攜拜此堂。天山草堂。

【箋】楊繼盛，字仲芳，號椒山。直隸容城人。嘉靖二十六年進士。後因上疏力劾嚴嵩"五奸十大罪"，下獄。于嘉靖三十四年遇害，年四十。明穆宗以楊繼盛為直諫諸臣之首，追諡忠愍。有《楊忠愍文集》。楊漣，字文孺，號大洪。湖廣應山（今湖北廣水）人。明萬曆三十五年進士。官至左副都御史。天啟五年，因彈劾魏忠賢二十四大罪，被誣陷入獄而死。崇禎元年，追諡忠烈。有《楊忠烈公文集》傳世。節庵《與陳公輔書》云："讀楊忠愍公遺書，敬其為人，奉之如師，日思拜其墓，不可得。"楊履瑞，字伯典。廣東南海人。節庵同門學海堂學長楊裕芬之子。

訪李精恕洵安杏莊留題三絕句（三首）

綠陰一段隔來人，白鹿相隨冬復春。絕似臨湘陶處靜，更無驚起澗邊塵。

有話來參大素師，閉門不記是何時。任他城市多多事，還我山林皎皎姿。

笑指髯來始有橋，五年不到藥煙寮。高樓一席容余佔，何夜月明傾一瓢。

【校】上三詩錄自汪宗衍《節庵先生遺詩補輯》。

【箋】李洵安，字世孚，號精恕。廣東香山人。同治十二年舉人。授戶部江西司主事。辭官後寄寓廣州花埭，擴闢杏林莊，與節庵、陳昭常投合至深。張之洞到粵，屢訪均不接晤。擅書畫。杏莊，指杏林莊。廣州花埭名園，道光十八年鄧大林建。梁章鉅《楹聯四話》卷五："香山鄧蔭泉中翰大林闢杏林莊於珠江之南，實未嘗有杏也。道光乙巳，何靈生孝廉自京師歸，貽杏一本，種閱五載，花始發。遂治酒，招同人賞之。"

潘學士丈宅重過感賦

入門處處總心淒，舊夢新懷説不齊。緝雅堂花供酒賦，定香亭月見詩題。當年但覺尋常事，回首真令八九迷。一語告公應一笑，干雲青竹有鸞棲。

【箋】潘學士丈，謂潘衍桐。潘衍桐卒于光緒二十五年。潘衍桐舊宅在今廣東佛山公正路登雲里巷。

辛亥五十三歲初度劬兒畫雙松扇壽我今日見之慘痛于心口占二十八字寄劬兒

甲寅六月六日

我生此日我清朝，謝文節至元二十五年自稱曰："我宋可以為法。"痛絕餘年到此朝。手把我兒畫松扇，羅橫詩在淚如潮。昭諫《松》詩："陵遷谷變須高節，莫向人間作大夫。"王伯厚稱之。

【箋】謝文節，謂謝枋得。至元二十五年自稱"我宋可以為法"一語，未見于《謝疊山集》中，出處待考。其《上程雪樓御史書》云："宋之所以暴亡不可救也，豈非後車之明鑒乎?"昭諫，謂羅隱。王伯厚，謂王應麟。

盛吾庵函道碻夫能書而人不知惜也予曰美矣哉碻夫之能也作此告之

章弟所藏人罕窺，不幸役世稱為醫。以平彼疴療予饑，心閒私與萬物馳。究別書勢心于羲，陶朱已矣涕在頤。請君瘞筆勿再疲，多能于世身其犧。

【校】上二詩録自葉恭綽《節庵先生遺詩續編》。

【箋】章果，字確夫，名醫。

題為堯圃所作畫（三首）

短坡新雨無人到，閒試長箋記舊游。記得武昌江上宿，有人橫笛譜高秋。

垂楊破葉與爭飛，眼底風光已夕暉。為子尋思添數筆，天涯詩客正思歸。

黃蘆短草映高秋，頭白天寒怯遠游。偶借畫端傳苦句，淒涼家國十分愁。

【校】以上三詩余本未收，輯自梁鼎芬傳世手迹影本。末署："甲寅短至，為堯圃老兄一寫性靈，與一峰有合處否？"原無題，題自題識中摘出。

【箋】堯圃，疑為陳猷。陳猷字堯圃。曾為張之洞幕僚，與張彬友好。後任軍機章京。惲毓鼎《澄齋日記》："途遇陳堯圃、濮梓泉、郭春楡諸小樞，偕至西宮門外觀水。"小樞，謂軍機章京。一峰，指元代畫家黃公望。

懷季瑩

登亭念所知，人去獨來遲。細馬池邊影，寒花雨後姿。初逢驚病狀，當別問歸時。事與心違久，吾生有釣絲。

429

題盛吾庵象

數見覺尋常，初離可歎傷。千年有此句，一夢是何鄉。狀貌殊英異，交情在老蒼。何時見僧服，問偈上今堂。

寄吾庵

為僧仍有罪，出世竟無功。花覆小涯小，鳥號東海東。滿懷慳隻字，冷眼見春風。獨醒不如醉，憂心一萬重。

【校】上三詩錄自汪宗衍《節庵先生遺詩補輯》。

題菊花贈仲書二叔 子申畫

昔從彭澤吏，為此義熙花。天與東籬酒，人還南海家。傲多霜得傑，冷甚月嫌奢。山屋秋如許，相思儘意誇。

題松贈琴舫六叔 子申畫

健甚半園叟，蒼然百歲枝。性良應上壽，心遠託新詩。翠引草堂月，濤迎蒲澗騎。他年一杯酒，親為獻雙芝。

【箋】琴舫，節庵之族叔，名字待考。節庵《曾廣鈞招飲第宅》詩"半園林木先摧風"句自注："曾叔祖所居曰半園。"琴舫之祖即節庵之曾叔祖梁國琮。《梁節庵先生扇墨》中有《江樓獨夜作》詩，末署："琴舫六叔父人人郵寄素絹命書近稿。"

自題昔年小象

鬚眉惆悵王伯厚，詩酒縱橫陸劍南。雙柏閉門長自苦，更無人識海西庵。

懷顧臧

閉目念此雪，驚心此何年。焦山尚可病，大海去求仙。貞士顧君用，皎然必可傳。

【箋】顧臧，字君用，廣東番禺人。商衍瀛《陸軍部協參領顧君事略》："番禺梁文忠鼎芬，君中表兄弟也，講學廣雅書院，君從之。及文忠掌教兩湖書院，君亦與偕，所學常兼人。"留學日本士官學校，歸國後曾創設武備學堂、巡警局等。後任鎮江象山焦山炮臺守官。辛亥後以遺老自居。惲毓鼎《澄齋日記》："梁前輩廬墓已二年，又有番禺顧君用臧，以一諸生，由滬赴京，專叩梓宮，尤可敬也。"

失　題

焦山廿年夢，今日二忠樓。得見龍蛇勢，彌思麋鹿游。知兵儒者事，看月滿山秋。每憶可園語，飄零不可求。

【校】上五詩錄自葉恭綽《節庵先生遺詩續編》。

題　畫（四首）

昔為彭澤官，常飲義熙酒。茲花自有質，天寒更長久。

論馬要神駿，支公乃英雄。坐看萬劫過，愛此林下風。

問汝生何年，胡為邕所知。終生不作琴，蕭然風露姿。

孤山是何世，鶴有逋仙陪。誰知萬梅花，一點污蒿萊。

【校】《梁節庵先生扇墨》錄次首，題為"題馬"，末署："甲寅九月"。

焦山四憶（四首）

雙雙唐柏蠹楊祠，吾死歸魂來共之。男兒生不斬蛟鱷，此恨江深無已時。海西庵。

竹根詩姓趙，竹根亭姓梁。為語尋山人，築亭者顧臧。竹根亭。

松寥風緊月斜時，死者逍遥生者悲。他日入山記前世，此間應有二忠祠。松寥閣。

此臺亦何有，有我千回淚。我淚今已乾，或者變江水。象山炮臺。

【校】上四詩錄自葉恭綽《節庵先生遺詩續編》。

【箋】竹根亭，在焦山觀音崖。松寥閣，在焦山之麓清然庵右前。象山炮臺，鴉片戰爭時，英軍艦逼鎮江。清軍奮力抵抗，炮臺失守。此詩追悼陣亡將士。

為翼文叔題景東甫畫梅

少小同書館，檐花照幾春。三桑看老大，萬事話酸辛。輕世無如酒，全天自有身。將軍豈不武，手筆已通神。

【箋】翼文，未詳，待考。景灃，字東甫。索綽絡氏，滿洲鑲白旗人。大學士寶鋆子。曾任光禄寺少卿、大理寺卿、内閣學士，兵部、户部、刑部侍郎，鑲藍旗蒙古都統、正黄旗護軍統領、軍機大臣。官至廣州將軍、内務府大臣。卒，諡誠慎。擅寫花卉，能畫梅。事見葆初《繪境軒讀畫記》。

子申為文蘭亭畫松題二十八字 甲寅冬至

老臣家在慕陵東，犯冷穿林雪幾重。還説年時暫安殿，每朝來拜五株松。

【箋】文衡，號蘭亭。瓜爾佳氏。滿洲正紅旗人。湖廣總督吳達善之孫。咸豐二年壬子科順天鄉試舉人。曾任侍郎。《翁同龢日記》同治五年有"賀文蘭亭衡同年續娶"之語。

甲寅十一月二十日子申畫松梅分睨陵官各題一詩 (二首)

遺山橫身昔所過，吁嗟松兮將肖之。日日雪風都不管，間來試取兩三枝。

李亭收淚見梅花，偶住鍾山數鬢華。天地荒荒人迹少，不知鐵石在誰家。

關揆生七十生日

少游萬松 嶺名。後六榕，敬君淡靜忘窮通。吾儕有酒不問世，往事如塵都已翁。心曠惟看芝草長，神全不倚茯苓功。楚庭耆舊無幾個，四十二年説秋風。

【箋】關蔚煌，字掞生，室名慎獨齋。廣東南海人。光緒二年舉人。官大埔教諭。輯有《五經味根録》四十七卷。萬松嶺，黃任恒《番禺河南小志》卷一："萬松山，在城南十里隔江河上，阜平坦，其旁為盧循故城，上有乾明庵，宋蘇軾扁其額。"

江陵千里圖為田郎庵作（二首）

三游洞石訪歐陽，舟過江陵已七霜。莫問玉泉雙鹿迹，劫殘蕉夢亦俱亡。

海外歸來得異書，郎庵好古更親予。寒窗來説南唐事，大雪來莊。許學箋成似二徐。田生潛著有《二徐説文箋異》。

【箋】田潛，原名吳焌，字伏侯，號郎庵。湖北江陵人。光緒二十七年舉人。任江蘇候補道，充留日學生監督。著有《二徐説文箋異》。

贈李木齋

渡鶴樓披胡蝶裝，光緒庚寅，余流寓上海也是園，園有渡鶴樓，陸儼山先生故宅也，與君初識，招飲盡歡，所藏舊槧各種，列之兩旁，目所未見。食魚齋憶珥貂行。萬杉岳氣生人傑，百宋書籤發古香。老輩風流接朱戴，門生行政看陳樹屏黃以霖。君辛卯主考江南，得陳、黃二士，後皆任湖北，為張文襄公所賞，先後皆署武昌府，與余契合。辛亥以後，遁迹不出，至今不渝。木犀好與平津較，科第聲華國有光。

【箋】李盛鐸，字義樵，又字椒微。號木齋，別號師子庵舊主人、師庵居士等。晚號麐嘉居士。江西德化（今九江）人。光緒十五年進士。授翰林院編修、國史館協修、江南道監察御史、内閣侍讀大學士、京都大學堂京辦、順天府府丞、太常寺卿。曾出使日本、比利時。官至山西巡撫。民國後，又曾擔任大總統顧問、參政院參政、農商總長、參政院議長、山西民政長、國政商榷會會長等職。藏書甚豐，精校勘、版本、目錄之學，著有《椒軒藏書題證及書録》等。陳樹屏，字建侯，號介庵，晚號戒安，安徽望江人。光緒十七年辛卯科舉人，次年登進士，授翰林院庶吉士。歷任廣西融縣、湖北羅田縣、隨州知州，江夏知縣，武昌知府等職。晚年在上海襄辦慈善事業。黃以霖，字伯雨，江蘇宿遷人。光緒十七年辛卯科舉人。歷任郎陽知府候補道，署湖南提學使兼署布政使，曾在湖北創辦武備學堂。興辦實業。

【校】以上詩録自葉恭綽《節庵先生遺詩續編》。

梅 花 (二首)

無端陰雨遂生苔，玉質瓊蕤肯浪開。昔日種花人不見，返魂無術月空來。

傾城清淚濕天涯，病眼追尋腸斷花。一半斜陽一半雪，他生應念此人家。

【校】以上二詩余本未收，黃任鵬輯自《希社叢編》，一九一五年第四期。

【箋】黃箋：蔡雲萬《蟄存齋筆記》云："上海希社叢編，予亦爲社友之一，曾選刊先生詠梅詩二首，一云（詩略），意在可解不可解之間，詩特高妙。又一首予僅記得後二句，云：'清絕四山寒徹骨，返魂無術月空來。'

意似指張勛復辟未成而慨嘆之也，借題寓意，詩境頗超脱可誦。"按：此詩既刊于一九一五年，自是與張勛復辟事無涉也。

乙卯二月公雋二弟上海侍母病有懷

吾弟郵書急，貧家奉母難。山深身尚在，春峭雪初乾。墳墓思泉石，江湖惜羽翰。教忠書塾在，此意付誰看。

【箋】梁祖傑，字公雋、公俊，廣東番禺人。梁慶桂之弟，節庵族弟。晚年為廣州市文史館館員。此詩有公雋手迹跋語："乙卯歲，節庵兄在崇陵種樹，此詩扇由梁格莊寄上海"，"乙未八月公雋記，時年七十有五"。乙未，即一九五五年。

鄧鐵香鴻臚兄遺墨題詞 (二首)

孝起舩舩光緒朝，閒時弄墨意俱超。傷心宏衍庵前過，六度英魂不可招。觀吳印若所刻書。

雙照樓同士禮居，幾年磊落在蟲魚。半塘往矣君還健，遲我空山寫異書。

【校】上詩余本未收，輯自梁鼎芬傳世手迹影本。題識云："乙卯二月十六日。伯衡世講館丈于飲園中酒闌寫此，鼎芬記。"

【箋】節庵《壽關樹三七十六歲》詩自注："鐵香住醋章胡同宏衍庵隔壁，海棠盛時，輒約同繹琴丈游賞。芬年二十五六歲。"此詩為寫贈關冕鈞者。傳世有《宏衍庵雅集圖》，旁注參加者為梁鼎芬、關廣槐、關冕鈞、陳慶佑、吳昌綬、顏世清、石德芬、淩福彭、關文彬、徐嵘、盛景璿。

題志文貞公銳遺札

十年持節又重臨，萬里冰天討絕陰。謝外魚車田孟志，裹
屍馬革伏波心。生還遠塞非公願，歸葬沙溝有弟任。慚愧
故人鬢已白，遺書猶在淚沾襟。

【箋】《清史稿·志銳傳》載，宣統三年，志銳調任伊犁將軍。武昌事
起，伊犁協統楊纘緒兵變，志銳遇害。謚文貞。

和一山太史咏雁

念汝曾為四品官，雲間行夢斷金鑾。知他幾個淒涼字，肯
與唐風鴨共看。

【箋】章梫，名正耀，字立光，號一山。浙江三門人。光緒三十年進
士。授翰林院檢討。歷任京師大學堂譯館提調、監督、國史館協修、纂修、
功臣館總纂、北京女子師範學校校長等職。工詩能文。有《康熙政要》、
《一山文存》、《一山息吟詩集》。章梫咏雁詩，沈曾植、楊鍾羲、金蓉鏡皆
有和作。

題海日樓春宴圖

花放長春念帝都，月泉社酒好相呼。傳家自有三劉集，照
席同觀百爵圖。海屋霜顏人更健，葵亭心事世難摹。佳兒
堂上初成禮，宴坐衣冠不用扶。

【校】上詩錄自葉恭綽《節庵先生遺詩續編》。原題為《贈沈乙庵》。

錢仲聯《沈曾植集校注》有《和藏翁寄贈海日樓春宴圖詩韻》詩，附此詩，題為《題海日樓春宴圖》。今從之。"世難摹"，葉本作"世間摹"，今從沈集。

【箋】此詩為節庵在北京寄贈者。錢仲聯于沈曾植詩題下按云："梁鼎芬別署藏山叟，此圖為汪洛年所作，梁加題句，寄賀公子慈護新婚者。"沈潁（慈護）于乙卯年新婚，娶李傳元次女。故編于此。吳天任《梁節庵先生年譜》云："詩後原附手札，有云：'詩不工，然作了兩日，可笑否？起兩句最久乃成，則愜心矣，"酒"字點題，不可少，葵亭宴坐，人人知之，不必問也。第六句是好詩否？第七句□否？然點題，亦不可少，久不作小字，考了一回。初欲押"鬚"字，以鬚論，公在後，恐謂我以兄相傲也。□□之付公一笑，我之髯竟可橫無同時者，不止公一人也。'"

乙卯花朝為元初題六梅堂圖（二首）

六梅十二柳，相親胡與徐。俄來皋蘭宅，重話武昌魚。二子能安母，千搖不攪予。舊時月在壁，酒盡試同噓。

一寸文書一寸心，朝朝暮暮與沈吟。此堂此樹何年盡，贏得殘生淚滿襟。

【校】上二詩錄自葉恭綽《節庵先生遺詩續編》。

【箋】胡先春，字元初。安徽六合人。附貢生。節庵門人，效梁氏書法。湖北法政學堂畢業。官至武昌知府。有《柳謝詩詞稿》。江南以二月十五為花朝。

元初仁弟好山水好朋友屬汪鷗客為繪漢上琴臺圖予為題四絕句（四首）

夢入荷花楊柳間，十年風物慘離顏。人生那得如鷗鷺，常伴湖前一段山。

老友談詩譚半庵，琴臺步步似江南。古人心死誰能識，鸞鳳當時意可參。昔咏琴臺有"當時鸞鳳意，豈為千春誇"，半庵評云："古人心死。"

江邊咫尺正平祠，芳遠亭中我有詩。鸚鵡萋萋懷顧朔，當年月下並游時。為鄂臬日，于漢陽創建禰正平祠、正平學堂，助我顧二弟也。張文襄公曰："千年未有之事。"

草長花開不計回，琴聲零落有餘哀。同君領略千春味，不為牙期那肯來。

【校】上四詩録自葉恭綽《節庵先生遺詩續編》。

【箋】半庵，譚獻之號。譚獻輯有《半庵叢書初編》二十册。

雪友租伏魔寺日日讀畫頌佛新製一箋寺在其角為題此詩伯兮再世必稱為雅式不與廉生薈生爭購怡府箋也 乙卯三月十九日

紙尾忽見寺，春魂多在花。製從怡府得，樣向意園誇。畫語兼僧語，天涯又水涯。丁寧今夜月，負了賓翁茶。

【校】上詩録自汪宗衍《節庵先生遺詩補輯》。

【箋】雪友，盛景璿號。伏魔寺，又稱關帝廟，在北京繩匠胡同，又稱神仙胡同、丞相胡同，清代入京文人每僦居于此。廉生，王懿榮號；薈生，周鑾詒字。怡府，怡親王府。康熙第十三子怡賢親王允祥，怡府所製之箋紙，左邊下角上有套色拱花浮水印，稱角花箋。葉恭綽《遐庵談藝録》云：

"所製角花箋，紙質既佳，而所印角花圖案既工巧，色澤復淡雅，得者皆不忍輕用。余二三十歲時，尚易收集，轉瞬即罕見矣。"

慎欽世兄以乾明蝦奉親分致山中報謝

乙卯四月六日

此為監利一杯泉，世亂娛親子最賢。分得乾蝦侑山酒，吾壺猶在笑非禪。歐詩："枯魚雜乾蝦。"

【校】上詩録自汪宗衍《節庵先生遺詩補輯》。

【箋】孫德全，字慎欽，又字慎卿。浙江鄞州人。早年曾游歐洲諸國，後任輪船招商局文書與律師。光緒二十三年，任中國通商銀行司理。任上海紳商分部員外郎。歷浙江興業銀行經理漢陽漢冶萍公司外部總稽核。有《理財考鏡初稿》、《銀行攬要》、《經濟紀要》、《交通史航政編》。歐陽修《清明前一日韓子華以靖節斜川詩見招游李園既歸遂苦風雨三日不能出窮坐一室家人輩倒殘壺得酒數杯泥深道路無人行去市又遠索于筐筥得枯魚乾蝦數種彊飲疾醉昏然便寐既覺索然因書所見奉呈聖俞》詩："濁酒傾殘壺，枯魚雜乾蝦。"

簡籀園

八年不見舌猶存，萬劫初回酒尚温。攜向桂廊聽秋月，不知人世幾黃昏。

【箋】光緒三十四年戊申，節庵解官離鄂。于七、八月間自武昌至江寧，與陳三立相見。陳氏有《節庵濤園先後來江南余病中相見頃節庵之滬濤園還南昌賦此寄憶》，直至民國四年乙卯春夏間，節庵自梁格莊歸粵，途經上海，陳三立亦自南京至滬相訪。二人相別已八年。

題汪洛年畫松

吾愛汪遺民，心與心蓮均。畫松壽其母，采芝遺其親。惟貞不絕俗，惟孝可通神。畀我為此歌，歌成滿堂春。

題張濂畫松

試畫頭陀松似虯，壽親同醉酒千甌。頻年李委腰間笛，黃鶴樓兼渡鶴樓。

【箋】張濂，字拙若，湖北江夏人。畫師。

送崔伯越妹倩之汕頭 乙卯七月二十一日

世亂驚相見，秋晴又此分。千憂成老大，萬劫尚紛紜。海試孤臣淚，樓棲一片雲。淒淒宫亭月，昨夜為殷勤。

【箋】乙卯六、七月，節庵在廣州。崔師貫，原名景元，又名其蔭，字伯越、百越，又字今嬰。廣東南海人。節庵堂妹夫。工詩詞。汕頭商業學校校長及香港大學文科講師。有《北邨類稿》兩卷，《硯田集》一卷，附《白月詞》一卷。

寄懷長明

吾宗一法部，人海已錚錚。詩寫平生志，官題舊日名。思親淚常在，憂國憤難平。京館同時月，回看已隔生。

【校】上五題六詩録自汪宗衍《節庵先生遺詩補輯》。

【箋】梁廣照，字公輔，號長明，別號柳齋。廣東番禺人。梁慶桂長子，梁方仲之父。早年曾師從節庵。光緒二十五年報捐主事，簽發刑部。光緒三十年，以法部主事具奏，力主收回粤漢鐵路權。晚年從事教育。有《柳齋遺集》、《長明詞》。

寫哀一首示贊兒

負土成墳昔所為，崇陵今日倍淒其。孤臣身世孤兒淚，千載無人識此悲。

【校】上詩余本未收，輯自《梁節庵先生年譜》。附注："汪孝博録寄。"

題　畫（四首）

放眼河山悲自語，豈獨逢秋始放聲。小小丹青搖漫筆，更緣枯柳重離情。

此是天涯何許秋，極荒寒處見孤舟。殘楊病葉無多少，一夜西風不可留。

青山一角無人愛，老木數株寫吾憂。戎馬年年哀未了，怕聞蘆荻夜來秋。

廿載藏山未有山，頹顔占得日長閒。興來搜索雲林筆，懶博時名冒董間。

【校】上四詩余本未收。輯自朱萬章提供之節庵傳世手迹影本。末署：

"乙卯梁格莊大雪壚畔，應黃山賢表之囑，並繫四絕句，歸與道在同誦之。霜降後二十日霜葵梁鼎芬寫記。"

【箋】乙卯秋，節庵返梁格莊。

題葛毓珊刑部小像（二首）

仲瑛瀟灑茜涇西，顧年三十購古書名畫，築別業于茜涇西。雅好華年君可齊。書畫録成人已去，玉琴坐暝緑陰悽。

想象瑶池鸞鶴姿，寒疏畫薦識佳兒。義熙欲説同流涕，且和蘇州二沈詩。

【校】以上二詩余本未收，黃任鵬輯自葛詞蔚編《平湖葛毓珊先生小影題詠》，并擬詩題。黃校：詩後題識云："毓珊刑部遺象，哲嗣詞蔚請題，雪夜寫此。乙卯十二月，梁鼎芬記于梁格莊。"

【箋】黃箋：葛毓珊（一八三七—一八九〇），名金烺，字景亮，號毓山，亦作毓珊，自署瑶池香吏、曼道人，浙江平湖人。著名書畫藏家。著有《愛日吟廬書畫録》《傳樸堂詩稿》等。

乙卯雪夜

將心與雪戰，滴血于土中。雪竟不能白，霎時化為紅。勇哉心不死，天或為之窮。哀哀山中人，空林來悲風。

【箋】乙卯冬，節庵在梁格莊作。

題宋夢仙女史倚闌聽風圖

荷花生日人先死，壬寅六月二十三日逝。莫是雙成又此來。不與麻姑看滄海，十年前已謝塵埃。

【校】上詩余本未收，黃任鵬輯自梁鼎芬題《倚闌聽風圖》手迹，并擬詩題。黃校：此詩末署"世侍生梁鼎芬拜題"。

【箋】黃箋：宋貞，字夢仙，婁江人氏，許幻園妻室。工詩，兼擅丹青。與李叔同交好。年二十六病逝。其詩畫遺作輯爲《天籟閣四種》。生平事迹可參李瑞清《宋夢仙夫人小傳》，見《清道人遺集佚稿》。《幻園許君德配宋夢仙女史遺墨》珂羅版單行本于一九一五年出版，彼時此畫上尚無梁鼎芬題詩，姑繫于此。

余不善畫而蒲衣同年以此相要蓋意在交契而不在工醜也 (三首)

小阜高林自蕩煙，遠山一二不留顛。此間最好添高閣，極目長天望遠船。

年來心事託愚衷，澹澹山川寫照中。歸去已難留亦苦，人間四海一孤踪。

種樹徒存耿耿心，舳艫在望涕痕深。無聊姑託蒼涼筆，冷樹寒波更放吟。

【校】以上三詩余本未收，輯自梁鼎芬傳世手迹影本。末署："丙辰孟陬之望。"

【箋】作于民國五年丙辰正月十五。孟陬，正月。

蔬圃絶句七首和放翁寄黃孝廉 (七首)

相逢山下不知饑，手寫龜堂七首詩。遙想故人思我病，春來蔬圃正忙時。

抱甕居然似漢陰，閑情相屬夢中尋。不知佳物須多少，方慰殷勤此叟心。

掃除一室要支持，草木生涯世未知。趁雨安籬緣底事，為芟惡草護忠葵。

不妨近事百源窩，地小回旋已足多。味有土膏風露氣，無人說菜及東坡。

幼聞六祖隔籃名，南薤西芹二美并。汲得朋泉饒老興，新詩去與式熊兄。

行宮朝露泫梨花，種樹得閒來種瓜。誰照孤臣心上事，苕華室外月初斜。

蕪蔓耘鋤有此情，白頭南北愧無成。思春留得東風菜，待見歸人共一羹。

【校】第一、五、六首有傳世手迹，與余本相較，其義較長，今從之。相逢山下不知饞，余本作"棲遲山中不知餓"；思我病，余本作"黃藻仲"；朋泉，余本作"明泉"；去與，余本作"裁與"；泫梨花，余本作"泣梨花"；得閒，余本作"餘間"；孤臣，余本作"孤忠"；苕華室，余本作"葵霜閣"。

【箋】傳世手迹有款識云："社友黃孝廉啟寓，今年七十一，自摹蔬圃，乞余題詩，放翁有此題七首，聊和之。丙辰上巳梁格莊。"可知黃氏之名字、年齡及作詩時間。按，節庵此組詩與陸游《蔬圃絕句》七首之韻腳完全不同，所謂"和"，祇是用其標題而已。

題　畫

曲盤亂樹稱高格，冷落竹枝入道心。空谷無人秋自到，水聲落葉當清吟。

【校】上詩余本未收，輯自梁鼎芬傳世手迹影本。

莊西海棠

兩樹驕農舍，短籬新護之。誰云不知貴，我意自相思。宏衍庵前轍，紅螺房裏詩。十六舅所居海棠最佳。誰來問春事，多病漫扶持。

【箋】莊西，梁格莊之西，民國五年丙辰春，節庵在崇陵。

散原自鍾山來奉簡

亂後鶯飛尚在廬，冶春一事不關渠，若來靈谷尋詩路，欠個當年介甫驢。

【校】上詩余本未收。輯自《梁節庵先生年譜》。附注："汪孝博録寄。"

【箋】丙辰二月二十四日，陳三立因長女康晦與張宗義之婚事，由南京至上海，子寅恪隨侍。節庵亦于三四月間自梁格莊至上海相見。

丙辰四月送伯嚴還金陵散原別墅

初夏輕陰抵晚春，花言鳥語待歸人。到門喜見脱綳笋，行路都知避世巾。萬事飽看同縮手，一艖聊可自由身。挈家穩住鍾山下，我友顏葰是舊臣。

【箋】陳三立有詩，題為"為嫁女客滬上兩月，四月二十四日移還白下別墅，節庵、止庵、乙庵諸公咸題扇贈別，依次答寄凡三首"。

春贈慈護

炳炳青霞集，巍巍海日樓。佳兒懷祖母，正學接蘇州。通德門風舊，延恩世澤修。高歌吾為子，老興慰苻萋。

【箋】沈頴，字慈護，號靜儉齋。本生父沈曾橚，後過繼與沈曾植為嗣子。娶李傳元次女。續娶勞乃宣之女勞絣。民國時任職稅務局。

散原自鍾山歸作此遺之

春闐寒溪有草堂。桃花猶是舊時妝。江山破碎初歸客，林木交加不作行。此地百年多喪亂，故人數語即淒涼。謝公墩好誰爭得，檢得權兒事一囊。

【校】上詩余本未收。程中山輯自《晨鐘報·文苑》一九一八年十二月二十二日。

【箋】此詩發表于民國七年戊午，標題及所寫內容均與上詩近似，姑繫于此。

夢鄭太夷

分明身在海藏樓，詩未成時酒未收。安得與公同一適，雲開日出話神州。

【校】上詩余本未收,黃任鵬輯自《鄭孝胥日記》。

【箋】黃箋:鄭孝胥一九一八年十一月初六日(十二月八日)日記:"得星海病中一函,中寫一箋云:'《夢鄭太夷》一首(詩略)。宣統十年十一月初一夜五鼓夢中作,甫醒,急記之。病兩月,不能寫一字,急呼史把總寫出。少遲,一字不能記也。'後有'藏山'一印。信面書云:'京後門外福祥寺胡同中間路北六號梁寄。'"又,鄭孝胥有答詩,見次日日記:"寄一詩與星海,曰:'病中得夢又得詩,未是吾儕撒手期。祇乞藏山二十載,共看大義再申時。'"

贈堀田

碧樹涼秋畫不如,憂來堆得半林書。酒闌欲采秋山稿,寫出人間種樹廬。丙辰七夕後一日

【校】上詩余本未收,輯自梁鼎芬傳世手迹影本。

題畫山水絹本小軸 (四首)

用筆蕭疏自遠人,殘山賸水認前塵。為君略作雲林意,月暗風欹好自親。

屢負空山廿載期,枉持忠存與人嗤。多哀徒抱西臺痛,依舊冬青不滿枝。

淺渚荒亭地自幽,空枝冷石倚殘秋。回天蹈海都難遂,縱有羅浮未忍休。

一角荒寒照冷流，蕭然木葉已深秋。此間正是非塵境，合有高人來繫舟。

【校】上四首余本未收，輯自王森然《梁鼎芬先生評傳》及汪辟疆《光宣以來詩壇旁記》，畫上題款："忍冬詩家同年屬畫，丙辰，鼎芬酒後"，"老節再作"。

【箋】忍冬，勞乃宣之別字。汪辟疆《光宣以來詩壇旁記》："忍冬為勞至初國變後別字。此畫及詩，皆作于五十八歲時，淒婉之音，蓋所南、晞髮之遺也。"所南，鄭思肖；晞髮，謝枋得。皆宋遺民。

題自畫山水（三首）

短埠還憐醜石存，遠山一抹淡無痕。數竿野竹成蕭瑟，好伴高人茗半尊。

年來心迹不堪論，墨筆都成涕淚痕。蹈海藏山無一可，依依殘墨染乾坤。

白髮遺黎喚奈何，偷生真覺一生多。胸中無限蒼茫感，賸水殘山和墨磨。

【校】以上三詩余本未收，黃任鵬輯自丹林（按：即陸丹林）《紅樹室璅記》（《蜜蜂》一九三〇年第一卷第六期），并擬詩題。

【箋】黃箋：陸丹林《紅樹室璅記》云："番禺梁節庵（鼎芬），畫極少見，社友李祖韓藏有梁作山水一幀。畫作古木、草亭、短竹、遠山，着墨雖少，而題詩甚多。字如蠅頭，確是節庵手迹。詩凡三絕：（詩略）。詩後復縢小跋：'予素不能畫，而朋好輒以見屬，今公李又以薄絹來，適種樹餘暇，倚窗寫意。'黍離之思，活現紙上，不失孤臣口吻。"按，跋文中有"種樹餘暇"語，知爲梁任種樹大臣時所作，姑繫于此。

子申畫榴花寄吾姪榴齋賦謝

約庵于我如兄弟，手寫紅榴似我家。付汝一枝須記取，後山處獨不祈華。

約庵荷菊雙扇

荷枝崛強菊堅蒼，我見此花真斷腸。白髮西風詩幾處，紅燈疏雨淚千行。

【校】上詩余本未收，輯自梁鼎芬傳世手迹影本。

【箋】約庵，李寶巽之號。

題招子庸畫蟹

噓沫張螯意可知，橫行能得幾多時。江邊一夜西風緊，個個登盤跪已遲。

【校】上詩録自汪宗衍《節庵先生遺詩補輯》。

【箋】招子庸，原名功，字銘山、子庸，號明山居士。廣東南海人。嘉慶二十一年舉人，任臨朐、濰縣知縣，升青州知府。擅寫蘭竹、人物，又善畫蟹。徐珂《清稗類鈔》卷七：“南海招子庸工繪事，畫蟹最佳，儼有秋水稻芒郭索橫行之致。潤有定格，酬不及格者，為之繪半面蟹，自石罅中微露半體，神采宛然如生，見者皆歎為絶筆。”撰有《粤謳》一卷。

子申畫松柏贈胡憪仲題五律一首

吾心有松柏，不肯植人間。共愛冰霜性，難傷麟豹顏。歲寒知恐負，獨秀感多艱。莫論漸臺事，公賓就已閒。

【箋】胡嗣瑗，字晴初、琴初，又字憪仲，別號自玉。貴州貴陽人，先世籍廣東順德。光緒二十九年進士。翰林院編修。曾任天津北洋法政學堂總辦、金陵道尹、江蘇將軍府諮議廳長。參與張勳復辟，出任內閣左丞。

米漢雯山水畫卷為涉江題

林巒富如此，莫道涉江貧。相對禽魚樂，獨行松桂親。桃源心上有，瓊島夢中頻。招隱誰堪侶，吾衰算一人。

【箋】福格《聽雨叢談》卷四："米漢雯，順天宛平人。順治辛丑進士。原河南長葛縣知縣，行取主事。取二等五名，用編修。"官侍講學士。擅畫山水，書畫俱仿米芾，時呼小米，尤工篆刻。著《漫園集》、《存始集》。震鈞，字在廷、在亭。號悶庵，瓜爾佳氏，滿洲鑲黃旗人。光緒八年舉人。官甘泉知縣，遷陝西道員。庚子以後，任江蘇江都知縣。宣統二年，執教於京師大學堂。旋入江寧將軍鐵良幕府，並任江寧八旗學堂總辦。辛亥後，改名唐晏，字元素，號涉江。在上海組織麗澤文社，與節庵及朱孝臧、鄭孝胥相唱和。曾從張度學書畫。善畫墨梅及蘭竹。工篆隸，能詩，有《海上嘉月樓詩》。博學多聞，著有《天咫偶聞》十卷，《渤海國志》四卷、《庚子西行紀事》、《海上嘉月樓勸學遺楠》等多種。

伍德彝梅花扇為陳師傅題

聽水齋頭一樹春，得來清氣老愈親。去非不寫緇塵恨，簡齋

《梅》詩:"相逢京洛渾依舊,惟恨緇塵染素衣。"安世真成鐵石人。講易見心加邃密,題詩出手即芳新。還尋荷館萍緣夢,文獻云亡幾愴神。公游粤,觴之于伍家池館,南皮公同坐,贈詩云:"那知滄海橫流日,尚有萍蓬小聚時。"

【校】上詩錄自葉恭綽《節庵先生遺詩續編》。

【箋】伍德彝,字興仁,號叙倫,又號乙公、懿莊、逸莊。自署花田逸史、萬松園少主人。廣東南海人。謙福《竹實桐華館畫談》:"伍德彝,字懿莊,號花田逸史。延鎏次子。克承家學,為居古泉入室弟子,時有出藍之譽。畫則山水人物,花鳥草蟲,無一不精,字則篆隸楷草,無一不妙,又善詩詞,允稱三絕。尤工古籀篆刻,已采入《印人傳》中。張之洞督粤時,嘗至其家,謹賞其畫。迨五十賜壽,所有禮物均璧,獨受其所繪《九如圖》,大為欣賞。番禺梁鼎芬采李白論畫句云:'輕如松花落金粉,濃似苔錦含碧滋。'謂其畫景得輕濃二字之妙。因以名其館曰松苔,並號松苔館主。著有《松苔館詩鈔》、《浮碧詞集》若干卷。"萬松園指伍家花園,簡稱伍園。廣州河南漱珠涌之東,為十三行商伍秉鑒之宅第。占地百畝,有荷塘、竹林,中為萬松園。伍綽餘《萬松園雜感》詩注:"萬松園額,劉石庵書。藏春深處額,張南山書。有太湖石屹立園門內,雲頭雨腳,洞穴玲瓏,高丈餘,有米元章題名。池廣數畝,曲通溪澗,駕以長短石橋。旁倚樓閣,倒影如畫。水口有閘,與溪峽相通。昔時池中常泊畫舫。有水月宮,上踞山巔。垣外即海幢大雄寶殿。內外古木參天,仿如仙山樓閣,倒影池中,別饒佳趣。"陳師傅,陳寶琛。簡齋《梅》詩,指陳與義《和張規臣水墨梅五絕》詩。張之洞贈陳寶琛之詩,不見于《廣雅堂詩集》中。

夜讀道書(三首)

月旁凄愴不言寒,王充《論衡》:"曼都居月之旁,其寒凄愴。"玉枕虛中自有丹。晉亂,盜發子房冢,玉枕中獲《素書》。收得陰符經一卷，鄒訢聞處盡情看。

天下橫流罪在莊，禮教大壞，戎狄亂華，而天下橫流，兩晉之禍是已。遺書不復見王雱。王元澤注《莊子》十卷。支離莫問人間世，奇字無人訊亢桑。《莊子》、《庚桑子》。《太史公列傳》作"亢桑子"，其書多古文奇字。

胡蝶螳螂實兩蟲，閒忙都笑太匆匆。寶章尚有蟾仙解，宋葛長庚有《道德寶章》一卷，作《蟾仙解》。添入蘇吳字一叢。欒城草廬有老氏書。

【箋】王充《論衡·道虛》："（項）曼都好道學仙，委家亡去，三年而返家。問其狀，曼都曰：'去時不能自知，忽見若臥形，有仙人數人，將我上天，離月數里而止。見月上下幽冥，幽冥不知東西。居月之旁，其寒淒愴。'"《素書》，張商英《黃石公素書序》："黃石公《素書》六篇。按，前漢黃石公圯橋所授子房《素書》，世人多以《三略》為是，蓋傳之者誤也。晉亂，有盜發子房冢，于玉枕中獲此書，凡一千三百三十六言，上有秘戒：'不許傳于不道、不神、不聖、不賢之人，若非其人，必受其殃。得人不傳，亦受其殃。'嗚呼其慎重如此。"王雱，字元澤。王安石之子。未冠登進士，神宗時，曾任太子中允、崇政殿說書，受詔撰寫《詩義》、《書義》，擢為天章閣待制兼侍講。書成，遷龍圖閣直學士，因病辭而不拜。事迹附見《宋史·安石傳》。著有《南華真經新傳》二十卷。晁公武《郡齋讀書志》卷三上《莊子南華真經》十卷："自孔子沒，天下之道術日散。老聃始著書垂世，而虛無自然之論起。周又從而羽翼之，掊擊百世之聖人，殫殘天下之聖法而不忌，其言可謂反道矣。自荀卿、揚雄以來，諸儒莫不闢之，而放者猶自謂游方之外，尊其學以自肆。于是乎禮教大壞，戎狄亂華，而天下橫流，兩晉之禍是已。"《四庫全書總目》卷一四六："今考《新唐書·藝文志》載王士元《亢倉子》二卷"，"然士元亦文士，故其書雖雜剽《老子》、《莊子》、《列子》、《文子》、《商君書》、《呂氏春秋》、劉

向《說苑》、《新序》之詞，而聯絡貫通，亦殊亹亹有理致，非他偽書之
比，其多作古文奇字，與衛元嵩《元包》相類"。又，"《道德寶章》一卷，
內府藏本。宋葛長庚撰。長庚字白叟，閩清人。為道士，居武夷山。舊本
題‘紫清真人白玉蟾’。白玉蟾其別號，紫清真人則嘉定間徵赴闕下所封
也。其書隨文標識，不訓詁字句，亦不旁為推闡，所注乃少于本經，語意
多近于禪偈，蓋佛、老同源故也"。

題劉松庵畫松（三首）

頹胸老硬松所蟠，唐高宋益自家觀。光明寺後崇效寺，畫
壁又來楊契丹。

臥齋枉此支離叟，沈世聊為老禿翁。風雨忽然天地窄，酒
醒潑墨看成龍。

崇府山頭淚暗來，蕭蕭喬木百年栽。遙知今夜浮雲月，著
汝義熙花下苔。

【箋】劉松庵，畫人，清末民初常與文人交往。陳曾壽有《哭劉松庵》
詩，謂真"繪事三十年，未極志所尚"，自注云："時松庵老圖畫局畫師。"
又有詩題云："節師見予九日詩，寄語曰：‘豈忘庚戌重九耶？何詩中未及
之？’蓋是秋，節師入都，弔張文襄公之喪，予以九日，邀同陳弢老集于十
刹海廣化寺，淒然相對，二老皆有詩，劉松庵為圖記之。今忽忽八載矣，
感賦長句，奉寄以志哀。"

劉松庵屬書賣畫單未成先寄此詩（二首）

賣松何如賣梅者，詩在己公梅丈家。齊己有賣松者詩，宛陵有賣

梅者詩。換得幾錢成底事，畫成且去種陶花。<small>仁先種菊，松庵從之，余名之陶花。</small>

琴價留僧畫待誰，病翁衰懶不曾為。祝君滿處鞋兼米，徐步登山飯熟時。

【箋】賣畫單，亦稱潤筆單，單上列明賣畫之潤例。畫家每請名人書寫潤格，張于壁上，以增聲價。齊己，唐代詩僧；宛陵，宋詩人梅堯臣之號。

失　　題

蘭亭桃源那可得，千載相看弟與予。三月三日詩安在，九十九泉夢何如。市行相遇猶能識，病懶無言賴有書。負盡此生長不寐，春花撩亂豈吾廬。

上命題王羲之換鵝圖 <small>（二首）</small>

歲寒松柏感恩多，臘朔傳宣事若何。今識御書承祖法，右軍當日愛群鵝。

昔日今朝往事多，<small>裕陵《初集》："昔日今時猶歷歷，補桐書屋自雙桐。"</small>補桐書屋近如何。御園新柳黃難寫，誰為春風染似鵝。

【校】昔日今時，葉本作"昔日今朝"，自雙桐，葉本"自"字空缺。今據乾隆《御製詩初集》逕改。黃任鵬校：傳宣事，手迹作"傳呼幸"；"右軍"句，手迹作"臨池曾賞右軍鵝"。

【箋】丙辰八月，節庵自上海返北京。八月，奉旨在毓慶宮行走。二詩當作于冬暮。上，謂溥儀。《王羲之換鵝圖卷》，錢選所繪。錢選，字舜舉，號玉潭，又號巽峰，雪川翁，別號清癯老人、川翁、習懶翁等，浙江湖州人。南宋景定三年鄉貢進士，入元不仕。工詩，善書畫。《王羲之換鵝圖卷》原為清宮舊藏，《石渠寶笈》著錄。溥儀自宮中攜出，後流落民間，經王己千收藏，後售于美國大都會藝術博物館。裕陵，指乾隆皇帝。乾隆《御製詩初集》卷四十四《補桐書屋率題》詩："温暾曉日一窗紅，窗下工夫想像中。昔日今時猶歷歷，補桐書屋自雙桐。"

梅花水仙畫軸

晴眉閣字兒初認，傳鑒堂書亂更移。親好兩家懷祖德，遲生三日笑孫枝。矩臣意足從教墨，涪叟欣然付與詩。五十九年同汝夢，看花傷世視當時。

【校】上六題十二詩録自葉恭綽《節庵先生遺詩續編》。

【箋】梅花水仙畫軸，當為節庵所藏。晴眉閣，黎遂球室名，此當謂黎湛枝；傳鑒堂，謂李玉棻。畫軸上當有兩家題署藏鑒。

題淩研航仁弟尊公花雨山房遺詩

興託君山廟，居鄰雙井鄉。同誰採蘅杜，□子哭滄桑。兵事知儒者，胡文忠語。騷心照夕陽。所嗟琴志稿，流涕説興亡。

【校】上詩余本未收。程中山輯自《晨鐘報・文苑》一九一七年三月四日。

【箋】淩大壽，字第華，號靜山。湖南平江人。有《花雨山房遺詩》一卷，未刊。

慈仁寺松下同剛甫作

亂後能來説舊詩，殘陽松翠映疏眉。相攜竟是來生事，獨往空憐後死悲。陳迹半荒僧已散，微言將絶世還疑。柳條曾繫重陽騎，石象敲殘草没碑。

【校】上詩余本未收。程中山輯自《晨鐘報·文苑》一九一七年四月十五日。

【箋】慈仁寺，位于北京城南宣武門外，遼時名報國寺。為清代士人文會之所。曾習經居于京師宣南丞相胡同潮州館中，時與節庵往還。

失 題 丁巳年作

丹心惟共一燈紅，四海無人識此翁。射虎斬蛇都不得，衰年始信百無功。

【校】傳世手迹略有異文："劍光出匣氣如龍，誰信髯公一世雄。射虎斬蛟都不得，衰年始覺百無功。"《容庚雜著集》載，頌齋藏有節庵手書扇面，此詩首句作"夜來惟對一燈紅"，第三句作"射虎斬蛟俱不得"。

【箋】作于民國六年丁巳。

楊樞密以孫夫人畫像屬題同滄趣作卷内有及之惜抱石洞諸先輩詩

父兄忠于漢，仲謀還不然。堂堂女子心，助漢祈勝天。白刃夾紅燈，瑰姿武且妍。欲乘蝦磯月，與漁話千年。

【校】上詩余本未收，輯自梁鼎芬傳世手迹影本。末署"丁巳五日"。

【箋】清代設軍機處，職責相當于唐代之樞密院，因以樞密代指軍機大臣、軍機章京。楊樞密，疑為楊壽樞。字蔭伯、伯年，一字蔭北。江蘇金匱人。光緒十九年，考取軍機章京。宣統三年，以軍機欽班三品章京授慶親王內閣制誥局局長。孫夫人，指孫權之妹，劉備之夫人。滄趣，謂陳寶琛；惜抱，謂姚鼐；石洞，謂葉春及。

題林琴南雙松圖

黃花驛古，采采遥臨。託孤寄命，豈惟湘陰。千尺不俯，萬劫勿侵。天日在上，歲寒同心。

【校】上詩余本未收，黃任鵬輯自梁鼎芬題林紓《雙松圖》手迹，並擬詩題。黃校：此詩末署"年晚梁鼎芬拜題"。

【箋】黃箋：此圖作于丁巳（一九一七）九月，係林紓應梁鼎芬之請，為慶賀陳寶琛夫婦七十雙壽而作，現藏于首都博物館。

野園看菊花答黃節

話到南園淚已深，無詩負汝百回心。黃花多恨今方見，白髮何因病更侵。秋事闌珊人幾在，鴉聲零亂樹全陰。思量此會憑何記，主客園亭值一吟。

【校】黃節《蒹葭樓詩》有《萬生園賞菊賦呈節庵先生》詩，《何氏靈璧山房所藏蒹葭樓墨迹》題作"野園賞菊呈節庵先生"。

【箋】黃節，名晦聞，字玉昆，號純熙。廣東順德人。清末在上海與章太炎、馬叙倫等創立國學保存會，刊印《風雨樓叢書》，創辦《國粹學報》。民國成立後加入南社，受聘為北京大學文學院教授，專授中國詩學。著有《詩學》、《詩律》、《蒹葭樓詩》、《漢魏樂府詩箋》、《謝康樂詩注》、《阮步兵咏懷詩注》、《中國文學史》、《粤東學術源流史》等。陳三立題《蒹葭樓詩》卷端云：“格澹而奇，趣新而妙。造意鑄語，冥闢群界，自成孤詣。莊生稱藐姑射之神人‘肌膚若凝雪，綽約若處子’，又杜陵稱‘一洗萬古凡馬空’，詩境似之。”又云：“卷中七律疑尤勝，效古而莫尋轍迹。必欲比類，于后山為近，然有過之而無不及也。”陳衍《近代詩鈔》云：“余與晦聞相知久而相見疏。其為詩著意骨格，筆必拗折，語必凄婉。”汪辟疆《近代詩人小傳稿·黃節》云：“其詩咽處見蓄，瘦處見腴，其回腸蕩氣處見孤往之抱，其融情入景處有縹緲之思，而其使人低回往復感人心脾者，皆在全篇，難以句摘。”萬生園，即萬牲園，又稱三貝子花園，在西直門外。始建于光緒末，名農事試驗場。《許寶蘅日記》光緒三十四年六月初五日：“出西直門，游農事試驗場。此地曾經兩宮臨幸，屬于農工商部，仿外國公園，初入買券，觀動物再買券。動物園有虎、獅、豹、兒、熊、蟒、鱷、紋馬、羚羊、鹿、麂、狐、鶴、猴、鼠，猴之種類為最多，鳥之屬亦五六十種，鸚鵡為最美。”

丁巳十月二十夜寅初過口子門

去年此夜已堪悲，不謂今來痛倍之。十載英靈頻擁護，幾人危苦與支持。天心未悔將何問，臣罪難言祇自知。白髮遂良望前路，冰風橋上五更時。

【箋】口子門，此指清西陵之門。謁陵時必經此出入。光緒帝之崇陵位于西陵之九龍峪。

題子申畫春心秋心冬心圖卷 (八首)

微生啼血化為花，春也無涯恨有涯。留得此心照天地，千

場風月一杯茶。<small>溫副憲杜鵑春心。</small>

人間尚有義熙花，親手栽成祇此家。何物欽鴉吾後在，千秋標格不由他。<small>陳侍郎菊花秋心。</small>

松柏青青天所佳，塵中獨秀自為齋。履霜犯雪尋常事，那攬生來鸞鶴懷。<small>胡閣丞松柏冬心。</small>

寫出三心不二心，花間松下費沈吟。收將滄海無窮淚，濡入湘毫寸寸深。<small>總論三心。</small>

三君少我廿年詩，患難相親一畫師。爭說虬鬚生虎口，看他白刃不驚時。<small>子申。</small>

憶昔冰壺愛夏心，屈陶忠潔共追尋。荷花惟有豐清敏，水面搖風意自深。<small>乞子申畫夏心。壬辰游鄂，張文襄屬發兩湖書院詩題云《首夏雜咏》，屈子、陶公皆愛首夏，諸生以所學所志言之。</small>

負盡恩知到此時，尚留殘命賦新詩。興亡豈盡關天意，自是臣愚有未知。<small>自責之詞。</small>

莫將忠憤說蹉跎，水火蒼生待命多。□□□□□□□，未知儒效竟如何。<small>此五人互責之詞。</small>

【箋】溫副憲，指溫肅。溫肅在順德龍山故里築杜鵑庵，李孺為作《杜鵑春心圖》。題圖者計有節庵及吳道鎔、陳寶琛、朱汝珍、黎湛枝、陳毅、王國維、張學華、曾習經、何藻翔、陳伯陶、梁用弧、王乃徵、鄭孝胥、朱益藩、楊鍾羲、丁仁長等十九家。此圖至今猶存，刊入《翰墨流芳》中。其餘諸圖待考。陳侍郎，謂陳寶琛。胡閣丞，謂胡嗣瑗，字晴初、琴初、愔仲，號自玉。原籍廣東順德，遷貴州貴陽。光緒二十九年進士。翰林院編修、天津北洋法政學堂總辦，後任江蘇金陵道尹、江蘇將軍府諮議廳長。參與張勳復辟，任內閣左丞。後隨溥儀至東北。

壽濤園十二兄六十

觥觥文武范龍圖，道義相親久弗渝。國步艱難見松柏，臣心憂憤託菰蒲。抱冰堂案朝連夕，梁格莊燈子與吾。留得詩人天有意，不妨偕老醉江湖。

【校】上詩余本未收，黃任鵬輯自《公言報》一九一八年三月一日，署名"節庵"。

耐寂種菊詩（十首）

閒卻臂鷹手，萬事得旁觀。想當半醒時，細雨親闌干。

種花須用水，教壞迂叟僕。此時意如何，祈天願已足。

花好不在多，一二即傑出。平生幽冷姿，人閒有真逸。

漢陰聞一叟，抱甕何其勞。澤物要及時，風流真人豪。

養花如養士，須別正與邪。菊性最峻潔，桃杏毋乃奢。

昔游天寧寺，病僧閒種花。我來采一束，歸對栖鳳家。

題秋紅蕖閣，會飲墩子湖。一叢標一名，此事今則無。

汪汪萬人海，茲花最清整。毋令蓬藋傷，凌霜保其鯁。

采英以爲枕，飲水可延年。祖母百歲人，久久自得仙。

吾鄉菊有坡，吾師教孔多。前輩崔與李，晚節當如何。

【校】上詩余本未收，黄任鵬輯自《公言報》一九一八年十月十八日，署名"節庵"。

書潘若海遺詩後

弱庵數行字，似淚結成珠。渡海神何□，斯人今已無。□鵑惟有血，天馬不留軀。送死惟君用，餘生訊毅夫。

【校】上詩余本未收。程中山輯自《晨鐘報·文苑》一九一八年十二月二十二日。

【箋】潘博，又名之博，字弱海，後改若海。號弱庵。廣東南海人。少時問學于簡經綸，後爲康有爲入室弟子。曾積極參與維新活動，變法失敗後，東渡日本，參與梁啟超、蔣智由等籌畫組織政聞社事。後歸國奔走"勤王"之事。辛亥革命後，曾策劃反對袁世凱復辟的活動，遭緝捕，民國六年，心力交瘁而卒。潘博與麥孟華齊名，時人稱"粵兩生"，撰有《弱庵詩》、《弱庵詞》一卷。此詩姑繫于民國七年。

為關伯衡題陳白沙先生詩卷 (二十首)

桃源不及龍溪好，千古崖門正在南。先生住圭峰下，南望厓門。忠孝一原公所造，朝衫脱下著蕉衫。

宣德戊申始降年，樂芸居士已生天。先生父琛，號樂芸居士，究心理學，年二十七卒。一月，先生生。宣德三年戊申十月二十一日也，母林氏，守節教先生。傷心祇見山頭土，先生《先子忌日作》："生來祗見山頭土，祭諱惟聞月下螯。"忌日孤兒總泫然。

微臣親舍在雲峰，在圭峰右。一洞瓊華無數松。洞産松菰。且學賦詩朱五二，韋齋先生《與内弟程復亨書》云："息婦生男名五二。"阿娘壽日酒盈鍾。朱子有《壽阿娘》詩。

紅鯉金蝦養母泉，玉臺山下聖池邊。圭峰頂四方，名玉臺山。綠屏山下聖池，産紅鯉金蝦。秦仙丹井今猶在，秦時仙人居此，有丹井遺迹。一紙千金沈石田。《石田嘗作玉臺圖次韻答之》一首："石田雖有千金睨，老子都疑一世名。"

葵花愛日臣愛君，我愛葵庵句有神。臣與葵花同一意，葵霜閣下幾沾巾。《葵庵》一首："葵花愛日臣愛君，臣與葵花共此真。"

貞節堂高翠柏承，題詩誰似李茶陵。璽書敦勉輕離母，後約飛雲告我朋。《貞節堂柏》一首，茶陵李東陽有《題貞節堂》詩。《留別諸友時赴召命詩》有云："璽書春晚下漁磯。"又云："但得聖恩憐老母，滿船明月是歸時。"又云："憑君寄語張東所，更與飛雲約後期。"東所名詡，番禺人。集中屢見。余有嘉靖本《東所集》，頗精。

先生最敬慈元殿，後學皆尊碧玉樓。國破君臣尚如此，道存師弟肯他求。《厓山慈元殿弔古》一首："天地幾回人變鬼，風波萬里母將兒。"在江門《次韻伍南山賀碧玉樓新成》二首："腳底江山不浪開，小樓占此是天裁。"

藤籠木屐一身輕，老子生平不好名。養得靜虛真省事，讀書饒有百源情。《東白張先生借予藤蓑不還戲之》一首。

牀上崔公牀下李，堂堂粵學炳千年。風流悉盡成今日，野服蕭條惟自憐。《夢崔清獻坐牀上李忠簡坐牀下野服搭颯而予參其間》二首，有序。

母老文都不遠游，周京，字文都，麻園人。母老不遠游，築曝日臺習靜其上。孝鄉美俗幾家修。高臺風景詩能説，曝日安閒五十秋。《贈文都》詩一首："小住江門五十年。"

三洲聞虎鼉洲遇，忠信真能保一身。《三洲巖聞虎》一首。猶憶玉泉山寺路，戊申夏寓玉泉山，薄暮與僧游至深處聞虎聲而返。知予蹭蹬有山神。《鼉洲山遇虎》一首："忠信于人真可仗。"坡詩："山神與野獸，知我久蹭蹬。"

相親無過馬玄真，卷中馬先生，名廣生，字玄真，號默齋，贈詩最多。佳句時時念此人。能誦春牛君有子，《飲馬氏園贈童子馬國蘭》一首，小注："能誦予春牛之句。"一園花木盡成春。

直諫少年鄒吏目，汝愚以言謫石城縣吏目，年才二十四耳，余尚長三年，不及也。集中贈詩最多，弔詩云："謫死天涯二十零。"遺書正學李嘉魚。石城月黯雲臺圮，何日還鄉啟故廬。高弟李君承箕，嘉魚人。余為武昌府，日訪後人不得，求遺書亦不得。楚雲臺，在白沙村。弘治中，李承箕聞先生倡尋東南，率子弟來從游，為築楚雲臺居之。

散髮松根道益尊，釣臺風月共江門。秫坡畫象吾家有，攜向圭峰石上論。《觀秫坡先生畫象》一首："散髮松根坐磐石。"又《秫坡先生釣臺》一首。江門江濱亦有先生釣臺。余有兩先生畫像，秫坡墓在圭峰右麓。

鳳凰岡草瘞詩心，惟敬墓在從化鳳凰岡。欲和天津對月吟。莫到直沽城上聽，斷鴻短角盡哀音。《天津同吳給舍舟中對月》一首。《登直沽城樓》一首。

石洲過眼似匆匆，十首珠璣在集中。試把芙蓉校山水，卷內云："儂貪山水也，山水不貪儂。"刻本云："芙蓉開十丈，天際白龍宮"十字，全別其他，同異凡七處，不盡錄。要讎同異白龍宮。翁跋云："校定全集，尚未見此數篇。"今檢集中，有此十首，題《南歸寄鄉舊》。

筠清一字不曾留，卷中有印無題字。尚話當時崔顥樓。同里兩賢霄漢上，吳荷屋中丞、駱文忠公，皆為湖北按察使，丁未取所藏二公書為一幅，張文襄公見之曰："一以文學，一以武功，可不勉乎！"余聞之悚然。劫中遺墨感芳洲。余于鸚鵡洲上創建禰正平祠，張文襄公語人曰："此千年未有之事也。"

當書偶與謝山儔，丙午以三百金購先生巨卷于京市，癸丑遭亂售之。跋尾先從若水求。卷內甘泉跋甚精。紅玉叢中書畫記，開尊同坐聽帆樓。潘季彤先生《聽帆樓書畫記》。文孫佩如丈有藏本，曾于樓上讀之。丈愛瓷器，搜采精富，嘗勸刻《曲江集》行世。

童時隨父返潮連，余家自潮連移省城，遂為番禺人。九歲隨父回潮連省墓。欲覓西屏集一篇。區越，號西屏，潮連人，有《西屏集》六卷。煙樹數家還彷彿，景晹先盡讀書年。《往潮連人事》一首："數家煙樹隔微茫。"《景晹讀書潮連》一首。景晹，先生次子，先卒。

茅柴豈復念倭金，六十七年春夢深。驚喜潦河詩得所，伯衡重價購此，以娛老父，彼倭金不能得也。孝親不負石齋心。《左行人寄惠倭金酒殘醉中賦答》一首："六十七回春又過，茅柴不管注倭金。"

【校】上題二十首詩錄自葉恭綽《節庵先生遺詩續編》。第十二首"馬國蘭"，《白沙子集》作"馬國馨"。

【箋】關冕鈞，字耀芹，號伯衡。廣西梧州人。關廣槐之子。光緒二十年進士。翰林院編修。任鐵路大臣。富收藏。那桐《那桐日記》光緒二十九年癸卯："關咏琴之姪、關樹三廣槐刺史之子關冕鈞持贄來拜門。關號伯珩，行一，廣西梧州府蒼梧縣人，癸巳舉人，甲午翰林，現官編修，年三十歲，人精明閱歷，講求西學，有用才也。"汝愚，謂鄒智。朱松，字喬年，號韋齋。朱熹之父。有《韋齋集》十二卷。坡詩，指蘇軾《徑山道中次韻答周長官兼贈蘇寺丞》詩，山神，原作為"山禽"。李承箕，黄宗羲《明儒學案》卷五《白沙學案》上："李承箕，字世卿，號大厓，楚之嘉魚人。成化丙午舉人。其文出入經史，跌宕縱横。聞白沙之學而慕之，弘治戊申，入南海而師焉。"李承箕著有《大厓李先生集》二十卷。今存。黎貞，字彥晦，號秫坡。新會人。曾學于孫蕡門下。築釣臺，以詩酒自樂，故自號陶陶生。晚更號秫坡，學者稱之曰秫坡先生。著有《秫坡集》八卷。所引"芙蓉"二句，原詩題為《南歸寄鄉舊》十首。節庵未全部出校，殊為可惜。關冕鈞所藏之《陳白沙先生詩卷》，今已不知流落何方矣。吳荷屋，謂吳榮光，字伯榮，號荷屋。廣東南海人。嘉慶四年進士。任湖南巡撫兼湖廣總督。著有《辛丑銷夏記》、《石雲山人文集》等。駱文忠，謂駱秉章，字籲門，號儒齋，廣東花縣人。道光十二年進士，任湖南巡撫、四川總督。卒諡文忠。潘正煒，字榆庭，號季彤，又號聽帆樓主人，廣東番禺人。精鑒別，富收藏。著有《聽帆樓詩鈔》、《聽帆樓書畫記》。潘寶珩，字佩如，為潘正煒第四子潘師徵之子，光緒八年舉人。妻鄧氏，為鄧世昌之妹。潘寶珩于民國初年曾任職于廣州市諮議局籌辦處，創辦廣東公醫學校醫院、河南仁濟留醫院。潘寶珩所勘刻之《曲江集》，指在光緒十六年庚寅刊刻的鏡芙精舍藏版《曲江集》。

乙庵歸嘉興省墓賦此送之

過家上冢福由天，思我雙溪獨泫然。汐社幾人能共命，浙河有母早登仙。不忘貞孝亭林節，曾寫瀧岡永叔阡。□□

自知歸不得，藥牀春曉痛無眠。

【校】上詩余本未收。輯自梁鼎芬傳世手迹影本。末署："鼎芬稿。"

【箋】王蘧常《沈寐叟年譜》："戊午三月，歸里掃墓。"沈曾植有《展墓出南門作》三首。

幼兒于窗上畫松竹請各題一詩

窗上生松樹，清風為我來。欲知造化手，君子有雲雷。
洋川數枝竹，濁世幾回腸。要共梅餐雪，還同菊履霜。

幼兒拈晚霽二字乞作白話詩

雨止蟬亦止，夜涼心更涼。無人說明月，獨自九回腸。

壽關樹三七十六歲 (十二首)

蘆花江上笛聲涼，荔子丹時日正長。欲識蒼梧風土美，詩人佳句寫曹唐。唐曹唐《蒼梧》詩："蘆花寂寂月如練，何處笛聲江上來。"

閒官一室論天下，同榜三賢分最親。宏衍海棠隨世盡，舊時潘鄧幾追尋。先舅延秋先生住教場胡同，所居曰"紅螺山房"，其時吾鄉人才最盛，多集于此，俯仰今古，往往達旦。崔虁典前輩、區鵬霄侍讀與樹翁，皆丁丑同年，無幾日不見，鐵香住醋章胡同宏衍庵隔壁，海棠盛時，輒約同繹琴丈游賞。芬年二十五六歲。今惟樹翁與芬存，近日陳公俌道，此庵昔日海棠已無一枝矣。

知人賀縣于兵部，愛說貧家賣餅兒。菽水一杯誰得似，敬廬松老已生芝。_{樹翁與晦若同鄉同部，最久契，每告余：樹翁少時，家清貧，賣餅養母，有古人風。雪屋著書，當官能貧，不可及也。延舅亦屢稱之。}

諒山克復記張馮，畫界圖成實汝功。辛苦十年聊一試，城隍堡寨早羅胸。

江門風物白沙鄉，造福名言楊侍郎。我有一言翁最樂，兒回書畫滿歸艎。_{令子伯衡翰林，新收白沙真迹巨軸，余為題詩，今攜歸為老人壽，亦雅談也。}

一鳳翔霄侍瑣除，兒時我已許璠璵。娛親今日應何物，紅玉甖兼碧玉書。_{白沙所居曰"碧玉樓"。}

吾鄉山水連州最，曾記鹿㟃詩品佳。我友竹居公所敬，居賢善俗即胡齋。

少時清苦老平夷，所至民安所去思。公愛桐鄉鄉不忘，流離猶復此棲遲。

清靈真人降生日，《道經》："六月一日，清靈真人降。"見《日月紀古》。黃鶴樓前刻石人。心地長閒知己物，胸懷澹蕩任天真。

放翁七十闢園林，藝得芳蘭及玉簪。最後更添香百合，東園六載有花陰。_{翁七十，新闢小園，窗前作小土山，藝蘭及玉簪，最後得香百合併種。七十六歲，開東園，雜植花草。}

老少親知共一圖，酒深思往盍歸乎。開元全盛今安在，夢到紅螺館裏無。_{往年在京。同石星巢、盛季瑩及余同照一相，翁題贈}

我記其事，今尚在篋也，翁題字憶及先舅同時談會。

兵部郎官記尚存，昔年吾與穗生論。晦若小字穗生。松聲鶴
骨看公健，萬柄荷花酒百尊。

【校】上三題十五詩錄自葉恭綽《節庵先生遺詩續編》。

【箋】關廣槐，字樹三。原籍廣東高明，遷廣西梧州。光緒三年進士。
任兵部郎中，後任直隸州知州。中法戰後和議，參預雲南邊境劃界事，叙
勞補主事。歷任羅定、嘉應、欽州、南雄、連州知州。以邊防功保升代理
雷州府知府。子冕鈞，光緒二十年進士。關廣槐生于道光二十二年壬寅，
卒于民國七年戊午，七十六歲。李維格，字嶧琴、一琴。江蘇吳縣人。少
就讀于格致書院，赴英國留學。曾任漢冶萍公司經理、大冶鐵廠廠長。有
《海外紀事後編》。區湛森，字鵬霄，廣東南海人。光緒三年進士。官內閣
中書。陳慶佑，字公備。陳澧之孫。曾任麗江知府，交通部主事，省會學
堂監督。石德芬，字星巢，號惺庵，一名柄樞。廣東番禺人。同治十二年，
任廣西、四川道員。任惠州豐湖書院講習。曾在廣東、北京設學館，授徒
講學。有《惺庵詩詞》。清靈真人，道教仙人名。鄧雲子《清靈真人裴君
傳》載，清靈真人，姓裴，名元仁，漢代右扶風夏陽人，生于漢文帝二年
六月一日。少時即慕神仙之道，遇支子元授長生內術。至太華山，居西元
洞石室修煉，功成仙體，升天至太微宮，玉帝封為清靈真人。《日月紀古》，
雜書。流行本有清代湖南湘鄉蕭智漢撰《新增日月紀古》。

戊午九日遙集樓

細玩黃花比舊同，千秋寥落攬予衷。高樓有酒人皆醉，佳
節無風日正中。此深慨于丁巳五月事也。得句漸遲方覺老，種
松當暑尚成功。張文襄公入覲日于北學堂後種松，時方六月，皆云不
宜，公云："人定可以勝天。"遂種之。丙午，鼎芬來京，臨行曰："記得

看六月松活幾樹。"及來看，報之曰："松都活矣。"公大喜，以示鮮庵。此松事也。來者或不知公所種，且在六月，故詳記之。**死生聚散都如此，不見當年六一翁。**

【箋】戊午九月九日，節庵招陳寶琛等集遥集樓。遥集樓，在北京宣南下斜街，後建有張之洞祠。鄭孝胥《鄭孝胥日記》辛亥日記："畿輔先哲祠，有三層樓，南皮名之曰遥集樓。右為平臺，可看月。"陳寶琛有《過覺生寺觀華嚴鐘庭中盤松亦數百年物也戊午九日節庵招集其下》詩。王森然《梁鼎芬先生評傳》："余家存'辛亥七月十八日先生與同里丙子同年七人，團拜于三忠祠下，追念昔者已三十六年，今日之會，不易得也。梁梅溪丈小山從叔與焉。小山在京師未歸，勞肇光、關蔚煌、盧維慶、鄺達榮、關以鏞、吳應楷、梁鼎芬同記于南園'之合影。上有張之洞光緒戊子所題之'道同趣一'四字，並有《戊午重九遥集樓登高雅集圖》一幀。先生真容，未由一睹，撫摩遺像，不勝慨然。"所謂"丁巳五月事"，指張勳復辟之事。

沅叔出示舊藏元刻通鑒為題三絶

百宋千元總宿因，霜紅庵裏有傳薪。誰知巨浸滔天日，一紙能承萬劫塵。

祖硯清芬必可傳，蝸廬早有蠓居緣。病間細數焦山夢，滿簏蟲魚昔自箋。讀書焦山數年，最愛《通鑒》胡注，日録數條，以意解之。晦若云："似誠齋之説《易》，有數條太露。"又云："不如删之，免為全書之玷也。"馬季立每讀一條，為之擊節。

八千卷樓今已虛，黃墨精謹上緑蕪。四庫未收誰可續，邵亭蕘圃要來扶。錢塘丁丙家藏樓上中一座全放《四庫》未收之書。予曾到數次，主人告予曰："此專備他日《四庫》重開，以全分進呈也。"樓之左專藏宋、元、明、國初佳本，題曰"八千卷樓"。丙午來京，陛辭日面奏請重開《四庫》，慈聖面諭云："你所講就是《四庫提要》，此舉甚好，但太大，一時做不完。"鼎芬續奏，請將杭州文瀾閣已鈔之書全錄一分，置之京師，重建一閣題名，又于五城地方各建一圖書館，儲藏應看之書，任人借閱，其益甚大。慈聖許之，嗣聞已諭某尚書辦理，迄未能舉也。

【校】此詩傳世墨迹末署"宣統十年立冬日梁鼎芬拜題于京師福祥里胡同楸廬"。

【箋】沅叔，指李寶沅；季立，馬貞榆之號。丁丙，參見《丁松生著書圖》詩箋。光緒三十四年，兩江總督端方在南京奏請創設江南圖書館，將八千卷樓藏書收購入藏。邵亭，莫友芝，有《邵亭知見傳本書目》；蕘圃，黃丕烈，有《蕘圃藏書題識》。

題耐寂詩

病牀展君詩，散此千載憂。呼號天地窄，淚與江海浮。細看有何物，心血成一丘。生來不示人，誇我尚可儔。病翁不宜此，積悲如何收。窗前作風雨，似起潭底虬。精思所造處，成者鬼神愁。苦語心造之，萬事一浮漚。我身已久厭，于世真如疣。待盡不得盡，誰云死可求。掩卷但太息，詩剛笑我柔。奚為有此病，肝膈煩雕鎪。惜哉義熙花，乃為裕所幽。偶然示異同，相好無相尤。將詩表我意，冷淚沈雙眸。

【校】上詩錄自汪宗衍《節庵先生遺詩補輯》。

【箋】耐寂，陳曾壽之號。

成都顧太夫人八十壽

秀野堂前進玉鍾，芳華樓外挺蒼松。教兒似父成名早，事

嫡如姑守禮恭。鶴髮高堂歌永叔，魚羹常膳愧林宗。崑山
貞孝眉山母，吾友娛親識所從。

【校】上詩錄自楊敬安輯《節庵先生遺稿》卷四之詩詞補遺部分。

【箋】楊敬安按："顧印伯印愚之母。"

前　題（十二首）

七載題春柳浪莢，兩家情好奉親時。青鞋布襪心相許，綠
鬢朱顏子有詩。桃熟西池獻王母，棗來南海說安期。搢簪
又見成都范，吾輩登堂拜父師。代王秉恩。

昔者先公賦蜀輶，非熊詩裔特甄收。韋堂紗幔聞賢訓，蔡
歟琴書必俊流。不到蓬萊緣薄祿，相從江漢得清游。同門
密邇梁元節，壽母生朝好唱酬。代許鼎鈞。

【箋】許鼎鈞，浙江嘉興人，許景澄之子。任直隸州知州。

奉養武昌兼漢陽，佳兒再拜謝阿娘。側身天地赤心共，繞
膝孫曾白髮強。盛德感人非易事，高年健飯即良方。陝西
街裏同圍宅，爾汝交情百歲長。代喬樹枬。

【箋】喬樹枬，字茂軒、茂枬、茂萱，又字損庵。四川華陽人。同治拔
貢。分發刑部，精研刑律，折獄明允。歷任主事、郎中，擢江南道監察御
史，川漢鐵路駐京總理，遷學部左丞。戊戌政變時，為川人劉光第、楊銳
收殮，名動京師。

庚辰令子識京師，三十年前同舉時。方雅共尊周顗母，澄
清皆許范滂兒。碧雞坊下尋書本，黃鶴樓中奉酒卮。猶聽

稻陂諸老説，甘棠美蔭至今垂。代于式枚。

【箋】詩有“庚辰”、“三十年前”之語，當作于民國八年己未。

池亭絶勝似園花，玉女津橋認舊家。鑄萬文章傳婦學，圭年詩句吐天葩。春暉別戀慈親線，秋月歸陳試院茶。我是自强同舍友，管龍陶鮓記曾誇。代潘清蔭。

【箋】潘清蔭，四川巴縣人。同治十二年舉人。任達縣訓導。光緒十四年，張之洞總督兩廣，召為書局纂校。二十七年，選山東濟寧州判。逾年，為山東大學堂監督，議叙同知。宣統元年調補學部實業司主事，任政法學堂庶務長。擢員外郎，晉郎中。革命軍興，棄官歸鄉。數月以疾卒于家。有《四本堂集》、《巴渝方言證》、《讀段注説文札記》等。

美政西華士女迎，生兒才邁玉山瑛。三淪湖草扶輿過，九曲松亭奉杖行。史事洵為吾黨秀，民歌真覺老親榮。桂林水遠無多物，采得金芝寄數莖。代王秉必。

【箋】王秉必，字湘岑，四川華陽（今雙流）人，王秉恩之弟。光緒三十四年，任廣東調查局督辦，後任廣東巡警道。宣統元年，任廣西勸業道，二年，任廣西巡警道。有《夢花閣詩稿》。

頭陀寺客分相親，賢母今為八十人。能塞漏舟真有智，願從深井已忘身。艱危事過堪稱壽，安樂年多不算貧。吾弟社公知此意，浣花箋試畫松筠。代汪康年。

顧子今之孟武昌，壽親養老玉山堂。士思得酒知醇旨，元結為詩稱漫郎。慈竹清風須畫筆，靈芝仙露有天香。君家百歲尋常事，思遠當年肉角長。代汪洛年。

手畫梅花咏喜神，顧亭湖月照千春。人初節母能生絳，兒愛書家不讓薖。蔗境安閒娛晚歲，萊衣嬉戲醉芳辰。采風若到華陽國，我謂三愚勝四珍。代李孺。

賢子吾兄最所稱，兖公荻教在夷陵。貧家娛母惟詩卷，少日哦書伴織燈。仙女來行麟脯酒，吉詞遍寫鶴文綾。玉泉山果多靈壽，同社殷勤寄一縢。代黃紹第。

同官鄂渚奉安輿，君有詩名我不如。華玉大家初作令，野王九歲已工書。機燈舊事齊洪母，冠帔新恩到蔡間。屋後菱湖荷萬柄，壽觴歡醉武昌魚。代李寶沅。

八十老人如六十，佳兒愛友又工詩。郎官湖靜看花好，菩薩泉甘作酒宜。儒吏事親那得比，壽鄉行樂不煩醫。華陽士女年年頌，百歲人家孝與慈。代徐道恭。

【箋】徐道恭，字敏丞，江蘇淮安人。曾為湖北補用知縣。民初避居上海行醫。

【校】上十二詩錄自楊敬安輯《節庵先生遺稿》卷四之詩詞補遺部分。

己未病中口占示劬兒

數載蝸牛避世時，龍愁甿憤豈無知。丈夫無用從飄泊，留得人間幾首詩。

【校】上詩錄自葉恭綽《節庵先生遺詩續編》。葉按："此有五言一首，已見盧刻。"

【箋】己未（一九一九年）夏，節庵病痹。十月二十四日，再入德國醫院，為黃肝病。

己未病中口占

往事都成夢，愁來祇賦詩。夢殘詩尚在，真是斷腸時。

【箋】節庵病中手書遺言："我生孤苦，學無成就，一切皆不刻。今年燒了許多，有燒不盡者，見了再燒，勿留一字在世上。我心淒涼，文字不能傳出也。"十一月二日，節庵離世。

百粵名硯以端溪為最江陽石亦有此奇品尤為世所罕睹

三陽奇品駕端州，五岳文風足淹留。晶瑩片玉真瓊瑰，管領書城萬户侯。

【校】上詩余本未收，輯自汪宗衍補輯節庵詩未刊稿莫仲予鈔本。難以編年，因附于卷末。下同。

【箋】江陽，指廣東陽江一帶地區。陽江、陽春、恩平等地所産之石，質感細膩，色彩鮮明，花紋獨特，其石質與歙硯相近，色有墨綠、紫褐，可製硯，稱陽春硯、茶坑硯、恩州硯。

天目山道中

一山纔過衆山迎，始信山容喜不平。道仄逢人須側足，谷空到處總回聲。□□□□□□□，□□□□□□□。去去莫辭前路險，此身慣向險中行。

【校】上詩余本未收，輯自石寄松《卷廬隨筆》。

【箋】天目山，古名浮玉山，位于杭州西北。節庵數度游杭，此詩難定作于何時。

贈簹谷同年（二首）

谷衍陵夷歷兩辛，豐衣歲月一遺民。鏡邊瘦盡吟詩面，檻外惟餘吞炭身。且共團欒求燕語，誰憐夢寐動哀呻。奇窮苦節原相附，詎忍從人媚竈神。

春來無事歎何曾，醒眼羞逢離亂燈。入夜狂風偏作虐，喧天爆竹漸堪憎。新容作計甘窮壑，愛月堆愁又幾層。我自蒙頭安美睡，故知萬感一蒙騰。簹谷同年老兄屬

【校】以上二詩余本未收，輯自梁鼎芬傳世手迹影本。原無題，題自題識中摘出。

王子梅屬題顧祠春雨圖長卷

回首春明數舉杯，也曾蠟屐破蒼苔。萬人如海長安市，誰解荒祠聽雨來。

【校】上詩余本未收，輯自梁鼎芬傳世手迹影本。

題　扇（二首）

纖夫細兒不解事，豈肯尋秋要此寒。霜氣漸深花漸好，相攜酒敵捲簾看。菊

朝暮傾陽見此花，泣霜幾日在天涯。故園叢菊歸期錯，費
盡相思月已斜。松葵菊花

【校】此二詩余本未收，輯自傳世手迹影本。末署："題扇新詩二首，
錄寄心巢表兄方家正之。鼎芬。"

賦贈翰臣道兄

窩小身安樂，庵閒心太平。石花相斌媚，書酒且縱橫。坐
久鷗初下，夢餘雞一鳴。不存些子事，知汝上根清。

【校】上詩余本未收，黃任鵬輯自《廣東書畫錄·梁鼎芬行書軸》（一
九八一），并擬詩題。黃校：此軸爲香港中文大學文物館藏品。末署"奉贈
翰臣道兄一首，正之。鼎芬。"

【箋】黃箋：翰臣，即甘作蕃。甘作蕃（一八五九──一九四一），字屏
宗，號翰臣，晚號非園主人，廣東香山人。曾任上海怡和洋行總辦、公和
祥碼頭買辦。篤嗜金石書畫，收藏甚富。

題納蘭成德藏硯銘

天有日，人有心。戢山硯，淚涔涔。

【校】此作余本未收，黃任鵬輯自李勗《飲水詞箋·叢錄》（正中書
局，一九三七年），并擬篇題。

【箋】黃箋：李勗《飲水詞箋·叢錄》："抄手形硯（即大硯）左側鑴
'納蘭成德藏'五字，右側有梁節庵刻銘（略）十二字。今江寧鄧氏藏。"

款紅樓詞

卷 一

浣溪沙

　　己、庚間，與葉伯蘧、仲鸞、叔達昆季，時有文讌。余愛斯調，得數十首，離合斷續，不知為何題也。今記憶三首，重錄于此，以作春夢(三首)

其 一

并載金臺二月天，海棠巢下杏花前。試將明鏡照華年。
一晌綠窗才記夢，幾回錦瑟未張絃。傷春無處不堪憐。

　　【箋】葉恭綽《款紅樓詞跋》載，光緒己卯、庚辰間，節庵與葉佩瑗、葉佩瑲、葉佩琮昆季時有文讌，日相唱和。葉佩瑗，字伯蘧，葉衍蘭長子。葉佩瑲，字雲坡，號仲鸞，葉衍蘭次子。光緒十一年，入孫詒經幕府；光緒十三年，入山東巡撫張曜幕；光緒十四年舉人，後以知府分發江西。工詩义、書法，通算術、金石等。事見葉恭綽《先君仲鸞公家傳》。葉佩琮，號叔達，葉衍蘭三子。葉佩琮長子恭綷，號道生，後名道繩，任江西九江府同知；次子葉恭綽，字裕甫，又字譽虎、玉甫，號遐庵。光緒十七年，葉佩琮遵父命將次子過繼給其兄葉佩瑲。

其 二

欲問花前第幾春，卻看桃片委苔塵。賦情誰及杜司勳。

菱髻初裝珠絡小，芹泥淺傅玉膏勻。輕衫細馬那時人。

其　三

攤破紅箋篆碧螺，酒醒腕弱墨慵磨。暗吹蘭氣載香多。
倚玉笑餐雲子飯，拋珠真勝雪兒歌。吾生休自說蹉跎。

【箋】以上三詞作于己卯、庚辰間，即光緒五、六年間。

浣溪沙

幾縷盤香一盞茶，今宵天氣較涼些。生憎燕子不還家。
韻近紅簾花更豔，陰移翠閣月剛斜。斷腸心事去來車。

浣溪沙

柳外輕雷起玉塘，荷邊香雨點珠房。藕心涼雪沁瓊漿。
面面瑤絲疏織綠，纖纖銀甲管調簧。良辰美景奈關防。

浣溪沙

花也紅丫草綠尖，栗留聲裏晝垂簾。冶春剛半月痕纖。
錦樣韶光人病酒，年年今段苦慊慊。好花香草太相嫌。

浣溪沙

鸚鵡前頭急自呼，不知隱語道來無。半時耽閣繡工夫。
引鏡薄添霞一角，背人笑顫翠雙趺。須防膽怯要犀株。

浣溪沙

春夢來時在那廂，眠人半晌去思量。落花多處滿斜陽。
手挽飄紅惟有影，眼看成碧太無常。人生到此可能狂。

浣溪沙

門外桃花比舊紅，綠苔生恨長重重。別離真個不相同。
風片雨絲三月裏，簟紋燈影一宵中。悔看雙燕過簾櫳。

浣溪沙

又聽蟬聲曳別枝，早秋風物便淒其。愁心瘦盡倚闌時。
昨夜紅綿輕揾淚，幾回翠管要題詩。想來無賴強支持。

浣溪沙

祇有桃花比舊紅，燕昏鶯晚為誰慵。鞦韆門外水西東。
那惜芳踪和柳絮，更無隱語寄芙蓉。別離真個不相同。

浣溪沙

兒女神仙反自嫌，半生幽恨在眉尖。相思極盡轉莊嚴。
春景寫時三二月，花枝障得幾重簾。纏綿蕉萃一時兼。

浣溪沙

苔網零星繡屦廊，秋疏幽緑景如霜。冷蛩猶自説淒涼。
坐懶放書剛半晌，酒醒彈指又重陽。便無愁處也思量。

浣溪沙

客意飄煙不爲風，曲瓊簾底翠玲瓏。數聲啼鳥一聲鐘。
檢點夢痕初酒裏，懶殘情事碎花中。悔教雙燕昨相逢。

【箋】《欸紅樓詞》乃“由親友掇拾付刊”者，編次無序。節庵自言愛
《浣溪沙》詞調，己卯、庚辰間得數十首，是以本書將此調未能編年者置于
卷首，雖未必當，聊以達節庵之初意耳。

紅窗睡 春日過葉叔達碧螺庵

亭子簾垂花暗落，愁未醒、把好春遲閣。紅脂新洗痕猶
薄，被雛鬟驚謔。　　酒病頻煩憐汝弱，悄無語、間時學
字，倦時行藥。此間流轉，到喧時寂寞。

【箋】碧螺庵，即碧螺春庵。葉佩琼齋名。葉恭綽《節庵先生遺詩續
編序》：“碧螺春庵，本生先考叔達公齋名。”

一片子 同芙漪訪春

繫馬櫻桃下，攀來紫白花。徑將春信報，笑隔一層紗。

【箋】芙漪，觀詞意，似為女子之名。待考。

金蓮繞鳳樓 人日海王村作

人影圍花花圍馬，渲染縠、春街濃冶。東風都說緗桃嫁，笑誰癡、可曾休也。　　張郎自然韻雅，比翠柳、纖纖一把。浮生日日同嗟咤，驀驚心、夕陽初下。

【箋】富察敦崇《燕京歲時記·廠甸兒》：「廠甸在正陽門外二里許，古曰海王村，即今工部之琉璃廠也。街長二里許，廛肆林立，南北皆同。所售之物以古玩、字畫、紙張、書帖為正宗，乃文人鑒賞之所也。」

醉太平 秋柳

煙綃露條，冷波斷橋。西風人倚紫瓊簫，是今宵昨宵。當年綠鬢，聽鶯翠杓。春韶一箭雨瀟瀟，賸朝潮暮潮。

天仙子
題宗室孚世伯母高恭人荼蘼花冊子

一抹春痕輕繡碧，脂零方絮傷心色。玉郎腸斷已年年，看不得，人頭白，閒庭寂寞敲詩客。

【箋】孚世伯，謂孚馨。光緒五年，節庵嘗為其從子寶瑛授經于煤渣胡同。孚馨能畫，或源于母氏之教耶。楊鍾羲《雪橋詩話餘集》卷八："宗室伯蘭戶部孚馨，為蔚生按察靈傑子，善繪事，嘗戲畫一驢一車一奴星作趨曹之狀，意態栩栩，劇可笑。"

胃馬索

題宗室孚伯蘭世丈《寒驢破帽圖》

莽風塵，一領緇衣化為素。鞭絲欲整，斜陽牆角年年路。桃花千片，萍花幾瓣，彈指光陰傷心句。算酒邊、歌者車前，驂卒平生有知遇。　　歸去。宗臣蕉萃，郎官磊落，兩種情懷畫圖補。更寫三間金鈴館，丈所居曰十萬金鈴館。譜出笛愁琴語。天涯老矣，附驥無心，翻覺紛紛青蠅苦。笑問君、近來何事。曾否探春海棠圃。極樂寺，海棠最盛，幾時并載賞之？

【箋】光緒五年，節庵嘗為其從子寶瑛授經于煤渣胡同。以上二詞亦當作于此前後。參見《月上海棠·游極樂寺看海棠花開且落矣，為賦此解》詞箋。蘇軾《續麗人行》："杜陵饑客眼長寒，寒驢破帽隨金鞍。"

臨江仙 槐市斜街買花

帽影鞭絲人比玉，踏春同到郊園。與花相對試溫存。不知何事，盡日兩無言。　　猶憶去年輕拗折，翠瓶清供黃昏。素琴彈罷不開門。那堪重省，一處一銷魂。

【箋】戴璐《藤陰雜記》卷七："考《六街花事》引：'豐臺賣花者于

每月逢三日至槐市斜街上賣。’今土地廟市逢三，則槐市為今上下斜街無疑。”查慎行《人海記·古槐》卷上：“槐樹斜街即土地廟斜街，舊時古槐夾路，今每月逢三日為市集，槐亦僅有存者。”朱一新《京師坊巷志稿》卷下“下斜街”引馮勛《六街花事》：“豐臺種花人，都中目為花兒匠，每月初三、十三、二十三日，以車載雜花至槐樹斜街市之。”

月上海棠

游極樂寺看海棠花，開且落矣，為賦此解

人間解道春花好，但紛紛、開落成朝暮。受盡東風，祇贏得、詞人題句。君休問、馬上車前無數。　　明年知又春如故。獨傷心、今日更何處。素韻紅情，最難忘、幾回相遇。誰曾共，日斜重覓歸路。

【校】此詞又見《康有為全集》第十二冊《集外韻文》。解道春，作“但解看”；但，作“奈”；詞人，作“詩人”；最，作“極”。葉輯本“贏得”前闕一字，今據《康有為全集》補一“祇”字。

【箋】極樂寺，位于北京東升鄉五塔寺東，臨高粱河。明成化年間建。陳康祺《郎潛紀聞初筆》卷十二：“都門花事，以極樂寺之海棠大十圍者，有八九十本……為最盛。”徐珂《清稗類鈔·植物類》：“京師西直門外極樂寺海棠，奇品也。相傳寺僧以蘋果樹接種。開時，雪膚丹頰，異色幽香，觀者莫不欣賞。”黃濬《花隨人聖庵摭憶》：“極樂寺海棠，清初有盛名，漁洋、竹垞所常觴咏文酒游賞之地，每形于詩歌。近聞海棠已補種成林。”

卜算子

萬葉與千枝，紅照花如海。可惜車塵日日來，頃刻容顏

改。　　想象好芳時，寂寞閒庭外。祗好明年再踏春，攜酒同君待。

【箋】葉恭綽《廣篋中詞》評曰"雋妙"。

青門引

《碧香圖》題詞為葉仲鸞賦，即用元韻

霞臉紅微，春衫白淺，相逢正是，浴蘭天氣。碧玉年芳，香囊情好，漂泊天涯有幾。且盡清尊宴，斷腸詞、知君能記。素綾裝卷，紫瓊削管，明珠穿字。　　直是金莖才子，奈剪葉嵌花，輸他風致。名士秋心，佳人春影，乍可描摹三四。感悵銀燈下，算浮生、一般無謂。待儂狂嘯，芝焚蕙歎，由來如此。

【箋】葉恭綽《款紅樓詞跋》載，己卯、庚辰間，節庵與葉佩瑗（伯蕖）、葉佩瑲（仲鸞）、葉佩琮（叔達）昆季時有文讌，日相唱和。

百字令 同葉叔達飲碧螺庵

無憀有恨，正荷花時候，春愁都熱。約個酒人添個影，卷起緗簾望月。雪藕絲長，剝蓮心苦，此意吾能説。隔簾鸚鵡，為誰也自饒舌。　　又到酒倦燈闌，綠茶初釀，越色瓷杯潔。細數年華驚一昨，各有情懷淒絕。春草秋花，神仙兒女，甚事無完缺。憑他鐵笛，一聲吹上雲裂。

【校】廖校：隔簾，紅印本作"隔窗"。

【箋】此詞載與葉氏昆季文讌事，亦當作於己卯、庚辰間。

秋千索 　庚辰七夕寄沈二彥慈

銀河一水西風鎖，問烏鵲、幾時能過。莫是前宵費聘錢，
才許爾、今番坐。　　嬌嬈隊隊簪花朵，便分與、筵前瓜
果。真個黃姑得自由，誰能憶、當初我。

【箋】作于光緒六年庚辰七夕。沈二，謂沈寶樞，字彥慈。

紅娘子

三四春紅片，怊悵閒庭院。紫玉霏香，碧瓊砌豔，九霞仙
眷。歡新來酒醒、卻添酲，把芳韶看賤。　　夢比天涯
遠，愁剪波心亂。簾底相思，更誰同譜，桃花歌扇。笑人
間崔護、枉游尋，也經時避面。

綺羅香

春日，往南城買花，歸過海王村，得瓷杯二，細花蘸浪，
知是雅裁，與淑華汲新水煎茶試之，漫賦一詞

錦段明裝，銀瓷邢色，綠篆花紋微露。黯淡風塵，那知畫
工心苦。琢紅玉、坡老低吟，乞白碗、杜陵佳句。笑今
番、一晌歡逢，繡囊無用穩相護。　　琴牀人正按譜，檢
得緋桃千瓣，商量茶具。絕好縹青，費了酒錢幾許。閒心
事、崔託先成，舊款識、哥窯誰署。渾無賴、懶過春陰，

隔簾吹夢雨。

【箋】此詞載在京生活情事，當作于己卯、庚辰間。

梅梢雪 天寒有憶沈二

天寒日落，佳人翠袖驚初薄。當時笑共彈金鵲，漂泊如今，手懶心情惡。　別來虛掩苔花閣，無聊細揀銀瓶藥。慨慨祇恐顏非昨，立盡風前，莫問青禽諾。

【校】廖校：青禽，《全清詞鈔》作“青琴”。

水龍吟
夜過鎮江，寄題焦山自然庵

匆匆七載重來，江聲撼盡春魂醒。波飛浪立，一時變卻，月明風定。墨漬相思，屐綦倘在，歸舟重省。歎百年歲月，幾番戈馬，誰曾向、此間認。　絕羨頭陀趺坐，細參透、禪庵幽靜。一牀經卷，一瓶花露，一聲清磬。何日藏山，輕裝浮海，笑儂苦命。漸潮雞喔喔，攪人陣陣，作慨慨病。壬午曾在庵中，題圖撰聯始別。

【箋】光緒八年壬午六月，節庵初至焦山。詞云“七載重來”，當作于光緒十五年己丑，時張之洞任湖廣總督，節庵送至焦山而別。

菩薩鬘 乍遇

羨門有《和阮亭題青溪遺事畫冊》詞十首，依韻賦之。按：《湖海樓詞》亦有是體，同鄒程邨、彭金粟、王阮亭、董文友八首，無"夜飲"、"竊聽"、"葉子"、"情外"四題，另增二目，敘次亦微不同，附記于此。詞人零落，當時畫卷，想不復在人間矣。

霞邊綽綽香風起，鏡波一桁瓊簾裏。昨雨損苔衣，今朝蝴蝶飛。　　桃花驚乍見，緑掩桃枝扇。真是稱紅蔫，人間不易雙。

【箋】鄒祗謨，字訏士，號程邨、麗農。江蘇武進人。順治十五年進士。有《麗農詞》。彭孫遹，字駿孫，號羨門，又號金粟山人。浙江海鹽人。順治十六年進士。翰林院編修，歷官禮部侍郎、吏部侍郎兼掌翰林院學士，有《延露詞》三卷。王士禎，有《衍波詞》。陳維崧，字其年，號迦陵。江蘇宜興人。康熙十八年舉博學鴻儒科，授翰林院檢討。有《湖海樓詞集》。董以寧，字文友，號蓉渡。江蘇武進人。諸生。有《蓉渡詞》。王士禎《漁洋山人自撰年譜》卷上："（順治十八年）山人至金陵，館于布衣丁繼之家。丁故居秦淮，距邀笛不數弓，山人往來賦詩其間。丁年七十有八，為人少習聲伎，與歙縣潘景升、福清林茂之游最稔。數出入南曲中，及見馬湘蘭、沙宛在之屬，因為山人縷述曲中遺事，娓娓不倦。山人輒撫掌稱善，掇拾其語入《秦淮雜詩》中。詩益流麗悱惻，可咏可誦。又屬好手畫《青溪遺事》一冊，陽羨陳其年維崧為題詩。山人復成小詞八闋，摹畫坊曲瑣事，盡態極妍，諸名士和者甚衆。"《青溪遺事》畫冊，共十二圖，王氏有《菩薩蠻·咏青溪遺事畫冊，同羨門、程邨、其年》八首，依次題為：乍遇、弈棋、私語、迷藏、彈琴、讀書、潛窺、秘戲。其餘夜飲、竊聽、葉子、情外四圖未題。彭孫遹《菩薩蠻·題青溪遺事畫冊和阮亭韻》則十二圖全咏，而鄒祗謨與陳維崧亦衹咏八圖。《湖海樓詞》，陳維崧詞集名。董以寧有《百媚娘·為阮亭題青溪冊葉同程邨、羨門作》八首。此外，當時尚有彭桂、吳綺、程康莊等參與酬唱。節庵和作十首，今僅存三首。

菩薩蠻 圍棋

鳳皇花細穿珠吐，休拋六赤驚嫛武。局也近彈棋，心中一
晌遲。　　釧搖看素手，子落剛離口。生怕雪猧兒，窺人
對戰時。

菩薩蠻 迷藏

人前翻遠天涯近，柳煙滿罩飛瓊鬢。真個好迷藏，眠茵不
害涼。　　紅香剛翠邐，活見如何躲。捉起折花枝，嬌憨
氣似絲。

【箋】以上二題傳世手迹末署“甲申八月二十又五日”。

長亭怨慢 客中重九

空盼到、黃花時候。客裏消磨，九年重九。海上琴絲，秋
星蕭散倩誰叩。殘陽馬首，但一片、銷魂柳。顧影意難
忘，漸對、江潭人瘦。　　知否。問苔塵霾笛，此際可能
同奏。是日，展建侯表弟殯室。靈鴉去也，猶聽得、隔鄰傷舊。
西風緊、催酒醒回，纔悶起、燈蟲如豆。何況是愁來，小
雨窗前吹又。

【校】據詞律，“漸對”下當脫一字。

【箋】光緒十年甲申九月作于上海。節庵于九月初一日，請假出都，歸

省先墓，乘輪船至上海。《挽馮表弟啟勳》詩序云："弟歿一百八日為重九節，余至上海，同少竹詣山莊哭奠，心傷神悆，不復能詩，十三日游杭州，過長安壩，追懷親舊，賦此寫哀，寄少竹焚之，當一慟也。"廖箋引《翁同龢日記》光緒八年壬午七月十三日記："今日之客以馮建侯為最，年二十，頗聰敏。"

夢江南

甲申九月朔日，別京師，往游西湖，賦此為約（四首）

其　一

西湖好，懷抱入秋開。六十年前書一紙，壬午公癸未赴禮部試，家書有述西湖一紙，在篋中。四千里外客重來，詩句問蒼苔。

【箋】以下四詞作于光緒十年甲申九月十三日。節庵自上海往游杭州西湖。節庵之祖國瑞，于道光二年中式廣東鄉試壬午科舉人，因稱"壬午公"。次年癸未，國瑞赴禮部試，途經杭州西湖，作家書以述游踪。事隔六十年，又重來西湖，追懷舊事，有感而賦此。

其　二

西湖好，霜雪助奇芬。參廟獨尊周御史，拜墳爭過岳將軍。倚劍看天雲。

【校】楊敬安輯《節庵先生遺稿》錄詞："西湖好，風義激人群。入廟先參周御史，拜墳爭過岳將軍。長袖拂晴雲。"并按："甲申九月朔，別京師，往游西湖五首，葉刻其四，今補其一。"按，《遺稿》所錄，當為本詞之初稿。

其 三

西湖好，士女説淒涼。刀劍光餘波面赤，稻粳荒盡樹皮黄。今日好斜陽。

其 四

西湖好，絶愛水心亭。苔瓦被風敧險路，竹櫺蝕雨映疏星。人迹幾時經。

蝶戀花

乙酉荷花生日，余奉嚴譴，越三日，檉甫約雲閣與余，往南河泡賞荷，雲閣得詞一首。近屬季度補畫，題詩于上，以志舊游

憶昔荷香香霧裏。絶好花時，已是傷秋地。潑水野鳧隨棹起，滿衣濕氣沾涼翠。　獨寫新詞君有意。補畫題詩，重省當時事。欲説情懷無一字，鼓琴莫待鍾期死。

【箋】光緒十一年乙酉，節庵在北京，與姚禮泰、文廷式往南河泡賞荷，次年，黄紹憲補畫，此詞作于是時。六月二十四日，民間稱為荷誕、荷花生日。張岱《陶庵夢憶·葑門荷宕》卷一："天啓壬戌六月二十四日，偶至蘇州，見士女傾城而出，畢集于葑門外之荷花宕……舟楫之勝以擠，鼓吹之勝以集，男女之勝以溷，歊暑燀爍，靡沸終日而已。荷花宕經歲無人迹，是日，士女以鞵韈不至為恥。"顧禄《清嘉録·荷花蕩》卷六："是

日，又為荷花生日。舊俗，畫船簫鼓，競于葑門外荷花蕩，觀荷納涼。"南
河泡，北京南河沿泡子河。廖箋："黃紹憲《在山草堂爐餘詩》卷七《戊
子存稿》有《題梁衍若畫扇并序》。其序云：'秋讀節庵京師南河泡賞荷花
詞有"紅香自領，縱搖落江潭，未成淒冷"之句，感歎不已，既為題詩補
畫。'故推知此詞作于一八八七年。此序云'越三日'，另有《臺城路》詞
序則云'越八日'，錢仲聯撰《文芸閣先生年譜》亦言'荷花生日後之八
日'。茲據'越八日'。"

臺城路

乙酉六月二十四日為荷花生日，越八日，姚檉甫丈
約雲閣與余，往南河泡看荷花，各得詞一首。時余
將出都矣

片雲吹墜游仙影，涼風一池初定。秋意蕭疏，花枝眷戀，
別有幽懷誰省。斜陽正永。看水際盈盈，素衣齊整。絕笑
蓮娃，歌聲亂落到煙艇。　　詞人酒夢乍醒。愛芳華未
歇，攜手相贈。夜月微明，寒霜細下，珍重今番光景。紅
香自領。任漂沒江潭，不曾淒冷。袛是相思，淚痕苔滿徑。

【箋】文廷式有《齊天樂·秋荷》詞。

蝶戀花 題荷花

又是闌干惆悵處。酒醉初醒，醒後還重醉。此意問花嬌不
語，日斜腸斷橫塘路。　　多感詞人心太苦。儂自摧殘，
豈被西風誤。昨夜月明今夜雨，浮生那得常如故。

【校】"題荷花",《廣篋中詞》作"題荷花畫幅"。

【箋】邵鏡人《同光風雲録》下編:"光緒十一年,節庵以法越事件彈劾北洋大臣李鴻章,因而去官,南海曾有《蝶戀花》一闋慰之,詞云:'記得珠簾初卷處,人倚闌干,被酒剛微醉,翠葉飄零秋自語,曉風吹墮橫塘路。詞客看花心意苦,墮粉零香,果是誰相誤,三十六陂飛細雨,明朝顏色難如故。'以落花況節庵,淒迷悵惘,怨悱交融,一往情深,想見老輩之篤交重義。節庵和之云云。"則此詞為和康有為之作。葉恭綽《廣篋中詞》評曰"柔厚"。

淡黃柳

筠甫重至韶州,賦此為別,憶昔五六歲時,屢隨侍過此,今生已矣,并以寫意

匆匆又別,不到臨歧說。子細思量甚時節。那似曲江風月,行要如銅心要鐵。　　難磨滅,因君念疇昔。空滴盡、眼中血。歎孤生、處處腸都結。夜月推篷,早潮放槳,誰解此情淒咽。

【箋】節庵有《送筠甫之潮州》詩,約作于光緒十一年。

金縷曲

題志伯愚、仲魯兄弟《同聽秋聲館圖》

正是清秋節。極難忘、蕉軒蓉館,舊時明月。爭道將軍山林好,點筆闌干幽折。有二妙、辭華無敵。剪燭銜窗分題處,感廬陵、心事如冰雪。圖畫意,我能說。　　苔塵曾

印霜禽迹。笑幾番、西風聚散，紙痕都碧。絕似逍遥堂中事，寫出當年軾轍。試展卷、容顏猶昔，雁語蕭疏蟲吟瘦，盡聲聲、遞入簾前葉。彈指過，又今夕。

【箋】志銳，字伯愚。志鈞，字仲魯。同聽秋聲館，志伯愚、仲魯兄弟室名。海納川《冷禪室詩話》：「蓋同聽秋聲館者，公與其昆仲讀書之別墅也。」光緒九年癸未七月，節庵與盛昱至志銳同聽秋聲館論書畫。事見汪兆鏞《嶺南畫徵略》卷八。

金縷曲

寥落平生意。任人間、紛紛箏阮，幾曾如此。一夜清霜中庭下，未算襟頭酒泚。但無數、城烏驚起。叢木蕭蕭長空闊，問前身、我可同青兕。歌未歇，更狂醉。　　紅蘅碧杜誰能比。攬芳華、天涯正遠，相思何地。惟有幽林堪客隱，盛得幾分秋氣。莫忘了、聯牀風味。匹馬頻嘶斜陽外，看關河、欲暮吾行矣。臨別語，望君記。

【箋】與上詞當為同時作。

惜紅衣 咏雁來紅

紅葉飄殘，綠梅開乍，數枝妍雅。襯出霜華，風清玉苔榭。牆頭石角，散魚尾、斷霞誰寫。前夜。有多少冷香，逐琴絲來也。　　春韶歇了，獨自餘芳，秋心較濃冶。閒階立盡，烘醉酒初罷。翻恨一夜涼訊，不共月魂同下。想瓊枝天外，愁絕不堪盈把。玉苔詞主自題，時乙酉十一月。久未得淑華京邸消息。別本題有"同叔嶠、雲閣、子展、棣垞、香雪、莘伯、伯序、子政"十七字。客歲十一月，莘白招飲山堂，同人酒半時，因過菊坡精舍，見雁來紅盛絕，余倡為此詞。丙戌夙記。

【校】廖校：紅葉，《詞學季刊》第二卷第三號《雁來紅詞錄》作"江葉"。風清，《忍古樓詞話》、《詞學季刊》第二卷第三號《雁來紅詞錄》作"風流"。冷香，《忍古樓詞話》、《詞學季刊》第二卷第三號《雁來紅詞錄》作"冷音"。濃冶，底本原作"儂冶"，據《忍古樓詞話》、《詞學季刊》第二卷第三號《雁來紅詞錄》改。一夜，《忍古樓詞話》、《詞學季刊》第二卷第三號《雁來紅詞錄》作"半庭"，《梁文忠公年譜》作"一庭"。涼訊，《梁文忠公年譜》作"秋訊"。"玉苔詞主自題，時乙酉十一月。久未得淑華京邸消息"二十一字，底本無，據一髮編《梁文忠公年譜》補。"別本題有'同叔嶠、雲閣、子展、棣垞、香雪、莘伯、伯序、子政'十七字"，紅印本無。"客歲十一月，莘白招飲山堂，同人酒半時，因過菊坡精舍，見雁來紅盛絕，余倡為此詞。丙戌夙記"三十七字，底本無，據《詞學季刊》第二卷第三號《雁來紅詞錄》補。

【箋】作于光緒十一年乙酉十一月。夏敬觀《忍古樓詞話·續編》："冒鶴亭同年自粵歸，鈔贈粵詞人《雁來紅圖卷詞錄》一卷，作者凡十三人。番禺梁節庵鼎芬《惜紅衣》云云。末有憬吾先生哲嗣跋語云：'光緒乙酉十一月，梁節庵丈鼎芬罷官歸里，先伯莘伯先生招同楊叔嶠丈鋭、王子展丈存善、朱棣垞丈啟連、陶子政丈邵學集越秀山學海堂。酒半，過菊坡精舍。時雁來紅盛絕，梁丈首倡此詞，先伯因囑余子容丈士愷繪《雁來紅圖》，各題所為詞于後。翌年，徐巨卿丈鑄、文道希丈廷式、易仲實丈順鼎、石星巢丈德芬與家大人咸有繼聲。時葉南雪先生衍蘭以詞壇老宿，亦欣然同作，陳奉階丈慶森則戊戌秋補作，俱裝池成冊'，'梁丈署名夙，蓋芬、夙雙聲，罷官時偶易，並附識之。汪宗衍謹跋'"。節庵題畫，每以"夙"自署。雁來紅，即葉雞冠、紅莧菜。朱橚《救荒本草》卷八："後庭花，一名雁來紅。人家園圃多種之。葉似人莧葉，其葉中心紅色，又有黃色相間，亦有通身紅色者，亦有紫色者。莖葉間結實，比莧實微大。其葉，

衆葉攢聚，狀如花朵。其色嬌紅可愛，故以名之。"淑華，疑為龔氏夫人
之名。

采桑子 香雪約往小港探梅同賦

香風吹醒游仙夢，猶憶今天。不是當年，曾向苔塵拾玉
鈿。　　天涯悢悵花前酒，絕代嬋娟。一樣淒憐，真信人
間有謫仙。

【箋】此詞約作于光緒十一年返粤之後。參見《兩年游小港不見一花
同徐鑄作》詩箋。

點絳唇
同香雪賦詞，贈梅花，禁用雪、月、香、影等字

一鶴翩躚，與君合是前生侣。瓊樓玉宇，受得寒如許。
　濁酒醒餘，今夜身何處。愁來去，問花無語，蟲咽苔
枝苦。

【箋】禁用雪、月、香、影等字，即所謂"白戰體"，亦稱"禁字體"，
簡稱禁體。宋仁宗皇祐二年，歐陽修于聚星堂會客作《雪》詩，序曰：
"玉、月、梨、梅、練、絮、白、舞、鶴、鵝、銀等字，皆請勿用。"

海棠春 憶京師海棠

妍華一樹霞衣舉，散香多、在無人處。生怕寺前車，驚露
紅春雨。　　風前鶯燕休相妒。算有個、幽巢堪住。山館

卻思誰，倦起簾陰暮。極樂寺，海棠花最佳，屢思偕淑華訪之，未得也。今思之悵然。

【箋】此詞似作于光緒十二年春。黃濬《花隨人聖庵摭憶》："極樂寺海棠，清初有盛名，漁洋竹垞所常觴咏，文酒游賞之地，每形于詩歌。近聞海棠已補種成林。"淑華，疑為龔氏夫人之名。參見下二詞箋。

浪淘沙 憶京師芍藥

翠葉剪琉璃，花好春遲。拗枝親供小紅瓷。值得當時雙手種，似解將離。　履迹碧苔移，沒有人知。曉窗妝罷坐茶時，記得琴廊澆水處，并玉題詩。時閨人留京未返。

【箋】《采桑子·憶京師丁香》自注云："余在京師居棲鳳樓，丁香、芍藥皆手植物。"此所憶者乃京師棲鳳樓之芍藥，亦憶龔氏夫人也。于敏中等《日下舊聞考》卷九十："芍藥之盛"，"京師豐臺連畦接畛，倚擔市者日萬餘莖"，"春時芍藥尤甲天下"。節庵返粵，龔氏夫人尚留京師。

采桑子 憶京師丁香

綠香一影紅簾底，細葉疏花。月淡煙斜，燕子光陰舊日家。　蹉跎冷卻春風結，絕憶窗紗。瞥見瓊丫，獨下莓階一笑拏。余在京師居棲鳳樓，丁香、芍藥皆手植物。

【箋】此所憶者乃京師棲鳳樓之丁香，亦憶龔氏夫人也。黃濬《花隨人聖庵摭憶》："法源寺丁香盛開，為延湘綺及楊惺五等，殆百餘人，皆海內文人，宴集既，為餞春圖，人各賦詩。"

蝶戀花

同雲閣至上海送宦舅北行，雲閣歸江西，
余亦南下，作此為別

釀淡春晴初酒裏。不是無憀，那有埋憂地。無數笛聲天外起，夕陽淺水成蒼翠。　　西北浮雲終有意。似絮非花，底甚干卿事。獨倚闌干書卍字，庚郎漫賦枯桐死。

【箋】文廷式《南旋日記》載，文氏于光緒十二年五月二十一日到廣州，與節庵、于式枚同宿于張鼎華所寓之煙滸樓，盤桓十日。隨即赴上海。文氏《旋鄉日記》又載，光緒十二年六月十二日，“余與晦若搭書信船，夜到滬，寓泰安棧。延秋、星海已于初十日到。是日，延秋行李已上順和輪船，將入都矣。余與星海邀餞延秋，酣飲達旦。”吳天任《梁節庵先生年譜》謂節庵于光緒十一年南歸時經上海送張鼎華返京，似誤。

蝶戀花

同雲閣在上海十日，因記其事

憶昔高樓明鏡裏。彈指光陰，戲作拈花地。故卷紅簾驚睡起，遠山那及眉峰翠。　　似有天涯淪落意。一段簫聲，說盡人間事。細磨麋丸催扇字，侯生去後桃花死。

【箋】光緒十二年丙戌六月初十日，節庵到上海，十二日與文廷式送張鼎華入都後，再聚十日。

滿江紅

雲淨天高，蕩一幅、涼痕如水道希。衹今日、琴心正粲，

幽蘭情思_{節庵}。千古西風吹斷夢，驚心落葉輕于紙_{屺懷}。悵
關河、蕭瑟笛聲哀，秋深矣_{道希}。　　欲喚酒，長亭醉。
欲拔劍，長空倚_{節庵}。問何榮何辱，何生何死_{西蠡}。威鳳高
翔梧實老，文章遼海悲何已_{道希}。便從今、漂泊送平生，
奚須比_{節庵}。

滿江紅

莽莽乾坤，正寥落、清秋時節_{洛才}。空翹首、銀河一綫，
雁飛瑤闕_{道希}。欲采芙蓉江上暮，清歌字字傷離別_{屺懷}。卻
一痕、眉月冷窺人，寒無色_{屺懷}。　　玄武動，瑤光列。
北斗柄，南箕舌。與吾儕心焰，光芒相射_{道希}。今日明朝
須愛惜，精金良玉無磨滅_{節堪}。膰滿腔、熱血待他年，誰
藏碧_{屺懷}。術者謂余歲在辛丑將以戰没，故戲及之。

【校】以上二首廖宇新録自江庸《趨庭隨筆》。

【箋】廖宇新謂"此二首詞作于光緒十一年乙酉，時梁鼎芬方罷官"。
引江庸《趨庭隨筆》云："家父檢示費屺懷丈手書小箋，與文廷式道希、
梁鼎芬星海、李智儔洛才聯句《滿江紅》二闋。箋蓋昔京師像姑下處所用
請客條也。"李智儔，字洛才，號鹿柴居士。江蘇儀徵人。湖南龍山知縣。

長亭怨慢

聯句寄懷易實甫，并示由甫

更誰識、天涯芳樹。處處青痕，都無情緒_{梁鼎芬星海}。綠遍
江南，故人偏向碧波阻_{文廷式道希}。玉簫瘦損，試吹出、相

思句_{星海}。還趁好風來，隱隱答、佩聲琴譜_{道希}。　　凝
佇。記紅燈苔館，曾共幾回聽雨_{星海}。瑤華夢遠，況惆悵、
相逢無據_{道希}。便有夢、煙水都迷，將一箭、春韶輕去<sub>星
海</sub>。問此際聯牀清話，宿醒醒否_{道希}。

【校】廖校：故人偏向，紅印本作“故人偏悵”。

【箋】作于光緒十二年丙戌六月十九日。按：文廷式《旋鄉日記》光
緒十二年六月十九日載：“與星海聯句，得詞三首，一寄延秋，一寄仲魯，
一寄實甫。”由甫，易順豫，字由甫，號叔由，又號伏庵。易順鼎之弟。湖
南龍陽人。光緒二十九年進士。官江西臨川知縣，歷任輔仁、中國、山西
大學教授。有《琴思樓詞》一卷，《無庵文鈔》等。

綠　意 _{寄懷他哈喇陶庵編修}

湘華夢影，可西風昨夜，幾回吹醒_{梁鼎芬星海}。猶記盈盈，
樓上黃昏，瞥見游春鞭鐙_{文廷式芸閣}。開門笑語紅襟燕，休
負了、海棠棲穩_{星海}。天涯別有桃源，誤卻瓊枝芳信_{芸閣}。
　　太息琴絲笛譜，縱彈盡、不似舊時人聽_{星海}。暮雨瀟
瀟，此日江南，簾捲疏花微病_{芸閣}。香心熏徹相思字，又
半晌，月明更靜_{星海}。袛無憀、白雁橫天，說與淒涼風景
_{芸閣}。

【校】此詞有文廷式手稿，小注作“聯句寄仲魯編修志鈞，即咏其
事”。可，龍榆生校本原注曰：“王校：當是‘又’字。”猶，手稿作
“曾”。門，手稿作“曾”。休負了，手稿作“道莫負”。卻，手稿作
“了”。信，手稿作“訊”。瀟瀟，手稿作“蕭蕭”。心，手稿作“爐”。
憀，手稿作“聊”。

【箋】作于光緒十二年丙戌六月十九日。文廷式《旋鄉日記》光緒十二年六月十九日："此詞為平康朱秀卿作。朱，常熟人，風致流動。十年前一見仲魯，以身許之，堅約再三，終以不果。後歸常熟紀某。今又新寡，重來滬上，偶于歌筵見之。篤想故人，願傳芳信。嗟乎，蕭蕭風雨，豈夢花梢，絮果泥因，頓成漂泊，此亦至無俚之事也矣。銷暑無俚，與星海拈而咏之。篇中'桃源'，蓋仲魯有妾，舊名阿桃，因以調侃之也。"他哈喇，亦作他塔拉。陶庵，志鈞之號。

浣溪沙 惠州西湖重九日

湖草湖花日日香，東坡去後幾重陽。尋秋隨意過橫塘。
　猶憶題圖蕭寺裏，西風吹淚滿衣裳。浮生便也惜時光。

【箋】光緒十二年四月，節庵主惠州豐湖書院講席，此詞或作于是年。

江南好
南雪丈有鴛鴦詩，爰題一詞，不敢步韻也

鴛鴦好，打鴨莫教驚。詞客芳心吟碧月，小鬟鴉髻采紅菱。一樣託深盟。

【箋】廖宇新云："此詞約作于光緒十二年丙戌夏後。"葉衍蘭少日就讀于越華講舍。道光十六年夏，作《鴛鴦》十二首，遂一時名重。其一云："文采翩翩絕世才，棲身池館亦蒿萊。湖邊翡翠傷心侶，江上芙蓉薄命胎。雲水為家雙宿慣，穠華被服五銖裁。生涯畢竟煙波好，不羨鯨魚跋浪開。"冒廣生《小三吾亭詞話》卷一："早歲綺才，有'葉鴛鴦'之目。其賦鴛鴦詩云：'笑我夢寒猶後闕，有人情重不言仙。'有柳翁者見之，詫曰：'有才如此，尚作不知何處月明多耶。'以女妻之。"

菩薩蠻

題葉南雪丈藏清微道人《空山聽雨圖》

閉門自有深山意，開圖恍似前游地。燈火一庵寒，今宵魂夢安。　　年年聽雨慣，獨坐殘書伴。遮莫説天明，天明仍未晴。

【箋】王蓮，字韻香，號清微道人，別號玉井道人。江蘇無錫人。女冠。江蘇福慧雙修庵住持。麟慶《鴻雪因緣圖説·瓜洲泊月》："艤舟惠山，訪女道士韻香于雙修庵。韻香姿僅中人，而腹有詩書，別具出塵之致。惟名心未退，詢知余十九登進士。意甚欣然，面寫墨蘭以贈，尋留饌。自言近在卞玉京墓側種梅百本，涅槃後將葬其旁。"韻香嘗請奚岡作《空山聽雨圖》，自繪小像，并題詩册上，名流題咏者，前後至五百餘家。蔣寶齡《墨林今話》卷十一"道人三絶"條云："有《空山聽雨圖册》，遠近名士題者幾遍。後為顯者賺去，鬱鬱不樂。又為輕薄少年利其資者所侮，益恚，一夕雉經死。聞者莫不惜之。"光緒三年，葉衍蘭得沈梧所贈《空山聽雨圖册》三册，又得刻本殘頁，序一篇，賦一篇，詩詞數首。原圖已失，重為補圖，付之裝池。作《空山聽雨圖册序》，并有《洞仙歌·題清微道人〈空山聽雨圖〉》詞。節庵題圖當在其後，姑繫于此。

踏莎美人 桂花同王子展賦

細瓣霏黃，片痕凝翠。月涼引得愁來聚。瓊簾掩映已經時，可喜香多花重、少人知。　　沈醉千杯，娉婷一樹。等閒不怕風兼雨。勸君折共舊哥瓷，衹怕秋香傳遞、有新詞。

【箋】王存善，字子展。夏敬觀《忍古樓詞話》：“王子展先生曾與先叔子新公同官粵東，庚子、辛丑間，來居滬瀆，與道希學士交誼至密，余獲常相過從。其記問極博，談論風生，顧不以詞名，殆未有詞集。”

菩薩蠻 丁亥八月十五夜對月

開簾但見傷心月，照人誰似花如雪。曾記惜紅芳，鴛鴦笑兩行。　雲裳嬌貼地，喚醒春醒未。灰盡較相思，香殘一寸時。

【箋】光緒十三年丁亥八月十五日作。節庵時在肇慶，主講端溪書院。吳天任謂其“詞意纏綿”，當為憶龔氏之作。

菩薩蠻 十六夜

禪心錯比沾泥絮，冶踪飄蕩都無據。有主是楊花，隨風便到家。　如何雙淚落，掩袖驚秋薄。故意近前看，當頭月又闌。

菩薩蠻 十七夜

團圞一昔心頭熱，昨宵風景先離別。歸去近紅燈，淚痕添幾層。　絃愁憑鳳紙，詩稿鈔三四。祇是斷腸多，月明今夜何。

蝶戀花

雲閣別一年，無信息，因為憶昔，
詞三首以寄相思，仍用前韻

憶昔年時人海裏。十丈游塵，別有清涼地。爾汝相呼同臥
起，選花移竹分紅翠。　　　誰解于今離別意。袖手關河，
太息無窮事。但恨人生休識字，吾儕袛合溝渠死。雲閣送余
出都，有"算吾儕，未必溝渠死"一語。

【箋】作于光緒十三年丁亥。陸有富《文廷式年譜簡編》丙戌光緒十
二年："四月二十八日，先生與陳三立結伴離開京城南下。其後先生有《南
旋日記》、《旋鄉日記》記敘甚詳。五月十一日，先生仍留上海，後往浙江
溫州、福建廈門、香港行。五月二十一日，先生回到廣州，六月初四日，
離廣州回江西南昌，于十六日返回萍鄉。"戊子光緒十四年："先生正月出
都，二月至上海，三月至長沙，會曾廣鈞、王闓運、梁鼎芬、陳三立、羅
正鈞等。先生有《湘行日記》對此敘述甚詳。其後取道金陵北上，王木齋
策馬追送江干。九月初八日，梁鼎芬有詩寄贈，先生時在京師。梁鼎芬由
湘還粵，先生有《臺城路》（笛聲吹冷關山月）送之。"節庵與文廷式于光
緒十二年五月別于上海，直至光緒十四年三月方在長沙相見。

八　歸

丁亥九月十二日，舟發新州，同仲、叔返省，
應院試，徐大同行，聯句一闋

花開猶昔，水流何處，閒過九日令節梁敷伯烈。梧桐一葉隨
秋去，但有素琴幽怨，玉笙清絕梁敬中强。庭院西風飄袂

薄，又聽得、數聲啼鴂_{梁實叔衍}。都迸入、一陣愁心，此意共君説_{徐鑄伯巨}。　　長奈憨憨酒病，十年前夢，化作輕煙殘月_{伯烈}。淺波飄蕩，遠山重複，那有夢魂飛越_{中子}。漸爐灰冷盡，祇賸容華未銷歇_{叔子}。人間事、淒然翻笑，負了黃花，歸舟斜日没_{伯巨}。

【箋】光緒十三年丁亥九月，節庵自新州返廣州應院試，與兩弟及徐鑄同行，舟中聯句。新州，今新興縣。

采桑子

夜宿煙滸樓，憶窅舅京師，邀黃三和

人間不合長相見，淒絶今朝。但有魂銷，無復紅樓聽早潮。　　夢回思憶當初事，寒雪飄飄。更漏迢迢，共醉衚衕第幾條。

【箋】廖箋據黃紹憲《在山草堂爐餘詩》卷六《丁亥存稿》有《宿煙滸樓同懷張延秋丈京師邀憲同和》，推知此詞作于光緒十三年。孔昭鋆，字季修。廣東南海人。孔廣陶之子。光緒十五年舉人。孔廣陶築岳雪樓，藏書甚豐。徐信符《廣東藏書紀事詩》：“岳雪樓未散時，先取宋、元佳槧，移藏他處。有南園别業，名煙滸樓，近于海濱，饒花木之盛。當鹽業改制時，苟隨遇而安，不作規復之謀，猶可小康。乃季修惑于人言，欲圖復興。卒之，事歸空幻，資産蕩然。季修鬱鬱以死。煙滸樓易主，昔日觴咏之地，遂為南園酒家矣。”煙滸樓，故址在今廣州南堤二馬路。

四和香

黃三出所藏元刊《文信國集杜詩》屬題，
蓋□中作也，感而賦此

正氣歌成詩更烈，字字悲宮闕。石爛海枯心不歇。誰得
及、錚錚鐵。　　一卷麻沙精妙絕，來歷猶能説。<small>乾嘉朝士
題識甚佳。</small>我欲讀之喉更咽，君試看、斑斑血。

【箋】此詞作于光緒十三年。黃紹憲《在山草堂燼餘詩》卷六《丁亥
存稿》有《舊藏元印本文信國獄中集杜詩二百首憲久欲有作懶病未能節庵
題四和香詞謹和六絕句》。《文山詩史》，即《文信公集杜詩》。《四庫總目
提要》卷一六四："詩凡二百篇，皆五言二韻，專集杜句而成。每篇之首，
悉有標目次第，而題下叙次時事，于國家淪喪之由，生平閱歷之境，及忠
臣義士之周旋患難者，一一詳志其實。顛末粲然，不愧'詩史'之目。"

清平樂 <small>病中答黃三</small>

人生如客，死葬要離側。萬歲千秋誰料得，那有是非黑
白。　　數聲水向東流，一彎月在西頭。欲説傷心何事，
烏啼花落休休。

百字令

海風吹夢，又沈沈醉也、幾曾搖醒。獨上層樓披霧眼，但
見遠山橫整。貼水低迷，倚天側媚，畫法誰曾稱。松林寒

月，片雲遮斷無影。　　舊日池臺，有人愛惜，蘅杜相攀贈。太息年光同電謝，莫道他時重省。濁酒魂銷，斜陽淚滿，坐對西風病。翻嫌鸚鵡，一聲催熱香茗。

【箋】上二詞作于光緒十三年。參見《丁亥閏四月病中不寐作》詩。

憶王孫

兒家生小住溪邊，野杏山桃笑太妍。戲問何人落玉鈿。愛矜憐，那似風流自得仙。

滿江紅 戊子六月六日三十初度

歲月駸駸，笑三十、男兒如此。也祇羨、天邊黃鵠，人中青兕。萬里游踪今似昨，千秋公議非耶是。歎讀書、學劍兩無成，真堪恥。　　行不得，胸懷事。壽百歲，徒然耳。騰幾杯美酒，數行清淚。莽莽乾坤真浩大，紛紛兒子論生死。猛思量、佳處是誰知，沈沈睡。

【校】廖校：兒子，《愚山蘭桂》本作"心事"。

【箋】節庵《徐鑄以雙硯為壽報謝》詩："徐生與我皆己未，三十不官自然貴。"

滿江紅

流轉人間，判受盡、千回腸斷。那得似、皋魚孝子，伯鸞仙眷。獨立斜陽飛絮滿，回看逝水華年賤。問二毛、始見在何時，吾能算。　　心何有，有冰炭。置何處，中心亂。且狂歌罵座，自工排遣。楚澤墜芬明月佩，曲江感賦秋風扇。又浮生、無謂過今朝，從歡宴。

【箋】以上二詞作于光緒十四年戊子。是年夏，張之洞任兩廣總督，聘節庵為廣雅書院首任山長。

念奴嬌 海西庵秋海棠日江逢辰作

幾叢緗玉，過幾番細雨，嫣然幽絶。獨客西堂惆悵在，待女蕭辰同說。慘綠牆腰，淡黃月額，蛩語添淒切。可曾巢穩，悲哉身是離別。　　堪歎彈指春華，露啼霜怨，作到今時節。瘦蝶依迷渾倦去，一點庵燈猶没。有恨偏長，無香更韻，山館秋難折。恍如定惠，欠他和仲詩屑。

【校】上詞廖宇新録自《同聲月刊》民國三十三年第四卷第二號《歡紅樓詞未刊稿》。

【箋】此詞作于光緒十六年庚寅九月。庚寅九月，江逢辰落第南歸，渡江訪節庵于焦山海西庵，流連六日。江逢辰有《念奴嬌》詞，小序云："焦山海西庵海棠特盛，余來山中，慘綠危紅，淒麗婉轉，若悲秋者，將花寫照，渺兮余懷，有不知其秋痕滿紙也。"參見《對雨同江生聯句》詩箋。

風蝶令 九月山居，有懷龍二鳳鑣

南返檣烏早，西飛海燕高。去年今日共團焦，正是幽蘭卧綠、夜迢迢。　　浮世嗤蓬累，臨歧濕柳條。一枝安隱託鷦鷯，祇恨同心人遠、雨瀟瀟。

【校】以上詞廖宇新錄自《同聲月刊》民國三十三年第四卷第二號《鼪紅樓詞未刊稿》。廖校：今日，楊輯本作"今段"。隱，楊輯本作"穩"。祇恨同心人遠，楊輯本作"祇恨同人遠"。按，據本詞譜格律，楊輯本脫"心"字。

【箋】節庵有《辛卯十月龍伯鸞表弟問病山居出示京師見懷詩依韻答謝》詩，作于光緒十七年九月，時龍氏至焦山與節庵相聚，此詞有"去年今日"之語，當作于光緒十八年九月。

菩薩蠻

著人春色濃如酒，酒濃卻在花開後。盡醉莫推辭，緋桃插一枝。　　紅綃垂四角，分綴金錢薄。憶昔問郎歸，燈前涕淚揮。晚風吹絮，春陰如畫。山居無聊，蒨儂寄扇來請書舊詞，手錄二闋。依稀夢中，不記何時作，為何人賦也。壬辰三月，刻翠詞人寫于佳處亭下。

【校】《鼪紅樓詞》無詞末款識，據楊本補。涕淚揮，楊本作"淚暗揮"。

【箋】光緒十八年壬辰三月，節庵居焦山海西庵。劉筠，字筱墅，號蒨儂，又號卟廬，別署花隱。浙江鎮海人。南社社員。詞見《南社叢刻》。刻翠詞人，節庵自號。佳處亭，在焦山，以蘇軾"為我佳處留茅庵"句得名。在山頂西南崖觀音閣前。王叔承《游金焦兩山記》："焦山去金山下流十五里。是日風大逆，舟人揚帆就風，橫折而下，倍直道六七，乃抵山。其半有關侯祠，飯焉。去祠左折，上登佳處亭，榴花甚吐，童子折一枝佐飲。"節庵自號"佳處亭客"。

一剪梅

題葉南雪丈《梅雪幽閨》畫扇

違世心情絕世姿，梅也相宜，花也相宜。更誰歲暮尚飄離，病裏尋思，畫裏尋思。　　倦著薰籠坐小移，有個人兒，没個人兒。笑君秋夢醒來遲，應憶當時，也似當時。

【校】上詞廖宇新録自《同聲月刊》民國三十三年第四卷第二號《款紅樓詞未刊稿》。

【箋】廖箋謂此詞或作于光緒二十年甲午前後。葉衍蘭有《臺城路·題自畫〈梅雪幽閨圖〉》詞。

憶王孫 懷武進費屺懷郎中

填詞使酒倦疏狂，袖手看君有俠腸。劍氣沈霾且莫傷。好潛藏，來日高岡有鳳凰。

【箋】光緒十九年，費念慈等四人為李慈銘所劾，罷官歸，寄居蘇州。此詞有"劍氣沈霾"之語，似作于費氏落職後。

憶王孫 懷滿洲志仲魯編修

秋聲別館舊論詩，夢裏逢君不自持。江海題襟定幾時。各淒其，昨上琴臺憶子期。

憶王孫 懷萍鄉文芸閣孝廉

天涯兩別已三霜，黯黯浮雲蔽日光。剪剪淒風入夜長。苦思量，此是人間傀儡場。

【箋】以上二詞分別懷志銳、文廷式，似亦與上詞作于同時。

浣溪沙 題張㴱生《美人圖》

才信飄搖到此時，春魂休繫兩三枝。卻看雙燕也因誰。碧蘚㿟痕憑細數，翠鬟扇景起相思。斷腸吟出落花詞。

【箋】張㴱生，安徽廣德人。天津知府張光藻之姪。張光藻因天津教案被充軍黑龍江齊齊哈爾，其《北戍草》，有光緒二十三年張㴱生光裕堂刻本。

醉桃源 題《桃花曉妝圖》

碧霞一抹早鶯啼，昨宵儂睡遲。春寒簾底喚添衣，鸚哥催侍兒。　紅頰淺，翠鬟垂，鈿盒初罷時。無聊行過竹邊籬，折花三兩枝。

水龍吟
葉南雪丈屬賦并蒂蓮，同辛白、香雪

新來欲說相思，香風吹散鴛鴦影。紅蓮何事，分明兩兩，齊

齊整整。背倚同枝，根聯異瓣，似誰並命。想先生獨樂，正
商朋酒，來醉倒、不知醒。　　我亦慊慊愁病，已多時、芳
心暗警。湘波一綠，當惆悵處，怕開雙鏡。露冷連環，月涼
單袂，教儂獨咏。奈重闌數盡，問花無語，更何人應。

　　【箋】廖宇新云："此詞或作于光緒二十年前後。"辛白，汪兆銓字。
香雪，徐鑄字。

菩薩蠻 和葉南雪丈（十首）

其　一

芳春如夢愁時節，惜花長是經年別。淚眼隔風簾，幽香和
恨添。　　重重窗網密，消息從無實。開徑見菲紅，驚呼
是夢中。

其　二

霜文翠照橫晨夕，流杯巧鏤桃花石。亭館極蟬嫣，清風也
費錢。　　西園鶯燕好，拾翠春爭道。楊柳裊千絲，誰言
非盛時。

其　三

曼延更奏魚龍戲，驂鸞仙子青霞帔。各自唱回波，纖兒奈
汝何。　　繁聲香旖旎，天也胡為醉。東去望扶桑，麻姑
泣數行。

其　四

無端橫海天風疾，龍愁黿憤今何及。夜夜看明星，荒雞聽二更。　　凄涼三月雨，念此芳菲主。鵾鳩一聲先，人間最可憐。

【校】憤，楊輯本作"恨"。

其　五

欽鴟違旨誰能捍，狐埋狐㩉成功罕。幾隊狹斜兒，暑寒猶未知。　　金鈴全付汝，一晌花飛去。總是不關情，高岡要鳳鳴。

其　六

鶯銜蝶弄紅英盡，松臺竹崦潛相引。一處一凄迷，相思背燭啼。　　冷苔封劍滿，犀象知難斷。且過賞心亭，稼軒無復醒。

其　七

縹縹鸞鳳扶雲下，綠章次第通宵寫。不敢負深恩，身危舌尚存。　　如何無一答。密字銀箋合。滄海亦成枯,當筵淚更無。

其　八

璇宮夜半驚傳燭,西頭勢重貂相屬。桃宴酒酣時,春殘那得知。　　搴芳情緒各,不念花開落。庭院這般荒,有人空斷腸。

其　九

峨峨一艦浮東海,春帆樓約千年在。叔寶是何心,真成不擇音。　　通人眉語妙,豈避旁觀笑。此恨竟無期,尋春歲歲悲。

【校】觀,楊輯本作"人"。

其　十

冤禽填海知何日,芳懷惹得秋蕭瑟。莫憶十年前,腸回玉案煙。　　采苢輕決絕,唾臘壺中血。無謂過浮生,思君空復情。

【校】以上十首録自《詞學季刊》民國二十三年第一卷第四號《近代名賢佚詞》。"和葉南雪丈",楊輯本作"和南雪丈咏甲午事"。

【箋】葉衍蘭有《菩薩蠻·甲午感事,與節庵同作》詞十首,與節庵之和詞，皆中日甲午戰爭感事之作，被譽為"一代詞史"。其辭深婉幽微，不敢妄箋詞旨。沈軼劉、富壽蓀選編《清詞菁華》云："葉衍蘭《甲午感事詞》，揭砭時局，痛傷外患，是詞史大文字。鼎芬和之，各有所指。葉之筆重，而梁之辭婉。論概括力，葉較強而梁較疏。然寓事則從同，皆史實也。"嚴迪昌《近代詞鈔》又稱之為"砭時局、揭時弊、傷外侮之詞史力作，至為難能可貴"。

貂裘換酒

甲午十月來白下，雪後同紀悔軒、楊鈍叔、沈陶宦游莫愁湖。風景淒冷，根觸萬端，陶宦歸作圖記事，因製此解

對此茫茫甚。歎清游、一回湖上，一回嗚喑。楊柳蕭疏夫容盡，但見遠山如枕。有小艇、撐煙微浸。菜把生涯誰能及。喚蘆中、恐觸輕鷗寢。知意者，紀楊沈。　　丈夫不到黃龍飲。看紛紛、是何雞狗，旁觀已審。莽莽乾坤滔滔水，江上愁心難禁。又苔氣、暗吹衣衽。半角斜陽好亭館，莫傾殘、棟桷無人任。歸更戀，淚還滲。

【校】廖校：紀悔軒、楊鈍叔、沈陶宦，楊輯本作"悔軒"、"鈍叔"、"陶宦"。"因製此解"，楊輯本作"因作此解題之"。已審，楊輯本作"以審"。

【箋】作于光緒二十年甲午十月。紀悔軒，即紀鉅維；楊鈍叔，即楊銳；沈陶宦，即沈塘。見《沈十二塘山水直看子題詞》詩箋。沈氏時為節庵所畫像，今存廣東省博物館。

念奴嬌

乙未四月，二楞招同繩庵游蔣陵湖，雲氣蒼莽，
雨色黯沈，不知何世也，慨然賦此

浮生無謂，算眼前贏得，數杯佳釀。苦欲留春春不住，處
處垂楊淒惘。日掩浮雲，山橫亂翠，更有風吹浪。不知今
世，幾人能此閒放。　　堪歎絕代嬋娟，自矜翠袖，長惹
蛾眉謗。飢鳳漂搖吾倦矣，惟聽暮鴉遙唱。草露寒深，竹
亭暝早，淺淺荷花蕩。要離何必，佳哉此地堪葬。

【校】廖校：黯沈，楊輯本作"沈黯"。

【箋】作于光緒二十一年乙未四月。朱二楞，即朱潛，字子涵。浙江仁
和人。朱學勤次子，富庋藏。張佩綸，字幼樵，又字繩庵、繩叔，號簣齋，
別號言如、澗于、嘉禾鄉人等。直隸豐潤人。同治十年進士。選庶吉士，
授編修。光緒八年任都察院左副都御史。與黃體芳、張之洞、寶廷稱"翰
林四諫"。光緒十年，以侍講學士三品銜會辦福建海疆事務。因馬尾之戰為
法軍擊敗，被革職戍邊。赦歸復入李鴻章幕。著有《澗于集》等。張佩綸
與朱潛為郎舅關係。蔣陵湖，即南京玄武湖。

念奴嬌

酒醉再同繩庵賦，兼簡孝達督部

悲歌無益，恨匣中長劍，神光猶吐。流落非人天所定，衹
是生來不武。水面孤篷，山頭匹馬，豪俊何曾俯。功名甚
物，看他猘狗堪伍。　　休說墮淚新亭，楚囚相對，獨見

王夷甫。此局千年原未有，一錯六州鐵聚。彈指春殘，有人髮白，憂國心常苦。得閒且醉，隔簾吹落疏雨。

【校】督部，《欵紅樓詞未刊稿》作"尚書"；看，作"笑"。

【箋】此詞與張佩綸唱酬者，姑繫于光緒二十一年乙未。時在江寧張之洞幕中。

蝶戀花

歲歲春來春復去。惟有飛花，落了無開處。手挽飄紅珍重語。斜陽已掛西廊樹。　　燕燕鶯鶯相惜苦。晴不多時，綠暗行人路。獨自倚闌牽舊緒。傷心又是風兼雨。丙申三月，過同聽秋聲館有感。陶安五兄詞家拍正，亞芬稿。

【校】上詞輯自廣州博物館藏品。

【箋】同聽秋聲館，志銳、志鈞室名。黃任鵬箋："陶安，即志銳之弟志鈞。葉恭綽《全清詞鈔》志鈞小傳云：'志鈞，字仲魯，號陶安，滿洲鑲紅旗人。'"光緒二十二年丙申三月，節庵在漢口與文廷式、志鈞、顧印愚、紀鉅維、張權等人曾作琴臺雅集。

滿庭芳 題吳小荷《娟鏡樓圖》

新淚如潮，芳情若縷，舊事説著銷魂。嬋娟千里，空復望閨門。樓上纖塵不到，點點見、粉印脂痕。沈吟處，鶯鳴欲絶，暗月照黃昏。　　殷勤。也長自、開奩覓夢，抽屜懷恩。笑頻看何意，相對忘言。料得今生難合，凝睇久、還念夫君。無人會，鏟除便可，清影在乾坤。

【箋】吳尚熹,字禄卿,又字小荷,别署南海女士,室名寫韻樓。廣東南海人。吳榮光女,葉應祺妻。自言"隨父從夫宦游十萬里"。工詩詞書畫,有《寫韻樓詞》一卷,徐乃昌輯入《小檀欒室匯刻閨秀詞》。朱祖謀《新雁過妝樓》詞小序云:"張山荷嘗得薛鏡于吳市。背鑿思娟小印,索書娟鏡樓榜,媵之以詞。"徐珂《清稗類鈔》卷七二:"薛鏡乃湖州薛惠功所鑄,惟思娟不可考。"張祖廉,字彦雲,號山荷,室名娟鏡樓。浙江嘉善人。光緒二十九年經濟特科進士。官隴海鐵路督辦。有《娟鏡樓叢刻》。吳尚熹繪《娟鏡樓圖》,或有數家名流為圖。朱祖謀詞約作于光緒三十四年,節庵此詞亦姑繫于是年。

菩薩蠻
題同年梁小山夫人遺集(二首)

其 一

芳蘭庭院秋陰靜,歲寒始識冰霜性。韻格勝禾穟,禁他一夜風。　　孤絃彈又歇,獨自看明月。簾底坐成瘥,幽懷賦若何。

其 二

讀書感世真英絶,集中屢論岳忠武事。黃龍無命傷豪傑。滄海幾栽桑,麻姑泣數行。　　願將風雅意,教子為佳士。長明好學有志行,賴賢母有以教之也。誰雪戴天讎,人間滿八驥。

【校】上二詞録自楊敬安輯《節庵先生遺稿》卷四。

【箋】梁慶桂，字伯陽，號小山，又作筱山、筱珊。廣東番禺人。長明，梁廣照之字。廖宇新據張錫麟《番禺張氏克慎堂家譜》，謂梁慶桂夫人姓張，字浣釵，別字馥嵋。張鳳華長女，民國四年乙卯正月二十三日卒。此詞亦姑繫于是年。

菩薩蠻

題子申畫松梅，壽李心蓮母夫人

佳兒名入梅花社，娛親笑捧仙人罕。姑射煉金沙，人間第一花。　　天台智者院，松下開清宴。道是佛生朝，瑤臺吹玉簫。

【箋】李寶沅，字心蓮。廣東從化人。舉人。光緒二十五年入張之洞幕。節庵有《松庵畫松鹿為李心蓮母太夫人壽》詩，約作于民國四年乙卯。

浣溪沙 李四梅花為浪公製

一點愁心萬點苔，滿山風露替誰哀。更無人在月初來。絕代嬋娟還出世，斷腸心事勿停杯。相思瘦盡有時開。叔鳳三姪采覽，戊午中秋。鼎芬錄。

【校】《款紅樓詞未刊稿》小注作"孤山看梅"。王森然《梁鼎芬先生評傳》載此詞題署："叔鳳三姪采覽，戊午中秋鼎芬錄。"據補。

【箋】李四，謂李孺。李放，原名充國，一名放原，字無放，號詞堪，別署浪公、浪翁、狷君、朗逸、小石、真放、墨幢道人等。奉天義州（今遼寧義縣）人。李葆恂之子。曾任度支部員外郎。與李孺、郭則澐等人均為冰社成員。著有《中國藝術家徵略》、《皇清書史》等。

卷　二

小桃紅

但惜花飛盡，誰解春歸早。何代佳人，那時淪落，夕陽細草。臕餘香、水際更苔邊，也芳心長抱。　　去去游驄緩，漸漸流鶯老。今日當時，浮雲逝水，湊成懷抱。正寬閒、攤破矮箋吟，補題紅詞稿。

菩薩蠻

茶煙裊盡簫聲歇，牆西但有傷心月。錯道為花來，花飛一寸苔。　　簾燈猶弄影，窗外紅鸚醒。直是病無憀，懨懨又一宵。

醉太平

黃童畫癡，狂來賦詩。青猿釵鹿相隨，過茶時酒時。天涯牧之，愁來鬢絲。朝朝暮暮相思，有風知雨知。

點絳唇 咏西施舌

夢雨絲風，溪頭網得嬌如雪。金瓊玉屑，肯使輕磨滅。

想是吳宮，曩日曾饒舌。空淒切，江湖貶絕，莫向人間説。

【箋】胡仔《苕溪漁隱叢話》後集引《詩説雋永》云："福州嶺口有蛤屬，號西施舌，極甘脆。其出時天氣正熱，不可致遠。"陳懋仁《泉南雜志》卷上："西施舌，殼似蛤而長，外色若水蚌，殼內色如孔翠，肉白似乳，形酷肖舌，闊約大指，長及二寸，味極鮮美，無可與方。舌本有數肉條如須然，是其飲處。"

浪淘沙

一箭惜年芳，窗外斜陽。淺紅闌檻月微黃。莫問當時題句處，説也淒涼。　　縑粉墜秋香，苔滿琴廊。青蟲依舊冒絲長。不道回腸花落後，猶有回腸。

踏莎行

可笑浮生，真如過客。閒來無事翻淒絕。人間不合落花多，惜春誰主紅成尺。　　但愛容華，不成攀折。盈盈一樹緗桃白。東風付與道旁看，禪心莫再沾泥活。

江南好

與香雪花下談少年春秋佳日，為賦此解

家園好，最好暮春時。白袷羅輕人試馬，紅簾花醉夕題詩。興到不知誰。

江南好

家園好，最好暮秋時。黃葉野僧尋畫譜，碧桐仙子覓遺綦。興到不知誰。

浣溪沙

仿《飲水詞》，祇求貌似，卻無題目也

才説當時淚暗傾，宵宵寒雨綠陰成。有人簾外盼天晴。
獨自空庭花細落，那堪今夜月微明。藥煙茶夢斷平生。

【箋】《飲水詞》，清初詞人納蘭性德詞集名。此詞當仿納蘭性德《浣溪沙》詞："殘雪凝輝冷畫屏，落梅橫笛已三更。更無人處月朦明。我是人間惆悵客，知君何事淚縱橫。斷腸聲裏憶平生。"

浣溪沙

杜牧清詞未算狂，鬢絲禪榻好時光。玉闌干外是銀塘。
塞雁書將千里遠，砌蟲聲到四更涼。夢魂飛不到紅牆。

采桑子 題畫

文疏放綠人初靜，月上牆來。酒逐愁來，一陣銷魂撥不開。　　明知鏡裏顏非昨，心也成灰。夢也成灰，殘漏疏鐘夢暗回。

采桑子

兒家不合西厢住，倚盡垂楊。看盡斜陽，徹夜秋風引夢長。　　風前何事淒清久，蝶轉回廊。人數回腸，各有心情不自防。

添字采桑子

問君何事人間世，絳蕚瓊枝。酒際茶時，一片銷魂今夜月，有誰知。　　贈花也惜天涯遠，春訊差池。人意淒其，耐得清寒重起□，□□□。

踏莎行

北門外小橋坐月，同沈二彥慈

淺岸平橋，淡雲斜月。閒時試把西風説。豆花瑣細菜花香，人生那似村居潔。　　水靜通魂，夜涼散髮。須知今夕非虛設。江湖流轉幾人回，吾儕遮莫輕離別。

滿宮花

少華畫白芙蓉花紈扇見贈，漫賦小詞

折芙蓉，何處寄。昨夜酒醒剛起。白華綠葉似當年，不及當年風味。　　玉池邊，涼月裏。暮暮朝朝休記。傷心滴淚向君前，莫問此花開未。

紅窗月 <small>江樓酒坐，憶害舅京師</small>

素琴清酌，款深宵、但覺無聊。記當時爛醉，隔坐歡招。
又到尋春打槳過溪橋。　　瑤瑙鳳紙如雲影，影也迢迢。
歎江湖跌宕，萍絮漂搖。那便紅螺山下戲相邀。<small>此首從曾傳
輶傳鈔補入。綽記。</small>

【箋】曾傳輶，字雲旭。廣東新會人，年僅二十五，以肺疾卒。有手書
《玉夢庵詩》、《玉夢庵樂府》二卷，友人以《曾傳輶遺稿》之名影印出版。
又著有《南越朝臺殘瓦考》、《鋪首》、《高綿瓦考》、《納蘭容若年譜》等。

南鄉子 <small>贈劍</small>

身世託青萍，但到蕭辰淚已傾。輕負佳人相贈意，丁寧。
閱盡風霜術不成。　　烈士惜浮名，休論千秋萬歲評。未
必豐城雷煥在，飄零。任汝淒風撒手行。

南鄉子 <small>代劍答</small>

中夜聽悲歌，十載相依感憤多。祇願朱□心未死，摩挲。
一道星芒久不磨。　　散髮下長坡，君有風裳及雨蓑。便
令白頭長作伴，蹉跎。不受人間殿卒呵。

浣溪沙 江船聽雨

臥雨江邊聽水流，當春風物似清秋。可知世事有沈浮。
酒盡得茶偏助醉，燈殘繼燭豈能休。無憀坐到四更頭。

浪淘沙 江行放歌

唱徹大江東，醉倒髯翁。星光黯淡月微濛。欲問古來爭戰
處，一陣飄風。　　彫喪幾英雄，富貴匆匆。可憐顯晦聽
天公。不及金山樓閣好，日日清鐘。

采桑子 題伍樂陶蘭石立軸

一簾夢雨瀟湘景，別有幽花。絕代容華，怪石崚嶒合偶
他。　　騷心俠氣誰曾似，燈影紅紗。詩思青霞，半晌銷
魂付畫叉。

【箋】伍樂陶，廣東南海人。其祖為廣州十三洋行之富商，居廣州河南
萬松園。父延鎏，號梅庵，善畫山水、梅花；叔金城、兄德彝，皆能書畫
篆刻。伍樂陶能畫，富收藏，與粵中畫家居廉交好。所居曰鏡香池館，為
文人雅集之地。

浣溪沙 春月

春月樓魂在那廂，隔樓吹徹玉簫涼。綠瓷盛得晚茶香。

濕盡鸞綃都悵望，收將鳳紙更思量。玉妃何日醒瀟湘。

菩薩蠻 有憶

湘簾影窣闌干綠，湘人心比闌干曲。但道不相宜，花醒病起時。　　紅鸚偏解事，戲喚人名字。才說莫多愁，春星滿玉鈎。

少年游

碧苔如夢酒醒時，看月上花枝。四面蛩聲，一襟露氣，猶自冷支持。　　等閒何事耐沈思，便說也迷離。漏點聽殘，闌干數遍，百樣不相宜。

【校】廖校：沈思，《全清詞鈔》作"尋思"。此詞有傳世手迹，書于團扇上，題署"柏序世哲弟屬録舊稿，書此求教。丙戌二月雨，鼎芬作"。

紅窗聽

心事一春誰得見。乍可是、夜涼人倦。花開花落愁深淺，感西風紈扇。　　淡薄梳妝猶避面。思量著、綠窗黃月，閒情幽怨。無言半晌，又無人苔院。

臨江仙

花發小園臨戶見，當初不省華年。春如流水夢如煙。絃愁憑笛夜，樓恨在鶯天。　昨夢相逢疑是昔，迷離窗底簾前。藕絲衫小茜裙妍。如何都不見，坐對玉蟲偏。

浪淘沙

春影成塵，笛懷不昨，綠雲黯黯，翠閣沈沈，所謂離恨天也，賦此寫之

清淚滴紅箋，酒醒還添。褪花時候又今年。長是惝惘無賴處，愁在眉尖。　有夢到琴邊，夢也堪憐。雨條煙葉黯疏簾。説盡心心和念念，準備慊慊。

【校】此詞亦見《款紅樓詞未刊稿》，多有異文，全錄如下："紅淚泫銀箋，酒醒還添。褪華時節又今年。長是惝惘無賴處，燕辟鶯嫌。扶夢到琴邊，寬了湘弦。雨條煙葉不安眠。説盡心心和念念，準備慊慊。"葉本無小序，亦據《款紅樓詞未刊稿》補。

玉樓春

紅摧綠剗風光好，滿眼相思歸不早。蘭尊舊事儘銷魂，魂銷耐可修詩稿。　矮箋細字難全曉，蓬鬢星星看欲老。鳳簫香鎖畫樓深，竟地芳塵誰為掃。

【校】以上詞見葉恭綽輯《款紅樓詞》。葉恭綽校：魂銷耐可修詩稿，一作"更有銷魂當日稿"。

五福降中天 介朱年伯母七十壽

桃花一實三千歲，誅蕩天門尺咫。玉杖徘徊，金章焜耀，但見慈顔歡喜。二月良辰。聽燕語鶯歌，春濃如海。酒落霞觴，躋堂共祝無量祉。　　岳岳家聲鵲起。念柳丸歐荻，母氏勞只。草縈書帶，蘭苴孫枝，定知絲綸濟美。婆娑老福。儘畿甸縱觀，板輿戾止。笙歌奏廣，微協霓裳宮徵。

【箋】朱年伯母，疑為朱一新之母。

祝英臺近

問徐大病。徐鑄，字巨卿

雨無憀，情又困，苔際落花病。香雪詞人，肯與説淒冷。幾回西府沈吟。東陽瘦損，休去認、舞臺鸞鏡。　　倩紅影，一綫分蕩簾波，羅幃薄愁映。我亦傷春，昨夜玉闌憑。欠他藥裹詩魔，便如中酒，渾不覺、今宵初醒。

祝英臺近 問徐大病□述己意

夢初醒，花正好，殘月上簾幕。東海清才，久被病羈縛。最憐香雪廬中，支離瘦鶴，誰偷與、碧天靈藥。　　自飄泊。一樣分與窮愁，天涯共盤錯。我倍銷魂，負了可人約。因甚緑酒紅燈，引成長恨，把往事、憑君商酌。

臨江仙

滿地落花春去也，有人愁煞東風。可憐心事寂寥中。相思

誰遣得，薄醉一燈紅。　　燕子不來鴻雁去，癡心人負蒼
穹。琵琶空自語玲瓏。西江雙眼淚，薄命似飛蓬。

浣溪沙

花裏簫聲夢裏人，酒中琴思月中因。海棠開盡可憐春。
蝴蝶醉殘深翠院，杜鵑啼徹落紅辰。誰家簾幕綺羅身。

蘇幕遮

翦兒風，眉樣月。宛轉春心，惆悵春芳歇。畢竟海棠花是
客。埋怨東風，管領太疏忽。　　整青衫，簪華髮。餞罷
花神，轉怪花倉卒。此種心情惟燕覺。立盡蒼苔，冷露侵
羅襪。

一剪梅

翠絲紅影蕩簾波。未遣愁魔，又入詩魔。天涯孤負月華
多。遠念嫦娥，怕見嫦娥。　　長安花事近如何。烏帽高
歌，紅袖低歌。慵妝薄酒醉顏酡。君渡銀河，我隔銀河。

菩薩蠻

人天隔斷蘼蕪路，琴心不許春風度。獨自立天涯，無言惜
落花。　　華年流水去，夢斷無尋處。愁重怕調箏，相思
恨月明。

高陽臺

月上花梢，風歸柳際，閒情引作春愁。細語商量，鸞膠願續千秋。也妨好事多磨折，奈明珠、無處搜求。忽滄茫、江海天風，促我行舟。　　腰支愁瘦春人囚。悵平陽程杳，魂再難游。問訊楊花，被風捲過滄洲。琵琶聲斷琴心死，漫猜疑、豔福難修。苦相思、淚濕青衫，望斷黔婁。

祝英臺近

好春歸，花事過，香瘦落紅少。小客天涯，流水逐年渺。自憐萍轉蓬飄，湘雲夢繞，衹怕聽、夕陽啼鳥。　　閒庭悄。冷月勾引離愁，情緒倍分曉。欲檢歸裝，舟滯海天杳。此身嫁與江湖，粵山燕市，幾被慣、窮魔相擾。

浣溪沙 題畫

紅玉新奩畫縹囊，舊家喬木覓清蒼。閒庭花草自娟長。
湖岸水寬鷗意靜，林花日暖鳳懷香。人間第一讀書堂。

蝶戀花 雨夜

獨立苔階釵自整。燕語斜陽，惆悵音書梗。風細畫簾紅燭定，相思轉盡闌干影。　　瑤瑟閒拋非不幸。腸斷尊前，酒冷難温性。寂寞西頭孤鳳命，今生不省來生省。

金縷曲 題畫

我説君須聽。是通明、當年棲隱，亭臺佳勝。吹下人間桃花塢，畫本嫣然可認。彷彿過、數聲清磬。碧樹紅橋誰曾到，有人兮、窈窕荷衣影。一回首，四山暝。　　鸞魂淒冷嗟難醒。望天門、群肩歷亂，晚風方勁。欲挽芳菲無尋處，獨向蘼蕪舊徑。任石竈、無煙也定。點點花前相思淚，便今生、聲斷來生應。君尚寐，我還病。

【校】"今生"前原有"令"字，衍文，刪去。

【箋】楊敬安按："似係沈乙庵屬題。"

水龍吟 題畫

年時恩怨重重，清瑩不見些兒影。舞鸞去後，淒涼舊事，那堪重省。解珮傳羞，回波獻笑，幾多芳興。漫獸香不斷，惝惝霧起，微暈了，妝難整。　　莫道深閨晝永，早飄斷、一天宮粉。等閒付與，人間兒女，猜量幽恨。小字偷摹，寶奩低護，熨他涼靚。□畫中贏得，花扶樓好，倩誰孤凭。

【校】以上詞録自楊敬安輯《節庵先生遺稿》卷四。難，原作"雅"，誤，徑改。

蝶戀花 小游仙十首録二

其 一

昨夜蘭釭紅對館。一片書聲，不像尋常懶。莫是要儂教睡遣，添香伴汝良宵短。　　手揀鵝梨薰鴨暖。休使成灰，袛恐相思淺。珠網輕遮銀葉展，提防讀倦偷窺眼。

其 二

乍可玉臺新咏就。錦繡雙囊，付與簪花手。細按冰紈湘管瘦，紅絲研襯紅羅袖。　　忽訝春光輕泄漏。急用脂塗，君意聰明否。寫罷苔箋剛未久，琴牀簫局沈吟又。

【校】傳世手迹亦僅録二首。其一注"添香三"，其二注"鈔詩四"。後注："一姝麗，二倚玉，五贈花，六匳影，七雪藕，八酒病，九調藥，十覺夢。"

摸魚兒 題繆藝風《耦耕圖》

歎從來、登朝疊疊，幾人蓑笠終老。開畦分水真閒適，朝晚雨晴俱好。長指爪，合擊酒揮鐮，陋彼侏儒飽。髮猶未皓。趁春汲餘光，料量千古，風味似三泖。　　人間世，且與流連芳草，不須重問懷抱。野苔生遍青瑶局，靈藥駐顏難保。攜栲栳，算託命清奇，并影斜陽道。如何除掃。
笑叱犢田間，呼魚小淁，輸我十年早。

菩薩蠻 畫菊

年年拋得紅芳瘦，兩心遙照東籬壽。淡泊不榮華，人間無
此花。　　神光還一顧，多少參差處。轉盡客中腸，臨風
寄別觴。

【校】以上詞廖宇新錄自《同聲月刊》民國三十三年第四卷第二號
《欵紅樓詞未刊稿》。

木蘭花慢

玉簫聲影靜，歡樽限、錦堂西。看翠袖煙籠，藍橋槳至，
皓腕柔荑。因風蔦蘿牽繫，問幾時、紅葉御溝題。花底頻
嘶驄馬，簾前暗爇靈犀。　　春來紫燕雙棲。張敞畫眉
低。況鏡裏嬌慵，針穿舞佩，洞口雲迷。一任黛環秋水，
把六朝、金粉淡如泥。笑煞何郎扇咏，嗔他閬苑鶯啼。

【校】上詞輯自梁鼎芬傳世手迹影本。

歸國謠 題蘆雁秋影圖

天氣冷，獨有寒蘆花一頃。天斜數雁淒涼影。　　詞人悵
觸秋宵靜，愁難併，孤篷日處搖萍梗。

采桑子 <small>題溪居圖</small>

浮生誰識溪居樂，幾樹青涼。一水清澄，窗外好山長更長。　　蕭閒不到紅塵事，著個漁榔。伴我鷗鄉，祇惜無人看夕陽。<small>叔峰三弟教正。</small>

【校】以上二詞輯自梁鼎芬傳世手迹影本，書于同一團扇上。原無詞調名，據詞律補題。

聯　語

課兒聯

上平聲

一　東

三忠扶宋代；四傑振唐風。　　鼎彝多漢物；詩字有唐風。

神鷹能掣物；病馬亦嘶風。　　種竹剛逢雨；移花為避風。

鷲嶺敲鐘月；龍山落帽風。　　竹徑苔沾露；荷亭葉戰風。

春帆行細雨；秋扇怨西風。　　停琴延皓月；吹帶愛長風。

柳塘初泛雨；竹徑細吟風。　　酒試三蕉葉；詩吟萬竹風。

秧針初插水；荷蓋正搖風。　　衝雲雕最健；隱霧豹真雄。

聽雨千秋想；藏山一代雄。　　閒居觀世變；沈飲稱詩雄。

年深鷹力弱；山峭虎聲雄。　　李晟安國勇；祖逖渡江雄。

安危看宰輔；貧賤出英雄。　　要為萬人敵；笑此一世雄。

巫女曹娥孝；宗臣屈子忠。　　孟郊稱古貌；蘇軾矢愚忠。

存唐李晟武；為漢趙雲忠。　　碎琴存直節；賣卜表孤忠。

錚錚黃字烈；耿耿杜詩忠。　　奉母梨洲孝；勤王信國忠。

跪乳羊知孝；隨亡馬效忠。　　菊酒陶潛節；麻鞋杜甫忠。

理財劉晏正；安國李晟忠。　　辭漢明妃怨；沈湘屈子忠。

希文志天下；諸葛臥隆中。　　江海風波裏；朝廷雨雪中。

萬山飛鳥外；寒月亂流中。　　日月傾天上；江湖走地中。

身世干戈裏；風霜醉夢中。　　群木水光下；萬家雲氣中。
東坡游赤壁；諸葛起隆中。　　兒時燈有味；老日酒無功。
為人有朝氣；作事無近功。　　青燈書有味；白髮酒無功。
月入藤花紫；霞添杏字紅。　　僧可六七輩；園花三四紅。
一經傳鄧禹；十事說姚崇。　　四知吾學震；十事世推崇。
休官公論在；學道此心同。　　感時風景異；遯世本心同。
松閣題詩客；柴門倚杖翁。　　定亂須名相；忘憂是老翁。
麻鞋走行在；皂帽老遼東。　　戢戢鴉翻陣；呦呦鹿養茸。
雄姿君子豹；醜態小人蟲。　　貧家書自富；老客面如童。
夜靜龍吹氣；山晴鹿養茸。　　孝子身如玉；真儒行似銅。
孝兒能教鹿；忠女獨當熊。　　林密貍驚麚；巖幽虎取□。
杜鵑聞邵子；鷓鴣變歐公。　　燕鶯春一國；苔竹地三弓。
雪仇句踐膽；盡瘁孔明躬。　　師弟情千里；林亭酒一盅。

二　冬

秋霜漁浦荻；冬雪佛壇松。　　彭澤辭官柳；黃梅引路松。
彭澤思陶菊；洪山種岳松。　　讀畫閒扶竹；哦詩靜倚松。
辣性如薑桂；寒交比竹松。　　寺窗風送桂；山路水敲松。
世多射假虎；吾猶好真龍。　　畏蜀真如虎；興劉自有龍。
往夢驚衡雁；孤踪慕管龍。　　走卒知司馬；山川出臥龍。
中使迎韋母；徵書待順宗。　　劉蕡傷宦者；韓偓為昭宗。
綠蕪添月色；紅蓼寫秋容。　　中流聲慷慨；歧路意從容。
清篠留鶯影；深苔得鹿踪。　　武夫揮涕讀；賢主降心從。
良朋嗟久別；佳日喜重逢。　　夜涼閒理笛；天曉乍聞鐘。

媚骨難淩雪；貞心自耐冬。

三　江

麝墨紅絲硯；鸞枝綠綺窗。　奸心危社稷；利口覆家邦。

四　支

世亂求良法；身閒賦短詩。　王僧曾有約；鄭婢竟能詩。
蘇文曾論畫；韓孟每題詩。　寥落聞雞志；清新見鹿詩。
過秦賈生論；入蜀放翁詩。　韓子傳符學；蘇兄壽轍詩。
李甥工小篆；杜老寫新詩。　長沙安國疏；工部愛君詩。
寒日思賢淚；孤亭感舊詩。　學寫烈婦字；愛吟逐臣詩。
吳郡張顚草；襄陽李白詩。　上巳蘭亭序；重陽栗里詩。
避世惟宜酒；離家日寄詩。　琴志樓中畫；茶仙亭上詩。
楊柳分題處；茱萸醉插時。　深情驪唱後；殘夢雁來時。
感憤無生理；銜悲到死時。　棄官猶愛國；教士為匡時。
寒林秋盡日；大海月生時。　北闕懷恩事；南皮會葬時。
今是忘家日；將無見汝時。　赤心能報主；白髮不求時。
扶危須正學；娛老得佳兒。　注酒真忘世；題詩便付兒。
麥舟親付友；茄飯自安兒。　看竹偕咸姪；觀荷與邁兒。
得酒還來友；藏書賴有兒。　巨奸成巨禍；孤注弄孤兒。
有誰誅國賊；無一是男兒。　擊筑荆軻勇；吹簫伍子悲。
愛國中宵起；思賢兩載悲。　少陵元日歎；坡老此生悲。
家祭思遺教；楹書發往悲。　春花不似舊；園鳥自然悲。

綴席茱萸好；浮舟菡萏衰。　日暖看花盛；霜寒歎柳衰。
人才三國盛；文字六朝衰。　覘國知強弱；觀書識盛衰。
忠義皇天鑒；聲名萬國知。　飛為張所倚；衡受孔融知。
松石成幽隱；林泉是故知。　淚枯同血盡；言澀有心知。
論道求賢輔；誠心奉帝師。　杜甫為詩聖；王維是畫師。
結交存古道；論學奉經師。　治國尊周禮；懷君賦楚詞。
良辰思舊事；美酒寫新詞。　讀書修介節；感世寫芳詞。
白板苔如繡；紅欄柳有絲。　鷗蝶飛書勢；蛟龍憚色絲。
流涕悲王室；同心整國基。　瞻天初日麗；興學萬年基。
邪心琴可止；理正筆能為。　萬里驚相見；千秋在自為。
五更聞雁起；四月聽鶯遲。　晚蟬吟柳急；涼雁下蘆遲。
相地開蓮沼；懷人過菊籬。　泥出貓頭筍；花縫鹿眼籬。
得閒花下馬；頻醉酒邊鸝。　柳塘朝放鴨；花院晝聽鸝。
一飯思猶報；千杯罰不辭。　掃石安棋局；迎風認酒旗。
春色蒼蒼曉；花陰漸漸移。　生前皋羽髮；死後景清皮。
積翠搴蘅草；輕紅擘荔支。　經霜存傲菊；映日愛忠葵。
神羊知曲直；老馬識安危。　春花紅燭酒；秋正綠窗棋。
涕泣葵霜閣；棲遲柳浪磯。　山姿寒起澹；松路老還奇。
畫蘭無地種；賣藥有兒隨。　小袖調嬰武；輕橈觸鷺鶿。
出山喧萬馬；當道見孤羆。　樊口孫權豹；烏江項羽騅。

五　微

銀葉翻香坐；金蓮送炬歸。　毒龍聽佛講；熟犬候人歸。
身留幾回病；淚送五喪歸。　密雨雙鷗起；寒星隻雁歸。

香山藤作戒；彭澤柳初歸。　　花初鶯乍出；樹晚鳥爭歸。

放槳同鷗去；開簾待燕歸。　　射虎衝圍出；攜鷹較獵歸。

閒雲隨客住；冷月送人歸。　　幼安懲晏起；靖節賦初歸。

蝶閒依客扇；螢冷坐人衣。　　朝花連畫席；陰蘚上琴衣。

草色妍僧塔；霞光染客衣。　　竹抽幾日籜；蓮倒半池衣。

得句書苔紙；尋芳拂柳衣。　　辟邪蒲作劍；招隱芰為衣。

食貧心未苦；傷亂意多違。　　行止非人定；悲歡與世違。

韓孟詩篇在；蘇黃命運違。　　觀魚知道妙；聞鳥覺禪機。

花竹多和氣；禽魚悟化機。　　蛟行波勢迅；鴉集日光微。

酒懷真突兀；琴理至精微。　　杜公真可瘦；韓子自然肥。

貧家雞亦瘦；蕭寺鶴偏肥。　　黃巾尊鄭氏；青冢弔明妃。

心正通琴旨；身閒得畫機。　　安貧端士行；學武展天威。

雪月臨嚴壘；霜風拂大旂。　　有味尋書冊；無心問是非。

六　魚

街市千燈夜；園林萬卷書。　　雁將蘇武帛；鵝換右軍書。

撲螢翻小扇；付雁寄長書。　　幽室閒調藥；空山老著書。

萬山訝行杖；一室靜看書。　　新祠虔奉祀；舊屋靜觀書。

魚多知樂歲；雁少滯家書。　　贈人鸜眼硯；相隱鶴頭書。

心靜求琴旨；身閒諷道書。　　秋晴芳草健；雨後桂花疏。

落花春事晚；啼鳥世情疏。　　春至紅爭出；秋高綠漸疏。

孤舟開浩蕩；十載極蕭疏。　　山河風景異；城市故人疏。

荷風迎畫楫；蘭露濕文疏。　　日出萬樹見；人歸百事疏。

小亭秋草靜；曲沼晚荷疏。　　短衣朝射虎；直筆獨驅魚。

松栅閒呼鹿；花杠靜釣魚。
亭前閒放鶴；湖上自騎驢。
碧桐宵吠犬；黃葉自騎驢。
詩情疏柳外；琴意落花餘。
栽竹成佳處；題花稱隱居。
人髮欲疏。

世事成雲狗；交情比水魚。
蓮動娃招鴨；梅垂客止驢。
鳥獸縱橫甚；江山涕淚餘。
浴蘭芳自遠；懸艾毒能除。
一燈課子心何切；千里懷

七 虞

兵塵紛武漢；客淚滿江湖。
春醉三三徑；寒消九九圖。
大風思猛士；寒月照征夫。
行菜堪幽隱；鈔詩覺病蘇。
千花陳綺繡；萬籟作笙竽。
日曬鸕鶿翅；花黏蛺蝶鬚。
琴理都深妙；詩情在有無。
諸將同戡亂；群凶必受誅。
石苔淩几杖；空翠撲肌膚。

同心扶社稷；流涕向江湖。
佳日成詩事；清游得畫圖。
要為真御史；不作小丈夫。
近來詩律細；老去酒懷粗。
晉書多散佚；宋史太荒蕪。
據梧聊自暝；種藥要人扶。
蝶逐桃花氣；鴛翻荷葉珠。
鶯梭欺小蝶；魚竄似奔狐。

八 齊

仙人曾化鶴；孺子可驅雞。
愛來支遁馬；談有處宗雞。
曲廊嬰武語；深樹鶹鴂啼。
寺荒惟虎宿；峽險有猿啼。

文力能驅鱷；詩情共鬥雞。
中原方逐鹿；深夜獨聞雞。
林花掃更落；山鳥去還啼。
江上波濤沸；兵閒兒女啼。

畫櫝牽珠網；琴囊污燕泥。　　雨餘鷗掠水；風細燕銜泥。

吾叔文名早；書堂樹影凄。　　衝雪驢聲細；驚霜雁意凄。

無言花脈脈；有恨草萋萋。　　碧海真難涉；青雲不可梯。

風棚新綠笋；月榭小紅梨。　　露眼啼蘭蕊；春心見柳荑。

細雨鶯聲滑；寒雲鶴影低。　　出群中散鶴；照怪太真犀。

桃榔虞氏宅；楊柳白公堤。

九　佳

夜靜尋琴理；霜寒助酒懷。　　流水如琴意；青春入酒懷。

撼龍經可注；瘞鶴字難埋。　　靜園草木壽；楚國山水佳。

生朝吟玉局；死節慟陶齋。

十　灰

鳥止花猶落；人歸酒未來。　　柳井泉微上；松亭雨乍來。

草堂花尚少；畫院月初來。　　群魚知客至；獨鳥畏人來。

竹影風前舞；桃香水際來。　　落花春尚在；聽雨燕還來。

山遠松高下；風柔鳥去來。　　落花隨燕去；吹絮引鶯來。

鄺露抱琴去；朱雲請劍來。　　看雲扶杖去；聽月抱琴來。

小閣清香坐；疏籬細雨來。　　漆身誰則覺；晞髮我重來。

鳥靜棋聲出；魚忙釣餌來。　　綠陰人靜坐；芳榭鳥頻來。

歌難時序換；歎逝涕洟來。　　讀書扶世運；講學出人才。

詩書傳世澤；禮樂啟人才。　　擾擾世上事；昂昂天下才。

潛心窺物理；放眼得人才。　　食貧先苦學；平亂見良才。

重見晴川樹；初題庾嶺梅。　　煙密龍耕草；天寒鶴守梅。
兀傲陶潛菊；剛疏宋璟梅。　　小驛風前絮；孤山雪後梅。
蒼勁焦山柏；清寒庾嶺梅。　　杜公詩律細；庾信賦心哀。
去年山寺病；今夕海樓哀。　　纖兒都撞壞；遺老最悲哀。
硯采端州洞；琴傳漢上臺。　　突兀晴川閣；幽閒爾雅臺。
前踪峽山寺；遠淚白雲臺。　　大節垂千載；英名動九垓。
青史垂千載；丹心照九垓。　　茶煙吹細竹；花片上香苔。
秋聲穿竹雨；月色上階苔。　　怒髮冠為落；剛腸石不回。
雨止林鶯出；煙多野鶴回。　　憂樂傳詩句；升沈付酒杯。
柔草桃椎屩；香荷魏愍杯。　　淺淺月初上；冥冥花正開。
蜂衙喧似雨；蚊市鬧如雷。　　脫史嫌蕪雜；歐書是正裁。

十一真

玉宇題詞客；珠江競渡人。　　去年今日路；晴雪曉車人。
一年成此日；四海竟無人。　　自知白髮客；恨少赤心人。
朝衣長在笥；野服不隨人。　　風江鷗怯槳；苔榭鳥親人。
灑涕成遺老；傷心得幾人。　　山寺花前夢；江亭柳外人。
無計安天下；長吟慕古人。　　寒月梅花世；冶春芳草人。
冬柳疏疏月；霜街落落人。　　奉天從駕日；鄭縣罷歸人。
酒愛山林客；詩如絕代人。　　作書如烈婦；讀畫想高人。
林深鶯喚友；村小犬親人。　　憂患差生事；賢勞慕古人。
種竹秋初雨；看花月下人。　　杖藜吾欺世；采菊客疏人。
疏疏花點水；密密鳥依人。　　百花洲上月；五柳宅中人。
水村黃柳月；山路白頭人。　　良夜團圞月；閒居淡泊人。

銀燭紅簾夜；瓊疏紫笛人。　　磊磊落落事；堂堂正正人。
老去書為伴；閒來月可人。　　溪上鷗為友；林間鶴避人。
艱難為遠客；突兀見斯人。　　憂患能延壽；聰明或誤人。
栗里傷時者；桃源避世人。　　世上素心友；燈前白髮人。
懷賢搜史傳；招隱訪詩人。　　秋意聽琴客；冬心畫石人。
折腰難作吏；刺股好為人。　　屈原宗室彥；賈誼少年人。
竹籬江上宅；柳社雨中人。　　草木皆春氣；江山想古人。
曉窗猶有月；苔院欲無人。　　暗下看花淚；今為亡國人。
獨行難媚世；孤吟每辟人。　　酒罷惟孤嘯；憂來見幾人。
荷榭呼漁叟；蕉林夢鹿人。　　焦山讀書處；南海訪師人。
芳草思名馬；空山憶故人。　　筆端關造化；畫裏見精神。
酒限思嚴母；茶經奉異神。　　大義明君父；精思動鬼神。
作詩工體物；看畫愛傳神。　　供奉萬家佛；調和五藏神。
法良稱酒母；書好作茶神。　　流血悲天地；潛思入鬼神。
溫犀能照怪；支馬覺如神。　　計能探虎子；誠可格蛇神。
簪小嫌凋髮；衣輕稱病身。　　處困能安命；臨危不愛身。
白髮凋能幾；黃冠稱此身。　　時危慚袖手；道晦且潛身。
授詩悲六歲；飲泣遂終身。　　講學先明道；匡君不愛身。
賜福承恩日；銜悲告病身。　　放筆為真幹；清心識妙春。
楚岸行將老；巫山坐復春。　　天上明明月；人間潑潑春。
賦詩藏亂世；吹笛醉餘春。　　罷琴惆悵夜；得句太和春。
危石花仍正；寒風酒自春。　　讀書兼讀律；憂國不憂貧。
詩健何曾病；書多不似貧。　　菊稱淵明節；桑知葛亮貧。
丈夫恥干謁；男子多賤貧。　　鄭獬稱忠孝；陶潛愛賤貧。
著書茅屋破；送酒菊籬貧。　　吉日思賢相；危時失大臣。

一腳驚山鬼；二心懲佞臣。　　文武扶英主；安危仗大臣。
教子由賢母；匡君在大臣。　　銅盤思美食；石磑感前塵。
柳色春前慘；朝衣篋裏塵。　　陳醢添詩料；新囊避墨塵。
世難須忠節；天心識苦辛。　　課豎鋤荒穢；呼兒説苦辛。
取友必端正；讀書多苦辛。　　上壽思良相；衡恩遍庶民。
固窮君子節；藏富聖朝民。　　琴使游魚定；經令猛虎馴。
官清民自樂；人老子彌親。　　世誇諸葛扇；人效子瞻巾。
成童規矩重；敬老性情真。　　守身須似玉；垂鬢覺如銀。
病虎逢人善；潛龍得水馴。　　寒梅花比玉；大野草如茵。
閶闔開黃道；衣冠拜紫宸。　　觸邪尊獬豸；愛草敬麒麟。
鵬展垂天翼；魚開縱壑鱗。　　嘔心憐李賀；刺股學蘇秦。
策面嗟如此；關髯美絕倫。　　擎劍真豪傑；彈琴屬隱淪。
薄采芳洲杜；遙懷故國蓴。　　李杜交情厚；蘇黃命運屯。

十二文

賈誼祠前淚；安期石上雲。　　花落如紅雨；林深有綠雲。
平湖晴得月；叢石暮生雲。　　情親自擇果；心遠欲看雲。
橋涼人釣月；屋老客藏雲。　　詞源三峽水；詩思九秋雲。
一經能教子；十事竟要君。　　奸如嵩害國；罪甚檜欺君。
講學尊朱子；傳經守鄭君。　　山林真遯世；畎畝不忘君。
立身存正道；放手製高文。　　登高元晦作；乞巧可之文。
琴坐燒香靜；詩廊把酒勤。　　春歸蜂蝶懶；花好燕鶯勤。
鳥去枝還動；樵歸草乍分。　　元白交情固；蘇黃詩格分。
琴面承花片；簾心上蘚紋。　　筆花驚世出；諫草避人焚。

帝澤今都歇；臣凶古未聞。　石存諸葛障；山遜岳家軍。

十三元

呼天昏已甚；斫地痛何言。　梅花三四里；道德五千言。

大雞呼客舞；此鴨善人言。　憂民慚一飽；救世戒多言。

果然稱獸義；吉了解人言。　開窗蝸自篆；繞樹鳥能言。

水清魚可數；山古獸能言。　寒風淒客驛；落日淡宮門。

學規嚴鹿洞；史筆仰龍門。　花林依淥水；燈火認柴門。

見汝思祠屋；當春望闕門。　芳草能知暖；春風與閉門。

張鎰當時賞；東坡後世尊。　晚世儒衣賤；空山佛磬尊。

亮愛南樓月；融開北海尊。　鶯羽文章貴；龍頭物望尊。

忠節危時見；文章後世尊。　新試東坡酒；頻傾北海尊。

蠅鑽窗紙賤；鶴立寺幢尊。　孝親成暮歲；承教望賢孫。

梅花林處士；芳草屈王孫。　高僧來栗里；漁父問桃源。

老人斟菊水；漁父問桃源。　佳節年年有；清時念念存。

秋蝶涼依石；春蠶暖養盆。　擊楫吾思祖；橫刀孰似袁。

世亂肝腸裂；書多肺腑溫。　一龍吟大海；萬馬走平原。

詩情兼酒分；草意與花魂。　深懷共話葵霜閣；勝事新
傳木本園。

十四寒

功大心偏小；時危道自安。　學佛如和仲；論兵似幼安。

瘴地埋忠骨；皇天鑒鐵肝。　武力威銅面；文章比鐵肝。

夜井泉微上；朝欄露未乾。　　思母今頭白；呼天我淚乾。
事往丹心在；時危赤手難。　　中興諸將老；晚節一身難。
柳窗春夢重；松路水聲寒。　　花深鶯戀石；苔冷蝶回欄。
讀書先識字；教子不求官。　　大夫騎赤豹；仙子跨青鸞。
偶拾瓢兒菜；閒吟椰子冠。　　濂溪不除草；正則自紉蘭。
白牛純佛座；青兕冠詞壇。　　愚者有一得；超然集衆觀。
不鳴龍棄劍；多病驥辭鞍。　　人心關治亂；天意識忠奸。
鼠鬚曾作筆；熊膽試為丸。　　風驚蓴菜夢；露滿菊花團。
天瞑休群動；身閒集百端。

十五删

群蠅趨几熱；一蝶臥枝閒。　　海舶前朝有；江樓盡夜閒。
仙人餐菊老；道士種桃閒。　　抗疏非沽直；題詩自愛閒。
落日回車急；當花酌酒閒。　　近磯鷗不畏；遙蕩鷺多閒。
犁重憐牛苦；鞍輕愛馬閒。　　軍書傳鴿準；村酒聽鸝閒。
相來猴滿野；客隱豹藏山。　　涼月生孤樹；微雲起遠山。
感時思碩輔；傷世對空山。　　論詩兼説劍；臨水又登山。
紅亭喬木杪；翠檻衆花間。　　赤心報陛下；白髮在人間。
楊柳青春路；芙蓉碧水灣。　　燕蹴桃花路；蟬喧荔子灣。

下平聲

一　先

將帥蒙恩澤；兵戈有歲年。　　在家懲晏起；憂國望豐年。

栽竹龍生日；棲松鶴有年。　　忍淚看除夕；驚心異往年。

鄉夢三千里；朝班廿八年。　　棣華同壽日；風木永悲年。

傷世懷賢相；離家記去年。　　笋香長伴隱；菊力實延年。

課子能娛老；思親不計年。　　天中傳令節；地臘録長年。

棋聲知有客；酒意若忘年。　　酒市驢嘶月；茶棚鶴避煙。

疏蘆沙渚月；細柳市橋煙。　　曉花紅墜露；暮柳碧搖煙。

魚潛驚柳月；鶴潔避茶煙。　　月來添病影；人去但茶煙。

豆棚纔小雨；藥灶正初煙。　　誓死無歸日；鋤奸歎醉天。

諸賢身避地；群賊膽包天。　　移花妨蝶路；接葉補鶯天。

孤兒傷忌日；慈母感終天。　　啜茗君山寺；搴蘅漢水船。

鳥隨僧返寺；鷗與客爭船。　　閒談忠烈事；喜上孝廉船。

草色春深路；鐘聲夜半船。　　堅心穿鐵硯；佳字集珠船。

張公金鑒在；董子玉杯傳。　　瑟譜今猶在；琴書惜不傳。

性情因畫見；節義以詩傳。　　國恩慚報稱；嶺學想流傳。

讀易梅花下；裁詩柳絮前。　　蒿苣秋畦下；芙蓉野水前。

林塘春雨後；池館酒燈前。　　渡河宗澤憤；攬轡范滂賢。

范公天下任；顏子國中賢。　　歸程彭澤遠；風度曲江賢。

隨母歸江上；還家正月圓。　　人隨山萬轉；夢與月同圓。

書裝蝴蝶巧；丸弄蛣蜣圓。　　畫意秋花冷；琴懷翠石堅。
水深源自遠；山峻石能堅。　　辟世從幽討；思鄉罕熟眠。
江月驚鷗起；林風阻鶴眠。　　斑鹿銜芝去；馴鷗倚石眠。
無憀詩是藥；有眼淚如泉。　　樂昌鹽館路；清遠峽亭泉。
僧窗蕉作紙；客路柳為鞭。　　海樓觀蜃氣；山寺蒸龍涎。
蠪窟胡三省；鵝湖陸九淵。　　九流期並貫；四部要精研。
詩尋春雨燕；畫愛夕陽蟬。　　晨興蘇理髮；晏起管懲愆。
藕花如四壁；芝草擁千仙。　　忠臣豈惜死；清官不受錢。
桃李開三四；樓臺氣萬千。　　寒雪能知柏；淤泥不染蓮。
碎琴能守正；投筆自安邊。　　秋月衡陽雁；春船漢水艑。
草巖存虎迹；杉岫待熊緣。　　忠心扶日月；義氣壯山川。
英雄憐病馬；忠直笑寒蟬。　　淺花妍細路；初麥秀平田。
五色羅浮蝶；千聲蜀道鵑。

二　蕭

野草連村樹；梅花立水橋。　　野草連村樹；梅花立野橋。
桃片飛琴坐；楊絲罥畫橋。　　名士多荀鴨；邪臣似李貓。
直諫尊劉虎；奸謀笑李貓。　　城頭吹晚角；水面蕩輕橈。
葦燈明蟹籪；蘆艇認魚標。　　人家千杵急；客路一鞭遙。
采芳湘水曲；立馬楚山椒。　　天地容疏散；江山未寂寥。
紅蕖香冉冉；青竹響蕭蕭。　　蛛絲添屋角；蝶粉曬籬腰。
細馬霜橋滑；雛鶯雨砌嬌。　　江聲沈遠樹；春影薄深寮。

三　肴

掣電驚奔驥；騰波出渴蛟。　　松臼香茶軟；花闌翠竹苞。

四　豪

飲河嗤鼠小；縱壑羨魚高。　　聽雨歸心急；凌霜傲骨高。
彈箏春月靜；試劍冷風高。　　北固江聲壯；東華月色高。
弱柳梳殘月；長松入夢濤。　　功名垂宇宙；忠信勝波濤。
風雨同心少；江河一掌勞。　　得食憐牛苦；成功憶馬勞。
永夜看紅燭；同心贈寶刀。　　壯志看長劍；交情贈寶刀。
裝書蝴蝶式；傳劍鷦鶄膏。　　琴罷風搖竹；棋初雨洗桃。
臘八桃花粥；春三柳絮刕。　　斬蛇三尺劍；相馬九方皋。
漾漾菱兼荇；紛紛李與桃。　　紫色藤花餅；紅香荔子糕。
烏江憐項羽；赤壁笑曹操。　　梧桐葉下秋風緊；薜荔香
微夜月高。

五　歌

絲立蜻蜓小；香招蛺蝶多。　　照水花枝濕；看雲畫意多。
坐驚人事改；但見獸心多。　　尊酒歲身晚；江湖貧賤多。
思友音書閟；還家笑語多。　　照世丹心共；欺人白髮多。
空谷蘭花晚；深山桂樹多。　　倭刀吾不寶；蕃劍怪何多。
祖硯松陰舊；君恩草屋多。　　養兵自相鬥；傷世竟如何。

楚民淪陷甚；吾道寂寥何。　　雄心扶地軸；隻手挽天河。
獻獅來異域；浴象集清河。　　愛蓮宗茂叔；畫竹學東坡。
狠羊傳北固；黠鼠笑東坡。　　福來甚微細；心足聽蹉跎。
今宵棲漢口；屢歲近頭陀。　　疾風看勁草；初日在高柯。
輕風吹細馬；殘雪照明駝。　　樓迥題黃鶴；潭深憶白鵝。
空亭常受月；枯井不生波。　　奉親茶一串；登儁事三科。
評書貴瘦硬；論學戒偏頗。　　冠冕樓前樹；清佳堂外荷。

六　麻

雪亭松獨秀；霜屋菊多花。　　茶香風動竹；醴味雨澆花。
龍孫標石蘚；蟢子撲燈花。　　野橋人藉草；梅塢鳥啼花。
霜威看翠柏；晚節愛黃花。　　山衲攜仙藥；書童掃雨花。
樓陰低水草；簾影弄風花。　　清風多在竹；細雨每憐花。
芳意無邊草；梅心第一花。　　芳郊春鬥草；梅閣夜題花。
石馬憐芳草；閒人賦落花。　　因雨栽山果；無風數砌花。
斷岫生殘月；流泉出落花。　　山客煎雲茗；僧童汲井花。
病已看新笋；愁來撿落花。　　黯黯疏疏雨；紅紅淺淺花。
萊公留翠柏；魏國愛黃花。　　酒後尋山月；春餘賦雨花。
水國三更笛；山城二月花。　　心靜聽流水；身閒拾落花。
竹霧覆幽草；茶煙嫋落花。　　硯材廬阜石；詩句乃園花。
上巳開蘭會；重陽就菊花。　　收租頻種秫；赴宴不簪花。
馬蹄飛野草；鶴夢伴梅花。　　渴虎超溪水；飢鷹掠野花。
貧居惟好酒；懶性好栽花。　　雨收魚唼絮；風定燕穿花。
別緒千絲柳；詩情百種花。　　松風亭下路；定惠寺前花。

停琴人待月；呼酒鳥啼花。　　讀書兼學劍；憂國竟還家。

菜花蝴蝶路；荇葉鷺鷥家。　　綠楊沽酒店；青竹鼓琴家。

雨餘蝸上壁；水淺鴨移家。　　僧有六七輩；村惟八九家。

驛路三千里；荒村六七家。　　暑盛蚊如市；春深燕有家。

海遠魚書滯；天高雁字斜。　　疏疏還密密；整整又斜斜。

雨燕銜花重；風鶯帶絮斜。　　栽花驚過鳥；去草避垂蛇。

虎圖能嚇鼠；鴉陣忽驚蛇。　　高堂巢燕雀；大陸走龍蛇。

草亭題暮雨；桃隖泛朝霞。　　石牀沾竹霧；水檻展桃霞。

秋碧竹間月；春紅花上霞。　　輕風扶細燕；殘月入昏鴉。

高柳初嘶馬；疏桐欲憩鴉。　　園名尊獨樂；齋牓守無邪。

細雨離亭酒；清風試院茶。　　春樓青占柳；江岸白連沙。

對酒同寥落；聞歌即歎嗟。　　燕子新成壘；蜂王自作衙。

春風標漢節；寒雪咽胡笳。　　草園生白蝶；花岸走青蝸。

七　陽

荷花生日酒；松子百年香。　　野草微微長；梅花久久香。

世亂山林靜；天寒草木香。　　草際蛇涎滑；花間燕尾香。

苔濕琴生暈；花低硯有香。　　翻宅桃榔在；坡亭荔子香。

安危大臣計；忠孝狀元香。　　枇杷四時氣；枸杞千歲香。

晚歸黃葉澹；早起白蓮香。　　閒看花有意；靜覺藥生香。

翠竹棲鶯穩；緋桃引燕香。　　採花蜂嘴膩；食柏麝臍香。

省疾波濤壯；思家草木香。　　裹琴鴛錦豔；研墨麝煤香。

柳水蜻蜓弱；荷風翡翠香。　　回廊看柳影；小沼折荷香。

聞雁驚邊夢；騎驢帶雪香。　　小縣官書簡；深林客夢長。

圖修三禮古；家有四詩長。　避暑竹亭小；迎涼桃簟長。
杯裏乾坤大；書中日月長。　柳眼窺春早；松髯拂水長。
風過荷珠散；春來柳線長。　呼魚苔榭潔；洗馬柳波涼。
草堂荷氣馥；松徑水聲涼。　風雲多變幻；江海自清涼。
香褭琴牀淨；陰圍畫几涼。　曉寫芙蓉色；春圖芍藥芳。
松外山亭峭；荷邊水檻芳。　豹髓光難滅；龍涎味最芳。
神授江淹筆；奚攜李賀囊。　邊愁生畫角；秋夢入詩囊。
菊霜侵酒榼；蘭露濕琴囊。　子卿胡地節；台九少年槍。
砌泥開酒庫；杯水泛茶槍。　誰請上方劍；人攜半段槍。
前賢五柳宅；今我六梅堂。　牛羊歸短巷；燕雀處高堂。
山神知蹭蹬；野老說興亡。　誦詩知治亂；聞樂識興亡。
立身須正大；治事要精詳。　毛詩沖遠熟；爾雅景純詳。
幼秧全發白；老柏自堅蒼。　還家書卷富；憂國鬢毛蒼。
勞勞瘏馬足；寸寸斷猿腸。　畫松有忠氣；寫竹見剛腸。
所思託芳草；有限在斜陽。　讀書明治亂；看水識陰陽。
所學孝父母；以身報君王。　鵑啼猶望帝；龍臥遂興王。
魯酒休嫌薄；吳鈎可自強。　巢螟蚊睫小；蒙馬虎皮強。
秋水芙蓉館；春風薜荔牆。　雨墜菩提架；風梳薜荔牆。
小心惟謹慎；大勇卻慈祥。　猛士如龍虎；屠夫畏犬羊。
蘭珮靈均潔；梅花宋璟剛。　鷺眠蘆水白；雀啄柳花黃。
晚煙霏竹灶；輕露墜蘭房。　熟鳥知人到；閒鷗笑客忙。
平賊興元詔；藏身集驗方。　思友傳魚信；呼童算鶴糧。
良辰還可待；樂土是何鄉。　春好鶯啼雨；秋寒雁叫霜。
琴價留僧話；書評待友商。　錦宮城外柏；定惠院前棠。
舊堂尋廣雅；賢傅歎文襄。　志事慚難繼；功名久已忘。

十五男兒志；三千弟子行。　　白露懷葭水；黃雲識稻場。
一羆驚四犬；群鳥見孤凰。　　翡翠棲漁艇；蜘蛛寄客房。
竹風低蛺蝶；蓮水舞鴛鴦。　　松色侵行檻；驪聲攬旅牀。
精心研四部；屬志秉三光。

八　庚

斷橋憐別夜；長柳繫初情。　　抱冰賢相業；寶華故人情。
秋水芙蓉色；春郊楊柳情。　　菊枕幽人夢；桐琴野客情。
九日題詩意；千山落照情。　　竹響驚琴夢；蘭芳惹畫情。
萬馬青山影；雙鷗綠水情。　　聞笛生幽怨；鈔書發古情。
清游能棄疾；佳句喜言情。　　蝸宮蘇子命；牛屋陸翁情。
藥榻修禪意；松亭訪道情。　　菊花微雨夢；楊柳曉霜情。
屬俗先廉恥；投閒負聖明。　　樹皆天長養；心共日光明。
忠誠貫金石；孝義感神明。　　天師何日到；地勢幾人明。
秋暑蕉心熱；春陰柳眼明。　　精誠貫金石；孝友達神明。
憂國無長策；盟心恥盛名。　　疲兵諳馬性；老叟叫雞名。
學求知道義；志不在功名。　　剛柔皆有用；忠孝不求名。
蘇軾哀明主；神宗有令名。　　一蝶初成夢；千雞自叫名。
艱難有今日；淒楚說餘生。　　衣冠非昔日；犬馬感餘生。
思母逢今日；呼天算此生。　　文謝真同調；黃劉不再生。
見客驚衰病；談經畏後生。　　雅才江孝子；正學朱先生。
春氣知芳草；人心愛晚晴。　　竹樓深月夜；花市鬧春晴。
蔚波鷗意冷；穿樹鵲聲晴。　　觀書知治亂；撫樹悟陰晴。
蓼花疏水國；雁影冷江城。　　論賢同賈誼；救死賴陽城。

峽出黃陵廟；樓高白帝城。　　强心扶弱國；大節守孤城。

巖苔存鹿迹；亭葉戰鴉聲。　　水闊容龍氣；山深出虎聲。

城陰圍樹色；江氣夾風聲。　　送客琴三叠；懷人笛一聲。

落葉隨鴉影；寒蘆起雁聲。　　艱難成大業；宛轉表微誠。

尊師知道重；匡主貴心誠。　　用兵知緩急；諫主最忠誠。

細雨騎驢去；閒雲領鶴行。　　無人鷗熟寢；此水蟹橫行。

松陰安立鶴；柳意逗流鶯。　　甚弱寒林蝶；將雛暖谷鶯。

鶯啼三月怨；鶴唳九皋清。　　河山驚破碎；花月助淒清。

鶯燕春相問；龍蛇水已平。　　蕉葉書懷素；梅花賦廣平。

閒鼓朋來瑟；遙聞子晉笙。　　欲譜朋來瑟；來吹子晉笙。

馬骨金同重；羊頭爵已輕。　　强宋須宗澤；安唐有李晟。

浣花懷杜宅；細柳肅周營。　　天晚鴉爭集；山深鹿偶鳴。

北往情何極；南歸計已成。　　酒後寬相憶；花前暗自驚。

南園花下宴；西蜀夢中兵。　　輕衫春試馬；畫檻晝調鸚。

霧隱南山豹；風吹北海鯨。

九　青

歸思雙溪寺；詩懷九曲亭。　　冷雪梅花宅；芳煙野草亭。

收茶尋顧渚；藉卉歇新亭。　　碑訪三游洞；文成九曲亭。

芳草棲鸞館；閒雲見鹿亭。　　南越呼鸞道；西湖放鶴亭。

高柳明駝路；叢篁戲鴨亭。　　碑訪棲霞寺；詩題浴日亭。

昨過三詔洞；今夢半山亭。　　寂寞閒花路；芳菲細草亭。

荷花秋水路；蘭葉晚風亭。　　山澗橫松礿；郊塘結草亭。

疏雨蘼蕪徑；濃春芍藥亭。　　草香延小樹；花氣散空亭。

季子墳前劍；邠鄉壁裏經。　　良輔傳遺墨；高僧守舊經。

法制遵周禮；根原本孝經。　　蛟龍吞角黍；嬰武教心經。

僧驚蛟飲水；佛愛虎聽經。　　圖形揚子烈；得印謝公靈。

三忠祠有屬；九世廟無靈。　　思鄉閒聽雨；為國每看星。

勤修弟子職；喜見老人星。　　十年瘴鄉水；二庫諫書停。

畫旨臨風悟；書聲隔壁聽。　　平生慕忠節；餘子扇芳馨。

風起花房拆；雷行竹粉零。　　愛兒能靜學；辟世不勞形。

坐茗遺腰扇；安花覓膽瓶。　　邊霜淒斷角；池月伴浮舲。

景清皮擊逆；繼盛膽忘刑。

十　蒸

梨花寒食節；細馬上元燈。　　社日家家酒；元宵處處燈。

去歲山堂酒；西風野寺燈。　　寶劍酬賢將；胡牀坐老僧。

花影吹笙客；松香采藥僧。　　僧去留棋譜；漁來檢釣罾。

釣網風吹絮；樵斤雪繞藤。　　芳草鋤難盡；高花采未能。

危時思將帥；多病念親朋。　　蝸牛緣壁滑；蠅虎惹人憎。

十一　尤

萬柳紅亭路；千花綠水樓。　　讀易荒山屋；彈琴近水樓。

獨上滕王閣；高吟李白樓。　　淺水初橫約；遙山偶見樓。

短牆桃欲笑；長路柳如愁。　　羌笛生春怨；胡笳起暮愁。

蘭餞淒淒遠；蘆吟瑟瑟愁。　　枇杷四時氣；楊柳一生愁。

貞絃不媚世；冷句自知秋。　　豪傑千年事；江山幾日秋。

兵變關全局；時危念上游。　　選地貪偏勝；逢春每醉游。

殿瓦奔蒼鼠；江帆逐白鷗。　　來去梁間燕；逢迎海上鷗。

新茶煎蠏眼；幼笋茁貓頭。　　醉斟罌武罕；暖擁果然裘。

梧桐秋院月；翡翠曉池舟。　　論詩須有法；作畫竟無儔。

丹橘尋仙訣；紅蓮聽客謳。　　掃地無臣節；欺天極賊謀。

已往心還在；無窮恨豈休。　　懷忠無一達；傷亂集千憂。

但有心肝熱；何知口面柔。　　病起修琴軫；情閒數酒籌。

牛驥嗟同皁；龍蝦賦一流。　　海氣昏珠蚌；風聲走玉騮。

萬綠松藏世；千聲鳥在幽。

十二侵

頑石猶聽講；貪泉以表心。　　剛柔皆有用；來去本無心。

青春懷綠鬢；白日照丹心。　　永懷君國事；敢負士民心。

鹿洞傳朱學；鵝湖見陸心。　　侍坐聞師訓；哦詩慰父心。

送別孤琴語；論文一劍心。　　許節論經旨；程朱講學心。

晚煙籠屋角；涼月在簾心。　　讎碑消目力；讀畫起禪心。

雄才扶世運；橫議見人心。　　驪虞來盛世；獬鷹秉忠心。

踐雪存真性；嘶風是壯心。　　是是非非事；堂堂正正心。

石悟生公法；芻存死友心。　　讀書明大義；教子有深心。

孤兒千點淚；苦節一生心。　　于世無長策；何人共此心。

扁舟人散髮；白水我盟心。　　世無仁義將；人有虎狼心。

蘭風香燕觜；松醪健人心。　　淫雨憂農事；繁霜感客心。

狼抗敦無禮；犀燃嶠有心。　　文章千載事；忠孝一生心。

作字有逸氣；聽琴無邪心。　　芳草侵簾隙；梅花拂檻心。

聞蟲生客感；試馬展雄心。　　中酒他鄉夢；聞歌半夜心。

讀經泉漱口；作字筆從心。　　滿座衣冠氣；何人鐵石心。

雷霆萬鈞力；風雨十年心。　　放逐非天意；棲遲損道心。

畫山須勁筆；題月見芳心。　　觀書知世事；存國在人心。

紅燭初垂淚；青琴細寫心。　　秋樹旌旗影；高祠鐵石心。

父書勤讀日；鄉樹遠游心。　　歲除坡老句；天問屈原心。

寶劍千金價；新詩百載心。　　官菜園中事；寒花座上心。

塵中牛馬走；世上犬羊心。　　慈竹留青色；忠葵見赤心。

少年須努力；多事在清心。　　彈琴有奇響；佩劍少邪心。

蟲聲黃月靜；鶯夢綠窗深。　　李杜交情在；程朱道味深。

我父清冥遠；孤兒白髮深。　　布裘銘語苦；羽扇賦情深。

馬嘶山棧窄；龍睡寺樓深。　　雁影秋廊曉；蟲聲月榭深。

思君良夜永；歎世暮年深。　　荒邑雞豚瘠；閒庭草木深。

松影琴窗靜；蘭香畫榭深。　　清門花木秀；暮歲語言深。

危樓當雪靜；窮巷入春深。　　大海風波慣；寒山歲月深。

酒味分濃淡；詩情有淺深。　　村塘菱芡足；山屋竹苔深。

盧杞奸能指；延齡謗已深。　　閉門人不識；臨水意何深。

曉瓶花力盡；雨屐草痕深。　　琴聲因雨阻；花氣入春深。

霜痕花裏換；秋色雨中深。　　碧山千樹暮；素月一池深。

落花春水頓；藉卉夕陽深。　　擊驚燕市筑；聽罷蜀僧琴。

別緒傳青簡；幽懷託素琴。　　夜月紅絲硯；春風綠綺琴。

蛙響池中鼓；蟬吟樹裏琴。　　疏燈人賣酒；薄簟客張琴。

花補漁翁網；苔侵畫客琴。　　無心雲出岫；有意月窺林。

黃綠芳草色；青紅遠樹林。　　紅芳雙燕戶；黃葉萬鴉林。

雞犬成村落；鵷鸞感禁林。　　赤心扶社稷；雅興託山林。

著書多歲月；看畫自山林。　　層巒標突兀；孤閣坐深沈。
月明溪笛起；風急寺鐘沈。　　湘水靈均淚；秦州杜甫吟。
元碑存數刻；蘇句試重吟。　　范滂思攬轡；楊震獨辭金。
桓公勤運甓；伯起獨辭金。　　椒山自有膽；豫讓已無音。
登高風落帽；乞巧月穿鍼。

十三覃

學道安貧賤；吟詩識苦甘。　　琴臺秋晚路；珠海月明庵。
病僧知鶴性；閒客結雞談。　　花木春如畫；風波我已諳。
生前四魂集；海內十髮庵。

十四鹽

妙墨紅絲硯；新棋碧玉奩。　　獐頭原可笑；蛇足竟誰添。
越南無象貢；江上有龍潛。　　封侯傳燕頷；望帝挽龍髯。
雁聲寒到枕；蝶影暖依簾。　　鳿鵲朝戲水；蟻□晚依檐。

十五咸

細雨籬邊菊；明霞水上帆。　　夜月樓前笛；明霞水上帆。

（以上見《節庵先生賸稿》卷下）

　　按，原題九百九十三對，其中有三十對為前人之作，今刪去。原編
排無序，今請陳逸雲、徐晉如二君按詩韻重組，本人再按韻腳依次
排列。

楹　聯

湖北武昌府署

燕柳最相思，身別修門二十載；楚材必有用，教成君子六千人。頭門外

遠追二千石良規，我輩當如漢吏；恩起十七年廢籍，斯人恐負蒼生。頭門外

小民痛苦來前，每見輒思己過；大局艱難若此，屢年真負君恩。頭門內

教養郡民，即是經營天下志；酬還君國，方能擷寫舊時書。頭門內

率屬無能，吏事太疏從政淺；培風有志，師資未遂讀書遲。儀門

末學陪班，黽勉欲陳元晦表；中誠戀闕，高寒重賦大坡詞。儀門

門戶光明，一代循良無捷徑；江山秀美，萬家煙火樂豐年。儀門

越王仰膽，豫讓漆身，一息不忘此志；南陽抱膝，東山擁鼻，吾生有愧斯人。大堂

正胡文忠治鄂之年，來軫無能，難及黎平初政美；記陳先生授經之日，遺言有恥，永懷東塾教思嚴。大堂

況瘁學務，此身遂忘，下見先君可不赧；流落江湖，吾髮

已白，未知來日又如何。二堂

扶世賴人才，敢不竭忠籌國事；立朝無物望，自知改外是天恩。二堂

義路禮門，率由惟謹；青天白日，請謁不行。發審局

執法貴持平，到眼赭衣皆赤子；王章無枉曲，舉頭白日見青天。發審局

隔壁書聲，望戶被絃歌，人知禮讓；滿庭生意，看春回草長，雨過花開。發審局

國事多艱，每念莫忘民疾苦；臣心不二，此生終見世清平。五福堂

誠則無偽，公則無私，在今日當先斯義；寬而不縱，嚴而不刻，願同官相勉此心。五福堂

零落雨中花，春夢驚回棲鳳宅；綢繆天下事，壯懷消盡食魚齋。花廳

發明條教，旌別孝弟；開通智識，宏濟艱難。花廳

畫楊震象于室中，四知自懍；置越王膽于座上，一息尚存。花廳

窗外桃花三兩枝，自然娟秀；江上波濤千萬里，歸也從容。三堂

李文溪祠前，水石清深，珠海棹歌留短調；吳皋蘭屋裏，圖書跌宕，玉堂鈴索感當時。花園

湖北鹽法道署

鄂有楚之雄風，氣象更新，群彥如雲扶世運；鹽為國之大

寶，軍民攸賴，在官一日盡臣心。_{頭門}

與世周旋，留三分精神辦事；念民疾苦，愧五年心力無功。_{頭門內}

不侮矜寡，不畏强禦；如臨深淵，如履薄冰。_{頭門內}

三見快園花，小住卻欣春滿戶；多栽武昌柳，他年或有客題詩。_{二堂}

臥龍庵冷，白鶴峰寒，小隱未成孤野服；棲鳳樓遥，食魚齋近，微官無補點朝衣。_{三堂}

不可要予規，坐上屢來攻玉友；無能慚物望，山中恐有貿鹽人。_{客廳}

講席廿年心，鹿洞學規嚴義利；閒庭正月尾，龍川詞意寫芳菲。_{客廳}

離別幾年，想棣華館，苔華榭，茗華室；神思何寄，在鍾山柳，焦山月，廬山泉。_{東花廳}

崔子玉座右銘，願嘉賓同誦；范希文天下志，惜去日已多。_{西花廳}

庭前花木，天生天養；胸中書史，日遠日忘。_{西花廳}

堯俞金玉器之鐵石，曷敢不勉；起東講堂初平禪寺，如何勿思。_{書齋}

讀書學劍兩無成，此心耿耿；鍾鼎山林俱不遂，雙鬢蕭蕭。_{書齋}

游目千卷樓，插架圖書如得友；藏身萬人海，戲燈兒女當還鄉。_{書樓}

泛清醴，攜素琴，此地便如山裏坐；木棉花，石榴坼，餘生但有夢中看。_{西園}

湖北按察使署

韓倔願酬恩，雨露涵濡三百載；梁熹曾作吏，風規凜冽萬餘言。頭門

此為益陽公未到之堂，碑記題名，偉伐至今滿天下；坐想諸葛君當年之志，歌吟抱膝，扁舟遲發負隆中。頭門

聰明道德，視前不如，真覺負斯年歲；犯法怠慢，雖親必罰，無忘告我賓僚。大堂

承天寺夜游，玩月裁詩，年譜閒翻蘇玉局；興國軍教授，培風勸學，遺書長奉陸金溪。大堂

隆中學校未成，喬木高岡懷舊宅；漢上琴臺不遠，桃花渌水寫芳心。儀門

寒雪釋翹柯，似聽玉堂鈴索響；春江寄芳草，所思珠海棹歌遙。儀門

世局多艱，定有群英支厦日；前塵猶在，敢忘同坐啜茶時。大花廳

舊學商量，新知培養；圖書跌宕，燈火青熒。書齋

所為稱所費，范高平安寢；不喜亦不懼，陶靖節閒吟。小花廳

獨坐鬢成霜，那有高名驚四海；多年衾似鐵，勉修苦節過餘生。小花廳

草長花開，刑官襟抱多春氣；山高水潔，楚國聲名壯上游。二堂內

御筆極光榮，欲報赤心常不盡；國維要扶植，自看白髮卻

難忘。二堂外

春夢方回，薄宦言歸五柳宅；天恩常在，後人應愛六梅堂。三堂

武昌府師範學堂

孔教昌明，約禮博文為士則；楚材彬蔚，牖民覺世有師承。頭門

學成經世寶；道泰愛君心。大門

宣揚風化；扶植人倫。大門外

至行六千人，往事相看如隔日；雄心九萬里，微官無補愧培風。大堂

諸葛君在隆中，才兼文武，謂之博雅；胡安定教學者，愛若子弟，有如父兄。講堂

總千年萬國之書，斟酌群言開學派；曉三綱五常之義，沈吟多難待人材。穿堂

山川風土，益于學者；孝弟忠信，生乎此時。會客所前

垂老尚譚天下事；得閒來看隔牆花。多公祠

北京棲鳳樓宅小跨院

三間破屋長相對；一代全人不易為。

題湖北潮嘉會館聯

張叔大當國相知，歙斂事名高，江上望風長有憶；鍾子期去人不遠，愛芷灣詩好，臺前覽古孰無情。明潮陽林井丹先生前為湖廣江防僉事，江陵相國最敬其人。又宋芷灣先生官湖北督糧道，有《琴臺》詩石刻尚存。

題館內天后神廳聯

蘭坡頌德，莅林表功，前輩特傳賢媛事；韓山紀忠，程鄉述義，神明應芘此邦人。

題館內關公神龕聯

惟公扶漢室，四十三年，讀左氏書，義深君父；此地去荆州，七百餘里，想諸葛語，髫邁群倫。

趙次帥爾巽行轅代

荆及衡陽，惟荆州喜福曜還臨，金甌鞏固三千里；文為天子，思文母祝慈雲永庇，玉燭調和億萬年。頭門外

績著東三，范文正瞻曾寒夏；化行南二，宋廣平腳有陽春。頭門内

地雄四塞，江走千尋，航海梯山文軌集；春暖三湘，秋高

七澤，牙旗玉帳上游尊。儀門外

充國美前徽，通曉四夷，合上金城圖將略；常山紹忠裔，明良一德，榮持玉節總師干。儀門內

指益陽舊居，同以黔嶺二千石起家，固知昨日猶今日；持武昌新節，豈獨鄂閫七十人被澤，又見文星作福星。大堂

合大湖南北，父母同呼，澤連湘水三千里；比分陝東西，弟兄雙節，源出岷山第一峰。二堂

武昌為天下上游，星野斗牛連重鎮；清獻是人中北斗，風流琴鶴在高齋。東花廳

身受國恩多，惜日朝朝常運甓；心傳家學早，告天夜夜總焚香。西花廳

運甓習勤，當念陶公栽柳意；同舟共濟，敢忘士雅渡江心。司道官廳

碧澗蘋蘩，此地本雎麟邦國；青春楊柳，隔江有鸚鵡樓臺。上房前進

玉帳牙旗，山臨鵠渚；隱囊紗帽，館勝鷗波。上房後進

先正有言，在昔明清皆治法；自公退食，止談風月亦良箴。文案房

訓守寶三，高閈共迎孫叔至；歌成畫一，正堂還邂蓋公居。求治堂

集瘞鶴銘

歲前事真髣髴；家藏集浮丹黄。

贈　聯

贈楊果庵_{壽昌}

獨立當思肩道義；相期原不在科名。
梅蕊初開心鐵石；西湖不滓眼光明。

贈廖子東_{佩珣}

與子抗懷在千古；及時吐氣吞萬牛。
傳家孝友真無忝；秉性溫純自有真。

贈江孝通_{逢辰}

誼猶昆弟真投分；閱盡江山識此才。
慎言語，節飲食；蓄道德，能文章。

全謝山先生祠禮成示江逢辰

講名正學須儒者；珍重遺書待後生。

贈朱兆□

要向循州開學派；莫同秀水競詩才。

贈祝慶祥

吾鄉經學師陳氏；漢代風裁慕范君。

贈劉燊

念臺慎獨可師法；東坡謫遠倍逍遙。

贈陳鳳翔

北溪字義有家學；東塾師傳望替人。

贈謝培芳

天資篤厚能求道；歲序遷流莫廢時。

贈劉作孚

此才精敏足幹事；何日優游得讀書。

贈梁武弁

小官能文汝不俗；四方多事正求才。

贈楊子遠敬安

三世交情韶水遠；一燈書味乃園深。

贈伍叔葆銓萃

□□有□彈玉雁；故人曾否歎銅駝。

贈石星巢德芬

萍踪江夏縣；花事繚春亭。

贈盛季瑩景璿

說張鐵橋薛二樵劍；訪屈翁山陳獨漉鐘。
西風幾日天涯雨；南海千絲劍客家。

贈盧梓川乃潼

才名起自香姜室；文派求之希古堂。

贈竹君代汪□□

柏葉酒觴多喜氣；梅花畫稿扇清芬。

贈徐伯謀嶸

抗風軒柳懷前輩；香雪堂花悅老人。
三十六年交道重；一百五日春風香。
玉臺十卷傳新咏；珠露初三喜季秋。

贈武昌太守趙毓楠

家物常攜清獻鶴；宦情同賦武昌魚。

陳右銘先生七十大慶寶箴，庚子

五老峰前松有鶴；百尺樓上人如龍。

曾母李太夫人八旬大慶

程氏教兒任天下；鮑姑學道得神仙。

潘世伯母許太夫人八旬大慶<small>代紹英</small>

鳳誥開堂，瑤華曉露；鶴籌添屋，玉樹春風。

潘伯母許太夫人八旬壽慶<small>代黎湛枝</small>

青瓊松館娛親地；紅玉花甕養志年。

潘年伯母許太夫人八旬大慶<small>代伊克坦</small>

少子才高，榜花同歲；老人星朗，慈竹長春。

許年伯母郎太恭人七旬大慶<small>代李寶沅</small>

宦游鄂渚同娛母；歸隱蘇湖早得師。

張母樊太夫人六旬壽喜<small>代梁應綿</small>

連衖十年知母教；高門百歲慶慈暉。

張姻伯母樊太夫人六旬大慶<small>代廖景曾</small>

宗師女訓賢名著；文獻家風壽氣多。

張世伯母樊太夫人六旬大慶代伍銓萃

令子才華三鳳彥；清門福壽五羊家。

張世叔母樊太夫人六旬大慶代陳慶龍

師門多壽松廬美；子舍承歡柏酒香。

張太世伯母樊太夫人六旬大慶代徐嶸

聽松廬好生護草；種果園成醉壽花。

張世伯母樊太夫人六旬大慶代端緒

先公同宦知賢助；令子多才撰壽言。

徐年嫂郭太夫人六旬大慶代朱益藩

香雪梅花吟雅句；白雲蒲草慶長年。

乙庵尚書七秩大慶代勞乃宣

講明學術收儒效；鎮定人心仗老臣。

苣室老伯大人六旬頤鑒代伊克坦

老筆已成嘉祐集；佳兒愛種義熙花。

菀卿中丞七十三歲生朝大喜代張權

職守危城慈訓正；禮崇前席主恩隆。

菀卿同宗前輩七十三歲生日壽喜代朱汝珍

家風齋牓題知足；老葳堂名愛晚香。

菀卿前輩同年八秩開三大慶代沈曾桐

軾轍同朝嫌我劣；郊祁聯轡讓兄才。

壽陳恩浦六十

壽母賢妻兼令子；工書善飲又能貧。
壽母膝前猶孺子；佳兒日下是傳人。
庭階美蔭三珠樹；湖海高情百尺樓。
老筆已成嘉祐集；佳兒解詠義熙花。

（以上四聯為黃任鵬所輯）

壽馮秉卿觀察四十

阿廣陵四十如此；范將軍六千相從。

挽　聯

挽廖澤群廷相

禮堂蕭穆，學守陳先生，彈指不存，欲覓案頭初定本；
講舍淒涼，哀同朱侍御，此身獨在，最驚江上未歸人。

挽張文襄公之洞

甲申之捷，庚子之電，戰功先識孰能齊，艱苦一生，臨歿猶聞忠諫語；
無邪在粵，正學在湖，講道論心惟我久，淒涼廿載，懷知那有淚乾時。

白髮老臣，慘矣騎箕，整頓乾坤事粗了；
滿眼蒼生，淒然流涕，徘徊門館我如何。

平生知己；一代偉人。

為學通漢宋，為政貫中西，一代大師成相業；
其心質鬼神，其才兼文武，九州公論在人間。

挽朱蓉生一新

斯人甚賢，未報君父恩，如何瞑目；

視吾猶弟，便傾江海淚，難罄傷心。

挽王可莊仁堪

香花士女，送君彈指間，吳地淒涼萬事了；
風雪江山，是我斷腸處，焦巖寥落一身存。

挽張幼樵佩綸

昇沈由天，毀譽由人，歎一代奇才，淪落至此；
寤寐于朝，醒醉于世，想平生風義，淒愴如何。

挽吳心荄兆泰

論學憶湖堂，陳馬同時，千載商量慚不及；
禮魂歌楚些，□黃先逝，重泉相見淚何多。

挽溫肅母余

與令子為神明骨肉之交，報國同心相許，只今遲一死；
嗟賢母有正直義方之訓，登堂半面重來，愴絕是他生。

挽陳簡始昭常

關中見賞鹿尚書，回思萬里驅車，行在烽煙詩一束；

天上若逢龍表弟，為語孤臣種樹，崇陵風雨淚千行。

挽王子展_{存善}

讀書萬卷，是陳先師贈別之言，舊學漸湮兄所痛；<small>東塾師贈</small>
<small>公詩云："一行作吏早，萬卷讀書多。"</small>
並世三人，記于晦若論交之語，二公先往我何堪。<small>上年春同</small>
<small>晦若在兄家閒話，晦若云："吾三人交最久，同時諸君淪謝盡矣。"才數</small>
<small>月，晦若逝，又一年，余兄逝，痛哉！</small>

挽蘇伯賡_{元瑞}

駢菊圖海內爭傳，回思聯咏花間，韻事至今誇後輩；
馬蘭峪店中遙憶，誰料招魂水上，遲歸不及說先朝。

挽沈寶昌太夫人聯

憶舊歲稱觴，渡鶴樓前，苻莤松圖悲隔世；
與佳兒判事，百花洲上，淒涼荻筆共諸昆。

本生祖母梁門何太夫人神主

賜壽恩隆，九天湛露；綏邊望久，百粵長城。

失　題

銘我父母，情若弟兄，噩耗驚傳，最慚仲則喪歸，執紼難
如稚存哭；
書録解題，金石跋尾，墨痕猶濕，淒絶佩兮館靜，開編不
見椒山來。

失　題

政地不容公，若輩能辭沈陸責；
病身久祈死，此心已定上陵時。

失　題

有子學嚴樂園魏默深之長，湖院受書知義訓；
嗟翁兼楊惠生唐堯章之德，山鄉執紼想齊悲。

失　題

五十年間骨肉相親，有孝子行，有才子名，詩畫歌曲皆
能，兼嫻吏事，豈知藥草致損神光，假手無時虛壯志；
二千里外亂離重見，來宜昌府，尋高昌廟，聚散悲歡何
限，又避兵塵，誰謂竹林忽成隔世，傷心此日憶當年。

（以上録自《節庵先生遺稿》卷之五）

挽易順鼎母陳太夫人

賢母是真儒，斥彼教言仙言佛；
故人原孝子，留此身事父事君。

挽易佩紳

學道愛人，老眼傷時成曠抱；
狂歌斫地，少年憂國有餘哀。

挽張百熙

勸學愛才，涕淚淒涼八百士；
評書和韻，交情鄭重三十年。

挽黃紹箕

維持名教，真當代大師，國事呻吟，扶病來看那忍去；
贈答韋弦，是卅年良友，交情生死，此身雖在劇堪驚。

挽陳豪

愛民如子，畫松如人，循吏高士為一傳；
半厂飄然，雪漁已矣，淒風冷月即三君。

晚福補蹉跎，大小兩兒才妙絕；
高懷多感慨，死生一致說何悲。

挽張弼臣

老母八旬餘，遠水歸魂應戀舍；
勞生四更後，寒風微疾遽辭塵。

挽鹿傳霖

悽惻感深知，大計獨陳誇有膽；
忠誠難再見，遺書親刻倍傷心。

挽陸潤庠

密坐記深談，袁粲褚淵同一歎；
易名垂定論，倭仁朱軾共千秋。

挽林紹年

斥內監，忤大奸，公真有膽；
哭寢門，望滄海，我獨何心。

挽劉錦藻夫人金氏

有令嗣，敬先帝，愛古人，刻成嘉業書千卷；
相夫子，教兒孫，睦親黨，悽絶悼亡詩數章。

挽張德彝

白髮尚鈔書，滄海餘生，談忠能説朱游劍；
赤心同許國，雪莊靜夜，垂淚來看顧絳詩。

（以上十二聯為黃任鵬所輯）

新輯聯

贈康有為

天遺一老；功在千秋。

贈盛景璿

半千畫苑；百二書房。

贈積如

俎豆箕裘唯孝友；傳家彝鼎在詩書。

贈桂南屏

懷忠吾愛謝皋羽；說詩或寫真山民。

贈若千

內外無殊體；興亡共一尊。若千自武林來京師，臨行書以奉正，并祝其冷節。乙卯穀雨。

贈計甫

喜見忠良有後嗣；況茲文學著清班。計甫十兄館選志喜

贈傅維森

吾家佳話今重見；絕代文章世所珍。先十四叔祖中道光十四年鄉榜，明年成進士，入翰林，吾邑盛事，今五十七年矣。志丹科名適與相肖，喜而識之，乙未七月。

贈焦山寺僧鶴洲

能論佛法先無我；解說儒書尚有人。

贈卞緒畾

師訓定傳漳浦節；門才應念濟陰忠。

題武昌正學堂

循吏子孫必昌大；學人言動最端嚴。

題陳石遺草堂

寫經齋近鄰堪買；滄趣樓高衡可望。

題聚廎學人聚學軒

想樓山堂一輩事；藏天禄閣未見書。

題豐湖書院

水媚山暉，平湖聚秀；春華秋實，閬苑儲英。

題范孟博祠

氣節重東漢；英靈壯西湖。

壽考不可期，論世知人自千古；古今豈相遠，登車攬轡有同心。

題豐湖書藏

得地已高，當做第一流人物；有書可讀，坐想數千載英才。

見善如不及，見惡如探湯；臨財毋苟得，臨難毋苟免。

西湖花草懷詞客；東壁圖書供謫官。

題湖北兩湖書院宅門

往事憶觚棱，身別修門二十載；新陽盡桃李，教成君子六千人。

題高仁麟豁廬

到此中主客忘形，兩年苦憶前塵，水榭風廊催煮酒；定別後林亭無恙，一夜相思新夢，隱囊紗帽聽彈棋。辛卯秋中，豁廬雅集，主人曾倩題楹，裘葛再更，迢遞未報，蕭齋瑟處，偎影涼宵，忽夢墜湖壖。同我素心歡宴，寺鐘催返，倚枕無聊，偶成四十言，馳訊雲局，藉酬諾責，主人仍送名箋，乞書補壁，距得句時又越十旬，正兩高峰濃睡醒初，可索山好山破齒矣。

題祖墓

瀧岡全節歐陽子；城郭來歸丁令威。

挽文廷式

池草庭階春日句；芙蓉詩館舊時情。

挽汪康年

惜此傷心人，寒竹荒梅尋故宅；頻聞救世論，斷金攻玉愴生平。

挽瞿鴻禨

密策釋兵權，報國同心知我最；歸魂戀親草，題圖無句負公多。

挽于式枚

是布衣卅載之交，既痛逝者，行自念也；雖蒲帛屢徵不起，所謂大臣，然則從歟。

相聚海東頭，舉足便為孔巢父；望斷玉峰影，前生倘是顧寧人。

挽麥孟華

徐園壬子春，同拾落花齊下淚；江亭甲辰晦，獨尋芳草一招魂。

記從十載同窗，塾裏逢君推意氣；竟少一場話別，樽前懷舊獨蕭蓼。

勉我寫文章，可作良師，更兼諍友；與公同患難，曾從鏡海，又到香江。

挽高嘯桐

奸人放恣，使公不登御史臺，懷忠以死；病翁悲傷，帶淚寫成循吏傳，曠代猶生。

挽某公

建議愧微官，祇今片紙珍存，愛惜重煩嚴譴日；忌才推上考，那識數年遠宦，淒涼忽見素書時。

嘲尹亞天

有心終是惡；無口豈能吞。

代陳慶佑挽許壽田母

少兒仍下鹽車淚；老母難收藥籠功。

挽朱少桐

快園歎茶夢；歇浦感萍蹤。

挽蓬峰同年

與陳緘齋地下談詩，滄海變遷知灑淚；有朱少桐山頭論世，習池淒冷試招魂。

挽李殿林

與姚秋農同謚；為張寤舅所師。

挽古餘道

代舌為書，書成中有千行淚；以身殉學，學德同深萬載憂。

楹　聯

老幹終成棟；精鋼不作鈎。

人心正畏暑；水面自搖風。

桂子落秋月；荷花羞玉顏。

花片迎人春事；苔痕留月畫情。

八月秋濤供筆力；半甌春茗過花時。

坐聽清趣臨春水；室有賢人仰古風。

言象并忘齊向秀；絲桐不鼓契成連。

文章西漢兩司馬；經濟南陽一臥龍。

人間知恥褚淵扇；席上含羞沈約詩。

薪烘不記三更酒；簾捲還看曉樹霜。

思通鬼神造靈妙；義重朋友無唯何。

蝴蝶一雙將雨急；桃花三四學春妍。

蝴蝶一雙將雨急；桃花三四及春妍。

萬劫未完狐亦佛；寸丹得竊犬皆仙。

春風萬物有生意；千山野花多異香。

三餘素業青箱秘；六代豪華彩筆收。

花架省欄皆畫意；研評琴譜亦閒緣。

孝友人家多厚福；江山佳處想當年。

空山鼓琴吾意在；芳春呼酒客情長。

琴味濃于花下酒；詩情淡若水邊秋。

詩題南海安期棗；手種東門靖節瓜。

詩題南海安期棗；酒送東籬靖節花。

延年公有安期棗；說法吾攜美周蓮。

琴上綠塵江上月；桃窗紅錦酒迎春。

苔榭綠塵琴上月；桃窗紅錦酒迎春。

高山流水識琴趣；落花飛絮黯春心。

飲酒唯思陶靖節；傳家今見謝宏微。

椒盤早覺春燈麗；柏酒爭開歲盞清。

烏石寺前留岳墨；垂虹橋上憶姜簫。

烏石寺前留岳墨；松寥閣上和蘇詩。

卓犖想超文字外；典型獨守老成餘。

江山如畫堪宜酒；草木無情可似誰。

春風拂面梅花喜；秋水為神蕙草芳。

閉戶不知塵世事；放懷且讀古人書。

松堂看雨生新句；柳岸尋春憶昔游。

霜筠冷翠秀香徑；夜月淡黃生繡帷。

對酒漫談當日事；讀書休受古人愚。

射虎斬蛟三害去；房謀杜斷兩心同。

卷富八千頭髮巷；樓誇萬古掌心雷。

人天懷舊三千里；風浪同舟十五年。

蝴蝶花時春一陣，菊花過後酒千杯。

探微家學傳千載；師道風流在五湖。

養墨多時遲下筆；愛香當畫不開簾。

高樓銀燭春花影；短徑瑤簪紫竹班。

古來畫師非俗士；此間風月屬詩人。集東坡句

陶朱白圭，金玉滿匱；西門子產，升擢有功。

美酒味醇，好詩自賞；清狂人厭，老大誰親。

明月清風，相思何極；空山大澤，所生不同。

明月清風，相思何極；深山大澤，所思不同。

懷勺飲河，游魚吹水；長松點露，明月當春。

對酒當歌，僛復爾爾；明詩表悒，我欲云云。

禮士課農，桑梓之福；讎經斠史，梨棗不災。

恪守先業，詩書繼世；敬承祖訓，忠厚傳家。

雁影橫天，疏簾月午；蟲聲在地，苔壁秋深。

蔬美高軒，茶留靜話；塔閱千劫，榕伴一燈。

花影深簾，香翻銀葉；柳陰芳榭，春秀瓊支。

橫塘秋水，寒依菰葉；老屋殘照，詩咏梅花。

強者明者，乃能是道；忠矣清矣，當視其仁。慨自辛亥

國變，舊時交好，或遯迹海島，或閉門故鄉，踪迹既乖，音問復闊。獨吾虞山韜父仁兄太守時相會面，極飲酒賦詩之樂，豪氣百尺，不減當時，每及興亡，輒為流涕，蓋太守與余同病，而世方以忠實為迂談，綱常為廢物，唾罵指摘，宜乎不容斯世矣。聯中微寓此旨，惟方家兩印之。節庵弟梁鼎芬書並記。

可語唯韓陵一片石；小隱在滎陽三窟山。辛亥以還，遯居人海，萬念灰冷。惟與舊時朋好，或書字往答，或數日一面，猶耿耿在抱也。竹人同年老兄，與余居雖隔一城，然風晨雨夕，輒枉過余齋，唏噓往事，每及故國興廢諸陳迹，相與憤不能禁，蓋竹人深于忠愛，宜其然也。竹人屢以紙卷屬書新舊各作，每以懶發，或並其原物亦亡失之，今撿案上長聯，書以報命。竹人常言：“每思歸隱，恨無一乾淨土。”故聯句微屬其旨，不知以為然否？弟鼎芬。

（以上聯語輯自梁鼎芬傳世手迹影本）

詩　鐘

編者按：民國元年壬子，關賡麟在北京與易順鼎、羅惇曧、王式通、李景濂、袁嘉穀、袁克文等文人組織寒山詩社打詩鐘，後遂成例會。兩三年間，入社者多達百餘人，節庵亦參與活動。關賡麟編《寒山社詩鐘選》，前後有甲集、乙集、丙集。下列僅錄節庵所作：

“西燭”五唱

能用希文西夏在；不依彌遠燭湖尊。

“得孤”六唱

和仲愛才翻得禍；秀夫負主見孤忠。

“百亭”七唱

水中忽見東坡百；日下來尋北固亭。
李氏詩人推八百；彭家文派寫甘亭。
媳婦記曾名八百；諸公何以泣新亭。

"去中"首唱

去國心悲韓偓淚；中興事業裕之哀。
去時冠劍年猶少；中歲文章世已驚。

"至龍"三唱

山著至言書録重；石冤龍學酒瓶多。
亭題至喜懷居士；驛過龍場重故丞。

　　編者按：民國二年癸丑七月十五日至十九日；梁鼎芬與陳
三立、樊增祥、楊鍾羲、蔡乃煌、吳士鑒、張彬等人打詩鐘。
樊增祥有《樊園五日戰詩紀》紀此事。下列僅録節庵所作：

"林黑"四唱

心愛二林初習靜；髮猶半黑未全衰。
在泥俱黑沙堪惜；設校如林漢遂興。
詩寫在林紅可品；道求守黑白先知。

"陽夢"五唱

世亂久知陽在下；春明同歎夢方餘。
劉超愛主陽何弱；韋孟思王夢尚爭。

程子易嗟陽氣弱；潛夫論采夢書奇。
論寫靜臣陽子愧；語嘲內翰夢婆諧。

"機尾"六唱

精鈔蕘圃玄機集；俠氣樓山次尾詩。

"本宮"七唱

畫苑宗唐閻立本；書家寶晉米南宮。
唐書細字聞人本；齊事長歌避暑宮。

"車曲"一唱

車回勝母名為累；曲顧周郎誤已多。
車制為圖尊鄭學；曲名自製寫姜詞。
車過門前多長者；曲終江上見何人。

"文計"三唱

集論計東譏惜抱；畫評文點愛甌香。

"舟是"四唱

書派山舟鷗榭美；畫名如是雀庵芳。

山過覆舟兵氣在；公名亡是賦心聞。
誼屬同舟終必救；事行各是不相非。

“通面”五唱

符予老僧通有竹；篇稽非相面如瓜。
慶蔚無慚通德後；蘧籐時戒面柔人。

“借歌”六唱

西京樂奏鐃歌勁；南閣書分假借精。
會宗挾怨因歌缶；無己禁寒不借衣。
塊壘欲消須借酒；綺筵初上盡歌詩。
一聲月下清歌遠；幾緺山頭不借輕。

“一長”七唱

大節弟兄江子一；巨奸父子蔡元長。
循州製酒誇真一；戰國傳書署短長。
荻筆可書成六一；菜羹不唱為元長。

“窮白”一唱

窮詩莫笑如東野；白帖閒鈔到北堂。
窮途莫哭方為達；白石能餐自不飢。

"古符"二唱

探符競欲為盆子；集古誰能繼克公。
述古新詞歌小妓；王符雅論慕潛夫。
伯符懼負先君志；師古羞鈔叔父書。
稽古録知迂叟學；陰符經有太公言。

"鹽緑"三唱

槍卧緑沈尋劫後；詩題鹽撒想空中。

"開惡"三唱

衡岳雲開神可感；播州地惡母難來。
十丈花開香更遠；萬竿竹惡斬毋遲。
荀卿性惡言多悍；熹廟心開講最明。
得壽惠開猶恐夭；命名鎮惡在初生。

"佳養"五唱

未諳老氏佳兵義；難答先朝養士恩。

“井南”六唱

史記特標深井客；離騷賴有斗南書。
天社注明雙井法；崑山歌痛所南心。
書誇蘭種雲南最；詩寫桃香露井多。
鄭史惟知沈井底；岳墳長自發南枝。

“父安”七唱

絕笑師成稱假父；空聞同甫憤偏安。

“盤桂”一唱

桂酒香知和仲製；盤車圖愛兒公題。
桂苑韓人誇一集；盤山元代峙雙碑。
盤洲博學文公議；桂海遺書務觀誇。

“谷師”二唱

山谷寺名雙井取；大師塔在一山尊。

“掌冠”三唱

莫謂冠高猴可沐；曾聞掌舞燕真輕。

　　編者按：民國二年癸丑九月二十五日至十月七日；梁鼎芬
與樊增祥、陳三立、沈瑜慶、吳士鑒、張彬等人在林開謩家中
繼續打詩鐘。樊增祥有《樊園五日戰詩續紀》紀此事。下列僅
錄節庵所作：

“吳骨”四唱

待到平吳煩聖慮；遠聞收骨慰親心。

“來劍”四唱

韋孟歸來還有夢；朱游請劍已無時。
倚天長劍心還壯；捲土重來事豈無。

“中鼓”五唱

才搜金集中州美；體愛唐詩鼓吹工。

“亥雄”六唱

祭酒文終傳亥字；大夫書死貶雄名。

“口孫”七唱

酒還可飲思京口；硯尚能籌想似孫。
長慶每吟樊素口；小同不愧鄭元孫。

“題目”五唱

陳家書録題能解；夾氏經名目尚存。
記喧雁塔題名衆；字小甹堂目力精。

“門唾”六唱

風過九天珠唾落；人歸萬里玉門來。
告卿此事關門户；笑子因人拾唾餘。

“海肥”七唱

香尋鄧尉梅如海；老愛張蒼瓠共肥。
蓮須節士生南海；芝麓才人説合肥。
困學深寧成玉海；論書和仲愛環肥。
詩參内典吟銀海；詞惜餘春寫緑肥。

"肉桐"一唱

桐封有説宗元辯；肉食無謀永叔嗟。
肉身未壞能成佛；桐尾雖焦尚遇人。

編者按：民國五年丙辰季秋，梁鼎芬在北京與易順鼎、樊增祥、羅敦曧、吳慶坻、陳公俌、梁祖傑等人打詩鐘，有傳世手迹。下列僅錄節庵所作：

"越推"首唱

越乃免誅宣子弑；推之不去謝侯貪。

"多似"六唱

文章永叔三多法；畫譜宣和九似圖。

"息僧"七唱

死報公能忘弱息；劫灰吾欲問胡僧。

附　録

序　跋

梁節庵詩序　陳三立

　　梁子鼎芬選刊所得詩為二卷，曰姑以相娛也。始梁子官編修時，發憤彈大臣，黜罷，年二十七耳。吾心壯之。後相見長沙，形貌論議，稱其所聞，而頗欲梁子斂抑意氣，以究觀大道之原，去所偏蔽而偕之大適。已而梁子棄鄉里，獨居焦山佛寺三四年，所學果益異。客江夏稍久，又得觀其所為詩歌，幾六七百篇，其勤如是。私怪梁子方博綜萬物，放攬古今之大業，顧亦習華文、耽吟弄，效詞流墨客之為邪？且夫天之生夫人也，蘊其志焉，又植其才焉，志盛則多感，才盛則多營，多感多營而必蘄有以自達，古之人皆然。當是時，天下之變蓋已紛然雜出矣。學術之升降，政法之隆污，君子小人之消長，人心風俗之否泰，夷狄寇盜之旁伺而竊發。梁子日積其所感所營，未能忘于心，幽憂徘徊，無可陳說告語者。而優閒之歲月，虛寥澹漠之人境，狎亙古于旦暮，覽萬象于一榻，上求下索，交縈互引，所以發情思，蕩魂夢，益與為無窮。梁子之不能已于詩，倘以是與？倘以是與？雖然，梁子之詩既工矣，憤悱之情、噍殺之音，亦頗時時呈露而不復自過。吾不敢謂梁子已能平其心，一比于純德，要梁子志極于天壤，誼關于國故，掬肝瀝血，抗言永歎，不屑苟私其躬，用一己之得失進退為忻慍。此則梁子昭昭之孤心，即以極諸天下後世而猶許者也。梁子嘗堅余皓首偕隱之約，余癃薄朽散，不堪效尺寸之用，世無智愚，得睨而知之。梁子刻意屬行，且勤求當世之利病，宜非余比。然今日之建賢選能，立事就功，風尚固殊焉。士信不可棄，復不稍貶所持，曲折以就其繩格，即愈厭斥之不暇。日邁月征，徙倚天地，吾恐梁子之詩將益工且多，行交譏，梁子不幸終類于余也。梁子于詩，喜宋王蘇氏，亦喜歐陽氏，遂及于杜韓云。光緒十九年八月義寧陳三立。

梁節庵詩跋　盧弼

右《節庵先生遺詩》六卷，吾師梁文忠公稿也。光緒中葉，公主講兩湖書院，弼時以諸生執業門下，尋有選派游學之舉，被命而東，既卒業，服官京外，與公遂疏闊。己未十二月，公卒于京師，弼謀刊公遺詩，稿多散佚，蒐集良難。公戚余君越園檢公遺篋，得舊刻詩稿二卷，復四方徵集，又得四卷，手輯校讎，貽弼付梓。計自公卒後始徵集，訖三年而茲刻乃成。癸亥三月受業沔陽盧弼謹跋。

節庵先生遺詩叙略　余紹宋

刻集非公意也。癸丑春間，公有三良之志，而不得遂，事前手書遺言："我生孤苦，學無成就，一切皆不刻。今年燒了許多，有燒不盡者，見了再燒，勿留一字在世上。我心淒涼，文字不能傳出也。"公子劬以示紹宋，及己未夏，公病痹。一日，紹宋詣問，乘間叩公："所著何不付刊?"公曰："吾不長于文，文必不刻，詩詞雖意有所託，惟燒去已不少，今所鈔存僅百餘首，他日不可知，今則不能示汝耳。"紹宋因知公非不願刻集，特不欲傳其文。疇昔遺言，蓋有激而發也。顧公歿後，檢其鈔存之稿不可得，乃與陳君慶佑公備謀，以小啟遍徵公詩，啟甫脫稿，公備下世，事遂寢。由紹宋獨力蒐輯，先得龍氏《知服齋叢書》樣本二百五十二首，繼復百出鈔集，積一年，得七百四十餘首。惟所錄互有異同，又多由公往所書扇錄出，詩題各異，詮次校讎，凡八閱月。念公生平于詩，頗自矜慎，今凡涉疑似及尋常酬答之作，未敢輒錄，復由閩縣陳太傅師審訂一過，曾剛甫、黃晦聞、胡子賢三君，一再商校，其龍本則公所及見，定為首二卷，紹宋所輯者為後四卷，都凡存詩八百六十二首。體公之志，尚嫌過多，而同人謂難割愛且紀實云。至其次第，龍本一仍其舊，紹宋所編，僅就聞知，略為詮次。公備既卒，知公作詩年月者較鮮，必欲編年，則展轉相詢，殺青無日，及今不圖，人事萬變，豈可知也。編既成，盧君慎之亟欲為公刻集，徵稿于紹宋，因畀以付刻，而謹識崖略于右。癸亥四月，龍游余紹宋識。

節庵先生遺詩續編序　葉恭綽

梁節庵丈遺詩，為余越園輯刊者，凡八百餘首。以丈

詩無定稿，故不免遺漏，次序亦有淆亂。然幸得此本以流
傳，固猶勝于散佚隱晦也。然丈之著作，實不止此。十餘
年來，綽屢欲從事輯補，以人事萬變，卒無所成。僅輯印
丈《欵紅樓詞》一卷，其他片段，都不成編。病廢以還，
慮此願終乖，乃謀之丈之子思孝，取所存詩稿，及在楊子
遠與綽所者，匯加訂勘。始意綜余氏輯本及新輯本，加以
抉擇編次，期合丈旨，且供讀者知人論世之資。以物價庸
值，日夕飛騰，朋儕散處四方，艱于商榷，時與力之所
限，又恐稍縱即逝，後此益無把握。不得已，姑就新輯所
得，稍去其不經意者，銓序之，得詩三百首，付之剞劂。
其全功，俟之他人或異日。其全稿之編印，亦俟之他人與
異日。衰年末劫，所得為者，僅此而已。

嗚呼！世變之烈，將百十倍于前。求如丈之冥行孤
往，呻吟舒嘯，以寫其抑鬱，且恐不可得。而徘徊景光，
寄情于雲霞山海，復幾無其地。則丈之所受，固猶是昔人
想像所及，而有可以自慰者歟！窮居病榻，癙寐若相應
和。念少日追從之景，遂成隔世。斯又俯仰百罹，則不徒
為死生契闊之感者矣。印竟，因記顛末于首。退庵葉恭綽
謹序。

寒家與丈，累代摯交。丈光緒庚辰入都，即寓先
祖南雪公宅，繼乃遷棲鳳樓。即丈詩所稱“獨憶葉園
三友事，詩成如虎酒如龍”者也（又見丈《題上元夜
飲圖》詩注）。余輯丈詩卷二有《碧螺春庵夜宴》詩。
碧螺春庵，本生先考叔達公齋名。丈與先伯伯薰公、

先考仲鸞公、本生先考叔達公，皆至契。《款紅樓詞》中，屢有倡和詞。丈尊稱南雪公為三伯，函札皆然，不稱字與號也。光緒之季，綽教授武昌，謂丈于武昌府廨。旋以書來，云：「違別廿年，相見悲喜。」聞太夫人葬日，丈從即歸，為之愴惻。嗣令講學于兩湖師範及西路小學，撫愛甚至。會歲暮，綽題門「永嘉學派」、「荊楚歲時」。丈大賞之，逢人為之延譽，且以事功相勖。乃蹉跎卅載，迄無所成。視息偷生，重慚期許矣。

梁節庵先生_{鼎芬}詩補遺序　廖景曾

節庵先生詩，未有定稿。光緒中，龍君伯鸞編《節庵集》五卷，刊入《知服齋叢書》。己未十二月，先生歸道山。癸亥四月，余君越園輯先生遺詩六卷，與龍本同者十之七，再行□輯者十之三。先生吟詠甚富，此篇所采，遺漏尚多。昔年余與伍君叔葆、楊君果庵、許君鶴儔、章君吉甫同鈔先生詩稿，多余君輯本所未錄者。諸君擬重加編輯，以作詩之年月爲次。門生故舊，粵中頗多，商榷鉤稽，較易爲力。人事紛擾，久未編成。歲月不居，滄桑萬變，伍、楊、許、章四君，墓有宿草；余亦奔走四方，萍蹤靡定。此叢殘之稿，恐漸散失。爰將余君輯本未錄之詩，別寫一冊，名爲《續編》。嗣聞葉君裕甫已有輯本，滬上刊行，取以相校，大致相同。内有若干首，爲葉本所

613

無者，編爲《補遺》一卷。惟此外仍多缺佚，如《憶惠州西湖雜詩》百首，余本僅有五首；《玉泉山隱居絶句》二十首，余本僅有二首；《曾賓谷騎牛小象》五首，余本二首，葉本二首，仍缺一首，異日當□訪補足之。再考龍本卷三第六頁《晚思》，卷五第七頁《晚歸》，兩詩字句相同，重複登載，尤爲大誤。可見校勘之學，凡從事編輯者當注意也。南海廖景曾識。

按，此文黃任鵬輯自 1948 年 5 月 4 日《廣東日報》。廖書當未成，僅留此序。

鄧氏尊芬閣藏梁節庵詩稿跋　葉恭綽

節丈遺詩散佚甚多，此三首乃中年作也，與刻本字句間有異同。丈詩凡數變，中年由中晚唐入宋，一轉爲清剛，此三首即其類。吾粵晚清詩家推梁、黃、曾，皆能自開門户，丈尤居轉移風氣之樞，足與清初三家比美，論嶺海詩壇者殆無異辭。又同先生最推服節丈，于此當有同感也。民國三十七年冬，葉恭綽。

欵紅樓詞跋　葉恭綽

右梁節庵丈《欵紅樓詞》一卷。余今歲還鄉，于李芳谷處得其稿，是否全璧，未敢定也。丈歿不十年，藏書星散。詩之未定稿者，亦復多歸散佚，僅由親友掇拾付刊。余懼此稿亦淪于毀滅，故亟付梓人。

丈少日入燕，即寓先大父南雪公米市胡同宅，從南雪公學詞。與先伯伯蓬公、先嚴仲鸞公、本生先嚴叔達公，日相唱和。今丈詞集中，尚有存者。獨惜先嚴昆季所作，竟無一存。遺澤就湮，掩卷增痛。至先生詞筆清迥，極馨烈纏悱之況，當世自有定評，固毋庸區區重為揚榷也已。

節庵先生遺詩序　張昭芹

節庵先生年二十二，即入翰林，二十六，以劾合肥罷歸，鯁節高標，震鑠一世。少能詩，顧不欲以詩傳，亦遂無編次存稿。方退居焦山海西庵，其表弟順德龍鳳鑣在粤，雜鈔公詩，刊入《知服齋叢書》中，名曰《節庵集》。計四卷，洎公以六十一歲即世于京邸，其表姪龍游余紹宋又搜輯先後遺稿，畀公之門人汾陽盧弼錄刊于武昌，名曰《節庵先生遺詩》，計六卷。余氏輯略稱，第一、二兩卷，係根據龍氏知服齋樣本，然龍刊實四卷，併有單行本，近從友人李漁叔藏中借校，則龍本前兩卷尚缺《寄康祖貽》及《贈康長素布衣》各一首，可見龍本錄版係在公年四十以前，戊戌政變以後，故樣本所有之詩，出版時亦加删汰，以避時忌。至三、四兩卷，則先後次第，錯雜紛糅，且有編入五、六兩卷者，然龍本有而余輯所無之詩，詳加校對，亦祇十四首。余氏之輯，遲在公即世後三年，凡中晚歲所得詩，皆龍本所未見。余氏以淹雅才，回翔政地，所交多勝流，又先世久居粤，與公有連，其搜輯較便，其校勘亦較完密。余家舊藏本，以違難亡失，承友人梁寒操

慨允商假，並貺示《節庵先生遺詩續編》一冊，此為滬上
鉛字印本，傳世最後，見者亦稀，彙刊得此，彌足珍貴。
然編中《泛大通橋書所見》、《畫意》、《獨酌》三首，皆
載在龍刊本，是茲編亦有少作羼入，兩編併校則龍本佚
詩，僅十一首而已，遂別為補編，以附于後。雖此外遺
佚，當仍不尠，然公詩之與世相見者，或無能更多于此。
獨惜其作詩年月，余輯固未及編次，即龍刊逮公生存，亦
往往先後倒置，如《都門留別往還》及《初到肇慶》兩
詩，反編在甲申四月有封事之前，其舛錯固較然易見，然
已無術更訂矣。校刊既竟，爰志其概略如次。乙未閏上
巳，八二鈍叟樂昌張昭芹謹識。

跋梁節庵詩集　袁昶

幽雋之氣逼人，緯以超澹之趣，精闢之理，是不縛于
古人句律，能躍起紙上，又能入木三寸，留爪痕者，此真
狂狷詩也。

梁文忠公手札序　陶敦復

光緒丙子，先中書公設帳于西橫街功德林，文忠負笈
焉，其為學勇猛精進，故課藝恒居冠軍。先子嘗謂復曰：
"梁生文筆軒舉，自當早達，惟微嫌發越稍過耳。"是秋，
與先君同舉南北鄉榜，逾年，文忠成進士。入翰林，而魚
雁往來，其求學如故也。未幾，以糾參某權要落職還粵，

來謁于三賢祠講舍，先子當勉以優游養望，謂實至者名自歸。今文忠蓋棺論定，余追維先訓，如在目前，而風木之悲，滄桑之感，又儼同隔世也。頃理舊篋，得文忠遺書若干通，相片兩紙，爰付裝池，藉留鴻印焉。宣統紀元後十八年長至日，敦復志于愛廬。

梁藏山師遺墨册叙 易孺

藏山先師，孤忠直節，獨行其是，後世必有公論，吾輩及門，不應有所言説。比至交姻親番禺鄧、瑞人先生，裒師所貽詩墨，又益以收集弆藏數事，付景印成册，以餉世之慕師、瑞人愛其寶墨者。孺實廣雅學子，又嘗執業師門，使紀一言于册首。孺因言及門不應有所説，爾令仰瞻遺作，黯然淒思，亦翹然企也。宜可以于師之軼則，並其文事，少為憶紀，似亦不盩于道而羞為是册重。師體非所謂長身玉立者，微短而豐厚，特所為書，則鋭細秀挺，柳其骨，涪翁其神，雖若姿媚，而雅勁不俗。罷後，年不滿三十，即畜長髯，于思之稱，遍及朋從。第立言温邁無獷，述學之外，雜以儒忿逸聞，遂極詼縱，一及忠愛，若文山、椒山諸烈，又大節凜然，溢于辭色，酣酒流涕而説國難，習為故常。登院坐講學，多標舉經義大體，不屑屑章句口耳之末，歸本内行，亦循循善誘。殆晏居出示所為五七言，則極妍微澹泡，輕盈之至，全無梗澀詰詘艱苦使人難堪。師固承東塾法乳，恪敦宗風，與廖相陶林諸師，共徐儀徵祖脈，使漢學師承、宋學淵源，堅塙縣延于越臺一角，師之力為至厚也。

　　初，北城風尚，集于仁和之第，學人文人稱薈萃焉。時有于、文、梁三大家之傳言，晦若、道義兩先生與師而三，實則師固獨行者。孺頗不忘幼時事，憶先子最與張延秋公契，公諱鼎華，詞林偉異，于俗為孺表舅行，亦曾經先子命，具贄受啟蒙而詣師者也。記某載公闈中典試假歸，先子款之于孔氏煙漵之樓，公嗜于烈酒辣椒，達旦不寢，先子恒隱規之，不能從。孺即于是時受蒙。嗣公卒以宿痼，歿于宣南，孺初執筆弄文，聞訊，以聯語遙挽。先子及塾師門客等譽許，孺亦不自審其美惡，比已忘之矣。藏山師為公之甥，極親愛仰頌之誠，時于先兄蒁翁挈孺問業之際，一憚苦即黯塞酸鼻，蓋並恤孺等之孤而恫先子之不祿也。兄廣雅第一屆入院，先孺及師之門，然獎掖每別沈摯，今猶感印吾懷，不能去也。遺集殺青，循誦已越寒暑，知尚未盡百一，唯遺墨潛鑠海內者不知凡幾，今茲始得瑞人先生為初桄，舉以出世，又竟令不文垂暮之孺，任叙懷而又盡然瑣陳微末，吾信師有知，固亦搔髯頷首，以為亦祇應瑣陳微末而已。孺最後侍師豪呷濃烹肥碩鴨湯于析津仁和世兄廨齋，師有所問，曾大膽以對，師豈謂然者，然終亦搔髯頷首，不復置辭，自是遂永不相見，溯去今幾十八年矣。今據茲一冊，有同息壤，繼是而起，決有其人，孺日望之。上章敦牂重午後廿二日大厂居士易孺，時假館西湖南陽小廬寫記。

節庵先生詩集跋　汪宗衍

　　梁節庵丈生平吟咏甚富，惜無手定詩稿，清光緒丁酉間，龍丈伯鸞刻《知服齋叢書》，有《節庵集》五卷，旋抽出，不復印行，故流傳頗少。今通行者為余君越園、盧君慎之輯刻遺詩六卷、葉君遐庵輯印續篇一卷。余君序云：卷一、卷二悉依龍氏《知服齋叢書》樣本，今校龍刻亦多互異，如卷一第一首，盧本為《龍丈壽祺宴集家園賦呈》，龍刻為《書堂》，卷一《寄康祖詒》，卷二《贈康長素布衣》，龍刻皆刪之，殆怵于黨禍歟？而龍刻多于盧、葉兩本之詩凡十首，似兩君皆未獲見龍刻五卷本也。顧盧、葉兩本往往羼入沈寐叟、王可莊二人之作，盧本卷六《答寐叟用晞髮集夜坐簡韶卿》三首，其第一首為沈氏原作，第三首題為《雨夜呈寐叟仍前韻》，盧本誤併前題。葉本贈可莊一絕，乃王氏題畫扇以贈丈者，見丈手寫詩扇及王蘇州遺書中。其他編次，亦多舛誤，疏于校勘，讀者多不之審。而丈詩尚不衹此，往予見丈詩稿于友人齋頭，皆係散篇，每詩一葉，有紀香聰評語者，迄未裝釘，故龍刻亦淆亂無次也。比歲予客澳岸，寓寮無事，不揣譾陋，欲合盧、葉二本重為編次，增輯佚詩，寫成定本。俾知人論世者有所參考，爰博採丈手寫詩扇，遇有年分異文，輒記于簡端，並取龍氏刻本，丈子思孝、楊師果庵、廖師伯魯、許君鶴儔、葉君遐庵、楊君子遠抄本，參以近人詩文詞集、日記、詩話，鈎稽考證，按年編次，管窺所及，並加按語以

識之。綜龍、盧、葉三本及予新輯者，存詩一千三百七十
餘首，詮次為六卷，至丈詩屢有竄易，與行世刻本不同
者，則皆以其晚年手迹為據，而列其異文為校記附後焉。
昔余君編詩時，距丈捐館僅數載，猶感知其作詩年月者
鮮，艱于商榷。今又三十年，同時輩流，日漸零落，猶幸
遺稿日出，得以推尋，然莫為之前，予亦曷能成此也？丈
服官鄂渚而外，南北往還，踪迹靡定，其中編次，雖經極
意考索，仍恐不能無誤，則俟後有為丈編詩譜者訂正之。
若夫丈之犖犖大節，具在《清史》本傳，雖不藉詩以傳，
而其詩亦自足千秋，世有定評，無俟末學揄揚也。憶乙酉
之歲，余返抵里門時，伯師亦自樵山歸，相約共輯丈佚
詩，各出所獲互示，嗣余病痁，療于海濱，猶時時以佚詩
寄示相慰，今此編告成，實賴其啟發端緒，而伯師已一瞑
不視矣，悲夫！番禺汪宗衍識。

梁節庵先生遺稿跋 楊敬安

　　右先師番禺梁節庵先生遺稿，凡文三卷，詩詞補遺一
卷，楹挽贈聯一卷。按先師詩集，有龍伯鸞先生所刻五
卷，余越園兄所編六卷，葉遐庵師續編、汪杅庵兄補輯各
一卷，其《款紅樓詞》一卷，亦為葉師所刊，而經朱古微
編入《滄海遺音》集中。獨文罕存稿，師晚歲見輒燒之，
嘗曰："我生孤苦，文字淒涼，不欲傳出。"余意此特師自
謙之辭耳。師早歲以奏劾李鴻章誤國獲譴，直聲震朝野。
西安行在面奏請廢大阿哥。光緒末，復迭奏劾慶王、袁世

凱，煌煌大文，具見生平節概，惜其文未載于《清史稿》。
蓋師雖不藉文以傳，而文自足千秋。論世讀史者，將有取
資于是，搜集刊布，正弟子之職，而大衆所期望也。憶光
緒乙未，師省墓回粵，敬安時年九歲，以世年家子叩謁，備
蒙獎愛。壬寅、癸卯間，乃執贄門下，此後追隨杖履垂二
十年，每得片紙隻字，輒敬錄珍藏。歲月蹉跎，未遑付
梓，近歲葉師及汪兄復時有錄示，而思孝世弟亦以祕存彙
寄，馳函敦促，節衣縮食，共襄剞劂，汪兄更多所助，遂
成此輯，而以未刻詩詞及聯語附後。今歲值壬寅，距武昌
初侍講帷，適甲子一周。自維衰老，德業無成，回首師
門，深負期許，而暮年弟子，幸與編校之役，溯師之逝
世，已四十餘年，蓋不勝其興廢存亡之感矣。鈔校者鄺生
健行、趙生崇貴、嚴生展也，例得附書。南海楊敬安謹識。

梁節庵先生扇墨跋　王蘧

藏山先生風節著于天下，故其書亦如其人，瘦硬通
神，誠契杜陵之論。大厂謂柳其骨而涪翁其神，殆評其中
年作風而云然尔。余謂藏山晚年，寔取法倪鴻寶，蓋其所
得鴻寶真迹主齋，枕葄遂深，意趣自成。明代書家，鴻寶
與石齋齊名，倪、黄並稱，又匪獨以文章功烈見。沈寐叟
與藏山交厚，寐叟師石齋，藏山師鴻寶，屈、宋方駕，皆
是傳人，而兩公行事，正復後先輝映，不可謂非一時之逸
事。鄧君瑞人，珍哀藏山縑墨頗夥，比印詩扇，以永流
傳，字裏行間，隱然尚抉忠義之氣。吾知愛其書、讀其詩

621

者，當益重其為。則是冊也，亦竊比勁草之視、貞松之慕，庸詎寶翰墨已云哉。庚午七月同里王蓮。

梁文忠公遺像跋　馮思儼

乙酉春，君實兄以先師梁文忠公遺像，命記事略。謹按：公諱鼎芬，字星海，又字節庵，粵之番禺人。弱冠入詞林，年二十七以劾相臣罷官，南皮張文襄師督粵，聘主講廣雅書院。迨文襄移鄂，公擢武昌太守，旋陳臬事解職，還都。值德宗駕崩，任崇陵種樹大臣。晚歲為遜帝師傅，效忠皇室，歿於京第，賜謚文忠。此生平出處之大節也。贊曰：先生之心，炳如日月。伏闕上書，不避斧鉞。先生之學，貫通漢宋。作為文章，有體有用。先生之教，端溪廣雅。彼都人士，如時雨化。先生之仕，周知民瘼。召伯甘棠，愛留湘鄂。先生之忠，清室啟沃。葬附崇陵，晚節彌篤。先生之風，百世景從。遺像宛在，藹藹德容。

集　評

光緒十九年三月十七日日記：“審定星海近詩三十餘首訖。梁詩如松石，清奇古怪，真氣不磨。四方君子，殆未易抗顏行也。”

又，三月廿二日日記：“星海又送詩十紙來。點閱竟，殊有高唱。”又，四月初四日日記：“閱節庵《第八次詩》。有《綠陰》七言律四章、《小孤山》七古，皆絶佳。

（譚獻《復堂日記續錄》）

節庵師七律為極佳者，五古如《哭鄧鴻臚》數首，潔淨深厚，近人所少，惟全集中無長江大河之觀，苦力弱耳。

（陳曾壽《蒼虬閣日記》）

公之字之詩之文，皆有性情流露于行間，所以可貴也。

（黄遵憲《致梁節庵函》）

余己卯入都，晤番禺孝廉梁星海鼎芬，少年文譽，籍甚春明。庚辰，入翰林，以建言落職。歸主廣雅書院。己丑，重晤于學海堂，年三十餘，已虬髯繞頰。壬辰復訪之武昌，朋簪話舊，豪宕猶昔。是冬，又遇于吳門，拉登酒樓，一醉而別。錄示近作，多奇崛之氣。

（金武祥《粟香五筆》）

　　舊在損軒齋頭，見節庵詩卷，經其評題圈點者，佳處多在悲慨、超逸兩種。如："興往思友生，悲來涕山川。""到門驚老大，臨水與徘徊。""兩湖舊種應成果，他日重逢莫問年。""纔見一筵笑，俄分百里天。""千齡一日積，此日誠艱哉！觴急可以緩，花落還當開。""百年紅燭短，一水夕陽深。""花前絮後無人在，檢點青苔月色昏。""江水不可涸，我淚不可乾。""客行頭漸白，人坐燭微紅。"　"一水飲人分冷暖，衆花經雨有安危。""聞鶯未識誰家柳，臨水難回少日顏。""園丁未服生疏鶴，春色猶妍老大藤。""漸與世疏詩筆放，偶緣春好酒杯寬。""衝船雙鷺去，列岫一亭收。""事過百年人始貴，我無一物意還多。""啼風一鳥驕，臨水數花誻。"諸聯皆可入《主客圖》者。節庵少入詞林，言事鐫級歸里。又避地讀書焦山海西庵，乃肆力為詩，時窺中晚唐及南北宋諸名家堂奧。時王可莊修撰仁堪方出守鎮江，素弟畜節庵，時資給之，故有《謝王二太守兄送米》詩云："侏儒欲死君弗治，清談可飽吾不飢。山樓曉覺叩門急，行人喘汗知為誰。忍庵吾兄念羈獨，新收官俸聊分遺。尚嫌薄少意未盡，那用鄰僧乞送為！我生天幸百不死，適吳一賦猶五噫。疏慵未寫魯公帖，視此溝壑如居時。艱難一粒亦民力，無功坐食還自嗤。丈夫會須飽天下，豈以瑣屑矜其私。江南百姓待澤久，請從隗始鋪仁慈。"書

生喜作大言，亦作詩成例應爾也。後可莊既逝，君有
《過鎮江》一首云："脱葉嘶風欲二更，燈船夜泊潤州城。
芳菲一往成凋節，言笑重來已隔生。寒鳥淒淒背江去，
疏星歷歷向人明。此行不敢過衢市，怕聽窮簷涕淚聲。"
屢見君以此詩書扇贈人，蓋黄壚之感深矣。卷一

　　梁節庵讀書焦山時，王可莊守鎮江，兩人至相契。可
莊没，節庵過鎮，有詩甚淒惻，常以書扇，前編詩話已詳
之。鄭稚辛有《遇節庵》七古云："朅來嶺海南風吹，中
有一老形支離。平生不識談忌諱，世人妄指乖崖師。闕里
諸生優入聖，絃歌莫起傷時病。五年吟榻損腰圍，放浪曾
隨陳與鄭。我讀君詩恨未多，潤州夜泊愴如何？何當摩得
焦巖石，瘞鶴銘前見擘窠？"末四句即言其事。節庵此詩，
宜刻焦山石上，為《鎮江志》他日添一故事也。節庵年才
過五十，鬢髯蒼白，頗有龍鍾之態，故有"形支離"、"損
腰圍"云云。卷十九

（陳衍《石遺室詩話》）

　　節庵早歲登第，以論劾合肥罷官，年甫二十七，士論
稱其伉直。晚以南皮疏薦復起，壬癸以後，徵侍講幄，瓊
樓重到，金粟回瞻，悱惻芬芳，溢于篇什。嘗自言："我
心淒涼，文字不能傳出。"遂焚其詩。卷一七三

（徐世昌《晚晴簃詩匯》）

　　君為學博綜，尤邃于詩，沈浸晚唐、北宋，自出機

杼，澹宕幽儁，讀之令人意遠。

　　詞亦秀蒨，近人為刻《款紅樓詞》二卷，皆少作為多。卷三

（汪兆鏞《椶窗雜記》）

　　梁節庵亦淒婉疏秀，別成一隊，亦平生所服膺也。

（汪辟疆《題〈蟄庵詩存〉卷首》）

　　梁節庵廉訪鼎芬，風骨嶙峋，名震當代。詩與樊雲門方伯、易實甫觀察齊名。

（李之鼎《宜秋館詩話》）

　　梁節庵前輩，文章道德高天下，鄂中學子無不稱梁先生者。余初見其書，乃妳嫋如好女子，以為翩翩美丈夫也。其後節庵游江南，固虬髯幡然叟也。節庵為人，持論稍苛急，酒後高睨大談，往往侵其坐客，客或內慚自引去，節庵不知也。然其為人所忌者亦以此。竊以其詩必多雄偉慷慨之辭，乃婉約幽秀，如怨如慕，豈所謂詩人忠厚之恉耶？樊樊山、陳伯嚴兩先生，皆當世詩學大家也，論節庵詩至詳，不復更論，因擬《詩品》，以品其詩，與九先生以為何如？庭宇無人，梨花獨開。蒼苔夜碧，明月忽來。玉階露涼，倩魂悄立。殘星暎空，如聞幽泣。《清道人遺集》卷二

（李瑞清《節庵詩評》）

　　梁節庵廉訪鼎芬，詩筆超曠。十年前曾于孫和叔廣文樹禮處，見其所書近作。中有《洗肝亭雜詩》二首，尤淵微有氣韻，茲憶而録之。

（夫須《夫須詩話》）

　　梁節庵廉訪，詩文向無刊本。茲先録其斷句曰："聽鶯未識誰家柳，臨水難留舊日顔。"又一聯曰："聞雁知兵氣，看花長道心。"初屬稿時，下句作"觀花損道心"，後易"觀"為"看"，易"損"為"長"。又有《白月》一律云："白月臨窗一愴神，明窗鏡裏鬢毛新。眼前欲語無騶卒，心上相逢半故人。長夜漫漫安得旦，野花簇簇正當春。養雞牧豕平生事，那有流連到此身。"《飛鶯》一律曰："細拍闌干見夕陽，飛鶯不及駐春芳。蘭哀豈是交焚早，荃怨誰知獨感長。貝闕神仙原惝恍，中庭風露盡淒涼。花前絮後無人在，檢點青苔月色荒。"又，梁某年被放出都留別詩云："淒然諸子賦臨歧，折盡秋亭楊柳枝。此日舟楼猶在眼，今生犬馬恐無期。白雲迢遞心先往，黃鵠飛騫世豈知。蘭珮荷衣好將息，思量正是負恩時。"又有《晚泊》（按：余本作"山亭晚望"）詩云："江城如畫已斜陽，草樹淒迷作晚涼。猶有扁舟未歸去，夫君心事在菰蔣。"論者謂節庵文章經濟，且置勿論。其詩頗為清婉，曾見其《泛舟大橋書所見》一首，可以知其概矣。詩録後："畫簾全卷見人家，自帶芳斝泛小查。有月闌干都在水，當風裙衩盡飄花。尊前柳色春先去，鬢外茶煙夢已差。臺館清娛將廿載，不知誰氏惜年華。"

梁為南皮宮保所識拔，累摺奏保，官場榮之。雖入宮見妒，外間不無微辭，然梁之于張，固有知己之感，而梁之學術，亦卓然有所表見，不能為世俗流言所埋沒者。曾有無題一律云："舊家池館換春風，鶯燕芳魂盡向東。一樹桃花輕折損，滿園香霧太冥濛。門前看竹何須問，徑裏探樵本可通。畫閣清閒人未醒，任他鈴犬吠青桐。"惝恍迷離，深情一往。至"讓山獨識湔裙柳，白傅曾知拂面花"，是則影事模糊，非局外人所敢懸擬矣。卷二

（李伯元《南亭四話・莊諧詩話》）

梁鼎芬文章經濟，且姑置諸勿論，其詩頗為清婉。

梁節庵詩，清絕似不食人間煙火者。

（陳琰《藝苑叢話》）

（鼎芬）工于為詩，清辭麗句，機杼自秉，非近代摹宋諸家所及。卷下

（費行簡《當代名人小傳》）

梁節庵先生鼎芬在翰林，上書論事，被譴。張南皮重其氣節，聘掌廣雅書院，薦擢監司。召對，面劾奕劻，挂冠歸。清覆後，屢謁崇陵。嘗以祭餘羊果餉陳伯潛師傅寶琛。陳賦詩云："葦金治陵三涉春，樓臺朱邸爭嶙峋。寶城未半玉步改，殯宮涕淚來孤臣。當年貶官坐少戇，晚被召對還批鱗。擊奸不中挂官逝，留得板蕩酬恩身。瓦燈雪屋

凍徹骨，自況廬墓山中人。朝晡上食從拜下，哀動陵戶喧
州民。餕餘邐實遠見餉，感念曩昔滋悲辛。先皇初政媲元
祐，卅載誰造淪胥因。愁遺一老卒祈死，可惜此座天無
親。近聞雄文誄沙麓，譽以堯舜卑宣仁。一抔合窆縱少
殺，要勝釀葬思陵貧。春冰既解趣將作，誠感忍斈司農
緡。山泉生瘦安可久，准擬復土及霜晨。世人莫漫嘲顧
怪，此義一髮今千鈞。"卷一

梁節庵先生出處皦然，不欺其志。卷三

（趙炳麟《柏巖感舊詩話》）

番禺梁文忠公鼎芬節庵先生遺詩六卷，為龍游余紹宋
所編。公歿後，余氏檢其鈔存之稿不可得，乃取龍氏《知
服齋叢書》稿本，得二百五十二首。復遍從朋游鈔集，得
七百四十餘首，多由公往所書箋扇錄出，詮次校讎，可謂
勤矣。公詩孤懷遠韻，方駕冬郎，而身世亦相若。近人詩
可與公比類者，惟曾剛甫京卿習經，公詩較剛甫疆宇為大
也。予得公遺詩四首，蓋余氏所未及搜得者。《曉來十七
柳亭》云："早覺鳥聲好，始知今日閒。池光新水到，柳
色舊人攀。從政無能事，看花笑世顏。及時歸正好，吾自
有深山。"題下云："陳覺叟按察湖北，築于乃園。"《懷季
瑩》云："登亭念所知，人去獨來遲。細馬池邊影，寒花
雨後姿。初逢驚病狀，當別問歸期。事與心違久，吾生有
釣絲。"《題湯貞愍梅花》云："犯冷穿行數十松，老夫乘
興不支筇。寒雲淡日梅花世，伴我衰遲有鹿踪。""苦意貞
心偶見花，人生各自有天涯。紛紛桃李千杯酒，何似寒家

一碗茶。”

汪宗衍跋語云：“光緒乙酉十一月，梁節庵丈_{鼎芬}罷官歸里，先伯莘伯先生，招同楊叔嶠丈_銳、王子展丈_{存善}、朱棣垞丈_{啟連}、陶子政丈_{邵學}集越秀山學海堂，酒半，過菊坡精舍。時雁來紅盛絕，梁丈首倡此詞，先伯因囑余子容丈_{士愷}繪雁來紅圖，各題所為詞于後。翌年，徐巨卿丈_鑄、文道希丈_{廷式}、易仲實丈_{順鼎}、石星巢丈_{德芬}與家大人，咸有繼聲。時葉南雪先生_{衍蘭}以詞壇老宿，亦欣然同作，陳奉階丈_{慶森}則戊戌秋補作，俱裝池成册。”

（夏敬觀《忍古樓詞話》）

番禺梁鼎芬字星海，號節庵，官至湖北按察使。自宣統辛亥國變後，為人書件，後鈐一印，文曰“本自江海人”五字。聲木謹案：此五字本六朝謝靈運詩，詩云“韓亡子房奮，秦帝魯連耻。本自江海人，忠義動君子”云云。鈐此印文，隱寓黍離麥秀之痛，傷心人誠別有懷抱，非隨波逐流者所能比擬也。_{卷一}

（劉聲木《萇楚齋三筆》）

昔顧亭林先生當滄桑之際，七謁孝陵，六謁天壽山攢宮，耿耿孤忠，千秋共仰。比者梁君節庵，崇陵種樹，獨居三年然後歸，猶復每值有事之辰，必往展禮，今之亭林，何多讓焉。亭林之謁攢宮也，時則有李天生、王山史與偕。節庵之拜崇陵也，亦每有林君琴南、毓君清臣與偕，是二君亦今之天生、山史也。然天生卒就鴻博之試，山史則始終不赴。今林、毓二君矯然不染，固山史之儔，尤非天生所能及矣。語見桐鄉勞玉初侍郎乃宣《毓清臣拜菊山館詩鈔序》中。卷三

（劉聲木《萇楚齋四筆》）

　　梁善爲詩，王闓運常録其佳什。餘事爲聯，江湖傳誦。故妻龔氏，爲萍鄉文廷式道義表妹。龔後通文棄梁，而時來梁所索金養文。梁撰聯寄慨，張之郡齋云：“零落雨中花，舊夢難忘棲鳳宅；綢繆天下事，壯懷消盡食魚齋。”龔見而大詬以去。

（李肖聃《星廬筆記》）

王可莊、梁節庵

　　比爲從舅王可莊太守校定遺集，見其劾崇地山一疏，揭地山越權訂約諸罪狀，謂非置之重典，無以謝國人。語甚切直，蓋同館諸公推從舅屬草者，梁節庵丈甫入詞苑，亦與列名。疏上留中，節庵丈賦《庚辰七夕》詩三首，云：“苕苕西北起微雲，鏡約私諧錦段分。鳳軫龍梭都不惜，駕橋靈鵲已殷勤。”“窈窕雲肩乞巧多，瓊枝消息遞微波。天風鬆卻黃金鎖，故遣佳人會絳河。”“瓜果金錢綺席開，長安城裏笑聲來。杜陵善寫蛛絲態，何止孫樵擅賦才。”雖託諸廋詞，而其義自炳。詩成秘藏篋衍，晚年爲人書箑，乃稍傳于世。節庵丈居焦山，有《謝王二太守送

631

米》詩。迨從舅卒于蘇州,丈自鄂赴其喪,途經鎮江,作《思舊》詩云:"脫葉嘶風正二更,燈船初泊潤州城。芳菲一往成凋節,言笑重來已隔生。寒鳥淒淒背江去,疏星落落向人明。此行不敢過衢市,怕聽茅檐涕淚聲。"沈摯語不可多得。從舅守鎮江,盡力民事。其移官也,丹徒令王蘭芝詣謁,見鄉民數輩哭于郡署前,以為訴冤者。詢之,則曰:"聞好官將去,故爾。"芝蘭慰之曰:"太守暫去,行且復來。"乃揮涕而去。迨蘇州耗至,士輟學,農輟畝,工輟市,若相弔者。結語非漫作也。卷二十一

梁文忠與張太史

梁文忠官翰林,抗章劾李合肥"十可殺",坐鐫五級調用。《出都留別》詩云:"淒然諸子賦臨歧,折盡秋亭楊柳枝。此日觚棱猶在眼,今生犬馬恐無期。白雲迢遞心先往,黃鵠飛騫世豈知。蘭珮荷衣好將息,思量正是負恩時。"芳蓀悱惻,一時傳誦。相傳梁舅張太史鼎華精命相,謂梁命造主夭折。梁求禳解,謂必有奇厄,乃足當之。故為是舉。梁集中《同十六舅游天寧寺》詩有云:"昇平已奏三十祀,追論往事同涕沱。屏藩不障犬戎毒,周德甚厚天所哦。此間咫尺判和戰,旌旗捲掩鳴驄驏。兵塵洗盡臺館出,但供荒宴陪歡歌。"頗見感憤。"十六舅",即太史也。又《同十六舅買花因之長椿寺》詩結句云:"無生猶聽法,吾意已滄溟。"為上疏前所作。其時抗言之志已決矣。迨攖譴南歸,都下知交,競為詩歌送之,而伯熙祭酒

《金縷曲》三闋，尤膾炙人口。時梁居棲鳳樓，與伯熙意園密邇，過從最狎。其詩所謂"看花意園近，乘暇一經過"也。張字延秋，十三中副榜，十六舉京兆，有"璧人"之目。終身不娶，卒時甫逾四十。文芸閣挽詩有云："金環再世知何地，玉樹長埋惜此人。"注謂："尊甫給事，與某寺僧善。君生時，見其借宅。又病危時，夢一船載男女數百往投生，己在其中，云'將生崇文門内小京官某家。'"來去了了，亦異人也。卷二十一

（以上兩則摘自郭則澐《十朝詩乘》）

　　伯熙祭酒盛昱……其《鬱華閣詩集》後附詞數十闋，當時傳誦為送梁節庵、志伯愚諸作。節庵去官，以劾李合肥十可殺，坐鎸五級。祭酒送以《金縷曲》三闋云："此漢錚錚鐵。是當時、呼天無路，目眥皆裂。欲斬長鯨東海外，先恨上方劍缺。便一疏、輕投丹闕。東市朝衣皆意計，賴聖明、續爾頭顱絶。爾不見，彼東澈。　　天心早許孤臣節。祇徘徊、謫書一紙，已經年月。門籍不除身許便，如此重恩山岳。除感激、更當何説。悟主從知非婞直，恐虚名、尚罪湘纍竊。灑何地，一腔血。""為爾籌歸計。最相宜、打頭茅屋，縱橫經史。經世文章須少作，怕又流傳都市。自打叠、藏山心事。科第已成官已去，問百年、才過十分幾？天與爾，信優矣。　　除書萬一柴門至。亦勸爾、幡然就道，馳驅效死。此輩倘都高閣束，小隱亦堪終世。況有個、桓君同志。買取羅浮梅萬樹，便經營、精舍梅花裏。嶺海外，鄭公里。""羨爾歸舟駕。

乘長風、滄溟萬里，先生歸也。祇我淒涼尊酒別，老淚
龍鍾盈把。遍塵海、交游多寡。碌碌衣冠徒一閧，問何
人、涕淚能吾罵。祇此意，最難舍。　　頻年書疏論天
下。笑區區、曾何獻替，略如蝦鮓。與爾本來同一罪，
莫亦誤恩輕赦。爾今日、遂初田舍。我任推排猶不去，
虛向人、高論青山價。慚對爾，汗如瀉。"三詞慷慨蒼
涼，世以方梁汾之寄漢槎。卷六

（郭則澐《清詞玉屑》）

　　往往見人痛罵異己，不留餘地，并其好處而亦忘之，
殊欠平允。同邑梁星海廉訪鼎芬《寄題簡竹居讀書堂》
云："至念陳樹鏞康祖詒天下士，一嗟無命一分源。"溫柔
敦厚，上追古人。必如此方可以論世，又必如此方可以
作詩。

（鄔以謙《立德堂詩話》）

　　余于同里梁節庵鼎芬詩歎賞不置，"一水飲人分冷暖，
眾花經雨有安危"一聯，尤所心折。

（鄔啟祚《耕雲別墅詩話》）

　　梁文忠公節庵詩主清新，為近代一大家。歿後，其嬭
甥余越園輯綴遺集付梓，頗有遺珠之憾。敝笥藏文忠尺牘
詩箋，錄存四律。

（陳涵度《題蕉廬漫筆》）

節庵七絕，好傚山谷拗澀之體，續集更多。

吳子華《西昌新亭》詩"暖漾魚遺子，晴游鹿引麑"，稱為晚唐名句。予謂梁節庵"水暖春魚初放子，日長文杏漸生仁"句，置之晚唐人集中，當亦可亂楮葉矣。

（屈向邦《粵東詩話》）

梁鼎芬，伯烈，節庵，番禺。光緒進士，授編修。十年四月，疏劾北洋大臣、直隸總督李鴻章，言可殺之罪八，幾罹重譴，軍機大臣閻敬銘持之而免，交部嚴加議處，降五級調用。九月九日，祭酒盛昱等三十人餞之于崇效寺，各賦詩贈行。自鑴"年二十七罷官"小印。歸里與新會陳樹鏞交，學益進。主講豐湖、端溪書院，張文襄廣雅書院，延為掌教。文襄去粵，移居焦山，杜門讀書。二十六年，拳匪之變，趨赴長安，賞還編修銜。尋授漢陽府知府，調武昌。累遷湖北按察使、署布政使。疏劾軍機大臣奕劻、直隸總督袁世凱，原摺留中。乞病歸。宣統三年，奔赴陵寢，充崇陵種樹大臣。回京，在毓慶宮行走，師傅。病卒于京邸，謚文忠。《石遺室詩話》云：節庵為詩，時窺中晚唐及南北宋諸名家堂奧，佳處多在悲慨、超逸兩種。如："興往思友生，悲來涕山川。""到門驚老大，臨水與徘徊。""兩湖舊種應成果，他日重逢莫問年。""纔見一筵笑，俄分百里天。""千齡一日積，此日誠艱哉。觸急可以緩，花落還當開。""百年紅燭短，一水夕陽深。""花前絮後無人在，檢點青苔月色昏。""江水不可涸，我淚不可乾。""客行頭慚白，人坐燭微紅。""一水飲人分冷暖，衆花經雨有安危。""聞鶯未識誰家柳，臨水難回少日顏。""園丁未服生疏鶴，春色猶妍老大藤。""漸與世疏詩筆放，偶緣春好酒杯寬。""事過百年人始貴，我無一物意還多。"諸聯皆可入主客圖者。全首如《聽雨圖》、《秋懷》、《湘舟雜詩》、《傷春》、《全亭晚坐》、《荷花畫絹》、《春日園林》、《同孺老北郭游園歸》，皆綿邈豔逸。至《哭鄧鴻臚》、《種花》、《閽公謠》諸作，則雄俊矣。《節庵集》經刻者三。一為龍伯鸞《知服齋叢書》有《節庵集》五卷；一為余越園盧慎之輯刻遺詩六卷；一為葉遐庵輯印續篇一卷，編次多舛誤。汪杆庵孝博搜手寫詩扇，取龍氏刻本，梁思孝、楊果庵、廖伯魯、許鶴儔、葉遐庵、楊子遠鈔本，參以近人詩文詞集、日記、詩話，鈎稽考證，按年編次，加以按語，綜龍、余、葉三本及新輯者，存詩一千三百七十餘首，詮次為六卷，有跋記其緣起，刻印否未知。卷一三

（陳融《讀嶺南人詩絕句》）

　　粵人而不落粵派者，有梁鼎芬、曾習經、黃節、二羅。能秀、能麗、能婉、能雅，似勝江左。洪稚存以雄直推粵詩，亦元裕之所譏識碔砆也。見"展庵醉後論詩"條。

（汪辟疆《讀常見書齋小記》）

天滿星美髯公朱仝　梁鼎芬

其髯戟張，其言嫵媚。梁格莊，小衙內。眼中事，心中淚。"今疑紙上未曾乾，詩愛冬郎帶淚看。別有纏緜孤往抱，祇憐高處不勝寒。"

梁髯詩極幽秀，讀之令人忘世慮，書札亦如之。

（汪辟疆《光宣詩壇點將錄》）

個個王恭柳影翻，諸生挾策向梁園。菱湖桃李風飄盡，祇賸阿劉憶掃門。劉成禺《題梁節庵師菱湖種樹圖》云："髯師桃李種多門，今見菱堂節後孫。世變已無湖上樹，江城君子幾人存。"

晚歲矜名漸自然，崇陵臣跪夕陽邊。餕餽嘉薦登盤了，意比蕪蔞豆粥賢。趙芷生《節庵餉崇陵供餅感賦》云："石馬森森汗未乾，餕餽嘉薦又登盤。天涯萬里君臣淚，祇作蕪蔞豆粥看。"

（章士釗《論近代詩家絕句》）

節庵逸詩

余紹宋所輯《梁節庵遺詩》僅七百四十餘首，漏收甚多。余在滬嘗見其所畫山水絹本小軸，極荒寒之致。左角上方，自題三絕詩云："用筆蕭疏自遠人，殘山剩水認前塵。為君略作雲林意，月暗風欷好自親。"其一"屢負空山廿載期，枉持忠孝與人嗤。多哀待抱西臺痛，依舊冬青不滿枝。"其二"淺渚荒亭地自幽，空枝冷石倚殘秋。回天蹈海都難遂，縱有羅浮未忍休。"其三款題："忍冬詩家同年屬畫，丙辰，鼎芬酒後。"下鈐"病翁呻吟"及"梁格莊"二方印。右端又題一絕云："一角荒寒照冷流，蕭然木葉已深秋。此間正是非塵境，合有高人來繫舟。"下署"老節再作"，鈐"鮮民"長方印。忍冬為勞至初國變後別字。此畫及詩，皆作于五十八歲時，淒惋之音，蓋所南、晞髮之遺也。

黃晦聞

近六十年間詩派，贛閩尚元祐，河北宗杜、蘇，江左主清麗，惟嶺南頗尚雄奇，如康有為、黃遵憲、丘逢甲尤其著者。惟梁鼎芬、曾習經與晦聞三家，斂激昂于悱惻，寓穠郁于老澹，有惘惘不甘之情，與粵中詩人迥異旨趣。

（以上兩則摘自汪辟疆《光宣以來詩壇旁記》）

顧嶺南詩學，雄直之外，亦有清蒼幽峭近于閩贛派者，如梁鼎芬之幽秀，羅惇曧之駿快，羅惇曼之簡遠，黃節之深婉，曾習經之濃至，潘博之清麗，黃孝覺之精警，則以久居京國，與閩贛派詩人投份較深，思深旨遠，質有其文，與嶺南派風格迥乎異趣。是又于雄直之外自闢蹊徑者也。

（汪辟疆《近代詩派與地域》）

張堅伯稱梁節庵，文章風節，冠絕流輩，雄詞直氣，不可多得。卷四

（陳灝一《新語林》）

其言約以則，而神明于規矩之中，紆徐委備，令人往復意遠，則梁鼎芬所獨擅也。

（佟紹弼《近代文苑評述》）

吾粵近代詩人，有黃晦聞節。其詩清折委婉，盤旋宋人之室。而其先江孝通逢辰、黃公度遵憲、丘仙根逢甲，實振厲雄邁，不可以一世。復有曾剛甫習經、羅癭庵惇曧、尤落落方雅。至如梁節庵鼎芬與康更生有為、梁任公啟超師弟，雖不以詩名，而所為詩，超絕排奡，不涉凡腐，有足稱者。

（黃榮康《吳天任詩序》）

前清遺老，頗多工詩者，梁星海其一也。星海，諱鼎芬，號節庵，粵之番禺人。光緒庚辰進士。翰林院編修，以知府指分湖北，薦授漢陽知府，移武昌知府，擢漢黃德道，晉按察使。張香濤極寵信之，獨攬大權，同曹咸側目，一時物議沸騰，不安于位，開缺以三品京堂候補，自是不復起矣。宣統師陸鳳石捐館，訊繼其任。為人殊饒風趣，嘗書報吳慶坻云：“門外大雪一尺，門內衰病一翁，寒鴉三兩聲，舊書一二種，公謂此時枯寂否？此人枯寂否？”讀書焦山海

西庵，又欲購廬山臥龍庵為草堂，其友王君，贈資七十千，彷彿香山居士之築室于香爐峰間也。肆力為詩，窺中晚唐及南北宋諸名家堂奧，佳句如："客行頭漸白，人坐燭微紅。"又："百年紅燭短，一水夕陽深。"又："聞鶯未識誰家柳，臨水難回少日顏。"又："園丁未服生疏鶴，春色猶妍老大藤。"又："一水飲人分冷暖，眾花經雨有安危。"又："漸與世疏詩筆放，偶因春好酒杯寬。"又："事過百年人始貴，我無一物意還多。"陳石遺錄之于詩話中。梁死，其友余越園為輯梁節庵遺詩，都八百餘首，而葉遐庵以梁之著作，尚不止此，乃謀之于梁之後人思孝，取所存詩稿，及散在故舊門生處者，裒成三百首，付之梨棗，顏之為《梁節庵遺詩續編》。夫生前解衣推食，為朋友之常事，不足貴，死後而能存其精神之所寄託，使之壽世，斯為真知己，求之末俗，不易得也。梁之謚法為文節，則已在民國後若干年，偽政府所擬議，不足稱道。

（鄭逸梅《逸梅雜札》）

　　鼎芬固擅書法，宗黃涪州，雅健清矯，得無倫比。園居多暇，輒臨池以遣興。凡有請求，援筆立應，致附近薦傭鋪、小茶館以及屠沽廝養之家，無不煌然懸其書聯。鼎芬知而大悔，不得已斥資以收回，付之一炬。嗣後乃一反其所為，不肯貿然揮毫。

（鄭逸梅《人物品藻錄初編》）

　　遜清同、光以來詩人，余雅好梁節庵，而最不喜沈子培。蓋節庵詩，絕似二十許女子，楚楚有致。

（林庚白《孑樓詩詞話》

近代粵東詩人多，可分為兩大系，以梁節庵、康長素為領袖。曾剛父、黃晦聞，節庵之門也；梁任公、麥孺博、潘若海、黃孝覺，長素之門也。

（陳聲聰《兼于閣詩話》）

樂昌張魯恂丈，八十後輯番禺梁鼎芬_{節庵}、順德羅惇曧_{癭公}、黃節_{晦聞}及剛父所作，為嶺南四家詩。……四家詩，節庵清勁而略嫌亢厲，舊本纂集，前後倒置，當須揀汰之功。

又：節庵詩筆清勁，時有憤悱噍殺之音，其格調與半山、東坡為近，而及于杜、韓。

（李漁叔《魚千里齋隨筆》）

先是，粵東詩學宿尚唐音，自節庵提倡宋詩，評騭課卷，勸人于北宋王禹偁、歐陽修、梅堯臣、王安石、蘇軾、韓駒、王令、陳師道諸家詩集，擇其性近，實致苦功。一時學者多宗之，粵中詩學之轉變，頗受影響也。

（汪宗衍《廣東文物叢談·南園詩社雜談》）

地雄星井木犴郝思文梁鼎芬節庵，戊戌維新運動中，首鼠兩端，清亡後猥託攀髯之痛。而其詩則嶠南之秀，名

641

篇以雄俊勝者不少，其它以超逸勝者更多。

（錢仲聯《近百年詩壇點將錄》）

梁節庵鼎芬如吳興書法，婉麗可人。

（錢仲聯《近代詩評》）

詩之意境，有深至微妙，不可思議者。梁節庵鼎芬《得伯嚴書》云：“千年浩不屬，君乃沈痛之。神思可到處，繾綣通其辭。窮山何所樂？余心忽然疑。試君置我處，魂夢當自知。把書闔且開，情語生微漪。出見東流水，湯湯將待誰？”不特意妙，句法亦入北宋高境。

梁節庵《洗肝亭雜詩》四首，亦絕佳，已見《近代詩鈔》，不再舉。五古寫景佳句，余最喜其“湖寬取月斂”五字，精鍊入微。律句“聞雁知兵氣，看花長道心”一聯，與張繩庵佩綸“惜花生佛意，聽雨養詩心”十字，有異曲同工之妙。

林庚白作詩話，詆諆沈寐叟，而力尊梁星海鼎芬，以美女擬之。星海于詩，故自不惡，而其人則可議。其夫人與文廷式曖昧事，人皆知之矣。光緒壬午、癸未間，星海與康長素交至深，星海贈長素詩云：“牛女星文夜放光，樵山雲氣鬱蒼蒼。九流混混誰真派？萬木森森一草堂。但有群倫尊北海，更無三顧起南陽。芰衣蘭佩夫君笑，蕉萃行吟太自傷。”詩凡三首，此其一也。其所以尊長素者至

矣，及戊戌政變，長素得罪出亡，星海乃取文悌參劾之
摺，彙刊布市，覆雨翻雲，已為識者齒冷。清社既屋，星
海謁長素母墓。己酉復辟（編者按，復辟為丁巳年事），兩人又
沆瀣一氣，可謂顏之厚矣。

星海詩最為文襄所擊節者，為《花王閣詩題詞》二絕
句，文襄嘗書扇以贈人。茲錄之："正是斜陽欲落時，不
成一事鬢如絲。文章無用從飄泊，惆悵花王數首詩。""青
豆房中意想深，酒醒撫劍更沈吟。誰知一摘芙蓉淚，已入
才人異代心。"

（錢仲聯《夢苕庵詩話》）

梁鬜詞如其詩，吐語幽窈，芬蘭竟體。

（錢仲聯《近百年詞壇點將録》）

余喜讀節庵、晦聞二公詩，覺其賦情寓物，別具哀
心。一則傷懷戀舊，涕泗無端；一則目睹山河，極情悲
憤。遭逢各異，悱怨同符。每于孤燈涼夜，展卷吟哦，不
禁根觸哀情，為之墮淚，余不自知其何心以至于此。

（梁秋風《蒹葭樓詩·蒹葭樓集外詩跋》）

《梁節庵詩稿》中多數詩作有圈點，而與二人評語相
校，陳三立圈點的可能性比較大。茲將有梁鼎芬校改或陳、
沈評語的詩作輯録如下。《有感》："擾擾九州無俊物，昂昂
喬木對清漪。瘦行清坐長年好，柯爛當前尚未知。"句下有

圈點。陳三立評："此詩佳處乃肖放翁。"此詩見《節庵先生遺詩》卷三。《哭表兄沈先生葆和》："生已莫知何論死，母方垂白況無兒。傷心廿載春風坐，不及憑棺哭我私。"句下有圈點。沈澤棠云："亮封可敬可哀，十四字傷心欲絕。"陳三立評："中二語沈痛至極。"此詩見《節庵先生遺詩》卷三。《寒夜獨謠》："風肅清簾不到蠅。……年來莫溯心中語，何止籬間懶嫚藤。"句下有圈點。陳三立評："幽峭，'疑聞豹'嫌湊。"陳三立所說"疑聞豹"，即指第三句"月明深巷疑聞豹"。此詩見《節庵先生遺詩》卷二。《李侍御補官三年未有所言夜涼不寐奉懷一首》："天街驄馬競游嬉，六十頭顱負此奇。咋舌吞聲誰不愧，剖心見血可無時。……琴上星殘□一哭，謂鐵香。應從滄海念王尼。"句下有圈點。陳三立評："情惘深遙，感人心魄。"此詩見《節庵先生遺詩》卷三，作"琴上星殘教一哭"。《晚春》："微聞奏樂鈞天遠，長自挑燈夜雨淫。留滯江南看頭白，百年小劫豈勞斟。"句下有圈點。梁鼎芬將"舊"改為"曾"。陳三立評："情韻深邃，泠泠欲絕。"此詩見《節庵先生遺詩》卷二。《天寒一首》："千年迢遞孤心接，夜夜山廬起劍光。"句下有圈點。陳三立評："末有改，餘俱常語耳。"此詩見《節庵先生遺詩》卷四。《檢亡友張工部嘉澍遺札》："琴上春星何寂寞，酒邊人病共嗟吁。恨無佳句酬張籍，空有哀文祭尹洙。欲覓寫官錄書副，校讎吾倚舊生徒。"句下有圈點。陳三立評："逸格以切摯出之。"此詩見《節庵先生遺詩》卷二。《愛蓮臺雨望》末二句："寸步更徘徊，長晝忽然夜。"梁鼎芬將其改為："古人已相失，故書聊一把。"此詩見于

《節庵先生遺詩》卷二，作"古人已相失，故書聊一把"。《寄康祖詒》末二句："倚門有母今頭白，玉雪如何溷世紛。"梁鼎芬將"有"改為"慈"。此詩見《節庵先生遺詩》卷一，作"倚門慈母今頭白"。《寄懷紀香驄村居》："自烹寒菜難逢客，偶過前村不待驢。葦管瓦池貧亦好，世間何者可能如。"句下有圈點。沈澤棠云："顛倒冠蓋中腦滿腸肥者，焉得知此風味，詩語亦超絶。"又："本是鬱鬱無聊，寫來更饒沈著。騷心孝感，淚徹重泉，《五噫》《九歌》，同斯淒愴。"陳三立評："澹泊以明德，詩懷似之。"此詩見于《節庵先生遺詩》卷四，詩題作《寄懷香驄》。這首詩及評語可見于《于湖題襟集》，《散原精舍詩文集》增訂本已收録。《曉過枯木堂渡江》作"雲冪群山欺日色……行人看盡東西水，我佛談分南北宗。"句下有圈點。沈澤棠云："此首絶似后山。"陳三立評："穩而未奥。"此詩見《節庵先生遺詩》卷四。《雨行湖堤》："便有好懷安得盡，已成獨往不辭頻。"句下有圈點。陳三立評："'春韻'稍滑。中二語疏宕。"陳三立所説"春韻"即指頷聯"江山信美非吾土，花柳無情又晚春"。此詩《節庵先生遺詩》、葉恭綽《節庵先生遺詩續編》均未收録，汪宗衍《節庵先生遺詩補輯》收録。《重至長沙寫哀一首》："浮世蓬根不道憐，秋懷到此更追牽。再尋舊巷悲回轍，獨泫愁春淚徹泉。……剪燈暗記當時話，身是孤兒十九年。"句下有圈點。陳三立評："'報國'句稍露。淒豔感人，得玉溪生之韻。"陳三立所説"報國"句即指頸聯"報國未能伸志事，沈湘空自夢嬋娟。"此詩見《節庵先生遺詩》卷一，作于光緒十四年。《寄懷宗室祭酒丈_{盛昱}一首》：“風狂雨橫何曾到，葉落花開有所思。千里夢君猶識路，八年去國且論詩。沈吟雪夜紅燈冷，袖裏瓊簫卻付誰。”句下有圈點。梁鼎芬將“論”改為“編”。陳三立評：“有款款深深之致。”此詩見《節庵先生遺詩》卷四，詩題為《寄懷宗室祭酒丈_{盛昱}一首》，作“八年去國且編詩”。《夜深無寐起書一詩》：“悾悾人間事事違，玉顏金骨恐全非。驢因旋磨忘宵苦，燕為尋香向暮歸。聞笛無端飄涕淚，下簾有意惜芳菲。千年心念滄桑見，精衛當年力已微。”句下有圈點。沈澤棠云：“衛洗馬傷心處。全首生香活色，無限纏綿，唐以後無此等句，的是晚唐詩。”陳三立評：“悱惻芬芳，意境類義山、牧之兩賢。”此詩見《節庵先生遺詩》卷一。《月夜一首》：“眼前欲語無驪卒，心上相逢半故人。長夜漫漫安得旦，野花簇簇自當春。養雞牧豕平生事，那有流傳到此身。”句下有圈點。梁鼎芬將“月夜”改為“白月”。陳三立評：“孤懷自寫，誦之增地老天荒之感。”此詩見《節庵先生遺詩》卷二，詩題作《白月一首》。《詩徵閣》：“靜裏光陰無蚤晚，閒中書卷入微茫。”句下有圈點。陳三立評：“‘茫韻’卻有味，是宋人本色。”此詩見《節庵先生遺詩》卷三。《別蓮花臺三年昨夢歸奠醒書志哀》：“頻年上冢閒中過，白日看雲別後傷。豈有微官能濟物，偶因好夢得還鄉。”句下有圈點。陳三立評：“氣格渾澹。”此詩見《節庵先生遺詩》卷二。《丁亥閏四月病中不寐作》：“揀藥添衣念念休，五更殘月到牀頭。夜長便覺常開眼，水遠真成不斷愁。”句下有圈點。沈澤棠云：“獨客病中苦況，四語盡之矣。東坡詩云：‘靜中不自勝，不若聽所之.' 何必坐斷蒲團, 乃見闍黎慧眼, 知此則苦惱頓消矣."陳三立評:"淒絶窈冥, 回腸蕩氣, 惜入後太盡."此詩見《節庵先生遺詩》卷二, 作于光緒十三年四月.《別楊鼎勳》:"百戰偶然猶在世, 再逢老矣竟何時. 託心有處從人笑, 命意無端寫我悲."句下有圈點. 梁鼎芬將第七句"濁酒千杯琴一曲"的"千"改爲"一".陳三立評:"磊砢之氣不可及."此詩見《節庵先生遺詩》卷二, 作"濁酒一杯琴一曲".陳石遺云"散原閱人詩, 工爲短評, 各如其分際", 確乎如是.

(竇瑞敏《梁節庵詩稿稿本考略》)

　　閱《節庵先生遺詩》六卷畢, 亦十八年前經眼物也. 氣粗語大, 横衝直撞處太多. 七律佳者, 遒爽而能纏綿, 衆作中之有滋味者, 惜不常見. 書卷無多, 修詞隸事每露窘態. 入手得力於晚唐韓偓, 唐彦謙輩, 故細筋膩理, 是其本色. 五律句法, 尤一望可知. 其獷野, 則後來爲同光體風尚所移, 不善學宋詩之流弊也. 其稱顧印愚爲"晚唐詩", 良非偶然. 石遺僅知溫, 李之爲晚唐, 遂不解斯語,《詩話》中頗致譏嘲. 散原一序云:"梁子於詩, 喜宋王, 蘇氏, 亦喜歐陽氏, 遂及於杜, 韓", 亦未爲"觀書眼如月"也. 七言律晚唐體者, 如卷一《緑陰四首和顧印愚》,《佳人》二首,《翠微》一首,《无咎室憶晦若》一首,《夜深無寐起書》一詩, 卷二《碧螺春盦夜宴》,《閒居》一首,《讀龔丈空房詩題後》一首,《落花詩》六首, 卷三《讀韓致堯詩感題二律》,《天平横街館舍春宵》一首,《彭

647

園》一首、卷四《書堂晚霽》、卷五《飛鸎》一首、《清溪》、卷六《壬子春怨》五首、《春欸》一首。句如卷一《臥雨》之"燈夢催回驢齕草，酒香裂出鼠偷梨"、卷二《寄顧二弟》之"近水魚標知有主，依門鴨柵漸成軍"、《陶然亭尋舊題不得》之"亭石微欹防螳路，砌花漸密鎖蟲天"、《寒夜獨謠》之"月明深巷疑聞豹，風肅清簾不到蠅。久別花枝憑夢折，無多酒力帶愁勝"、《夢陳樹鏞》之"空庭花落傷春月，野館鶯啼動曉程"、卷三《從保安門大街宅步至野塘》之"水暖春魚初放子，日長文杏漸生仁"、《游張氏園》之"熟馬知門苔蘚厚，流鶯眷檻柳衣涼"，皆到眼即辨其非王、蘇、杜、韓，而為唐、韓、吳、韋者。近人雷瑨輯《五百家香艷詩》，憶中有節庵作甚佳，一聯云："得月樓臺都在水，當風裙帶盡飄花"，尤妙。此集未收，葉公綽補輯，不知亦采收未？【雷瑨《五百家香艷詩》載節庵《泛舟大中橋書所見》（"有月闌干都在水，當風裙帶盡飄花"）、《無題》七律各一首。《南亭四話》卷二稱引節庵詩，此二律亦在其內。雷氏必自此轉錄者，編集者失收也。】

【《臘朔自米市胡同移居棲鳳樓》五律。按《今傳是樓詩話》一五三頁："節庵知武昌府時，自題書室聯云：'零落雨中花，舊夢驚回棲鳳宅；綢繆天下計，壯懷銷盡食魚齋。'棲鳳樓宅，乃節庵當日青廬，蓋傷心之事。"】

卷一《出昌平州西門》："十三陵上樹，樹樹挂秋霞。鴉影前朝殿，騾聲過客車。石坊通輦道，雨路辟泥窪。殘碣無人讀，青盤數尺蛇。"

《出都留別往還》："淒然諸子賦臨歧，折盡秋亭楊柳枝。此日甌棱猶在眼，今生犬馬竟無期。白雲迢遞心先往，黄鵠飛騫世豈知。蘭佩荷衣好將息，思量正是負恩時。"

《无咎室憶晦若》："南北路分何日合？風雲事速獨君遲。"

《全亭晚坐》："一月出林添綠淨，數花當户及黄昏。"

《春日園林》："芳菲時節竟誰知？燕燕鶯鶯各護持。一水飲人分冷暖，衆花經雨有安危。冒寒翠袖憑欄暫，向晚疎鐘出樹遲。儻是無端感春序，樊川未老鬢如絲。"【李嶠《奉和春日游苑喜雨應詔》："危花霑易落，度鳥濕難飛。"】

《端居賦興》："閒庭雨過晝添寒，柳竹青葱俯一欄。漸與世疎文筆放，偶緣春好酒杯寬。石脣苔潤初安臼，水面萍分獨下竿。惟有佳禽笑多事，中年心意未闌珊。"【杜甫《遣悶戲呈路十九曹長》："晚節漸於詩律細，誰家數去酒杯寬。"】

卷二《蟬》："時從聲覓影，偶破寂為喧。"

《兩年游小港不見一花》："數聲玉笛發餘哀，山館桃梨處處開。獨與此花成契闊，一回早到一遲來。"

卷三《讀史》："紛紜國是成功懼，晚近人才降格看。"

《同孺初丈北郭游園歸》："昔年荒草尚畦塍，人漸安閒衆力興。已見屋廬還舊日，欲尋花藥共良朋。園丁未服生疎鶴，春色猶妍老大藤。看畫嘗茶無一事，窗簾風細又飄燈。"

卷四《海西庵病中作》："伴余惟有影，燈滅影還無。"

卷五《三用鷗字韻奉懷伯嚴》："於事漸疎還説夢，所

649

憂方大不言愁。"

《九月二十四日集半山亭》:"日晚蟬吟還曳樹,雨餘松色欲連苔。"

卷一《毋暇齋偶書》第二首云:"近流誰俊及,佳句學陰何";卷三《夜坐還石山房感賦》云:"寂甚近流誰俊及,偶然佳句學陰何。"

卷三《酒樓二絕句》之二云:"灌夫罵坐亦何為,別有幽懷泛酒巵。燕子桃花都過盡,禪心却被晚風吹";卷五《江頭》云:"新來嗜酒不哦詩,日日江頭醉一時。燕子桃花都過盡,禪心却被晚風吹。"

節庵劾李文忠事,見郭則澐《洞靈小志》卷二者,甚詭異。哭德宗事,林琴南《補樹圖記》失實,見江庸《趨庭隨筆》。集中屢及張十六舅鼎華,郭則澐記其事亦殊異。《文道希遺詩》中,賦其人甚詳。節庵尺牘最佳,余家藏數十通。散文則甚劣,詩集偶有長題及序,皆不成句。

【《湘綺樓日記》光緒二十年五月二十七日:"梁星海,名了不能憶,大盗之貌,而有穿窬之行。"胡瘦唐《國聞備乘》卷二則稱梁有"奇氣":"任湖北臬司,丙午俸滿來京,連上四疏,參瞿鴻機,參郵傳部。既入見,又面參兩廣總督周馥,謂馥為李鴻章執虎子,士大夫羞與為伍。"黃秋岳《花隨人聖庵摭憶》第五十七頁謂梁後為端方運動湖廣總督,張文襄《讀史絕句·李商隱》一首"芙蕖霧夕樂新知",是即詬梁也。又五十八頁載梁與南皮手札,皆為康長素居間引進。今按集卷一《寄康祖詒》有云:"上書不減昌黎興,對策能為同甫文。應惜平生邱壑願,竟違天上鳳鸞群”；卷二《贈康長素布衣》有云：“九流混混誰真派？萬木森森一草堂。豈有疏才尊北海，空思三顧起南陽。”推重至矣。卷二有《全亭作詩三首問長素先賢祀位》及《長素荷花卷子屬題》諸絶句，蓋皆長素未遇時所作。卷四《寄題簡竹居讀書草堂》則云：“至念陳（樹鏞）康天下士，一嗟無命一分源。”又云：“諸子紛囂無用處，始知南海此堂尊。”蓋拒之唯恐不遠矣。《苫楚齋續筆》卷一載節庵題張幼樵某圖詩云：“簹齋學書未學戰，戰敗逍遥走洞房。”見者皆失笑。按此詩不見集中。】

（《錢鍾書手稿集·中文筆記》第一册，“視昔猶今”整理，由黄任鵬提供）

軼　事

梁鼎芬奇氣

　　湖北臬司梁鼎芬，丙午俸滿來京，連上四疏，一疏參軍機大臣瞿鴻機、一疏參郵傳部、一疏保陳澧、一疏請立曲阜學堂，京僚皆側目而視。既入見，又面參兩廣總督周馥，謂馥為李鴻章執虎子，士大夫羞與為伍。又面保黃體芳、寶廷、陳寶琛、張佩綸、鄧承修、盛昱、朱一新、屠仁守、王鵬運等十一人，大半皆已物故。及陛辭，入見，又面詰太后曰："光緒初年，太后所用督撫，若胡林翼、沈葆楨、閻敬銘、丁寶楨諸臣為何如人？今日所用督撫，若周馥、端方、楊士驤等又何如人？疑非出自上意，得毋盡為奕劻所賣乎？"太后知其戇直，亦優容之，勿以為忤也。

（胡思敬《國聞備乘》卷二）

趣人趣事

　　梁鼎芬二十四即成進士，官編修日，忽具摺參劾李文忠，有"儼如帝制"云云，致于宸怒，奉旨革職。後為潘衍桐學士操所刊轄軒文字選政。年甫三十有二，已蓄長髯，梁熱中人也。二十七歲時，以參劾李傅相罷官歸里，嘗自刊一小印曰"蘇老泉發憤之日，梁鼎芬歸隱之年"。梁主講廣雅書院時，鄉人彭某適以是歲捷南宮，乃在書院附近之南岸召優演劇。梁聞之大怒，欲拆其棚。彭因詣梁，梁嚴詞責之，並曰："若以唱戲為名，而以開賭為實也。"彭從容曰："如某某街太史第不設番攤，某即偃旗息鼓而去。"梁不能答，只得聽之。梁身極短而蓄長髯，與康有為、陶森甲，可謂鼎足而三矣。嘗與某京卿侍南皮游赤壁，在山下前後參差而立，見者謔為三矮奇聞，蓋京卿亦侏儒也。梁之頑錮幾與端剛相埒，見人有著洋布者必怒罵之。一日與友作觳埠之游，俄而解衣，則所著之褲亦洋布者。友曰："若亦作法自弊耶？"立褫之，梁大窘。梁在某書院掌教之時，一生偶穿洋絨馬褂，梁大怒，欲褫之。生從容進曰："門生因聞老師已破洋戒，故敢以此衣相見。"梁愈怒，問其何據。生曰："各生贄見，例用銀封，今老師洋錢亦收，非破洋戒而何？"梁不能答。梁嘗與同人小飲，述及"有子萬事足，無妻一身輕"二語，謂宜改其一字。某孝廉曰："有錢萬事足。"梁笑之，因曰："當作'有氣萬事足'。"衆賞之。朱强甫曰："不如'有我萬事足'。"梁曰："什麼我？"朱曰："萬物皆備于我之我。"一時服為雋談。梁工尺牘，嘗見其招友便條曰："萬花如綺，春色可人，請野服過我，賞之以酒。"遣詞麗藻，可以想見一斑矣。梁有以數字為一箋者，結尾不書此請某安字樣，謂如此則起訖不能聯絡。實名論也。梁每作短札，一事一紙，若數十事，則數十紙，且于起訖處，蓋用圖章。或問之，則侈然曰："我蓋備他人之裱為手卷册頁耳。"梁每致書某太史，稱以某某翰林，某太史乞人寄聲曰："你下次再寫某某翰林，我當寫某某知府矣。"

梁每與人抵掌談天下事，往往悲聲大作，涕泗橫流。嘗對兩湖書院學生人等演説兩宮西狩，淚隨聲下，至哽咽不能成一字。侍者以手巾獻梁，拭已，復以一手整理鬚髯，紓徐良久，始伸前議。説者謂其哭時亦頗有局度安詳之概。庚子秋，在兩湖書院，正襟危坐，講堂上操燕粵音，顧謂生徒曰："你們想想看，皇太后同皇上兩天衹吃三個雞……"尚未説及"蛋"字，已嗚咽流涕，語不成聲。生徒哄然一笑，梁收涕怫然去。兩湖書院有方塘畝許，其深没頂，嘗指謂諸人曰："若兩宮不回鑾，此我死所也。"梁自為制軍所賞，湖北一省學務大權遂歸其掌握。梁病，學堂監督前往視疾者絡繹不絶。往歲其少子死，學生皆摘纓往弔，徒步送喪，至于派充教習，諮送學生，尤非一無淵源者所能入選。兩湖書院庭樹極繁，梁嘗夏日在講堂與諸生剖析經義，萬蟬齊噪，聲為所掩，第見其兩頤翕張而已，諸生有失笑者，梁怒，即戒飭之。

梁之事張南皮也，賄其服役之人，南皮若觀一書，服役之人即舉其名以告。俄梁進見，南皮與談此書故事，梁竟能原原本本，故南皮不勝敬服，其實梁在外已流覽一通矣。梁二子，長名卧薪，次名嘗膽。卧薪因病而殤。梁哭之甚慟。某制軍曰："卧薪嘗膽，今成截上題矣。"梁不覺破涕為笑。南皮所操者為雲南京話，梁所操者為廣東京話。二人相遇則必接膝而談，格磔鞫鞫，聞者不能辨。梁嘗在黃鶴樓設宴，督撫藩臬司道俱赴焉。酒闌，太守不知何往，遂紛紛散去。詰朝，南皮尚書責梁曰：“你昨日為什麼不送客？”梁曰：“大人瞧過黃鶴樓的戲沒有？周瑜請劉備討取荊州，劉備跟著趙雲就溜了。周瑜何嘗在那裏送客。”尚書為之大笑。南皮赴京陛見，僚屬在黃鶴樓設筵公餞，梁獨設酌伯牙臺。尚書與之計議，謂若不到黃鶴樓，卻不過眾人情面，若不到伯牙臺，人家都道我掃你的臉。這可怎麼辦呢？梁曰：“宮保黃鶴樓萬不可到的，崔顥詩云‘黃鶴一去不復返’，他們是咒宮保不能回任。”尚書爽然若失，乃命駕至伯牙臺。

某孝廉嘗言逐滿，梁一日慫恿之曰：“我公何不著為議論，刊示地球上，或藉此脫其羈絆，亦事之未可知者也。”孝廉欣然握管，稿成，約千餘字，梁遽納之袖，戟手詈之曰：“你竟想謀反叛逆，我拿了這篇東西去回老帥，要你的腦袋。”又環顧左右曰：“跟我捆起來。”孝廉倉皇遁，星夜渡江鼓輪而下。

梁飲食極精，在京師時，日與朋輩置酒為樂，數月以後，庖人窮于技矣。一日，梁忽出一馬桶，陳諸席上，座中皆掩鼻而逃。及揭蓋，則中皆雞鴨肉魚各物，梁首先舉箸，眾亦隨之。明日都下喧傳“馬桶請客”。

（李伯元《南亭筆記》）

梁星海以書報吳子修云："門外大雪一尺，門內衰病一翁，寒鴉三兩聲，舊書一二種，公謂此時枯寂否，此人枯寂否？"吳曰："趣人趣語。"卷十四

（陳灝一《新語林》）

梁鼎芬詼諧

是科殿試讀卷大臣覆命，摺彌封，第二名宗室壽耆。慈聖諭諸臣曰："宗室曾得鼎甲否？"副都張佩綸對："蒙古崇綺得狀元，漢軍楊霽得探花，今宗室得榜眼，可謂熙朝盛事。"諭曰："既如此，即定壽耆第二可也。"時副都眷倚方隆，奏對尤敏，意園祭酒盛稱于梁節庵，節庵曰："不然，倘拜得奏對，壽子年必不得矣。道光戊戌，宗室靈桂列一甲三名，成廟諭曰：'我家子弟不必與寒士爭此一名。'乃改為第四。"節庵熟于掌故，好詼諧，嘗以之語余云。

（吳慶坻《蕉廊脞錄》卷二）

梁氏撰聯趣話

節庵中歲鬚髯如戟，人以"梁鬍"稱之，而詩筆極婉麗。如《春窗讀書》云："病起花枝帶淚看，無人共我憑

656

闌干。滿身雨點兼花片，中有春秋不忍彈。"類閨中語，不似其人。

張文襄香濤督粵，廣雅書院落成，以節庵為山長。未幾，李瀚章至粵繼文襄任，瀚章李文忠弟也。以昔歲彈章事，節庵不得不避而他去。及文襄官湖廣總督，仍往依之，旋為奏請開復，授武昌府知府。相傳節庵居舊京棲鳳樓時，其夫人別有所眷，遂去不返。節庵在武昌，自撰食魚齋楹聯云："零落雨中花，舊夢驚回棲鳳宅；綢繆天下事，壯懷銷盡食魚齋。"

此聯盛為人所傳，首幅蓋念其夫人而作也。聞夫人湘籍，雖去猶時一臨存云。節庵後官武昌道，晉擢湖北按察使，清德宗葬崇陵，召為種樹大臣。

清庚子拳亂，德宗至關中，鹿尚書傳霖為山西巡撫。陳昭常簡始自吉林巡撫任內奔赴行在，獻貢物有差。簡始粵人，先與先生同官翰林相善，及後簡始卒，節庵挽以聯云："關中喜見鹿尚書，劇憐萬里麻鞋，行在烽煙詩一束；地下若逢龍表弟，為道孤臣種樹，崇陵風雨淚千行。"

此可與食魚齋聯並傳，均甚工致，魯恂丈誦之。味其詞意，當在崇陵時作也。

節庵詩筆清勁，時有憤悱噍殺之音，其格調與半山、東坡為近，而及于杜、韓。曾手自摧燒其詩文稿，並書遺言："我生孤苦，學無成就。一切皆不刻，今年燒了許多，有燒不盡者，見了再燒，勿留一字在世上。我心淒涼，文字不能傳出也。"云云。

方節庵居焦山海西庵，順德龍鳳鑣在粵雜鈔其詩，刊

入《知服齋叢書》中，名曰《節庵集》，計四卷。卷上

（李漁叔《魚千里齋隨筆》）

　　梁節庵博學多才，胸羅典籍，于《四庫全書目錄》尤能背誦。

　　梁課吏無一定時期，如僚屬進謁時，雖二三人亦可。出一題以面試。一日以司馬光命題，有捐班曾某，未嘗閱過史鑒，誤光為晉帝後裔，梁閱之大笑，乃書一絕于卷底云："張家帽帶李家頭，漢宋何時鬧始休。畢竟此篇還可取，勝他一句一軸轆。"

　　丁未，梁任鄂臬，而詔旨屢頒預備立憲，而梁以為預備立憲第一要義在加慶王奕劻養廉銀三萬兩，在與袁世凱一摺一片，敷陳極長，均留中不發，絕佳史料，惜長不錄。片則完全攻擊袁及當時疆臣而已。

　　清既亡後二三年，所謂遺老紛紛出山，惟梁獨于甲寅夏間到京謀入室請安，其時太監索門包，四兩方許為之叫起，梁坦然與之。有三人以此為題，各分一韻云："一律夷齊去做官，首陽薇蕨采將完。忠臣要算梁星海，四兩門包請聖安。"又，"首陽薇蕨吃完哉，多少夷齊又上臺。祇有番禺梁太史，逢人便說請安回。""采盡薇皮又蕨皮，首陽幾隊下夷齊。傷心祇有梁星海，四兩紋銀叫起攜。"雖為一時嘔噱，然彼之所謂遺老者見之，當汗下矣。

（柴萼《梵天廬叢錄》）

記梁鼎芬數事

節庵博學多才，守道重義，于《四庫全書目録》皆能背誦。每逢僚屬謁見，輒詢以曾讀四庫目録否？有孔某者，山東曲阜人，候補知縣也。于四庫目録，讀之爛熟，一日晉謁，節庵仍以前言問，孔乃高聲朗誦，節庵拍案稱賞曰：“汝真不愧為聖人後裔。”遂向上方推揚，不數日，即授實缺。

光緒十一年，節庵以法越事件彈劾北洋大臣李鴻章，因而去官，南海曾有《蝶戀花》一闋慰之，詞云：“記得珠簾初卷處。人倚闌干，被酒剛微醉。翠葉飄零秋自語，曉風吹墮橫塘路。　　詞客看花心意苦。墮粉零香，果是誰相誤。三十六陂飛細雨，明朝顔色難如故！”以落花況節庵，淒迷悵惘，怨悱交融，一往情深，想見老輩之篤交重義。節庵和之，其下半闋云：“多謝詞人心太苦。儂自摧殘，豈被西風誤。昨夜明月今夜雨，人生那得長如故！”

光緒十七年辛卯，南海講學萬木草堂，節庵贈以七言律詩三首。其第一首云：“牛女星辰夜放光，樵山雲氣鬱青蒼。九流混混誰真派，萬木森森一草堂。但有群倫尊北海，更無三顧起南陽。芰衣蘭佩夫君意，憔悴行吟太自傷！”時南海以中法北京條約，喪權失地，伏闕上書，有所論列，所志不行，退而講學，故覆詞云云。樵山，則南海故居也。具見梁啟勳先生筆記。按梁、康二人，在清季以維新份子見厄于守舊之皇室大臣，或貶殊方，或亡命異域，入民國，又被時人譏為頑固之遺老。維新耶？守舊耶？一身而兼之。

節庵課吏，向無定時，僚屬晉謁時，雖二三人，亦可命題考試。某次，以司馬光為題，有捐班曾某者，未嘗閱及史鑒，以為司馬光必為司馬懿後裔，乃大書曰司馬光者，司馬懿之孫也。節庵閱之大笑，即書一絕于卷尾云："張家帽戴李家頭，漢宋何時鬧始休？畢竟此篇還可取，勝他一句一鉤輈。"因他卷竟有用漢司馬遷故事，且語語費解。

清室既亡，所謂遺老者，多任民國官吏，獨節庵仗節不屈，且每謀入宮請安。其時，太監索門包四兩，方為通報，節庵每照付。有好事者嘗為詩以嘲之："一律夷齊去做官，首陽薇蕨采難完。忠臣要算梁星海，四兩門包請聖安。"此雖一時嘔噱，然較之大聲呼萬歲，靦顏事敵人者，其人格高下如何哉？下篇

（邵鏡人《同光風雲錄》）

梁節庵願為入幕賓

梁節庵鼎芬，以編修上奏劾李鴻章封事，去職回籍，又以家庭之故，居焦山海西庵，立志讀書。王可莊仁堪，以狀元外放鎮江知府，一葦相望，常與歡談。一日，可莊

告節庵曰："現今有為之士，不北走北洋，即南歸武漢，朝官外出，可寄託者，李與張耳。為君之計，對于北李，決無可言，祇有南張一途。張自命名臣，實則飽含書生氣味，尤重詩文。其為詩也，宗蘇、黃，而不喜人言其師山谷，又喜為紗帽語。君詩宗晚唐，與彼體不合，非易面目，不能為南張升堂客也。涉江采芙蓉，君自為之，僕能相助，否則，老死江心孤島耳。"節庵深然其説，遂為之洞入幕之賓，可莊教之也。

梁節庵之鬚與辮

梁節庵鼎芬師，鬚子名滿天下，鬚子原委，人多未知。梁自參劾李鴻章封事上後，革去翰林，歸南海，委家于文芸閣，年二十七，即乙酉歲也。粵中大書院，欲延為山長，多謂其年少不稱。節庵曰："此易辦耳，愛少則難，愛老則易。"遂于二十九歲丁亥立春日，毅然蓄鬚。粵中名流賀之，廣設春筵，稱"賀鬚會"。節庵之串腮鬚，從此飄然于南北江湖，而終于梁格莊，作攀髯之髯叟矣。香山黃蓉石孝廉，廣州詩人也，其《在山草堂燼餘詩》卷六丁亥存稿，賀節庵蓄鬚詩，頗有意致，附錄于後：

> 留侯狀貌如婦人，傾家袖錐西入秦。一擊不中走道路，道逢老人呼納屨。老人頷髭白如雪，留侯心肝堅似鐵。韜精待作帝王師，豈徒魯連與秦絕。歸來翩翩尚年少，胡為唇吻奮鋩戟？韓非説難孤憤存，荆軻

怒髮衝巾幘。嗟君行年二十九，識面卻從亥溯酉。一朝失意欲成翁，千丈絲愁行白首。髯蘇本是惠州民，張鎬已甘窮谷叟。松針怒苗當春陽，本色鬚眉未是狂。安知從游赤松後，不作虯髯帶革囊。

附書札云：“節庵足下：審立春留鬚，憶莫延韓戲袁太沖家青衣云：‘鬚出陽關無故人。’昨酒間得新令，拈春字集唐詩二句，上下意相連屬者，僕得句云：‘春色滿園關不住，洩漏春光有柳條。’蓋諺云五柳鬚，而足下又卻以立春日留鬚，比事屬詞，真堪噴飯。雖然，謔也而虐矣，然如此名句，妙手偶得，不以奉贈，殊覺可惜，輒以告君。”

梁節庵自與張之洞齟齬，刻意結納端午橋。高友唐在之洞幕，知其陰事，詳載《高高軒隨筆》。辛亥革命，午橋時為川漢鐵路督辦，率鄂軍曾廣大旅入川，四川響應武昌，部下逼殺端方，以其頭歸武昌。南北和議成，端方無首靈柩在四川者，運抵武漢，以其頭改棺合殮。武昌多端方、梁鼎芬舊門徒，迎節庵來漢，經理端方喪事；節庵亦以感恩故人之意，由滬來漢，住漢口大旅社，辮髮短垂，終日戴長尾紅風帽，不露頭角。戴帽者，師黃梨洲入清裝束也。黎元洪時為中華民國副總統，兼湖北都督，駐武昌，聞之，一日坐都督府，飯後閒話，予亦在座，黎發言曰：“梁節庵終日戴風帽，怕人見其辮子，保護甚周，我預備在都府請他過江宴會，將他辮子剪去，豈不甚善？”

時興國曹亞伯起立曰："我一人願了此勾當。"于是全帖請
梁赴府大宴，節庵返帖不來。黎曰："節庵辮子，剪不成
了。"曹亞伯曰："我統領人馬，過江割之。"黎曰："只剪
其髮，勿傷其體。"當夜，曹往漢口大旅社見梁曰："先生
太熱，請去風帽，勿講禮。"梁不應，後至者在梁後，揭
去風帽，梁乃以兩手緊掩辮髮。又一人持剪動手，梁乃倒
地，兩手護髮，以頭觸地板。又上二人各執其手，持剪者
乃一剪而去其辮，再剪三剪，梁先生頭上，已如牛山濯濯
矣。剪者呼嘯而去，梁乃伏地號哭，舊門生如屈德澤等十
餘人，咸來慰問。予亦門生之一，後至，見其坐擁風帽流
淚。有人曰，宜飛稟都督捉凶；或曰，此必恨梁先生者所
為。而不知主要犯則黎元洪也。當夜梁即奔上火輪，乘船
東去。

抱冰堂與奧略樓

　　梁節庵在鄂，領導鄂人為張之洞建生祠，于洪山卓刀
泉關帝廟址。電達北京，之洞閱之大怒，急電責節庵及鄂
人云："卓刀泉為明魏忠賢生祠故基，忠賢事敗，拆去生
祠，改建關帝廟，今建予生祠于上，是視我為魏忠賢也。
予教育鄂士十餘年，何其不學，以至于此。速急銷弭此
舉，勿為天下笑。"

梁鼎芬忽然有弟

張之洞胞弟之淵，為候補道，辦大釐金、糧臺，虧空巨帑，廷寄派大員查辦，之淵畏罪，吞金死。梁節庵胞弟鼎蕃，為湖北知縣，亦辦大釐金，亦因大虧空，吞金自殺。時與予家比屋而居，故知之。之洞與節庵話及家世，流涕不置，白日看雲，無弟可憶也。時有縣丞稟見，名梁鼐芬者，之洞持手板，連呼梁鼐芬者三四，不問一語而入，見節庵曰："汝今有弟矣，梁鼐芬也。"

（以上四則摘自劉成禺《世載堂雜憶》）

梁星海贈詩扇

梁星海于光緒戊申游江寧，寓中正街陳伯嚴吏部寓廬。訪士于陳，舉朱仲我、吳溫叟、梁公約及余以答。梁各書團扇相贈，皆寫舊作。余扇為《江上懷朱一新》五律一首。余報詩云："梁朱叟最相親，去國當年兩諫臣。"友人謂二語已得驪珠。仲我亦有答贈之作。公約為星海門生，謝詩例作師弟感激語。今閱二十許年，星海、仲我、公約皆下世。余扇付裱背，與沈寐叟摺扇共為一軸。記懷朱詩首云："分此千里月，照我兩人心。"今星海遺集載之。卷五

（李詳《藥裹慵談》）

梁鼎芬劾李鴻章之傳聞

　　節庵何以劾合肥？相傳順德李若農侍郎_{文田}精子平風鑒，有奇驗，且謂節庵壽只二十有七。節庵大怖，問禳之之術，曰："必有非常之厄乃可。"節庵歸，閉門草疏，劾李鴻章十可殺。其舅張某力阻，不可，意謂疏上必遭戍。乃竟鑴五級，二十七歲亦無恙。此說流播已久，存之而已。然若農風裁峻整，初不以命相為趨避，在當時清流中主持正論，尤為德宗羽翼。光緒二十一年乙未冬歿。文道希記其事云：

　　　　李若農侍郎_{文田}，學問賅洽，晚節尤特立不苟，將死語不及私，惟諄諄以朝局為慮，見汪、長二侍郎被黜，時病已篤矣，猶喘息言曰："吾病死不足惜，但某相國與某宦者朝夕聚集，密謀欲翻朝局，吾親家某侍郎亦與其謀，可若何？"不越日卒，故余挽聯，以"魯連蹈海，杞婦崩城"擬之，沈子培刑部挽聯，以"威公淚盡，萇叔心孤"擬之，皆所謂知其深者也。

　　按汪、長兩侍郎被黜事，指乙未長麟、汪鳴鑾召見言及宮闈，立即革職一案也。若農相楊蓮府_{士驤}必至一品。相王文勤_{文韶}拜直督，後必入相，且生還鄉，皆奇驗。然吾又聞石遺老人言，節庵劾合肥摺，原系易實甫戲擬，以

665

示節庵，喜而攫為己有。又言節庵夫人龔氏來視節庵，是
其署按察使時事。

梁節庵兩湖書院聯

飲禺生家，因話及梁節庵棲鳳宅食魚齋一聯，劉云：
"梁監督兩湖書院時，有一聯懸于監督堂云：'燕柳最相
思，憶別修門三十載；楚材必有用，教成君子六千人。'
蓋兩湖先為書院，後改學堂，肄業者，先後六千人也。有
改此聯嘲之云：'君子一無成，人來梁上；修門何所憶，
鳳去樓空。'"下聯乃言節庵京寓棲鳳樓本事。

梁節庵、陳弢庵與張南皮書

屬筆竟，纕蘅（編者按，曹經沅字）出示所藏梁節
庵、陳弢庵與南皮書札兩巨帙，其有裨予之載記不少，真
絕妙史材也。節庵一箋云：

> 比聞公傷悼不已，敬念無既。斷斷不可如此，憂能傷
> 人，況涕泣乎？今思一排遣之法：長素健談，可以終日相
> 對，計每日午後案牘少清，早飯共食，使之發揮中西之
> 學、近時士夫之論，使人心開。蘇卿遺札，檢之淒然，
> 親知若此，何況明公？然已判幽明，悼惜何益，尚乞放
> 懷。鼎芬向編有師友遺詩，現擬請玉叔將江、柳二詩鈔

付入集，以存其人。並加數語，叙其生平。壺公前輩左右。
鼎芬頓首。

又一箋云：

　　長素于世俗應酬，全不理會，不必區區于招飲。
鼎芬亦可先道尊意與近事，渠必樂從，如可行，今日
先辦。或欲聞禪理，兼約禮卿，使之各樹一義，粲花
妙論，人人解頤。連日皆如此，康、蒯二子，深相契
合，兩賓相對，可以釋憂。比中發病苦，鼎芬忙苦，
此舉可支五日，五日之後，中發可愈，鼎芬卷可少
清，便能接續矣。尚書足下。鼎芬頓首。

此兩箋是當時南皮延重康長素之鐵證，而節庵居間尤
力。首箋中所言蓋南皮之喪其長孫，次箋則並言蒯禮卿及
黃仲發也。

……

梁節庵致楊叔嶠長札

　　亮集示所藏梁節庵與楊叔嶠二札。梁髦達後，作書多
寥寥數語，箋紙絶精，旁夥某籛某室，筆致疏俊，僅足玩
賞而已。此則委婉長言，差資考鏡，蓋其失意時所作也。
第一札云：

钝叔三兄坐下：病起曾致書為謝，並有肖巖一函，又前者有三弟一書致上左右，想都察及。月初返山居，擾可莊衙齋一月矣。旋聞二弟逗留海上未發，適親串來問疾，遂同赴滬料理。二弟前赴山東，昨甫啟輪。三弟電來，說二十自粵行，因復少待。自茲吾兄弟三人遂天各一方，家人亦都分散，求如往時團聚不可得，人生有幾，能不傷心！次棠與我書，言待一二年後，仇彼者漸去，便回家變賣產業，復將數世墳墓用土培厚，然後攜家遠行，弟所遭頗相同云。三弟離省過久，非我初意，亦由家中久居，一時遷動不易，故遲遲耳。太丘已交卸，王之春來矣，何以不得山西巡撫，專發牢騷，殆交情不逮胡聘之耶？三弟讀書太少，久居武昌不宜，同鄉中口舌尤可畏，歸後得一外差尤妙，惜太丘離任，恐不易言。往與之春周旋數年，未嘗食彼一飯，干彼一事，三弟即得差使，亦是南皮、義寧交情，與之春無涉也。月內仍回海西廬，今年度歲于此。君與伯嚴捐款未見寄來，盼之至。天寒，珍重千萬。伯嚴同候。鼎芬頓，十月二十一日。

第二札云：

岳州書院講席，有賢太守為主人，發端自南皮，數書勸行，若足下，若陳公子。江湖漂泊，當代大賢君子殷拳于鼎芬者如是，此舉真當"光明磊落"四字，揆之初願，亦所欣為。惟病後體氣自虧，非若昔者，于接見生徒、講書論學諸事，均恐延誤，無益太守之政教，有乖來學之盛心，不可一也。鼎芬無意于世久矣。往者廣雅一席，特以南皮高誼，遂忘鄙陋，為之年餘，究亦何補于學子？自前年浮海，日與世遠，由茲以往，方欲愈深愈密，無知我姓名者，保遺體之清白，存此身于亂世。若復玷講席，重與冠裳，非我初心，愧予夙夜。君素愛我，當亦鑒之，不可二也。乙酉迄今七年矣，一書未成。三十已過，前三年則悴于院事，近者以兩弟官事，費盡心力，今均有成。以後歲月寬閒，正欲尋諷故書，刊落人事，若使日對數十學子，自待轉輕，有違孟子之訓，不可三也。君為謀之忠，發言之誠，每展手札，彌用敬佩。鼎芬亦深知親友之惠，不可久邀，講席自食其力，事至明順。然心之于事，先已不親，勉強為之，定滋疚恨，與其素餐于講舍，不若傳食于親朋。籌思再四，仍發函粵中，為明年薪火之計。講學之事，至為煩重，今志在謀食，厥旨已非，不可四也。

　　私計李瀚章年七十一矣，一二年後，可以得謚贈官，屆期當遄返故鄉，覓一靜處，設館授徒，為終老之計，此生便欲與官場隔絕，故萬萬不可為院長耳。君知我有素，死填溝壑，固意中事。昔亭林以游為隱，茲意大佳，實心慕之。此時但恨無腰纏，無健僕，否則將西出嘉峪關謁左文襄祠，北至伯都訥為次棠祭墓，豈非壯游乎！區區之意，乞委婉代陳于南皮之前，無任翹禱。謹謝，叔嶠三兄。鼎芬頓。

纕蘅跋云：

　　叔嶠丈別字鈍叔，故友朋書問亦稱"叔子"。節庵先生以言事罷官，讀書焦山海西庵，故書中有"今年回庵度歲"之語。余藏節老致叔丈遺札亦有數通，皆寄自海西庵者，想見兩賢投分之篤。余《過京口》詩之一云："梁鴻大隱海西庵，蜀客沖寒泫夜談。觸我回車思舊痛，舍人墓草已羓羓。"即咏此事。

　　纕蘅又自注云："節老集中有《酬楊三舍人山中雪夜見訪》詩。"予按此二札，紙墨筆意皆頗相似，第一札所云"太丘交卸，王之春繼之"，此指陳右銘先生任湖北布政使事。考右銘兩任湖北布政使，一在光緒十六年庚寅，一在光緒十九年癸巳，此當為庚寅。第二札以"乙酉迄今七年"句及李瀚章督粵考之，必為十七年辛卯所作。其言乙酉者，光緒十一年六月節庵先以編修劾合肥，至是有旨追論誣謗大臣嚴議降五級，遂放浪江湖，讀書焦山。適王可莊守鎮江，節庵大喜，有詩"帝命詞臣守潤州，聲名諤諤出時流"云云是也。梁讀書為海西庵，遺迹具存，今不復贅。

　　李瀚章，即合肥之兄，世稱李大先生。節庵以劾合肥降官，度必深憾于李氏，故不願回粵。次棠者，于蔭霖字。計節庵自乙酉鐫秩，沈滯十七年，至庚子始簡武昌遺缺知府。命下之日，大喜，曾作一聯云："遠追二千石餘規，我輩當如漢吏；恩起十七年廢籍，斯人恐誤蒼生。"

下聯語氣自佳。

又節庵知武昌府時，其夫人曾來視之，節庵衣冠迎于舟次，住署中三日而去，世所傳"零落雨中花，舊夢難尋棲鳳宅；綢繆天下事，壯心銷盡食魚齋"一聯，即是時所作也。

（以上四則摘自黃濬《花隨人聖庵摭憶》）

梁鼎芬危言怵張之洞

梁節庵上廣雅一箋，藏戴亮吉處，凡四紙，筆意飛迅。予久疑為節庵力勸南皮殺唐佛塵者，但佛塵先生就義，為庚子七月廿九日，此書月日草書似作四月，故久未能決。以叩于竹君先生，亦莫能定，欲攜以問石遺老人，師欻又下世。今錄此函如下，附疏吾見：

鼎芬閒坐江上，忙花院中，竟能手辦一大賊，報國愚誠，可以少慰。惟一賊甫獲，群賊蜂起，勢極洶洶，禍將不測。看此舉動，明系合夥同謀，妄思欺奪君權，破裂孔教。鼎芬定計辦理此股賊匪，心力堅果，本可不必商量。敬念我公清望冠時，素以天下為己任，殺賊報國，肅清海宇，功有專屬，責有專歸，此等大事，當語仁公，首先料理。但恐執事顧忌游移，心慈手軟，但切隱憂于私室，不能昌論于公庭，徘徊一月，纏綿千語，計尚未定，賊已渡河，此時縱有百部守約書，百處正學報，百間武備學堂，于事已恐無濟。今特專誠奉懇，公必能奮然興起，昌言討賊，任事剛決，發議正直。鼎芬伏處瓜牛，自聞風鼓舞，心悅誠服。如仍居寬厚之名，為博大之事如特科薦梁賊啟超之事，未能同志，無可屬望，鼎芬即還我故山，合天下志士，誓滅此賊，不復告公。禍在眉睫，要辦即辦，乞公一言，請即定志，明晰示我。若同坐抱冰堂，千懷萬語，散時仍無著落，則此日可惜，此賊難辦。鼎芬剛腸直性，未能久羈，日內告辭，回山辦賊。區區愚誠，上愛吾君，下愛吾友。國危至此，賊勢猖獗又至此，真不勝痛憤憂迫之至。皇天后土，實聞此言。謹上尚書足下。鼎芬頓首。四月三十日。

又附箋云："群賊起事，是廿五日，大賊誅除，是廿七日，此事仍是大賊所為。又辦旨有'督撫送部引見'字樣，督字請公細閱，萬萬勿以薦特科辦法如薦梁賊啟超、蒯匪光典之事，致使天下志士灰心。"

按此箋，必是戊戌後所作，似尚未至庚子拳亂。箋中之四月，非己亥即庚子，己亥湖北無事，故必是庚子四月。大賊必指南海，以有"破裂孔教"字樣也。佛塵先生未被逮前，頗運動南皮合作，南皮亦頗為所動，馮自由《開國前革命史》述之甚詳，故節庵以危言怵南皮，懼其與佛塵合作，所謂"請即定志，明晰示我"也。故此書雖未必為搜捕佛塵，而實即一事。今考是年三月二十一日，梁任公有一書論羅伯堂、唐瓊昌眷屬被捕事。以意揣之，湖北或已有逮捕何人，或參革何人之事，而節庵張皇以為己功耳。節庵是時似又新自焦山來，故有"瓜牛"之語，前錄節庵薦康長素、剻禮卿于南皮一箋，所云"康、剻二子，深相契合，兩賓相對，可以釋憂"者，今則一指為賊，一詈為匪，前後矛盾，姑不具論，而戊戌朝局一變，紛紛以君權孔教相標榜，號呼載途，羅網踵後，抑亦何可笑耶？

（黃濬《花隨人聖庵摭憶補編》）

梁鼎芬之洩憤

梁星海廉訪鼎芬由武昌府知府薦擢至按察司，恃張南皮之寵任，大權獨攬，同僚切齒。某君戲擬一聯一額以諷之。聯云："一目當空，開口便成兩片；廿頭中斷，終身難免八刀。"額云："梁上君子。"梁見之怒不可遏，欲得其人而甘心。旋探悉系門生尹亞天所為，報以一聯一額。聯曰："有心終是惡，無口豈能吞？"額曰："伊內偷人"。造句兩俱佳妙，然皆謔而虐矣。

（陳灨一《睇向齋秘錄》）

痛斥奕劻

清德宗奉安崇陵，梁節庵素衣往送，縱聲大哭，其時在陵諸遺老亦無不流涕，惟趙爾巽無淚，奕劻獨後至，亦無戚容。梁正色厲聲，數其誤國殃民、不忠不敬之罪，奕劻羞慚不敢仰視，沈子封顧梁曰："公言爽直嚴厲，聞者當無異辭，獨不為奕劻稍存體面耶？"梁曰："非傾吐不足張其罪。"卷五

（陳灝一《新語林》）

鼎芬于光緒六年庚辰入翰林，娶婦龔，時稱嘉話。李慈銘與為同年進士，是年八月二十一日記云："同年廣東梁庶常鼎芬娶婦，送賀分四千。庶常年少有文而少孤，丙子舉順天鄉試，出湖南龔中書鎮湘之房。龔有兄女，亦少孤，育于其舅王益吾祭酒家，遂以字梁。今年會試，梁出祭酒房，而龔升宗人府主事，亦與分校，復以梁撥入龔房。今日成嘉禮，聞新人美而能詩，亦一時佳話也。"二十六日記云："詣梁星海、于晦若兩庶常，看星海新夫人。"九月三十日記云："為梁星海書楹聯，贈之句云：'珠襦甲帳妝樓記；鈿軸牙籤翰苑書。'以星海瀕行，索之甚力，故書此為贈，且舉其新婚、館選二事，以助伸眉。"此鼎芬玉堂花燭，為一時勝流所豔稱者。時鼎芬年二十三歲。後來之事，蓋不堪回首云。

梁節庵以湖北按察使辭職得請，謝恩摺謂："伏念才非賈誼，學愧劉蕡，本孤苦之餘生，值艱難之時會，揆之古人致身之誼，豈有中年乞病之章？乃者疾來無時，醫多束手。群邪雜進，正氣潛凋。外患既滋，內維又潰。既憂

傷之已過，欲補救而無功。仰荷生成，曲加憐惜，戴山覺重，臨海知深。臣病雖入膏肓，聖恩實如天地。虎鬚曾捋，何知韓偓之危；鸞翮能全，不似嵇康之鍛。歸依親墓，松楸之蔭方長；眷戀君門，葵藿之心未死。”措語頗工。“虎鬚”云云，謂曾劻奕劻、袁世凱也。其以病情喻國事，尤有語長心重之致。又聞節庵去官之前，張之洞嘗薦其堪任封疆，為奕劻、世凱所持，不獲簡畀，恒鬱鬱不自得，自撰一聯云：“讀書學劍兩無成，此心耿耿；鐘鼎山林俱不遂，雙鬢蕭蕭。”乞罷得請後，亟命取公服焚之，以示不再作官。衆勸止，不聽。夏口廳同知馮篔，鄉人也，徐曰：“公雖不作官，家祭可以便服從事耶？”節庵瞿然曰：“吾過矣，吾過矣。”乃止。

梁鼎芬與黃興密會交誠

據湘友談，黃克強，初名軫，後于從事革命時，始改名興，少嘗肄業兩湖書院，以能文工書，最為院長梁鼎芬所賞器，恒以國士目之。鄂督張之洞派赴日本考察學務，亦梁所推薦也。其革命之思想即基于斯時。迨歸國後，致力革命事業，名日著。某歲，以國內舉事無成，而索捕甚亟，欲赴日暫避，並計畫再舉，而絀于川資，乃潛至武昌，乘夜密謁梁氏（時官按察使）。梁責其奈何躬與叛逆，實深負昔日之殷勤教誨與期許，並稱頌大清功德，勸其改節。謂子如洗心革面，為朝廷效忠，當為設法開脫。且云此亦所以為國家愛惜人才，如因此一番成全，俾國家收得人之效，則今日一晤，乃大有關係，非專顧師生私誼也。黃氏對以師意至厚，敢不敬聆，惟三軍可奪帥，匹夫不可奪志，既已許身革命，萬無易節之理。今日至此，生死惟命。因為梁開陳種族大義、革命原理。復謂默察民心國勢，清運將終，同盟盍亦早自為計乎！梁憮然曰：“士各有志，余亦不再費詞。從此子為子之革黨，余為余之大清忠臣，各行其是可也。”旋詢知東渡乏資，遂贈銀若干，謂師生之誼，盡于此日，子宜即日離鄂。越兩日，梁度黃已行遠，乃行文全鄂，謂“風聞革命黨首黃興，潛來鄂境，應嚴緝務獲”云云。其後黃氏卒為革命偉人，梁于鼎革後邀遜帝溥儀文忠之謚，雖冰炭不同器，未可相提並論，然亦可謂各成其志矣。此為前數年湘友某君所談，因述黃氏革命宗旨之堅定，舉此事以為談佐。頃偶憶及，筆之于此，或足為黃、梁軼事之鱗爪乎。

梁鼎芬力詆康有為

粵中人物，近多以轉移風氣、領導時勢、圖建新事業著稱，而甘以勝朝遺臣終者，亦頗出乎其間。其聲氣較廣者，為已故之康有為、梁鼎芬。有為昔為新人物之巨擘，戊戌黨禍之前，鼎芬極醜詆之，與王先謙書有云：“四夷交侵，群奸放恣，于是崇奉邪教之康有為、梁啟超，乘機煽亂，昌言變教。”又謂：“湖南乃忠義之邦，人才最盛。昔吾粵駱文忠公，巡撫此地，提倡激勵，賢傑輩出，同衛社稷，如雲龍之相從，至今海內以為美談。豈意地運衰

薄，生此三醜。（指康、梁及黃遵憲。遵憲，鼎芬所斥為
'陰狡堅悍'者也。）以害湘人，以壞嶺學，凶德參會，無
所底止。上則欲散君權，下則欲行邪教，三五成群，邪説
暴作，使湘有無窮之禍，粵有不潔之名，孰不心傷！孰不
髮指！"又謂："廉恥日喪，大局皇皇；群賊披猖，毫無忌
憚；吾黨君子，聞風相思；風雨淒淒，不改其度。請告
張、黃、葉（按：張祖同、黃自元、葉德輝也）諸公，誓
勠力同心，以滅此賊。發揮忠義，不為勢怵，不為禍動，
至誠所積，終有肅清之一日，大快人心，皇天后土，實鑒
斯志。"深惡痛絕，一至于此。晚年乃同以勝清愚忠見稱
焉。惟鼎芬，曩之痛斥其"上則欲散君權"以其好言申民
權也。而復辟之時，有為實主所謂"虛君共和"之制，與
"欲散君權"之被詆，仍可謂息息相通，固視一般遺老異
趣，則猶同而不同矣。鼎芬標舉駱秉章，引為桑梓之光
榮，比其死也，遜帝予以易名之典，適亦為"文忠"二
字。卷二

（以上摘自徐凌霄、徐一士《凌霄一士隨筆》）

集　傳

清史稿·梁鼎芬傳

梁鼎芬，字星海。廣東番禺人。光緒六年進士，授編修。法越事亟，疏劾北洋大臣李鴻章，不報。旋又追論妄劾，交部嚴議，降五級調用。張之洞督粵，聘主廣雅書院講席；調署兩江，復聘主鍾山書院；又隨還鄂，皆參其幕府事。之洞銳行新政，學堂林立，言學事惟鼎芬是任。拳禍起，兩宮西幸，鼎芬首倡呈進方物之議。初以端方薦，起用直隸州知州；之洞再薦，詔赴行在所，用知府，發湖北，署武昌，補漢陽。擢安襄鄖荆道、按察使，署布政使。奏請化除滿、漢界限。三十二年，入覲，面劾慶親王奕劻通賕賄，請月給銀三萬兩以養其廉。又劾直隸總督袁世凱「權謀邁衆，城府阻深，能詔人又能用人，自得奕劻之助，其權威遂為我朝二百年來滿、漢疆臣所未有，引用私黨，佈滿要津。我皇太后、皇上或未盡知，臣但有一日之官，即盡一日之心。言盡有淚，淚盡有血。奕劻、世凱若仍不悛，臣當隨時奏劾，以報天恩」。詔訶責，引疾乞退。兩宮升遐，奔赴哭臨，越日即行，時之洞在樞垣，不一往謁也。明年，聞之洞喪，親送葬南皮。及武昌事起，再入都，用直隸總督陳夔龍薦，以三品京堂候補。旋奉廣東宣慰使之命，粵中已大亂，道梗不得達，遂病嘔血。兩至梁格莊叩謁景皇帝暫安之殿，露宿寢殿旁，瞻仰流涕。及孝定景皇后升遐，奉安崇陵，恭送如禮，自願留守陵寢，遂命管理崇陵種樹事。旋命在毓慶宮行走。丁巳復辟，已臥病，强起周旋。事變憂甚，逾年卒，諡文忠。卷四七二

　　按：梁氏之傳記另見汪兆鏞《梁文忠公別傳》（《碑傳集三編》卷一〇）、温肅《梁文忠公小傳》（《辛亥人物碑傳集》卷一二），湯志鈞《戊戌變法人物傳稿》，因内容大同小異，本書不録。

節庵先生事略　楊敬安

　　梁鼎芬，字星海，號節庵。廣東番禺縣人。少時受業陳蘭甫先生之門。光緒丙子，年十八，中式順天鄉試舉人，庚辰成進士。改翰林院庶吉士，散館授編修。甲申冬，以中法戰役，疏劾大學士北洋大臣李鴻章貪庸誤國，奉旨降五級調用，直聲震朝野。投贈送行詩文盈帙，旋南歸任教，歷任廣東端溪、豐湖、廣雅，江寧鍾山，湖北兩湖各書院山長，復佐張之洞籌設湖北文武各級學校，及派遣留學，成材甚衆，其自題門聯有“楚材必有用，教成君子六千人”，實錄也。平生待門徒學生極其懇摯，遇有事故，皆以私財佽助之，故所得廉俸，隨手輒盡，晚歲至無以為生。庚子年，代表粵人至西安貢方物，見西太后密陳

大阿哥之宜廢，西太后為之動容，開復原銜，旋任湖北武昌府知府，歷署鹽法道，授安襄鄖荊道，洊升按察使兼署布政使。赴京請訓，言事甚多，附片奏劾慶親王奕劻，措辭嚴切，奉旨留中，迨張之洞、袁世凱同入軍機，又奏劾慶、袁等，經傳旨申飭，旋以病辭職。貧不能歸，賴同鄉友人陳俊民資助，始挈眷扶先柩還鄉，乃倡繼南園詩社，和者甚盛。不久值辛亥革命，有人議舉為都督，公星夜離粵，匿滬一小村，人不堪其憂，旋北上居梁格莊，種樹崇陵，三年成活十餘萬本，費行簡謂為公家省費十五萬元，亦實錄也。嗣值毓慶宮，居北京，戊午八月得風疾，次年己未十一月十四日卒，年六十一。遺書六百餘篋，其子思孝遵遺命，一以捐藏廣東圖書館。子二，長臥薪，早殤；次劬，字思孝，今以字行；孫一，崇裕。平生著作多不留稿，成書者有《節庵先生遺稿》五卷，《焦山藏書約》一卷，《書目》一卷，續一卷，詩六卷，續編二卷，詞一卷，皆親舊輯刊之。

梁鼎芬先生評傳　王森然

梁鼎芬，字心海，一字星海，號節庵，書室號葵霜閣，故亦號葵霜，晚年稱葵翁。廣東番禺人。生于咸豐九年己未（一八五九），卒于民國八年己未（一九一九），享年六十有一，謚文忠公。著有《節庵先生遺詩》六卷，《遺文》若干卷。先生以張文襄公之洞幕下之學者而知名。當清光宣間，先生以一臬司開缺，候補三品京官，任為種樹大臣，而師傅，而贈太子少保，而特諡文忠，譽滿天下，蓋因其好名而不嗜利，落拓有名士風，非今之政客所能及也。先生起甲科，久官翰林，以辭章之學，為同館所推服，後以彈李鴻章，詞連官府，拉后怒，將置重典，賴潘祖蔭救，罷去。因師事張文襄公，至是闢西湖書院，延為院長。康有為，其友也，戊戌變法後，誣以謀叛，先生亦馳書遠近，攻擊有為，比之墨、楊。湖人蘇某刊《翼教叢編》，載其諸作，有獻之徐桐者，桐曰："此文廷式戚，夙有醜行，彼借此營進，吾詎為所朦。"以世傳其妾某，富才藻，慕廷式英妙，竟偕之逃，而先生不問也。見《當代名人小傳》"清室遺臣"先生本傳。庚子以張文襄薦，以知府分發湖北，未幾除漢陽，調補武昌，學警諸政，咸以畀之，司道官權，反居其下。又曾任湖北安襄鄖荊道、湖北按察使，于張文襄之下，參與政務。先生不屈于權貴，而獨善事文襄公，曲揣其旨，所營新政，多求皮傅，尚少精神，警政尤窳敗，巡士等紅冠綠褲，怪逾孟優，見者掩口。後再遷為湖北臬司，數疏彈奕劻、袁世凱，不報，乃乞去。其乞病疏中，以身譬國，以奸人譬疾，立言尤懇至。光緒三十三年，張之洞入北京任軍機大臣，無何罷官。先生雖得任禮學館顧問之閒職，又未出任。之洞嘗薦之為湘撫，拉后默然，自是竭來潮海間，貧窶猶昔，倚其表弟馮啟鈞濟資以活。辛亥革命，時南方各省相繼響應，被任為廣東宣慰使，自覺大勢已去，時局難以收拾，乃隱棲上海，以清節自持。曾說黎元洪扶清，元洪笑謝之，乃往哭謁崇陵。嘗于廣衆中詈奕劻等誤國，聲色俱厲，聞者稱快。陳寶琛言其忠于讓帝。授崇陵陵工大臣，已而陸潤庠卒，被徵為宣統之師傅，雖不恒值內廷，然終為溥儀帝最畏之師。斯時先生兼督辦光緒陵寢工事，以上海為中心，與諸同志往來，畫策復辟運動。袁世凱死後，隱于鎮江之焦山，避世論之攻擊。六年七月，參與張勳之復辟運動，失敗後乃遁去。亦一世之怪杰也。

先生豐髯，健談，雖好名，實無城府，工于為詩，清辭麗句，機杼自秉，非近代摹宋諸家所及，駢文次之，散體多不入格，樸學亦非所長，故久主湖院，造就實尠。嘗謁端方江寧，客有約其游秦淮者，召妓侑觴，酒次論及朝政，突縱聲大哭，一座盡駭，衆叩何悲，不答，及歸，餘泣不已。方曰："吾知君哭兩宮，他人不解也。"哭始止。或以作偽訾先生，豈知先生者。余家存李文誠公遺像李仲約，先生題之曰："名高一世，學貫九流。事君惟直，事親則柔。世既屢變，身亦弗留。公面如此，我心孔憂。"先生六旬榮慶，寐叟沈先生為詩賀之，並為書之，書法奇絕："棲鳳樓東舊吏官，高秋霜鶚不空拳。兩封諫草張清議，六樹官梅共歲寒。上界仙師稱尹壽，中興殷道若甘盤。遙知平格承天慶，稽古榮留異代看。"余所存先生與溥儀"清愛之庭"照像中有此書詩。按，是年戊午，蓋民七也。余存先生照像中有"番禺梁師傅六十生朝，在粵親知門下稱觴，遙祝于寰樂園之綠陰深處。戊午天貺節日。溫肅題記"等字。余家存"辛亥七月十八日先生與同里丙子同年七人，團拜于三忠祠下，追念昔者已三十六年，今日之會，不易得也。梁梅溪丈小山從叔與焉。小山在京師未歸，勞肇光、關蔚煌、盧維慶、鄺達

榮、關以鏞、吳應楷、梁鼎芬同記于南園"之合影。上有
張之洞光緒戊子所題之"道同趣一"四字，並有戊午重九
遥集樓登高雅集圖一幀。先生真容，末由一睹，撫摩遺
像，不勝慨然。

先生頗能詩，汪國垣纂《光宣詩壇點將録》，推先生
為天滿星美髯公朱仝。謂梁髯詩極幽秀，讀之可令人忘
慮，書札亦如之。

先生飲食極精，昔在京時，日與朋輩置酒為樂，數月
以後，庖人窮于技矣。一日，先生忽出馬桶一，陳諸座
上，座中皆掩鼻而逃，及揭蓋，則為雞鴨魚肉各物。先生
首先舉箸，衆亦隨之。翌日"馬桶請客"已喧傳都下矣。
先生善書，每作短札，一事一紙，若數十事則數十紙，且
于起訖處，蓋用圖章。或問之，佟然曰："我備異日珍貴
者之裱為手卷册頁耳。"

金息侯先生著《近世人物志》有云：

李記：同年廣東梁庶常鼎芬星海娶婦送賀。庶常
年少有文，而少孤，丙子舉順天鄉試，出湖南龔中書
鎮湘之房。龔有兄女，亦少孤，育于其舅王益吾祭
酒，遂以字梁。今年會試，梁出祭酒房，而龔亦與分
校，復以梁撥入龔房。今日成嘉禮，聞新人美而能
詩，亦一時佳話也。又：應梁星海之招，圍爐小飲。
星海年少有才，飛騰得意，字謂余輩，令再讀書十

年，當不至此也。又：作書致梁星海。星海少年喜
事，疏劾合肥，言有可殺之罪八。東朝大怒，幾罹重
譴，閻敬銘持之而免。然中外傳以為駭，此血氣之
過，亦近日風氣使然也。葉記：梁星海，丙子同年，
以彈李傅相挂冠，刻一印，曰"年二十七歲罷官"。
又：臨黃魯直梨花詩，吾友梁星海書與之絕相似，今
日始知其竄白也。王記：聞張孝達獨重梁星海，梁名
了不能憶，大盜之貌，而有穿窬之行。又：滬寓梁風
子紅頂朝珠來，云聞余前年頂珠待客，客皆無頂珠
者，故特來補一客。李曉暾問其截辮，梁不欲答。葉
記：梁節庵奉本朝之命，守護崇陵，今之烈士，亦奇
士也。又：節庵以崇陵祭品餺飥一枚見賜，敬受之。
又：翰怡設席，節庵同座，不見二十餘年矣，神觀奕
奕，談興甚豪，猶如疇曩，但頷下長髯亦白矣。今日
《時報》即登寧垣嚴緝謀復辟鼎芬等，真讕言也。

項城督直六年，根深柢固，勢力強大，慶親王深倚重
之。光緒三十二年秋，預備立憲諭下之翌日，詔袁世凱等
改革官制，命慶親王奕劻、孫家鼐、霍鴻機總其事。梁鼎
芬時為鄂臬，上疏彈劾慶邸並袁項城。茲錄其疏如下：

　　為敬陳預備立憲第一義，恭摺仰祈聖鑒事：臣竊
見近日議論紛紜，人心不定。敬念我皇太后、皇上，
憂勞國事，宵旰弗遑，詔旨屢頒，至為迫切。臣每讀
一次，此心多一次徬徨，補救無方，實深愧悚。外脫

聞有新內閣之設，未知其詳，以臣愚見，今天下臣民
所仰望者在預備立憲，而預備立憲一事，則責在慶親
王奕劻。該親王歷事三朝，辦事最久，高年碩望，夙
夜在公，雖屢次陳請開去要差，而朝廷任用親賢，慰
留至再，自必守鞠躬之義，無退位之思。臣聞該親王
用度甚繁，所有每年廉俸及新加軍機大臣外務部養廉
銀兩，不敷尚多，于是袁世凱、周馥、楊士驤、陳夔
龍等，本係平日交好，見該親王用度不足，時有應
酬。臣愚以為今日要政既責在奕劻一身，內外臣工奉
為標準，似未可以日用微末之事，致分賢王謀國之
心，仰懇皇太后、皇上，每月加奕劻養廉銀三萬兩，
由度支部發給，看似為數甚巨，實則所全甚多，奕劻
得此養廉巨款，自可以專心籌辦大事，不顧其他。京
外各官從前或有應酬，均于此次認真停止。派員監
察，朝廷待奕劻甚厚，奕劻自待必甚嚴。無論立憲之
遲速，新內閣之成否，皆以奕劻有極優養廉為第一
義，此若不定，恐有他事，為外人所笑。蓋地球各國
政府人員，既無薄俸，亦無受人餽送者，高明之地，
萬目所瞻，大法小廉，古訓俱在，風氣所開，人才所
出，非細事也。是否有當，伏乞聖鑒訓是施行。

　　再直隸總督袁世凱，少不讀書，專好騎馬試劍，
雄才大略，瞻矚不凡，以浙江溫處道鑽營得驟升侍
郎、巡撫，撫山東日，能辦事，安莫境內，有聲于
時，我皇太后、皇上回鑾迎駕，擢至今職。其人權謀
邁衆，城府阻深，能陷人，又能用人，卒皆為其所

賣。初投拜榮祿門下，榮祿歿後，慶親王奕劻在政府，三謁不得見，甚恐，得楊士驤引薦，或云以重金數萬又投拜奕劻門下，不知果有此事否？當自見奕劻後，交形日密，言無不從，袁世凱之權力遂為我朝二百餘年滿漢疆臣所未有。

奕劻本老實無能之人，當用度浩繁之日，袁世凱遂利用之，無實無能，則侮之以智術，日用浩繁，則濟之以金錢，于是前任山東學政榮慶、北洋練兵委員徐世昌，袁世凱皆以私交薦為軍機大臣矣。樞府要密，出自特簡，而袁世凱言之，奕劻行之。貪昏謬劣、衣冠敗類之周馥，袁世凱之兒女姻親也；奢侈無度、聲名至劣之唐紹儀，市井小人、膽大無恥之楊士琦，卑下昏聵之吳重熹，亦皆袁世凱之私交也。使之為總督、為巡撫、為侍郎。袁世凱言之，奕劻行之。尤可駭者，徐世昌無資望，無功績，忽為東三省總督，其權大于各省總督數倍。朱家寶一直隸知縣耳，不數年署吉林巡撫，皆袁世凱為之也。

袁世凱自握北洋大臣、直隸總督重權，又使其黨在奉天、吉林皆有兵權財產。趙爾巽在東時，與日人所爭之事，徐世昌到後慨然與之，以實行其媚外營私之計，置大局于不問。皇太后、皇上試思，自直隸而奉天而吉林，皆袁世凱兵力所可到之地，能不寒心乎？幸段芝貴未到黑龍江耳。袁世凱揮金如土，交結朝官過客與出洋學生，有直隸賑款數百萬兩，鐵路餘款數百萬兩，供其揮霍，故人人稱之。

　　臣嘗讀《史記》漢晉之事，往往流涕。如漢末曹操一世之雄，當為漢臣時，有大功于天下，不知簒漢者操也。晉末劉裕亦與操埒，當其北伐時，亦有大功于天下，不知簒晉者裕也。前者微臣來京賜對之時，親聞皇太后、皇上屢稱《資治通鑒》其書最好，時時閱看。今此兩朝事治亂興亡之故，粲然俱陳，開卷可得也。袁世凱之不及操、裕，而就今日疆臣而論，其辦事之才，恐無有出其上者，如此之人，乃令狼抗朝列，虎步京師，臣實憂之。且聞其黨羽頗衆，時有探訪，故無有敢聲言其罪者。今新內閣將成，時日無多，安危在目，臣不敢自愛其官職，不自愛其性命，無所畏懼，謹披瀝密陳，伏乞聖鑒，謹奏。

識大語悲，具先見之明者也。

　　辛亥國變，清社以屋，因之窮困，優待費雖有四萬，未能照付。壬子之冬，梁謁崇陵，其時因經費無著，停工一年，工程僅三分之一，梁奔走呼號。浙江南潯富紳劉錦藻壬辰翰林、劉承幹京堂父子報效鉅款。復由世續出名，與內務部長趙秉鈞相商。趙聞梁四方奔走，大為感動，言之袁世凱，撥工程費用，崇陵始成。隆裕聞梁格莊，告左右曰：「這時候，這樣冷，還有人來，難得。」清朝師傅卒諡文正，如嘉慶之師傅朱珪號石君，道光之師傅曹振鏞號儷笙，咸豐之師傅杜受田號芝農，同治之師傅李石曾之父李鴻藻號蘭蓀，光緒之師傅孫家鼐號燮臣，均諡文正。獨宣統之師傅陳寶琛弢庵、陸潤庠鳳石、梁鼎芬節庵均諡曰文端、文忠。梁乞休之疏有"群邪雜進,百病叢生"之文,語至沈痛。及清鼎既革,獨標孤憤,曾于廣眾之中,斥奕劻誤國,淋漓悲壯,不留餘地,人皆稱快。其挽陳昭常下聯之"地下若逢龍表弟,為道孤臣種樹,崇陵風雨淚千行",可謂"亡國之音哀以思"矣。

余至護國寺書肆,見有先生查事江西時,在南昌省城貼過告示一張,頗新穎,錄此:

鼎芬奉官保督憲張札,委江西查事,今已到南昌省城,有要語兩段,分列于後,諸惟朗鑒:

一、鼎芬來此,不敢多拜客,不敢多見客。

甲、有應請教詢問者,始親往拜之。

乙、或無暇不能拜,則用文件往問,州縣以下諸君,必有鼎芬自寫手條,夾一自寫名片奉請乃來。鼎芬名片皆自寫,不由木印,以防冒用。

丙、省城候補諸君,如非鼎芬奉請者,切勿枉顧,來亦不敢接見,亦恕不答拜。

丁、省城紳士諸君,有熟識者,有未識者,鼎芬來此查事,恕不往拜,諸君相諒,幸勿見過。如有見過,一概不敢接見。事忙時促,亦恐未能答拜,乞諒一切。

戊、鼎芬廣東人,在省候補,同鄉諸君,有熟識者,有未熟識者,均不敢見,幸勿枉顧。查事均不敢派,亦不敢訪問。

己、鼎芬在湖北臬屬,用一粗笨勇丁名張和執帖,禁絕門包,今已帶來,飭其日在門外看守,或有客來,即行擋駕，不設門簿，不收名片。如係請來之客，鼎芬延入後，在內設一簿，派隨員寫明，係因何事接見，以便查核。

二、鼎芬來此不擾江西一紙，不費江西一文。

甲、聞南昌此回之事，慘痛于心，今奉差來此，每一念及，食不能下，如有宴會，皆不敢赴。或有不諒，循官場俗例餽送酒席者，已早飭張和在門首謝絕，不答回片。凡餽贈一概辭謝，書亦不收。

乙、鼎芬到九江日乘坐小舟上岸，步行入店，無知者，後官場諸公來拜，皆未見，俟歸途答拜。德化縣濮君竟循例致送酒席，未收，亦未答回片。到此辦法一律，敢煩首縣兩君，以濮事在前，代佈此言。客坐但啜一茶，主人勿備點心。

丙、鼎芬此來，承胡撫帥優待，派員派船到九江相接，皆不敢承，一概辭謝，委員亦未接見，自搭商船來此，撫帥優禮，尚不敢受，此外更不待言。

丁、鼎芬帶來隨員，皆清潔自愛之士，當此時局艱難，日以廉恥相勉，斷斷不擾。不見客，不與人通信。

戊、鼎芬帶有厨夫、飯夫各一名，一切自備。燭燈等物皆自購。

己、鼎芬此行無跟班，帶有執帖張和一名，本署什長一名，皆嚴加約束，不准生事。

實帖百花洲沈文肅公祠外左壁。

其小心翼翼，誠樸廉潔，可見一斑也。晚近袞袞諸公，又誰能與比？

林琴南先生有《送梁節庵先生南歸序》文一則，錄此作讀者參證資料："自戊申訖庚戌，節庵梁先生凡三至京師，去年為宰相張文襄公之喪來，今年扶病入都，則又為文襄葬事來也。生平君臣師友之義，一哀之禮，雖奔越無憚。余初得先生嶺南書，敘述病狀，若不勝楚，顧語氣洪壯，固知微病不足以困先生。尋果再見先生于匋齋尚書無悶園，談吐不改恒狀，且語余將為經月留，已乃匆匆襆被而去。及尚書以書示余，則先生已在焦山，意先生之書，來自焦山也。南中山之幽鬱者，恒齧于水，獨焦山挺出洪波巨流之中，外曠中窈，且非舟莫達，信乎其超越塵埃以外，先生居此，其用以自方乎？方庚子奔赴行在所，所陳奏大計，有程衛、和嶠所不敢質言者，先生慷慨言之。天下不知聞，徒以彈劾貴近為先生壯，夫奚異洪波巨流中，望焦山之挺然于江上，以為山之美已盡于此，寧知不造其巔，不足焦山也？則宜乎先生之性與是山合也。嗚呼，天下大勢岌矣！今又摒斥其忠讜敢言者，使之汩沒于詩酒，棲隱于幽邃，資後世史家之歡惋，寧為國家之福？然天福先生以千秋之名，又若非是不見其特。以時局測天心，先生之隱，未嘗未計。雖然，余甚疑天下之以千秋篤先生者，殆並以私焦山也。"

先生以壬子九月赴易州梁格莊，謁德宗梓宮。時崇陵停工已一年，工程未及三分之一，先生惻然，卉衣芒履，奔走呼號，繼之以泣，誠感當路，乃有癸丑二月二十四日開工之舉。是年十一月十六日，兩宮光緒、隆裕奉安崇陵，公即拜崇陵種樹事宜之命，自是守陵種樹。久旅梁格莊，顏所居曰"種樹廬"。鶉衣蔬食，履穿踵決，不顧也。乙卯二月十一日清晨，公上崇陵，荷鋤帶鍤，趨隆恩右門，及寶城前，破土五處。二十六日，于隆恩殿前，種白果松三十四株。二十七日，于寶城前，種羅漢松一十八株^{第一株}跪種，翠柏二株。寶城兩旁，種白果松五十二株。丙辰六月二十九日，于後寶山種羅漢松三株。親種者，都一百九株，其餘皆督率工役種之。至八月初六日，種樹事宜完成。明日，入京銷差，旋拜毓慶宮行走之命。先生平生喜修建前人遺迹，天以崇陵工程使之完成，宜可償其夙願也。

先生嘗質衣為顧貞孝^{顧亭林先生之母}修建祠墓。《亭林集》有《寄題貞孝墓後四柿》詩，先生讀之，頗思瞻其墓，詢崑山人，無知者。甲寅五月，獨身往崑山訪之，得諸千墩鎮。墓圮柿枯，先生惻然，遂有修建祠墓之議。始是年冬月，逾年丙辰四月竣工。墓前建顧貞孝祠，祠旁建四柿亭。祠之磚瓦所鐫篆字，皆湘陰左四公子孝同所書。先生又嘗以清俸建禰正平先生祠堂。湖北鸚鵡洲，為禰正平故迹，迭經滄桑，今但餘荒隴而已。公慨然久之，遂議建正平祠于此，而設正平小學校一所附焉。其建築費，亦皆公獨力任之，不貸也。

公守武昌時，江漢關例于歲暮餽萬金，公作色曰："雖舊規乎，我不取也。"乃移學務處作教育費，定為例。公持身廉，非所有，一介不取。向不治家人生產，食指繁，貧交賴以存活者無算。所獲廉俸，隨手輒盡。官橐蕭然，先生泊如也。比任湖北按察，所入更薄。解官之日，幾斷炊煙，兩湖同學，釀金供餐費，公受之，謂人曰：
"師友情深，義不可卻。但供炊爨，尚不需此，不如移此
款刊刻孫籀膏先生《周禮正義》一書，較有裨益也。"因
囑劉聘之_{洪烈}，董其成，劉卒，易始庵奉乾繼之，孫書遂
顯于世。

先生居北京，每年八月二十一日，必率湖北同學諸
子，赴積水潭高廟，公祭張文襄公。戊午八月祭日，適甘
藥樵_{鵬雲}自山右來，晤公，談及祠事，謂借高廟非策，應
由湖北學界同人募建專祠。先生大韙之，慨然曰："我當
倡首。"隨招集鄂人會于什刹海，議遂決。會背陰胡同奎
公府出售，遂購得之。以此文襄有專祠，皆先生提倡之
力也。

先生治學之餘，最喜賦詩譜詞。當光緒晚年，湖北薈
聚各方人才，一時稱極盛，因有評定海內詩家之會。以陳
伯嚴先生為巨擘，先生居第五，其第六人則張文襄公也。
先生除詩詞，他無所好，更不曉作畫也。先生書體，早年
近黃、柳，中年自成一家。晚年以寫崇陵全徽碑，豪邁變
為謹飭矣。學先生書者，胡元初_{先春}、楊子遠_{其觀}二氏，得
其神似。胡失諸柔，楊失諸剛，各有其短處也。若以宋徽
宗之瘦金書體，強為先生書，是誠可哂也哉！<sub>以上見涼耳《記
梁文忠公》文。</sub>陳公輔_{慶佑}學其秀雅而失之做作，徐伯謀_嶸學
其工整而失之拘泥，楊伯典_{履瑞}則失之呆板矣。先生書法，
留傳者多贗品，據梁劬_{先生之子}先生云："黃挺芝_{桂菜}曾將先
父印章，全數仿刻。"窺其用意，或乃黃君偽託，亦未可
知。小女潤琴與節庵先生孫女梁祖玥同學于育華中學，往

來甚密。一日，梁小姐持其父一函，並附節庵書札一頁，曰"鄂事大可駭，今已定否，至念至念。敬問彥武吾弟安好"數十字，用鳳水亭箋。又名刺一，乃節庵先生親筆所書者。蓋先生名片皆自寫，不用木刻，以防冒用。見前均為名貴珍品。又石印二種，一為己酉端午獨坐成咏詩句："文武如雲士女狂，鼓船端五競江鄉。繁華非復當年事，幽獨難為此日觴。白髮滿簪成老輩，朱書在篋感先皇。賦情羽扇低徊絕，欲與劉侯叙荔香。"蓋"千鈞堂"印。一為扇面，題詩《夜坐呈韶卿皋羽》："修竹吳楚間，鶴去杳難攀。衰世已如此，愁身更入山。巢居辟太歲，藥飯救羸顏。故友在江海，相思不得還。"此一首《宋詩鈔》未錄，用《晞髮集》。《夜坐簡韶卿韻呈葵霜寐叟》："悲歌燕趙間，仙蹻邈難攀。踵武聲思將，公愚志拔山。酒能參妙理，圖與攝愁顏。老我柴門閉，參差宿鳥還。"《和答一首葵霜》："題詩天地間，浩氣孰能攀。病客惟宜酒，樵夫自有山。羅松須苦節，韓燭照衰顏。共汝相思淚，魂兮庶一還。"《雨夜呈寐叟仍前韻》："花落滿人間，春情不可攀。他年憐獨自《雨夜呈韶卿》"預恐今宵雨，他年獨自聞"，閉戶即深山。落落猿鶴性，蕭蕭松桂顏。尚憂滄海涸，采藥已先還。丙辰六月朔葵翁寫付贊兒。"蓋"竹根亭"印，首用"晚節"印。余家藏先生扇面二，書法工致異常。一書《對雨同蓉生》云："雞鳴昨夜報荒村，瀟灑聲中晝掩門。驟雨飄風今竟日，交柯亂葉莫尋源。偷香榱桷驚雛燕，貪餌池塘出老黿。如此光陰劇蕭瑟，畫情約略與君論。"又《江上懷蓉生》云："分此千里月，照予兩人心。知慧于何寄，夢

魂相與尋。通微須有悟，學啞便無音。歲晚相逢不，滄江
深又深。沈二弟詩家教正，戊午中秋鼎芬學。”一書《李
四梅花調寄小庭花》云：“一點愁心萬點苔，滿山風露替
誰哀。更無人在月初來。絕代嬋娟還出世，斷腸心事勿停
杯。想思瘦盡有時開。叔鳳三姪采覽，戊午中秋鼎芬錄。”
此皆梁思孝㓚先生贈余者，余愛之極而感之深。函中謂余
與潘鳧公、宣永光為當代三怪，余尚不知怪之名果由何
得耶？

宣統三年辛亥（一九一一）八月二十日，武昌事起，
舉國騷然，先生病居廣州，聞而懼焉，即書數紙，使人揭
橥于市井，相隨勸告，冀安人心挽狂瀾也。一曰：“民貧
米貴，可念。今官與紳商合辦平糶，並此傳知。梁鼎芬
説。”一曰：“前謠傳省城初九日有事，各家搬遷，自己損
失甚大，今已過矣，奉勸各人同為大清國百姓，以後勿信
謠言，各店照常開門貿易，至所望也。梁鼎芬説。”一曰：
“我家住榨粉街，人所共知，我家老少不搬一人，書畫不
搬一紙，各位不信，請來查問，如係假話，任聽眾罰。奉
勸各位，切勿搬遷，徒亂人意，花自己錢，甚無謂也。梁
鼎芬説。”一曰：“廣東官民同心，改良政治，百姓有疾
苦，皆可稟訴，公安無事，望各店戶照常開門貿易，勿自
驚擾。梁鼎芬説。”先生一腔為國熱血，溢于紙上，至今
讀之，猶令人泫然不能自己也。癸亥（一九二三）上巳前
一日，其家人忽于叢紙堆中檢得原稿，六安胡先春因從暫
假付印，俾後世得覽觀焉。今國家擾攘二十八年矣，不亡
之危，如千鈞繫于一髮，先生有知，又當懸繫如何耶？誠

可哀也。

　　湯用彬《新談往》有云："南皮……歿後，南北士林多悼惜，挽章極多，惟湘潭王湘綺先生一聯云：'老臣白髮，痛矣騎箕，整頓乾坤事粗了；滿眼蒼生，淒然流涕，徘徊門館我如何？'言之淒然，有餘慚焉。"江庸《趨庭隨筆》謂："按此梁鼎芬聯也，與王闓運無干。向來刊印榮哀錄者，挽聯或將挽者之名置聯前，或如原式而置聯後，《張文襄公榮哀錄》中各挽聯，即名在聯後者。闓運、鼎芬之聯適相次，王聯列前，文為'文襄定勝左文襄，漢宋兼通，更有鰲頭廷試策；年伯今成太年伯，斗山在望，來看馬鬣聖人封'，下款署：'王闓運遣第三子代與賷叩。'其後即為梁鼎芬聯，讀者不審，遂多傳此聯誤梁為王，不僅湯氏矣。"《凌霄一士隨筆》載："近承好雲氏君由上海來函，云'老臣白髮'一聯，向亦誤認湘綺挽南皮之作，而訝其口吻不肖。"《隨筆》詳示致誤之由，真有昭然發蒙之喜。湘綺年齒似稍長于南皮，至少亦必相若，平日論學宗旨亦不盡同，素非門館之人才，安有徘徊之事實？按《樊川文集·謝周相公啟》云："四海賢俊，皆因提挈，盡在門館。"梁鼐久事南皮，用此二字，洵為愜當。而南皮當入相後，曾作春聯云："朝廷有道青春好，門館無私白日閒。"梁鼐撰聯時，或憶及之，亦未可知。又南皮歿後，有人作諧詩云："星海雲門俱寂寞，遠山秋水各淒涼。"惟其寂寞，故曰"我如何"，遠山、秋水，聞為其晚年所蓄兩妾。數年前見梁鼐所畫山水絹本小軸，極荒寒之致，左上方自題三絕，第一首云："用筆蕭疏自遠人，殘山賸水認前塵。為君略作雲林意，月暗風欹好自親。"第二首云：
"屢負空山廿載期，枉持忠孝與人嗤。多哀徒抱西臺痛，
依舊冬青不滿枝。"第三首云："淺渚荒亭地自幽，空枝冷
石倚殘秋。回天蹈海都難遂，縱有羅浮未忍休。"款題
"忍冬詩家同年屬畫，丙辰鼎芬酒後"，下鈐"病翁呻吟"
及"梁格莊"二方印。右端又題一絕云："一角荒寒照冷
流，蕭然木葉已深秋。此間正是非塵境，合有高人來繫
舟。"下署"老節再作"，鈐"鮮民"長方印。忍冬為勞玉初
國變後別字。四詩悽感欲絕。《凌霄一士隨筆》載梁鼎芬以
湖北按察使辭職得請，謝恩摺謂："伏念臣才非賈誼，學
愧劉蕡，本孤苦之餘生，值艱難之時會，揆之古人致身之
義，豈有中年乞病之章？乃者，疾來無時，醫多束手。群
邪雜進，正氣潛淆，外患既滋，內維又潰。既憂傷之已
過，欲補救而無功。仰荷生成，曲加憐惜。戴山覺重，臨
海知深。臣病雖入膏肓，聖恩實如天地。虎鬚曾捋，何知
韓偓之危；鷺翮能全，不似嵇康之鍛。歸依親墓，松楸之
陰方長；眷戀君門，葵藿之心未死。"措語頗工。"虎鬚"
云云，謂曾劾奕劻、袁世凱也。其以病情喻國事，尤有語
重心長之致。又聞鼎芬去官之前，張之洞嘗薦其堪任封疆，為奕劻、
袁世凱所持，不獲簡畀，恒鬱鬱不自得，自撰一聯云："讀書學劍兩無成，
此心耿耿；鐘鼎山林俱不遂，雙鬢蕭蕭。"乞罷得請後，亟命取公服焚之，
以示不再作官，衆勸止，不聽。夏口廳同知馮篔，其鄉人也，徐曰："公
雖不作官，家祭可以便服從事耶？"鼎芬瞿然曰："吾過矣，吾過矣。"乃
止。梁啓超由津南下從事討袁時，瀕行以辭呈致世凱時啓超
官參政院參政，自叙病情處云："比覺百脈僨張，頭目為眩。

外强中乾，而方劑屢易，冬行春令，則癘疫將興，偶緣用
藥之偏，遂失養生之主。默審陰邪內閉，災疢環攻。風寒
中而自知，長夜憂而不寐。計非澄心收攝，屏絕諸緣，未
易復元，恐將束手。查美洲各屬，氣候温和，宜于營衛。
兹擬即日放洋，擇地休養。"表規刺之意，語亦工妙。鼎
芬于光緒六年庚辰入翰林，娶婦龔，時稱佳話。李慈銘與
為同年進士，是年八月二十一日日記云："同年廣東梁庶
常鼎芬娶婦，送賀分四千。庶常年少有文，而少孤，丙子
舉順天鄉試，出湖南龔中書鎮湘之房。龔有兄女，亦少
孤，育于其舅王益吾祭酒，遂以字梁。今年會試，梁出祭
酒房，而龔升宗人府主事，亦與分校，復以梁撥入龔房。
今日成嘉禮，聞新人美而能詩，亦一時佳話也。"二十六
日云："詣梁星海、于晦若兩庶常，看星海新夫人。"九月
三十日云："為梁星海書楹聯，贈之句云：'珠襦甲帳妝樓
記，鈿軸牙籤翰苑書。'以星海瀕行，索之甚力，故書此
為贈，且舉其新婚、館選二事，以助伸眉。"此鼎芬玉堂
花燭，為一時勝流所豔稱者時鼎芬年二十三歲。後來之事，蓋
不堪回首云。

梁鼎芬別傳　張可廷

　　關于梁鼎芬的史料，未曾發現，未經刊載的，兹就我
所知和得之故者及我兄可琛所口述，或鈔示的種種，詳叙
于下：

鼎芬少年時代

鼎芬的家庭是舊時所稱的"世代書香"，他自己説過："先祖少日讀書粵秀山紅棉寺，其所居曰玉山草堂，藏書最富。道光三年，赴禮部試，寓南橫街圓通觀，日臨《靈飛經》數紙，神采逼肖，都下書家，推為絶品。嗣罹寇亂，書帖散盡，先君繼志，續有所藏，初臨顔帖，晚年學蘇，蓋學其書師其人也。"可見他的祖和父，都是讀書的。又查清代廣州科舉，番禺梁氏，盛極一時。兄弟祖孫，翰林進士尤多。每科揭榜，門前貼滿報捷的名條。舉人梁國琎，字漱皆，兩兄國琮、國瑚，相繼入翰林。國琮字希平，號儷裳，道光十八年戊戌科翰林。國瑚字希殷，號筆珊，道光二十一年辛丑恩科翰林，鼎芬即國琎的姪孫。

鼎芬少失父母，依于龍氏姑姐家讀書，他曾説："少失父母，家世清貧，依于龍氏姑姐家讀書。稍長，從游五品銜陳澧之門，與同學陳樹鏞互相砥礪，日以報國顯親為志，資性狹隘，有愧古人，年二十二，濫列翰林。又四年，以時事日棘，疏劾大學士李鴻章，仰蒙皇太后、皇上天恩，不加罪責。又一年，始獲譴回里，自是課士閱二十年，學疏行劣，不足為諸生模範，但滋内疚，安有成勞。"這是鼎芬少年時的自白。

鼎芬于光緒二年丙子（一八七六）赴順天鄉試，中式舉人，房師善化龔先生（名鎮湘）。鼎芬時年十八歲，光緒六年庚辰（一八八○）中進士。殿試點翰林，散館授編修（點翰林之年二十二歲，入館三年，散館時二十六歲）。

查科舉考試，中進士後，殿試第一名狀元，第二名榜眼，第三名探花，第四名傳臚，第五名以下都稱翰林；狀元、榜眼、探花叫做三大魁。中了進士後，才可考翰林，考進士和考翰林的時間，總系同時，相差不遠，如考中進士，未能點翰以後就不能再考，科名自此結束。亦有中進士後不考翰林，留待下一科再考的。鼎芬是中進士後，即殿試入選，點為翰林。散館後授編修，是七品職。（清官制有九品，每品有正有從，正從合計，共十八級）。

主講豐湖

清光緒十年甲申（一八八四）中法戰役，鼎芬因疏劾大學士北洋大臣李鴻章驕橫奸恣，貪庸誤國，奉旨降五級調用，委為太常寺司樂（鼎芬原為翰林院編修，是正七品，司樂是從九品，降了五級）。不就，南歸，李鴻章當時勢位煊赫，人皆畏他。鼎芬以七品職敢參劾他，國人都驚異，所以雖奉旨降調，而直聲震朝野。出京返粵之時，送行詩文盈篋，這時鼎芬二十七歲，當時有人題兩句有趣之語："梁星海辭官之年，蘇老泉發憤之日。"鼎芬字節庵，號星海，蘇老泉即蘇洵，是東坡父親，二十七歲才發憤讀書。鼎芬回粵時，兩廣總督張之洞是探花出身，重鼎芬的學問風骨，薦他做惠州豐湖書院院長。光緒十二年（一八八六）三月六日未刻到惠州就職，已抵岸，惠州夏知府獻銘專人問好，鼎芬未有往見。次日夏知府親來訪。夏知府名獻銘，字子新，江西新建人，清附生。就名分來說，夏是東主，鼎芬是西賓，西賓未先候東至，東主反先訪西賓，足見對鼎芬的優禮，不僅是因張之洞所薦，亦是重鼎芬的學問風骨。賓主會晤時，談院事甚詳，定三月九日開課。鼎芬主講豐湖，以文章氣節道德倡後進，惠州學者受影響甚大。開課後出題試諸生，生員題《臣事君以忠》，文童題《尚志》。詩題《孤月此心明》，生員是已經考取秀才的，文童是未經考取的，這次生員題是出自《論語》孔子對魯定公之問，原文是："定公問：'君使臣，臣事君，如之何？'孔子對曰：'君使臣以禮，臣事君以忠。'"文童題是出自《孟子》，孟子對王子墊之問，原文是："王子墊（齊王之子）問曰：'士何事？'孟子曰：'尚志。'"這次開宗明義，詩文題所揭示的"忠"、"志"、"明"均是鼎芬的一生思想作風，和對諸生的示範，從政時的表現，都不出這三字的範圍。

鼎芬在豐湖開課之夜，有幾句話說："夜讀《孟子·告子下》篇'君子亦仁而已矣，何必同'。知此，則洛、蜀、朱、陸可以不爭。又'禮貌衰則去之'六字至要，以行言望今人難矣。獨持此禮貌耳，將衰之際可去。'行道之人弗受'，'乞人不屑'，日夜念此至熟也。"鼎芬于開課後，定日課程式，鈔朱子"白鹿洞教條"付刻。鼎芬又說："讀《孟子·盡心上》篇'人不可以無恥'。趙注：'行己有恥甚好，人而無恥，無所不至。''待文王而後興'一章，章指云：'君子特立不為俗移。'注曰：'以善守身正行，不陷溺也。'"鼎芬又親筆寫格言四條，刻于屏風上（白底黑字），以示諸生，書商拓之出售，購者甚眾。現刻板已失，筆者尚記憶原文云：

一、為天地立心，為萬民立命，為往聖繼絕學，為萬世開太平，此吾輩之責也。

二、老幹終成棟，精鋼不作鈎。

三、自勵如白雪，不使秋毫點污。

四、邵堯夫在風塵時，便有偏霸手段。

鼎芬又教諸生崇尚氣節，表彰東漢黨人范滂（字孟博）。在豐湖書院内東邊建范祠一幢，自書一聯，用白石雕刻，藍字底，長五尺，寬一尺，聯云："氣節重東漢；英靈挹西湖。"現范祠已拆（約在抗戰時），石聯亦不存，但十五年前，筆者尚在古董店見有拓出的一副。當范祠成立之時，在廳之正中設范滂牌位，鼎芬率豐湖書院諸生致祭。有祭文一篇，諸生均能背誦，輾轉鈔傳，以後凡在此院讀書的亦能背誦。鼎芬去後，此文仍在此邦學者的心坎中，今尚記憶。文云云。范孟博是東漢征羌人，少勵清節，慨然有澄清天下之志。鼎芬為他建祠，意亦在"勵節"、"澄清"，更舉《洗肝亭》詩為證。豐湖書院左，古榕鬱盤，籔竹森聳，有"吾亭"，四面臨湖，鼎芬改名"洗肝"，用蘇東坡先生《江上夜起對月》詩"江月照我心，江水洗我肝"之義也，有詩略云："願排衣上塵，回念天地初。名節械衆生，要與湔沈疴。江海日以遠，霜露日以多。"此詩説："排塵"、"念初"、"名節"、"湔疴"、"江海霜露"，都是"勵清節"、"澄清天下"意。又豐湖詩"夷曠即無滯，清明不受點"，是説明"勵清節"，再舉他的《夢江南》詞為證："兩湖好，風又激人群。入廟先參周御史，拜墳爭過岳將軍。長袖拂晴雲。"至于寄意"澄清天下"之作品亦多，如：《貂裘換酒》詞有云："丈夫不到黃龍飲。看紛紛、是何雞狗，旁觀以審。莽莽乾坤滔滔水，江上愁心難禁。又苔氣、暗吹衣袪。半角斜陽好亭館，莫傾殘、棟楹無人任。"聯語中有云："南陽抱膝，東山擁鼻，吾生有愧斯人"。"范希文天下志，惜去日已多"。"國維要扶植，自看白髮卻難忘"。"垂老尚談天下事"。餘不備舉。

光緒初年（約一八八〇年），惠州風氣未開，學少門徑。鼎芬主講豐湖後，知此情形，以坊間少書，即"五經"讀本，亦無善者。乃函告惠州夏知府，覓潮州刻本（潮本至善，系東塾先生所校訂者），並託金山院長廖廷相代問價值及印工遲速，一面在書院西創建書藏一所，請兩廣總督張之洞分函各處捐贈，共捐得五萬餘冊，鼎芬亦有一部份，所捐的書，皆在書面有捐者的銜名，鼎芬的印是這樣寫："降調翰林院編修梁鼎芬捐置。"這五萬餘冊的書，分五百餘箱，放在豐湖書藏樓上，設掌書生四人，由院長選地方人士充任。現廣東文史館副館長張友仁和廣州市文史館館員陳景呂，少年時都曾做過掌書生。每月每旬借書一次。從前的學者，有力置書的所置不多，無力的全沒有置，大都只習油腔滑調，揣摩時尚的八股文和案頭講章，對于經、史、子、集和經世有用之書，根柢深厚者少，自有了書藏之後，大家可向書藏借書（借書另有規定）。于是淵博之士日多，文化大大發展，這是邦人感念難忘的。鼎芬在書藏題柱云："得地已高，當做第一流人物；有書可讀，坐想數千載人才。"襟抱之宏今如見之。
又刻陳東塾"行己有恥；博學于文"一聯。豐湖書藏，系
于光緒十二年（一八八六）三月鼎芬就豐湖書院院長後建
的，越一年工竣。並以祠東坡，以東坡有德于惠州也。大
門門楣上，挂有鄧承修（前任豐湖書院院長，後任鴻臚寺
卿）所寫的橫匾一方，題曰"蘇東坡先生祠"。但一般人
都呼為書藏，而蘇祠之名少稱。鼎芬于蘇祠落成後，在光
緒十三年（一八八七）四月一三日，率豐湖書院諸生為文
致祭。此文系鼎芬因參劾李鴻章獲譴降調，不無抑鬱牢愁
之感，借東坡謫惠以自況，並以明其志節，此文亦豐湖諸
生和此邦學者所熟讀，其詞曰："初公之謫惠兮，衆利其
道之不伸。世幽昧而罔察兮，日冉冉其易昏。豈知浩然之
氣，足以貫天地而驚鬼神。茲土非吾有兮，吾德可以及
民。雖無補于君國，亦何加于笑嚬。信蘭蓀之莫竝兮，敢
媚世以失真。傷靈修于往代兮，託微命于輕塵。薄湖水以
洗足兮，折山花以帶巾。覽四海之非偶兮，知翟子之為
仁。極遥遥于千載兮，但漠漠之江雲。余既讀先生之謝表
兮，若備歷其苦辛。想流轉于江潭，空眷戀于修門。世既
易則變多兮，時屢隔而意親。警我思之無邪，喜修德之有
鄰。薦媼家之舊釀，擷芳洲之白蘋。告先生之靈爽，當知
余之為人。尚饗。"觀此文，等于借他人酒杯，澆胸中塊
壘。結句"當知余之為人"，已隱示是為自己寫照了。細
玩此篇，與上述祭范孟博一篇，可知其前劾李鴻章，後劾
袁世凱，都是出于鋤强崇正，不是沽名釣譽。

惠州人思念鼎芬教澤之深、書藏之益，于一九一九年

703

以鼎芬配祠蘇軾，並祀范滂。一九三一年"書藏"改為圖書館，遷于惠州市內梌山公園。筆者在豐湖讀書六年，對于歷任院長如宗湘（清翰林，官終湖北道）、李仲昭（清傳臚，官終給諫）、鄧承修（清舉人，官鴻臚寺卿）、吳道鎔（清翰林）、石德芬（清舉人，官四川道）等等事迹，皆有記載，惟對鼎芬獨詳。雖未從游，但我的師友多是他的得意門生。因此搜集他資料之門路較多，又加以我另有親見親聞，和我兄張可琛所示，特為一併匯列。

講學十六年

鼎芬自光緒十一年（一八八五年）離京回粵，次年三月，任豐湖書院院長，凡年餘。至光緒十三年（一八八七年）冬，調長端溪書院，亦年餘，光緒十四年（一八八八年）夏，調長廣雅，都是兩廣總督張之洞所薦。光緒十六年（一八九〇年）張之洞調兩湖總督遺缺由李瀚章繼任，鼎芬以恩知他遷，與新督情誼闊隔，遂離廣雅，由李瀚章另聘朱一新為院長。朱的教育宗旨，仍與鼎芬同，亦即鼎芬在豐湖主講之宗旨。鼎芬離廣雅後，養疴讀書，不問世事，曾于光緒十七年（一八九一年）由張之洞薦長岳州書院，未就，茲研究他致其友楊銳之信，可以知不就之原因，和對李瀚章情誼之闊隔。原函略云："岳州書院講席，有賢太守為主人，發端自南皮（張之洞，南皮人，現為兩湖總督）。數書勸行，揆之初衷，亦所欣為。惟病後體氣自虧，非若昔者，于接見生徒，講書論學諸事，均恐延誤，無益太守之政教，有乖來學之盛心，不可一也。鼎芬無意于世久矣，往者廣雅一席，特以南皮高誼，遂忘鄙陋，為之年餘，究亦何補于學子？自前年（光緒十五年，一八八九年，即離廣雅之次年）浮海，日與世違，方欲愈深愈密，無知我姓名者。保遺體之清白，存此身于亂世，若復玷講席，重與冠裳，非我初心，愧予夙夜，不可二也。乙酉（光緒十一年，一八八五年，即鼎芬辭官回粵之年）迄今七年矣。一書未成，三十已過（回粵之年二十七歲，迄今七年，是三十三歲）。前三年，則悴于院事（指主講廣雅）。近者以兩弟官事，費盡心力，今均有成，以後歲月寬閒，正欲尋諷故書，刊落人事。若使日對數十學子，自待轉輕，有違孟子之教，不可三也。君為謀之忠，發言之誠，每展手札，彌用敬佩。鼎芬亦深知親友之惠，不可久邀講席，自食其力，事至明順，然心之于事，先已不親，勉強為之，定滋疢恨。與其素餐于講舍，不若傳食于親朋，今志在謀食，厥旨已非，不可四也。私計李瀚章年七一矣，一二年後，可以得諡贈官，屆期當遄返故鄉，覓一靜處，設館授徒，為終老之計（必待李瀚章死後才回粵，足知與他情誼之閡隔）。……區區之意，乞委婉代陳于南皮之前，無任翹禱。"此函寫于光緒十七年（一八九一年）辭岳州院長而不為，意別有所待，與南皮相知之厚，機會正多，所以不久又任鍾山書院院長、兩湖書院院長。

鼎芬二十二歲入翰林，少年科第是屬少有。二十六歲（一八八四年）因參劾由宰相出任直隸（今河北省）總督、位高權重之李鴻章獲譴，以七品之編修降為從九品之太常寺司樂，辭不就，于二十七歲離京回粵，時為光緒十一年（一八八五年）。自光緒十二年（一八八六年）至二十七（一九〇一年），歷任豐湖、端溪、廣雅、鍾山、兩湖五個書院院長，凡十六年，自兩湖書院院長後，便走入政治生活了。

七年的政治生活

鼎芬于光緒二十七年（一九〇一年）八月初二日奉上諭，以知府發往湖北，遇缺補用。旋任武昌府知府，歷署鹽法道，授安襄鄖荊道，至光緒三十二年（一九〇六年）七月，又奉上諭，授湖北按察使，兼署鄂藩（湖北布政使）。

自光緒二十七年（一九〇一年）八月，至光緒三十三年（一九〇七年）十二月，共從政七年，在此七年中，表揚師友，舉薦人才，請旌正直，請建學校，請除種族界限，各有專文。茲將未見于檔案、未載于《清史稿》者，列舉三事：

一、請廢大阿哥：

鼎芬于光緒二十六年（一九〇〇年）庚子，代表粵人至西安貢方物，見西太后密陳大阿哥之宜廢，此事系人所不敢說的。查清自康熙以來，不公開立嗣，但自戊戌（一八九八年）政變之後，清太后要廢掉光緒帝，先指定端親王載漪的兒子溥儁做大阿哥（就是皇長子的意思），公開宣佈，明白顯示叫他代光緒帝。西太后自光緒二十六年（一九〇〇年）八月十六日八國聯軍攻陷北京之前一天，已挈光緒由山西逃至西安。鼎芬見太后時面奏説："臣來時，聞外國人要待兩宮（西太后和光緒帝）回鑾後，請廢大阿哥。臣思此時，國勢弱極，外人如此説，恐要照辦，若照辦，成何事體，以臣愚見，不如自己料理好。"西太后聽鼎芬此段話，為之動容。鼎芬又再奏："不知軍機大臣、議和大臣、各省督撫大臣，有奏及否？"西太后説："均未有，你在外邊來，此事怕有變。"後西太后至汴梁，遂廢之。鼎芬記云："大阿哥不讀書，行為不正，日以飲食為事，到西安後，時時外出，孝欽（西太后）心厭之，無人敢説。""臣面奏後，未告一人，時鹿傳霖為軍機大臣，問臣曰：'聽見你奏一大事。'臣説：'未有。'"

二、南昌查案：

鼎芬少勵清節，光緒三十二年（一九〇六年）在湖北按察使任內，奉兩湖總督張之洞委查南昌教案江令兆棠被戕事。有啟事貼于南昌百花洲沈文肅祠外左壁，筆者前在南昌孺子亭，與當地學者陳寅生老先生談及名人遺迹，他以鼎芬查案啟事為言，並言經鈔存一紙，因向他鈔出，茲照錄，亦可見鼎芬的節操："鼎芬奉宮保督憲張札委江西查事，今已到南昌省城，有要語兩段，分列于後，諸惟朗鑒。"（編者按，啟事內容已見王森然文，此略。）實貼百花洲沈文肅公祠外左壁。

三、參劾袁世凱：

鼎芬為翰林院編修時，曾參劾權要李鴻章，時在光緒十一年（一八八五），閱二十年，又于光緒三十二年（一九〇六年）在鄂皋任內，彈劾直隸總督袁世凱。鼎芬這樣

707

做，可于他的奏摺中找出注脚，並可反映出當日清廷政局之敗壞，奏摺中有一段略云："臣才非賈誼，學愧劉蕡，本孤苦之餘生，值艱難之時會……群邪雜進，正氣潛凋。外患已滋，内維又潰，既憂傷之已過，欲補救而無功。……虎鬚曾捋，何知韓偓之危（唐末韓偓詩有云："報國危曾捋虎鬚"）；鸞翮能全，不似嵇康之鍛。"這可知鼎芬參李參袁，都是從事關家國著想，不是沽名了。鼎芬彈劾袁世凱，不止一次。光緒三十二年（一九〇六年）第一次彈劾，比之曹操、劉裕，文長凡八百字，兹不贅錄。另有附片二：（一）光緒三十一年（一九〇五年）冬，第一次秋操，袁世凱閲兵時，以龍旗前導，道路不許人行，與警蹕相同（系説他和帝王出行的情景一樣），人人皆以為異。鐵良甚畏袁世凱，不敢發一言。及觀兵日，袁世凱到時，天忽大風，沙塵四起。白晝對面不見人，兵不成禮，此事通國皆知，惟袁世凱權力甚大，恐無人敢于上聞者。臣念今日時局，艱危如此，大臣舉動又如此，憂懼所迫。謹據實再陳。（二）已故大學士榮禄病重時，告所親曰："袁世凱不宜在北洋，須奏明皇太后、皇上，此事極要。"榮禄蓋深知袁世凱不可測，故謂不宜在北洋，嫌其近京也，北洋尚嫌其近，況政府乎？兹事關係至大，謹冒死再陳。

光緒三十三年（一九〇七年），鼎芬又彈劾袁世凱及慶親王奕劻、載振父子，略云："朝廷擬改東三省官制時，日本頗動心，將開彼之御前會議，以問奉天領事荻原守一，未幾，徐世昌授東三省總督矣。守一報其國政府云：

'此輩以賄進，不足畏，荻原一人當之足矣。'徐世昌本袁世凱私人，又夤緣奕劻、載振父子，得此大官大權，我皇太后、皇上或未盡知之，而日本之君臣則知之深矣，真可痛可恥也。今日時局，危迫已極，貪邪小人，各任疆圻。人人駭笑，政以賄成，私人充斥，天良澌滅，綱紀蕩然。奕劻、袁世凱若仍怙惡不悛，有貪私等事，臣隨時奏劾，以報天恩。禍福不動其初心，強權或屈于清議，臣雖至愚，不敢不勉，謹附片再陳。"

敵視袁世凱、拒絕勸進

一九一五年八月十四日，楊度、孫毓筠、嚴復、劉師培、李燮和、胡瑛等六人，在北京發起籌安會，為擁護袁世凱稱帝之準備，同時廣東禁煙督辦蔡乃煌想拉攏廣東遺老贊成，借修《廣東通志》為名，從事羅致，託陳慶桂（字香輪，官清給諫）向鼎芬勸駕，被拒絕。仍舊在易縣梁格莊做清室的崇陵種樹大臣，凡三年（一九一四至一九一六），自一九一七年以後，值毓慶官為宣統師，至一九一九年十一月十四日卒，年六十一。臨終前，曾對其子思孝說"廣東修志，不聞不問，未受一錢，未發一言"，經其子登報，並由鼎芬任廣雅書院時之門生伍銓萃、楊壽昌、許壽田證明。楊系清舉人，許系清拔貢，皆惠州人，所有鼎芬在惠州豐湖書院時之門人，和以後在豐湖讀書的都知此事。

鼎芬敵視袁世凱，屢次彈劾。民國初年，仍警以不可為操、裕，蔡乃煌勸任修廣東志之請，已遭拒絕，于是拉

攏他擁袁稱帝之企圖，遂成泡影。未幾，蔡乃煌又搞擁袁
為帝之請願書，不敢向鼎芬簽名，另向多方面策動簽署，
共得一百七十三人，由黃錫銓、蔡乃煌領銜，于一九一五
年九月一日呈遞參政院，茲將原文錄于下，以作洪憲稱帝
時製造"民意"之一部分資料：

竊見籌安會發起，中外明達之士，一致贊同，證諸吾
國歷史之習慣，鑒于葡、墨（葡萄牙、墨西哥）禍亂之情
形，僉以非定一尊，難臻郅治，辛亥改革之始，未遑庶
政，倉皇定制，建設共和。然四載以來，政治施行，方圓
鑿枘，雖汲汲圖治，而僅免于亂，非吾國之不足為治，乃
為治尚未得其道也。政體與國情相適則治，相悖則亂，襲
共和以治吾國，猶南轅而北轍，未有能至者也，憂時之士
竊焉傷之。顧囿于俗情，雖明知其故，莫敢倡議，今籌安
會則固已標其旨而抉其弊，以告詔于天下矣，然動機一
啟，喁喁相望，非常之原，黎民所懼，默察此時現狀，商
賈停滯，官吏望風，列強環窺，宵小伺隙，凡諸事實，難
保必無美名徒託，隱患正多，時局險危，間不容髮。或
者，厲行憲政，庶有太平重睹之歡，若徒懸案空談，反啟
疑貳潛生之漸。窮變通久，古訓有徵，改弦更張，群情渴
望。錫銓等身家攸託，緘默難安。特遵立法院組織法第三
十三條之規定，合詞請願公懇鈞院查照，提出于代行立法
院會議，決定施行，順萬民請命之誠，為根本百年之計，
人民幸甚，國家幸甚。

一九一五年十二月十一日參政院開會，匯查所謂"全
國國民代表"的意見，共一千九百九十三人，全體贊成君

憲，擁戴袁世凱為皇帝，都是袁之走狗製造出來的。

忠君的思想

鼎芬一生忠于清室，他的謝恩摺有云："屈原九死，不渝白水之忠誠。"又奏摺有云："安危在目，臣不敢自愛其官職，並不敢自顧其性命。"又云："酬恩何日，感涕終生"。《菩薩蠻》詞云："縹縹鸞鳳扶雲下，綠章次第通宵寫。不敢負深恩，身危舌尚存。"《念奴嬌》詞云："墮淚新亭……一錯六州鐵聚。彈指春殘，有人髮白，憂國心常苦。"《浣溪紗》詞云："一點愁心萬點苔，滿山風露替誰哀。"（是憂清室之危亂。）

又效忠清室見于詩聯的，如贈志伯愚詩云："驚喜相逢豈夢中，少年彈指各成翁。艱難飽閱身還在，憂憤交來淚不窮。花可傲霜看晚節，鳥思填海有愚忠。深杯共把翻忘病，江上斜陽正晚紅。"題武昌府署聯云："酬還君國，方能攄寫舊時書"。"寧誠戀闕，高寒重賦大坡詞"。"扶世賴人才，敢不竭忠籌國事"，"臣心不二，此生終見世清平"。

鼎芬平生詩文不存稿，曾一度燒去，至于口耳相傳，和親友零星搜存者，為數不多。

宣統三年（一九一一年），革命運動正在風起雲湧，宣統委鼎芬為廣東宣慰使。及辛亥光復，粵人欲舉他為都督，他星夜離粵赴滬，避居泥牆橋麥根路森德里一陋室。當時黃節（字晦聞）致書鼎芬，說明清之大局已去，不可殉一身之節，但他忠于清室如故。

民國元年，鼎芬至漢口，迎端方（清欽差大臣）靈柩，寓于旅館。有兩湖舊生石龍友等三人，請他重在鄂辦學，他拂袖徑去，即北上至易縣梁格莊，與遺老籌商崇陵種樹事。

民國三年（一九一四年），鼎芬哭顧詩人印伯（成都人），寄其友程康書云："印伯歿于京師，吾以二百七十年亡國之淚隨之。"

自民國三年起，鼎芬種樹崇陵，至民國六年（一九一七年）成活十餘萬本，費行簡謂為公家省費十五萬元，崇陵系光緒之陵，鼎芬即樹思人，每懷舊主，他挽陳昭常（清吉林巡撫，民國初年委為廣東民政司，未就）聯云："天上若逢龍表弟，為語孤臣種樹，崇陵風雨淚千行。"

鼎芬任清室的崇陵種樹大臣三年，至一九一七年值毓慶宮，做宣統師傅，當時任此職者四人，即鼎芬、陳寶琛、朱益藩（陳、朱都曾做過清巡撫）。餘一為滿人，忘其名，這時清室的帝號仍存，由民國歲給經費四百萬兩，直至一九二四年冬，直軍第三軍長馮玉祥率師入京，迫清帝宣統出京，取消其皇帝等號，距鼎芬卒後五年。

鼎芬卒後，清謚文忠，葬梁格莊，系崇陵所在地，崇陵有種樹廬，系鼎芬生前種樹時所住。

感懷張之洞

張之洞系少年翰林出身，鼎芬亦系少年翰林出身，張之洞主張文章氣節，忠君衛道，鼎芬亦然。所以他二人甚為投契，鼎芬主講書院四個（上已說明）凡十六年（二十八歲至四十四歲），從政由知府至按察使、布政使，凡七年（四十五歲至五十一歲），皆張之洞所薦，故鼎芬對之甚為感激。張之洞由兩湖總督入相，趙爾巽繼任總督，鼎芬與其無厚誼，所以光緒三十三年（一九〇七年）九月，交卸兼署鄂藩，同年十一月又辭鄂臬，旋即晉京。將欲再依一手提拔之張之洞，因其秩居宰相，兼軍機大臣，權重位尊，是鼎芬的大靠山，不料張作相二年便卒，鼎芬不勝傷感，憶其致挽三聯云云。

鼎芬的詩聯

筆者于一九六三年夏，見有近人張超芹（字魯洵，韶關人，系鼎芬門生，清舉人）所編的《近代嶺南四家詩》，即鼎芬、黃節、羅癭公、曾剛甫四人，都系學宋詩。但鼎芬之詩不止此，筆者所記憶的，尚多未載，但已有一部分，亦可見鼎芬詩的一斑，不須再將所記憶的錄出了。鼎芬題聯其多，從聯語中，可想見其為人。

從政時的聯：

一、誠則無偽，公則無私，在今日當先斯義；寬而不縱，嚴而不刻，願同官相勉此心。

二、與世周旋，留三分精神辦事；念民疾苦，愧五年心力無功。

三、不侮矜寡，不畏強禦；如臨深淵，如履薄冰。

四、獨坐鬢成霜，那有高名驚四海；多年衾似鐵，勉修苦節過餘生。

五、諸葛君在隆中，才兼文武，謂之博雅；胡安定教學者，愛若子弟，有如父兄。

贈門人的聯：

一、惠州廖佩珣，字子柬，清進士。鼎芬主講廣雅時之門人，贈聯云："與子抗懷在千古，及時吐氣吞萬牛。"

二、惠州進士江逢辰，字孝通，為鼎芬主廣雅時高足弟子，有孝行，勵廉節，長文學，鼎芬極為器重，贈聯云："誼猶昆弟真投分，閱盡江山見此才。"江逢辰遭母喪，以哀毀卒。一九一六年，地方當局、邑人在惠州西湖上豐山左築"江孝子亭"。

張之洞、趙爾巽對鼎芬之評價和國人挽辭

張之洞為鼎芬一生的知己，他奏獎鼎芬摺略云"梁鼎芬學術純正，待士肫誠，任事多年，勤勞最著，懇請獎勵"，奉朱批，賞加二品銜。趙爾巽繼張之洞督兩湖，對于鼎芬請開湖北按察使缺，代奏略云："該司在鄂有年，情形極為熟悉，其官聲政績，久在聖明洞鑒之中，奴才任事以來，遇事商榷，條理縝密，議論精確，一切深資臂助，又為輿論所推（在省眾學紳等僉恐其去，諄切相留）"。

以上所舉對鼎芬之評價，可知他當日見重於當道，自非偶然。他卒後，國人挽他的詩聯甚多，大都說彈劾權奸，盡忠清室。亦有說及學問和辦學的，至于拒絕蔡乃煌拉攏擁袁，亦足為守志潔身之證例，茲略舉挽聯數副，餘不詳記。

康有為挽："三百年見種樹孤忠，陸秀夫講大學于舟

中，終以魂靈從故主；四十載為通家舊好，美森院話別離于燈下，何圖永訣哭先生。"

朱汝珍（清榜眼，清遠人）挽云："洞燭奸邪，識比曲江張相國；重扶日月，功同花縣駱文忠。"

丁仁長（清翰林）挽云："陵樹鏤臣心，縱教曲到泉根，依然病馬枯葵淚；寒松榜天語，嘉爾忠留日講，一洗吳山越水羞。"

載澤（清親王，封公爵，人呼"澤公"）挽云："一疏批鱗，大節已堪光史冊；十年嘗膽，孤忠不愧傅君王。"

蔣式芬（清翰林）挽云："早歲諸葛公，擊強真有膽；晚年杜陵老，每飯不忘君。"

湖北各界公挽云："藍面識奸雄，追思鄂渚彈章，操裕居然成定論；赤心忠故主，試問虞廷元輔，禹皋能不愧斯人。"

易順鼎（清廣東道）挽云："本師東塾，府主南皮，生作鐵人比安世；先帝西陵，嗣皇北面，死留金盒見高皇。"

黃槐青（豐湖門人，清廩生）挽云："一代仰完人，磨不磷，涅不緇，馮道若存應愧死；千秋昭大節，孤可託，命可寄，武侯以後有先生。"

馮愿（鼎芬門人，清舉人）挽云："識權奸于叛竊未發之先，劾親貴于氣焰方張之日，為人所不敢為，言人所不敢言，利害死生，不動于中，百折不回，文山椒山同千古；哭先帝于淒涼弓劍之地，輔沖主于漂搖家室之秋，親者無失其親，故者無失其故，出處去就，各行其是，孤忠猶抱，清聖和聖合一人。"

張之洞、趙爾巽之評價連同以上各挽聯合參，可作鼎芬一生之定論。

捐贈圖書

鼎芬捐贈圖書有三處，一在惠州豐湖書藏，一在北京廣東學堂書藏，一在廣東省立圖書館。

一、鼎芬于光緒十二年（一八八六年）三月，任惠州豐湖書院院長，創建豐湖書藏，自己捐書一部分，餘由兩廣總督張之洞請各處捐贈，共五萬餘冊，分五百餘箱。

二、鼎芬捐贈北京廣東學堂的書有數類，一為家藏之書三十餘種，一為紀念其表弟伯鸞捐十種，一為紀念雒如御史和杏宅主事代捐數種，一為紀念熾堂封翁代捐二十種，一為紀念友人仲希捐數種，一為紀念同學顧宅南代為捐書（種數未詳），一為紀念門生照寰捐書數種，一為門人雙壽捐書數種及代其父捐書十種，一為表弟用五在鎮江勸捐和同鄉並外省捐的勸的共二十人，種數未詳。

三、（一）（二）兩項均鼎芬生前捐贈的書，及卒後，其子遵遺囑，以葵霜閣（鼎芬的閣名）之書六百餘箱捐贈廣東省立圖書館。

略述梁節庵先生詩 　陳湛銓

節庵先生逢遘清亂世，執政顢頇，朝事日非，四夷交侵，國亡日□。其詩率多傷時感事之作，不欲留存于世，故生前作，未有具稿。今所刊行之節庵先生遺詩，乃其晚董余紹宋等多方搜集而成者。義寧陳三立嘗序其詩云："梁子志極于天壤，誼關于國故，掬肝瀝血，抗言永歎，不屑苟私其躬，用一己之得失進退為忻惝。此梁子昭昭孤心，即以極諸天下後世而猶許者也。"信知言哉！

先生原籍番禺，生于清咸豐九年己未，卒于民國八年己未，年六十一。登光緒六年庚辰進士，時年二十二耳。先生為人，志烈秋霜，心貞崑玉。光緒十一年，官翰林院編修，年二十七，因中法之戰，割安南，上封事參大臣李鴻章，不報。旋又追論妄劾，交部嚴議，降五級調用。隨罷歸。後讀書焦山海西庵，乃肆力為詩。後張之洞督粵，聘主廣雅書院講席，及之洞銳行新政，學堂林立，言學事惟先生是任。攝安襄鄖荊道按察使，署布政使。光緒三十二年入覲，面劾慶親王奕劻，又劾直隸總督袁世凱，詔訶責，引疾乞退。其劾李鴻章去官，放還原籍時，有《出都留別往還》詩云："淒然諸子賦臨歧，折盡秋亭楊柳枝。此日觚棱猶在眼，今生犬馬恐無期。白雲迢遞心先往，黃鵠飛騫世豈知。蘭佩荷衣好將息，思量正是負恩時。"其思君念國，纏綣不忘之誠心，已盡見諸言外矣。尤以"此日觚棱猶在眼，今生犬馬竟無期"一聯，直而溫、寬而栗，至性至情，為全篇重句。觚棱，見班固《西都賦》："設璧門之鳳闕，上觚棱而棲金爵。"觚，本作楋。《説文》："柧，棱也。從木，瓜聲。又柧棱，殿堂上最高之處也。"言身雖被放，而回首故宮，遲遲其行，戀戀然不忍去，雖欲竭犬馬之勞，效忠貞之節，今生恐已不可再得，無復期矣！纏綿溫厚，全無怨懟之情，用心之篤，發義之誠，筆力之堅，秉氣之厚，曾幾見哉！東坡云："平生多難非天意，此去殘年盡主恩。"遺山云："但見觚稜上金爵，豈知荊棘臥銅駝！"庶幾近之。"白雲迢遞心先往"，說不盡思鄉念親之情，孝之至也。《舊唐書·狄仁傑傳》："仁傑赴并州，登太行山，南望，見白雲孤飛，謂左右曰：'吾親所居，在此雲下。'瞻望佇立久之，雲移乃行。"此用其意，廣州亦正有白雲山也。"黃鵠飛騫世豈知"句，似頗自傲，實則取義于司馬相如之《難蜀父老》："鷦明已翔乎寥廓之宇，而羅者猶視乎藪澤。"及揚子《法言·問明篇》："鴻飛冥冥，弋人何篡焉！"又謝朓《贈西府同僚》詩："常恐鷹隼擊，時菊委嚴霜。寄言覬羅者，寥廓已高翔。"及張九齡《感遇》詩："今我游冥冥，弋者何所慕？"皆其意。蓋慶能逃離世網，免于群小所陷也。"蘭佩荷衣"，則原于《騷經》："紛吾既有此內美兮，又重之以修能。扈江離與辟芷兮，紉秋蘭以為佩。"又，"步余馬于蘭皋兮，馳椒丘且焉止息。進不入以離尤兮，退將復修吾初服。製芰荷以為衣兮，集芙蓉以為裳。不吾知其亦已兮，苟余情其信芳。"江離、辟芷、秋蘭，皆香草，以喻己志事之清芬；以芰荷、芙蓉為衣裳，退修初服，久要不忘平生之言，覽余初其猶未悔也。《易》曰："上下無常，非為邪也，進退無恒，非離群也。君子進德修業，欲及時也。"孔子曰："不患人之不己知，患其不能也。"又曰："君子無終食之間違仁，造次必于是，顛沛必于是。"節庵先生之意，不如是耶？末句"思量最是負恩時"雖造次顛沛，而了無怨懟之情，但自責有負國恩，忠孝之至矣。

　　此外，先生之佳作頗多，不能詳述，聊舉數篇，藉窺其風概耳。《春日園林》："芳菲時節竟誰知，燕燕鶯鶯各護持。一水飲人分冷暖，眾花經雨有安危。冒寒翠袖憑欄暫，向晚疏鐘出樹遲。倘是無端感春序，樊川未老鬢如絲。""芳菲時節"，良辰美景也，惜己負罪之身，無賞心樂事可言，故曰"竟誰知"。"蕭索空宇中，了無一可悦"，有"春非我春"之感矣。"燕燕鶯鶯各護持"，此好春芳菲，惟付與世間癡兒女可矣。"一水飲人分冷暖，眾花經雨有安危"，此二句殊佳。言在耳目之內，情寄八荒之表，又充滿人生哲理，含義無盡。《六祖壇經》云："如人飲水，冷暖自知。"同一境地，同一事物，而感受不同，苦樂各異。共處危邦，幾經憂患，如墮溷飄茵，貴賤既殊，且存殁相懸，安危有別，不勝世道無常之歎矣。《南史·范縝傳》，縝答竟陵王子曰："人生如樹花同發，隨風而墜，自有拂簾幌，墜于茵席之上；自有關藩牆，落于糞溷之中。墜茵席者，殿下是也；落藩溷者，下官是也。貴賤雖殊途，因果竟何處。"此二句蓋先生感憤之言，緊接上文"竟誰知"、"各護持"而來，未可以尋常抛空立論視之也。"翠袖"句，取意于杜甫《佳人》："天寒翠袖薄，日暮倚修竹"，春本不該寒而竟寒，至只能暫爾憑欄，不知是天寒抑心寒矣。"向晚疏鐘出樹遲"句，本杜牧《醉後題僧院》詩："觥船一棹百分空，十歲青春不負公。今日鬢絲禪榻畔，茶煙輕颺落花風。"樊川，謂杜牧，此以自喻。未老而鬢如絲，傷春傷別乎？憂國憂生乎？倘，或也，云或是，而不然矣。"刻意傷春復傷別，人間惟有杜司勳"，則杜樊川之傷春傷別也；先生詩云"不關情處感無端""獨泫愁春淚徹泉"，謂先生之憂國憂生也。《詩·小雅·小弁》云："我心憂傷，惄焉如搗。假寐永歎，維憂用老。"嵇叔夜云："積微成損，積損成衰，從衰得白，從白得老。"積瘁之士寡至四十者，憂能傷人，寧可復永年耶？此詩似風華靡贍，實至可哀也。

《讀史》："世運平陂孰控摶，不關情處感無端。紛紜國是成功懼，晚近人才降格看。偶為佳時歡夢寐，每從危日驗心肝。史家易失英雄意，摹寫當年有未安。"此詩題為《讀史》，然觀其全篇，不見咏某代某人，實為咏懷之作。詩成于何年，已不可考。然詩中有"國是"二字，殆為光緒二十四年戊戌四月，詔定國是，五月行新政，八月政變時作。（見《清史稿·德宗本紀》國是，見劉向《新序·雜事篇》："楚莊王問于孫叔敖曰：'寡人未得所以為國是也。'孫叔敖曰：'君臣不合，則國是無從定矣。'"國是，國家決策。"世運平陂"，見《易經·泰卦》："九三，无平不陂，无往不復，艱貞无咎。"言世路之夷坦成陂陀，國局之平治或顛亂，莫之為而為，莫之致而致，雖有善者，無如之何！誰能挽救之哉？"不關情處感無端"，謂己今短翼卑棲，不足輕重，然耳之所聞、目之所見，雖不關己，俱難為懷也。"不關情處"，謂不在其位，不謀其政，諸事不關己也。"感無端"，謂國事如斯，中腸自熱也。"紛紜國是成功懼，晚近人才降格看"二句，委折低徊，奇橫淒痛。王荊公云："看似尋常最奇崛，成如容易卻艱辛。"此聯有焉。國是紛紜，諸公以為定策無誤而成功矣，然有識之士則寒心悚然而懼也。"懼"字驚動奇峭，熟字能生，具見爐錘之功。晚近人才，斗筲不足算矣，肉食何人與國謀乎？然風頹時靡，真逝偽興，百年千里，安有一賢？卑之無甚高論，聊可降格相看耳。"偶為"兩句，雄邁刻入，高氣蓋世。素日固無足歡，佳時亦聊歡夢寐，情傷之極矣。然周于德者，邪世不能軋，士窮乃見節，歲寒然後知松柏之後彫，陳、蔡之阨，焉知非幸乎？故云"每從危日驗心肝"。此聯力雄氣勁，有李將軍射虎入石没羽之概，足令蘇戡辟易，伯嚴變色也。結句殆謂己當年之彈劾大臣，實一本忠愛，非苟為驚世駭俗以要時譽者比，而時論不然，"小人自齟齬，安知曠士懷"哉！將相以位隆特達，文士以職卑多誚，此江河所以騰湧，潤流所以寸折者也。余述節庵先生詩至此，同感彦和矣。

《夜抵鎮江》："脱葉嘶風欲二更，燈船夜泊潤州城。芳菲一往成凋節，言笑重來已隔生。寒鳥凄凄背人去，疏星落落向人明。此行不敢過衢市，怕聽窮檐涕淚聲。"此詩乃節庵先生于故人王可莊去世後重抵鎮江，有感而作。節庵于光緒十一年，因參李鴻章棄官，後蟄焦山，艱虞窮處，時成斷炊，于時王可莊為鎮江太守，其于先生猶少陵之于太白，"世人皆欲殺，吾意獨憐才"，每以"廉俸"，傾注潤鮒。故先生舊地重來，感深今昔，不只過衞人之舊館，遇于一哀而出涕也。鎮江，在漢名丹徒，在隋名潤州。"芳菲一往成凋節，言笑重來已隔生"二句，沈痛無極。謂自春日芳菲時節一別，今來已復深秋，時閲半載，而萬木凋零，觸目都非矣。"一往"言歡樂，晨夕陶陶，追憶平生，宛然心目；不意舊地重臨，而故人已成隔世，"流水浮生幾今昔，高秋雲物自淒涼"，行矣元伯，死生異路，永從此辭矣！下二句"寒鳥淒淒背人去，疏星落落向人明"，鎔情于景，淒入肝脾，"彼蒼者天，殲我良人"，謂之何哉？蕭騷欲絕矣！末二句，謂窮民痛失父母官，巷哭可知。所不忍聽，謂恐己如睹影孤鸞，一奮而絕也。此結勝絕，不惟沈痛，亦正見王可莊之得民，而先生亦可以無負矣。聞諸故老，謂先生之朋好請題便面時成書此，心之作也。

《秋懷》："羈懷了無泊，拋去又相尋。聞雁知兵氣，看花長道心。百年紅燭短，一水夕陽深。獨有雙龍劍，時時壁上吟。"此詩以首二句為題，即無題詩之類。羈懷，謂羈旅閒愁。辛稼軒云："閒愁最苦。"白石云："萬里乾坤，百年身世，惟有此情苦。"豈其然耶？"了無泊"，猶太史公所謂"居則忽忽若有所亡，出則不知其所往也"。又陶詩："前途當幾許？未知止泊處"。"拋去又相尋"，謂如此羈懷，欲亡無計也。"聞雁知兵氣"句，如清空鶴鳴，動心驚耳。"看花長道心"句，如斷岸瞿禪，都空情劫。此聯意在筆先，味流言外，渾茫相接，妙合海天，可謂得未曾有。陳石遺于此詩，但取下文"百年"一聯，網漏于吞舟之魚矣。"聞雁知兵氣"者，謂凡百驚懷，但聞飛鳥之號，秋風鳴條，已傷心矣，今斷雁南飛，鳴聲迥異，非歷劫驚兵使然耶？故聆音察情而知兵氣矣。"傷禽惡弦驚，斷客惡離聲"，八公山之草木動搖，青岡之風聲鶴唳，接于目而入于耳者，不皆使人意奪神駭，心折骨驚乎？"百年紅燭短，一水夕陽深"二句，謂睹紅燭之易銷，知百年之將逝；蓋人生百歲，在宇宙之間，不過刹那。莊生曰："夫物，量無窮，時無止，分無常，終始無故。""彭祖愛永年，欲留不得住"，則百歲者，實如紅燭，轉眼即已消磨淨盡矣。視夕陽而知時之已去，《易·離卦》九三："日昃之離，不鼓缶而歌，則大耋之嗟"。象曰："日昃之離，何可久也。"我欲"為君持酒勸斜陽，且向花間留晚照"，何可得乎？李義山謂"夕陽無限好，祇是近黃昏"，先生大有心比天高，命如紙薄，日之夕矣，歲不我與之歎。此二句悲涼惋惻，風骨蒼堅。先生五律之工，並世諸賢，莫可比擬，于此詩見之矣。謂雖如此，而己卻壯氣猶存，"獨有雙龍劍，時時壁上吟"也。雙龍劍，謂雌雄雙劍也。《吳越春秋·吳王闔閭傳》："干將者，吳人也。……莫邪，干將之妻也。干將作劍，采五山之鐵精……不銷倫流……于是干將妻乃斷髮剪爪，投于爐中，使童女童男三百人，鼓橐裝炭，金鐵乃濡，遂以成劍。陽曰干將，陰曰莫邪；陽作龜文，陰作漫理。"《晉書·張華傳》："斗牛之間，常有紫氣，及吳平之後，紫氣愈明。張華問妙達緯象者雷煥曰：'是何祥也？'煥曰：'寶劍之精，上徹于天耳。'問曰：'在何郡？'煥曰：'在豫章豐城。'華大喜，即補煥為豐城令。煥到職，掘獄屋基，入地四丈餘，得一石函，光氣非常。中有雙劍，並刻題，一曰龍泉，一曰太阿。煥遣使送一劍，留一自佩。華報煥書為：'詳觀劍文，乃干將也，莫邪何復不至？'"據此，則干將、莫邪，即龍淵、太阿也。"淵"改"泉"，因避唐高祖諱。雖然天生神物，終當合耳。華誅，為趙王倫所害，失劍所在。煥卒，子華，為州從事，持劍行經延平津，劍忽于腰間躍出，墮水。使人沒水取之，劍不見，但見兩龍，各數丈，蟠縈有文章，沒者懼而返。須臾，光彩照水，于是失劍。先生謂"時時壁上吟"，亦將以有為也。

節庵先生詩，僅略舉數首如上。其作品乃出入漢魏六朝詩及樂府，薈萃唐宋諸大家之長，而卓然自成一家之言者。各體皆工，尤長于五七言律，平生佳作，不勝講述，聊舉數篇，以見其要而已。

哀　啟　梁思孝

府君自辛亥後，即無意人世，日求死所，見平生手稿，輒拉雜摧燒之，不欲留一字在世上。嘗謂不孝曰："我一生孤苦，學無成就，一切皆不刻，我心淒涼，文字不能傳出也。"又曰："平生所學太淺，得名太早，自知所造不及司空表聖，不如謝疊山，差幸保存清白，可以下見先人耳。"又曰："吾兒此生不可作官，家貧無食，賣藥賣菜，皆可為也。吾所遺書畫文件，隨時售去，若到盡時，餓死可也。"府君幼時瘦弱，至二十六去官後，身體乃日充盈，氣力日益強健，視天下之事無不可為，古人無不可到。左文襄一見，歎為天下才，舉劉和季期待陶桓公故事相期許。府君亦以左公生平不問家事，為有古大臣風，引以為法。凡世人禍福、利害、死生、毀譽，皆置之度外。

盛年既以直廢，不得發其志意，而國事日壞，群奸放恣，大聲疾呼，莫可挽救。馴致辛亥國變，天崩地坼，崇陵工程未竣，景皇帝梓宮奉安無日。奔走號訴，酷暑祁寒中，跰躠數千里，常不食不眠者累日。復蒙沖聖待遇之隆，正思有所禆益聖學，而負疾不瘳，時時伏枕流涕。痛念府君數十年來，家屯國難，極人世之至哀，奔走勤勞，極人世之至苦，蓋雖金石之堅，亦當銷鑠。故以府君身體之強，志氣之塞，而不得躋于大耋，終至嬰心飲恨以歿。而不孝愚駿無知，不克稍盡人子之責，以分勞減憂于萬一。不孝之罪，上通于天，雖銼魂碎骨，而不足以少少自贖者，不能不忍死茹哀，以泣告諸父執與國內君子之前者也。

祭梁文忠公文　陳三立

嗚呼！崩坼之歲，群匿海陲。公儌一椽，壞漏不治。輩儕過逢，慘澹風埃。餽漿索米，保此孑遺。于時畏途，虎豺森向。北望莽莽，橋山稽葬。公起狂走，動天聲放。呼籲獲報，負土臨壙。九廟式憑，一士無讓。功收將作，種松繞陵。爰董厥役，橐馳與朋。鉏鎬萬柄，日炙霾凝。滴淚滋膏，萌蘗熙蒸。翔鳥圍集，影覆孤踪。星躔環回，入傅沖主。夙夜啟沃，運殊道久。憂患銷精，俄傳示疾。臥枕作魔，講幄虛席。盛暑兒還，附札見抵。舉腕強書，欹傾滿紙。心躍意癡，庶幾毋死。孰謂飛霆，碎落燈几。覆視遺墨，魂親尺咫。嗚呼哀哉！公自弱冠，躋階華牒。攀援汲范，樹節岳立。抗劾使相，坐黜儒俠。飄影江湖，焦巖養蟄。攄託千篇，蟬幽漿澀。終依南皮，五嶺三楚。
待以賓師，教士復古。中間拔擢，握符填撫。嫉溷筐篋，
棄如脫距。嗟公竭忠，動繫存亡。凶指莽裕，遺禍家邦。
初疑過言，驗坨人綱。必有妖孽，垂戒旂常。氣類獲交，
久敬稱善。武昌之樓，金陵之館。倒腸酣嬉，飛吟引滿。
頻對涎尺，擁噉大臠。紀事留題，隕泣濯盥。轟吐談舌，
震電舒卷。辟易一世，斥彼婉孌。孤往自憙，微鄰剽悍。
矜氣害道，徇予砭短。念亂傷離，峙懸餘喘。今安覓公，
骨傍崇巘。其神旁皇，德運挾轉。月落下窺，為哀老懶。
碩腹長髯，綽約在眼。嗚呼哀哉！尚饗。

梁鼎芬別號室名

　　梁鼎芬的別號室名甚多，最常用的別號為節庵、藏山。此外尚有蘭湑、老節、節叟、劍叟、不回居士、不回翁、髯、刻翠詞人、風水詞人、竹根、蘭隱、紅柑樹、湖泯、敷公、性公、汐社、蘭道人、不回山民等。常用的室名有棲鳳樓、款紅樓、劍氣樓、毋暇齋、食魚齋、六梅堂、葵霜閣等，此外尚有孤庵、支庵、夕庵、潔庵、冬庵、禮庵、茶庵、破庵、別茶庵、精衛庵、不回庵、清風堂、詩教堂、種萱堂、淨碧堂、譯略堂、抗憤堂、敬鄉堂、賜福堂、激楚堂、千鈞堂、雪心堂、寒木堂、二十八松草堂、夕堂、教忠堂、有耻堂、多閒齋、蛾術齋、謝印齋、靜學齋、放牛齋、坦照齋、松齋、謝卜徐畫傅藥之齋、花敷亭、寒亭、四松亭、鳳水亭、抱膝亭、思荔亭、藤戒軒、今雨軒、燈昧軒、清對軒、華待軒、一盞軒、玉苔館、小玉玲瓏館、菰廬、種樹廬、葵香室、苔花榭、文溪人家、草自然家、香葉山房、琴莊、識字寮、芬花宅、未園、飛玉澗、紅玉憨、幽蘭居、能秀精廬、鸞棲館等。節庵每至一處，或以其地之原名為所署的室名，如正學堂、歲寒堂、苕華室、棣華館、苔華榭、四柿亭、佳處亭、竹根亭、洗肝亭、見鹿亭、永願庵、二忠樓、雙溪精舍、玉泉山隱居精舍等。

梁鼎芬年譜簡編

清文宗咸豐九年己未（一八五九）六月初六日出生

先生姓梁，名鼎芬，字伯烈，一字星海，號節庵。先世自廣東新會潮連鄉，遷廣州，遂為番禺捕屬人，世居廣州小北門内榨粉街。

曾祖智容，字能萬，號雪川，湖北按察使司，贈太子少保。曾祖妣鄭氏。

祖名國瑞，字希豐，號祝年，道光二年舉人，工書，應禮部試，報罷歸，讀書玉山草堂，道光五年卒，年二十四。祖妣陳氏，咸豐八年卒，年五十八。本生祖名國瓛，字希俊，號睪生，道光二十六年舉人，官化州儒學訓導。本生祖妣楊氏。父名葆謙，字遇恭，號吉士，縣試第一人，補縣學附生，捐知府同知，分發湖南，同治九年，卒于長沙，年四十。妣張氏，張維屏之孫女。

弟二，仲弟鼎荀，字仲强。三弟鼎蕃，字叔衍，號衍若。

原配龔氏，妾二，區氏，王氏。

子二，長名臥薪，又名學蠡，一名龍駒，字神駿，早殤。次名劬，又名學贄，小名綵勝，字思孝。孫一，名崇裕。女二，長名學蘭。次名清蕙。

陳澧五十歲，葉衍蘭三十七歲，桂文燦三十七歲，汪瑔三十二歲，李慈銘三十歲，譚獻三十歲，陳寶箴二十九歲，李文田二十六歲，張之洞二十三歲，楊守敬二十一歲，鄧承修十九歲，王先謙十八歲，勞乃宣十七歲，繆荃蓀十六歲，張鼎華十四歲，朱一新十四歲，樊增祥十四歲，葉昌熾十三歲，陳寶琛十二歲，張佩綸十二歲，黃遵憲十二歲，吳慶坻十二歲，王仁堪十二歲，瞿鴻禨十歲，沈曾植十歲，盛昱九歲，簡朝亮八歲，黃紹箕六歲，顧印愚五歲，馬其昶五歲，文廷式四歲，陳衍四歲，康有為二歲，易順鼎二歲，陳三立一歲。

外祖張維屏卒，年八十。

清穆宗同治元年壬戌（一八六二）四歲

父任樂桂鹽阜出官，先生隨往桂林，始學書，並日識經。

清穆宗同治二年癸亥（一八六三）五歲

母張氏日授《毛詩》數章。

清穆宗同治三年甲子（一八六四）六歲

隨母過外祖故居聽松廬。

清穆宗同治四年乙丑（一八六五）七歲

從南海潘漳商讀書。

八月二十四日，母張太夫人卒。

清穆宗同治五年丙寅（一八六六）八歲

喪母後，由七叔母余氏撫養。

清穆宗同治六年丁卯（一八六七）九歲

隨父返潮連省墓。

清穆宗同治七年戊辰（一八六八）十歲

三弟鼎蕃生。

清穆宗同治八年己巳（一八六九）十一歲

七叔父病逝于湖南茶陵，無子，父命三子鼎蕃為嗣。

清穆宗同治九年庚午（一八七〇）十二歲

八月，父葆謙卒于長沙。

清穆宗同治十年辛未（一八七一）十三歲

是年，秋祭日還家祭祖。

清德宗光緒二年丙子（一八七六）十八歲

以國子生身份預順天府鄉試，中舉人。

清德宗光緒三年丁丑（一八七七）十九歲

從陳澧學。與于式枚、文廷式、陳樹鏞同門。與舅張
鼎華等為廣州將軍長善署中壺園之常客，與長善之嗣子志
銳、姪志鈞交好。

清德宗光緒五年己卯（一八七九）二十一歲

在北京。冬，為宗室孚馨之從子寶瑛授經于煤渣胡
同。與黃體芳等結文社。

清德宗光緒六年庚辰（一八八〇）二十二歲

二月，應會試，成進士。入翰林，散館授編修。

八月二十一日，原配龔氏來歸，龔氏為龔鎮湘之兄
女，美而能詩詞。

九月，偕龔氏南歸。

清德宗光緒七年辛巳（一八八一）二十三歲

十月，葬父于廣州東門外白雲山蓮花臺。

清德宗光緒八年壬午（一八八二）二十四歲

正月，陳澧卒。先生與陳樹鏞輯刊《東塾集》八卷。

八月，到京，供職于翰林院編修，居住在米市胡同葉南雪舊宅後園。

十二月，移居棲鳳樓居住。

是年，赴江寧謁左宗棠，許為天下才。

清德宗光緒九年癸未（一八八三）二十五歲

七月，與盛昱至志銳同聽秋聲館論書畫。

九月，訪潘存于雷瓊館。

清德宗光緒十年甲申（一八八四）二十六歲

四月初十，上疏彈劾李鴻章驕橫奸劣，罪惡昭彰，有可殺之罪六，幾罹重譴，閻敬銘持之而免。

九月初一，請假歸省先墓。

清德宗光緒十一年乙酉（一八八五）二十七歲

開歲四日，溯江西上，二十三日抵家。

三月初六日赴省。因追論劾李鴻章事，奉旨交部嚴議，降五級調用。

九月九日，欲離京，盛昱、楊銳等三十三人在崇效寺靜觀室賦詩餞行。以眷屬託附文廷式。

十月，抵廣州。

十一月，與汪兆鏞、楊銳、王存善、朱啟連、陶邵學等集越秀山學海堂。題《雁來紅圖》。

清德宗光緒十二年丙戌（一八八六）二十八歲

主講豐湖書院。三月二日，拜先墓，次日啟程至惠州。
六月初十日到上海送張鼎華上京，旋返粵。

是年，會集官紳，倡建范孟博祠及蘇文忠公祠。

清德宗光緒十三年丁亥（一八八七）二十九歲

立春日，蓄鬚，眾人來賀。蘇文忠公祠成，四月十三
日，率諸弟子為文祭之。夏，主端溪書院。刻先哲遺書二
十種，為《端溪叢書》。

清德宗光緒十四年戊子（一八八八）三十歲

春，抵長沙。三月二十日，曾廣鈞招飲，同席有王闓
運、羅正鈞、陳三立、文廷式等。復游江漢，謁禰衡墓。
夏，調長廣雅書院。

七月，陳樹鏞卒。九月三日，張鼎華卒。

清德宗光緒十五年己丑（一八八九）三十一歲

三月，約集同人，議于廣州城北門外建祠祭張鼎華。

七月，張之洞任湖廣總督，先生送至焦山，復返粵。

十一月，北上，至上海。

清德宗光緒十六年庚寅（一八九〇）三十二歲

春，至杭州。四月，至焦山，寓海西庵。

九月，江逢辰至焦山拜謁。

冬，三弟鼎蕃來省。

女學蘭生。

清德宗光緒十七年辛卯（一八九一）三十三歲

寓海西庵。二月，汪瑔卒。

三月，王可莊任鎮江知府。

十月，龍鳳鑣來焦山相見。

張之洞欲聘先生為岳州書院講席，婉拒之。

清德宗光緒十八年壬辰（一八九二）三十四歲

寓海西庵。秋，就張之洞之聘，至武昌任兩湖書院主講。

九月十九日，張之洞招先生等人于八旗館露臺登高展重陽。

十二月二十日，張之洞招宴先生、陳三立、易順鼎、楊銳、江逢辰等人于凌霄閣。

鄧承修卒于惠州。

清德宗光緒十九年癸巳（一八九三）三十五歲

是年，在武昌。

三月，譚獻至武昌。

四月十一日，招楊守敬、葉瀚、譚獻等飲于寓所。

六月，暫返海西庵。

八月，陳三立為先生詩集撰序。

十月二十日，王可莊卒于蘇州。二十六日，先生奔喪。

是年，設立自強學堂。

清德宗光緒二十年甲午（一八九四）三十六歲

是年，在武昌。

春，過黃州，與楊守敬共游蘇東坡臨皋亭。

夏，朱一新卒。

秋，與楊守敬同登黃鶴樓。

十月，張之洞署兩江總督。辟先生為幕府。遂至江寧。

清德宗光緒二十一年乙未（一八九五）三十七歲

是年，在江寧。任鍾山書院院長。

五月，在上海，與文廷式、于式枚、易順鼎、李有棻同游。

六月十八日，張之洞上書薦舉先生。六月，回粵省墓，重過隨山館。

九月十五日，率弟子數人祭鍾山書院饗堂。

九月十五日，康有為至江寧謁張之洞。先生參與強學會事宜。

清德宗光緒二十二年丙申（一八九六）三十八歲

正月二十六日，張之洞回湖廣總督任上。先生歸武昌。

三月，在漢口與文廷式、志鈞、顧印愚、紀鉅維、張權作琴臺雅集。

七月，與徐乃昌、鄭孝胥、況周儀等同游鍾山。

清德宗光緒二十三年丁酉（一八九七）三十九歲

是年，在武昌。

子劬生。劬字思孝，小名贅，又名綵勝。

正月二十二日，三弟鼎蕃卒。

九月，客安慶。

龍鳳鑴刻《知服齋叢書》，中有《節庵集》五卷。

清德宗光緒二十四年戊戌（一八九八）四十歲

是年，在武昌。

閏三月，張之洞內召，譚繼洵為護理總督。

章太炎來武昌，與先生論學與光復等，不合，遂歸。

六月，任《昌言報》主筆。

八月，政變作。慈禧太后復出訓政。

清德宗光緒二十五年己亥（一八九九）四十一歲

是年，在武昌。

五月，黄體芳卒。

十二月，盛昱卒。

清德宗光緒二十六年庚子（一九〇〇）四十二歲

是年，在武昌。

六月，四十二歲生辰，衆友來賀，拒之。

十二月十五日，奉上諭，賞還翰林院編修原銜。

清德宗光緒二十七年辛丑（一九〇一）四十三歲

三月，張之洞上奏保薦人才，先生名列第三。

四月，義和團事起，八國聯軍入京。太后與光緒帝幸西安。

詔赴西安行在，八月十二日召見，密陳太后，請廢大阿哥。冬，署理武昌知府。

清德宗光緒二十八年壬寅（一九〇二）四十四歲

四月，補授漢陽府知府。

九月，張之洞任兩江總督。

清德宗光緒二十九年癸卯（一九〇三）四十五歲

正月，兼署武昌鹽法道。

清德宗光緒三十年甲辰（一九〇四）四十六歲

二月，張之洞回任湖廣總督。

六月，設湖北省學務處，委任先生為學務處總提調。

清德宗光緒三十一年乙巳（一九〇五）四十七歲

八月，調安襄鄖荊道。

九月九日，張之洞賦詩送行。

九月，署湖北按察使。

清德宗光緒三十二年丙午（一九〇六）四十八歲

三月，奉委至南昌查江召棠被戕案。赴新建拜陳寶箴墓。

四月，應湖北布政使李岷琛之聘，為武昌四川旅學堂監督。

十一月，奉命入京。十五日陛見，面劾奕劻、袁世凱，兼奏大事八條。上摺請建曲阜學堂。

清德宗光緒三十三年丁未（一九〇七）四十九歲

兼署湖北布政使。六月，張之洞擢體仁閣大學士，上奏為先生請獎。

八月初八日奉朱批賞加二品銜。

十一月，先生引疾乞辭湖北布政使。十二月二十六日，奉旨著准開缺。

清德宗光緒三十四年戊申（一九〇八）五十歲

四月，至當陽，養痾玉泉山。

六月初還武昌，八月間至南京，復住焦山月餘。

九月，至上海會晤陳三立。二十四日，與陳三立、樊增祥、陳伯陶、夏敬觀等雅集于江寧亭。

十月，光緒帝及慈禧太后相繼升遐。先生奔赴京師哭臨。

宣統元年己酉（一九〇九）五十一歲

三月，還鄉省墓。

八月二日，先生父祭日，上墳。

八月二十一日，張之洞卒，先生赴京，送喪至南皮。

九月九日，在京招陳寶琛等集于廣化寺陳曾壽寓齋為重陽之會。

宣統二年庚戌（一九一〇）五十二歲

八月十八日，李子申招先生等會聚遠山簃。

九月九日，陳曾壽招先生及陳寶琛等再集于廣化寺。

九月，先生捐贈京師廣東學堂書藏藏書。

十二月二十七日，乞病南歸上墳。

宣統三年辛亥（一九一一）五十三歲

正月，至焦山。復游江寧，晤陳三立，旋別歸廣州。

四月初一，在太史第所設之梁祠圖書館開館。

閏六月，集議重開學海堂。十七日，招姚筠、李啟隆、沈澤棠、吳道鎔、溫肅、汪兆銓、黃節等共商重開南園詩社于抗風軒。

八月十九日，與盛景璿、陳榮幹泛舟至南海神廟訪碑。

八月十九日，武昌革命軍起。

九月十一日，致電黎元洪，勸其"來歸朝廷"。旋避地上海。

十月，入京，寓溫肅家。旋返上海。

十二月二十五日，清廷遜國詔下，清亡。

民國元年壬子（一九一二）五十四歲

正月，寓居上海，病咯血。

七月，端方櫬歸武漢，先生西上迎之，為經營喪事。

八月，往青島訪遺臣。

九月，北上京師至易縣梁格莊，拜德宗梓宮。

十月，還滬。旋以病入院。

民國二年癸丑（一九一三）五十五歲

正月初二，訪王闓運于上海寓齋。

正月，往焦山。清隆裕太后升遐，先生北上哭臨。

四月，返上海。

七月，與陳三立、樊增祥、楊鍾羲、蔡乃煌、吳士鑒、張彬等人打詩鐘。

秋，還廣東。倡修《廣東通志》並書《崇陵碑》。

十月，康有為自日本至香港奔母喪。經溫肅、何藻翔等人調解，康、梁二人復交。先生親至香港唁康母。

十一月六日，隆裕太后入葬崇陵。先生北上哭臨。二十四日，旋奉崇陵種樹之命。

民國三年甲寅（一九一四）五十六歲

是年，在崇陵管理種樹。

春，還廣東，至順德龍山訪溫肅，弔其母喪。

五月，北上。經崑山弔顧炎武墓。

民國四年乙卯（一九一五）五十七歲

五月，南行還粵。經上海，與陳三立相見。

秋，北上。至定興縣拜楊繼盛墓。

袁世凱請先生出任修志局總纂，未就任。

民國五年丙辰（一九一六）五十八歲

是年，在崇陵管理種樹。

四月，在上海，與陳三立相見。

八月，回京。二十七日，奉旨在毓慶宮行走，為遜帝教讀。

民國六年丁巳（一九一七）五十九歲

正月初五，康有為六十壽辰，先生上奏請遜帝加以崇典，未果。

五月十三日，張勳發動復辟。旋失敗。

十月，足疾加劇。

民國七年戊午（一九一八）六十歲

自春及夏，病時作時減。

六月六日，六十壽辰，友朋紛致壽序壽詩。

九月九日，招陳寶琛等集遙集樓。

九月二十日，晨起中風，入德國醫院診治數日無效，返家調養。

民國八年己未（一九一九）六十一歲

八月二十九日，長女病故。

十月二十四日，再入德國醫院，為黃肝病。

十一月十四日（即一九二〇年一月四日），先生離世。

後　記

　　少日學詩，父執莫仲予先生云：“吾粵梁鼎芬、曾習經、黃節三家詩，宋骨唐面，可以取法。”很早就購得《節庵先生遺詩》，誦讀仿效。二〇〇七年退休後，即搜集資料，為作箋校。二〇一八年，初稿完成，今蒙廣東人民出版社收進《廣東文叢》出版，謹此致謝。在這期間，得到中山大學圖書館、廣東省立中山圖書館、廣東省博物館、廣州藝術博物院、廣州博物館等單位提供資料，又得到羅韜、胡文輝、屈偉才、陳偉安、朱萬章、梁基永、程中山、張紅、牛曉琰、林銳、李金亮、黃任鵬、李永新諸君熱誠幫助，舍弟永滔為録入全書文字，並作初校，謹在此一併致謝。交稿後，數年間蒙廣東人民出版社編輯夏素玲、謝尚，校對胡藝超等認真審讀、校訂，並提出許多寶貴意見，使本書能進一步完善，對此，我更是心懷感激。

陳永正

二〇二四年四月